글 제인 오스틴

영국 근대 문학을 대표하며, 영국인이 가장 사랑하는 소설가로 손꼽히는 작가다. 세밀한 관찰력과 재치 있는 문체로 18세기 영국 중산층 여성들의 삶을 주로 그렸다. 대표작으로는 《이성과 감성》, 《오만과 편견》, 《맨스필드 파크》, 《에마》, 《노생거 사원》, 《설득》 등이 있다.

그림 앨리스 패툴로

스크린 인쇄물을 제작해 전시하고, 다양한 잡지와 신문에 그림을 그린다. 차분하면서도 풍부한 색상, 기발한 감각이 돋보이는 그림들로 많은 사랑을 받고 있다. 그린 책으로는 《호모 코쿠엔스의 음식 이야기》, 《나비 박물관》 등이 있다.

www.alicepattullo.com

옮김 강수정

연세대학교를 졸업한 후 출판사와 잡지사에서 근무했으며, 현재 전문 번역가로 활동하고 있다. 옮긴 책으로는 《신도 버린 사람들》, 《모비 딕》, 《태어나서 처음으로》, 《손으로 말하고 슬퍼하고 사랑하고》, 《웨인 티보 달콤한 풍경》 등이 있다.

오만과 편견

PRIDE AND PREJUDICE

글 제인 오스틴 | 그림 앨리스 패툴로 | 옮김 강수정

지학사아르볼

스코틀랜드

대서양

북해

아일랜드해

아일랜드

잉글랜드

더비셔

펨벌리

트렌트강

네더필드

메리턴   롱본

하트퍼드셔

런던

랩스게이트

웨일즈

세번강

텍스강   로징스

헌스퍼드   켄트

브라이턴

켈트해

영국 해협

©shutterstock

등장인물

❈❈❈❈❈❈❈❈❈ 베넷 집안 ❈❈❈❈❈❈❈❈❈❈

엘리자베스 베넷 둘째 딸. 엘리자 또는 리지라고도 불린다. 가족들과 함께 하트퍼드셔
지방에 있는 롱본에 살고 있다. 롱본은 베넷 집안의 소유지이다.

제인 베넷 첫째 딸. 엘리자베스와 가장 친하다.

메리 베넷 셋째 딸. 독서와 음악에 열중한다.

캐서린 베넷 넷째 딸. 키티라고도 불리며 리디아와 어울려 다닌다.

리디아 베넷 막내딸. 쾌활하고 거침없는 성격이다.

❈❈❈❈❈❈❈❈❈ 하트퍼드셔의 이웃 ❈❈❈❈❈❈❈❈❈❈

피츠윌리엄 다아시 더비셔 지방의 대저택 펨벌리를 소유하고 있는 신분 높은 귀족이다.
친구인 빙리를 따라 네더필드에 와서 머물고 있다.

찰스 빙리 하트퍼드셔 지방의 네더필드로 새로 이사 온 젊은 남자다.

필립스 부부 엘리자베스의 이모와 이모부. 롱본에서 가까운 마을인 메리턴에 살고 있다.

조지 위컴 메리턴에 주둔한 연대의 군인. 잘생긴 외모로 인기가 많다.

샬럿 루카스 루카스 집안의 첫째 딸로 엘리자베스와 절친하다.

❈❈❈❈❈❈❈❈❈ 켄트 지방의 지인 ❈❈❈❈❈❈❈❈❈❈

콜린스 엘리자베스의 친척으로, 켄트 지방에 있는 헌스퍼드 목사관에 살고 있다.

캐서린 부인 콜린스의 후견인이자 다아시의 이모로, 헌스퍼드 목사관에서 가까운
로징스 저택에 살고 있다.

❈❈❈❈❈❈❈❈❈ 런던의 친척 ❈❈❈❈❈❈❈❈❈❈

가드너 부부 엘리자베스의 외삼촌과 외숙모. 런던의 그레이스처치가에서 사업을 한다.

엘리자베스

제인

메리

1

상당한 재산을 지닌 독신 남자에게 반드시 아내가 필요하다는 건 누구나 인정하는 진리다.

이제 막 이웃이 되어 그 남자의 감정이나 생각을 거의 모르더라도, 이 진리는 그 일대 사람들의 마음속에 워낙 확고하게 자리 잡혀 있어 사람들은 그 남자를 자기네 딸들 중 하나가 마땅히 차지해야 할 재산쯤으로 여긴다.

"여보." 어느 날 베넷 부인이 남편에게 물었다. "드디어 네더필드 파크에 세 들어 올 사람이 정해졌다는데, 그 얘기 들으셨어요?"

베넷 씨는 못 들었다고 대꾸했다.

"그런데 그렇다네요." 부인이 말을 받았다. "조금 전에 롱 부인이 와서 다 얘기해 줬거든요."

베넷 씨는 아무 대답도 하지 않았다.

"누가 들어오는지 알고 싶지 않아요?" 부인은 안달이 나서 큰 소리로 물었다.

"당신은 말하고 싶어 하고, 나는 반대할 생각이 없어요."

이 정도면 부인을 부추기기에 충분한 대답이었다.

"그럼요, 여보. 당신이 알아야죠. 롱 부인이 그러는데 네더필드에 들어올 사람은 잉글랜드 북부 출신이고 엄청난 재산을 지닌 젊은 남자래요. 월요일에 말 네 필이 끄는 마차를 타고 와서 둘러보고는 아주 흡족해서 당장 모리스 씨하고 계약을 했다지 뭐예요. 성 미카엘 축일그리스도교의 성 미카엘 대천사의 축일로, 9월 29일 전에 들어오기로 했고, 하인 몇 명은 다음 주말부터 와 있을 거래요."

"이름이 뭐라던가요?"

"빙리라네요."

"기혼이요, 미혼이요?"

"아유, 미혼이죠, 여보. 틀림없어요! 일 년 수입이 4~5천에 달하는, 재산이 많은 독신 남자. 우리 딸들한테 얼마나 잘된 일이에요!"

"아니, 어째서? 그게 우리 애들이랑 무슨 상관이라고?"

"아이참, 여보." 그의 아내가 대꾸했다. "당신은 어쩜 그렇게 꽉 막혔답니까. 그 남자가 우리 애들 중에 한 명이랑 결혼할 거라는 얘기지 뭐겠어요."

"그 사람이 그런 꿍꿍이로 이사를 온다는 거요?"

"꿍꿍이라뇨! 무슨 그런 터무니없는 소리를! 그래도 우리 애들 중에 누군가를 좋아할 가능성이야 얼마든지 있죠. 그러니까 그 사람이 오자마자 찾아가 봐야 해요."

"내가 무슨 볼일이 있다고. 당신이나 애들을 데리고 가 보든지, 아니면 애들만 보내든지 해요. 아무래도 그러는 편이 낫겠네. 당신의 미모가 애들 못지않아서 빙리 씨가 당신을 제일 좋아할지도 모르니."

"아유, 입에 발린 소리를 하시기는. 나도 한때는 예쁘다는 소리깨나 들었지만 지금이야 대단하다고 할 수 있나요. 다 큰 딸을 다섯이나 둔 여자라면 자기 미모에 대한 생각은 이제 그만둬야죠."

"그런 사람들이야 대부분 내세울 미모가 없으니까."

"어쨌거나 여보, 빙리 씨가 우리 마을에 오면 꼭 찾아가서 만나셔야 해요."

"분명히 말하지만 그런 약속은 못 해요."

"하지만 딸들을 생각해야죠. 우리 애들한테 얼마나 훌륭한 혼처일지 생각해 봐요. 윌리엄 루카스 경 내외도 순전히 그 이유 때문에 찾아가기로 이미 마음을 정했다고요. 당신도 알다시피 평소에 그분들이 누가 이사를 왔다고 해서 찾아가는 사람들이에요? 그러니까 꼭 가야 해요. 당신이 가지 않는데 우리가 어떻게 간단 말이에요?"

"그렇게까지 따질 게 뭐 있소. 당신이 찾아가면 빙리 씨도 틀림없이 무척 반가워할 텐데. 내 몇 줄 적어 줄 테니 가져가도록 해요. 우리 딸과의 결혼을 진심으로 허락한다, 누구를 선택하더라도 상관없다, 이렇게 말이오. 그래도 우리 리지를 칭찬하는 말은 좀 넣어야겠군."

"그러지 말아요. 리지가 다른 애들보다 나은 게 뭐가 있다고. 미모는 제인의 반만큼도 안 되고, 상냥하기로는 리디아의 반도 못 따라가는데. 그런데도 당신은 늘 그 애만 끼고돌죠."

"다른 애들이야 내세울 게 없으니까." 그가 반박했다. "보통 여자애들처럼 하나같이 어리석고 멍청한데 리지는 제 동기들보다 영특한 구석이 있거든."

"아니, 당신은 어쩌면 자기 딸들을 그런 식으로 깎아내릴 수가 있어요? 나를 약 올리는 게 재미있나 봐. 내 가녀린 신경이 불쌍하지도 않아요?"

"오해예요, 여보. 내가 당신의 신경을 얼마나 존중하는데. 나의 오랜 친구인걸. 당신이 신경 얘기를 할 때마다 안쓰럽게 생각한 지도 최소한 이십 년은 넘었으니."

"아! 내가 얼마나 힘든지 당신은 몰라요."

"그래도 잘 이겨 내야지. 그래야 연 수입 4천의 젊은이들이 우리 마을로 이사 오는 걸 계속해서 보지 않겠소."

"그런 사람이 스무 명이 온들, 당신이 찾아가질 않을 텐데 그게 다 무슨 소용이겠어요."

"장담하지만, 스무 명이 온다면 내 전부 방문하리다."

베넷 씨는 재치와 해학, 과묵함과 변덕이 묘하게 뒤섞인 사람이라, 스물세 해를 함께 살고도 부인이 그의 성격을 이해하기엔 역부족이었다. 반면에 그녀의 마음이 움직이는 방식은 그리 복잡하지 않았다. 그녀는 이해력이 부족하고 아는 바도 별로 없으며 기분을 종잡을 수 없는 그런 여자였다. 뭔가가 불만스러우면 신경과민이라고 생각했다. 딸들을 결혼시키는 게 인생의 과업이었고 이웃을 방문하고 새로운 소식을 듣는 것이 낙이었다.

베넷 씨는 빙리 씨를 방문한 사람들 중에서도 가장 빠른 편에 속했다. 처음부터 찾아가 볼 작정이었지만 부인한테는 끝까지 가지 않을 것처럼 시치미를 뗐고, 그래서 다녀온 날 저녁까지도 부인은 까맣게 모르고 있었다. 그러다가 그 사실은 이런 식으로 드러났다. 둘째 딸이 모자에 장식을 달고 있는 모습을 지켜보던 베넷 씨가 느닷없이 이렇게 말했다.

"빙리 씨가 그걸 마음에 들어 하면 좋겠구나, 리지야."

"빙리 씨가 뭘 좋아하는지 우리가 어떻게 알겠어요." 베넷 부인이 발끈했다. "찾아가지도 않을 거면서."

"하지만 잊으셨어요, 엄마?" 엘리자베스가 말했다. "무도회에서 만나게 될 테고, 롱 부인이 소개시켜 주겠다고 약속했잖아요."

"나는 롱 부인이 그럴 사람이라고는 믿지 않는다. 자기한테도 조카가 둘이나 있는데. 이기적이고 위선적인 여자라, 나는 그녀를 별로 좋게 생각하지 않아."

"동감이오." 베넷 씨가 말했다. "당신이 그 사람 덕을 보지 않겠다니 기쁘군."

베넷 부인은 대꾸조차 하지 않을 작정이었지만, 참지 못하고 딸들 중에 한 명을 야단치기 시작했다.

"제발 부탁인데 기침 좀 그만할 수 없니, 키티! 엄마의 신경 좀 불쌍하게 여겨 다오. 너 때문에 내 신경이 갈가리 갈라지는 것 같아."

"키티가 기침을 하고 싶어서 하나. 때를 잘못 맞춰서 그렇지." 그녀의 아버지는 말했다.

"저도 재미로 기침을 하는 건 아니에요." 키티가 투덜거렸다. "다음 무도회는 언제지, 리지 언니?"

"보름 후야."

"아유, 그렇다니까." 그녀의 어머니가 목소리를 높였다. "그런데 롱 부인은 그 전날에야 돌아오거든. 그러니 어떻게 그 사람을 소개시켜 주겠니. 자기도 모를 텐데."

"그렇다면 여보, 당신이 아는 척하면서 빙리 씨를 친구한테 소개하면 되겠군."

"어떻게 그러겠어요, 여보. 친분이 없는 마당에. 당신은 어쩜 그렇게 짓궂어요?"

"당신의 신중함은 존경스럽다니까. 보름 정도 알고 지낸 것만으로는 당연히 부족하지. 사람의 진면목을 보름 만에 어찌 알겠소. 하지만 우리가 나서지 않으면 누군가는 그리할 테고, 어쨌거나 롱 부인과 조카들한테도 기회를 줘야지. 롱 부인은 그걸 친절하게 여길 테니 당신이 내키지 않는다면 내가 그 소임을 맡아보리다."

딸들은 아버지를 빤히 쳐다봤고, 베넷 부인은 이렇게만 말했다. "어처구니가 없네! 어처구니가 없어!"

"그렇게 힘주어 외치는 그 말의 의미는 대체 뭐요?" 그가 말했다. "누가 어떻게 소개해야 하는지 시시콜콜 따지는 게 어처구니가 없다는 거요? 그 점에서는 전혀 동의할 수 없소. 메리, 네 의견을 말해 보겠니? 너는 생각이 깊은 데다 훌륭한 책을 읽으면서 따로 적어 놓기도 하잖니."

메리는 뭔가 그럴듯한 대답을 하고 싶었지만 적당한 말이 떠오르지 않았다.

"메리가 생각을 정리하는 동안," 그가 말을 이었다. "빙리 씨 얘기로 돌아갑시다."

"빙리 씨라면 넌더리가 나요." 그의 부인이 외쳤다.

"그거 유감이로군. 아니, 왜 미리 말해 주지 않은 거요? 오늘 아침에 알았더라면 그를 방문하지 않았을 텐데. 참으로 안타깝지만 기왕에 방문을 해 버렸으니 이제 친분을 멀리할 수는 없게 되었소."

깜짝 놀라는 여자들의 반응은 그가 바랐던 바였고, 베넷 부인의 놀라움이 가장 컸다. 하지만 한바탕 휘몰아친 기쁨이 가라앉자 그녀는 처음부터 그럴 줄 알았다고 큰소리를 치기 시작했다.

"여보, 당신은 속도 깊으시지. 결국에는 내 말을 들어줄 줄 알았어요. 그런 사람과의 친분을 무시하기엔 딸들을 너무 사랑한다는 걸 알았으니까. 아유, 좋아라! 아침에 다녀와 놓고 이제껏 한마디도 안 하다니, 우리를 잘도 속이셨네요."

"키티야, 이제 마음껏 기침을 하렴." 베넷 씨는 이렇게 말하고는 아내의 호들갑에 질려서 방을 나섰다.

"너흰 정말 훌륭하신 아버지를 뒀다, 얘들아!" 방문이 닫혔을 때 그녀가 말했다. "아버지의 은덕을 다 갚을 수나 있겠니. 그렇게 치면 나한테도 마찬가지지만. 아닌 게 아니라, 우리 나이쯤 되면 매일 새로운 사람을 사귀는 게 그리 즐겁지 않단다. 하지만 너희를 위해서라면 우린 못 할 게 없어. 우리 예쁜 리디아, 네가 제일 어리긴 해도 다음 무도회에서 빙리 씨는 틀림없이 너랑 춤을 출 거야."

"어머, 난 겁나지 않아. 제일 어려도 키는 제일 크거든." 리디아는 당차게 말했다.

남은 저녁 시간에는 다들 그가 베넷 씨의 방문에 얼마나 빨리 답례를 할지 짐작해 보고, 그를 식사에 초대하는 건 언제쯤이 좋을지 따지느라 여념이 없었다.

하지만 베넷 부인이 다섯 딸들까지 동원해서 묻고 또 물어봐도 남편에게서는 빙리 씨에 대한 만족스러운 묘사를 이끌어 낼 수 없었다. 그들은 온갖 방법으로 그를 공략했다. 노골적으로 물어보고, 그럴싸하게 추측도 해 보고, 되는대로 넘겨짚기도 했다. 하지만 그는 이런 술수를 모두 피해 갔고, 그래서 그들은 결국 이웃에 사는 루카스 부인으로부터 전해 들은 정보로 만족해야 했다. 부인의 전언은 대단히 솔깃했다. 윌리엄 경이 매우 호의적인 평가를 내렸는데, 아주 젊고 굉장한 미남인 데다 더없이 상냥하고, 무엇보다 다음 무도회에 동행을 대거 이끌고 참석할 예정이라는 것이었다. 이보다 더 기쁜 소식은 없었다! 춤을 좋아한다는 건 사랑에 빠지는 길로 접어든다는 뜻이었고, 모두들 빙리 씨의 마음을 사로잡을 생생한 희망에 부풀었다.

"우리 딸들 중에 한 명이 네더필드에서 행복한 가정을 꾸리고 나머지도 비슷하게 좋은 짝을 만난다면 나는 더 바랄 게 없어요." 베넷 부인이 남편에게 말했다.

며칠 후에 빙리 씨는 답례로 베넷 씨를 방문했고, 서재에서 10분 정도 함께 얘기를 나눴다. 그는 이 집 딸들의 미모에 대해 많은 얘기를 들은 터라 내심 기대를 하고 왔지만 아버지밖에 보지 못했다. 그에 비하면 여자들은 운이 좋았는데, 2층 창문을 통해 파란색 코트를 입은 그가 검은 말을 타고 오는 걸 봤기 때문이다.

곧바로 정찬오후에 격식을 갖추고 하는 식사 초대장을 보냈고, 베넷 부인이 살림 솜씨를 한껏 뽐낼 수 있는 메뉴까지 다 정했을 때 답장이 와서 모든 걸 연기해야 했다. 빙리 씨가 다음 날 런던에 가야 하기 때문에 영광스러운 초대에 응할 수 없다는 내용이었다. 베넷 부인은 몹시 당혹스러웠다. 하트퍼드셔에 온 지 얼마나 됐다고, 무슨 볼일이 있어 런던에 간다는 건지 이해할 수 없었다. 네더필드에 정착해야 마땅한 사람이 앞으로도 이렇게 여기저기 떠돌아다니는 건 아닐까, 걱정스러운 마음이 들었다. 그러다가 무도회에 함께 참석할 사람들을 데리러 갔다는 루카스 부인의 얘기를 듣고서야 우려를 씻어 냈고, 얼마 지나지 않아 빙리 씨가 숙녀 열두 명과 신사 일곱 명을 모임에 데려올 거라는 소식이 들려왔다. 숙녀의 수가 너무 많다는 사실에 여자들은 속을 끓였지만, 무도회 전날 그가 런던에서 데려오는 숙녀는 열둘이 아니라 여섯 명뿐이며 그것도 누이 다섯과 사촌 한 명이라는 얘기를 듣고 안심했다. 그리고 막상 일행이 무도회장에 들어섰을 때는 빙리 씨와 누이 두 명, 그중 첫째 누이의 남편, 그리고 또 다른 젊은 남자까지 다섯 명이 전부였다.

빙리 씨는 잘생기고 신사다웠다. 호감이 가는 인상과 편하고 꾸밈없는 태도의 소유자였다. 누이들은 매우 세련된 분위기의 고상한 숙녀들이었다. 매부인 허스트 씨는 그저 신사처럼 보이는 정도였지만, 친구라는 다아시 씨는 세련되고 훤칠한 체구, 잘생긴 이목구비와 당당한 태도로 금세 모든 사람들의 관심을 끌었고, 들어온 지 5분도 지나지 않아 연 수입이 1만 파운드라는 소문이 온 방 안에 퍼졌다. 신사들은 그가 남자답게 생겼다고 입을 모았고, 숙녀들은 빙리 씨보다 더 미남이라고 단언했다. 저녁 시간이 절반쯤 지날 때까지도 이렇게 엄청난 찬사를 받았건만, 거부감을 자아내는 태도에 그런 인기가 꺾여 버렸다. 그가 오만하고 남들을 무시하며

까다로운 사람으로 드러나자, 더비셔에 있다는 넓은 영지조차 역겹고 못마땅한 그 표정을 덮기엔 역부족이었고, 결국 친구와는 비교할 가치도 없는 인물로 전락하고 말았다.

빙리 씨는 그곳의 주요한 인물들과 금세 친분을 쌓았다. 활달하고 격의 없는 태도로 한 번도 쉬지 않고 춤을 추었고, 무도회가 너무 일찍 끝났다며 화를 내더니 네더필드에서 자신이 무도회를 열겠다고 말하기까지 했다. 이렇게 상냥한 품성은 저절로 드러나기 마련이다. 그와 그의 친구는 얼마나 대조적이었는지! 다아시 씨는 허스트 부인과 한 번, 그리고 빙리 양과 한 번 춤을 추었을 뿐, 어떤 여성도 소개받으려 하지 않았고, 저녁 내내 이리저리 방을 거닐며 어쩌다 자기 일행에게만 말을 걸었다. 그걸로 그의 성격은 결정이 났다. 그는 세상에서 가장 오만하고 불쾌한 사람이었고, 모두들 그를 두 번 다시 보고 싶어 하지 않았다. 그중에서도 가장 격하게 반감을 표시한 사람은 바로 베넷 부인이었는데, 전반적으로 모든 행동거지가 마음에 들지 않던 차에 딸들 가운데 한 명이 그에게 무시까
지 당하자 더욱 분개했다.

　신사가 부족했던 탓에 두 번 정도 춤을 추지
못한 채 앉아 있던 엘리자베스는 때마침 근처
에 서 있었던 다아시 씨가 빙리 씨하고 나누
는 대화를 듣게 되었다. 빙리 씨는 친구에게
춤을 권하기 위해 춤을 추다 말고 잠시 빠
져나왔다.

　"그러지 말고, 다아시." 그가 말했다.
"자네가 춤을 추는 걸 봐야겠어. 혼자 멍
청하게 서 있는 모습이 보기 싫단 말이
야. 무도회에 왔으면 춤을 춰야지."

　"어림도 없어. 내가 춤을 얼마나 싫어
하는지 잘 알면서. 아주 친한 파트너가
아닌 다음에는 말이야. 이런 모임에서 춤
을 추는 건 견딜 수 없네. 자네 누이들은
다 짝이 있고, 벌받는 기분 없이 춤출 수 있
는 여자는 이 방에 한 명도 없단 말일세."

　"거참, 뭐가 그렇게 까다로운가." 빙리 씨가
목소리를 높였다. "분명히 말하지만, 나는 오늘
저녁만큼 괜찮은 아가씨들을 많이 만나 본 적이
없어. 게다가 보기 드물게 예쁜 아가씨들도 몇 명 있

고 말이지.”

“이 방에서 유일한 미인은 자네하고 춤을 추고 있잖나.” 다아시 씨는 베넷 집안의 첫째 딸을 바라보며 말했다.

“그래! 저렇게 아름다운 사람은 처음 봐! 하지만 그녀의 동생 한 명이 자네 바로 뒤에 앉아 있는데, 상당히 예쁘고 아마 성격도 아주 싹싹할 거야. 내 파트너한테 자네를 소개시켜 달라고 할게.”

“누구를 말하는 거야?” 그는 몸을 돌려 잠시 엘리자베스를 쳐다봤는데 눈이 마주치자 시선을 거두며 차갑게 말했다. “참아 줄 만은 하군. 하지만 내 마음을 끌 정도로 예쁘진 않아. 다른 남자들이 거들떠보지 않은 아가씨를 우쭐하게 만들어 줄 기분도 아니고. 자네는 파트너에게 돌아가서 그녀의 미소나 즐기게. 나 때문에 괜히 시간 낭비하지 말고.”

빙리 씨는 그의 충고를 따랐다. 다아시 씨도 다른 곳으로 가 버렸고, 혼자 남은 엘리자베스는 그에 대한 감정이 좋을 리 없었다. 하지만 그녀는 재미있는 일이라면 뭐든 즐거워하는 쾌활하고 장난기 많은 성격이라, 그 얘기마저도 친구들한테 신나게 들려주었다.

온 가족에게 대체로 즐거운 저녁이었다. 베넷 부인은 네더필드 사람들이 자신의 첫째 딸을 무척 좋아한다는 걸 확인했다. 빙리 씨는 그녀와 두 번 춤을 췄고, 그의 누이들도 그녀를 특별하게 대했다. 훨씬 차분하기는 했지만 제인도 어머니만큼이나 흡족한 기분이었다. 제인의 기쁨은 엘리자베스에게도 느껴졌다. 메리는 누군가 자신을 가리키며 이 근방에서 제일 교양 있는 아가씨라고 말하는 소리를 들었고, 캐서린과 리디아는 운이 좋게도 파트너가 떨어지지 않았는데, 아직까지 두 사람에게 무도회에서 중요한 건 그것뿐이었다. 그래서 그들은 자신들이 제법 명망 있는 집안으로 통하는 롱본으로 신이 나서 돌아왔다. 베넷 씨는 아직 깨어 있었다. 책을 손에 쥐면 시간 가는 줄 모르는 사람이기도 하지만, 이날은 워낙 기대를 모은 저녁 행사가 있었다 보니 호기심도 동했다. 그는 부인이 새로 이사 온 사람에게 실망했기를 은근히 바랐지만, 곧이어 듣게 된 이야기는 전혀 딴판이었다.

"어머, 여보." 그녀는 방으로 들어서면서 얘기를 시작했다. "너무 즐거운 저녁이었어요. 무도회가 정말 훌륭했답니다. 당신도 같이 갔으면 좋았을걸. 제인에 대한 칭찬이 얼마나 자자한지, 아주 더할 나위가 없었어요. 다들 제인이 예쁘다고 야단이었다고요. 빙리 씨도 우리 딸이 정말 아름답다고 생각했으니까 그 애랑 춤을 두 번이나 췄겠죠. 생각해 봐요, 여보. 진짜 춤을 두 번이나 췄다니까요. 그 사람이 춤을 두 번 청한 사람은 그 방에서 우리 애뿐이에요. 처음엔 루카스 양한테 청하더라고요. 둘이 같이 서 있는 걸 보는데 어찌나 애가 타던지. 하지만 그 애를 조금도 좋아한 게 아니었어요. 하긴 누가 그러겠어. 제인이 춤을 추는 걸 보고는 완전히 반했던 모양이에요. 그래서 누구냐고 묻고는 소개를 받았고, 다음 춤을 제인한테 청한 거죠. 세 번째는 킹 양, 네 번째는 마리아 루카스, 그리고 다섯 번째는 다시 제인, 여섯 번째는 리지, 그리고 불랑제 춤은……"

"그 사람이 나를 조금이라도 가엽게 여겼다면," 그녀의 남편은 더는 못 들어 주겠다는 듯이 목소리를 높였다. "춤을 그 절반도 추지 않았을 텐데! 제발 부탁이니 그 사람이랑 춤춘 파트너들 얘기는 그만 좀 해요. 아이고! 첫 번째 춤을 추다가 발목이나 접질릴 것이지!"

"아유, 여보! 나는 그 사람이 정말 마음에 들어요. 정말이지 지나칠 정도로 잘생겼다니까! 누이들도 매력적이고. 살면서 그렇게 우아한 드레스는 처음 봤어요. 아무래도 허스트 부인이 입은 드레스의 그 레이스는……"

여기서 부인의 말은 다시 중단되었다. 베넷 씨가 장신구에 대한 묘사를 제지했기 때문이다. 그래서 그녀는 다른 얘깃거리를 찾아야 했고, 다아시 씨의 충격적인 무례함에 대해 과장을 조금 섞어 가며 아주 신랄하게 늘어놓았다.

"하지만 분명한 건," 그녀는 이렇게 덧붙였다. "그런 사람의 마음을 끌지 못했다고 리지가 손해 볼 건 없다는 거예요. 그렇게 불쾌하고 고약스러운데 호감을 사 봐야 뭐 하겠어요. 어찌나 고고한 척 우쭐대는지 참아 줄 수가 없더라니까요. 이쪽으로 갔다가 저쪽으로 갔다가 무슨 대단한 사람이라도 되는 것처럼! 아니, 춤을 같이 출 만큼 예쁘지 않다니! 당신이 거기 있어야 했는데. 한바탕 퍼부어 줬으면 얼마나 좋아요. 정말 마음에 안 드는 사람이야."

4

그때까지 빙리 씨를 칭찬하기 조심스러웠던 제인은 엘리자베스와 단둘이 있게 되자 비로소 정말 마음에 드는 사람이라며 속내를 털어놓았다.

"젊은 남자의 본보기 같은 그런 사람이야." 제인은 말했다. "교양 있고 사근사근하고 쾌활하잖아. 그렇게 유쾌한 태도는 본 적이 없어! 어찌나 스스럼없던지. 게다가 예의범절까지 너무 완벽해."

"심지어 잘생겼지." 엘리자베스가 대꾸했다. "그것도 젊은 남자라면 본받아야 할 점이잖아. 누구나 가능한 건 아니지만. 그러니 완벽한 사람이지 뭐야."

"그가 두 번째 춤을 청했을 땐 정말 우쭐했어. 기대도 못 한 찬사였거든."

"그래? 난 그럴 줄 알았는데. 하지만 바로 그게 우리 둘의 큰 차이점이지. 언니는 찬사를 받으면 늘 놀라워하지만, 나는 그렇지 않다는 게. 그분이 언니한테 다시 춤을 청하는 것보다 더 당연한 게 어디 있어. 언니가 그 방에 있던 어떤 여자보다 다섯 배쯤 더 예쁘다는 걸 그분도 모를 수는 없었을 거야. 그러니까 그건 친절하다고 고마워할 일도 아니. 뭐, 그래도 괜찮은 사람인 건 분명하니까 좋아해도 된다고 허락해 줄게. 언니는 훨씬 멍청한 사람들도 많이 좋아했었잖아."

"놀리지 마, 얘!"

"하긴, 언니는 아무나 좋아하는 경향이 지나칠 정도지. 누구한테서도 흠을 찾는 일이 없잖아. 언니 눈에는 온 세상이 다 좋고 유쾌해 보일 거야. 지금까지 언니가 누군가를 욕하는 소리는 한 번도 들어 본 적이 없으니까."

"누구든 성급하게 비난하고 싶지 않아서 그런 거야. 그래도 내가 생각하는 대로 말하지 않는 적은 없어."

"알아. 그게 놀랍다는 거야. 그렇게 분별 있는 사람이 남의 어리석고 터무니없는 행동은 왜 못 보냐고! 공정한 척하는 거야 쉽지. 그런 사람은 아주 흔하니까. 하지만 가식이나 다른 꿍꿍이 없이 모두를 좋게 보는 사람, 더구나 나쁜 점에 대해서는 입도 뻥긋하지 않는 사람은 언니밖에 없어. 그래서 언니는 그의 누이들도 마음에 들지? 누이들의 태도는 그 사람만 못하던데."

"그건 그래. 얼핏 보기에는. 하지만 얘기를 나눠 보면 아주 괜찮은 여자들이야. 빙리 양은 오빠랑 함께 살면서 살림을 맡아 줄 거래. 아주 멋진 이웃이 될 것 같아."

잠자코 듣기는 했지만, 엘리자베스가 생각하기에는 그럴 것 같지 않았다. 무도회에서 보여 준 그들의 행동에서는 남을 배려하는 모습을 찾아볼 수 없었다. 언니보다 눈이 예리하고 성격도 무르지 않은 데다 누가 친절을 베푼다고 해서 판단력이 흐려지는 일도 없는 엘리자베스로서는 그 여자들을 좋게 봐줄 마음이 별로 없었다. 실제로 매우 세련된 숙녀들인 그들은 기분이 좋을 때는 싹싹하게 굴었고 마음이 내키면 얼마든지 상냥해질 수 있었지만, 오만하고 거드름을 피웠다. 얼굴은 예쁜 편이었고, 런던에서도 첫손에 드는 사립 학교를 다녔으며, 2만 파운드의 재산이 있었기에 씀씀이가 헤프고, 자신들과 같은 부류하고만 어울렸다. 그랬으니 모든 면에서 자신들을 대단하다고 여기며 다른 사람들을 내려다봤다. 잉글랜드 북부의 명문가 출신이라는 사실은 머릿속에 깊이 새긴 반면, 오빠와 자신들의 재산이 장사로 벌어들인 돈이라는 사실은 그렇지 않았다.

빙리 씨는 아버지로부터 10만 파운드에 달하는 재산을 물려받았는데, 시골에 영지를 구입하려 했던 아버지는 뜻을 이루지 못한 채 세상을 떠났다. 같은 생각을 가진 빙리 씨도 이따금 적당한 지역을 물색했지만, 이제 좋은 저택을 빌리고 수렵권까지 갖게 되었으니, 그의 느긋한 성격을 잘 아는 주변에서는 그가 여생을 네더필드에서 보내고 저택 구입은 다시 다음 세대로 넘기는 게 아닐까 의구심을 가졌다.

누이들은 그가 자기 소유의 영지를 갖기를 학수고대했다. 이번에는 세를 얻은 것에 불과했어도 살림을 마다할 빙리 양이 아니었고, 재산보다는 신분을 보고 결혼한 허스트 부인 역시 자기 편리한 대로 그의 집을 제집처럼 생각하곤 했다. 빙리는 성년이 되고 두 해가 지났을 때 누군가의 우연한 권유로 네더필드의 저택을 보게 되었다. 30분 정도 안팎을 두루 살펴본 그는 집의 위치와 방들이 마음에 들었고, 집주인의 장황한 칭찬에 솔깃해져서 곧바로 집을 얻기로 결정했다.

그와 다아시는 성격이 정반대였어도 매우 지속적으로 우정을 나눠 왔다. 다아시가 빙리를 좋아하는 이유는 느긋하고 솔직하며 털털한 성격 때문이었다. 그건 본인의 기질과는 딴판이었지만, 그렇다고 그가 자신의 성격에 불만이 있는 것 같지는 않았다. 빙리는 다아시의 우정에 크게 의존했고, 그의 판단력을 더없이 높이 평가했다. 이해력은 다아시가 우월했다. 빙리도 떨어지는 편은 아니었지만, 다아시는 머리가 좋았다. 그러면서 거만하고 과묵하고 까다로웠으며, 예절에는 흠잡을 데가

없었지만 친근감을 주지는 않았다. 그 점에서는 친구가 더 월등했다. 빙리는 어디서나 호감을 사는 반면에, 다아시는 여지없이 사람들의 반감을 불러일으켰다.

메리턴의 무도회에 대해 말하는 것만 들어 봐도 둘의 성격을 알 수 있었다. 빙리는 이보다 더 유쾌한 사람들이나 예쁜 여자들을 만나 본 적이 없다고 말했다. 다들 그에게 아주 친절하게 관심을 기울였고, 형식적이거나 경직된 태도는 찾아볼 수 없었다. 그는 금세 그 방의 모든 사람들과 친해진 느낌을 받았다. 제인 베넷 양에 대해서는 그보다 아름다운 천사가 없을 거라고 말했다. 반면에 다아시의 눈에는 하나같이 미모도 변변찮고 세련된 태도라고는 그보다도 더 찾아볼 수 없어서 관심을 가질 만한 사람이 없었고, 사람들도 그에게 관심을 기울이거나 흥미를 보이지 않았다. 베넷 양에 대해서도 예쁜 건 인정했지만, 웃음이 너무 헤프다고 생각했다.

빙리의 누이들은 수긍하면서도 그녀를 칭찬하고 좋아했으며, 사랑스러운 아가씨라 더 사귀어 봐도 괜찮을 것 같다고 했다. 이로써 베넷 양은 사랑스러운 아가씨로 결론 났고, 빙리는 그런 찬사를 들은 여자라면 마음껏 좋아해도 되겠다고 느꼈다.

5

롱본에서 걸어서 얼마 안 되는 거리에 베넷 집안과 유난히 친하게 지내는 가족이 살았다. 윌리엄 루카스 경은 메리턴에서 장사를 하며 상당한 부를 축적했고, 시장으로 재직하던 중에 국왕에게 청원해서 작위를 받았다. 그 영광을 너무 크게 생각했는지, 그는 급기야 장사에 염증을 느끼고 장터 같은 작은 마을까지도 싫어져서 결국 그 둘을 다 정리한 후 가족들과 함께 메리턴에서 약 1.6킬로미터 떨어진 저택으로 거처를 옮겼다. 그때부터 그곳을 루카스 저택이라 명명하고는 일에 얽매이지 않은 채 자신의 지위를 만끽하며 만인에게 정중하게 구는 데에만 전념했다. 높아진 신분에 우쭐해 하면서도 거드름을 피우지는 않았고, 오히려 모두에게 깍듯했다. 천성적으로 악의가 없고 다정하며 자상한 성품이었던 그는 세인트 제임스 궁에서 국왕을 알현하면서 더 정중한 사람이 되었다.

루카스 부인은 매우 선량했고, 베넷 부인의 소중한 이웃이 되지 못할 만큼 영리하지는 않았다. 부부는 자식을 여럿 두었는데, 양식 있고 똑똑한 스물일곱 살의 첫째 샬럿은 엘리자베스의 둘도 없는 친구였다.

그러니 루카스 집안의 딸들과 베넷 가의 딸들이 한데 모여 무도회 얘기를 나누는 건 정해진 순서였고, 바로 다음 날 루카스네 딸들이 롱본으로 건너와서 이야기꽃을 피웠다.

"샬럿, 너는 어젯밤 시작이 좋았지." 베넷 부인은 짐짓 상냥한 목소리로 말했다. "빙리 씨의 첫 상대가 너였잖니."

"그랬죠. 하지만 그분은 두 번째 상대를 더 좋아하는 것 같던데요."

"어머! 제인 말이로구나. 그야 제인하고는 두 번이나 춤을 췄으니까 그 애를 좋아하는 것처럼 보인 건 분명하지. 아닌 게 아니라 나도 그렇다고 생각해. 그런 비슷한 얘기를 듣기도 했고. 잘은 모르겠지만, 로빈슨 씨하고 무슨 얘기를 할 때였던 것 같은데."

"그분이 로빈슨 씨와 나누는 대화를 제가 우연히 들었던 걸 말씀하시나 봐요. 제가 얘기하지 않았던가요? 로빈슨 씨가 메리턴 무도회는 마음에 드느냐, 예쁜 아가씨들이 많지 않느냐, 그중에서 누가 제일 예쁘다고 생각하느냐고 물었는데, 마지막 질문에는 곧바로 이렇게 대답을 하시더라고요. 아! 그야 두말할 나위 없이 베넷 양이죠. 그 점에 대해서야 이견이 있을 수 있나요!"

"어머나 세상에! 그럼 정말 확실하구나. 그렇다면 그건 마치, 뭐랄까…… 뭐, 하지

만 아무것도 아닐지도 모르지."

"내가 엿들은 말이 네가 들은 거보다 괜찮았지, 엘리자." 샬럿이 말했다. "다아시 씨의 말에는 그의 친구 얘기만큼 귀를 기울일 가치가 없어. 안 그래? 불쌍한 엘리자! 그저 참아 줄 정도라니."

"그의 모욕적인 행동에 그러잖아도 속상해하는 리지한테 그런 말은 삼가 주렴. 그렇게 불쾌한 사람이 좋아한다고 해도 그게 더 곤란하지 않겠니? 롱 부인이 어젯밤에 그러는데, 그 사람이 30분이나 자기 옆에 앉아 있었으면서도 말 한마디 걸지 않더래."

"정말이에요, 어머니? 잘못 아신 거 아니에요?" 제인이 말했다. "다아시 씨가 부인께 말을 거는 걸 제가 분명히 봤거든요."

"아니, 그야 참다못한 롱 부인이 네더필드가 마음에 드냐고 물어봤으니 대답을 하지 않을 수 없었겠지. 하지만 말을 걸었더니 아주 화가 난 것 같았대."

"빙리 양 말로는 친한 사람이 아니면 말을 많이 하지 않는대요. 그 사람들한테는 상당히 상냥하다던데요." 제인이 말했다.

"너는 그런 말을 믿니? 그렇게 상냥한 사람이라면 롱 부인한테 말을 걸었겠지. 하지만 왜 그랬는지는 알 만해. 다들 그가 오만하기 짝이 없다던데, 롱 부인이 마차가 없어서 마차를 빌려 타고 왔다는 얘기를 들은 게지."

"롱 부인한테 말을 걸지 않은 건 아무래도 좋아요." 샬럿이 말했다. "하지만 엘리자하고는 춤을 췄으면 좋았을걸."

"다음에라도 리지야." 그녀의 어머니가 말했다. "내가 너라면 그런 사람하고는 춤을 추지 않을 게다."

"그 사람하고는 절대 춤을 추지 않겠다고 맹세라도 할 수 있어요, 엄마."

"그 사람이 오만하다지만, 나는 그게 다른 사람들의 경우처럼 그렇게 거슬리지 않던데." 샬럿이 말했다. "충분히 그럴 만하잖아. 가문에 재산에 모든 걸 갖춘 멋진 젊은 남자가 우월감을 갖지 않는다면, 그것도 놀랄 일 아니야? 이렇게 표현해도 좋을지 모르겠지만, 그 사람은 오만할 자격이 있어."

"그건 그래." 엘리자베스가 말을 받았다. "만약 그 사람이 내 자존심을 건드리지 않았다면 나도 그의 오만을 쉽게 용서할 수 있었을 거야."

"오만이란 아주 흔한 단점이지." 사고의 깊이를 자랑으로 여기는 메리가 입을 열었다. "지금까지 읽어 본 바에 따르면 오만은 정말 흔하고, 우리의 본성은 그쪽으로 기우는 경향이 있어. 실제로 가지고 있건 아니면 가졌다고 상상하건, 자신의 어떤 자질에 대해 자만심을 갖지 않는 사람은 거의 없거든. 허영과 오만은 비슷한 의미로 사용될 때가 많지만 전혀 달라. 허영심이 없어도 오만할 수는 있거든. 오만이 스스로에 대한 자신의 판단과 관련이 있다면, 허영은 남이 나를 어떻게 봐 줬으면 좋겠다는 마음이니까."

"내가 다아시 씨만큼 돈이 많다면," 누이들을 따라온 루카스 집안의 어린 남동생이 큰 소리로 말했다. "내가 얼마나 오만한지 신경 쓰지 않을 거야. 사냥개를 잔뜩 기르고, 포도주를 매일 한 병씩 마셔야지."

"그렇게 많이 마시면 안 되지." 베넷 부인이 말했다. "그러다가 내 눈에 띄면 당장 술병을 뺏길 줄 알아."

소년이 말도 안 된다며 대들고 부인도 고집을 굽히지 않아서, 둘의 언쟁은 그들이 방문을 마치고 돌아갈 때에야 끝이 났다.

6

　얼마 지나지 않아 롱본의 숙녀들이 네더필드의 숙녀들을 방문했다. 그에 대한 답례 차원의 방문도 적절하게 이루어졌다. 제인의 상냥한 태도에 허스트 부인과 빙리양이 가지고 있던 호감은 더욱 커졌다. 비록 어머니는 참기 힘들고 어린 동생들에 대해서는 말을 붙일 가치도 없다고 생각했지만, 위의 두 명과는 더 친하게 지내고 싶어 했다. 이런 호의를 아주 기쁘게 받아들인 제인과는 달리, 엘리자베스는 그들의 전반적인 태도가 거만하다고 느꼈다. 심지어 언니를 대할 때도 예외가 아니라는 걸 알고는 도저히 그들을 좋아할 마음이 나지 않았다. 하지만 그들이 그만큼이라도 제인에게 친절한 건 빙리 씨의 칭찬 때문일 가능성이 높다는 점에서 긍정적이었다. 만날 때마다 그가 제인에게 남다른 감정을 느낀다는 건 누구라도 알 수 있었고, 제인 역시 처음부터 호감을 느끼다가 어느새 사랑에 빠져드는 중이라는 사실이 엘리자베스의 눈에는 똑똑히 보였다. 그러면서도 세상 사람들은 이걸 알아차리지 못했을 거라고 생각하며 즐거워했는데, 제인은 감성이 풍부하지만 차분한 성격과 한결같이 명랑한 태도 때문에 무례한 사람들의 억측을 피할 수 있었다. 엘리자베스는 이런 생각을 친구인 루카스 양에게 털어놓았다.

"이런 경우에 사람들을 속일 수 있다는 건 어쩌면 유쾌한 일일지도 모르지." 샬럿은 대답했다. "하지만 그렇게 꽁꽁 감추는 게 어떨 때는 불리할 수도 있어. 여자가 자신의 마음을 상대방한테까지 그렇게 완벽하게 감춰 버리면 그를 붙잡을 기회를 놓칠 수도 있고, 그런 다음에 세상 사람들 역시 아무것도 모른다고 생각해 봐야 무슨 큰 위로가 되겠니. 대부분의 애정에는 감사하는 마음이나 허영심이 어느 정도 들어 있기 때문에 그걸 그냥 내버려 두는 건 안전하지 않아. 시작이야 자유롭게 할 수 있지. 약간의 호감을 갖게 되는 건 자연스러운 일이고. 하지만 옆에서 용기를 주지 않는데도 사랑에 빠질 수 있는 사람은 많지 않아. 여자는 좋아하는 감정을 실제보다 더 많이 드러내는 편이 나아. 열에 아홉은 그럴 거야. 빙리가 너희 언니를 좋아하는 건 분명해. 하지만 제인이 부추기지 않는다면 그냥 좋아하는 감정에 머무르고 말걸."

"언니도 천성이 허락하는 한에서는 할 수 있는 만큼 그를 부추기고 있는 거야. 나도 알 수 있는 걸 알아차리지 못한다면 그 사람은 멍청이지."

"그 사람은 제인의 성격을 너만큼 잘 알지 못한다는 걸 잊지 마, 엘리자."

"하지만 여자가 남자한테 호감을 느끼고 그 마음을 애써 숨기지 않는다면, 남자는 그걸 모를 수 없어."

"어쩌면 그렇겠지. 충분히 자주 만난다면 말이야. 하지만 빙리와 제인은 자주 만나는 편이기는 해도 몇 시간씩 함께 있었던 적은 없잖아. 늘 사람들 속에 섞여 있기 때문에 계속 얘기를 나눌 수 있는 것도 아니고. 그러니까 제인은 그의 관심을 독차지할 수 있는 30분만이라도 최대한 활용해야 해. 그렇게 그의 마음을 사로잡고 나면 얼마든지 여유롭게 사랑에 빠질 수 있을 거야."

"결혼을 잘하려는 마음뿐이라면 그런 계획도 좋겠지." 엘리자베스가 말을 받았다. "부자 남편, 아니 어떤 남편이라도 얻겠다고 결심한다면 나도 그런 방법을 써야 할 거야. 하지만 제인 언니의 감정은 그런 게 아니거든. 언니는 계획한 대로 행동하는 게 아니야. 아직은 언니 본인의 호감이 어느 정도인지, 심지어 그 마음이 합당한지조차 확신을 못 하는 상태야. 그를 안 지 이제 보름밖에 안 됐잖아. 메리턴에서 네 번 춤을 췄고, 그의 집에서 아침에 한 번 만났고, 그 후로 식사 자리를 네 번 가졌어. 이 정도로는 언니가 그의 성격을 파악하기에 충분하지 않아."

"네가 말하는 대로라면 그렇겠지. 너희 언니가 그 사람이랑 그저 식사만 했다면 식욕이 좋은지 어떤지 말고는 알아내지 못했을 거야. 하지만 네 번의 저녁을 함께 보냈다는 걸 기억해야지. 그리고 네 번의 저녁이면 상당히 많은 시간일 수도 있어."

"그래. 그 네 번의 저녁 덕분에 두 사람 다 커머스보다 벵텅커머스와 벵텅은 모두 카드놀이의 일종을 더 좋아한다는 걸 알 수 있었지. 하지만 다른 중요한 성격들은 그다지 많이 드러난 것 같지 않아."

"글쎄," 샬럿이 말했다. "나는 제인이 잘되길 진심으로 바라고, 제인이 내일 당장 결혼하더라도 행복하게 살 확률은 열두 달 내내 그의 성격을 연구했을 때와 별반 다르지 않을 거라고 생각해. 결혼 생활의 행복은 순전히 운이거든. 서로의 성격을 잘 알았거나, 결혼 전까지는 너무 잘 맞는다고 생각했더라도 그것 때문에 그들의 행복이 조금이라도 더 커지는 건 아니야. 사람이란 살다 보면 계속 변하기 마련이고, 나중엔 누구라도 짜증이 나게 되어 있어. 그러니까 평생을 함께할 사람의 결함에 대해서는 되도록 모르는 편이 좋아."

"너 때문에 내가 웃는다, 샬럿. 하지만 그건 말이 안 돼. 너도 그게 말이 안 된다는 걸 알고, 너 자신도 그런 식으로 행동하지 않을 거잖아."

엘리자베스는 빙리 씨가 언니에게 얼마나 관심이 있는지에 골몰하느라 정작 자신이 그의 친구의 눈에 다소 흥미롭게 비치기 시작했다는 걸 전혀 눈치채지 못했다. 다아시 씨는 처음에는 그녀가 예쁘다는 걸 인정할 마음이 별로 없었다. 무도회에서 봤을 때는 대단한 미인이라고는 생각하지 않았고, 그다음에 만났을 때에도 흠만 보였다. 하지만 자신과 주변 사람들에게 그녀의 용모가 대단하지 않다는 사실을 분명히 밝히자마자, 검은 눈동자에 어린 아름다운 표정 덕분에 그 이목구비가 유난히 지적으로 보인다는 걸 깨달았다. 게다가 그에 못지않게 당혹스러운 깨달음이 뒤를 이었는데, 날카로운 시선으로 그녀의 몸매에서 완벽한 균형에 못 미치는 구석을 하나 이상 찾아내기는 했지만 자태가 가볍고 경쾌하다는 걸 인정하지 않을 수 없었던 것이다. 상류 사회에 어울리지 않는 태도라고 확신하면서도 스스럼없는 장난기에 매료되고 말았다. 이런 사정을 그녀는 전혀 알지 못했다. 그녀에게 그는 어디서나 불쾌하게 처신하고, 자신을 함께 춤출 만큼 예쁘지 않다고 생각하는 남자일 뿐이었다.

그녀에 대해 더 알고 싶어진 다아시는 얘기를 나눠 볼 생각으로 그녀가 다른 사람들과 나누는 대화에 귀를 기울였다. 그의 이런 행동이 그녀의 주의를 끌었다. 윌리엄 루카스 경의 집에 많은 사람들이 모였을 때였다.

"포스터 대령과 내가 나누는 대화를 엿듣다니, 다아시 씨는 무슨 속셈인 걸까?" 그녀는 샬럿에게 말했다.

"그건 다아시 씨만이 대답할 수 있는 질문인데."

"하지만 계속해서 그런다면 뭘 하려는 속셈인지 내가 다 알고 있다는 걸 보여 줄 테야. 아주 빈정대는 눈초리여서, 내가 먼저 당차게 나가지 않으면 왠지 주눅이 들 것 같거든."

그리고 얼마 지나지 않아 그가 다가왔는데, 말을 걸 생각은 그다지 없어 보였다.

루카스 양은 그런 얘기를 직접 할 수 있겠냐고 친구를 자극했고, 발끈한 엘리자베스가 곧바로 그를 향해 돌아서며 말했다.

"다아시 씨, 조금 전에 제가 포스터 대령님께 메리턴에서 무도회를 열어 달라고 졸랐는데 말을 정말 잘한다고 생각하지 않으셨나요?"

"기세가 대단하던데요. 하기야 무도회는 늘 숙녀분들을 기운차게 만들어 주는 주제니까요."

"우리에 대한 평가가 가혹하시네요."

"이제 이 친구를 조를 차례예요." 루카스 양이 말했다. "내가 피아노 뚜껑을 열면 그다음은 어떻게 해야 하는지 잘 알겠지, 엘리자."

"너는 친구라는 애가 참 이상해! 아무 데서나 연주하고 노래를 부르라고 시키니까 말이야. 음악 쪽으로 허영심이 있었다면 정말 소중한 친구였겠지만, 최고의 연주를 듣는 데 익숙한 분들 사이에서 피아노 앞에 앉고 싶지는 않단 말이야." 하지만 루카스 양이 고집을 꺾지 않자 그녀는 이렇게 덧붙였다. "알았어. 꼭 그래야 한다면 어쩔 수 없지." 그러고는 침통한 눈빛으로 다아시 씨를 쳐다보며 말했다. "여기 계신 분들이 모두 익히 들어서 알고 계실 멋진 속담이 있죠. '죽을 식히려면 숨을 참아라.' 그러니 저도 목청을 높이기 위해 숨을 참아야겠네요."

그녀의 노래는 훌륭하다고는 할 수 없어도 경쾌하고 즐거웠다. 한두 곡이 끝났을 때 몇몇 사람들이 재차 불러 줄 것을 청했지만 엘리자베스가 미처 답을 하기도 전에 동생인 메리가 냉큼 피아노 앞의 자리를 이어받았다. 집안에서 유일하게 평범한 외모를 타고난 메리는 그 대신 지식과 교양을 쌓는 데 열심이었고, 그걸 늘 과시하고 싶어 했다.

메리는 타고난 재능도 없었고 안목도 없었다. 허영심 때문에 열심히 하기는 했지만 오히려 잘난 척하고 거들먹거리는 분위기를 풍겼고, 그런 태도로는 그보다 훨씬 탁월한 연주라도 망칠 지경이었다. 엘리자베스의 연주 실력은 메리의 절반에도 못 미쳤지만, 편하고 꾸밈이 없어서 듣기에는 훨씬 즐거웠다. 메리는 긴 콘체르토에 이어 동생들의 요청으로 스코틀랜드와 아일랜드의 민속악을 연주해 찬사를 받았는데, 정작 동생들은 그사이에 루카스네 남자들 몇몇에 장교들 두세 명까지 어울려 방 한쪽에서 춤을 추느라 여념이 없었다.

근처에 서 있던 다아시 씨는 아무런 대화도 나누지 못한 채 저녁 시간을 흘려보내는 것에 속으로 화를 삭이고 있었다. 그는 자신의 생각에 깊이 빠진 나머지 윌리엄 루카스 경이 이렇게 말을 걸어올 때까지 그가 옆에 있다는 것도 알아차리지 못했다.

"젊은 사람들에게는 춤이 정말 매력적인 오락거리 아닐까요, 다아시 씨? 뭐니 뭐니 해도 춤만 한 게 없어요. 춤은 세련된 사교계에서 가장 우아한 오락거리인 것 같습니다."

"그렇습니다. 게다가 덜 세련된 사회에서도 유행한다는 장점이 있죠. 야만인들도 춤을 출 수 있으니까요."

윌리엄 경은 미소만 지었다. "친구분은 춤을 잘 추는군요." 한동안 입을 다물고 있던 그는 빙리가 춤을 추는 무리에 합류하는 걸 보고 말을 이었다. "당신도 그 방면에서는 꽤나 능숙할 것 같은데요, 다아시 씨."

"제가 메리턴에서 춤추는 걸 보셨지 않습니까."

"물론이죠. 보면서 매우 즐거웠답니다. 세인트 제임스 궁에서도 가끔 춤을 추시나요?"

"한 번도 춰 본 적이 없습니다."

"춤을 추는 게 그 장소에 대한 적절한 찬사라고 생각하지 않으세요?"

"피할 수만 있다면 어떤 장소에도 그런 찬사는 바치고 싶지 않습니다."

"런던에 집을 가지고 계시겠죠?"

다아시 씨는 고개를 숙였다.

"저도 한때 런던에 정착할 생각을 했었답니다. 상류 사회를 좋아하니까요. 하지만 런던의 공기가 아내에게 좋을 것 같지가 않았죠."

윌리엄 경은 대답을 기대하며 말을 멈췄지만, 상대방은 그럴 의사가 없었다. 그때 엘리자베스가 두 사람을 향해 다가왔고, 그는 신사다운 행동을 해야겠다는 생각에 그녀를 불렀다.

"친애하는 엘리자 양, 왜 춤을 추지 않는 거죠? 다아시 씨, 이 젊은 숙녀분을 아주 멋진 파트너로 당신께 소개합니다. 이런 미인이 앞에 있는데 춤을 마다할 수는 없겠죠." 그러고는 그녀의 손을 잡아 다아시 씨에게 건네주려 했고, 다아시 씨는 무척 놀라기는 했지만 거부할 생각은 아니었는데 엘리자베스가 얼른 뒤로 물러나더니 다소 불편한 기색으로 윌리엄 경에게 말했다.

"어머, 저는 춤을 출 마음이 조금도 없어요. 제가 파트너를 구하기 위해 이쪽으로 왔다고는 생각하지 말아 주세요."

다아시 씨는 진지하고 정중하게 함께 추는 영광을 허락해 달라고 청했지만 허사였다. 엘리자베스의 마음은 확고했다. 윌리엄 경의 설득에도 그녀는 결심을 바꾸지 않았다.

"춤을 그렇게 잘 추면서 그 모습을 보는 기쁨을 허락하지 않다니 너무하는군요, 엘리자 양. 그리고 비록 여기 계신 신사분이 전반적으로 그 오락을 좋아하진 않지만, 30분 정도는 우리에게 즐거움을 베풀어 주는 것에 이의가 없을 거라고 확신하

는데."

"다아시 씨야 공손함 그 자체죠." 엘리자베스가 미소를 지으며 말했다.

"그렇고말고요. 하지만 상대를 보면 이분이 정중한 게 놀랄 일은 아니지. 누가 이런 파트너를 마다하겠어요?"

엘리자베스는 장난스러운 표정으로 고개를 돌렸다. 그렇게 거절을 당하고도 이 신사의 마음속에서 그녀의 위상은 전혀 달라지지 않았고, 오히려 흡족한 마음으로 그녀를 생각하고 있을 때 빙리 양이 다가왔다.

"무슨 생각을 하고 있는지 맞혀 볼까요?"

"모르실 텐데요."

"허구한 날 이런 식으로, 이런 사람들 속에서 저녁 시간을 보내는 게 견딜 수 없다고 생각하고 계시죠. 아닌 게 아니라 저도 같은 생각이에요. 이렇게 짜증스러울 수가 없네요! 재미라곤 없는데 시끄럽고, 아무것도 아니면서 다들 얼마나 잘난 줄 아는지. 어떻게 하면 당신의 혹평을 들어 볼 수 있을까요!"

"당신의 추측은 완전히 빗나갔습니다. 제 마음은 훨씬 즐거운 생각에 잠겨 있었거든요. 어여쁜 얼굴의 고운 두 눈이 안겨 줄 수 있는 크나큰 즐거움에 대해 생각하던 중입니다."

그러자 빙리 양은 그의 얼굴에서 눈을 떼지 못한 채 그런 생각을 불러일으킨 숙녀가 누군지 말해 달라고 했다. 다아시 씨는 아주 대담하게 대답했다.

"엘리자베스 베넷 양."

"엘리자베스 베넷 양!" 빙리 양은 같은 말을 반복했다. "정말 놀랍네요. 언제부터 그녀를 그렇게 좋아하게 되신 건가요? 아니, 축하의 말씀은 언제 드려야 할까요?"

"바로 그런 질문을 하실 줄 알았습니다. 숙녀들의 상상력이란 정말 빠르니까요.

찬사에서 애정으로, 애정에서 결혼으로 순식간에 넘어가죠. 축하의 말씀을 해 주실 줄 알았습니다."

"아니, 당신이 진심이라면 이 문제는 결정됐다고 봐야죠. 그러면 매력적인 장모님도 생길 테고, 그분은 당연히 펨벌리에서 늘 함께 사시겠죠."

그녀가 이런 식으로 놀리며 재미있어하는 동안 그는 무심하게 듣기만 했고, 그의 차분한 태도에서 모든 게 안전하다고 판단한 그녀의 재담은 길게 이어졌다.

베넷 씨의 재산은 일 년 수입이 2천 파운드 정도인 토지가 거의 전부였고, 딸들에게는 유감이었지만 아들이 없는 탓에 그 재산은 먼 친척이 한정 상속가문의 재산을 지키기 위해 토지와 집 등 재산을 남자에게 한정시켜 상속하도록 한 영국의 제도을 받도록 정해져 있었다. 어머니의 재산은 그녀의 처지에서는 넉넉한 편이었어도 남편의 부족분을 메우기엔 충분치 않았다. 메리턴에서 변호사를 했던 그녀의 아버지는 딸에게 4천 파운드를 남겨 주었다.

그녀에겐 아버지 밑에서 서기로 일하다가 일을 이어받은 필립스라는 사람과 결혼한 여동생, 그리고 런던에 정착해서 번듯한 사업을 하는 남동생이 있었다.

롱본에서 메리턴까지는 불과 1.6킬로미터 정도였고, 젊은 숙녀들이 나들이하기엔 더없이 적당한 거리여서 이들은 일주일이면 서너 번씩 이모를 방문하면서 가는 길에 모자 가게에도 들르곤 했다. 가장 어린 캐서린과 리디아가 특히 열심이었다. 머릿속이 언니들만큼 복잡하지 않았던 이들은 달리 더 좋은 일이 없는 경우 아침나절을 즐겁게 보내고 저녁의 이야깃거리를 만들기 위해서라도 메리턴으로 산책을 가는 게 필수였다. 시골의 소식이라고 해 봐야 보통은 별것 없었지만 그들은 늘 이모에게서 뭔가를 캐내곤 했다. 실제로 요즘은 얼마 전에 민병대의 한 연대가 인근에 도착한 덕분에 새로운 소식과 행복이 넘쳐 났다. 연대는 그곳에서 겨울을 보낼 예정이었고, 메리턴이 본부였다.

그렇다 보니 이제 필립스 부인을 방문하면 더없이 흥미진진한 소식이 쏟아졌다. 장교들의 이름과 신상에 대한 새로운 정보가 나날이 늘어 갔다. 숙소를 알게 되는 데는 오래 걸리지 않았고, 급기야 장교들을 직접 만나기 시작했다. 필립스 씨는 그들을 전부 방문했고, 조카들에게 그건 지금껏 알지 못했던 행복의 원천이 되었다. 두 사람의 대화는 이제 온통 장교들 얘기뿐이었다. 어머니에게는 흥겨운 주제인 빙리의 엄청난 재산도 기장이 달린 군복에 비하면 그들의 눈엔 하잘것없었다.

어느 날 아침에 이 주제를 놓고 둘이 떠들어 대는 소리를 듣던 베넷 씨가 매몰차게 말했다.

"말하는 투를 듣자니 이 마을에서 제일 어리석은 건 너희들일 게 틀림없구나. 한동안은 설마 했었는데 이제 확신이 들어."

캐서린은 당황해서 아무 대답도 하지 않았지만, 리디아는 아랑곳없이 카터 대위에 대한 찬사를 늘어놓으며 다음 날 아침이면 그가 런던에 가니 오늘 중에 볼 수 있었으면 좋겠다고 말했다.

"여보, 어쩜 그럴 수가 있어요." 베넷 부인이 말했다. "자기 자식을 두고 어리석다는 말을 그렇게 쉽게 하다니. 다른 집 자식 흉은 보더라도 내 자식한테는 그러면 안 되죠."

"내 자식이 멍청하다면 그걸 알고는 있어야지."

"그야 그렇죠, 하지만 우리 애들은 하나같이 아주 똑똑하잖아요."

"아무래도 이건 우리의 의견이 일치하지 않는 유일한 문제인 것 같소. 나는 우리의 생각이 모든 면에서 늘 일치하길 바랐지만, 아래로 두 녀석이 유난히 바보 같다는 점에서는 당신과 내 생각이 아주 딴판이구려."

"여보, 요즘 애들이 제 부모만큼 양식이 있길 기대하면 안 되죠. 저 애들도 우리 나이쯤 되면 지금 우리처럼 장교는 거들떠보지도 않을 거예요. 나도 붉은 군복을 정말 좋아했던 시절이 기억나네요. 사실 지금도 속마음은 여전해요. 그리고 일 년 수입이 5~6천 정도 되는 젊고 멋진 소령이 내 딸들 중에 하나를 원한다면 나는 마다하지 않을 거예요. 그리고 지난번 밤에 윌리엄 경 댁에서 포스터 대령을 봤는데 군복 차림이 정말 잘 어울리더라고요."

"엄마!" 리디아가 큰 소리로 외쳤다. "이모가 그러는데 포스터 대령과 카터 대위가 처음 왔을 때만큼 왓슨 양네 집에 자주 가지 않는대요. 요즘은 클라크 도서관에서 자주 본다던데."

베넷 부인이 뭐라고 대꾸를 하려는데 하인이 제인 앞으로 도착한 편지를 가지고 들어왔다. 네더필드에서 온 하인이 답장을 기다리고 있었다. 베넷 부인의 눈은 기쁨으로 반짝였고, 딸이 편지를 다 읽기도 전에 조바심쳤다.

"얘, 제인, 누가 보낸 거니? 무슨 내용이야? 그 사람이 뭐래? 얘, 제인, 꾸물대지 말고 어서 말해 봐."

"빙리 양이 보낸 거예요." 제인은 이렇게 말하고는 내용을 소리 내어 읽었다.

친애하는 친구에게,

오늘 루이자하고 저를 가엾게 여겨서 함께 식사해 주지 않는다면, 우리는 남은 평생 서로 미워할 위험에 처할 거예요. 여자 둘이 하루 종일 머리를 맞대고 있으면 결국 말다툼을 벌이게 되니까요. 이걸 받자마자 최대한 서둘러

와 주세요. 오빠와 신사분들은 장교들과 식사를 할 예정이에요. 그럼 이만.

－ 캐럴라인 빙리

"장교들이랑!" 리디아가 큰 소리로 말했다. "이모는 왜 그걸 우리한테 말해 주지 않은 거지?"

"식사를 하러 나간다니." 베넷 부인은 말했다. "그것참 안됐네."

"마차를 써도 돼요?" 제인이 말했다.

"안 된다, 얘야. 말을 타고 가는 편이 낫겠어. 왜냐면 비가 올 것 같은데 그러면 밤에 거기 머물러야 하지 않겠니."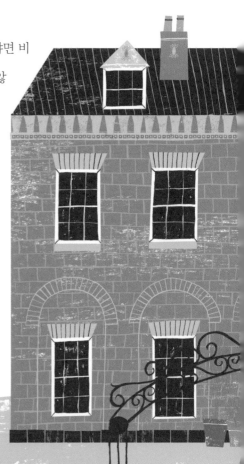

"좋은 계획이네요." 엘리자베스가 말했다. "그쪽에서 언니를 집에 데려다주지 않을 게 확실하다면 말이죠."

"그렇구나! 하지만 신사들이 빙리 씨의 마차를 타고 메리턴에 갈 테고, 허스트 부부에겐 따로 마차가 없거든."

"마차로 갔으면 좋겠어요."

"하지만 얘야, 아버지께서 마차를 끌 만큼 많

은 말을 내주지 못할 거야. 농장에서 써야 하니까. 안 그래요, 여보?"

"내가 쓰는 것보다 농장에서 필요로 할 때가 훨씬 많기는 하지."

"하지만 아버지가 오늘 말을 여러 마리 쓰신다면 어머니의 목적은 달성되는 거예요." 엘리자베스는 말했다.

아버지는 끝내 마차를 끌 말들을 내줄 수 없다고 말했고, 제인은 결국 말 한 마리를 타고 가야 했다. 문까지 따라 나온 어머니는 날씨가 좋지 않을 조짐이라며 즐거워했다. 그녀의 소망은 이루어졌다. 제인이 떠나고 얼마 지나지 않아 폭우가 쏟아졌다. 동생들은 언니 걱정에 마음이 불편했지만 어머니는 기뻐했다. 비는 저녁 내내 쉬지 않고 내렸고, 제인은 돌아오지 못할 게 분명했다.

"그야말로 좋은 생각이었어!" 베넷 부인은 비가 내린 게 자신의 공이라도 되는 것처럼 이 말을 몇 번이나 반복했다. 하지만 자신의 계략이 불러온 크나큰 행복을 제대로 실감한 건 다음 날 아침이 되어서였다. 아침 식사를 마치기도 전에 네더필드에서 엘리자베스에게 편지를 보내왔다.

사랑하는 리지,

　아침에 일어났더니 몸이 몹시 안 좋은데, 아무래도 어제 비를 맞아서 그런 것 같아. 이곳의 다정한 친구들은 다 낫기 전까지는 돌아가겠다는 얘기를 꺼내지도 못하게 해. 존스 씨한테 진찰도 받으라고 하고. 그러니까 그분이 나를 보러 왔었다는 얘기를 듣더라도 놀라지 마. 목이 따끔거리고 머리가 아픈 것 말고 다른 데는 괜찮으니까.

　그럼 이만.

　"그러니까, 여보." 엘리자베스가 쪽지를 다 읽었을 때 베넷 씨가 말했다. "당신 딸이 병이 나서 위중해지고 그러다가 죽더라도 그게 전부 당신이 하라는 대로 빙리 씨를 잡으려다 그렇게 됐다는 사실이 위안이 되겠구려."

　"하이고, 나는 그런 건 걱정하지 않아요. 감기 따위로 죽는 사람이 어디 있다고. 오죽 잘 보살펴 주겠어요. 거기 머무는 동안에는 아무 문제없다고요. 마차만 있으면 내가 가 볼 텐데."

　엘리자베스는 진심으로 걱정이 되어 마차가 없더라도 언니에게 갈 작정을 했고, 말을 탈 줄 모르는 터라 걸어가는 수밖에 없었다. 그녀는 이런 결심을 밝혔다.

　"멍청한 소리도 다 듣는다." 어머니가 외쳤다. "길이 온통 진창인데 가기는 어딜 가! 거기 도착했을 때는 꼴이 엉망일 텐데."

　"언니를 보기에는 아무 문제가 없고, 제가 원하는 건 그것뿐이에요."

　"리지야, 지금 나한테 마차를 내 달라고 에둘러 말하는 거니?" 아버지가 말했다.

　"아니에요. 걸어가도 상관없어요. 타당한 이유가 있는데 거리가 무슨 문제겠어요. 5킬로미터도 안 되는걸요. 정찬 때까지는 돌아올 거예요."

"언니의 자애로운 마음은 높이 사지만," 메리가 끼어들었다. "충동적인 감정은 언제나 이성의 통제를 받아야 해. 그리고 언제나 필요에 비례해서 공을 들여야 한다는 게 내 생각이야."

"메리턴까지 우리가 같이 가 줄게." 캐서린과 리디아가 말했다. 엘리자베스는 둘의 제안을 수락했고, 세 명의 숙녀는 함께 길을 나섰다.

"서두르면," 리디아가 걸어가며 말했다. "카터 대위가 떠나기 전에 잠깐이라도 볼 수 있을 거야."

메리턴에서 그들은 헤어졌다. 어린 두 동생은 어느 장교 부인의 숙소로 갔고, 엘리자베스는 혼자서 계속 걸어갔다. 빠른 걸음으로 들판을 연이어 가로지르고 가축 울타리의 회전문을 뛰어넘었으며 웅덩이까지 껑충 건넌 끝에 마침내 그 집이 눈에 들어왔을 땐 발목이 시큰거리고 양말은 흙투성이에, 얼굴은 열기로 달아오른 상태였다.

그녀는 제인만 빼고 모두가 모여 있던 식당으로 안내되었고, 그녀의 등장에 다들 무척 놀라워했다. 시간도 이르고 길의 상태도 좋지 않은데 5킬로미터에 달하는 거리를, 그것도 혼자 걸어왔다는 사실이 허스트 부인과 빙리 양에게는 거의 있을 수 없는 일이었다. 엘리자베스는 그런 이유로 두 사람이 자신을 무시한다고 확신했다. 그래도 그녀를 대하는 두 사람의 태도는 매우 정중했다. 그리고 빙리 씨의 태도에는 정중함을 뛰어넘는 뭔가가 있었는데, 바로 선량함과 다정함이었다. 다아시 씨는 말을 거의 하지 않았고, 허스트 씨는 아예 말이 없었다. 다아시 씨가 걷느라 환해진 그녀의 안색에 대한 찬탄과 과연 그렇게 먼 거리를 혼자 걸어올 만한 상황인지에 대한 의구심 사이를 오가느라 그랬다면, 허스트 씨는 그저 자신의 아침 식사 생각뿐이었다.

언니의 안부를 묻는 그녀의 질문에 돌아온 대답은 썩 좋지 않았다. 제인은 잠을 잘 못 잤고, 아침에 일어나서도 열이 너무 높아 방 밖으로 나올 상태가 아니었다. 엘리자베스는 즉시 언니의 방으로 안내되었다. 와 줬으면 좋겠다는 말을 하고 싶으면서도 걱정을 끼치거나 부담을 줄까 봐 참았던 제인은 동생이 들어오자 매우 반가워했다. 하지만 많은 대화를 나누기는 무리였고, 둘만 남겨 두고 방을 나서는 빙리 양에게도 더없이 친절한 보살핌에 감사하다는 말만 간신히 할 수 있을 정도였다. 엘리자베스는 말없이 언니를 돌봤다.

조찬_{오전에 간단히 차린 식사}이 끝나자 자매가 올라왔다. 그들이 제인에게 보여 주는 애정과 염려에 엘리자베스도 두 사람이 좋아지기 시작했다. 약사가 와서 환자를 진찰했고 예상대로 지독한 감기였다. 빨리 나으려면 모두가 함께 노력해야 한다면서 제인에게는 침대로 돌아가라고 충고하고 물약을 지어 보내겠다고 했다. 열이 오르고 두통이 심했던 제인은 즉시 충고를 따랐다. 엘리자베스는 잠시도 방을 떠나지 않았고, 다른 숙녀들도 자리를 자주 비우지 않았다. 사실은 신사들이 집에 없었던 터라 달리 할 일도 없었다. 시계가 세 시를 알리자 엘리자베스는 가야겠다는 생각에 내키지 않는 마음으로 그렇게 말했다. 빙리 양이 마차를 내주겠다고 해서 엘리자베스도 조금만 더 권하면 받아들일 참이었는데, 제인이 동생과 떨어지는 걸 너무 불안해하자 빙리 양은 마차 대신 당분간 네더필드에 머물라고 말을 바꿔야 했다. 엘리자베스는 깊이 감사하며 제안을 받아들였고, 하인을 롱본으로 보내 가족들에게 그 사실을 알리고 옷을 챙겨 오게 했다.

다섯 시에 두 숙녀는 옷을 차려입기 위해 물러갔고, 여섯 시 반이 되자 엘리자베스에게 정찬 소식을 알렸다. 그녀가 식당에 들어서자 정중한 질문이 쏟아졌는데, 엘리자베스는 빙리 씨에게서 느껴지는 남다른 염려에 기쁨을 느끼면서도 썩 좋은 대답을 해 줄 수는 없었다. 제인의 증상에는 전혀 차도가 없었다. 이 얘기를 들은 두 자매는 정말 안타깝다면서 지독한 감기에 걸리는 건 너무 끔찍하며 아픈 건 정말 질색이라는 말을 서너 번쯤 반복하고는 그걸로 끝이었다. 제인이 눈앞에 있지 않을 때 두 사람이 보이는 이런 무관심에 엘리자베스는 애초에 그들을 싫어했던 마음으로 기꺼이 돌아갔다.

실제로 거기 모인 사람들 중에 그녀가 조금이라도 우호적으로 대할 수 있는 사람은 그들의 오빠뿐이었다. 제인을 걱정하는 그의 마음은 진심이었고 엘리자베스에 대한 배려도 더없이 다정해서, 다른 사람들이야 아무리 자신을 불청객으로 생각하더라도 빙리 씨 덕분에 그런 느낌을 덜 받을 수 있었다. 빙리 씨 말고는 아무도 그녀에게 신경을 쓰지 않았다. 빙리 양은 다아시 씨에게 열중했고, 그녀의 언니도 동생 못지않았다. 엘리자베스 옆에 앉은 허스트 씨는 오로지 먹고 마시고 카드놀이를 하기 위해 사는 게으름뱅이였고, 그녀가 라구 스튜보다 담백한 요리를 더 좋아한다는 사실을 안 이후로는 더 이상 할 얘기가 없었다.

식사가 끝나자마자 엘리자베스는 곧바로 제인에게 올라갔고, 빙리 양은 그녀가 식당을 나서기 무섭게 예절이 아주 형편없고 오만방자하다면서 험담을 늘어놓기 시작했다. 대화도 제대로 할 줄 모르는 데다 품위와 취향은 찾아볼 수 없고 예쁘지도 않다는 것이었다. 허스트 부인도 똑같은 생각이라며 이렇게 덧붙였다.

"간단히 말해서 걷기를 잘한다는 것 말고는 내세울 게 없다는 거지. 오늘 아침에 나타났을 때의 그 몰골은 절대 못 잊을 거야. 정말 무슨 미치광이 같았다니까."

"누가 아니래, 언니. 나는 표정 관리 하느라 혼났어. 여기 왔다는 것 자체가 말이 안 되잖아! 언니가 감기에 걸렸기로서니 왜 자기가 시골길을 달려와야 하느냐고. 머리는 너저분하게 산발을 해 가지고!"

"맞아. 그리고 그 페티코트스커트 밑에 받쳐 입는 속치마라니! 너도 그 페티코트를 봤어야 하는데, 거의 15센티미터까지 진흙 범벅이었을 거야. 그걸 가리겠다고 치맛자락을 내렸던데 어림도 없지."

"아마도 아주 정확한 묘사겠지만," 빙리가 말했다. "내 눈에는 그런 게 전혀 들어오지 않았어. 오늘 아침에 엘리자베스 베넷 양이 들어왔을 때 나는 아주 근사하다고 생각했거든. 흙투성이 페티코트 같은 건 보지도 못했네."

"당신은 보셨을 테죠, 다아시 씨." 빙리 양이 말했다. "그리고 당신의 누이동생이 그런 볼거리가 되는 걸 바라지는 않으실 거예요."

"물론입니다."

"5킬로미터를, 아니 6킬로미터, 7킬로미터, 아무튼 그 먼 거리를 발목까지 진흙탕에 빠트려 가며 그것도 혼자, 혈혈단신으로 걸어오다니! 대체 무슨 생각인 거야?

그런 식으로 독립심을 과시하는 것도 볼썽사납고, 예의범절이라곤 모르는 시골뜨기 같아.”

“언니에 대한 애정을 드러내는 건 아주 보기 좋던데.” 빙리가 말했다.

“다아시 씨, 아무래도 제 생각에는.” 빙리 양이 거의 속삭이듯 말했다. “이번 일이 그녀의 예쁜 눈에 대한 당신의 찬사에 다소 영향을 미쳤을 것 같은데요.”

“전혀 그렇지 않습니다.” 그가 대답했다. “운동을 해서 그런지 아주 반짝이던걸요.” 이 말로 인해 잠시 침묵이 흐른 끝에, 허스트 부인이 말을 이었다.

“제인 베넷은 아주 괜찮은 아가씨라고 생각해. 정말 사랑스럽잖아. 좋은 곳으로 시집가기를 진심으로 바라지만 그런 아버지에 그런 어머니, 그렇게 상스러운 친척을 뒀으니 과연 그럴 수 있을까?”

“전에 이모부가 메리턴에서 변호사를 한다고 하지 않았어?”

“맞아. 그리고 외삼촌인가는 치프사이드 근처 어딘가에 산대.”

“대단하네.” 동생이 말을 받았고, 자매는 한바탕 웃음을 터트렸다.

“치프사이드가 온통 저 아가씨들의 친척으로 가득하다고 한들,” 빙리가 큰 소리로 말했다. “그것 때문에 저분들의 매력이 조금이라도 줄어드는 건 아니야.”

“하지만 어느 정도 지체 높은 남자와 결혼할 가능성은 아주 현저히 낮아질 게 틀림없지.” 다아시가 대꾸했다.

이 말에 빙리는 아무 대답도 하지 않았지만 그의 누이들은 전적으로 동의했고, 친애하는 친구의 지체 낮은 친척들을 비웃으며 한동안 즐거워했다.

하지만 다정한 마음이 되살아났는지 두 사람은 식당을 떠나 그녀의 방으로 갔고, 커피를 마시라고 부를 때까지 그녀 곁에 앉아 있었다. 제인의 상태는 여전히 매우 좋지 않았기 때문에 엘리자베스는 저녁이 깊도록 한시도 곁을 떠나지 않았지만, 잠이 드는 걸 보고서는 마음을 놓았고, 그제야 내켜서라기보다 예의상 아래층에 내려가 봐야겠다는 생각이 들었다. 그녀가 응접실_{손님을 맞아들여 접대하기 위해 꾸며 놓은 방}에 들어갔더니 모두가 루_{카드놀이의 일종}를 하는 중이었고, 곧바로 함께하자는 제안을 받았지만 판돈이 클 거라는 생각에 언니를 구실로 거절하고는 아래층에 잠시 머무는 동안 책이나 읽겠다고 말했다. 허스트 씨는 놀라서 그녀를 쳐다봤다.

"카드놀이보다 독서가 더 좋다고요?" 그가 말했다. "거참 특이하군요."

"엘리자 베넷 양은 카드놀이를 경멸해요. 굉장한 독서가이고, 그것 말고는 어디에도 흥미를 느끼지 못한답니다." 빙리 양이 말했다.

"그건 칭찬받을 일도 아니고 비난받을 일도 아니에요." 엘리자베스가 목소리를 높여 말했다. "저는 굉장한 독서가도 아니고, 흥미를 느끼는 일도 여러 가지가 있거든요."

"언니를 돌보는 일을 즐거워하시는 건 분명하죠." 빙리가 말했다. "언니가 빨리 회복되어 그 즐거움이 더 커지길 바랍니다."

엘리자베스는 그에게 진심으로 고맙다고 말한 후 책이 몇 권 놓여 있는 탁자를 향해 걸어갔다. 빙리는 즉시 다른 책들을 서재에서 가져올 수 있는 대로 전부 가져다주겠다고 제안했다.

"책이 더 많다면 당신에게도 좋고 저도 체면이 살았을 텐데, 제가 게으른 편이라 많지도 않은 책 중에 읽지 않은 것도 많답니다."

엘리자베스는 그 방에 있는 것만으로도 충분하다고 말했다.

"우리 아버지가 저렇게 빈약한 서재를 물려주신 건 나도 놀라워요." 빙리 양이 말했다. "펨벌리의 서재는 정말 훌륭하잖아요, 다아시 씨!"

"그럴 수밖에요." 그가 대꾸했다. "여러 세대에 걸쳐 수집한 것이니까요."

"거기에 당신도 꽤 많은 책을 더하셨고, 늘 책을 구입하시잖아요."

"요즘 같은 시기에 집 안의 서가를 소홀히 하는 건 이해할 수 없습니다."

"소홀하다뇨! 그 우아한 저택의 아름다움을 드높일 수 있는 것이라면 어떤 것도 소홀히 하지 않으시면서. 찰스 오빠, 오빠도 이제 오빠의 집을 짓는다면 펨벌리의 반만큼이라도 멋지게 꾸며 봐요."

"나도 그러면 좋겠다."

"아니, 정말로 그 근처에 부지를 구입해서 펨벌리를 본떠 지으라고 권하고 싶어요. 잉글랜드에 더비셔를 능가할 지역이 없잖아요."

"이건 진심으로 하는 말인데, 다아시가 펨벌리를 판다면 내가 살 거야."

"나는 지금 가능성 있는 얘기를 하는 거예요, 오빠."

"아무래도 펨벌리를 원한다면 흉내를 내는 것보다 사 버리는 쪽이 더 가능성이 있을 것 같지 않니, 캐럴라인."

엘리자베스는 오가는 대화에 정신이 팔린 나머지 좀처럼 책에 집중할 수가 없었다. 그래서 아예 책을 내려놓은 후 카드 테이블 근처로 다가가 빙리 씨와 허스트 부인 사이에 자리를 잡고 카드놀이를 구경했다.

"봄에 본 후로 다아시 양은 많이 자랐나요?" 빙리 양이 물었다. "키가 나만큼은 자라겠죠?"

"그럴 겁니다. 지금은 엘리자베스 베넷 양과 비슷하거나 어쩌면 더 클 거예요."

"다시 만났으면 좋겠어요! 그렇게 기분 좋은 만남은 없었거든요. 빼어난 용모에 몸가짐도 훌륭하고! 나이에 어울리지 않게 어찌나 교양이 있던지. 피아노 연주 실력은 또 어떻고요."

"젊은 숙녀들이 다들 그렇게 참을성 있게 교양을 갖추는 걸 보면 놀랍다니까."

"젊은 숙녀들이 다 교양이 있다니! 오빠, 지금 무슨 소리를 하는 거예요?"

"왜, 다들 그런 것 같던데. 그림을 그리고 수를 놓고 뜨개질을 하고. 이런 걸 못하는 사람은 거의 본 적이 없어. 그리고 어떤 숙녀에 대해서든 처음 얘기를 듣게 되면 교양이 뛰어나다는 소리가 빠지지 않거든."

"자네가 거론한 일반적인 수준의 교양이라면," 다아시가 말했다. "틀린 말도 아니지. 뜨개질을 하거나 수를 놓는 것 말고는 잘하는 게 없는 많은 여성에게도 그 말은 해당되니까. 하지만 전반적인 숙녀들에 대한 자네의 평가에는 전혀 동의할 수 없네. 내가 아는 숙녀들을 전부 떠올려 봐도 진정으로 교양이 있다고 할 만한 사람은 여섯 명도 되질 않으니까."

"저도 그래요." 빙리 양이 말했다.

"그렇다면," 엘리자베스가 끼어들었다. "교양 있는 여성이라는 말에 아주 많은 게 포함되어 있는 모양이네요."

"그래요. 아주 많은 게 포함되어 있습니다."

"아유, 물론이죠." 그의 충실한 조력자가 목소리를 높였다. "평범한 수준을 훌쩍 뛰어넘지 않고서야 그런 사람을 진정으로 교양이 있다고 할 수 있나요. 연주와 노래, 그림, 춤, 몇 가지 언어 정도는 통달해야 그런 평가를 받을 만하죠. 이런 것 외에도 걸음걸이, 목소리, 말하는 방식이나 사용하는 표현에 어떤 분위기와 태도를 갖추지 않았다면 교양이라는 말에는 절반도 해당되지 않아요."

"이 모든 것을 갖추고," 다아시가 덧붙였다. "거기에 폭넓은 독서를 통해 정신을 드높임으로써 보다 본질적인 면모를 갖춰야죠."

"교양 있는 여성을 여섯 명밖에 모르신다는 게 전혀 놀랍지 않네요. 아니, 그런 사람을 한 명이라도 안다는 게 오히려 불가사의한데요."

"그 가능성을 의심하다니, 같은 여자로서 여자에게 좀 가혹하신 거 아닙니까?"

"저는 그런 여자를 한 번도 본 적이 없거든요. 말씀하신 그런 능력에 안목, 성실함과 우아함까지 전부 갖춘 사람은 본 적이 없어요."

허스트 부인과 빙리 양은 엘리자베스의 의구심이 부당하다고 반박했고, 자신들은 그런 묘사에 부합하는 여성들을 많이 알고 있다고 항변했다. 그때 허스트 씨가 조용히 좀 하라면서 카드놀이에 집중하지 않는다며 투덜댔다. 그 때문에 대화가 중단되었고, 엘리자베스는 잠시 후에 방을 떠났다.

"엘리자 베넷은," 엘리자베스의 뒤로 문이 닫히자 빙리 양이 말했다. "같은 여성을 얕잡아 보는 것으로 남성들의 환심을 사려는 그런 부류의 아가씨인가 봐. 그런 게 통하는 남자들도 많겠지. 하지만 나는 그게 저급한 수단, 아주 비열한 술책이라고 생각해."

"의심할 나위 없이," 빙리 양이 말하며 노렸던 주요 대상인 다아시가 말을 받았다. "아가씨들이 남자들의 마음을 사로잡으려고 이따금 사용하기도 하는 모든 술책에는 비열함이 있죠. 교활하다고 할 만한 것이라면 경멸받아 마땅하고."

그의 대답이 완전히 흡족하지 않았던 빙리 양은 이 주제를 계속 끌고 나가지 않았다.

엘리자베스는 다시 응접실로 내려와 언니의 상태가 악화되어 옆을 떠날 수 없다고 알렸다. 빙리는 당장 존스 씨를 부르자고 했다. 하지만 그의 누이들은 시골 사람 말을 들어 봐야 아무런 도움이 되지 않을 거라며 런던으로 빨리 사람을 보내 저명

한 의사를 모셔 올 것을 권했다. 이에 대해 엘리자베스는 극구 사양했지만, 빙리 씨의 제안 정도는 기꺼이 응하지 않을 이유가 없었다. 그래서 베넷 양의 상태가 확실하게 좋아지지 않는다면 아침 일찍 존스 씨를 불러오기로 합의를 봤다. 빙리는 눈에 띄게 심란해했고, 누이들도 속상하다고 말했다. 누이들은 저녁을 먹은 후에 이중창으로 우울한 마음을 위로했다. 반면, 빙리는 가정부를 불러 아프신 숙녀분과 동생의 편의를 최대한 봐드리라고 지시하는 것 말고는 마음을 달랠 길을 찾을 수 없었다.

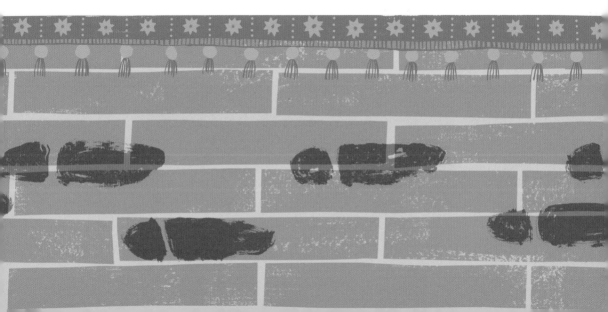

엘리자베스는 언니의 방에서 밤을 거의 새우다시피 했다. 다행히 아침 일찍 빙리 씨가 하녀 편에 언니의 안부를 물었을 때나, 얼마 후 빙리 자매들의 시중을 드는 기품 있는 두 여자가 왔을 때도, 그럭저럭 웬만하다고 대답할 수 있었다. 하지만 상태가 나아졌더라도 그녀는 어머니가 와서 제인을 보고 직접 판단해 주길 원한다는 편지를 롱본에 보냈다. 편지는 빠르게 전해졌고 요청은 즉시 수락되었다. 베넷 부인이 맨 아래의 두 딸을 거느리고 네더필드에 도착한 건 조찬이 끝난 직후였다.

제인이 정말 위독했다면 베넷 부인도 무척 속이 상했을 테지만 상태가 심하지 않은 걸 보고서는 빨리 낫기를 바라지 않았다. 건강을 회복하면 아무래도 네더필드를 떠나야 했기 때문이다. 그런 까닭에 부인은 집에 데려가 달라는 딸의 요청은 들은 척도 하지 않았고, 거의 동시에 도착한 약사 역시 그건 바람직하지 않다고 조언했다. 잠시 제인의 곁을 지켰던 어머니와 세 딸은 빙리 양의 청에 따라 다 함께 조찬실로 갔다. 그곳에서 그들을 맞이한 빙리는 베넷 부인에게 따님의 상태가 생각보다 나쁘지 않았으면 좋겠다고 말했다.

"사실은 더 나쁘네요." 그녀가 대답했다. "너무 심해서 데려갈 수가 없겠어요. 존스 씨도 그건 생각도 하지 말라시고요. 아무래도 신세를 좀 더 져야 할 것 같네요."

"데려가다뇨!" 빙리가 외쳤다. "그런 생각은 하지도 마세요. 제 동생도 그런 얘기는 들으려 하지 않을 겁니다."

"염려 마세요, 부인." 빙리 양의 말투는 공손하지만 차가웠다. "베넷 양이 저희와 함께 지내는 동안에는 최대한 잘 돌보겠습니다."

베넷 부인은 장황하게 감사의 인사를 늘어놓았다.

"정말이지," 그녀는 그러고도 말을 더 보탰다. "이렇게 좋은 친구분들이 없었다면 우리 아이가 어떻게 됐을지 알 수가 없네요. 저렇게 아픈 데다 무척 힘들어하니 말이에요. 물론 참을성이 워낙 강하고, 늘 그렇게 잘 참기는 해요. 그리고 우리 애보다 다정한 사람은 내 평생 만나 본 적이 없답니다. 언니에 비하면 너희는 아무것도 아니라는 말을 다른 딸들에게도 자주 하죠. 그나저나 빙리 씨, 방이 참 예쁘네요. 자갈길이 내다보이는 경치도 매력적이고. 이 근방에는 네더필드만 한 곳이 없어요. 단기로 빌리셨더라도 서둘러 떠나실 생각은 설마 아니시겠죠."

"저는 뭐든 서둘러서 해 버린답니다." 그가 대답했다. "네더필드를 떠나기로 한다면 아마 5분 내에 가 버릴 거예요. 지금으로선 거의 정착할 생각이지만요."

"그러실 줄 알았어요." 엘리자베스가 말했다.

"이제 저를 파악하기 시작하셨군요." 그가 엘리자베스를 보며 말했다.

"아유, 그럼요. 완벽하게 파악했죠."

"그 말씀을 칭찬으로 받아들이고 싶지만, 그렇게 쉽게 간파될 수 있는 사람이라니 조금 한심하게 느껴지는데요."

"하지만 그렇게 된걸요. 깊고 복잡한 성격이라고 해서 당신보다 이해하기가 반드시 더 어렵거나 쉬운 건 아니에요."

"리지야," 그녀의 어머니가 목소리를 높였다. "여기가 어딘 줄 알고. 집에서 하던 대로 함부로 굴면 안 되지."

"성격을 연구하시는 줄은 몰랐네요." 빙리가 곧바로 말을 받았다. "재미있는 연구일 것 같아요."

"네. 하지만 복잡한 성격이 가장 재미있기는 해요. 최소한 그런 장점은 있는 셈이죠."

"시골에서는," 다아시가 말했다. "일반적으로 그런 연구의 대상이 드물죠. 시골 마을의 모임이라는 게 매우 제한적이고 빤하니까."

"그래도 사람들 자체는 워낙 변화가 심하기 때문에

계속 새롭게 관찰할 거리가 생겨요."

"그건 그렇답니다." 시골 마을에 대한 다아시의 말에 발끈한 베넷 부인이 큰 소리로 말했다. "분명히 말씀드리지만 시골에서도 그런 일은 런던만큼 많이 일어난다고요."

그 말에 모두가 흠칫 놀랐고, 다아시는 잠시 부인을 쳐다보다가 말없이 고개를 돌렸다. 베넷 부인은 완벽한 승리를 거뒀다고 자기 좋을 대로 생각하고는 기세등등하게 말을 이었다.

"런던이 시골에 비해 뭐가 그렇게 대단한지 모르겠어요. 기껏해야 상점이나 공원 정도지. 시골이 훨씬 더 즐겁지 않나요, 빙리 씨?"

"시골에 있을

때면," 그가 대답했다. "시골을 결코 떠나고 싶지 않고, 런던에 있을 때도 비슷하답니다. 각각의 장점이 있으니 저는 어디에 있어도 똑같이 행복해요."

"그야 성품이 올바르기 때문에 그렇죠. 하지만 저기 저 신사분은 시골을 하찮게 여기시는 것 같네요." 부인은 다아시를 바라보며 말했다.

"아니에요, 엄마. 그건 오해예요." 엘리자베스가 어머니의 말에 얼굴을 붉히며 말했다. "다아시 씨의 말을 완전히 잘못 알아들으신 거예요. 시골에서는 런던만큼 다양한 사람을 만날 기회가 없다는 뜻이었고, 그건 사실이잖아요."

"그야 그렇지. 누가 아니라던? 하지만 이 근방에서 만날 사람이 많지 않다니까 하는 말이잖아. 내 생각엔 이보다 더 큰 마을도 없는데. 우리만 해도 정찬을 같이 하는 가족이 스물하고도 넷이나 되잖니."

빙리가 표정을 유지할 수 있었던 건 순전히 엘리자베스를 배려했기 때문이다. 그만큼 이해심이 많지 않았던 그의 누이는 다아시 씨를 쳐다보며 매우 의미심장한 미소를 지었다. 엘리자베스는 어머니의 생각을 다른 곳으로 돌려 볼 요량으로 자신이 집을 비운 사이에 샬럿 루카스가 롱본에 오지 않았느냐고 물었다.

"아닌 게 아니라, 어제 아버님과 함께 들렀더구나. 윌리엄 경은 얼마나 상냥한 분인지. 안 그런가요, 빙리 씨? 멋쟁이인 데다가 점잖고 너그럽고! 누구를 만나더라도 적절한 화제로 말씀을 나누시잖아요. 나는 그런 게 교양이라고 생각해요. 무슨 대단한 것처럼 입을 꾹 다물고 있는 사람은 교양이 뭔지 잘 모르는 사람이죠."

"샬럿이 식사도 같이했어요?"

"아니, 집에 가야 한다더라. 고기파이를 만들러 가야 했던 게 아닌가 싶어. 저는 말이죠, 빙리 씨. 저희 집엔 맡은 일을 척척 알아서 하는 하인들이 있기 때문에 우리 딸들은 그렇게 안 키웠어요. 하지만 저마다 판단하는 기준은 다르니까, 루카스

네 딸들 정도면 상당히 괜찮죠. 예쁘지 않은 건 좀 안타깝긴 해요! 저야 샬럿이 아주 못생겼다고 생각하는 건 아니지만, 뭐 아무튼 우리하고는 각별한 사이니까."

"매우 상냥한 분 같더군요." 빙리가 말했다.

"아유, 그럼요. 하지만 아주 못생겼다는 건 인정해야죠. 루카스 부인도 걸핏하면 그렇게 말하면서 제인의 미모를 부러워했답니다. 자식 자랑을 하고 싶지는 않지만 확실히 제인은, 그보다 예쁜 사람이 흔치는 않죠. 다들 그렇게 말해요. 제 눈에야 당연히 그렇게 보이지만요. 그 애가 열다섯 살 때였는데, 런던에 사는 제 동생 가드너의 집을 방문했던 어떤 신사분이 제인한테 마음을 완전히 빼앗겼더랬죠. 올케는 우리가 떠나기 전에 그 신사분이 청혼을 할 거라고 확신했을 정도였어요. 하지만 그러지는 않았어요. 아마 제인이 너무 어리다고 생각했던 모양이에요. 그래도 제인한테 시를 몇 편 써서 보냈는데, 어찌나 아름답던지."

"그리고 그것으로 그의 애정은 끝이 났죠." 엘리자베스가 참다못해 말했다. "그런 식으로 사랑이 끝나 버린 경우도 많을 것 같아요. 시가 사랑의 마음을 몰아내는 데 효과적이라는 걸 처음 발견한 사람은 누굴까요!"

"저는 시가 사랑의 양식이라고 생각해 왔는데요." 다아시가 말했다.

"훌륭하고 굳건하고 건강한 사랑이라면 그럴 수 있겠죠. 이미 강인한 사랑이라면 모든 게 자양분이 되니까요. 하지만 빈약하고 일시적인 마음에 불과하다면 멋진 소네트 한 편에 완전히 말라비틀어져 버릴걸요."

다아시는 말없이 미소만 지었다. 한동안 아무도 입을 열지 않았고 엘리자베스는 어머니가 또 실없는 소리를 하지나 않을까 마음을 졸였다. 그래서 뭐라도 얘기를 하고 싶었지만 할 말이 떠오르지 않았다. 잠시 침묵이 흐른 뒤에 베넷 부인은 빙리 씨에게 제인을 친절하게 돌봐 줘서 고맙다는 얘기를 되풀이하기 시작했고, 리지까지 폐를 끼쳐 미안하다고 사과했다. 빙리 씨의 대답은 가식이라곤 없이 정중했고, 누이에게도 경우에 맞게 정중한 인사를 하도록 시켰다. 그녀의 행동은 별로 호의적이지 않았지만, 그래도 베넷 부인은 만족했고, 잠시 후 마차가 준비되었다. 이걸 신호로 막내딸이 앞으로 나섰다. 밑의 두 딸은 네더필드에 와 있는 동안 자기들끼리 내내 속닥거렸는데, 알고 보니 처음 이사를 왔을 때 네더필드에서 무도회를 열겠다던 약속을 지키라고 막내인 리디아가 빙리 씨를 조르기로 한 것이다.

건강하고 발육이 좋은 데다 고운 피부에 표정도 밝은 열다섯 살의 리디아는 어머니가 제일 아끼는 딸이었고, 그런 애정 덕분에 사교계에도 일찌감치 나왔다. 그녀는 대단히 활기차고 태생적으로 우쭐하는 기질을 지녔는데, 이모부가 베푼 정찬에서 분방한 태도로 장교들의 관심까지 얻자 자만심은 더욱 커졌다. 그러니 빙리 씨에게 느닷없이 무도회 얘기를 꺼내면서 약속을 상기시킬 만도 했고, 심지어 약속을 지키지 않는다면 세상에서 그보다 수치스러운 일은 없을 거라는 말까지 덧붙였다. 갑작스러운 공격이지만 그의 대답은 어머니가 듣기에 아주 만족스러웠다.

"약속을 지킬 만반의 준비가 되어 있습니다. 언니가 회복하는 대로 무도회를 열 날만 정해 주세요. 하지만 언니가 아픈데 춤을 추고 싶지는 않겠죠?"

리디아는 만족했다. "아, 물론이에요. 언니가 나을 때까지 기다려야죠. 그때쯤이면 카터 대위도 메리턴에 돌아올 테고요. 빙리 씨께서 무도회를 열고 나면 그분들한테도 열라고 조를 작정이에요. 포스터 대령님한테 안 그러면 수치라고 말해야지."

이제 베넷 부인과 딸들은 떠났고, 엘리자베스는 자신과 가족들의 행실일랑 두 숙녀와 다아시 씨의 입에 오르내리든지 말든지 내버려 둔 채 즉시 제인에게 돌아갔다. 빙리 양은 아름다운 눈동자를 한껏 비웃었지만 다아시 씨를 그녀에 대한 험담에 끌어들이지는 못했다.

10

그날은 대체로 그 전날과 비슷하게 지나갔다. 허스트 부인과 빙리 양은 오전에 환자 옆에서 몇 시간을 보냈는데, 환자는 완만하기는 해도 꾸준히 회복세를 보였다. 저녁에는 엘리자베스가 응접실로 내려갔다. 하지만 이날은 루 게임을 하지 않았다. 다아시 씨는 편지를 쓰고 있었고, 빙리 양은 가까이에 앉아 편지의 진행 상태를 지켜보면서 누이동생에게 이런저런 얘기를 전해 달라는 말로 계속 그의 관심을 끌었다. 허스트 씨와 빙리 씨는 피케카드놀이의 일종를 했고, 허스트 부인은 두 사람의 게임을 지켜봤다.

엘리자베스는 수를 놓았는데 다아시와 빙리 양이 주고받는 얘기를 듣는 것만으로도 재미가 쏠쏠했다. 숙녀 쪽에서는 필체가 멋지다, 줄이 고르다, 심지어 길게 쓴다는 것에까지 줄기차게 칭찬을 늘어놨지만, 듣는 쪽이 전혀 개의치 않는 바람에 희한한 대화가 되어 버렸고, 그건 엘리자베스가 각각에 대해 지니고 있던 견해와 정확히 일치했다.

"다아시 양이 이 편지를 받으면 얼마나 기뻐할까요!"

그는 대답을 하지 않았다.

"글씨를 굉장히 빨리 쓰시네요."

"아닙니다. 오히려 느린 편인데요."

"한 해에 써야 할 편지도 참 많을 텐데! 업무상 편지도 있고! 얼마나 귀찮으실까!"

"그렇다면 그게 당신이 아닌 저의 일이라서 다행이군요."

"동생께 제가 정말 보고 싶어 한다고 전해 주세요."

"요청하신 대로 이미 한 번 그렇게 썼습니다."

"펜이 마음에 안 드시는 것 같은데 손을 좀 봐드릴까요. 제가 펜 손질을 아주 기가 막히게 하거든요."

"감사합니다만, 제 펜은 직접 손질합니다."

"글씨를 어쩜 그렇게 고르게 쓰실 수가 있죠?"

그는 이번에도 말이 없었다.

"동생께 하프 실력이 늘었다는 소식을 들어 정말 기쁘다고 전해 주세요. 아름다운 탁자 도안에는 넋을 잃을 정도였고, 그랜틀리 양의 도안보다 월등히 뛰어나다고 생각한다는 말도 잊지 마시고요."

"넋을 잃었다는 얘기는 다음 편지에 써도 될까요? 그 얘기를 제대로 전하기엔 지면이 부족하군요."

"아유, 중요한 얘기도 아닌걸요. 1월에 만날 예정이기도 하고요. 그런데 동생께 늘 그렇게 길고 매력적인 편지를 보내시나요, 다아시 씨?"

"대체로 길기는 합니다만, 늘 매력적인지에 대해서는 제가 판단할 수 없겠네요."

"긴 편지를 쉽게 쓸 수 있는 사람이라면 편지를 못 쓸 수가 없다는 것이 제가 생각하는 법칙이랍니다."

"그건 다아시에게는 칭찬이 되지 않아, 캐럴라인." 그의 오빠가 외쳤다. "그는 편지를 쉽게 쓰지 않거든. 어려운 단어를 쓰려고 지나치게 고민한단 말이지. 안 그런가, 다아시?"

"내 문체가 자네와 매우 다르긴 하지."

"어머!" 빙리 양이 말했다. "오빠처럼 무신경하게 글을 쓰는 사람도 없을 거예요. 단어를 쓰다가 반쯤은 빼먹고, 나머지에는 온통 잉크가 번져 있다니까요."

"생각이 휙휙 지나가기 때문에 도무지 그걸 받아 적을 틈이 없고, 그래서 편지를 받는 사람한테 아무런 생각도 전하지 못하는 경우가 있기는 해."

"당신의 겸손함은 비난하려던 마음까지 녹여 버리는 것 같아요, 빙리 씨." 엘리자베스가 말했다.

"겸손을 가장하는 것만큼 기만적인 건 없죠." 다아시가 말했다. "그건 무성의한

의견일 때가 많고, 때로는 에둘러 자기 자랑을 하는 거니까."

"그렇다면 조금 전의 내 겸손은 그 두 가지 중에서 어디에 해당되는 건가?"

"에둘러 하는 자랑이지. 왜냐하면 글을 아무렇게나 쓴다는 사실을 자랑스러워하고, 생각이 빠른데 그걸 제대로 옮기지 못한 탓으로 여기니까. 자네는 그게 멋있지는 않더라도 최소한 대단히 흥미로운 일이라고 생각하거든. 뭐든 빠르게 처리하는 사람은 그걸 늘 자랑스럽게 여기고, 제대로 실행하지 못한 것에 대해서는 크게 개의치 않을 때가 많지. 자네가 오늘 아침에 베넷 부인께 네더필드를 떠나기로 한다면 5분 내에 가 버릴 거라고 말했을 때에도 그건 일종의 자기 자랑이었어. 그러니까 자화자찬이었다고. 하지만 꼭 필요한 일을 처리하지 못한다면 자네 자신이나 남들에게 실질적인 득이 되지 못할 텐데, 그렇게 서두르는 게 뭐 그리 칭찬할 일이란 말인가?"

"거참," 빙리가 외쳤다. "아침에 했던 어리석은 소리를 저녁이 되도록 기억하고 있다니 좀 지나친데. 그리고 분명히 말하지만, 나에 대해 한 얘기들은 사실이고, 지금 이 순간에도 그렇게 믿고 있네. 그러니까 적어도 숙녀들에게 과시할 목적으로 아무 이유 없이 급한 성격인 것처럼 꾸민 건 아니라고."

"당연히 그렇게 믿었겠지. 하지만 아무리 생각해도 나는 자네가 그렇게 빨리 떠날 것 같지는 않아. 자네의 행동도 여느 사람들과 마찬가지로 우연에 좌우될 수 있거든. 만약 자네가 말에 올라타고 있는데 어떤 친구가 찾아와서 '빙리, 다음 주까지 머물러 주면 좋겠네.'라고 말한다면 자네는 필시 그렇게 할 거야. 그리고 그 친구가 한마디만 더 한다면 아마 한 달이라도 더 머무를걸."

"그 말씀으로 입증된 것이라곤," 엘리자베스가 끼어들었다. "빙리 씨가 자신의 성격이 지닌 진가를 제대로 표현하지 못했다는 것뿐이네요. 오히려 당신이 빙리 씨

본인보다 그를 훨씬 더 멋지게 말해 주고 계시니까요."

"대단히 감사합니다." 빙리가 말했다. "저 친구의 말을 제 성격이 좋다는 칭찬으로 바꿔 주셨으니. 하지만 저 친구가 전혀 의도하지 않았던 의미를 부여하신 게 아닌가 싶네요. 왜냐하면 저 친구는 만약 그런 상황에서 제가 단호히 거절하고 그대로 떠나 버린다면 저를 더 높게 평가할 게 틀림없거든요."

"그렇다면 다아시 씨는 원래의 의도가 경솔했더라도 그걸 고집스럽게 밀고 나가면 모든 게 무마된다고 생각하시는 걸까요?"

"저는 그 문제에 대해 정확하게 설명을 드릴 수가 없겠습니다. 다아시가 직접 말씀드려야죠."

"나는 인정한 적도 없는 걸 자네 마음대로 내 의견이라고 해 놓고 나더러 설명을 하라는군. 하지만 베넷 양, 이 문제가 당신이 말씀하신 대로라고 쳐도, 계획을 미루고 집에 더 머물라고 했던 그 친구가 단지 그걸 원한다고 했을 뿐, 왜 그렇게 해야 하는지에 대해서는 아무런 설명도 하지 않았다는 걸 기억하셔야 합니다."

"친구의 설득을 기꺼이 순순하게 받아들이는 것이 당신에게는 전혀 미덕이 아닌가 봐요."

"아무런 확신도 없는 상태에서 그렇게 받아들이는 건 어느 쪽도 현명하다고는 할 수 없는 행동이죠."

"제가 보기에 당신은 우정이나 애정의 영향력을 정말 하찮게 여기시는 것 같아요, 다아시 씨. 때로는 요청하는 사람에 대한 배

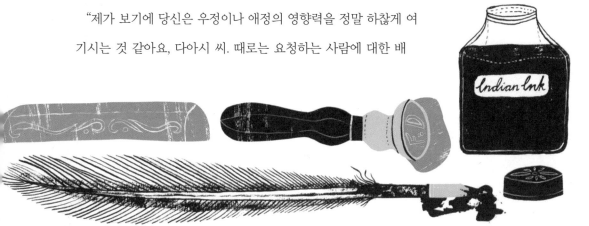

려만으로도 합리적인 이유를 따질 것 없이 얼마든지 그 요청을 받아들일 수 있거든요. 당신이 빙리 씨의 예로 들었던 그런 경우만을 놓고 하는 얘기는 아니에요. 그 행동의 신중함을 논하려면 실제로 그런 상황이 벌어질 때까지 기다리는 편이 나을지도 모르죠. 하지만 친구들 사이에 일어나는 일반적이고 평범한 상황에서 한쪽이 다른 쪽에게 그다지 중요하지 않은 결정을 바꿔 달라고 하면요? 합리적인 이유를 댈 때까지 기다리지 않고 곧바로 들어주는 친구를 당신은 비난하실 건가요?”

“이 주제를 놓고 논의를 더 이어 가기 전에 그 요청의 중요성이 어느 정도인지, 그리고 양쪽의 친밀도는 어느 정도인지를 보다 구체적으로 규정하는 게 바람직하지 않겠습니까?”

“그럴 것 없이,” 빙리가 외쳤다. “세부적인 것들을 전부 따져 봅시다. 키와 몸집의 상대적인 차이도 빼먹지 말고. 이 논의에서는 그런 것들도 예상외로 아주 중요하거든요, 베넷 양. 다아시가 저렇게 저보다 훌쩍 크지 않았다면 저는 지금의 반만큼도 그를 존경하지 않았을 겁니다. 어떤 상황이나 장소에서는 다아시만큼 두려운 상대가 없어요. 특히 그의 집에서, 그에게 달리 할 일이 없는 일요일 저녁이라면 더 말할 나위가 없죠.”

다아시는 미소를 지었지만, 엘리자베스가 보기에는 그가 다소 불쾌해하는 것 같아 웃음이 나오려는 걸 참았다. 다아시 씨가 모욕을 받았다고 생각하며 몹시 분개한 빙리 양은 터무니없는 소리를 한다며 오빠를 비난했다.

“무슨 의도인지 알겠네, 빙리.” 그의 친구가 말했다. “자네는 토론을 싫어하고 그래서 이 얘기를 그만두게 하려는 거지.”

“뭐 그렇게 볼 수도 있고. 토론은 언쟁과 매우 흡사하니까. 내가 응접실에서 나갈 때까지 자네와 베넷 양이 토론을 미뤄 준다면 매우 감사하겠네. 그런 다음에는 나에 대해 무슨 말을 해도 좋아."

"제 입장에서는 전혀 어렵지 않은 부탁이네요." 엘리자베스가 말했다. "그리고 다아시 씨도 편지를 마저 쓰시는 게 좋겠어요."

다아시는 그녀의 충고대로 편지를 마무리했다.

그리고 그 일이 끝나자 그는 빙리 양과 엘리자베스에게 음악을 들려 달라고 부탁했다. 빙리 양은 주저 없이 피아노로 향했고, 엘리자베스에게 먼저 연주를 하라고 정중히 청했지만 엘리자베스 역시 정중하게 진심으로 사양하자 본인이 피아노 앞에 앉았다.

허스트 부인은 동생과 노래를 불렀고, 그사이에 피아노 위에 놓인 악보를 뒤적이던 엘리자베스는 다아시의 눈길이 자꾸만 자신에게 향하는 걸 의식하지 않을 수 없었다. 그렇게 대단한 사람한테 자신이 찬사의 대상이 된다는 건 생각할 수도 없는 일이었지만, 자신을 싫어하기 때문에 그렇게 바라본다는 건 더 이상했다. 그러다가 결국, 그가 보기에 그 자리에 있는 어떤 사람보다 자신에게 잘못된 점이나 비난할 만한 점이 더 많기 때문인 모양이라고 결론을 내렸다. 그렇다고 해서 속이 상하지는 않았다. 그의 인정을 원할 만큼 그를 좋아하는 마음이 없었기 때문이다.

이탈리아 곡을 몇 곡 연주한 빙리 양은 경쾌한 스코틀랜드 민요로 분위기를 바꿨는데, 그러자마자 다아시 씨가 엘리자베스 옆으로 다가와 말을 걸었다.

"베넷 양, 이 음악에 맞춰 릴 춤스코틀랜드 민속춤을 한번 추시겠습니까?"

그녀는 미소를 지었지만 대답은 하지 않았다. 그녀의 침묵이 다소 의외였던 그는 같은 질문을 반복했다.

"아! 조금 전에 들었어요." 그녀가 말했다. "하지만 뭐라고 대답해야 할지 얼른 생각이 나지 않아서요. 저의 취향을 얕잡아 볼 즐거움을 누리기 위해 제가 '네'라고 대답하길 원하시겠지만, 저는 언제나 그런 술수를 뒤엎고, 그 사람이 마음먹었던 그런 기회를 빼앗는 데서 즐거움을 누린답니다. 그래서 저는 릴 춤을 추고 싶지 않다고 말씀드리기로 결심했으니, 이제 원하신다면 마음껏 저를 무시하세요."

"전혀 그럴 마음이 없습니다."

다아시의 기분이 상했을 거라고 생각했던 엘리자베스는 그런 정중한 태도가 의아했지만, 그녀의 태도는 짓궂으면서도 상냥한 면이 있어서 누가 됐든 진짜로 기분을 상하게 만들기란 어려웠다. 더구나 다아시는 어떤 여자에게도 이 정도로 매혹을 느껴 본 적이 없었다. 집안의 격이 그렇게 떨어지지만 않았다면 위험했을 거라고 다아시는 진심으로 생각했다.

빙리 양이 질투를 느끼기에 충분한 모습, 또는 분위기였다. 엘리자베스가 사라지

기를 바라는 마음 때문에 친애하는 제인의 쾌유를 비는 빙리 양의 마음이 더욱 간절해졌다.

그녀는 다아시에게 엘리자베스와 결혼했을 경우를 가정하거나 그런 결혼 생활의 행복을 운운하며 그녀를 싫어하는 마음이 들도록 자꾸 부추겼다.

그다음 날 관목키가 작고 원줄기와 가지의 구별이 분명하지 않으며 밑동에서 가지를 많이 치는 나무 사이를 함께 거닐 때 그녀가 말했다. "그런 경사스러운 일이 벌어진다면 장모께는 입을 다물고 계시라고 여러 번 넌지시 말해야 할 거예요. 그리고 할 수 있다면 동생들이 장교들 꽁무니를 따라다니는 것도 고쳐 보세요. 그리고 이건 제가 언급하기엔 조금 민감한 주제일지도 모르지만, 어딘가 잘난 척하고 무례해 보일 수도 있는 부인의 기질도 조금 눌러 보도록 하시고요."

"제 가정의 행복을 위해 제안해 주실 것이 더 있나요?"

"아, 그럼요. 펨벌리 회랑에 필립스 이모부 내외의 초상화를 꼭 걸도록 하세요. 판사를 지내셨던 큰할아버님 옆에 걸면 좋겠네요. 분야는 다르지만 같은 업종이잖아요. 그리고 사랑스러운 엘리자베스의 초상화는 차마 그릴 생각을 마세요. 어느 화가가 그 아름다운 눈을 제대로 그릴 수 있겠어요."

"그 풍부한 표정을 담아내는 게 실제로 쉽지는 않겠지만, 색감과 형체, 대단히 섬세한 속눈썹은 고스란히 그릴 수도 있을 겁니다."

바로 그때 다른 길을 따라 산책하던 허스트 부인과 엘리자베스가 그들 앞에 나타났다.

"두 분도 산책을 할 생각이었는지 몰랐네요." 빙리 양은 혹시 자신들의 얘기를 그녀가 들었을까 싶어 조금 당황해하며 말했다.

"두 사람, 어떻게 그럴 수가 있어?" 허스트 부인이 대답했다. "우리한테는 나간다는 말도 없이 가 버리다니.”

그러고는 다아시 씨의 남은 팔에 팔짱을 끼어서 엘리자베스만 혼자 걷게 되었다. 길의 폭은 세 사람이 겨우 지나갈 수 있는 정도였다. 다아시 씨는 무례하다는 생각에 서둘러 말했다.

“길이 우리가 다 함께 걷기엔 조금 좁군요. 가로수 길로 나가는 게 좋겠습니다.”

하지만 그들과 함께 있을 마음이 전혀 없었던 엘리자베스는 웃으면서 대답했다.

“아니, 괜찮아요. 그대로 계세요. 함께 계시는 모습이 매력적이고 아주 보기 좋은 걸요. 네 번째 인물이 끼어들면 구도가 망가질 것 같아요. 그럼 저는 이만.”

그러고는 경쾌하게 걸어갔고, 하루나 이틀 후면 집에 갈 수 있을 거라는 즐거운 희망을 품은 채 산책을 즐겼다. 제인도 어느새 웬만큼 회복되어 그날 저녁에는 두어 시간쯤 방 밖으로 나와 있을 예정이었다.

정찬을 마치고 여자들이 자리에서 일어날 때 엘리자베스는 언니에게 올라갔고, 감기에 걸리지 않도록 언니를 단단히 여민 후에 응접실로 데려갔더니 두 친구는 몹시 기뻐하며 그녀를 반겼다. 그리고 신사들이 합류하기 전까지 한 시간 동안은 엘리자베스가 일찍이 본 적이 없을 정도로 상냥했다. 대화를 이끌어 가는 그들의 능력은 대단했다. 연회를 시시콜콜 묘사하고 일화를 재미있게 풀어내며 아는 사람들을 신나게 웃음거리로 삼기도 했다.

하지만 남자들이 들어오자 제인은 관심에서 밀려났다. 빙리 양의 눈은 즉시 다아시를 향했고, 그가 채 몇 발자국을 떼어 놓기도 전에 벌써 말을 걸었다. 그는 제인에게 곧장 다가가 정중한 말로 쾌유를 축하했다. 허스트 씨도 가볍게 고개를 숙이며 "매우 기쁘군요"라고 말했다. 하지만 길고 따뜻한 인사는 빙리의 몫이었다. 그는 기쁨과 배려, 그 자체였다. 그는 방이 바뀐 탓에 그녀가 추워하지 않도록 들어오자마자 반 시간이나 불을 지폈다. 그러고는 문에서 멀리 떨어지도록 그녀의 자리를 벽난로 한쪽으로 옮겼다. 그런 다음에는 그녀의 옆에 앉아 거의 그녀하고만 얘기를 나눴다. 반대편 구석에서 수를 놓던 엘리자베스는 기쁜 마음으로 이 모든 걸 지켜

봤다.

차를 다 마셨을 때 허스트 씨가 처제에게 카드 테이블 얘기를 넌지시 꺼냈지만 허사였다. 그녀는 다아시 씨가 카드놀이를 하고 싶어 하지 않는다는 정보를 따로 입수한 터였다. 허스트 씨가 이번에는 아예 드러내 놓고 얘기해 봤지만 역시나 거절당했다. 그녀는 아무도 카드놀이를 하고 싶어 하지 않는다며 딱 잘라 말했고, 다들 아무 대꾸가 없는 걸 보면 과연 그런 것 같기도 했다. 달리 할 일이 없어진 허스트 씨는 소파에 늘어져 곧 잠이 들었다. 다아시는 책을 펴 들었고, 빙리 양도 똑같이 따라 했다. 그리고 허스트 부인은 주로 팔찌와 반지를 만지작거리면서 이따금 빙리 씨와 제인의 대화에 끼어들었다.

빙리 양은 자신의 책만큼이나 다아시 씨가 읽는 책의 진도에 관심을 기울였다. 그러면서 끊임없이 뭔가를 묻기도 하고 그가 읽는 책을 넘겨다봤지만, 그를 대화에 끌어들이지는 못했다. 그는 그녀의 질문에 대답만 하고 책을 계속 읽었다. 결국 그녀는 다아시가 읽는 책의 두 번째 권이라는 이유만으로 고른 책을 읽다 지쳐서는 크게 하품을 하며 말했다. "저녁 시간을 이렇게 보내는 것도 정말 즐겁네요! 결국 독서만 한 오락이 없다니까요! 다른 것에는 금방 싫증이 나도 책은 안 그렇거든요! 제집을 갖게 되었을 때 멋진 서재를 꾸밀 수 없다면 정말 속상할 거예요."

아무도 대꾸를 하지 않았다. 그러자 그녀는 하품을 한 번 더 하고는 책을 옆으로 밀어 놓고 뭔가 재미있는 일이 없을까 궁리하며 방 안을 둘러봤다. 그때 오빠가 제인에게 무도회 얘기를 하는 걸 듣고는 불쑥 이렇게 말했다.

"그런데 말이에요, 오빠. 네더필드에서 정말 무도회를 열 생각이에요? 지금 여기 모인 사람들의 생각부터 물어보고 결정하는 게 좋지 않을까요. 제가 잘못 생각하는 건지 모르겠지만, 무도회가 즐겁기는커녕 고역이라는 사람도 있는 것 같거든요."

"다아시를 염두에 두고 하는 말이라면," 그녀의 오빠가 큰 소리로 말했다. "무도회가 시작되기 전에 잠을 자러 가면 돼. 어쨌든 무도회는 이제 결정된 것이나 다름없어. 니콜스가 화이트 수프를 충분히 만들기만 하면 초대장을 돌릴 생각이다."

"무도회를 조금 다른 방식으로 진행해도 괜찮을 것 같은데." 그녀가 대꾸했다. "그런 모임의 의례적인 진행 방식에는 뭔가 참을 수 없이 지루한 면이 있거든요. 중간에 춤 대신 대화를 나눈다면 훨씬 건전하지 않겠어요?"

"훨씬 건전하긴 하겠지만 그래서야 무도회라고 할 수 있겠니, 캐럴라인."

빙리 양은 아무 대답도 하지 않았다. 그러더니 잠시 후에 일어나서 방 안을 이리저리 거닐었다. 그녀의 자태는 우아하고 걸음걸이도 훌륭했다. 하지만 빙리 양이 그 모습을 보여 주고 싶었던 다아시는 여전히 독서에만 열중했다. 그녀는 필사적인 마음에 한 가지 시도를 더 해 보기로 하고 엘리자베스에게 말을 걸었다.

"엘리자 베넷 양, 저를 따라서 방을 거닐어 보면 어떨까요? 똑같은 자세로 오래 앉아 있다가 이렇게 걸으면 정말 상쾌하거든요."

엘리자베스는 조금 놀랐지만 곧바로 그녀의 제안을 수락했다. 그리고 빙리 양은 이 정중한 제안의 진정한 목적을 달성했는데, 다아시 씨가 고개를 든 것이다. 의외의 사람에게서 나온 뜻밖의 배려에 엘리자베스만큼이나 놀란 그는 자신도 모르게 책을 덮었다. 그도 같은 요청을 받았지만 거절했다. 그러면서 두 사람이 함께 방을 거닐기로 한 데에는 단 두 가지 의도밖에 없을 텐데, 어느 쪽이 됐든 자신이 끼어봐야 방해만 될 뿐이라고 말했다. "저게 무슨 말이죠. 무슨 뜻으로 하는 말인지 너무 궁금하네요." 빙리 양은 엘리자베스에게 그의 말을 알아들었냐고 물었다.

"전혀요." 그녀는 대답했다. "하지만 틀림없이 우리를 신랄하게 비난하는 뜻일 테니, 그에게 실망을 안겨 줄 가장 확실한 방법은 아무것도 물어보지 않는 거예요."

하지만 빙리 양은 무슨 일이 있어도 다아시 씨를 실망시킬 수 없었고, 그래서 그 두 가지 의도가 뭔지 설명해 달라고 졸랐다.

"얼마든지 설명해 드릴 수 있습니다." 그녀가 말할 틈을 주자마자 그가 말했다. "두 분이 저녁 시간을 이런 식으로 보내기로 한 이유는 둘이서만 따로 의논할 일이 있거나, 아니면 걸을 때의 자태가 가장 돋보인다는 걸 알고 있기 때문이라는 거예요. 첫 번째라면 저는 완전히 방해가 될 테고, 두 번째라면 난롯가에 앉아 있는 편이 자태를 더 잘 감상할 수 있지 않겠어요."

"어머! 말도 안 돼!" 빙리 양이 외쳤다. "그런 해괴한 소리는 처음 듣네요. 저런 말을 하다니 어떻게 해야 혼내 줄 수 있을까요?"

"그럴 마음만 있다면 그거야 뭐 어렵겠어요." 엘리자베스가 말했다. "괴롭히고 혼내는 건 얼마든지 할 수 있죠. 약을 올리고 놀려 주세요. 두 분은 서로 친하니까 어떻게 해야 할지 아실 테죠."

"그런데 그게 그렇지 않다니까요. 가깝기는 해도 그걸 알 정도는 아니에요. 저렇게 차분하고 침착한 사람을 약 올린다니! 어림도 없어요. 그건 통하지도 않을걸요. 그리고 놀리는 것도 그래요. 놀릴 구석이 없는데 놀리려다가 우리만 웃음거리가 되지 않을까요. 다아시 씨는 의기양양할 테고."

"다아시 씨는 놀림거리가 안 된다고요!" 엘리자베스가 외쳤다. "그건 아주 보기 드문 장점이고, 앞으로도 그런 장점은 계속 드물었으면 좋겠네요. 그런 사람을 많이 알고 지내는 것이 저한테는 커다란 손해일 테니까요. 저는 웃는 걸 정말 좋아하거든요."

"빙리 양은 저를 너무 높이 평가하시는데, 과연 그런 사람이 있을까요." 그가 말했다. "세상에서 제일 현명하고 고귀한 사람, 아니 그런 사람의 가장 현명하고 고귀한 행동마저도 웃는 게 인생의 목표인 사람에게는 놀림거리가 될 수 있죠."

"물론," 엘리자베스가 말을 받았다. "그런 사람도 있겠지만 제가 그렇지는 않았으면 좋겠네요. 현명하고 고귀한 걸 조롱하는 일도 없었으면 좋겠고요. 어리석거나 터무니없는 일, 변덕스럽거나 조리에 닿지 않는 일을 보면 저는 실제로 즐거워지고, 솔직히 말해서 그런 것들을 놀릴 기회는 놓치지 않아요. 하지만 당신에게는 그런 점들이 없을 테죠."

"그건 누구라도 가능하지 않을 것 같은데요. 하지만 너무 똑똑해서 조롱의 대상이 되는 그런 약점은 피하려고 늘 노력해 왔습니다."

"이를테면 허영이나 오만 같은 건가요."

"맞습니다. 허영은 실제로 약점이죠. 하지만 오만은 글쎄요. 진정으로 우월한 정신의 소유자라면 오만한 마음을 늘 잘 다스릴 겁니다."

엘리자베스는 웃는 모습을 보이지 않으려고 돌아섰다.

"다아시 씨에 대한 평가가 끝난 모양인데," 빙리 양이 말했다. "그래서 결과가 어떻게 나왔나요?"

"다아시 씨에게는 단점이 전혀 없다는 걸 이번 기회에 완전히 확신하게 됐어요. 본인도 그걸 감추지 않고 인정하시네요."

"아닙니다." 다아시가 말했다. "그런 허세는 부린 적이 없습니다. 제게도 나름대로 단점이 있죠. 다만, 지적인 부분과는 상관이 없기를 바란다는 거예요. 성격도 장담은 못 합니다. 양보라는 걸 모르는데, 세상 사람들과 어울리기 불편할 정도거든요. 다른 사람의 어리석음이나 악행은 좀처럼 잊지 못하고, 제 심기를 거스른 경우도 마찬가지입니다. 누가 부추긴다고 쉽게 흔들리지 않습니다. 어쩌면 뒤끝이 있다고 할 수 있는 성격이죠. 저한테 한번 밉보이면 그걸로 끝이니까요."

"그건 진짜 결점이네요!" 엘리자베스가 목소리를 높였다. "돌이킬 수 없는 뒤끝은 그야말로 성격에 드리운 그림자잖아요. 하지만 결점을 잘 고르셨네요. 그건 놀릴 수가 없겠어요. 이제 안심하셔도 돼요."

"어떤 성격이든 그 나름의 단점으로 기울어지는 경향이랄까, 아무리 좋은 교육을 받더라도 극복되지 않는 타고난 결점 같은 게 있는 것 같습니다."

"그러면 당신의 결점은 모든 사람을 싫어하는 경향이군요."

"그리고 당신의 결점은," 그가 미소를 지으며 말을 받았다. "남의 말을 일부러 곡해하는 것이고요."

"음악을 좀 들을까요." 빙리 양은 자신이 끼어들 여지가 없는 대화에 싫증이 났는지 이렇게 외쳤다. "루이자 언니, 형부를 깨워도 괜찮지?"

그녀의 언니는 전혀 개의치 않았고, 피아노 뚜껑이 열렸다. 그리고 마음을 가라앉히고 보니 다아시로서도 아쉬울 게 없었다. 엘리자베스에게 지나친 관심을 보이는 게 위험하다는 느낌이 들기 시작했던 것이다.

다음 날 아침 엘리자베스는 언니와 상의한 끝에 그날 안으로 마차를 보내 달라는 편지를 어머니께 보냈다. 하지만 베넷 부인은 제인이 네더필드에 간 지 만 일주일이 되는 다음 화요일까지 딸들이 그곳에 있을 거라고 생각했던 터라, 그 전에는 딸들을 기쁘게 맞이할 수가 없었다. 그렇기 때문에 어머니의 답변은 반가운 소식이 아니었다. 아무튼 집에 가고 싶어 조바심치던 엘리자베스에게는 그랬다. 베넷 부인은 화요일에나 마차를 보내 줄 수 있다면서 빙리 씨 남매가 더 있으라고 붙잡는다면 자신은 얼마든지 양보할 수 있다고 덧붙였다. 하지만 엘리자베스는 더 이상 머물지 않겠다고 굳게 마음을 먹었고, 그런 요청을 기대하지도 않았다. 그러기는커녕 필요 이상 폐를 끼치는 것으로 비칠까 걱정스러운 마음에 당장 빙리 씨의 마차를 빌리자고 제인을 졸랐다. 결국 두 사람은 그날 아침에 네더필드를 떠나기로 했던 원래의 계획을 밝히고 마차를 빌려 보기로 했다.

그러자 모두 한목소리로 우려를 표했다. 최소한 하루만이라도 더 머무르라는 사람들의 말에 제인의 마음이 흔들렸고, 그들의 출발은 다음 날로 미뤄졌다. 그제야 빙리 양은 괜히 그랬다고 후회했는데, 동생에 대한 질투와 미움이 언니에 대한 애정을 훌쩍 넘어섰기 때문이었다.

빙리 씨는 너무 빨리 돌아간다며 진심으로 아쉬워했고, 몸도 충분히 회복되지 않은 상태에서 그건 안전하지 못한 일이라고 제인을 거듭 설득했다. 하지만 제인은 자신이 옳다고 믿는 바에 대해서는 소신을 굽히지 않았다.

다아시에게는 반가운 소식이었다. 그가 보기에 엘리자베스는 네더필드에 너무 오래 있었다. 그녀에게 지나치게 마음을 빼앗긴 것 같았고, 빙리 양은 그녀를 함부로 대하면서 평소보다 더 자신을 놀려 댔다. 그는 이제부터 호감을 드러내지 않도록, 그녀가 자신의 행복을 좌우할 수 있다는 희망으로 우쭐댈 만한 행동을 하지 않도록 각별히 유의하자고 결심했다. 그녀가 행여 그런 생각을 품었더라도, 마지막 날에 보여 줄 그의 행동이 그걸 확인시켜 주거나 무너뜨리는 데 결정적인 역할을 할 테니 그건 현명한 판단이었다. 그렇게 굳게 마음먹은 그는 토요일 내내 그녀에게 말을 채 열 마디도 걸지 않았고, 둘이서만 반 시간을 있게 되었을 때도 진지하게 독서에만 열중했을 뿐 그녀에게 눈길 한번 주지 않았다.

일요일 아침 식사가 끝나자 이별의 순간이 다가왔고 대부분 홀가분한 심정이었다. 빙리 양은 제인에 대한 애정뿐만 아니라 엘리자베스에 대한 예의까지 빠르게 회복했다. 떠나는 순간이 되자 롱본에서든 네더필드에서든 다시 만나기를 바란다며 제인을 더없이 다정하게 껴안았고, 심지어 엘리자베스와도 악수를 했다. 엘리자베스는 생기 넘치는 모습으로 모두와 작별 인사를 나눴다.

어머니는 딸들이 돌아온 게 별로 달갑지 않았다. 베넷 부인은 왜 돌아왔냐면서 마차까지 빌렸으니 너무 많은 폐를 끼쳤고, 이제 제인은 감기가 도질 게 틀림없다고 투덜댔다. 하지만 아버지는 비록 장황하게 말을 늘어놓지는 않았어도 진심으로 기뻐하며 딸들을 반겼다. 아버지는 그 두 사람이 집에서 얼마나 중요한 존재인지

실감하던 터였다. 저녁에 모두가 모이더라도 제인과 엘리자베스가 없으니 대화에 생기가 없고, 쓸모 있는 얘기라곤 도무지 찾아볼 수 없었다.

　메리는 평소처럼 통주저음17~18세기 바로크 시대에 관습적으로 부분적인 즉흥 연주를 수반했던 반주 체계 연주법과 인간의 본성에 대한 연구에 몰두하며, 인용할 만한 문장을 옮겨 적고 진부한 교훈의 새로운 관점을 찾아 읽고 있었다. 캐서린과 리디아는 다른 종류의 소식을 전해 주었다. 지난 수요일 이후 연대에서는 많은 일들이 일어났고 그만큼 많은 말들이 오갔는데, 얼마 전에 이모부가 몇몇 장교들과 식사를 했고, 어떤 병사가 매를 맞았으며, 포스터 대령이 결혼할 낌새가 보인다는 내용이었다.

13

"여보," 베넷 씨는 다음 날 아침 식사를 하다 말고 부인에게 말했다. "오늘 저녁 준비를 잘해 놨소? 우리 식구 말고 누가 더 올 것 같거든."

"누구요? 올 만한 사람이 없는데. 샬럿 루카스라면 모를까. 그 애한테야 우리 집의 식사 정도면 훌륭하죠. 자기 집에서도 이런 음식은 자주 못 먹을걸."

"내가 말한 사람은 신사이고, 처음 오는 사람이에요." 이 말에 베넷 부인이 눈을 반짝였다. "신사인데 처음 오는 사람이라고요! 그렇다면 빙리 씨군요! 제인, 너는 어쩜 귀띔 한마디 없었니. 깜찍하기도 해라! 나야 빙리 씨라면 두 손 들어 환영이죠. 하지만 이걸 어째! 마침 오늘따라 생선이 한 마리도 없는데. 리디아, 벨 좀 울려라. 지금 당장 힐하고 얘기를 해야겠어."

"빙리 씨는 아니에요." 그녀의 남편이 말했다. "지금껏 한 번도 만나 본 적이 없는 사람이니까."

이 말에 모두가 놀랐고 부인은 물론 딸들까지 한꺼번에 질문을 쏟아 냈다.

가족들의 호기심을 잠시 만끽하던 그는 마침내 이렇게 설명했다. "한 달 전쯤에 편지 한 통을 받았고, 보름 전에 내가 답장을 보냈어요. 신중한 사안인 만큼 빨리 손을 써야 할 것 같았거든. 편지를 보낸 사람은 내 친척인 콜린스 씨인데, 내가 죽으면 이 집에서 당신과 아이들을 당장 쫓아낼 수도 있는 사람이라오."

"어머나!" 그의 부인이 소리쳤다. "그 얘기라면 듣기도 싫어요. 그런 괘씸한 사람 얘기는 하지도 말라고요. 당신 재산을 당신 자식들이 받지 못하고 남한테 넘기는 것처럼 가혹한 일이 어디 있어요. 내가 당신이었다면 진작 무슨 수를 썼을 텐데."

제인과 엘리자베스는 어머니에게 한정 상속의 성격에 대해 설명하려 했다. 전에도 몇 번이나 같은 시도를 해 봤지만, 그건 베넷 부인이 지닌 상식의 범위를 넘어서는 일이었고, 그래서 딸을 다섯이나 두고도 생판 모르는 사람한테 재산을 빼앗기는 잔인한 처사에 대해 계속 악담을 퍼부었다.

"대단히 부당한 일인 건 틀림없지." 베넷 씨가 말했다. "콜린스 씨가 롱본을 상속하는 죄를 피해 갈 방법도 없고. 하지만 그가 편지에서 뭐라고 했는지 들어 보면 당신 마음도 조금 누그러질 거요."

"아니요, 그럴 리 없어요. 당신한테 편지를 보내다니 뻔뻔하기도 해라. 너무 위선적이잖아요. 그렇게 가식적으로 친한 척하는 사람은 정말 질색이야. 차라리 자기 아버지처럼 당신하고 다투기나 할 것이지."

"아닌 게 아니라, 그 점에 대해서도 자식 된 도리로 약간의 가책을 느낀 것 같더군. 들어 봐요."

켄트주 웨스터햄 근교의 헌스퍼드.

10월 15일

친애하는 베넷 씨께,

어르신과 돌아가신 저희 아버님 사이의 불화로 제 마음이 몹시 불편하던 차에 아버님을 여읜 후 갈등을 봉합할 수 있기를 줄곧 희망했습니다. 하지만 당신께서 평생 불화했던 분과 화해하는 것이 돌아가신 아버님을 욕되게 하는 일인 듯하여, 그런 의구심 때문에 한동안 망설였습니다.

"바로 이 부분이요, 여보."

하지만 부활절에 성직 안수를 받으면서 이 사안에 대해 마음을 정했습니다. 저는 너무나 운이 좋게도 루이스 드버그 경의 미망인이신 고귀한 캐서린 드버그 부인의 후원을 받게 되었습니다. 부인의 후의와 은혜 덕분에 본 교구의 귀한 목사직을 얻게 되어 부인께 감사하고 존경하는 마음으로 훌륭히 처신하며, 국교회에서 정한 의례와 의식을 성심껏 수행하기 위해 최선의 노력을 기울일 생각입니다. 무엇보다 성직자로서 저의 의무는 교구의 모든 가족들에게 평화의 은총을 장려하고 수립하는 것이라고 생각합니다. 그런 연유로 선의에 따른 저의 이번 제안이 매우 훌륭한 것이라 자부하며, 어르신께서도 제가 롱본 저택의 다음 상속자인 상황을 너그러이 받아들이시고 제가 내미는 올리브 가지를 거절하지 않으시리라 믿습니다. 저로서는 사랑스러운 따님들께 피해를 주는 입장이 되어 괴로울 따름이며, 그에 대해 사과하는 동시에 가능한 모든 보상을 강구할 것을 분명히 약속드리지만, 이에 대해서는 추후에 말씀드리겠습니다. 저를 집에 들이는 것에 이의가 없으시다면 월요일인 11월 18일 4시경에 어르신과 가족분들을 방문하고자 하며, 그다음 토요일까지 폐를 끼치게 될 듯합니다. 다른 성직자가 일을 처리하도록 조치한다면 캐서린 부인께서는 제가 이따금 일요일에 자리를 비우는 것을 전혀 개의

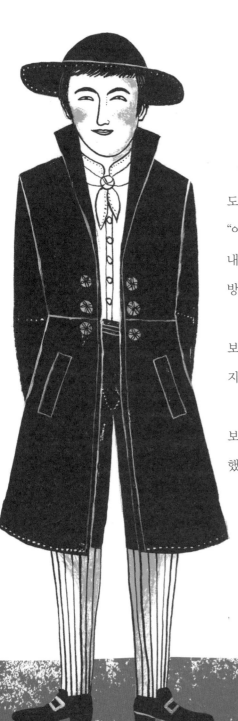

치 않으십니다. 그럼 부인과 따님들께 저의 존경
과 찬사를 전해 주십시오. 이만 총총.
— 윌리엄 콜린스

"그러니까 4시에 평화의 사절인 이 신사분이 올지
도 모른다는 거요." 베넷 씨는 편지를 접으면서 말했다.
"아주 강직하고 예의 바른 젊은이처럼 보이니 알고 지
내는 게 좋을 것 같아요. 캐서린 부인이 우리 집을 다시
방문할 수 있도록 너그러이 허락하셔야겠지만."

"그래도 우리 딸들에 대한 내용에서는 분별력이 없어
보이진 않네요. 어떤 식으로든 보상을 하겠다면 마다하
지는 않겠어요."

"우리의 몫이라고 생각하는 것에 대해 어떤 식으로
보상을 하려는 건지는 짐작하기 어렵지만," 제인이 말
했다. "그렇게 생각한다는 것 자체는 훌륭하네요."

엘리자베스는 무엇보다 캐서린 부인을 향한 그의 유난스러운 존경심, 그리고 무슨 큰 친절이라도 베푸는 것처럼 필요할 때마다 교구민들의 세례와 혼례와 장례를 주관하겠다고 밝힌 부분이 가장 인상적이었다.

"아무래도 이 사람은 괴짜일 것 같아요." 그녀가 말했다. "어떤 사람일지 짐작이 안 가네요. 문체에는 허세가 가득해요. 자신이 다음 상속자가 된 걸 사과한다는 건 무슨 뜻이죠? 자기가 그걸 어떻게 할 수 있는 것도 아닌데. 아버지가 보시기엔 양식이 있는 사람 같아요?"

"아니, 그런 것 같지 않구나, 얘야. 모르면 몰라도 정반대이지 싶어. 편지에 비굴함과 자만심이 뒤섞여 있는 걸 보면 그럴 가능성이 높지. 아무튼 얼른 만나 보고 싶구나."

"작문만을 따져 본다면," 메리가 말했다. "편지에서는 흠을 찾을 수 없어요. 올리브 가지라는 비유는 전혀 새롭지 않지만, 그래도 적절하게 잘 사용했다고 생각해요."

캐서린과 리디아는 편지에도, 그걸 쓴 사람에게도 전혀 관심이 없었다. 친척이라는 이 사람이 진홍빛 상의를 입고 올 리는 없는데, 벌써 몇 주 전부터 두 사람은 오로지 그 색깔의 옷을 입은 사람들과 어울릴 때만 즐거움을 느꼈다. 그녀들의 어머니는 콜린스 씨의 편지에 그간의 악감정이 많이 가셨고 상당히 차분하게 그를 맞을 채비를 해서 남편과 딸들을 놀라게 했다.

콜린스 씨는 시간을 정확히 지켰고, 가족 모두가 매우 정중하게 그를 맞았다. 베넷 씨는 말을 거의 하지 않았지만 숙녀들은 얼마든지 이야기를 나눌 의향이 있었고, 콜린스 씨 역시 누가 말을 걸지 않는다고 해서 입을 다물고 있는 성향은 아니었다. 스물다섯 살인 그는 큰 키에 둔해 보이는 인상이었다. 진지하고 엄숙한 분위기에, 태도는 매우 형식적이었다. 그는 자리에 앉자마자 아주 훌륭한 따님을 두셨다며 베넷 부인에게 찬사의 말을 건넸다. 따님들의 미모에 대해서는 익히 들었지만 이렇게 만나고 보니 명성이 실물을 따라가지 못한다면서 모두 제때에 좋은 곳으로 출가시키리라 믿어 의심치 않는다고 덧붙였다. 그 자리에 있던 몇몇에게는 이런 식의 인사말이 거슬렸지만, 칭찬이라면 마다하는 법이 없는 베넷 부인은 선뜻 대답을 했다.

"정말 친절한 말씀이군요. 저도 그러길 진심으로 바란답니다. 그렇지 않으면 곤궁한 처지가 될 테니까요. 상황이 참 묘하게 됐죠."

"이 댁의 한정 상속에 대한 말씀이시겠죠."

"아유, 그렇답니다. 당신도 인정하겠지만, 가여운 우리 딸들에게는 가혹한 처사잖아요. 당신을 탓하자는 건 아니에요. 이런 일이라는 게 전부 운이라는 건 나도 알아요. 일단 한정 상속으로 결정이 나면 그게 누구한테 갈지 알 수 없으니까."

"아름다운 숙녀분들의 곤란한 처지에 대해서는 저도 잘 알고 있고 드릴 말씀도 많습니다만, 제가 너무 나서서 조급하게 구는 것으로 비칠까 봐 조심스럽습니다. 하지만 숙녀분들께 찬사를 드릴 준비를 하고 왔다는 점은 분명히 말씀드릴 수 있습니다. 지금은 더 이상 말씀드리지 않겠지만, 나중에 우리가 좀 더 잘 알게 된다면……"

식사를 하라는 소리에 그의 얘기는 중단되었고, 딸들은 미소를 지으며 눈빛을 주고받았다. 콜린스 씨의 찬사의 대상은 그들만이 아니었다. 현관과 식당, 집 안에 있는 가구까지 전부 살펴보며 칭찬을 아끼지 않았다. 그가 그것들을 미래의 소유물로 여긴다는 짐작에 분통이 터지지만 않았다면 베넷 부인의 귀에 흡족하게 들렸을 칭찬이었다. 그는 이윽고 저녁 식사를 하면서도 찬사를 쏟아 내며 탁월한 요리들이 아름다운 자매들 가운데 누구의 솜씨인지 알려 달라고 간청했다. 하지만 베넷 부인은 그건 잘못 알고 있는 것이라면서, 실력 있는 요리사를 둘 정도의 형편은 되기 때문에 딸들이 부엌에 들어갈 일은 없다고 다소 신랄하게 말했다. 그는 불쾌하셨다면 죄송하다고 용서를 구했다. 베넷 부인이 조금 누그러진 목소리로 괜찮다고 말했지만, 그는 거의 15분 동안이나 사과를 거듭했다.

14

　식사를 하는 내내 베넷 씨는 말을 거의 하지 않았다. 하지만 하인들이 물러가자 손님과 약간의 대화를 나눠야 할 때라고 생각했고, 후원자를 참 잘 만난 것 같다며 그가 좋아할 만한 화제로 이야기를 시작했다. 베넷 씨는 그의 소망을 배려하고 편의를 고려해 주는 캐서린 드버그 부인이 정말 대단한 것 같다고 말했는데, 이보다 더 좋은 화제를 고르기란 불가능했을 것이다. 콜린스 씨는 캐서린 부인을 입이 마르도록 칭찬했다. 그 이야기가 나오자 평소보다 더 근엄한 태도를 보였으며, 무슨 중요한 얘기라도 하는 것처럼 "지금껏 살면서 그 정도로 지체가 높은 분들 중에 캐서린 부인만큼 상냥하고 겸손한 분은 본 적이 없다."고 열변을 토했다. "부인은 너그럽게도 그분 앞에서 제가 행한 두 번의 설교에 대해 번번이 칭찬을 해 주셨습니다. 로징스에서 함께 식사를 하자고 두 번이나 청하셨고, 바로 지난 토요일 저녁에도 카드리유카드놀이의 일종 인원을 맞춰야 한다며 저를 부르러 사람을 보내셨죠. 부인을 오만하다고 생각하는 사람들도 많지만, 저로서는 상냥한 태도밖에 접한 적이 없답니다. 저에게는 늘 여느 신사를 대하듯이 말씀하시고, 인근에서 사교 활동을 하는 것이나 친척을 방문하기 위해 어쩌다 한두 주 정도 교구를 비우는 것에 대해서도 전혀 반대하지 않으신답니다. 심지어 황송하게도 신중하게만 고른다면 되도록 빨리 결혼하는 게 좋겠다고 충고해 주실 정도예요. 그리고 한번은 누추한 목사관으로 찾아오셔서 제가 손보려는 것들을 일일이 허락해 주시고, 2층의 선반에 대해서는 몸소 제안까지 해 주셨어요."

"하나같이 지당하고 친절한 처사네요." 베넷 부인이 말했다. "정말 좋은 분일 것 같아요. 보통의 귀부인들이 다 그분 같지 않다는 게 안타까울 뿐이에요. 그분이 가까이에 사시나 봐요?"

"저의 누추한 거처가 있는 정원에서 오솔길을 하나만 지나면 부인의 저택인 로징스 파크입니다."

"미망인이라고 하셨던 것 같은데, 가족은 없나요?"

"딸만 하나를 두셨는데, 로징스 외에도 매우 막대한 재산의 상속녀지요."

"어머나!" 베넷 부인이 고개를 저으며 외쳤다. "웬만한 아가씨들보다 형편이 좋네요. 그분은 어떤 숙녀인가요? 미인인가요?"

"실제로 더없이 매력적인 아가씨랍니다. 캐서린 부인께서도 진정한 아름다움의 관점에서는 드버그 양이 어떤 미모의 여성보다 훨씬 월등하다고 말씀하시죠. 그녀의 이목구비에는 고귀한 태생의 아가씨만이 지닐 수 있는 특징이 있거든요. 안타깝게도 허약한 체질이라 많은 교양을 쌓지는 못했지만, 그분의 교육을 담당하며 함께 거주하는 숙녀분께 들은 바로는 건강만 나쁘지 않았다면 얼마든지 교양을 쌓았을 거라더군요. 하지만 어찌나 상냥하신지, 망아지가 모는 사륜의 쌍두마차를 타고 저의 누추한 집 옆을 자주 지나신답니다."

"그분은 국왕을 알현하셨나요? 궁정 부인들 중에서 이름을 본 기억이 없는데."

"안타깝게도 건강이 좋지 않아서 런던에는 못 가십니다. 그리고 캐서린 부인께도 언젠가 말씀드린 적이 있지만 그로 인해 영국 궁정은 가장 빛나는 보석 하나를 잃은 셈이죠. 그 말씀을 드렸을 때 부인은 흐뭇한 표정을 지으셨고, 짐작하시겠지만 저는 기회가 있을 때마다 두 분께서 기꺼워할 만한 그런 은근한 칭찬을 즐겨 해 드린답니다. 매력적인 따님이 공작 부인이 될 운명인 것 같고, 최고의 지위도 따님의 품격을 높이기보다 오히려 따님 덕분에 더 돋보일 거라는 말씀을 여러 번 드렸죠. 이렇게 사소한 얘기에도 부인께서는 즐거워하시고, 그것이야말로 제가 특별히 해야 마땅한 배려라고 생각하고 있습니다."

"지당한 생각일세." 베넷 씨가 말했다. "은근한 아첨의 재주를 지닌 것도 자네 입장에서는 잘된 일이고, 그런 기분 좋은 배려는 순발력에서 나오는 건가, 아니면 미리 생각해 놓는 건가?"

"대부분 즉석에서 떠오릅니다. 일반적인 상황에 적용할 수 있는 우아한 칭찬의 말들을 미리 고민해서 준비하기도 합니다만, 될 수 있으면 즉흥적으로 말하는 것 같은 분위기를 자아내려 합니다."

베넷 씨의 예상은 완벽하게 맞아떨어졌다. 그의 친척은 기대했던 대로 우스꽝스러운 사람이었다. 베넷 씨는 더없이 즐거운 마음으로 그의 말에 귀를 기울이면서도 그런 내색은 전혀 하지 않았고, 어쩌다 엘리자베스를 한번씩 쳐다보는 것 말고는 달리 기쁨을 나눌 친구도 필요하지 않았다.

하지만 차를 마실 때가 되자 어지간히 즐거움을 누린 베넷 씨는 손님을 기꺼이 응접실로 안내했고, 차를 다 마신 후에는 다시 한번 기꺼이 숙녀들을 위해 책을 읽어 달라고 부탁했다. 콜린스 씨는 흔쾌히 요청을 받아들였다. 하지만 책을 건네받은 그는 (어느 모로 보나 순회

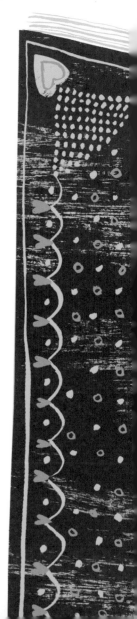

도서관에서 빌려 온 게 틀림없었기 때문에) 흠칫 뒤로 물러나더니 자신은 소설책은 읽지 않는다며 양해를 구했다. 키티는 그를 빤히 쳐다봤고, 리디아는 놀라움에 소리를 질렀다. 다른 책들이 건네졌고, 그는 신중하게 고른 끝에 포다이스의 설교집을 골랐다. 책을 펼치자 리디아는 하품을 했고, 그가 매우 단조롭고 엄숙한 목소리로 미처 세 페이지를 읽기도 전에 말을 끊었다.

"엄마, 필립스 이모부가 리처드를 쫓아내려 한다는 거 알아요? 그리고 그렇게 되면 포스터 대령이 그를 고용할 거예요. 지난 토요일에 이모한테서 직접 들은 얘기예요. 내일 메리턴에 가서 더 자세히 들어 보고 데니 씨가 런던에서 언제 돌아올지도 물어봐야겠어요."

위의 두 언니가 리디아에게 입을 다물라고 했지만, 기분이 상할 대로 상한 콜린스 씨는 책을 내려놓고 이렇게 말했다.

"순전히 자신들을 위한 내용이건만 이런 진지한 주제의 책에 전혀 관심이 없는 아가씨들을 자주 보게 됩니다. 솔직히 말해서 놀라운 노릇이죠. 배움보다 그들에게 더 이로운 게 어디 있다고. 하지만 어린 친척분을 더는 괴롭히지 않겠습니다."

그러더니 베넷 씨에게 주사위 놀이의 상대가 되어 주겠다고 제안했다. 베넷 씨는 그의 도전을 받아들이면서 딸들을 원하는 놀이에 열중하도록 놓아준 것은 매우 현명한 처사였다고 말했다. 베넷 부인과 딸들은 리디아의 행동에 대해 정중히 사과하며 다시 한번 책을 읽어 준다면 절대 그런 일이 없도록 하겠다고 약속했다. 하지만 콜린스 씨는 어린 친척에게 불쾌한 마음은 전혀 없으며 그녀의 행동을 모욕으로 여기지도 않는다면서 베넷 씨 맞은편에 앉아 주사위 놀이를 준비했다.

15

　콜린스 씨는 현명한 사람이 아니었고, 타고난 결점은 교육이나 교제를 통해서도 나아지지 않았다. 무지한 구두쇠 아버지 밑에서 생의 대부분을 보냈고, 대학을 다니기는 했어도 필수 학기만 간신히 채웠을 뿐 도움이 될 만한 친구는 사귀지 못했다. 복종을 중시한 아버지 탓에 그의 태도는 어려서부터 매우 비굴했지만, 이제는 비굴함이 상당히 줄어들었다. 부족한 지력, 교제의 범위가 좁은 사람 특유의 자만심, 예기치 않게 일찍 성공한 데 따른 거드름의 영향 때문이었다. 헌스퍼드의 목사 자리가 비었을 때 운 좋게도 누군가 그를 캐서린 드버그 부인에게 추천했다. 부인의 높은 지위에 대한 존경심과 후원자인 그녀를 숭배하는 마음, 성직자라는 권위의식과 교구 목사의 권리, 자신을 대단하다고 여기는 생각이 뒤섞여 그는 오만과 순종, 자만과 비굴의 혼합물이 되었다.

　이제 좋은 집에 매우 넉넉한 수입이 생긴 그는 결혼을 해야겠다고 결심했다. 그래서 롱본 집안과 화해도 할 겸 신붓감을 살펴볼 요량이었는데 만약 듣던 대로 딸들이 아름답고 상냥하다면 그중 한 명을 선택할 작정이었다. 이게 그가 계획한 보상, 그 집 아버지의 재산을 상속받는 것에 속죄하는 방법이었다. 그는 이걸 적절하고 바람직할 뿐만 아니라 자신의 입장에서는 대단히 너그럽고 공정한, 그래서 아주 탁월한 계획이라고 생각했다.

그의 계획은 딸들을 보고 난 뒤에도 달라지지 않았다. 제인 베넷 양의 사랑스러운 얼굴은 그의 견해가 타당하다는 걸 확인해 주었고, 무슨 일이 있어도 서열을 지켜야 한다는 생각도 확고해졌다. 그래서 첫날 저녁에 그녀를 신붓감으로 정했다. 하지만 그 생각은 다음 날 아침에 바뀌었다. 아침 식사를 앞두고 15분 정도 베넷 부인과 단둘이 앉아 있게 되었을 때, 그가 목사관을 들먹이다가 그곳의 안주인을 롱본에서 찾고 싶다는 바람으로 자연스럽게 이야기를 이끌었다. 베넷 부인은 대단히 상냥한 미소와 함께 의례적인 격려의 말을 건네면서도, 그가 찍은 바로 그 제인은 이미 임자가 정해졌다고 주의를 주었다. "그 밑의 딸들은 뭐라고 확실히 말할 수는 없어도 누굴 꼭 마음에 두고 있는 것 같지 않아요. 하지만 큰딸에 대해서는 말씀을 드려야겠네요. 아무래도 미리 귀띔해 드려야 할 것 같아서 하는 얘기인데, 그 애는 조만간 약혼을 할 것 같거든요."

콜린스 씨로서는 제인에서 엘리자베스로 바꾸면 그만이었다. 그래서 순식간에, 베넷 부인이 난롯가에 앉아 있는 사이에, 태어난 순서뿐만 아니라 미모에서도 제인 다음가는 엘리자베스가 당연하게 그 자리를 이어받았다.

그의 암시를 가슴에 간직한 베넷 부인은 이제 곧 두 딸을 시집보낼 모양이라고 믿어 버렸다. 그리고 바로 전날까지 입에 올리기조차 싫었던 사람은 이제 아주 호감 가는 사람으로 바뀌었다.

리디아는 메리턴으로 산보를 가겠다던 계획을 잊지 않았고, 메리를 제외한 자매들이 모두 함께 가기로 했다. 그리고 그를 내보내고 서재를 독차지하고 싶었던 베넷 씨의 권유로 콜린스 씨도 동행하게 되었다. 실제로 콜린스 씨는 아침 식사가 끝나자 서재로 베넷 씨를 따라 들어가 서가에서 제일 큰 책을 한 권 펼쳐만 놓고 헌스퍼드에 있는 자신의 집과 정원에 대해 쉬지도 않고 떠들어 댔던 것이다. 서재에서 베넷 씨는 늘 한가롭고 평온했다. 게다가 엘리자베스에게 줄곧 말했듯이 집의 다른 모든 곳에서는 어리석고 우쭐대는 꼴을 접하더라도 서재에서만큼은 그런 모습에서 자유롭고 싶었다. 그래서 콜린스 씨에게 딸들의 산보에 동행해 줄 것을 지체 없이 요청한 것이고, 사실 독서보다는 걷는 쪽을 더 좋아했던 콜린스 씨도 기꺼이 커다란 책을 덮고 따라나섰다.

그가 별것도 아닌 일에 허세를 떨면 숙녀들은 예의상 맞장구쳐 주는 식으로 시간을 보내다 보니 어느새 메리턴에 도착했다. 그리고 그 즉시 어린 두 동생의 관심은 그에게서 멀어졌다. 그들은 곧바로 장교의 모습을 찾아 길거리를 두리번거렸다. 굉장히 예쁜 보닛 모자나 상점의 진열창에 내걸린 최신 모슬린 옷감 정도가 아니면 그들의 시선을 끌어당길 수 없었다.

그런데 전에 한 번도 본 적이 없는 대단히 신사다운 외모의 한 청년이 모두의 눈길을 사로잡았다. 그 젊은 남자와 함께 걸어가고 있던 장교는 리디아가 런던에서 언제 돌아올지 궁금해했던 데니 씨였는데, 그들이 지나가는 걸 보고는 고개를 숙여 인사를 건넸다. 다들 처음 보는 그 남자에게 깊은 인상을 받았고 대체 누구인지 궁금해했다. 키티와 리디아는 그걸 알아낼 생각으로 맞은편 상점에 볼 게 있다며 길을 건너갔고, 운이 따르려고 그랬는지 그 둘이 보도에 올라선 순간 두 신사도 방향을 바꿔 같은 지점에 도달했다. 데니 씨는 그들에게 말을 건네며 그 전날 런던에서 함께 도착한 위컴 씨를 소개하고 싶다고 말했다. 자신의 부대에 임명되어 왔다는 소개였는데, 그건 정말 그래야 마땅했다. 왜냐하면 그 젊은이는 거기에 군복까지 갖춰 입는다면 완벽하게 매력적일 게 분명했기 때문이다. 그는 대단히 호감이 가는

외모의 소유자였고, 탁월한 용모와 잘생긴 이목구비, 대단히 유쾌한 말솜씨까지 아름다움의 정수만을 모아 놓은 듯했다. 소개가 끝나자 그는 선뜻 대화를 시작했고, 태도는 적절하면서도 과하지 않았다. 그렇게 거기 선 채로 기분 좋게 이야기를 나누고 있을 때 말발굽 소리가 들려와 쳐다보니 다아시와 빙리가 말을 타고 내려오고 있었다. 무리 중에서 숙녀들을 알아본 두 신사는 곧바로 그들에게 다가와 일상적이고 정중한 인사를 건넸다. 주로 얘기를 한 사람은 빙리였고, 그의 주된 상대는 제인 베넷 양이었다. 그는 그녀의 안부를 묻기 위해 롱본에 가는 길이었다고 말했다. 다아시 씨는 목례로 친구의 말을 뒷받침했는데, 엘리자베스를 쳐다보지 않겠다고 다짐하며 고개를 돌리던 그의 눈에 문득 낯선 남자의 모습이 들어왔다. 그리고 시선이 마주친 순간 두 사람의 얼굴에 떠오른 표정을 우연히 보게 된 엘리자베스는 그 만남이 일으킨 효과에 놀라지 않을 수 없었다. 두 사람 다 안색이 변했는데, 한쪽은 창백해졌고 다른 쪽은 붉게 상기되었다. 얼마 후 위컴 씨는 모자에 손을 대며 인사를 했고, 다아시 씨는 마지못해 답을 했다. 이게 도대체 어찌 된 영문일까? 엘리자베스는 상상조차 할 수 없었지만, 그만큼 더 궁금했다.

잠시 후 빙리 씨는 무슨 일이 벌어졌는지 모르는 것처럼 인사를 하더니 친구와 함께 말을 타고 떠났다.

데니 씨와 위컴 씨는 필립스 이모네 집까지 아가씨들을 바래다주었다. 두 남자는 리디아가 잠시 들어왔다 가라고 조르고 필립스 부인이 거실 창문을 열고 큰 소리로 초대를 했음에도 목례를 하고 돌아섰다.

조카들을 늘 반기는 필립스 부인은 최근에 집을 비웠던 위의 두 조카를 특히 환영했다. 부인은 그들이 갑자기 집에 돌아왔다는 소식에 깜짝 놀랐다면서, 길에서 우연히 존스 씨네 심부름꾼 아이를 만나 베넷 양이 돌아갔기 때문에 더 이상 네더필드로 약을 보내지 않는다는 얘기를 듣지 못했다면 아무것도 모를 뻔했다고 호들갑스럽게 떠들었다. 그런 다음에야 제인이 콜린스 씨를 소개해서 그와 인사를 나눴다. 부인은 최대한 예의를 갖춰 그를 맞았다. 그는 초면에 불쑥 찾아와 죄송하다면서도 자신을 소개해 준 젊은 숙녀분들과 친척 관계이므로 용납될 수 있을 줄 안다며 더욱 깍듯하게 인사를 했다. 필립스 부인은 지나칠 정도로 예의 바른 그의 태도에 상당히 당황했지만, 이 새로운 인물에 대한 생각은 또 다른 사람에 대한 감탄과 질문으로 인해 중단되고 말았다. 하지만 부인으로서도 조카들이 이미 아는 것 외에는 달리 해 줄 말이 없었다. 그러니까 데니 씨가 위컴 씨를 런던에서 데려왔고, 이곳 *** 부대에 중위로 임명될 예정이라는 내용이었다. 부인은 방금 전까지 한 시간 동안 그가 거리를 오르내리는 것을 지켜봤고, 지금이라도 위컴 씨가 보인다면 키티와 리디아 역시 그렇게 했을 게 틀림없었다. 안타깝게도 그 순간 창밖으로 지나가는 사람이라곤 오늘 처음 본 그 사람에 비하면 "멍청하고 꼴 보기 싫은 사람들"로 전락해 버린 몇몇 장교들뿐이었다. 그중 일부가 다음 날 필립스 부부와 저녁 식사를 함께할 예정이어서, 이모는 조카들이 온다면 남편에게 위컴 씨를 찾아가 그를 초대하도록 부탁하겠다고 약속했다. 다들 찬성이었고, 필립스 부인은 그러면 시끌 벅적하게 제비뽑기 놀이를 하다가 따뜻한 저녁 식사를 하자고 제안했다. 즐거운 시간에 대한 기대에 모두들 신이 나서 기쁘게 헤어졌다. 콜린스 씨는 응접실을 나서며 다시 한번 사과를 했고, 부인 역시 조금도 지치지 않는 정중함으로 전혀 그럴 필요가 없다고 대답했다.

집으로 걸어오는 동안 엘리자베스는 제인에게 두 신사 사이에 오갔던 일을 들려주었다. 만약 누군가 잘못한 것처럼 보였다면 어느 한쪽이든 아니면 둘 다든 옹호해 줬을 제인이지만, 다아시 씨와 위컴 씨의 행동을 이해할 수 없기는 제인도 동생이나 마찬가지였다.

집에 돌아온 콜린스 씨는 필립스 부인의 태도와 예의범절에 대한 칭찬으로 베넷 부인의 마음을 흡족하게 했다. 그는 캐서린 부인과 그녀의 딸을 제외하면 그보다 더 우아한 여성은 본 적이 없노라고 단언했다. 자신을 매우 정중하게 맞았을 뿐만 아니라 오늘 처음 만났는데도 다음 날 저녁 식사에 굳이 초대했기 때문이다. 베넷 집안과의 관계 때문일 거라고 짐작은 되지만 그는 지금껏 사는 동안 그런 배려를 받아 본 적이 없었던 것이다.

베넷 씨 부부는 딸들이 이모네 집에 가는 것을 반대하지 않았고, 이곳에 머무는 동안 하루라도 저녁 시간에 두 분만 남겨 놓고 나가는 게 마음에 걸린다는 콜린스 씨에게는 몇 번이고 거듭해서 괜찮다고 한 끝에, 그와 다섯 명의 숙녀는 마차를 타고 시간에 맞춰 메리턴에 도착했다. 응접실에 들어서던 여자들은 위컴 씨가 이모부의 초대에 응했으며 이미 집에 와 있다는 반가운 소식을 들었다.

그 소식을 접하고 모두가 자리를 잡고 앉았을 때 콜린스 씨는 비로소 주위를 둘러볼 여유가 생겼다. 그는 방이 크고 가구가 훌륭해서 마치 로징스의 자그마한 여름용 응접실에 와 있는 착각이 들 정도라고 말했다. 처음에 필립스 부인은 이런 비교가 썩 달갑지 않았다. 하지만 로징스가 어떤 곳이고 주인이 어떤 사람인지, 또 수많은 캐서린 부인의 응접실 가운데 한 곳은 벽난로 장식 하나만 해도 값이 800파운드나 된다는 얘기까지 듣고서는 그게 과분한 칭찬이라고 느꼈다. 그뿐만 아니라, 가정부의 방과 비교했더라도 기분이 상하지 않았을 것 같았다.

그는 그렇게 캐서린 부인과 저택의 웅장함을 묘사하고 이따금 자신의 누추한 집과 그곳을 어떻게 개조했는지 자랑하느라 옆길로 빠지기도 하면서 다른 신사들이 합류할 때까지 행복한 시간을 보냈다. 필립스 부인은 그의 얘기를 아주 열심히 들었고, 들을수록 그에 대한 평가가 높아졌으며, 이웃 사람들에게 얼른 이 얘기를 해줘야겠다고 생각했다. 숙녀들은 콜린스 씨의 얘기에는 귀를 기울일 마음이 없고, 음악이나 연주하길 바라거나 벽난로 위에 놓인 자신들이 만든 서툰 솜씨의 복제품 도자기들을 감상하는 것 외에 달리 할 일이 없어서, 기다리는 시간이 여간 길게 느껴지지 않았다. 하지만 기다림은 마침내 끝이 났다. 신사들이 나타났고, 위컴 씨가 방에 들어서자 엘리자베스는 처음 그 사람을 봤을 때부터 줄곧 멋진 사람이라고 생각한 건 당연한 일이었다고 새삼 느꼈다. *** 부대의 장교들은 전반적으로 평판이 매우 좋고 신사적이었으며, 그중에서도 최고로 손꼽히는 사람들이 그 자리에 모여 있었다. 하지만 위컴 씨는 체격이나 용모, 태도와 걸음걸이에서 그들을 훨씬 능가했는데, 그건 장교들이 포도주 냄새를 풍기며 그들을 따라 들어온 넙데데하고 펑퍼짐한 필립스 이모부보다 월등히 멋있는 것과 비슷했다.

위컴 씨는 거의 모든 여성의 시선을 한 몸에 받은 행복한 남자였고, 엘리자베스는 그의 옆자리에 앉게 된 행복한 여자였다. 비록 그날 밤에 비가 내린다는 얘기뿐이었어도, 자리에 앉자마자 대화를 시작하는 그의 유쾌한 태도에 그녀는 아무리 평범하고 지루한 주제일지라도 말하는 사람의 솜씨에 따라 얼마든지 흥미로워질 수 있다는 걸 깨달았다.

위컴 씨와 장교들이 나타나자 콜린스 씨는 아가씨들의 관심을 받지 못한 채 보잘것

없는 존재로 밀려난 듯했다. 젊은 숙녀들에게 그는 없는 존재나 마찬가지였다. 그래도 필립스 부인이 한 번씩 다정하게 귀를 기울여 주었고, 틈틈이 신경을 쓰며 커피와 머핀 등을 넉넉하게 챙겨 주었다.

카드 테이블이 준비되자 그는 휘스트카드놀이의 일종에 참가해서 그녀의 배려에 보답할 기회를 얻었다.

"당장은 어떻게 하는지 잘 모르지만," 그가 말했다. "기꺼이 배울 의향이 있습니다. 왜냐하면 저 같은 지위에서는……" 필립스 부인은 그가 카드놀이에 응한 것은 매우 고마웠지만, 그 이유까지 듣고 있을 마음은 없었다.

위컴 씨는 휘스트를 하지 않았고, 자신을 반갑게 맞아 주는 다른 테이블로 가서 엘리자베스와 리디아 사이에 자리를 잡았다. 리디아도 일단 말을 하면 좀처럼 틈을 주지 않기 때문에 처음에는 리디아가 그를 완전히 독점할 뻔했다. 하지만 수다만큼이나 제비뽑기 놀이도 좋아한 탓에 점차 게임에 빠져들었고, 돈을 걸고 결과를 기다리며 소리를 지르느라 특별히 어느 한 사람에게 관심을 기울일 여력이 없었다. 위컴 씨는 제비뽑기 놀이에 적당히 신경을 쓰며 엘리자베스와 여유롭게 대화를 나눴고, 그녀도 기쁜 마음으로 그의 이야기를 들었다. 가장 궁금한 건 다아시 씨와의 관계였지만 설마 그 얘기를 듣게 되리라고는 기대하지 않았다. 그녀로서는 그의 이름을 입에 올릴 엄두가 나지 않았다. 그런데 뜻하지 않게 그녀의 호기심은 충족되었다. 위컴 씨가 먼저 그 화제를 꺼낸 것이다. 그는 일단 네더필드와 메리턴의 거리를 물었다. 그리고 그녀의 대답을 듣고서는 조금 주저하며 다아시 씨가 그곳에 머문 지는 얼마나 되느냐고 물었다.

"한 달쯤 됐어요." 엘리자베스는 이렇게 말하고는 얘기가 끊어지지 않도록 얼른 덧붙였다. "더비셔에 상당한 재산을 소유한 분이라고 알고 있어요."

"맞습니다." 위컴 씨가 대답했다. "그곳에 있는 그의 영지는 정말 대단하답니다. 한 해에 꼭 채워 1만 파운드가 나오니까요. 이 점에 대해 저만큼 확실한 정보를 줄 수 있는 사람은 만나실 수 없을 겁니다. 어려서부터 그의 집안과는 아주 특별한 인연이 있었거든요."

엘리자베스는 놀란 표정을 감출 수 없었다.

"놀라실 만도 합니다, 베넷 양. 어제 만났을 때 우리가 서로를 아주 냉담하게 대하는 걸 보셨을 테니까요. 다아시 씨와는 친분이 깊으신가요?"

"그 정도면 충분히 안다고 할 수 있죠." 엘리자베스가 흥분해서 외쳤다. "같은 집에서 나흘을 보냈는데, 정말 불쾌한 사람이더라고요."

"그가 유쾌한 사람인지 아닌지에 대해 저는 의견을 드릴 자격이 없습니다." 위컴이 말했다. "그런 견해를 밝힐 입장이 못 되니까요. 공정한 판단을 내리기엔 그를 너무 오래, 그리고 너무 깊이 알고 지냈죠. 저로서는 한쪽으로 치우치지 않을 수가 없습니다. 하지만 보통은 당신의 그런 의견에 깜짝 놀랄 텐데, 다른 곳에서야 설마 그렇게 강한 어조로 말씀하시진 않겠죠. 뭐, 여기는 가족들끼리 모인 자리니까."

"분명히 말씀드리지만 네더필드만 아니라면 이 근방의 어느 집에서든 여기서처럼 말할 거예요. 하트퍼드셔에 그를 좋아하는 사람은 아무도 없어요. 그의 오만함에 다들 진저리를 친답니다. 그를 좋게 말하는 사람을 찾아볼 수 없을걸요."

"안타깝다고는 할 수 없겠네요." 위컴은 잠시 뜸을 들이다가 말했다. "그 사람이라도 또는 어느 누구라도 정당한 평가를 받아야 마땅하니까요. 하지만 그의 경우에는 그런 일이 드물죠. 다들 그의 재산과 지위에 눈이 멀거나, 당당하고 위압적인 태도에 위축되어 그 사람이 원하는 대로 그를 보니까요."

"저야 알고 지낸 지 얼마 되지 않지만 성격이 고약한 분인 것 같아요." 위컴은 이 말에 고개만 저었다.

"그가 이곳에 오래 머물려는지 궁금하네요." 그다음에 다시 얘기할 기회가 왔을 때 그가 말했다.

"저야 모르죠. 하지만 제가 네더필드에 머무는 동안에는 떠난다는 얘기를 전혀 못 들었어요. 그가 주변에 있다는 이유로 *** 부대에 계시려는 당신의 계획이 바뀌는 일은 없었으면 좋겠네요."

"아, 천만에요. 다아시 때문에 제가 쫓겨날 일은 없습니다. 저를 마주치고 싶지 않다면 그가 떠나야죠. 우리는 우호적인 사이가 아니고 그와 마주치는 것이 저로서는 언제나 고통스럽지만, 제가 그를 피해야 할 이유는 온 세상에 떳떳이 말할 수 있는 것 외에는 없습니다. 그에게서 매우 부당한 취급을 당했고, 그가 바로 나쁜 부류의 사람이라는 게 고통스러울 만큼 안타깝다는 것 말입니다. 베넷 양, 돌아가신 다아시 씨는 세상에 둘도 없을 좋은 분이었고, 더없이 진실된 벗이었습니다. 그렇기 때문에 지금의 다아시 씨와 함께 있으면 어르신이 남겨 주신 무수히 많은 다정한 추억에 사무치게 슬퍼지곤 합니다. 그가 제게 한 행동은 차마 입에도 올릴 수 없을 정도였죠. 하지만 부친의 기대를 저버리고 그분의 기억을 욕되게 하지만 않았어도 그가 어떤 행동을 했든 얼마든지 용서할 수 있었을 겁니다."

엘리자베스는 점점 더 솔깃해져서 귀를 쫑긋 세우고 들었지만, 워낙 민감한 사안인지라 더 캐물을 수는 없었다.

위컴 씨는 메리턴과 주변 사람들, 사교계처럼 더 일반적인 주제로 넘어가기 시작했고, 지금까지는 매우 만족하는 것처럼 보였다. 특히 사교계에 대해서는 은근하면서도 매우 분명한 관심을 보였다.

"제가 *** 부대에 오기로 결심한 건," 그가 덧붙여 말했다. "지속적이고 훌륭하다는 이곳의 사교 모임에 대한 기대가 커서이기도 합니다. 평판이 매우 훌륭하고 지내기에 좋은 부대라는 걸 알고 있었는데, 친구인 데니가 현재의 주둔지를 언급하며 메리턴에 멋진 분들이 많고 장교들도 잘 대접받는 말로 제 마음을 더 부추겼어요. 제게는 사교 생활이 반드시 필요하거든요. 실의에 빠져 지냈던 터라 더는 고독을 견뎌 낼 기운이 없습니다. 직장과 사교가 꼭 필요한 상황이죠. 군인이 되려고 했던 건 아니었는데 상황에 밀려 그걸 선택하게 됐습니다. 저는 원래 성직에 종사했어야 하는 사람입니다. 어려서부터 목사가 되기 위한 교육을 받았고, 그랬다면 지금쯤 더없이 고귀한 자리의 성직을 받았을 겁니다. 우리가 조금 전에 얘기했던 그 신사분이 그걸 허락했더라면 말이죠."

"어머나!"

"그렇습니다. 돌아가신 다아시 씨께서는 당신이 증여할 수 있는 직위 가운데 최고의 자리를 제가 물려받도록 유언을 남기셨습니다. 그분은 저의 대부셨고 저를 몹시 아끼셨거든요. 그분의 친절함은 말로 다 표현할 수 없습니다. 제게 편안한 삶을 남기시려 했고, 실제로 당신은 그렇게 했다고 생각하셨습니다. 하지만 자리가 났을 때 그건 다른 사람에게 넘어가고 말았습니다."

"맙소사!" 엘리자베스가 목소리를 높였다. "어떻게 그런 일이 있을 수 있죠? 유언을 무시하다니. 왜 법적으로 대응하지 않은 거예요?"

"유언장의 문구에 형식적인 미비함이 있어서 법의 도움을 기대하기 힘들었죠. 명예를 중시하는 사람이라면 그 뜻을 의심할 수 없었겠지만, 다아시 씨는 그걸 의심하기로, 그러니까 그걸 단순한 조건부 추천으로 취급하기로 작정한 겁니다. 그러고는 제가 무절제하고 무분별하게 생활했다는 식으로, 말하자면 아무 이유나 가져다 붙이고는, 그 자리에 대한 모든 권리를 상실했다고 주장했습니다. 이 년 전에 마침 제가 그걸 이어받을 수 있는 나이가 되었을 때 자리가 났는데도 다른 사람에게 줘 버렸지요. 아무리 생각해도 제가 그걸 잃어 마땅한 짓을 한 적이 없다는 것 역시 분명합니다. 흥분을 잘하고 조심성이 없어서 그에 대한 생각을 서슴없이 말하기도 했고, 그에게 대놓고 지나치게 솔직히 얘기를 했을지도 모릅니다. 하지만 확실한 건 우리가 전혀 다른 부류의 사람이고, 그가 저를 미워한다는 것이죠."

"정말 충격적이네요! 이런 건 널리 알려서 망신을 당하게 만들어야 해요."

"언젠가는 그렇게 될 겁니다. 하지만 제가 그럴 수는 없어요. 그의 부친을 기억하는 한 제가 그와 다툰다거나 그의 정체를 폭로하는 일은 없을 겁니다."

엘리자베스는 그런 마음가짐을 높이 평가하며, 그렇게 말할 때의 그가 전보다 더 잘생겨 보인다고 생각했다.

"하지만 대체," 잠시 사이를 두었다가 그녀가 말했다. "왜 그런 걸까요? 그렇게까지 잔인하게 군 이유가 뭐죠?"

"저를 아주 싫어하기 때문인데, 저로서는 질투심 말고는 다른 이유를 짐작할 수 없습니다. 돌아가신 다아시 씨가 저를 조금이라도 덜 아끼셨다면 그분의 아들도 저를 기꺼이 참아 줬을지도 모릅니다. 하지만 그의 부친은 저를 유난히 사랑하셨고, 그는 그것 때문에 아주 어려서부터 화가 났던 모양이에요. 그의 성격상 우리 사이의 그런 경쟁, 제가 주로 누렸던 그런 편애를 참고 견딜 수 없었던 거죠."

"다아시 씨가 그 정도로 나쁜 사람일 줄은 몰랐어요. 그를 좋아한 적은 없지만 이렇게까지 나쁜 사람일 거라고는 생각하지 않았거든요. 대체로 사람들을 경멸한다고만 생각했지, 이렇게 악랄한 복수와 불공정한 처사, 잔인한 행동을 저지를 수 있는 사람일 거라고는 차마 생각하지 못했네요!"

그리고 몇 분 정도 생각에 잠겼다가 이렇게 말을 이었다. "언젠가 네더필드에서 화가 나면 무자비한 사람이라고, 자신에게 한번 밉보이면 끝이라고 자랑했던 게 이제야 기억나네요. 성격이 아주 고약한가 봐요."

"그 점에 대해서는 제 판단을 신뢰할 수 없습니다." 위컴이 대답했다. "저는 그에 대해 도저히 공정할 수 없는 사람이니까요."

엘리자베스는 다시 한번 깊은 생각에 잠겼다가 잠시 후에 불쑥 내뱉었다. "아버지의 대자이자 벗이며 아버지가 총애했던 사람을 그런 식으로 취급하다니!" 그녀는 "얼굴만 봐도 좋은 사람이라는 걸 알 수 있는 당신 같은 청년에게"라고 덧붙일 수도 있었지만, 그냥 이렇게 말하는 것으로 만족했다. "게다가 당신이 말한 것을 듣자니, 더없이 가깝게 지냈던 어린 시절의 친구인데!"

"우리는 같은 교구, 같은 장원^{귀족에게 딸린 넓은 토지}에서 태어났고, 어린 시절에 가장 많은 시간을 함께 보냈습니다. 같은 집에서 같은 놀이를 하며 똑같은 보살핌을 받았죠. 제 아버지는 당신의 이모부인 필립스 씨가 빛내고 있는 것과 같은 분야에서 일을 시작하셨지만, 모든 걸 포기하고는 돌아가신 다아시 씨 밑에서 펨벌리의 재산을 관리하며 일생을 바치셨습니다. 돌아가신 다아시 씨는 저희 선친을 높이 평가하고 더없이 가까운 벗으로 신임하셨죠. 제 선친의 착실한 관리에 큰 도움을 받았다는 말씀을 자주 하셨고, 아버지가 돌아가시기 직전에는 제 생계를 돌봐 주겠다고 자발적으로 약속하셨어요. 저에 대한 애정도 있었겠지만 제 선친에 대한 마음의 빚이 더 컸다고 저는 믿습니다."

"정말 이상하네요!" 엘리자베스가 목소리를 높였다. "정말 가증스러워요! 다아시 씨라면 자존심 때문에라도 당신에게 이럴 수는 없었을 텐데. 더 나은 동기가 아니라도, 그는 이렇게 부정직한 행동을 하기엔 자존심이 너무 강한 사람인데 말이죠. 그건 정말 부정직한 행동이라고밖에 할 수 없잖아요."

"놀라운 일이기는 하죠." 위컴이 말을 받았다. "그의 거의 모든 행동이 자존심으로 연결된다는 게 말이에요. 자존심이 그의 가장 친한 친구일 때도 많았죠. 그가 조금이나마 선행을 베풀 수 있었다면 그것 역시 다른 어떤 감정보다 자존심 때문이었거든요. 하지만 늘 한결같은 사람이 어디 있나요. 그리고 그가 제게 보여 준 행동에는 심지어 자존심보다 더 강한 충동이 있었고요."

"그렇게 가증스러운 자존심이 그에게 뭔가 도움이 된 적이 있기는 한가요?"

"그럼요. 자존심은 그를 종종 대범하고 너그럽게 만들어서 그가 돈을 아낌없이 쓰거나 사람들을 따뜻하게 대하거나 소작농들을 지원하고 가난한 사람들을 도와주게 하죠. 가문에 대한 자부심, 자식으로서의 자부심에서 나온 행동들인데, 그는 부친에 대한 자부심이 대단하거든요. 가문의 명예를 더럽히면 안 되고, 평판이 떨어져서도, 펨벌리 저택의 영향력을 상실해서도 안 된다는 게 그에게는 강력한 동기로 작용합니다. 오빠로서의 자부심에 오빠로서의 애정도 어느 정도 있기 때문에 여동생에게는 아주 다정하고 속 깊은 후견인이지요. 세상에 그렇게 세심하고 훌륭한 오빠는 없다는 칭찬이 아주 자자할 겁니다."

"다아시 양은 어떤 사람인가요?"

그는 고개를 저었다. "사랑스러운 사람이라고 말할 수 있다면 좋았을 텐데요. 다아시 집안의 사람을 안 좋게 말하는 것이 저로서는 괴로운 일이니까요. 하지만 그녀도 자기 오빠와 너무 비슷해서 자존심이 여간 아니랍니다. 어렸을 때는 다정하고 애교도 많았어요. 저를 무척 따라서 저도 몇 시간씩 같이 놀아 주곤 했죠. 하지만 이제 저와는 상관없는 사람입니다. 상당한 미모에 나이는 열대여섯쯤이고, 교양도 상당한 걸로 알고 있어요. 아버지가 돌아가신 후로는 런던에서 어떤 부인과 함께 살고 있는데, 그분이 공부를 봐준다고 하더군요."

여러 차례 말이 끊기고 다른 화제로도 여러 번 넘어갔지만, 엘리자베스는 다시 한번 처음의 화제로 넘어가서 이렇게 말하지 않을 수 없었다.

"그런 사람이 빙리 씨와 친하다니 놀랍네요! 빙리 씨는 선량함 그 자체인 것처럼 보이고, 아주 상냥한 사람인 것 같은데, 어떻게 그런 사람하고 친구가 될 수 있죠? 그런 사람들이 어떻게 서로 맞을 수 있을까요? 혹시 빙리 씨를 아세요?"

"전혀 모릅니다."

"그는 다정하고 상냥하고 매력적인 분이에요. 다아시 씨가 어떤 사람인지 모르는 모양이네요."

"아마 그럴 겁니다. 하지만 다아시 씨는 원할 경우 얼마든지 남의 환심을 살 수 있는 사람이에요. 그런 재주가 없지 않거든요. 그럴 가치가 있다고 판단할 경우 재미있는 말동무가 될 수도 있어요. 지위가 동등한 사람들 사이에서는 재력이 떨어지는 사람들과 있을 때와는 전혀 다른 모습이 되죠. 자존심을 버리는 일은 없어도 부자들과 있을 때는 관대하고 공정하며 위선적이지 않고 합리적일 뿐만 아니라 아마 상냥하기도 할 겁니다. 재산과 지위에 따라 다르긴 하겠지만."

잠시 후 휘스트 게임을 하던 사람들이 흩어졌다가 다른 테이블 주변에 모였고, 콜린스 씨가 엘리자베스와 필립스 부인 사이에 자리를 잡았다. 필립스 부인은 얼마나 땄느냐고 의례적인 질문을 던졌고, 그는 별로 재미를 못 봤다면서 번번이 잃기만 했다고 말했다. 하지만 필립스 부인이 그에 대해 걱정스럽게 몇 마디를 건네자 그는 한층 더 진지한 말투로 그런 건 전혀 중요하지 않고 돈 같은 건 하찮게 생각한다면서, 부디 염려하지 말라고 간곡하게 말했다.

"카드 테이블에 앉으면," 그가 말했다. "이런 일을 각오해야 한다는 걸 잘 알고 있습니다. 다행히 저는 5실링 정도에 신경을 써야 하는 처지는 아니거든요. 이런 말을 할 수 없는 사람도 물론 많겠지만, 캐서린 드버그 부인 덕분에 저는 사소한 일에 구애받을 필요가 없어졌으니까요."

이 말이 위컴 씨의 관심을 사로잡았다. 콜린스 씨를 잠시 지켜보던 그는 엘리자베스에게 친척이 드버그 집안과 아주 가까운 사이냐고 낮은 목소리로 물었다.

"캐서린 드버그 부인이 아주 최근에 목사직을 주셨다네요. 콜린스 씨가 어쩌다가 부인의 눈에 들었는지는 모르지만, 오래전부터 알던 사이는 아닌 게 분명해요."

"캐서린 드버그 부인과 앤 다아시 부인이 자매지간이었다는 건 물론 알고 계시겠죠. 그러니까 부인이 다아시 씨의 이모라는 걸요."

"아니요, 정말 몰랐어요. 캐서린 부인의 가족 관계에 대해서는 전혀 아는 바가 없어요. 그저께까지만 해도 그런 분이 계신지조차 몰랐으니까요."

"그분의 딸인 드버그 양이 엄청난 유산을 받게 될 예정인데, 그녀와 사촌이 재산을 합칠 거라더군요."

이 이야기를 들은 엘리자베스는 가여운 빙리 양을 떠올리며 미소를 지었다. 그가 이미 남의 차지가 되기로 정해져 있다면 모든 관심이 허사이고, 누이동생에게 쏟는 애정이며 그에 대한 칭찬도 다 부질없는 헛수고일 게 틀림없었다.

"콜린스 씨는," 그녀가 말했다. "캐서린 부인과 그분의 따님에 대해 칭찬 일색이지만, 부인과의 관계를 생각하니 감사한 마음에 판단이 흐려진 건 아닌지, 부인이 그의 은인이기는 해도 거만하고 안하무인은 아닌지 모르겠네요."

"그 두 가지가 모두 부인에게 딱 맞는 표현이라고 생각합니다." 위컴이 말했다. "못 본 지 벌써 몇 년이 지났지만, 저는 한 번도 부인을 좋아해 본 적이 없고 부인의 태도가 독선적이고 무례했다는 건 똑똑히 기억합니다. 대단히 합리적이고 영리하다는 평이 있지만, 그런 능력은 일정 부분 지위와 재산에서 나오고, 또 어느 정도는 권위적인 태도에서, 그리고 나머지는 자신과 관련된 사람이라면 누구든 머리가 뛰어나야 한다고 믿는 조카에 대한 자부심에서 나오는 게 아닌가 싶습니다."

엘리자베스는 그의 설명이 매우 타당하다고 여겼고 두 사람은 서로 만족스럽게 이야기를 이어 갔다. 저녁 식사 시간이 되어 카드놀이가 끝났을 때는 다른 여자들도 위컴 씨의 관심을 나눠 가졌다. 필립스 부인의 떠들썩한 저녁 모임에서는 깊은 대화를 나누는 게 불가능했지만, 그의 태도는 모두의 호감을 샀다. 그가 하는 말은 뭐든 적절했고, 그가 하는 행동은 전부 기품이 있었다. 집으로 돌아가는 엘리자베스의 머릿속은 온통 위컴 씨 생각뿐이었다. 집으로 가는 내내 위컴 씨밖에 떠오르지 않았고, 그가 했던 말이 뇌리에 맴돌았다. 하지만 그녀는 그의 이름조차 뻥끗할 틈이 없었는데, 리디아와 콜린스 씨가 좀처럼 입을 다물지 않은 탓이었다. 리디아는 제비뽑기 티켓이며 자신이 잃은 물고기카드놀이에서 점수를 계산하기 위해 사용하는 물고기 모양의 조각와 딴 물고기에 대해 연신 떠들었다. 콜린스 씨는 필립스 부부의 정중한 태도를 거론하고 휘스트에서 돈을 잃었지만 전혀 개의치 않는다고 열변을 토하다가 저녁 식탁에 오른 요리들을 일일이 열거하더니 자기 때문에 자리가 비좁았던 건 아니냐는 말을 반복했는데, 그 밖에도 할 말이 많았지만 미처 다 하기도 전에 마차가 롱본의 집에 도착했다.

다음 날 엘리자베스는 제인에게 위컴 씨와 나눴던 대화를 들려주었다. 얘기를 듣던 제인은 놀라워하며 걱정스러운 표정을 지었다. 그녀는 다아시 씨가 빙리 씨의 존경을 받을 만한 사람이 못 된다는 사실을 믿기 힘들었다. 그렇다고 위컴처럼 호감 있어 보이는 청년의 말을 의심하는 건 그녀의 천성과 맞지 않았다. 그런 박대를 당했을 가능성만으로도 그녀의 연민을 자아내기에 충분했고, 그렇기 때문에 그녀로서는 두 사람을 모두 좋게 생각하고 저마다의 행동을 변호하며, 도저히 설명할 길이 없는 일은 우연이나 실수의 탓으로 돌리는 수밖에 없었다.

"잘은 모르지만," 그녀가 말했다. "두 사람 모두 우리로선 알 수 없는 어떤 이유 때문에 오해를 하고 있는 것 같아. 아마 이해관계가 얽힌 누군가가 두 사람을 이간 질했을 거야. 그러니까 두 사람의 관계가 멀어진 이유나 정황에 대해 추측하려다 보면 어느 한쪽을 비난하지 않을 수 없는 거지."

"정말 맞는 말이야. 그런데 이해관계가 얽혔다는 그 사람을 위해서는 뭐라고 말할 거야? 그의 잘못도 이해해 주지 않는다면 누군가는 나쁘게 생각해야 하잖아."

"마음껏 비웃어도 좋아. 하지만 네가 비웃는다고 내 생각이 바뀌지는 않아. 아버지가 총애하고 생계를 책임져 주겠다고 약속까지 했던 사람을 그런 식으로 대우했다면, 다아시 씨의 명예가 얼마나 떨어질지 생각해 봐. 그건 말도 안 되잖아. 인정이 있는 사람이라면, 인격을 갖춘 사람이라면 그럴 수는 없는 거야. 그런데 가장 친한 친구들까지 그렇게 말도 안 되게 속아 넘어갈 수 있을까? 에이, 아니야."

"나로서는 위컴 씨가 어제 나한테 들려줬던 개인사, 그러니까 이런저런 사람들의 이름과 사실, 격의 없이 털어놓은 그 모든 걸 꾸며 냈다고 생각하기보다 빙리 씨가 속고 있다고 믿는 게 훨씬 더 쉬울 것 같아. 그렇지 않다면 다아시 씨한테 반박해 보라고 하면 되잖아. 게다가 그의 표정은 진실해 보였어."

"정말 어렵다. 그리고 속상해. 어떻게 생각해야 할지 모르겠어."

"그게 무슨 소리야. 나는 어떻게 생각해야 할지 확실히 알겠는데."

하지만 제인이 확실하게 생각할 수 있는 건 단 한 가지뿐이었는데, 빙리 씨가 정말로 속았다면 그 사실이 만천하에 드러날 경우 무척 괴로우리라는 것이었다.

두 자매가 산책을 하며 이런 이야기를 나누고 있을 때, 마침 그 화제의 주인공들이 찾아왔다는 소식이 전해졌다. 오래전부터 기대를 모았던 네더필드 무도회 날짜가 다음 화요일로 정해져서 빙리 씨와 누이들이 초대의 말을 직접 전하기 위해 찾아온 것이었다. 빙리 자매는 소중한 친구를 다시 만나 반갑고, 정말 오랜만이라며 안 본 사이에 어떻게 지냈는지 몇 번이고 안부를 물었다. 하지만 다른 가족들에 대해서는 거의 관심을 보이지 않았다. 베넷 부인은 되도록 피하려 했고, 엘리자베스에게도 몇 마디 건네지 않았으며, 나머지 사람들과는 아예 말을 섞지 않았다. 그러고는 금세 돌아갔는데, 빙리 씨가 깜짝 놀랄 정도로 자리에서 벌떡 일어나더니 베넷 부인의 인사말을 피하려는 듯 서둘러 집을 떠났다.

베넷 집안의 모든 여자들은 네더필드 무도회를 대단히 즐거운 마음으로 기대했

다. 베넷 부인은 자신의 맏딸을 위한 무도회라고 혼자 좋을 대로
믿어 버렸고, 무엇보다 형식적인 카드 대신 빙리 씨가 몸소
초대 의사를 전했다는 사실에 의기양양했다. 제인은
두 친구를 만나고 빙리 씨의 관심을 받으며 행복하
게 보낼 저녁을 머릿속에 그렸다. 엘리자베스는
위컴 씨와 춤도 많이 추고 다아시 씨의 표정
과 행동에서 모든 걸 확인할 생각에 즐거웠
다. 캐서린과 리디아가 기대하는 행복은
어느 한 가지 일이나 특정한 사람에게 달
려 있지 않았는데, 그들도 엘리자베스처
럼 저녁의 절반 정도는 위컴 씨와 춤을
출 작정이었지만 위컴 씨만으로는 만
족할 수 없었다. 무도회는 어쨌거나 무
도회였다. 메리조차 무도회에 이의가
없다고 가족들에게 말했다.

"아침을 혼자 호젓하게 보낼 수 있
다면," 메리는 말했다. "나는 그걸로
충분해. 이따금 저녁 모임에 참석하는
걸 희생이라고 생각하지는 않아. 누구
든 사교는 즐겨야 하고, 가끔씩 여가
와 오락을 즐기는 건 누구에게나 바람
직하다고 생각하니까."

꼭 필요한 경우가 아니면 콜린스 씨에게 말을 걸지 않는 엘리자베스였지만, 무도회를 앞두고 기분이 너무 좋은 나머지 빙리 씨의 초대를 수락할 건지, 만약 그렇다면 그렇게 저녁 시간을 오락으로 보내도 좋다고 생각하는지 묻고 말았다. 그러고는 그가 무도회를 조금도 꺼리지 않으며, 춤을 춘다고 해서 대주교나 캐서린 드버그 부인에게 책망을 들을까 봐 두려워하지도 않는다는 사실을 알고는 다소 놀랐다.

"제 생각은 그렇습니다." 그가 말했다. "훌륭한 성품의 젊은이가 존경할 만한 사람들에게 베푸는 이런 종류의 무도회가 악영향을 미칠 일은 전혀 없다는 것이죠. 춤을 추는 것에 대해서도 반대하지 않기 때문에 그날 저녁이 지나기 전에 아름다운 친척 아가씨들과 모두 춤을 추는 영광을 누릴 수 있기를 바라고 있습니다. 그리고 이 기회를 빌려, 엘리자베스 양 당신께는 특히 처음 두 번의 춤을 청하고 싶습니다. 이에 대해서는 제인 양도 타당한 이유가 있으리라 생각하고 결코 그녀를 무시해서가 아니라는 걸 이해해 주리라 믿습니다."

엘리자베스는 완전히 일격을 당한 기분이

었다. 처음 그 두 번의 춤은 위컴 씨와 추려고 굳게 마음먹었건만, 콜린스 씨라니! 명랑한 기분에 취했다가 호되게 당하고 말았다. 하지만 어쩔 수 없었다. 위컴 씨와 자신의 행복은 별수 없이 잠시 뒤로 미뤄 둔 채, 콜린스 씨의 청을 최대한 우아하게 받아들였다. 그런데 그가 춤 이상의 뭔가를 더 암시하는 것 같다는 생각에 왠지 찜찜한 기분이 들었다. 그제야 비로소 자매들 중에 자신이 헌스퍼드 목사관의 안주인, 더 마땅한 손님이 없을 경우 로징스의 카드리유 테이블의 머릿수를 채울 사람으로 선택됐다는 데 생각이 미쳤다. 그가 점점 더 자신에게 친절하게 구는 걸 보고, 자신의 재치와 쾌활함을 연신 칭찬하는 소리를 들으면서 이 생각은 곧 확신으로 바뀌었다. 그녀는 자신의 매력이 불러온 이런 효과가 기쁘다기보다 기가 막혔는데, 조금 있으려니 어머니까지 둘이 결혼한다면 얼마나 기쁠지 모르겠다는 투로 말을 하는 것이었다. 하지만 엘리자베스는 그 소리를 못 알아듣는 척했는데, 뭐라고 대꾸라도 했다간 자칫 진지한 논의로 이어지리란 걸 잘 알았기 때문이다. 콜린스 씨가 청혼을 하지 않을지도 모르는 마당에, 실제로 그런 일이 있기도 전에 그에 대해 언쟁을 벌이는 건 무의미했다.

네더필드 무도회를 준비하고 이야깃거리로 삼을 수 없었다면 베넷 집안의 어린 딸들은 무척 안쓰러운 시간을 보낼 뻔했다. 초대를 받은 날부터 무도회 당일까지 비가 쉬지 않고 내리는 통에 한 번도 메리턴으로 산책을 갈 수 없었기 때문이다. 그들은 이모나 장교들을 만나지도 못하고 새로운 소식도 들을 수 없었다. 네더필드 무도회를 위한 구두 장식도 사람을 시켜서 사 와야 했다. 엘리자베스조차 위컴 씨와의 더 깊은 교제 기회를 완전히 차단해 버린 그런 날씨에 인내심을 시험당하는 느낌이 들 정도였다. 화요일의 무도회가 아니었다면 키티와 리디아는 그토록 지독한 금요일과 토요일, 그리고 일요일과 월요일을 견뎌 낼 수 없었을 것이다.

18

엘리자베스는 네더필드의 응접실에 들어가 그곳에 모인 붉은 군복들 사이에서 위컴 씨를 찾으려는 노력이 허사로 돌아갔을 때까지 그가 오리라는 걸 전혀 의심하지 않았었다. 돌이켜 보면 그걸 우려하는 게 오히려 당연했건만 그를 만나리라고 확신했던 것이다. 그녀는 평소보다 옷차림에 신경을 썼고, 준비를 하면서도 그의 마음속에서 아직 자신의 것이 되지 않은 부분이 있다면 그날 중으로 모조리 차지할 수 있을 거라고 믿으며 의기양양했다. 그런데 빙리 씨가 장교들을 초대하면서 다아시 씨의 기분을 고려하여 위컴 씨만 고의로 제외했을 거라는 끔찍한 의구심이 불현듯 떠올랐다. 비록 그런 이유는 아니었지만, 위컴 씨가 오지 않는다는 사실은 그의 친구인 데니 씨를 통해 확인되었다. 리디아가 열띤 목소리로 묻자 그는 위컴이 그 전날 일이 있어서 런던에 가야 했는데 아직 돌아오지 않았다면서, 의미심장한 미소를 띠며 이렇게 덧붙였다.

"여기서 어떤 신사분과 마주치는 걸 피하고 싶지 않았다면 굳이 지금 그 볼일을 봐야 했을까 싶네요."

리디아는 이 부분을 듣지 못했지만 엘리자베스의 귀에는 또렷하게 들렸다. 그로

써 위컴이 그 자리에 없는 이유에 처음에 짐작했던 것만큼이나 다아시의 책임이 적지 않다는 걸 확신하게 되자, 순간적으로 밀려드는 실망감에 다아시를 향한 불쾌한 감정이 치밀어 올랐다. 그러니 때마침 그가 다가와 정중하게 안부를 묻는데도 도저히 사근사근하게 대답을 해 줄 수가 없었다. 다아시에게 관심을 보이거나 그를 참고 받아 주는 건 위컴을 모욕하는 일이었다. 그녀는 그와 어떤 종류의 대화도 나누지 않겠다고 결심하고는 다소 언짢아하며 고개를 돌렸다. 그런 기분은 빙리 씨와 얘기를 나눌 때조차 완전히 떨쳐 낼 수 없었는데, 그의 맹목적인 우정에도 화가 치밀었기 때문이다.

하지만 불쾌한 심기로 앉아 있는 건 엘리자베스에게 어울리지 않았다. 그날 저녁에 기대했던 모든 것이 물거품이 되어 버리기는 했어도 그런 기분에 오래 짓눌려 있을 그녀가 아니었다. 일주일 동안 만나지 못했던 샬럿에게 속상한 마음을 털어놓은 그녀는 친척의 기이한 언행으로 화제를 바꿨고 샬럿에게 누군지 알려 주기 위해 그를 가리키기도 했다. 하지만 처음 두 번의 춤 때문에 다시 기분이 우울해졌다. 그건 고역이었다. 콜린스 씨는 서투르고 뻣뻣한 데다 주의를 기울여야 할 때 변명을 늘어놓고, 잘못된 동작을 하고서도 그랬다는 사실조차 모르는 등, 불쾌한 파트너가 두 번의 춤을 추는 동안 초래할 수 있는 온갖 부끄러움과 비참함을 그녀에게 안겨 주었다. 그에게서 풀려나는 순간은 환희 그 자체였다.

그녀는 장교와 그다음 춤을 추었고, 위컴에 대한 얘기를 하며 그가 주변 사람들로부터 두루 호감을 사고 있다는 소리에 기분이 유쾌해졌다. 춤이 끝나서 그녀가 샬럿 루카스 옆으로 돌아가 대화를 나누려는데, 느닷없이 다아시 씨가 말을 걸어와 춤을 요청했다. 엘리자베스는 너무 놀란 나머지 엉겁결에 수락을 하고 말았다. 그는 그러고는 곧바로 가 버렸고, 남은 엘리자베스는 차분하게 대처하지 못한 자신을 탓했다. 샬럿은 그녀를 위로하려 했다.

"아마 알고 나면 아주 좋은 사람일 거야."

"어림없는 소리! 그거야말로 정말 최악일걸. 싫어하기로 마음먹은 사람이 좋은 사람이라는 걸 알게 된다면 말이야! 그런 불길한 소리는 하지도 마."

하지만 다시 춤이 시작되고 다아시 씨가 춤을 추기 위해 다가올 때, 샬럿은 작은 목소리로 위컴이 좋다고 해서 그보다 위상이 열 배나 높은 사람의 눈 밖에 날 행동을 하는 바보짓은 삼가라고 주의를 주었다. 엘리자베스는 아무 대답도 하지 않은 채 춤을 추려고 자리를 잡았다. 다아시 씨와 함께 춤을 추는 것만으로도 품격이 높아지는 느낌은 놀라웠는데 주변 사람들도 그걸 목격하고는 그녀 못지않게 놀라워했다. 그들은 얼마 동안 대화를 한마디도 나누지 않았다. 그녀는 두 번의 춤이 끝날 때까지 침묵이 지속될 거라고 생각하기 시작했다. 처음에는 그걸 깰 마음이 없었지만, 갑자기 그를 대화에 끌어들이는 것이 오히려 그를 더 괴롭히는 것이라는 생각이 들어 춤에 대해 몇 마디 얘기를 건넸다. 그는 적당히 대꾸를 하고는 입을 다물었다. 몇 분쯤 지난 후 그녀는 다시 한번 말을 걸었다.

"다아시 씨, 이제 당신이 말씀을 하실 차례예요. 제가 춤에 대해 얘기했으니까, 당신은 이 방의 크기라든가 몇 쌍이 춤을 추는지에 대해 뭐라도 언급을 하셔야죠."

그는 미소를 지었고, 뭐든 그녀가 원하는 주제에 대해 말을 하겠노라고 대답했다.

"아주 좋아요. 지금 당장은 그 대답이면 충분하겠어요. 어쩌면 조금 있다가 개인이 주최하는 무도회가 공적인 무도회보다 훨씬 즐겁다는 얘기를 할지도 몰라요. 하지만 지금은 조용히 있어도 될 것 같네요."

"춤을 추실 때 그렇게 규칙에 따라 말씀을 하십니까?"

"그럴 때도 있어요. 말을 조금은 해야 하잖아요. 30분 내내 서로 입을 다물고 있으면 이상해 보일 거예요. 상대에 따라 말을 하는 수고를 최대한 줄이는 방향으로 대화를 꾸려 나가야 할 때도 있지만요."

"그렇다면 지금은 당신의 기분에 따르는 건가요, 제 기분을 맞춰 준다고 생각하시는 건가요?"

"둘 다예요." 엘리자베스는 짓궂게 대답했다. "왜냐면 예전부터 우리의 취향이 매우 비슷하다고 생각했거든요. 우리 둘 다 사교적이지 않고 말수도 적어요. 말을 하더라도 모인 사람들이 전부 감탄하면서 후대에 전할 정도의 명언이 아니고서는 얘기를 하려 들지 않잖아요."

"그건 당신의 성격하고는 그렇게 비슷한 것 같지 않은데요." 그가 말했다. "그리고 저의 성격과 얼마나 흡사한지에 대해서는 뭐라고 말씀드릴 수가 없겠네요. 당신은 아주 판박이처럼 그려 냈다고 생각하시는 것 같습니다만."

"자기 그림을 직접 평하면 안 되죠."

그는 대꾸를 하지 않았고, 둘은 다시 아무

말 없이 춤을 추었다. 그가 자매들끼리 메리턴에 자주 산책을 가지 않느냐고 물었다. 그녀는 그렇다고 대답하고는 유혹을 떨치지 못한 채 이렇게 덧붙였다. "지난번에 거기서 뵈었을 때 우리는 막 새로운 분을 소개받던 참이었어요."

효과는 즉각적이었다. 평소보다 더 짙은 오만의 그림자가 그의 얼굴에 드리웠지만 그는 한마디도 하지 않았고, 엘리자베스는 자신의 나약함을 탓하면서도 말을 더 이어 가지는 못했다. 결국 다아시가 입을 열었고, 부자연스러운 말투로 이렇게 말했다.

"위컴 씨는 워낙 태도가 쾌활해서 친구를 잘 사귀지만, 우정을 유지하는 데에도 그만큼 재주가 있는지는 잘 모르겠습니다."

"그는 너무나 안타깝게도 당신의 우정을 잃었죠." 엘리자베스는 힘주어 말했다. "그리고 그 상처 때문에 평생 괴로워할 것 같더군요."

다아시는 아무 대답도 하지 않았고 화제를 바꾸고 싶어 하는 것처럼 보였다. 그때 춤추는 사람들 사이를 뚫고 방의 건너편으로 가려던 윌리엄 루카스 경이 두 사람 근처를 지나다가 다아시 씨를 보고는 걸음을 멈추고 윗사람답게 목례를 하더니 그의 춤 솜씨와 파트너를 칭찬했다.

"아까부터 보기에 여간 흐뭇한 게 아니었습

니다. 이렇게 탁월한 춤을 자주 볼 수 있는 건 아니니까요. 최고의 솜씨라는 걸 한 눈에 알겠던데요. 하지만 당신의 아름다운 파트너도 전혀 뒤지지 않는다는 말씀을 드려야겠습니다. 그리고 이런 즐거움을 자주 누릴 수 있기를 바랍니다. 특히 앞으로 경사스러운 일이 일어난다면 말이죠, 엘리자 양." 여기서 그는 그녀의 언니와 빙리를 힐끗 쳐다봤다. "축하의 말이 쏟아질 겁니다! 다아시 씨께는 특별히…… 하지만 더 이상 방해하지 않겠습니다. 숙녀분과의 매력적인 대화를 가로막는 제가 달갑지 않으실 테고, 숙녀분의 반짝이는 눈도 저를 꾸짖는 것 같으니까요."

이 마지막 부분은 다아시의 귀에 거의 들어오지 않았다. 그는 윌리엄 경이 자신의 친구를 두고 암시한 말에 강한 타격을 받았는지 함께 춤을 추는 빙리와 제인을 심각한 표정으로 바라봤다. 그러다가 이내 정신을 차리고 파트너를 향해 이렇게 말했다.

"윌리엄 경이 오시는 바람에 우리가 무슨 얘기를 하고 있었는지 잊어버렸습니다."

"우리가 무슨 얘기를 하기는 했나요. 이 방에서 그 정도로 서로 할 말이 없는 두 사람을 윌리엄 경인들 어떻게 방해할 수 있겠어요. 두세 가지 화제를 시도해 봤지만 실패한 마당에 더 이상 무슨 얘기를 해야 할지 모르겠네요."

"책에 대해서는 어떻게 생각하십니까?" 그가 미소를 지으며 물었다.

"책이라니, 그건 아니죠. 우리가 같은 책을 읽었을 리도 없고, 같은 인상을 받았을 리도 없어요."

"그렇게 생각하신다니 유감이군요. 하지만 만약 그렇다면 적어도 화제가 떨어지지는 않겠네요. 서로 다른 의견을 비교할 수 있지 않겠습니까."

"아뇨. 무도회에서 책 얘기를 할 수는 없어요. 제 머리는 늘 다른 것들로 가득 차

있거든요."

"이런 장소에서는 항상 현재에 몰두한다는 말씀인가요?" 그는 미심쩍은 표정으로 물었다.

"네. 항상." 그녀는 주제에서 한참 동떨어진 생각에 잠겨 있다가 무슨 말을 하는지도 모른 채 대답했는데, 잠시 후 불쑥 이렇게 말하는 바람에 딴생각을 하고 있었다는 사실이 드러났다. "다아시 씨, 용서를 잘 못하는 성격이고 한번 화가 나면 잘 누그러지지 않는다고, 언젠가 이렇게 말씀하셨던 기억이 나는데. 그렇다면 화를 낼 경우에는 아주 신중하시겠네요."

"그렇습니다." 그가 단호한 목소리로 말했다.

"그리고 결코 편견에 눈이 흐려지는 일이 없고요?"

"그렇지 않기를 바랍니다."

"의견을 좀처럼 바꾸지 않는 사람이라면 특히 처음부터 옳은 판단을 내려야 할 의무가 있죠."

"이런 질문에 무슨 의도가 있는지 여쭤봐도 될까요?"

"그저 당신의 성격을 그려 보려는 거예요." 그녀는 이렇게 말하면서 굳은 표정을 떨쳐 내려 했다. "그걸 파악하려는 거죠."

"그래서 잘되어 갑니까?"

그녀는 고개를 저었다. "전혀 갈피가 잡히지 않네요. 당신에 대해 들려오는 얘기들이 너무 달라서 도저히 모르겠어요."

"그럴 겁니다." 그는 묵직한 표정으로 대답했다. "저에 대한 평가들은 천차만별일 거예요. 베넷 양, 바라건대 저의 성격을 지금 당장 그리진 않았으면 좋겠습니다. 어느 쪽의 평판으로도 제대로 된 그림이 나오지 않을 것 같으니까요."

"하지만 지금 당신의 초상화를 그리지 않는다면 앞으로 영영 기회가 없을지도 모르잖아요."

"그렇다면 당신의 즐거움을 방해하지 않겠습니다." 그는 차갑게 대꾸했다. 그녀는 더 이상 아무 말도 하지 않았고, 두 사람은 두 번째 춤을 마저 추고 말없이 헤어졌다. 기분이 좋지 않은 건 두 사람이 똑같았지만, 그 정도는 달랐다. 다아시의 가슴에는 그녀에 대한 강한 호감이 있었기 때문에 금세 그녀를 용서하고 노여움의 화살을 다른 사람에게 돌렸다.

두 사람이 헤어지고 얼마 후 빙리 양이 엘리자베스에게 다가와 공손하면서도 어딘가 무시하는 듯한 표정으로 말을 걸었다.

"아니, 엘리자 양, 듣자니 조지 위컴을 상당히 마음에 들어 하신다면서요! 제인이 그 사람 얘기를 하면서 저한테 질문을 천 가지쯤 하더라고요. 그런데 그 젊은이가 당신과 대화를 나누면서 빼놓은 얘기가 있는 것 같은데, 그의 아버지가 다아시 씨 부친의 집사였다는 사실 말이에요. 아무튼 친구로서 충고하는데, 그의 말을 무턱대고 믿지는 말아요. 다아시 씨가 그를 부당하게 대우했다는 건 얼토당토않은 소리니까. 오히려 조지 위컴이 다아시 씨에게 아주 파렴치한 행동을 했는데도 그는 항상 큰 친절을 베풀었어요. 자세한 내용은 모르지만 다아시 씨가 비난받을 일은 없다는 것, 그가 조지 위컴의 이름을 듣는 것조차 힘들어한다는 것, 오빠가 이번에 초대하는 장교 명단에서 그를 제외할 수 없었는데 그가 알아서 피하는 바람에 한시름 놓았다는 건 알고 있죠. 그가 이곳으로 왔다는 사실 자체가 아주 무례한 행동인데, 감히 어떻게 그럴 수 있었는지 놀랍네요. 좋아하는 사람의 잘못을 이렇게 알게 됐으니 무척 안타깝겠어요, 엘리자 양. 하지만 혈통을 생각하면 뭘 더 바라겠어요."

"말씀대로라면 그의 잘못과 그의 혈통이 같은 뜻인 것 같군요." 엘리자베스는 화가 나서 말했다. "듣자니 다른 무엇보다 다아시 씨네 집사의 아들이라는 사실을 가장 비난하시니까요. 그런데 분명히 말씀드리지만, 그건 그가 저에게 직접 말해 줬답니다."

"미안해요." 빙리 양은 냉소를 머금고 돌아서며 말했다. "공연히 참견을 했네요. 제 딴에는 좋은 뜻이었어요."

"뻔뻔한 계집애!" 엘리자베스는 혼자 중얼거렸다. "그런 하찮은 험담으로 내 생각을 흔들 수 있을 거라고 생각했다면 오산이야. 그런 말에서 드러난 거라곤 융통성 없는 너의 무식함과 다아시 씨의 악의뿐이니까." 그러고는 언니를 찾았는데, 제인도 같은 주제에 대해 빙리에게 물어본 터였다. 제인은 아주 흡족한 미소를 지으며 엘리자베스를 맞았고, 환하고 행복한 그녀의 표정만 봐도 얼마나 만족스러운 저녁을 보내고 있는지 잘 알 수 있었다. 엘리자베스는 곧바로 언니의 감정을 읽었고, 위컴에 대한 걱정과 그의 적들에 대한 분노, 그 밖에 모든 것들이 제인의 행복을 비는 마음 앞에서 순식간에 자취를 감췄다.

"궁금하기는 해." 그녀는 언니만큼이나 환하게 웃으며 말했다. "언니가 위컴 씨에 대해 알아낸 것들이. 하지만 그분과의 얘기가 너무 즐거워서 다른 사람한테 신경 쓸 겨를이나 있었을지 모르겠네. 만약 그렇더라도 용서해 줄게."

"아니야." 제인이 대답했다. "잊을 리가 있니. 하지만 시원하게 해 줄 말은 없어. 빙리 씨는 그분의 이력에 대해 다 알고 있지 못하고, 특히 다아시 씨의 분노를 사게 된 정황에 대해서는 전혀 모르더라고. 그래도 친구의 바른 행실과 정직함과 명예는 보장하겠대. 그리고 위컴 씨의 소행에 비하면 다아시 씨가 과분한 친절을 베풀었다고 확신하던걸. 안타깝지만 빙리 씨나 그 누이가 한 말로 미루어 볼 때 위컴 씨는 아무래도 훌륭한 청년이 아닌 것 같아. 다아시 씨의 눈 밖에 날 정도로 아주 경솔한 짓을 했나 봐."

"빙리 씨가 위컴 씨를 직접 아는 건 아니고?"

"응, 지난번 아침에 메리턴에서 본 게 처음이었대."

"그렇다면 다아시 씨한테서 들은 얘기가 전부겠네. 그럼 됐어. 하지만 목사직에 대해서는 뭐래?"

"다아시 씨한테서 여러 번 듣기는 했다는데, 어떤 사정이었는지는 정확히 기억을 못 하더라고. 하지만 조건부로 준 것은 확실하다고 했어."

"빙리 씨가 거짓말을 한다고는 생각하지 않아." 엘리자베스가 열띤 목소리로 말했다. "언니는 그 정도의 보장만으로 내 생각을 바꿀 수 없다는 것도 이해해 줘야해. 친구를 변호하는 빙리 씨의 마음은 정말 훌륭하지만, 모르는 부분도 많고 나머지도 그 친구한테서 들은 게 전부니까 아직까지는 두 사람에 대한 내 생각을 바꾸지 않을 테야."

그러고는 두 사람 모두에게 즐겁고 의견이 다를 수도 없는 이야기로 화제를 옮겼다. 제인은 빙리 씨의 관심에 대해 행복하면서도 조심스럽게 기대감을 드러냈고, 엘리자베스는 언니의 이야기를 기쁜 마음으로 들으면서 자신감을 북돋아 주기 위해 온갖 노력을 기울였다. 그때 마침 빙리 씨가 대화에 끼어들어서 엘리자베스는 그 자리를 피해 샬럿 양에게로 갔다. 조금 전의 파트너가 어땠는지 묻는 친구의 질문에 그녀가 미처 대답을 하기도 전에 콜린스 씨가 다가오더니 몹시 기뻐하며 방금 운이 좋게도 아주 중요한 사실을 알게 되었다고 말했다.

"이런 우연이 있을까요." 그는 말했다. "글쎄, 이 방에 저를 후원하시는 부인의 가까운 친척이 계시다는 걸 알게 됐습니다. 어쩌다 보니 바로 그 신사분이 이 댁의 안주인이신 아가씨에게, 자신의 사촌인 드버그 양과 이모인 캐서린 부인의 이름을 말하는 걸 듣게 됐지 뭡니까. 이런 멋진 일이 또 있을까요! 이 모임에서 캐서린 드버그 여사의 조카분을 만나게 될 줄 감히 생각이나 했겠어요! 때마침 그 사실을 알고 그분께 인사를 드릴 수 있게 된 것도 너무 감사한 일이죠. 이제 인사를 드릴 생각인데, 더 일찍 하지 못한 건 너그러이 봐주시리라 믿습니다. 두 분의 관계를 전혀 몰랐다는 게 변명이 되어 줄 테니까요."

"다아시 씨에게 자신을 직접 소개하실 생각은 아니죠?"

"왜 아니겠어요. 진작 그렇게 하지 못한 것에 대해 용서를 구할 생각입니다. 캐서린 부인의 조카인 게 틀림없으니 부인께서 지난주까지 아주 잘 계셨다는 걸 알려 드려야죠."

엘리자베스는 그런 생각을 단념시키려고 노력했다. 누군가의 소개도 없이 직접 말을 걸면 이모님에 대한 경의라기보다 도를 넘은 무례함으로 여길 것이고, 꼭 알고 지내야 할 필요가 있는 것도 아니며, 설사 그렇더라도 신분이 높은 다아시 씨가 먼저 아는 척을 하는 것이 옳다고 열변을 토했다. 콜린스 씨는 그녀의 말을 귀 기울여 들으면서도 생각했던 대로 하겠다는 단호한 태도를 드러냈고, 그녀가 말을 마치자 이렇게 대답했다.

"친애하는 엘리자베스 양, 당신이 잘 아는 사안에 대해서는 그 탁월한 판단력을 더없이 높게 평가하지만, 제가 감히 한 말씀 드리자면 일반 사람들의 예법과 성직자들이 지켜야 하는 예법 사이에는 엄청난 차이가 있답니다. 외람된 말씀이지만, 성직자의 존엄함은 왕실의 가장 높은 지위와 동등하다는 게 제 생각입니다. 물론 그러면서도 분에 맞게 겸손한 태도를 유지해야겠죠. 그러니 부디 이번에는 제 양심에 따라 제가 의무라고 여기는 대로 행동할 수 있도록 허락해 주셔야겠습니다. 당신의 충고를 외면하는 걸 용서해 주십시오. 다른 모든 문제에서는 당신의 충고를 충실히 따르겠지만, 이 경우만큼은 제가 교육으로 보나 경험으로 보나 당신 같은 아가씨보다 옳은 판단을 내리기에 더 적합하다고 생각합니다." 그러고는 깊이 고개 숙여 인사하고 그녀 곁을 떠나 다아시 씨에게 다가갔다. 엘리자베스는 콜린스 씨의 접근을 다아시 씨가 어떻게 받아들일지 유심히 지켜봤는데, 그런 식으로 말을 걸어온 것에 몹시 놀란 듯했다. 그녀의 친척은 말을 걸기에 앞서 정중한 인사부터 했고, 비록 한마디도 들리지 않았지만 그녀는 어쩐지 그 소리가 다 들리는 듯했다. 그의 입 모양에서 "죄송"이니 "헌스퍼드"니 "캐서린 드버그 부인"이니 하는 말들을 읽을 수 있었다. 그가 저런 사람 앞에서 바닥을 다 드러내는 모습을 보고 있으려니 엘리자베스는 애가 탔다. 다아시 씨는 놀라운 표정을 감추지 않은 채 그를 쳐다봤고, 콜린스 씨의 말이 끝나서 간신히 자신의 차례가 돌아오자 정중하지만 냉담한 태도로 대꾸했다. 그런데도 콜린스 씨는 아랑곳없이 말을 이었고, 그의 두 번째 이야기가 길어질수록 다아시 씨의 경멸도 더욱 커져 가는 것처럼 보였다. 다아시 씨는 이야기가 끝나자 목례를 하는 둥 마는 둥 하고는 다른 쪽으로 가 버렸다. 그러자 콜린스 씨는 엘리자베스가 있는 곳으로 돌아왔다.

"만족스럽지 않을 이유가 전혀 없는 만남이었습니다." 그는 말했다. "다아시 씨는 저의 배려에 무척 만족하신 것 같더군요. 매우 정중하게 대답하셨고, 심지어 캐서린 부인이 명예에 어긋나는 호의를 베푸실 리 없다는 걸 잘 알기 때문에 틀림없이 신중하게 결정하셨을 거라고 확신하신다는 말까지 해 주셨답니다. 정말이지 아주 멋진 생각이었어요. 전반적으로 대단히 만족스러운 만남이었습니다."

엘리자베스는 이제 더 이상 흥미롭게 지켜볼 일이 없었기 때문에 제인과 빙리 씨에게만 거의 모든 주의를 집중했다. 그렇게 지켜보려니 기분 좋은 생각들이 이어지면서 그녀도 제인 못지않게 행복해졌다. 그녀는 언니가 바로 이 집에 정착해서, 진정한 사랑에서 비롯된 결혼 생활의 행복을 누리는 모습을 떠올렸다. 그런 상황이라면 심지어 빙리의 두 누이를 좋아하려는 노력도 해 볼 수 있을 것 같았다. 어머니의 생각도 같은 쪽으로 기울어지는 게 눈에 보였고, 그래서 어머니의 장황한 수다를 피하려면 가까이 가지 말아야겠다고 결심했다. 그런 까닭에 저녁 식탁에서 두 사람이 한 사람을 사이에 두고 가까이 앉게 된 것이 그녀에게는 심술궂은 운명의 장난처럼 여겨졌다. 어머니가 바로 그 사람, 즉 루카스 부인에게 바로 그 얘기, 그러니

까 제인이 빙리 씨와 조만간 결혼할 거라는 기대감을 거리낌 없이 드러내는 바람에 이만저만 곤혹스러운 게 아니었다. 베넷 부인은 신이 나서 이야기를 했고, 지칠 줄도 모르고 그 결혼의 장점을 늘어놓았다. 정말 매력적인 청년이며 엄청난 부자인데다 5킬로미터도 떨어지지 않은 곳에서 살게 된다는 것이 그 결혼을 자축하는 첫 번째 이유였다. 그다음으로 그의 두 누이가 제인을 너무나 좋아하며, 그들이 자신만큼이나 이 결혼을 원하는 게 분명하다는 것도 마음이 놓인다고 했다. 더구나 제인이 이렇게 좋은 곳으로 시집을 가면 동생들도 부자들을 많이 만나게 될 테니 동생들의 장래까지 밝아진다고 했다. 그리고 마지막으로 자기 나이쯤 되면 결혼 전의 딸들을 이렇게 언니에게 맡겨 놓고 원치 않는 모임에는 나가지 않을 수 있다는 것도 너무 좋은 일이라고 했다. 그걸 좋다고 얘기한 건, 이런 상황에서는 예의상 그렇게 말해야 했기 때문이다. 하지만 베넷 부인은 아무리 나이를 먹더라도 집에만 머무는 걸 좋아할 사람이 아니었다. 그녀는 루카스 부인도 곧 이런 행운을 누리길 바란다는 인사로 말을 마쳤는데, 속으로는 그럴 리가 없다고 믿으며 우쭐대는 표정이었다.

엘리자베스는 봇물처럼 쏟아 내는 어머니의 말을 막고, 행복에 겨운 그 이야기를

조금 낮은 목소리로 하게 만들려고 노력했지만 허사였다. 맞은편에 앉은 다아시 씨가 그 얘기를 듣고 있다는 사실을 분명하게 알 수 있었던 터라 그녀의 당혹감은 이루 말할 수 없었다. 어머니는 쓸데없는 걱정이라며 오히려 그녀를 타박했다.

"다아시 씨가 대체 나랑 무슨 상관이라고 나더러 그 사람 눈치를 보라는 거니? 그가 들어서 좋아하지 않을 말을 하면 안 된다니. 우리가 그 사람만 유별나게 대접해 줘야 할 이유가 있는 것도 아닌데."

"엄마, 제발 목소리 좀 낮춰요. 다아시 씨의 심기를 거슬러서 좋을 게 뭐예요? 엄마가 그러는 걸 저분의 친구가 좋게 생각할 리 없잖아요."

하지만 무슨 말을 해도 효과가 없었다. 어머니는 계속해서 또렷한 목소리로 자신의 생각을 이야기했다. 엘리자베스는 창피하고 당황스러워서 달아오른 얼굴이 식지 않았다. 자꾸 다아시 씨 쪽으로 눈길이 가는 걸 어쩔 수 없었는데, 그럴 때마다 우려가 사실로 확인될 뿐이었다. 그가 계속해서 베넷 부인을 보고 있었던 건 아니지만 그녀의 말에 귀를 기울이고 있는 게 틀림없었기 때문이다. 그의 표정은 분노와 경멸에서 차츰 침착하고 진지한 표정으로 굳어졌다.

하지만 베넷 부인도 결국에는 할 말이 없어졌다. 자신에겐 그런 기쁜 일이 일어날 가망도 없는 판에 같은 얘기를 몇 번이고 반복해서 들으며 진작부터 하품을 해대던 루카스 부인은 마침내 식은 햄과 닭고기 요리를 먹을 수 있게 되었다. 엘리자베스도 그제야 기운을 차리기 시작했다. 하지만 마음의 평정을 누린 시간은 길지 않았다. 저녁 식사가 끝나자 노래를 듣고 싶다는 말이 나왔고, 엘리자베스는 누가 청하지도 않는데 사람들 앞으로 나서는 메리를 보고 가슴이 철렁했다. 의미심장한 눈빛을 수없이 보내며 무언의 애원으로 그걸 막아 보려 했지만 허사였다. 메리는 눈치채지 못했고, 솜씨를 과시할 기회가 와서 기뻐하며 노래를 부르기 시작했다.

엘리자베스는 몹시 고통스러운 마음으로 동생에게 눈을 고정했고, 몇 절이나 이어 부르는 동안 간신히 참으며 끝나기를 기다렸건만 그 인내심마저 보상을 받지 못했다. 테이블에 둘러앉은 사람들 사이에서 고맙다는 인사와 함께 한 곡 더 불러 줬으면 좋겠다는 얘기가 얼핏 나오자, 30초도 채 쉬지 않은 채 다음 노래를 부르기 시작했던 것이다. 메리의 실력은 그렇게 과시할 만한 수준이 아니었다. 목소리에 힘이 없고, 꾸민 듯한 태도는 부자연스러웠다. 엘리자베스는 괴로울 따름이었다. 제인은 어떻게 견디고 있는지 쳐다봤더니 그녀는 빙리 씨와 차분하게 얘기를 나누고 있었다. 그래서 이번에는 빙리 씨의 두 누이에게 눈길을 돌렸더니 조롱 어린 표정을 서로 주고받다가 다아시 씨를 쳐다보았는데, 그는 변함없이 심각한 얼굴이었다. 엘리자베스는 어떻게 좀 해 달라는 눈빛으로 아버지를 쳐다봤다. 그렇지 않았다간 메리가 밤새 노래를 부를 기세였다. 아버지는 딸의 마음을 알아차렸고, 메리가 두 번째 노래를 끝마치자 큰 소리로 말했다.

"그 정도면 아주 충분할 것 같구나, 얘야. 우리를 그 정도 즐겁게 해 줬으면 됐다. 다른 아가씨들에게도 솜씨를 자랑할 기회를 주자꾸나."

메리는 못 들은 척했지만 다소 당황한 눈치였다. 그리고 엘리자베스는 동생이 안쓰럽고 아버지가 하신 말씀도 유감이어서 자신이 괜히 조바심쳤다는 생각이 들었다. 이제 주변에서는 다른 사람들에게 노래를 청하기 시작했다.

"만일 제가," 콜린스 씨가 입을 열었다. "운 좋게도 노래를 부를 수 있다면 저는 여러분께 기꺼이 한 곡을 선사했을 겁니다. 음악은 매우 순수한 오락이며, 목사라는 직업과 완벽하게 양립할 수 있다는 게 제 생각이거든요. 그렇다고 해서 너무 많은 시간을 음악에 써도 된다고 주장하려는 건 아닌데, 다른 일에도 신경을 써야 하기 때문이죠. 교구를 담당하는 목사에게는 할 일이 많답니다. 우선, 자신에게 도움이 되면서도 후원자가 불쾌하지 않을 정도로 십일조를 걷어야 합니다. 설교 원고도 직접 써야 하죠. 그러고 남은 시간은 교구민을 위한 의무를 수행하거나 자신의 거처를 가꾸고 개선하는 데 쓰기에도 모자랍니다. 거처를 안락하게 꾸미는 일을 게을리하는 건 변명의 여지가 없죠. 그리고 모두에게, 특히 자신을 발탁해 준 분들에게 관심을 기울이고 환심을 사는 것의 중요성도 결코 가벼이 볼 수 없다고 생각합니다. 그건 저버릴 수 없는 의무입니다. 또한 그 가문과 관계가 있는 모든 사람에게 존경을 표할 기회를 소홀히 하는 사람은 좋게 볼 수 없습니다." 그는 다아시 씨를 향해 고개를 숙이면서 말을 마쳤는데, 그의 목소리는 그 방에 있던 사람들의 절반은 들을 수 있을 만큼 컸다. 많은 사람들이 그를 빤히 쳐다봤고 웃는 사람도 많았다. 그중에서도 제일 재미있어한 사람은 바로 베넷 씨였지만, 그의 부인은 진지한 표정으로 콜린스 씨가 정말 사리에 맞는 말을 했다고 칭찬하면서 반쯤 속삭이는 목소리로 정말 영리하고 훌륭한 젊은이라고 루카스 부인에게 말했다.

엘리자베스가 보기에는 온 가족이 그날 저녁에 웃음거리가 되기로 미리 약속을 하고 왔더라도 각자의 역할을 이보다 더 열심히 수행하거나 더 큰 성공을 거두지는 못했을 것 같았다. 그녀는 빙리가 그런 구경거리에 주의를 기울이지 못했고, 그런 한심한 모습들을 목격했더라도 크게 개의치 않을 성격이라는 것이 그와 언니를 위해 다행이라고 생각했다. 하지만 그의 두 누이와 다아시 씨가 자신의 가족을 조롱할 기회를 잡았다는 것만으로도 충분히 괴로웠다. 그녀로서는 신사 쪽의 조용한 경멸과 숙녀들의 무례한 비웃음 중에 어느 쪽이 더 참기 어려운지 판단하기 어려웠다.

그 후로 남은 시간 동안 엘리자베스에게 즐거운 일이라곤 하나도 일어나지 않았다. 콜린스 씨는 그녀의 옆에 딱 붙어 앉아 치근덕거렸다. 그녀와 다시 춤을 추는

데는 성공하지 못했어도, 그녀가 다른 사람과 춤을 추는 것은 못 하게 만들었다. 엘리자베스가 그에게 다른 사람과 춤을 추라고 설득하고 누구든 다른 아가씨를 소개해 주겠다고 제안했지만 허사였다. 그는 춤을 추는 것에는 전혀 관심이 없다면서 자신의 주된 목적은 세심한 배려를 통해 그녀의 호감을 사는 것이고, 그렇기 때문에 저녁 내내 그녀 곁을 지킬 작정이라고 힘주어 말했다. 그럴 작정이라는 사람하고 언쟁을 벌여 봐야 소용없는 일이었다. 최대의 구원자는 가끔씩 다가와서 콜린스 씨의 기분 좋은 대화 상대가 되어 준 그녀의 친구 루카스 양이었다.

그나마 더 이상 다아시 씨의 시선 때문에 언짢을 일은 없었다. 그는 그녀와 아주 가까운 거리에 아무하고도 섞이지 않은 채 서 있을 때가 많기는 했어도, 말을 걸 정도로 가까이 다가오지는 않았다. 그녀는 그게 자신이 위컴 씨를 언급했기 때문일 거라고 생각하면서 쾌재를 불렀다.

롱본의 일행이 가장 마지막으로 그곳을 떠났고 베넷 부인의 교묘한 술수 때문에 모두가 돌아간 후에도 15분이나 더 마차를 기다려야 했는데, 그 덕분에 네더필드의 몇몇 사람들이 이제 그만 작별 인사를 할 수 있기를 얼마나 고대하는지도 알 수 있었다. 허스트 부인과 그녀의 여동생은 입만 벌렸다 하면 피곤하다고 투덜대면서 이제 그만 자신들끼리 있고 싶다는 바람을 표나게 드러냈다. 베넷 부인이 대화를 시도해도 번번이 거부하는 통에 모두에게 무기력한 나른함을 안겨 주었는데, 그건 콜린스 씨의 일장 연설로도 별로 나아지지 않았다. 그는 무도회가 우아했으며, 손님 접대가 후하고 정중했다며 빙리 씨와 두 누이를 칭찬했다. 다아시는 아무 말도 하지 않았고, 베넷 씨도 입을 다문 채 그 광경을 즐겼다. 빙리 씨와 제인은 다른 사람들과 조금 떨어진 곳에서 따로 이야기를 나누고 있었다. 엘리자베스는 허스트 부인이나 빙리 양처럼 흔들림 없이 침묵을 지켰다. 리디아마저도 너무 피곤한 나머지 어쩌다 "아휴, 이렇게 피곤할 수가 없어!"라고 내뱉으며 입을 쩍 벌리고 하품만 할 뿐이었다.

마침내 떠나려고 자리에서 일어났을 때, 베넷 부인은 가족분들 모두를 곧 롱본에서 보기를 희망한다며 집요하게 청했다. 특히 빙리 씨를 향해서는 형식적인 초대 같은 게 없더라도 언제든 찾아와 가족들과 정찬을 함께해 준다면 정말 기쁠 거라고 힘주어 말했다. 빙리는 기쁘고 감사할 따름이라면서 이튿날 잠깐 런던에 가야 하지만 돌아오는 대로 가장 빠른 시일 내에 방문을 하겠다고 말했다.

베넷 부인은 이루 말할 수 없이 만족했고, 살림에 필요한 준비들, 새 마차와 결혼 의상 등을 마련하는 데 필요한 시간을 셈하더라도 서너 달이면 자신의 딸이 네더필드에서 살게 될 게 틀림없다는 기쁜 확신을 품고 그 집을 떠났다. 또 다른 딸을 콜린스 씨와 결혼시키는 것에 대해서도 그만큼 확신했고, 비록 제인만큼은 아니지만 그것도 충분히 기뻤다. 그녀에게 엘리자베스는 딸들 중에서 가장 정이 안 가는 딸이었다. 그러니까 그만한 남자에 그만한 결혼이라면 엘리자베스에게는 충분히 괜찮은 혼사였지만, 빙리 씨와 네더필드에는 비할 것이 못 됐다.

19

다음 날 롱본에서는 새로운 광경이 펼쳐졌다. 콜린스 씨가 정식으로 청혼을 한 것이다. 돌아오는 토요일이면 휴가가 끝나기 때문에 시간을 지체하지 않기로 결심했고, 얘기를 꺼내는 그 순간까지도 착잡한 심정이나 머뭇거리는 마음이라곤 없었다. 그는 이런 일에 필요하다고 생각하는 절차에 따라 매우 절도 있게 용무에 착수했다. 아침 식사를 마친 후 베넷 부인과 엘리자베스, 그리고 어린 동생들이 함께 모여 있는 걸 본 그는 베넷 부인에게 이렇게 말했다.

"오늘 오전 중에 아름다운 따님인 엘리자베스 양과 둘이서만 대화를 나누는 영광을 청하고자 하는데 허락해 주시겠습니까, 부인?"

엘리자베스가 놀라서 얼굴만 붉히고 있는 사이에 베넷 부인이 곧바로 대답했다.

"어머나, 그럼요. 물론이죠. 리지도 무척 좋아할 거예요. 반대 같은 걸 할 리가 있나요. 얘, 키티야, 너는 위층에 올라가렴." 그러고는 바느질거리를 챙기더니 서둘러 자리를 뜨려는데, 엘리자베스가 큰 소리로 말했다.

"어머니, 가지 마세요. 제발 부탁이에요. 콜린스 씨도 이해해 주실 거예요. 다른 사람은 들어서는 안 되는데 저에게만 하실 얘기가 뭐가 있겠어요. 저도 나갈래요."

"그게 무슨 소리니, 리지. 그냥 그대로 앉아 있으렴." 그런데도 엘리자베스가 당혹스럽고 민망한 표정으로 정말 나가려 하자, 부인은 이렇게 덧붙였다. "리지, 엄마가 분명히 말하는데 그대로 앉아서 콜린스 씨 얘기를 듣도록 해라."

어머니가 그렇게까지 엄하게 말씀하시자 엘리자베스도 차마 거역할 수 없었고, 생각해 보니 이런 일은 최대한 빠르고 조용하게 넘기는 게 가장 현명하겠다 싶어서 다시 자리에 앉아 쉬지 않고 손을 움직이며 심란함과 흥미로움 사이를 오가는 마음을 감추려고 노력했다. 베넷 부인과 키티가 방에서 나가자마자 콜린스 씨의 이야기가 시작되었다.

"정말이지, 엘리자베스 양, 당신의 겸손함은 당신에게 손해가 되기는커녕 오히려 다른 장점을 돋보이게 만드는군요. 약간 주저하는 그런 모습이 아니었더라면 당신이 이토록 사랑스러워 보이지 않았을 거예요. 그래도 존경하는 어머님의 허락을 받고 이 말씀을 드린다는 걸 명심해 주십시오. 신중한 성품 때문에 짐짓 모르는 척하실 수도 있겠으나, 제 말의 의도를 의심하실 수는 없을 겁니다. 당신에 대한 저의 관심은 너무 분명해서 오해의 여지가 없었으니까요. 댁에 발을 들여놓는 거의 그 순간부터 저는 당신을 장래의 반려자로 선택했습니다. 하지만 이 문제와 관련해서 제 감정을 쏟아 내기 전에 제가 결혼을 하려는 이유, 덧붙여서 반려자를 고를 생각으로 하트퍼드셔에 온 이유를 말씀드리는 편이 좋을 것 같습니다. 분명히 그럴 생각으로 왔으니까요."

엘리자베스는 엄숙하고 차분한 콜린스 씨가 감정을 쏟아 낸다는 소리에 웃음이 터질 뻔했고, 그 바람에 그가 잠시 말을 멈춘 틈을 타서 이야기를 중단시킬

147

기회를 놓치고 말았다. 그래서 그는 말을 이었다.

"제가 결혼을 하려는 이유는 첫째, 저처럼 안정된 생활을 하는 성직자라면 교구 내에서 결혼 생활의 모범을 보여 주는 것이 옳다고 생각하기 때문입니다. 둘째, 결혼이 저의 행복에 크게 기여할 거라고 확신하기 때문입니다. 그리고 셋째, 어쩌면 이걸 먼저 말씀드려야 했을지도 모르겠는데, 제가 영광스럽게도 후견인으로 모시는 바로 그 귀부인께서 특별히 조언하며 권하셨기 때문입니다. 부인께서는 황송하게도 두 번이나 이 주제에 대해 의견을 주셨답니다. 청하지도 않았건만! 헌스퍼드를 떠나기 전 토요일 밤에도, 젠킨스 부인이 드버그 양의 발판을 놓고 있을 때 카드리유 카드 테이블에서 말씀하셨죠. '콜린스 씨, 결혼을 해야 해요. 당신 같은 성직자는 결혼을 해야 해. 신붓감은 제대로 된 양갓집 딸을 고르도록 해요. 이건 나를 위해서고, 당신을 위해서는 일 잘하고 유능한 사람, 교육은 많이 받지 않았어도 적은 수입을 알뜰하게 쓸 수 있는 그런 여자가 좋겠지. 이게 내 충고예요. 이런 여자를 최대한 빨리 구해서 헌스퍼드로 데려와요. 내가 만나 볼 테니.' 그리고 말이 나왔으니 말인데, 캐서린 드버그 부인의 후의와 친절은 저와 결혼해서 누릴 수 있는 결코 작지 않은 장점이라는 것이 저의 생각입니다. 부인의 태도는 이루 말로 표현할 수 없이 훌륭하고, 부인께서도 당신의 재치와 발랄함을 용인해 주시리라 생각합니다. 그건 부인의 지위가 필연적으로 자아내는 침묵과 존경으로 순화될 테니까요. 이상이 제가 결혼을 하겠다고 결심하게 된 일반적인 이유입니다. 그렇다면 이제 주변에도 사랑스러운 아가씨들이 많은데 굳이 롱본으로 관심을 돌리게 된 까닭을 말씀드려야겠죠. 사실대로 말씀드리자면, 당신의 훌륭하신 아버님이 돌아가신 후에, 물론 오래 사실 수도 있지만, 재산을 상속하게 된 사람으로서, 그분의 따님들 중에서 아내를 골라, 그런 슬픈 일이 닥쳤을 때, 물론 이미 말씀드렸다시피 앞으로 몇 년 안에는 일어나지 않을 수도 있지만, 따님들이 받을 손실을 최대한 줄여 드리지 않는다면 제 마음이 편할 수 없기 때문입니다. 친애하는 엘리자베스 양, 이것이 저의 동기였고, 이로 인해 저에 대한 당신의 존경심이 줄어들 리는 없다고 자부합니다. 그리고 이제 가장 생기 넘치는 표현으로 제 애정의 크기를 확인시켜 드리는 일만 남았습니다. 재산에 대해선 전혀 관심이 없고, 부친께 그와 관련해서 어떤 요구도 하지 않을 겁니다. 부친께서 그걸 수용할 여력이 없으며, 연이율 4퍼센트의 1천 파운드만이 당신이 물려받을 여지가 있는 재산의 전부인데, 그나마도 모친의 사망 후에야 받게 된다는 걸 잘 알고 있기 때문입니다. 그러므로 그 문제에 대해서는 앞으로도 변함없이 입을 다물고 있을 것이며, 우리가 결혼한 후에도 도량이 좁은 비난을 입 밖에 내는 일은 없을 거라고 약속드립니다.”

이제 그의 말을 중단시키는 것이 절대적으로 필요한 순간이었다.

“너무 성급하시네요.” 엘리자베스가 목소리를 높였다. “제가 아무 대답도 하지 않았다는 걸 잊으셨어요. 시간을 더 허비하지 않고 말씀드릴게요. 제게 베풀어 주신 호의에는 감사드려요. 당신의 청혼을 받는다는 것이 얼마나 영광스러운 일인지 잘 알고 있지만, 저로서는 거절할 수밖에 없어요.”

“모르는 바 아닙니다.” 콜린스 씨는 의례적으로 손을 흔들며 대답했다. “보통의 경우 아가씨들이 처음 청혼을 받으면 속으로는 수락할 마음이 있으면서도 일단 거절하고 때로는 두 번, 심지어 세 번도 거절한다는 걸 말이죠. 그렇기 때문에 지금 하신 말씀에 저는 전혀 낙담하지 않으며, 멀지 않은 때에 당신을 결혼식장으로 이끌게 되길 희망하겠습니다.”

“아니, 왜 그러세요.” 엘리자베스는 큰 소리로 말했다. “제가 거절을 했는데도 희망을 품으신다니 조금 놀랍네요. 저는 당신이 아는 그런 아가씨들처럼 다시 청혼을 받을 가능성에 자신의 행복을 걸 만큼 무모하지 않아요. 그런 아가씨들이 실제로 있다면 말이죠. 제 거절은 진심이에요. 당신은 저를 행복하게 해 주실 수 없고, 당신을 행복하게 만들기에 저만큼 어울리지 않는 사람도 없다고 확신해요. 아닌 게 아니라, 당신의 후견인이신 캐서린 부인이 저를 아신다면 제가 모든 면에서 그 자리에 어울리지 않는 사람이라고 생각하실 게 틀림없어요."

"캐서린 부인이 그렇게 생각하실 게 틀림없다면 그렇겠지만," 콜린스 씨는 아주 진지한 목소리로 말했다. "그래도 부인께서 당신을 완전히 못마땅하게 여기시리라고는 상상할 수 없습니다. 그리고 부인을 다시 뵙는 영광이 주어질 경우 저는 당신의 겸손과 검소함, 그 밖에 많은 사랑스러운 장점들에 대해 더없이 좋은 말씀을 드릴 예정입니다."

"아니요, 콜린스 씨, 저를 칭찬하실 필요가 없어요. 저에 대한 판단은 저에게 맡겨 주시고, 부디 제가 드리는 말씀을 있는 그대로 믿어 주세요. 저는 당신이 더없이 행복하고 아주 부유하게 사시길 바라는데, 그러기 위해서는 당신의 청혼을 거절하는 수밖에 없어요. 저에게 청혼을 하신 걸로 저희 가족을 배려하는 마음을 충분히 보여 주셨고, 때가 되어 롱본의 재산을 소유하게 되시더라도 자책하실 필요가 없어요. 그럼 이제 이 문제는 최종적으로 결정이 났다고 생각해도 되겠죠." 이렇게 말하면서 자리에서 일어난 엘리자베스가 방을 막 나서려는데, 콜린스 씨가 다시 말을 이었다.

"다음에 이 문제에 대해 다시 말씀드릴 수 있는 영광이 주어진다면 지금보다는 더 호의적인 대답을 들을 수 있길 희망합니다. 지금도 잔인하다고 당신을 비난하는 건 아닌데, 처음 청혼을 받았을 때는 거절하는 것이 여성들의 관례라는 걸 잘 알고 있기 때문입니다. 어쩌면 지금도 여성으로서의 세심함을 유지하면서 저의 구혼을 격려하는 차원에서 하신 말씀 같으니까요."

"정말이지, 콜린스 씨." 엘리자베스는 다소 격앙된 목소리로 외쳤다. "저를 너무 난처하게 만드시네요. 지금까지 제가 한 말이 격려로 보인다면 도대체 어떻게 표현해야 제 거절을 진심으로 받아들이실까요?"

"친애하는 엘리자베스 양, 제 청혼에 대한 당신의 거절은 그저 말뿐이라고 믿고 싶습니다. 그렇게 믿는 이유는 간단합니다. 저의 청혼이 당신이 받아들이기에 부족함이 있다거나, 제가 제시할 수 있는 생활이 매우 바람직하지 않다고는 보이지 않기 때문이죠. 저의 지위, 드버그 가문과의 인연, 그리고 귀댁과의 관계, 이 모든 것들이 저에게 매우 우호적입니다. 그리고 당신이 수많은 매력을 지녔더라도 또 다른 청혼을 받게 되리라고 확신할 수 없다는 점도 생각하셔야 합니다. 안타깝게도 당신이 상속할 수 있는 재산이 워낙 적어서 당신의 사랑스러움과 당신의 장점이 발휘하는 효과를 지워 버릴 가능성이 매우 높으니까요. 그렇기 때문에 당신의 거절이 진심이 아니라는 결론을 내릴 수밖에 없고, 우아한 여성들이 보통 그러듯이 조바심을 일으켜서 제 사랑을 더 깊어지게 만들려는 바람으로 이해하려는 것이죠."

"분명히 말씀드리지만, 저는 훌륭한 분을 괴롭히는 그런 우아함 따위에는 전혀 관심이 없어요. 차라리 제 말을 진지하게 믿어 주시는 게 저를 칭찬해 주시는 거예요. 청혼해 주신 것에 대해서는 정말 영광스럽게 생각하고 다시 한번 감사드립니다. 하지만 그걸 받아들이는 건 절대 불가능해요. 아무리 따져 봐도 제 감정이 그걸 허락하지 않네요. 이보다 더 분명하게 말씀드릴 수 있을까요? 이제 당신을 괴롭히려는 우아한 여성이 아니라 가슴에서 우러나오는 진실을 말하는 이성적인 사람으로 저를 봐 주세요."

"당신은 한결같이 매력적이군요!" 정중하면서도 어딘가 어색한 태도로 그가 외쳤다. "그리고 훌륭하신 양친께서 부모의 명백한 권위로 허락해 주신다면 제 청혼이 틀림없이 받아들여질 것이라 확신합니다."

이렇게 고집스레 스스로를 기만하며 버티는 태도에 엘리자베스는 아무런 대꾸도 하지 않고 곧바로 그 자리를 떠났다. 자신의 반복된 거절을 기분 좋으라고 하는 격려로 받아들인다면 아버지에게 부탁하는 수밖에 없겠다고 결심했는데, 아버지는 단호하게 거절하실 테고 아버지의 태도는 적어도 우아한 여성의 가식이나 애교로 오해할 수 없을 것이기 때문이다.

콜린스 씨는 자신의 성공적인 사랑에 대해 조용히 사색할 틈이 별로 없었다. 이야기가 끝나기를 기다리며 입구에서 서성이던 베넷 부인이 엘리자베스가 문을 열고 총총히 자신을 지나쳐 계단으로 향하는 걸 보자마자, 조찬실로 들어와서 더 가까운 사이가 된다는 행복한 예상에 축하를 건네며 자축했기 때문이다. 콜린스 씨는 기쁘게 인사를 받고 똑같이 축하를 건넨 다음, 면담의 구체적인 결과를 전했다. 그는 엘리자베스 양이 일관되게 거절했어도 그건 수줍은 겸손과 진실되고 섬세한 성품에서 자연스럽게 우러나온 것이라고 믿기 때문에 결과에 대해서는 만족할 이유가 충분하다고 말했다.

하지만 이 얘기를 들은 베넷 부인은 깜짝 놀랐다. 그녀도 자신의 딸이 청혼을 거절한 이유가 그를 더 격려하기 위해서였다고 믿을 수 있었다면 좋았겠지만, 차마 그럴 수는 없었기에 이렇게 말하지 않을 수 없었다.

"그래도 믿어 보세요, 콜린스 씨." 그녀는 이렇게 덧붙였다. "리지도 이치를 깨닫게 될 거예요. 제가 직접 말해 볼게요. 그 애는 아주 고집불통인 데다 어리석어서 자기한테 뭐가 득이 되는지도 모른답니다. 하지만 내가 알아듣게 만들겠어요."

"말씀 중에 죄송합니다만," 콜린스 씨가 목소리를 높였다. "그녀가 정말 고집불통이고 어리석다면 저 같은 지위에 있으면서 행복한 결혼 생활을 꾸리려는 사람에게 과연 어울리는 신붓감일지 잘 모르겠군요. 그러니까 그녀가 계속해서 제 구혼을 거절한다면 억지로 승낙하게 만들지 않는 편이 좋겠습니다. 그런 성격상의 결함을 가진 사람이라면 제 행복에 크게 기여할 수 없을 테니까요."

"아니, 제 말을 완전히 오해하셨네요." 베넷 부인은 아차 싶었다. "리지는 이런 문제에서만 고집을 부린답니다. 다른 일에서는 그 어떤 여자보다도 고분고분해요. 내가 지금 당장 남편을 만나 보고, 우리 둘이 그 애를 불러서 담판을 짓겠어요."

부인은 콜린스 씨가 뭐라고 말할 틈도 주지 않은 채 곧바로 남편에게 갔고, 서재에 들어서면서 이렇게 외쳤다.

"여보, 급한 일이에요. 아주 큰일이 났답니다. 당신이 좀 나서서 리지한테 콜린스 씨와 결혼하라고 설득해야겠어요. 그의 청혼을 받아들이지 않겠다고 했다는데, 서두르지 않았다간 그 사람 마음이 변해서 그 애를 아내로 맞지 않을 거라고요."

베넷 씨는 부인이 들어서자 읽던 책에서 눈을 들어 차분하고 무심한 시선을 그녀의 얼굴에 고정했다. 부인의 말을 들으면서도 그의 눈빛에는 전혀 변화가 없었다.

"무슨 말인지 전혀 모르겠군." 부인이 말을 마쳤을 때 그가 말했다. "대체 무슨 얘기를 하는 거요?"

"콜린스 씨와 리지 얘기죠. 리지가 콜린스 씨의 청혼을 받아들이지 않겠다잖아요. 그랬더니 콜린스 씨도 리지를 맞지 않겠다는 얘기를 하기 시작했고요."

"그래서 나더러 어쩌란 말이요? 가망이 없는 일처럼 보이는데."

"당신이 리지를 붙들고 얘기해 보세요. 그와 결혼하길 강력하게 바란다고 말씀하시라고요."

"아래층으로 내려오라고 해요. 내 의견을 말해 줄 테니."

베넷 부인이 벨을 울려서 엘리자베스 양을 서재로 모셔 오라고 했다.

"어서 오너라." 그녀가 나타나자 아버지가 큰 소리로 말했다. "중요한 일이 있어서 불렀다. 콜린스 씨가 너한테 청혼을 했다는데, 사실이니?" 엘리자베스가 그렇다고 대답했다.

"그랬구나. 그런데 그 청혼을 네가 거절했단 말이지?"

"네, 아버지."

"그래. 그렇다면 결론이 났구나. 네 어머니는 네가 승낙을 해야 한다고 주장하고 계신다. 그렇지 않소, 여보?"

"그래요. 안 그러면 저 애를 다시는 안 볼 거예요."

"불행한 선택이 네 앞에 놓여 있구나, 엘리자베스. 오늘부터 너는 우리 둘 중 한 명과 인연을 끊어야 해. 네 어머니는 네가 콜린스 씨와 결혼하지 않으면 너를 두 번 다시 안 볼 테고, 나는 네가 결혼을 하면 안 볼 테니까."

아버지의 이야기가 그렇게 시작해서 그렇게 끝나자 엘리자베스의 얼굴에는 저절로 미소가 번졌다. 하지만 남편도 자신과 같은 마음일 거라고 좋을 대로 생각했던 베넷 부인은 실망이 이만저만이 아니었다.

"대체 무슨 뜻으로 하시는 말씀이에요, 여보? 그와 결혼해야 한다고 설득하기로 약속해 놓고."

"여보," 그녀의 남편이 대답했다. "작은 부탁 두 가지가 있는데, 첫 번째는 이 일에 대해 내가 이해하는 대로 자유롭게 결정할 수 있게 해 달라는 것이고, 두 번째는 내 방을 자유롭게 쓸 수 있도록 해 달라는 것이오. 한시라도 빨리 서재에서 나가 줬으면 고맙겠소."

남편에게 실망했어도 베넷 부인은 아직 자신의 뜻을 포기하지 않았다. 그녀는 엘리자베스를 붙들고 얘기를 계속하며 달래고 으르기를 반복했다. 제인을 자기 편으로 만들려고도 노력해 봤지만, 제인은 최대한 완곡하게 이 일에 끼어들기를 거부했다. 그리고 엘리자베스는 가끔은 정말 진지하게, 또 어떨 때는 장난치듯 유쾌하게 어머니의 공격을 받아넘겼다. 하지만 태도에는 변화가 있을지언정 그녀의 결심은 확고했다.

한편 혼자 남은 콜린스 씨는 조금 전의 일을 찬찬히 따져 보고 있었다. 그는 자신을 워낙 높게 평가하는 터라 엘리자베스가 자신을 거절하는 동기를 이해할 수 없었다. 그리고 자존심이 상하긴 했어도 다른 식으로는 전혀 괴로움을 느끼지 않았다. 그녀를 향한 그의 마음은 다분히 상상에 기반한 것이었고, 그녀가 어머니의 꾸짖음을 들어 마땅하다는 생각에 유감스러운 마음도 들지 않았다.

가족들이 이런 혼란에 빠져 있을 때 샬럿 루카스가 놀러 왔다. 거실 입구에서 그녀와 마주친 리디아는 얼른 달려가 속삭이는 척하면서 큰 소리로 말했다. "언니, 마침 잘 왔어. 지금 아주 재미난 일이 벌어지고 있거든. 오늘 아침에 무슨 일이 있었는지 알아? 콜린스 씨가 리지 언니한테 청혼했는데, 언니가 결혼을 안 하겠대."

샬럿이 뭐라고 대답할 틈도 없이 키티가 나타나서 똑같은 소식을 전했고, 그들이 조찬실에 들어서기 무섭게 그곳에 혼자 있던 베넷 부인이 또다시 같은 이야기를 하기 시작했다. 그녀는 루카스 양의 동정을 호소하며 친구로서 리지를 설득해서 가족들의 바람을 따르게 해 달라고 애원했다. "제발 그렇게 해 줘, 루카스 양." 그녀는 침울한 목소리로 덧붙였다. "아무도 내 편이 아니야. 아무도 나를 도와주질 않아. 어쩜 다들 그렇게 모질 수가 있는지. 내 연약한 신경을 알아주는 사람이 하나도 없네."

마침 그때 제인과 엘리자베스가 들어와서 샬럿은 대답을 피할 수 있었다.

"아이고, 저기 오네." 베넷 부인이 말을 이었다. "어쩜 저렇게 태평할 수가 있을까. 우리가 저 멀리 요크에 가 있었어도 이보다 무심할 수는 없을 거야. 자기 마음대로 할 수만 있다면 좋다 이거잖아. 하지만 분명히 말하는데, 리지 양, 이런 식으로 들어오는 청혼마다 거절할 생각이라면 너는 평생 시집이라곤 못 갈 줄 알아. 아버지라도 돌아가시면 널 누가 데리고 살 건데. 분명히 말하지만 나는 못 한다. 오늘부로 나는 너랑 끝이야. 서재에서 내가 얘기했지, 너랑은 두 번 다시 말도 섞지 않을 거라고. 내가 한번 뱉은 말은 지키는 사람이란 걸 보여 줄 테다. 부모 고마운 줄 모르는 자식하고 말해 봐야 무슨 낙이 있겠니. 내가 누구랑 얘기하는 걸 그렇게 좋아하는 사람도 아니지만. 내가 얼마나 힘든지 누가 알겠어! 하지만 늘 이 모양이지. 푸념이라도 하지 않으면 불쌍히 여기는 사람이 없다니깐."

딸들은 어머니가 쏟아 내는 얘기를 말없이 듣고만 있었는데, 논리적으로 설명하거나 달래려고 해 봐야 화만 돋울 뿐이라는 걸 알았기 때문이다. 그래서 그녀는 어느 누구의 방해도 받지 않은 채 말을 계속하고 있었는데, 그때 평소보다도 더 엄숙한 모습으로 콜린스 씨가 들어왔다. 그가 온 것을 본 어머니가 딸들에게 말했다.

"자, 이제 콜린스 씨하고 내가 잠시 얘기를 나눌 수 있게 너희, 너희들 전부 다, 입을 다물고 있거라."

엘리자베스는 조용히 방을 나갔고, 제인과 키티가 그 뒤를 따랐지만 리디아는 들을 수 있는 만큼 들어 볼 생각으로 자리를 지켰다. 그리고 샬럿은 처음에는 콜린스 씨가 정중하고도 세심하게 자신과 가족들의 안부를 물어보는 바람에 붙들려 있었지만, 그다음에는 호기심이 생겨서 창가로 걸어가 듣지 않는 척하고 서 있었다. 베넷 부인은 애처로운 목소리로 이렇게 말하면서 마음에 품고 있던 대화를 시작했다. "아휴, 콜린스 씨!"

"부인," 그가 말을 받았다. "이 문제는 앞으로 더 이상 거론하지 않는 게 좋겠습니다. 물론," 그는 불쾌해하며 목소리로 말을 이었다. "따님의 행동에 분개하는 건 전혀 아닙니다. 부득이한 불운이라면 체념하는 것이 우리 모두의 의무죠. 저처럼 운 좋게도 일찌감치 성직자가 된 젊은이라면 더 말할 나위가 없습니다. 그리고 분명히 말씀드리지만 저는 체념했습니다. 아름다운 엘리자베스 양께서 제 청을 들어주셨더라도 과연 제가 행복했을까, 이런 의구심을 느끼게 된 것도 어느 정도 작용했습니다. 거절당한 축복의 가치가 조금 떨어져 보이기 시작할 때 비로소 체념이 완벽해진다는 것은 전에도 종종 목격한 바 있습니다. 베넷 씨와 부인께 저를 위해 권위를 사용해 달라고 요청하지도 않은 채, 이렇게 따님에 대한 청혼을 철회한다고 해서 제가 귀댁에 조금이라도 결례를 범하는 것이라고는 생각하지 않으시겠죠. 부인이 아닌 따님의 입을 통해 거절을 받아들인 저의 행동이 못마땅해 보일 수도 있을 것 같습니다. 하지만 실수를 하지 않는 사람이 어디 있나요. 이번 일을 추진하는 동안 제가 처음부터 끝까지 선의로 임했다는 것만은 분명합니다. 저의 목적은 사랑스러운 반려자를 얻는 것이었으며, 귀댁의 이익도 마땅히 고려했습니다. 만약 저의 태도에 조금이라도 비난받을 만한 점이 있었다면, 이 자리를 빌려 사과드립니다."

21

콜린스 씨의 청혼을 둘러싼 논란은 이제 거의 끝이 났고, 엘리자베스는 이런 일에 불가피하게 따라오는 불편한 감정과 어쩌다 한 번씩 어머니에게서 들려오는 짜증 섞인 말들을 견뎌야 했다. 콜린스 씨에 대해 말할 것 같으면, 그의 감정은 민망함이나 침울함, 또는 그녀를 피하려는 노력이 아닌 주로 뻣뻣한 태도와 시무룩한 침묵으로 표출되었다. 그녀에게는 거의 말을 걸지 않았고, 본인도 너무나 잘 의식하고 있었던 그 열렬한 관심은 그날 내내 루카스 양의 몫이었다. 그녀는 공손한 태도로 그의 말을 들어 줌으로써 모두에게, 그중에서도 특히 그녀의 친구에게 시의적절한 구원자가 되어 주었다.

이튿날에도 베넷 부인의 언짢은 심기나 몸 상태는 나아지지 않았다. 콜린스 씨 역시 자존심이 상해서 화가 난 상태 그대로였다. 엘리자베스는 그가 분노로 인해 방문 일정을 단축하길 기대했지만, 그의 계획은 전혀 영향을 받지 않은 것처럼 보였다. 그는 처음부터 토요일에 떠날 계획이었고, 그래서 여전히 토요일까지 머물 예정이었다.

아침 식사를 마친 베넷 집안의 딸들은 위컴 씨가 돌아왔는지 알아보고 그가 네더필드 무도회에 참석하지 못한 것에 대해 푸념 섞인 수다도 떨 겸 메리턴까지 산책을 갔다. 그리고 마을에 막 접어들었을 때 마침 위컴 씨를 만나 이모네 집까지 함께 걸어갔다. 그곳에서 그는 안타깝고 속상한 심정을 토로했고, 모두의 안부가 궁금했다고 말하면서 한바탕 이야기꽃을 피웠다. 하지만 엘리자베스에게는 잠시 런던에 가야 했었던 그 볼일은 스스로 만들어 낸 구실이었다고 털어놓았다.

"무도회 날이 다가오자," 그가 말했다. "다아시 씨와 마주치지 않는 게 좋겠다는 생각이 들더군요. 그와 같은 방에 있는 걸, 그렇게 긴 시간 동안 같은 파티에 참석하는 걸 도저히 참을 수 없을 것 같았고, 그게 저 자신뿐만 아니라 더 많은 분들에게 불쾌한 모습이 될 수 있겠다는 걸 깨달았죠."

그녀는 그에게 잘 참았다고 칭찬했고, 그들은 충분히 얘기를 나눌 시간이 있었다. 위컴 씨와 다른 장교 한 사람이 롱본까지 그들과 동행했고, 걸어가는 내내 그가 주로 그녀하고만 대화를 나눴기 때문에 서로 공손하게 온갖 칭찬을 주고받을 시간도 충분했다. 그의 동행은 두 가지 면에서 좋았는데, 일단 엘리자베스는 그게 자신에 대한 호감 표시라고 느꼈고, 그를 아버지와 어머니에게 소개하기에도 더없이 좋은 기회가 되었기 때문이다.

그들이 집에 돌아오자마자 편지 한 통이 제인 앞으로 배달되었다. 네더필드에서 보내온 그 편지는 즉시 개봉되었다. 봉투 안에는 압착기로 눌러서 광택이 나는 작고 우아한 종이 한 장이 들어 있었다. 숙녀답게 정갈하고 유려한 필체가 빼곡한 편지였다. 엘리자베스는 편지를 읽는 언니의 안색이 변하는 것과 그녀가 특정한 구절을 유독 유심히 들여다본다는 걸 알아차렸다. 제인은 이내 평정심을 되찾았고, 편지를 밀어 놓은 채 평소처럼 명랑한 표정으로 두루 대화에 참여하려고 애썼다. 하지만 엘리자베스는 언니가 걱정된 나머지 위컴 씨마저 안중에 없었다. 그와 그의 동료가 돌아가자마자 제인이 눈짓으로 따라오라는 신호를 보냈고, 방에 둘만 있게 되었을 때 편지를 꺼내며 말했다. "캐럴라인 빙리가 보낸 거야. 내용을 보고 무척 놀랐어. 지금 모든 일행이 네더필드를 떠나 런던으로 가는 중이고, 돌아올 의향이 없다고 하네. 그녀가 뭐라고 했는지 직접 들어 봐."

그러더니 몇 문장을 소리 내어 읽었는데, 오빠를 따라 곧장 런던으로 가기로 했으며, 그날 저녁은 허스트 씨의 집이 있는 그로스브너 거리에서 식사를 할 계획이라는 내용이었다. 그다음 문장은 다음과 같았다. "친애하는 벗인 당신과의 우정만 아니라면 하트퍼드셔를 떠나는 데 아무 미련도 없답니다. 하지만 훗날의 언젠가는 예전처럼 즐거운 만남을 종종 나눌 수 있길 바랍니다. 그때까지 이렇게 자주 허물없이 편지를 주고받는다면 헤어짐의 아픔을 달랠 수 있을 거예요. 당신도 그렇게 해 주리라 믿습니다." 이렇게 과장된 표현을 듣는 내내 엘리자베스의 마음은 불신으로 차가워졌다. 갑작스럽게 떠난 것이 놀랍기는 했지만, 그렇다고 애석해할 일은 아무것도 없었다. 그들이 네더필드를 떠났다고 해서 빙리 씨가 그곳에 올 수 없다는 뜻은 아니었다. 그들과 제인의 교제는 끝나더라도 빙리 씨를 만나는 즐거움을 통해 언니가 금세 아쉬움을 잊을 수 있을 거라고 엘리자베스는 믿었다.

"안타깝네." 잠시 입을 다물고 있던 그녀가 말했다. "친구들이 떠나기 전에 만날 수 없었다는 건. 하지만 빙리 양이 고대한다는 훗날의 행복이 그녀가 생각하는 것보다 더 빨리 올 수도 있고, 친구로서 나눴던 즐거운 만남이 시누이와 올케라는 더 커다란 만족으로 바뀌길 바라지 말라는 법도 없잖아? 그들이 빙리 씨를 런던에 붙들어 매 놓지는 않을 테고."

"이번 겨울에는 아무도 하트퍼드셔로 돌아오지 않을 거라고 캐럴라인이 분명하게 말했어. 잘 들어 봐. '어제 오빠는 런던에서 처리해야 할 일이 사나흘이면 끝날 거라면서 떠났지만, 우리가 생각하기엔 아무래도 그럴 수 없기도 하려니와 런던에 간 이상 서둘러 다시 떠날 이유가 없다는 생각이에요. 오빠가 적적한 호텔에서 하릴없이 시간을 보낼 필요가 없도록 우리도 뒤따라가기로 결심했고요. 제가 아는 많은 사람들은 벌써 겨울을 보내러 런던에 가 있답니다. 나의 친애하는 벗인 당신도 그 무리에 낄 생각이 있다는 얘기를 듣는다면 얼마나 좋을까요. 하지만 그럴 리는 없겠죠. 하트퍼드셔에서 맞이하는 크리스마스가 즐거움으로 가득하길 기원하고, 또한 당신을 숭배하는 사람이 너무 많아서 우리가 빼앗아 가는 세 사람의 빈자리를 느끼지 않길 바랍니다.'"

"이걸 보면 분명하잖아." 제인이 덧붙였다. "그가 이번 겨울에는 다시 돌아오지 않는다는 게."

"분명한 것이라곤 빙리 양이 그가 돌아와선 안 된다고 생각한다는 것뿐이야."

"왜 그렇게 생각하니? 그건 그가 결정한 일일 텐데. 그분의 삶을 누가 대신 살아주는 게 아니잖아. 하지만 그게 전부가 아니야. 특별히 마음이 아팠던 구절을 읽어줄게. 내가 너한테 뭘 숨기겠니. '다아시 씨는 동생을 몹시 만나고 싶어 하고, 솔직히 말하자면 그녀를 다시 만나고 싶은 마음은 우리도 그에게 전혀 뒤지지 않는답니다. 정말이지 미모와 우아함, 그리고 교양에 있어서 조지애나 다아시에게 견줄 만한 사람은 없다고 생각해요. 그녀가 저와 루이자 언니에게 불러일으킨 애정은 앞으로 그녀가 우리 올케가 될 거라는 기대감에 더욱 흥미로운 감정으로 고조되었답니다. 이것과 관련해서 제 마음을 말씀드린 적이 있는지 모르겠지만, 떠나기 전에 다 털어놓을게요. 아마 제 마음을 터무니없다고 여기지는 않으리라 믿어요. 우리 오빠는 이미 그녀를 마음에 깊이 두고 있고 그녀의 집안도 우리만큼이나 두 사람의 결합을 바라고 있으니, 이제 아주 친밀한 관계로 자주 만날 기회가 생긴 거잖아요. 제가 누이동생이라서가 아니라 오빠는 어떤 여자의 마음이라도 사로잡을 수 있는 뛰어난 능력을 가지고 있어요. 이렇게 모든 상황이 두 사람의 만남에 우호적이고 그걸 가로막는 건 아무것도 없는데, 친애하는 제인, 그렇게 많은 사람들에게 행복을 안겨 줄 경사를 바라는 게 잘못일까요?'"

"이 문장에 대해 어떻게 생각하니, 리지?" 편지를 읽고 난 제인이 물었다. "이 정도면 명백한 거 아니야? 캐럴라인은 내가 자신의 올케가 되는 걸 기대하지도 바라지도 않는다는 입장을 분명히 밝힌 거잖아. 게다가 자기 오빠가 나한테 관심이 없다는 것에 대해서도 전혀 의심하지 않아. 만약 그에 대한 내 마음을 읽은 거라면 나한테 주의를 주려는 뜻이 아니겠니? 어찌나 친절한지! 여기에 대해 다른 의견이 있을 수 있어?"

"응, 그럴 수 있지. 내 의견은 전혀 다르거든. 들어 볼래?"

"아주 기꺼이."

"길게 말할 것도 없어. 빙리 양은 자기 오빠가 언니를 사랑한다는 걸 알지만 다아시 양과 결혼하길 바라는 거야. 그래서 오빠를 런던에 묶어 놓으려고 뒤따라가면서 언니한테는 그가 언니한테 관심이 없다고 믿게 하려는 거지."

제인은 머리를 흔들었다.

"정말이라니까, 언니. 내 말을 믿어야 해. 두 사람이 함께 있는 걸 본 사람이라면 아무도 언니를 향한 그의 애정을 의심할 수 없어. 빙리 양도 그럴 수는 없을걸. 그녀가 그 정도로 바보는 아니니까. 아마 다아시 씨가 자신에게 그 반만큼이라도 사랑을 보여 줬다면 그녀는 벌써 웨딩드레스를 주문했을 거야. 하지만 문제는 이거야. 그 사람들이 봤을 때 우리는 부자도 아니고 신분도 떨어진다는 거. 게다가 그녀가 다아시 양을 오빠와 맺어 주려고 더 노력하는 이유는 두 집안 사이에 한 번 혼인이 성사되면 두 번째 혼인을 성사시키는 건 덜 어려울 거라는 생각 때문이야. 확실히 아주 교묘한 생각인데, 드버그 양만 걸림돌이 되지 않는다면 아마 성공할 수 있을 거야. 하지만 언니, 빙리 양이 자기 오빠가 다아시 양을 깊이 마음에 두고 있다고 말했다고 해서 그분이 화요일에 헤어질 때보다 언니의 장점을 조금이라도 덜 느낀다거나, 빙리 양이 오빠를 설득해서 언니를 사랑하는 대신 자기 친구를 아주 많이 사랑하게 만들 수 있을 거라고 진심으로 믿는 건 아니겠지?"

"빙리 양에 대한 우리의 생각이 똑같다면," 제인이 말을 받았다. "이 일에 대한 너의 설명으로 내 마음이 아주 가벼워졌을지도 모르겠지만, 너의 주장은 근본적으로 부당해. 캐럴라인은 누구라도 의도적으로 속일 수 있는 그런 사람이 아니야. 그러니까 이 문제에서 내가 희망할 수 있는 건 그녀도 속고 있다는 것뿐이야."

"그래 맞아. 내 말은 위안이 안 되니까 그렇게 생각하는 편이 가장 행복하겠네. 그녀가 속고 있는 거라고 실컷 믿어. 이제 친구로서의 의무를 다했으니 더 이상 괴로워하지 말고."

"하지만 리지. 최선을 가정하더라도, 누이들과 친구들이 다른 사람과 결혼하길 바라는데 내가 그 남자와 결혼해서 행복할 수 있을까?"

"그건 언니가 결정해야지." 엘리자베스가 말했다. "그리고 만약 심사숙고한 결과 두 누이의 뜻을 거역하는 데 따른 불행이 그의 아내가 되어 누릴 기쁨보다 훨씬 크다면 나도 그분을 거절하라고 충고하겠어."

"너는 무슨 말을 그렇게 하니?" 제인은 희미한 미소를 머금고 말했다. "그들이 찬성하지 않는 것이 몹시 괴롭기는 하지만 그렇다고 망설일 수 있는 일이 아니라는 걸 잘 알면서."

"나도 언니가 망설일 거라고는 생각하지 않았어. 그리고 만약 그렇다면 언니의 상황에는 동정의 여지가 없지."

"하지만 그가 이번 겨울에 돌아오지 않는다면 내가 선택하고 말 게 뭐가 있겠니. 여섯 달이면 무슨 일이라도 일어날 수 있는데!"

그가 다시 돌아오지 않을 가능성을 엘리자베스는 완전히 무시했다. 그녀가 보기에 그건 단지 캐럴라인의 이해관계가 얽힌 소망일 뿐이었다. 그걸 공공연하게 말했건 아니면 교묘하게 얘기했건, 누구에게도 구속될 이유가 없는 한 젊은이가 그런 소망에 좌우될 거라고는 조금도 생각할 수 없었다.

그녀는 이 문제에 대해 자신이 느끼는 바를 최대한 강력하게 설명하며 언니를 설득했고, 그에 따른 행복한 효과가 금세 나타나는 것을 보고 기뻤다. 제인은 우울해하는 성격이 아니었고, 사랑 앞에서 주저하는 마음에 때론 압도되기도 했지만, 차츰 빙리가 네더필드로 돌아와 자신의 모든 소망을 충족시켜 주리라는 희망을 품게 되었다.

두 사람은 베넷 부인에게는 그들이 떠났다는 소식만 전하고 공연히 빙리를 언급해서 놀라게 할 필요는 없다고 의견을 모았다. 그러나 이렇게 부분적인 소식만으로도 부인은 크게 염려하며 두 집안의 관계가 아주 돈독해지려는 참에 숙녀분들이 떠나게 되어 너무나 안타깝다고 서글퍼했다. 하지만 한동안 한탄한 다음에는 빙리 씨가 곧 다시 돌아와 롱본에서 저녁을 함께할 거라는 생각으로 마음을 달랬고, 그를 가족끼리 하는 식사에 초대했을 뿐이지만 정식 코스를 두 가지나 준비할 거라고 속 편하게 선언하는 것으로 끝을 맺었다.

베넷 집안의 사람들은 루카스 씨네 가족들과 식사를 함께하기로 되어 있었는데, 이번에도 루카스 양이 친절하게도 내내 콜린스 씨의 얘기를 들어 주었다. 엘리자베스는 기회를 봐서 그녀에게 고마움을 전했다. "네 덕분에 저 사람의 기분이 좋아진 것 같아." 그녀가 말했다. "뭐라고 말해야 할지 모를 정도로 고마워." 샬럿은 도움이 된다니 뿌듯하다면서 자신은 그저 시간을 조금 내줬을 뿐인데 이렇게 고마워해 주니 더 많은 걸 돌려받는 기분이라고 했다. 더없이 상냥한 대답이었지만, 샬럿이 베푼 친절의 목적은 엘리자베스가 미처 생각하지 못했던 곳까지 뻗어 있었다. 그 목적은 다름이 아니라 콜린스 씨가 엘리자베스에게 다시 청혼의 말을 꺼내지 않고, 자신에게 하도록 만들려는 것이었다. 이것이 바로 루카스 양의 계획이었다. 상황이 매우 좋아 보였기 때문에 밤이 되어 헤어져야 했을 때, 샬럿은 그가 하트퍼드셔를 그렇게 일찍 떠나지만 않았어도 거의 성공했을 거라고 확신했을 정도였다. 하지만 이 지점에서 그녀는 콜린스라는 사람의 불같은 열정과 주관적인 판단을 과소평가했던 것인데, 그다음 날 아침에 그는 놀랍도록 은밀하게 롱본의 집을 빠져나와 서둘러 루카스 저택으로 가서 그녀의 발밑에 자신을 던졌기 때문이다. 그는 친척 아가씨들의 주의를 끌지 않으려고 노심초사했다. 집을 나서는 모습이 눈에 띄면 틀림없이 자신의 의도를 알아차릴 거라고 믿었고, 성공을 확신할 수 있을 때 자신의 시도가 알려지길 원했던 것이다. 비록 거의 성공을 확신했고, 은근히 격려하는 샬럿의 반응으로 봤을 때 그렇게 생각할 근거도 충분했지만, 수요일의 일로 자신감이 낮아진 상태였다. 하지만 그가 받은 환대는 더할 나위 없었다. 2층 창가에 서 있던 루카스 양은 그가 자신의 집을 향해 걸어오는 걸 보고는 곧바로 달려 나가 우연인 것처럼 샛길에서 마주쳤다. 하지만 그 정도의 사랑과 열변이 그곳에서 자신을 기다리고 있으리라고는 그녀도 차마 기대하지 못했다.

콜린스 씨의 이야기는 장황했지만 상황은 두 사람 모두에게 만족스럽게 금세 결정이 났다. 그리고 집으로 들어간 그는 자신을 세상에서 가장 행복한 남자로 만들어 줄 날짜를 정해 달라고 열띤 목소리로 간청했다. 그런 요청은 시간을 두고 생각해 봐야 마땅했지만, 숙녀 쪽에서도 그의 행복을 놓고 실랑이를 할 의향이 없었다. 타고난 성품이 어리석은 탓에 그의 구애는 전혀 매력적이지 않았고, 어떤 여자라도 그게 계속되기를 바라지 않았다. 그리고 루카스 양은 순수하게, 오로지 세속적인 지위만을 보고 그를 받아들인 것이기 때문에 그걸 언제 차지하는가는 상관없었다.

두 사람은 지체 없이 윌리엄 경과 루카스 부인의 승낙을 구했고, 그들은 더없이 기쁜 마음으로 흔쾌히 허락했다. 물려받을 재산이 많지 않은 그들의 딸에게는 콜린스 씨의 현재 조건만으로도 더없이 좋은 혼처였고, 앞으로 부자가 될 전망도 상당히 밝았다. 루카스 부인은 전에 없이 진지하게 베넷 씨가 얼마나 더 살지를 당장 따져 보기 시작했고, 윌리엄 경은 그게 언제가 됐든 콜린스 씨가 롱본을 소유하게 되면 내외가 세인트 제임스 궁에서 국왕을 알현해야 마땅하다고 일찌감치 결정해 버렸다. 다시 말해서, 온 가족이 기쁨에 겨운 상황이었다. 여동생들은 언니의 결혼 덕분에 한두 해 일찍 사교계에 나설 희망에 부풀었다. 그리고 남동생들은 누나가 노처녀로 살다가 죽을지 모른다는 우려에서 해방되었다. 정작 샬럿은 상당히 차분했다. 목적을 달성한 그녀는 상황을 돌아볼 여유가 생겼다. 그 결과는 대체로 만족스러웠다. 콜린스 씨가 영리하지도 유쾌하지도 않다는 건 분명했다. 그와 함께 있으면 지루했고, 그녀에 대한 애정도 상상에 불과할 게 틀림없었다. 그래도 어쨌든 그녀에게는 남편이 생겼다. 남자나 결혼 생활 자체에 큰 환상이 없었던 그녀의 목표는 예전부터 결혼이었다. 교육을 많이 받았지만 재산은 많지 않은 젊은 여자에게 결혼은 유일하게 명예로운 생계 수단이었고, 행복을 가져다줄 거라는 확신은 없더라도 궁핍을 예방하는 최선의 대책인 건 틀림없었다. 그녀는 이제 그 대책을 손에 넣었고, 스물일곱의 나이에 예쁘다는 말 한번 들어 본 적 없는 그녀로서는 정말 행운이라고 느꼈다. 이번 일에서 가장 마음에 걸리는 건 누구보다 아끼는 소중한 친구 엘리자베스 베넷이 받을 충격이었다. 엘리자베스는 의아해하고, 어쩌면 그녀를 책망할 것이다. 그렇다고 결심이 흔들리지는 않겠지만, 친구의 비난은 마음에 상처가 될 것이 틀림없었다. 샬럿은 이 소식을 그녀에게 직접 전하기로 마음먹었고, 그에 따라 콜린스 씨에게 롱본에 돌아가서 저녁을 먹더라도 베넷 씨네 가족들이 눈치챌 만한 행동을 하지 말라고 당부했다. 그는 비밀을 지키겠다고 충실하게 약속했지만, 그건 여간 어려운 일이 아니었다. 그의 오랜 외출이 호기심을 자극한 터라 돌아오자마자 사방에서 노골적인 질문이 쏟아졌고, 직접적인 대답을 피하기 위해서는 적잖은 재치가 필요했으며, 순조롭게 성공한 사랑을 공표하고 싶은 마음이 간절한 상황에서 엄청난 자제심을 발휘해야 했기 때문이다.

다음 날 아침 일찍 떠나야 해서 가족들을 다시 만날 시간이 없었던 그는 숙녀들이 잠자리에 들기 전에 작별 인사를 나눴다. 베넷 부인은 매우 공손하고 다정하게 여건이 허락할 경우 언제든 다시 롱본을 찾아 준다면 정말 기쁘겠다고 말했다.

"그렇게 초대해 주시니 정말 감사합니다." 그가 대답했다. "내심 초대해 주시길 바라고 있었거든요. 가능한 빠른 시일 안에 기회를 만들겠다고 약속드립니다."

가족들은 모두 깜짝 놀랐다. 그렇게 빠른 재회를 바랄 리가 없었던 베넷 씨는 얼른 말을 받았다.

"하지만 캐서린 부인께서 반대하실 염려가 있지 않은가? 후견인의 눈 밖에 나는 것보다는 친척들을 등한시하는 편이 나을 텐데."

"어르신," 콜린스 씨가 대답했다. "그토록 세심하게 배려해 주시니 더욱 감사합니다. 그렇게 중요한 일을 부인의 동의 없이 하지는 않을 테니 마음 놓으셔도 됩니다."

"방심은 금물이지. 캐서린 부인의 심기를 거스르는 일은 피하도록 하게. 그리고 우리를 다시 방문해서 그럴 일이 발생한다면, 내가 보기엔 그럴 가능성이 높은 것 같으니, 부디 집에 조용히 머무르도록 하게. 우리는 개의치 않을 테니 염려하지 말고."

"그렇게 애정 어린 염려를 해 주시는 것에 깊이 감사드립니다. 그리고 분명히 말씀드리지만 이런 염려뿐만 아니라 제가 하트퍼드셔에 머무는 동안 베풀어 주신 호의에 신속히 감사의 편지를 올리도록 하겠습니다. 그리고 아름다운 숙녀분들께는 제가 떠나 있는 시간이 그렇게 길지 않을 터이기 때문에 필요 없을 것 같기는 하지만, 그래도 엘리자베스 양을 포함하여 모두의 건강과 행복을 빌겠습니다."

공손하게 예를 갖추고 물러난 숙녀들은 그가 빠른 시일 안에 다시 돌아올 생각을 한다는 사실에 너나없이 놀라움을 표했다. 베넷 부인은 그걸 아래 딸들 중에 누군가에게 청혼하려는 거라고 좋을 대로 생각했고, 메리라면 잘 설득해서 청혼을 받아들이게 할 수 있을 거라고 믿었다. 다른 딸들에 비해 메리는 그의 능력을 훨씬 높이 평가했고, 그의 생각이 건실하다면서 종종 감명을 받기도 했으며, 비록 자기만큼 똑똑하지는 않지만 자신을 본보기 삼아 독서를 통해 교양을 쌓도록 격려한다면 상당히 유쾌한 동반자가 될 수도 있을 거라고 생각했다. 하지만 다음 날 아침에 이런 희망은 모두 물거품이 되어 버렸다. 아침 식사를 마치자마자 샬럿이 찾아왔고, 엘리자베스와 단둘이 앉아 전날 있었던 일을 모두 털어놓았다.

콜린스 씨가 자신의 친구를 사랑한다고 착각할지 모른다는 생각이 엊그제 사이에 한 번쯤 엘리자베스의 머리를 스쳐 가기는 했다. 하지만 샬럿이 그의 구애를 부추긴다는 건 자신이 그러는 것만큼이나 요원해 보였고, 그런 까닭에 처음에는 너무 놀라 예의를 지켜야 한다는 것도 잊은 채 이렇게 소리를 지르고 말았다.

"콜린스 씨랑 약혼을 했다고! 세상에, 샬럿! 말도 안 돼!"

이야기를 하는 동안에도 전혀 흔들리지 않았던 루카스 양의 담담함은 이렇게 직접적인 비난 앞에서 일순 당혹감으로 바뀌었지만, 예상 못 했던 반응도 아니었기 때문에 곧 평정심을 되찾고 차분하게 대답했다.

"왜 그렇게 놀라는 건데, 엘리자? 콜린스 씨가 너의 승낙을 받지 못했다고 해서 다른 여자가 그에게 호감을 갖는 것까지도 믿을 수 없다는 거야?"

하지만 곧 엘리자베스가 놀란 마음을 진정시켰고, 또 애써 노력한 끝에 두 사람이 결혼한다면 자신에게도 매우 기쁜 일이라면서 진심으로 행복하길 빌겠다고 차분한 목소리로 말해 줄 수 있었다.

"네가 어떤 기분인지 모르지 않아." 샬럿이 말을 받았다. "놀랐겠지. 깜짝 놀랐을 거야. 콜린스 씨가 너랑 결혼하고 싶어 했던 게 불과 며칠 전이니까. 하지만 곰곰이 생각해 본다면 너도 내가 잘했다고 느낄 거야. 너도 알지만 나는 낭만적인 사람이 아니야. 이제껏 한 번도 그랬던 적이 없어. 나는 그저 안락한 가정을 원할 뿐이야. 그리고 콜린스 씨의 성격이나 배경, 사회적인 지위 등을 고려해 봤을 때 나는 그와 결혼해서 여느 부부들 못지않게 행복하게 살 수 있을 거라고 확신해."

엘리자베스는 차분하게 대답했다. "물론이야." 그리고 어색한 침묵이 흐른 후에 그들은 다른 가족들이 모여 있는 곳으로 나갔다. 샬럿은 얼마 앉아 있지 않았고, 엘리자베스는 그제야 샬럿에게서 들은 얘기를 되짚어 봤다. 도무지 어울리지 않는 두 사람이 결혼한다는 사실을 받아들이기까지는 오랜 시간이 걸렸다. 사흘 사이에 콜린스 씨가 두 명의 여자에게 청혼했다는 것도 황당한 노릇이지만, 그래서 실제로 승낙을 받았다는 것에 비하면 그건 아무것도 아니었다. 샬럿의 결혼관이 자신과 딱 맞아떨어지지 않는다는 건 예전부터 느껴 왔어도, 막상 결정할 순간이 되었을 때 세속적인 이익을 위해 더 중요한 다른 사항들을 전부 외면할 거라고는 차마 짐작도 하지 못했다. 콜린스 씨의 아내가 된 샬럿이라니, 너무나 굴욕스러운 그림이었다! 친구가 스스로 명예를 떨어뜨려서 자신을 실망시킨 것도 속상했지만, 그렇게 선택한 운명 속에서 친구가 조금이라도 행복을 누리는 게 불가능하다는 확신 때문에 더 심란했다.

23

엘리자베스가 어머니와 언니, 동생들과 함께 앉아 조금 전에 들은 얘기를 돌이켜 보며 그 소식을 전해야 할지 고민하고 있었는데, 그때 윌리엄 루카스 경이 샬럿의 부탁을 받고 딸의 약혼 사실을 알리러 찾아왔다. 그는 두 집안의 결합을 치하하는 동시에 자축하며 그 얘기를 전했지만, 듣는 사람들은 놀란 걸 넘어 아예 믿으려 하지 않았다. 베넷 부인은 무례하다 싶을 정도로 뭘 완전히 잘못 아신 게 틀림없다고 억지를 부렸으며, 늘 조심성이 없고 버릇없이 굴 때가 많은 리디아가 호들갑스럽게 외쳤다.

"세상에! 윌리엄 아저씨. 어떻게 그런 말씀을 하실 수가 있어요? 콜린스 씨가 저희 리지 언니랑 결혼하고 싶어 하는 거 모르세요?"

궁정 신하의 정중한 태도가 아니었으면 그런 대접을 받고도 화를 내지 않기란 불가능했을 것이다. 하지만 윌리엄 경은 올바른 예의범절이 몸에 밴 사람이라 끝까지 잘 참아 냈다. 그저 자신의 말이 사실이라는 걸 믿어 달라고 부탁하면서, 그 무례한 말들을 공손하게 들어 넘겼다.

이런 불쾌한 상황에서 루카스 경을 구해 내는 것이 자신의 의무라고 느낀 엘리자베스가 얼른 나서서 이미 샬럿으로부터 들었다며 그의 말이 사실이라고 확인해 주었다. 그리고 어머니와 동생들이 떠들어 대는 소리를 막기 위해 그에게 진심 어린 축하의 말을 건넸고, 제인도 곧바로 합세해서 콜린스 씨의 탁월한 인품, 그리고 헌스퍼드가 런던에서 오가기 편리한 거리라는 점까지 다양한 장점들을 언급하며 이번 결혼으로 기대할 수 있는 행복에 대해 이야기했다.

베넷 부인은 실제로 충격이 너무 큰 나머지 윌리엄 경이 머무는 동안에는 무슨 말을 제대로 할 수가 없었다. 하지만 그가 떠나자마자 순식간에 감정이 폭발했다. 첫 번째로는 도무지 믿을 수 없는 일이라며 고집을 피웠다. 둘째, 콜린스 씨가 속은 게 틀림없다고 주장했다. 셋째, 두 사람은 결혼해도 결코 행복할 수 없을 거라고 확신했다. 마지막으로 이 혼사가 깨질지도 모른다는 것이었다. 그리고 이 모든 것은 명백하게 두 가지로 귀결되었는데, 하나는 엘리자베스가 이 모든 사달의 원인이라는 것이며, 또 하나는 다들 자신에게 너무 가혹하게 군다는 것이었다. 그러고는 그날 내내 이 두 가지 얘기만 끝없이 되풀이했다. 아무것도 그녀에게 위로가 되지 못했고 무슨 말로도 그녀를 달랠 수 없었다. 그날 하루만으로는 그녀의 분노를 다 삭일 수도 없었다. 일주일 동안 엘리자베스를 보기만 하면 타박을 했고, 윌리엄 경이나 루카스 부인에게 무례하지 않게 말을 할 수 있기까지는 한 달이 걸렸으며, 그 집의 딸을 용서할 수 있기까지는 여러 달이 더 걸렸다.

이번 일에 대한 베넷 씨의 감정은 훨씬 평온해서 오히려 아주 유쾌할 지경이라고 밝힐 정도였다. 그동안 상당히 영리하다고 생각해 왔던 샬럿 루카스가 자신의 부인만큼이나 어리석고, 딸보다는 더 어리석다는 사실을 알게 되었다는 게 그 이유였다!

제인은 이번 결혼에 조금 놀랐다고 털어놓았지만, 놀라움을 표하기보다는 두 사

173

람의 행복을 진심으로 바란다는 말을 더 많이 했다. 엘리자베스가 아무리 그럴 가망이 없다고 얘기해 봐야 소용없었다. 키티와 리디아는 루카스 양을 조금도 부러워하지 않았는데, 콜린스 씨는 일개 목사일 뿐이었기 때문이다. 두 사람에게 이 일은 메리턴에 퍼트릴 소식 한 자락에 불과했다.

루카스 부인은 베넷 부인에게 딸을 좋은 데로 시집보내게 되었다고 우쭐대며 자랑하고 싶은 유혹을 뿌리칠 수 없었다. 그래서 베넷 부인의 언짢은 표정과 심술궂은 대꾸가 자신의 행복을 몰아내기에 충분할 정도였음에도, 평소보다 자주 롱본을 찾아와 행복을 과시했다.

엘리자베스와 샬럿은 그 일에 대해 서로 말을 아끼고 자제했다. 엘리자베스는 이제 둘 사이에 진정한 신뢰가 존재할 수 없을 거라는 느낌이 들었다. 그러면서 샬럿에게 실망한 후로는 제인을 더 다정하게 대했는데, 언니의 정직함과 섬세함에 대한 믿음은 결코 흔들리지 않으리라고 확신했기 때문이다. 그리고 언니의 행복 때문에 날이 갈수록 더 조바심치게 되었다. 빙리가 떠난 지 어느새 일주일이 되었건만 돌아온다는 소식이 들리지 않았던 것이다.

제인은 캐럴라인에게 일찌감치 답장을 보냈고 다시 편지가 오기만을 손꼽아 기다리고 있었다. 콜린스 씨가 약속했던 감사 편지는 화요일에 그들의 아버지 앞으로 도착했고, 열두 달쯤 지내다 간 사람이나 할 법한 정중한 감사의 표현이 가득했다. 해야 할 의무를 다해서 만족한 후에는 온갖 열렬한 표현을 동원하여 그들의 사랑스러운 이웃인 루카스 양의 사랑을 얻게 된 것에 대한 행복을 토로했다. 그리고 롱본을 다시 찾아 주길 바란다는 그들의 요청에 그렇게 기꺼이 응하는 이유는 순전히 루카스 양을 만날 기대 때문이라고 설명하면서 2주 후 월요일에 다시 방문할 수 있기를 희망한다고 말했다. 그러면서 또 덧붙이길, 캐서린 부인이 자신의 결혼을 흔쾌히 허락하시며 최대한 빨리 식을 치르라고 하셨다면서, 자신의 사랑스러운 샬럿이라면 자신을 세상에서 가장 행복한 남자로 만들어 줄 날짜를 빨리 정하는 데 전혀 이의를 제기하지 않으리라 믿는다고도 했다.

콜린스 씨가 하트퍼드셔를 다시 찾는다는 소식이 베넷 부인에게는 더 이상 즐겁지 않았다. 오히려 남편만큼이나 불평을 늘어놓았다. 그가 루카스 저택으로 가지 않고 롱본으로 온다니 그것참 희한한 노릇이다, 아주 불편할뿐더러 대단히 귀찮다, 건강이 좋지도 않은데 손님을 맞아야 하는 건 정말 싫다, 심지어 연인들이라니 세상에서 제일 못마땅하다. 베넷 부인은 이렇게 끝없이 구시렁거렸고, 이런 말을 하지 않을 때는 빙리 씨가 집을 계속 비우고 있는 것에 더 속상해할 때뿐이었다.

그 문제에 대해서는 제인과 엘리자베스도 마음이 편치 않았다. 그에게서 아무 기별도 오지 않은 채 하루하루가 흘러갔고, 얼마 지나지 않아 그가 겨우내 네더필드로 돌아오지 않을 거라는 소문만 메리턴에 퍼졌다. 그 소문을 들은 베넷 부인은 불같이 화를 냈고, 들을 때마다 말도 안 되는 거짓말이라고 반박하는 걸 잊지 않았다.

이제는 엘리자베스마저 걱정이 되기 시작했다. 빙리의 마음이 식은 걸 걱정한 게 아니라, 그의 누이들이 그를 떼어 놓는 데 성공한 걸까 싶어서였다. 제인의 행복을 완전히 무너뜨리고 빙리의 신뢰에 먹칠을 할 그런 가능성을 인정하고 싶지는 않았지만, 그런 생각이 자꾸만 떠오르는 건 어쩔 수 없었다. 냉정한 두 누이와 막강한 영향력을 발휘하는 그의 친구가 힘을 합치고, 다아시 양의 매력과 런던의 즐거움까지 더해진다면 그의 애정이 아무리 강하다 한들 감당할 수 있을지 두려웠다.

이렇게 어중간한 상태에서 제인이 느끼는 불안감이 엘리자베스보다 더 고통스러운 건 당연했다. 하지만 그녀는 자신의 감정을 숨기려 했고, 그렇기 때문에 엘리자베스와는 이 얘기를 한마디도 나누지 않았다. 그러나 이런 신중함이나 자제력을 기대할 수 있는 사람이 아니었던 어머니는 한 시간이 멀다 하고 빙리를 거론하며 그가 빨리 돌아왔으면 좋겠다고 말하거나 심지어 그가 돌아오지 않는다면 제인을 우롱한 것으로 봐야 한다며 제인에게까지 동의를 강요했다. 이런 공격 앞에서도 침착할 수 있었던 건 순전히 차분하고 온순한 제인의 성품 덕분이었다.

콜린스 씨는 떠난 지 정확히 2주가 되는 월요일에 롱본으로 돌아왔지만, 처음 왔을 때만큼 정중한 환대는 받지 못했다. 하지만 그는 너무 행복했기 때문에 주변의 반응에 크게 개의치 않았다. 그리고 연애 사업 덕분에 그와 함께 보내야 하는 시간이 크게 줄었다는 건 다른 사람들에게도 다행한 일이었다. 그는 하루의 대부분을 루카스 저택에서 보냈고, 가족들이 잠자리에 들기 전에 자리를 오래 비워 죄송하다는 말을 간신히 전할 수 있을 때쯤에야 롱본으로 돌아오는 날도 많았다.

베넷 부인은 정말이지 딱한 상태였다. 그 혼사에 대한 얘기만 나와도 심기가 불편해졌는데, 문제는 이제 어딜 가든 그 얘기를 듣지 않을 수 없다는 것이었다. 루카스 양은 꼴도 보기 싫었다. 이 집을 물려받을 사람이라는 생각에 질투심과 울분이 치밀었다. 샬럿이 놀러 오기만 하면 이 집을 소유하게 될 날을 손꼽아 기다리는 거라고 지레짐작했고, 그녀가 콜린스 씨와 작은 소리로 무슨 얘기라도 주고받을라치면 롱본의 토지에 대해 얘기하면서 베넷 씨가 죽으면 자신과 딸들을 당장 내보낼 작정인 거라고 확신했다. 그녀는 남편에게 이런 불평을 씁쓸하게 늘어놓았다.

"정말이지, 여보," 그녀가 말했다. "샬럿 루카스가 이 집의 안주인이 된다는 건 생각만 해도 너무 힘들어요. 그 애 때문에 내가 쫓겨나고 그 애가 내 자리를 차지하는 걸 봐야 한다니!"

"여보, 그런 우울한 생각일랑 하지 말아요. 좀 더 희망적인 기대를 품어 봅시다. 내가 당신보다 더 오래 살지도 모르는 일이고."

이 말이 베넷 부인에게는 큰 위로가 되지 않았고, 그래서 뭐라고 대꾸도 하지 않은 채 하던 얘기를 계속했다.

"우리 재산이 송두리째 그 애들 차지가 된다고 생각하면 참을 수가 없어요. 한정 상속만 아니었어도 신경 쓰지 않았을 텐데."

"뭘 신경 쓰지 않는다는 거요?"

"뭐가 됐든 전혀 신경 쓰지 않는다고요."

"그런 무감각한 상태에 빠지지 않은 것에 감사합시다."

"한정 상속에 관한 것이라면 나는 뭐가 됐든 감사할 수 없어요, 여보. 아니 양심이 있는 사람이라면 어떻게 딸들을 두고 남한테 재산을 한정 상속하라고 할 수 있는지 나는 이해가 안 된다고요. 그것도 콜린스 씨한테! 하고 많은 사람 중에 대체 왜 그 사람 차지가 된 거죠?"

"그 이유는 당신이 한번 생각해 보구려." 베넷 씨는 말했다.

24

빙리 양의 편지가 도착하면서 모든 의문이 해소되었다. 첫 문장에서부터 겨울을 런던에서 보내기로 했다는 사실을 밝히더니 오빠가 친구들에게 인사도 못 한 채 하트퍼드셔를 떠나온 것을 무척 애석해한다는 말로 편지를 맺었다.

희망은 사라졌다. 완전히 끝이 났다. 제인이 정신을 차리고 나머지 부분을 읽어 봤지만, 보낸 이의 형식적인 인사치레를 제외하고는 위안을 삼을 만한 그 어떤 내용도 찾아볼 수 없었다. 다아시 양에 대한 칭찬이 대부분이었다. 그녀의 수많은 매력을 다시금 나열한 캐럴라인은 친분이 더 두터워진 것을 기뻐하며 자랑했고, 심지어 지난번 편지에서 밝혔던 소망이 이루어질 것 같다고 내다보기까지 했다. 또한 오빠가 다아시 씨의 집에 머물고 있다는 사실에 무척 만족하며 다아시 씨가 새 가구를 들이기로 한 계획까지 열심히 언급했다.

제인은 즉시 모든 이야기를 엘리자베스에게 전했고, 얘기를 듣는 내내 엘리자베스는 말없이 분노했다. 그녀의 마음은 언니에 대한 걱정과 다른 모든 사람에 대한 노여움으로 나뉘었다. 오빠의 마음이 다아시 양에게 기울어졌다는 캐럴라인의 주장은 들을 가치도 없다고 생각했다. 그가 정말로 언니를 좋아한다는 사실에 대해서는 지금도 여전히 의심하지 않았다. 다만 자신을 조종하려는 친구들의 손에 놀아나며 그들의 변덕에 자신의 행복을 걸어찰 정도로 무르고 우유부단한 그의 성격에 화가 났다. 예전부터 그를 좋아했는데 이젠 경멸하는 마음까지 들었다. 그렇게 걷어차 버린 것이 그의 행복뿐이었다면 아무래도 좋았을 테지만, 그건 언니의 행복과도 관련된 일이었고, 엘리자베스가 보기엔 빙리도 그걸 알고 있을 게 틀림없었다. 다시 말해서 이건 생각하자면 끝이 없고, 그래 봐야 소용도 없는 문제였다. 그래도 엘리자베스는 이것 말고 다른 생각은 할 수가 없었다. 빙리의 애정이 정말 사라졌는지, 친구의 방해에 짓눌린 건지, 그가 언니의 마음을 알았는지, 아니면 미처 알아차리지 못했는지. 어느 쪽이냐에 따라 빙리에 대한 엘리자베스의 생각이 크게 달라지기는 하겠지만, 그런다고 언니의 상황이 달라지는 건 아니었고 마음의 평정이 깨진 것도 변하지 않았다.

하루 이틀이 더 지나고야 제인은 비로소 용기를 내서 엘리자베스에게 자신의 감정을 털어놓았다. 베넷 부인이 네더필드와 그곳의 주인에 대해 유난히 길게 짜증을 부린 뒤 마침내 둘만 남게 되자 제인도 더는 참지 못하고 이렇게 말했다.

"아! 어머니가 조금만 더 자제력이 있으면 좋으련만. 그이에 대해 저렇게 계속 말씀하시면 내 마음이 얼마나 괴로운지 모르실 테지. 하지만 불평은 하지 않을래. 오래가진 않을 거야. 그이를 잊고 우리는 모두 예전처럼 지내게 될 테니까."

엘리자베스는 믿을 수 없다는 듯이 걱정스러운 눈빛으로 언니를 쳐다봤지만, 뭐라고 말은 하지 않았다.

"내 말을 안 믿는 눈치구나." 제인이 얼굴을 살짝 붉히며 목소리를 높였다. "못 믿을 이유가 없어. 내가 만났던 사람 중에 가장 사랑스러운 사람으로 그를 기억하겠지만 그뿐이야. 기대할 것도 두려워할 것도 없고, 그분을 책망할 것도 없어. 다행이지 뭐니! 그것 때문에 괴로울 일은 없으니. 시간이야 조금 걸리겠지. 나도 이겨 내려고 노력해야 하고."

그러더니 목소리에 힘을 주어 이렇게 덧붙였다. "내 쪽에서 착각했거나 오해한 것뿐이라는 게 다행이야. 나 말고는 아무한테도 피해를 준 게 없잖아."

"언니." 엘리자베스가 탄식하듯 말했다. "언니는 너무 착해. 상냥하고 욕심도 없고, 정말 천사 같아. 뭐라고 말해야 할지를 모르겠네. 지금까지도 나는 언니를 제대로 모르고 있었던 것 같아. 이렇게 사랑스러운 언니를."

제인은 과분한 칭찬이라며 손사래를 치고는 오히려 동생의 따뜻한 애정을 칭찬했다.

"아니야." 엘리자베스가 말했다. "그건 공평하지 못해. 언니는 온 세상 사람들을 훌륭하다고 생각하니까 내가 누구라도 나쁘게 말하면 마음이 언짢아지는 거야. 나는 단지 언니가 완벽하다고 생각하려는 것뿐인데, 언니는 또 그건 아니라고 하지. 행여 내가 극단으로 치우쳐서 언니처럼 모든 사람에게 호의를 가지려는 건 아닌지 걱정하지는 마. 그럴 필요 없으니까. 내가 정말 사랑하는 사람은 얼마 되지 않고, 훌륭하다고 생각하는 사람은 더 드물어. 세상을 보면 볼수록 나는 더 못마땅하다는 생각이 들거든. 사람들이란 참 일관성이 없고, 겉으로 보이는 미덕이나 분별력은 믿을 게 못 된다는 믿음이 나날이 더 강해져. 최근에도 그런 경험을 두 번 했는데, 한 가지는 말하지 않겠지만 나머지 하나는 샬럿의 결혼이야. 말도 안 되잖아! 어떻게 봐도 말이 안 돼!"

"얘, 리지야. 그런 기분에 휩쓸리지 마. 그러면 네 행복만 망가질 뿐이야. 사람마다 상황이나 기질이 다르다는 걸 충분히 고려하지 않아서 그래. 콜린스 씨의 사회적인 지위, 샬럿의 신중하고 착실한 성격을 생각해 봐. 샬럿에게 형제가 많다는 것도 기억해야지. 재산을 보더라도 더 바람직한 혼사가 어디 있겠니. 그리고 샬럿이 우리의 친척에게 애정과 존경심 같은 마음을 가질 수도 있었을 거라고 믿어 봐. 모두를 위해 잘된 일이잖아."

"언니가 그러라고 하면 뭐든 믿어 보겠지만, 그렇게 믿는다고 해서 누구한테든 도움이 되는 건 아니야. 샬럿이 콜린스 씨에게 조금이라도 애정이 있다고 믿는다면 그 애의 지적 능력이 떨어진다고 생각하게 될 뿐이니까. 지금은 보는 눈이 없다고만 생각하는데 말이지. 언니, 콜린스 씨는 허세를 부리고 잘난 척하고 옹졸한 데다 어리석은 사람이야. 언니도 그렇다는 걸 나만큼이나 잘 알고 있잖아. 그러니 그런 사람하고 결혼하는 여자라면 생각이라는 게 없는 사람이라는 것도 나만큼 느끼고 있을 테고. 아무리 샬럿 루카스라도 그건 변명의 여지가 없어. 한 사람 때문에 원칙과 성실의 의미를 바꿀 수는 없어. 이기심을 신중함이라고, 위험에 대한 불감증이 행복을 보장해 준다고 착각하거나 나를 설득하려 하지는 마."

"두 사람에 대해 말을 너무 심하게 하는 것 같다." 제인이 대답했다. "두 사람이 행복하게 사는 걸 보면서 내 말이 맞았다는 걸 확인할 수 있었으면 좋겠어. 하지만 이 얘기는 그만하자. 다른 얘기도 얼핏 했던 것 같은데. 두 가지를 경험했다고 했잖아. 내가 너를 모르겠니. 하지만 리지야. 제발 부탁인데, 그 사람을 비난하거나 그에게 실망했다고 말해서 나를 힘들게 하지 말아 줘. 누군가 우리에게 의도적으로 상처를 준 거라고 그렇게 쉽게 단정하면 안 돼. 혈기 왕성한 남자가 늘 빈틈없이 용의주도하게 행동할 거라고 기대해서도 안 되고. 오히려 우리 자신의 허영심에 속아 넘어갈 때가 많아. 여자들은 칭찬을 받으면 그걸 부풀려서 오해하거든."

"그야 남자들이 그렇게 만드니까 그렇지."

"그게 의도된 거라면 정당하다고 볼 수 없지. 하지만 나는 어떤 사람들이 믿는 것처럼 세상이 그렇게 의도된 대로 돌아간다고는 생각하지 않아."

"나도 빙리 씨의 행동이 계획적이었다고 생각하는 건 아니야." 엘리자베스가 말했다. "하지만 나쁜 짓을 꾸미거나 누군가를 불행에 빠트리려고 하지 않았어도 실수를 저지르고 고통을 초래하기도 해. 무신경하거나 타인의 감정을 배려하지 않거나 우유부단한 태도 같은 것들이 그런 경우지."

"그렇다면 너는 이번 일도 그런 것들 중에 하나 때문이라는 거야?"

"응. 제일 마지막 것이 이유야. 하지만 여기서 얘기를 더 했다가는 언니가 좋게 생각하는 사람들을 내가 어떻게 생각하는지 말하게 될 테고, 그러면 언니의 기분을 상하게 할 것 같아. 지금이라도 멈추라고 하면 그렇게 할게."

"그럼 너는 여전히 그의 누이들이 영향력을 행사한다고 생각하는 거니?"

"응. 그의 친구와 협력해서."

"나는 못 믿겠어. 그들이 뭐 때문에 그를 조종하려 하겠어? 다들 그가 행복하길 바랄 텐데. 게다가 그가 나를 사랑한다면 다른 여자가 그의 마음을 차지할 수 없잖아."

"언니의 첫 번째 주장은 틀렸어. 그들은 그의 행복 말고도 더 많은 걸 바랄지도 몰라. 이를테면 그의 재산과 영향력이 커지는 걸 바랄 수 있어. 그가 그토록 많은 돈과 대단한 집안과 오만함까지 모든 걸 갖춘 아가씨와 결혼하기를 바랄 수도 있다는 거지."

"그가 다아시 양을 선택하길 그들 모두가 원한다는 데에는 의심의 여지가 없어." 제인이 대답했다. "하지만 네가 생각하는 것처럼 그렇게 비뚤어진 마음에서 그러는 건 아닐 거야. 나보다는 그녀를 더 오래 알았으니까 그녀를 더 사랑하는 게 당연하지. 하지만 그들이 뭘 바라든, 그의 뜻을 거슬렀을 것 같지는 않아. 절대적으로 반대할 사유가 있지 않고서야 어떤 누이가 감히 그럴 수 있겠니? 그가 나를 사랑한다고 믿었다면 우리를 떼어 놓으려고 하지는 않았을 거야. 실제로 그의 마음이 그렇다면 그런 노력은 성공할 수 없을 테니까. 하지만 그런 애정을 가정할 경우 모두의 행동이 부자연스럽고 잘못된 게 되어 버리고, 나는 더없이 불행해지고 말아. 그러니 그런 생각으로 내 마음을 괴롭히지 말아 줘. 내가 오해했던 거라고 해도 나는 부끄럽지 않아. 적어도 그분과 누이들을 나쁘게 생각하는 것에 비하면 아무것도 아니니까. 나는 그냥 이번 일을 좋은 쪽으로, 이해할 수 있는 방향으로 생각하고 싶어."

엘리자베스는 언니의 그런 마음에 반박할 수 없었고, 그때부터 두 사람 사이에서 빙리 씨의 이름은 좀처럼 거론되지 않았다.

베넷 부인은 여전히 그가 돌아오지 않는 이유를 궁금해하며 투덜댔고, 엘리자베스가 하루도 빠짐없이 그 이유를 명확하게 설명해 줬건만 베넷 부인이 그걸 조금이라도 이해할 가능성은 거의 없는 듯했다. 엘리자베스는 자신도 믿지 않는 얘기로 어머니를 설득하려 했는데, 즉 제인에 대한 그의 관심은 일반적이고 일시적인 호감에 불과했고, 제인을 안 보게 되면서 그 마음도 사라져 버린 것이라는 얘기였다. 하지만 어머니는 그 얘기를 듣는 순간에는 그럴듯하다고 인정하는 것 같다가도, 결국에는 똑같은 얘기를 매일 반복했다. 베넷 부인의 가장 큰 위안은 빙리 씨가 여름에는 다시 이곳으로 올 게 틀림없다는 기대였다.

베넷 씨가 이 문제를 대하는 태도는 전혀 달랐다. "그래서, 리지야." 그가 어느 날 말했다. "네 언니가 실연을 당했다는 거냐. 그거 축하할 일이로구나. 아가씨들이 결혼 다음으로 좋아하는 게 이따금 실연을 당하는 거잖니. 생각할 거리도 생기고, 친구들 사이에서 뭔가 특별한 존재가 된 것 같은 느낌도 들고. 네 차례는 언제니? 제인이 한참 앞질러 가도록 내버려 둘 네가 아닐 텐데. 이제 네 차례다. 메리턴에는 이 지역 아가씨들을 전부 상심하게 만들어 줄 만큼 많은 장교들이 있잖니. 네 상대로는 위컴이 어떨까 싶은데. 기분 좋은 친구인 데다 제대로 차 줄 것 같으니 말이다."

"고마워요, 아버지. 하지만 그에 못 미치는 남자라도 저는 만족해요. 누구나 언니같은 행운을 바랄 수는 없으니까요."

"네 말이 맞다." 베넷 씨가 말했다. "하지만 어떤 남자가 너를 차더라도 그걸 아주 큰 문제로 만들어 주는 다정한 어머니가 있어서 얼마나 다행이니."

위컴 씨와의 교제는 최근에 일어났던 온갖 좋지 않은 일들이 롱본의 가족에게 드리운 침울함을 날려 버리는 데 크게 기여했다. 가족들은 그를 자주 만났고, 그가 지닌 기존의 여러 장점에 누구와도 격의 없이 지낸다는 점이 추가되었다. 그는 엘리자베스가 이미 들었던 얘기들, 그러니까 다아시 씨와 관련된 그의 주장, 다아시 씨로 인해 많은 고통을 받았다는 사실 등을 공공연하게 밝혔고, 이제 그걸 모르는 사람이 없었다. 사람들은 이 일을 알기 전부터 자신들이 다아시 씨를 얼마나 싫어했었는지 떠올리며 흐뭇해했다.

제인 베넷 양만이 이 상황과 관련해서 정상을 참작할 만한 사정, 하트퍼드셔 사람들에게 알려지지 않은 어떤 사정이 있을지 모른다고 생각하는 유일한 사람이었다. 온화한 마음씨와 올곧은 공정성을 지닌 그녀는 오해의 가능성이 있으니 늘 사정을 고려해야 한다고 주장했다. 하지만 그녀를 제외한 모든 사람들은 다아시 씨를 세상에서 제일 나쁜 사람이라고 비난했다.

25

사랑을 고백하고 행복한 결혼 생활을 설계하며 일주일을 보낸 콜린스 씨는 토요일이 다가오자 다정한 샬럿의 곁을 떠나야 했다. 하지만 그는 신부를 맞이할 준비를 하는 것으로 이별의 고통을 달랠 수 있었는데, 다음에 하트퍼드셔에 오면 곧바로 세상에서 가장 행복한 남자가 될 날을 정하게 될 거라고 기대할 만한 근거가 있었기 때문이다. 롱본의 숙녀들과는 예전만큼이나 정중하게 작별 인사를 나눴다. 아름다운 숙녀들에게는 건강과 행복을 빌고, 그녀들의 아버지에게는 이번에도 감사의 편지를 보내겠다고 약속했다.

다음 월요일에 베넷 부인은 예년처럼 크리스마스를 롱본에서 보내기 위해 찾아온 남동생 내외를 맞았다. 가드너 씨는 성품으로 보나 교육의 정도로 보나 누나를 훨씬 뛰어넘는 교양 있고 신사다운 남자였다. 네더필드의 숙녀들이 그를 봤다면, 상업에 종사하며 창고가 보이는 곳에 사는 사람이 그렇게 예의 바르고 유쾌할 수 있다는 사실을 믿기 어려웠을 것이다. 베넷 부인과 필립스 부인보다 몇 살 아래인 가드너 부인은 상냥하고 지적이며 우아한 여성이었고, 롱본의 조카들은 모두 그녀를 무척 좋아했다. 특히 위의 두 조카와는 매우 깊은 애정을 주고받았다. 그들은 종종 런던에 가서 그녀의 집에 머물곤 했다.

가드너 부인이 도착해서 제일 먼저 한 일은 선물을 나눠 주고 최신 유행에 대해 설명해 주는 것이었다. 이게 끝난 다음에는 조금 더 조용한 역할을 맡았고, 이제 그녀가 들을 차례였다. 베넷 부인은 하소연할 것도 많고 불평할 것도 많았다. 올케가 다녀간 후로 온 가족이 지독한 일을 당했고, 두 딸이 결혼 직전까지 갔지만 아무도 성사가 되지 않았다고 늘어놓았다.

"제인은 잘못이 없어." 그녀가 말을 이었다. "제인은 할 수만 있었다면 빙리 씨를 잡았을 테니까. 하지만 리지는! 아휴, 올케! 그 애가 그렇게 고집을 피우지만 않았어도 지금쯤 콜린스 부인이 되었을 거라고 생각하면 내가 속이 터져. 바로 이 방에서 청혼을 받았는데 그걸 거절한 거야. 그 탓에 루카스 부인이 나보다 먼저 딸을 시집보내게 되었고, 롱본의 재산은 여전히 한정 상속 상태인 거지. 루카스네 사람들은 정말 얼마나 교활한지 몰라, 올케. 손에 넣을 수 있는 건 절대 놓치지 않는다니까. 그 사람들에 대해 이런 말을 해서 유감이지만 사실이 그런 걸 어쩌겠어. 내 가족이 내 발목을 잡고 이웃은 온통 자기 생각만 하니 내가 아주 신경이 곤두서고 몸이 다 아플 지경이야. 그런데 마침 올케가 이렇게 와 주니 얼마나 안심이 되는지 몰라. 그리고 유행 소식을 듣는 것도 너무 즐거워. 긴소매가 유행이라고?"

제인과 엘리자베스의 편지를 통해 대부분의 내용을 알고 있었던 가드너 부인은 적당히 대답을 하고는 가여운 조카들을 생각해서 화제를 돌렸다.

그녀는 나중에 엘리자베스와 둘만 있게 되었을 때에야 그 주제에 대해 다시 이야기를 나눴다. "제인한테 좋은 혼처였을 것처럼 보이는데 그렇게 끝났다니 안됐구나. 하지만 이런 일은 굉장히 많아! 네가 말한 빙리 씨 같은 젊은 남자는 예쁜 여자를 보면 몇 주쯤 아무렇지 않게 사랑에 빠졌다가, 어떤 우연찮은 일로 인해 떨어지게 되면 또 아무렇지 않게 잊어버리거든. 이런 식의 변덕은 흔히 있는 일이야."

"그런 식으로 생각하면 마음은 편하겠죠." 엘리자베스가 말했다. "하지만 우리한테는 위로가 되지 않아요. 우리는 우연찮은 일을 당한 게 아니거든요. 자기 재산을 가진 젊은 남자가 며칠 전까지만 해도 열렬히 사랑했던 여자를 잊어버리도록 주변에서 끼어들어 설득하는 게 그렇게 흔한 일은 아니잖아요."

"하지만 '열렬히 사랑한다'는 표현은 너무 진부하고 모호하고 막연해서 그게 어떤 건지 나는 잘 모르겠구나. 그런 표현은 진실하고 확고한 사랑뿐만 아니라 만난 지 30분 만에 일어나는 감정에도 자주 쓰잖니. 대체 빙리 씨의 사랑이 얼마나 열렬했던 건데?"

"미래를 내다볼 수 있을 만큼 확실해 보였어요. 다른 사람들을 점점 등한시하면서 언니한테만 완전히 집중했거든요. 두 사람이 만날 때마다 그런 모습은 더 확실하고 뚜렷해졌어요. 자신이 주최한 무도회에서도 춤을 신청하지 않아 기분을 상하게 만든 아가씨가 두세 명쯤 있었고, 저도 그에게 두 번인가 말을 걸었는데 대답을 듣지 못했어요. 이보다 더 확실한 조짐이 있을까요? 다른 사람들에게 무심해지는 것이야말로 사랑의 본질 아니에요?"

"그래, 그렇지! 빙리 씨가 아마 그런 사랑을 느꼈던 것 같구나. 불쌍한 제인! 그 애

성격에 훌훌 털어 내지도 못할 텐데 안쓰러워서 어쩌니. 차라리 리지 너한테 일어난 일이었다면 좋았을걸. 너는 금세 웃어넘겼을 테니까. 런던에 돌아갈 때 제인에게 같이 가자고 하면 어떨까? 환경을 바꿔 보는 것도 도움이 될 수 있고, 집을 잠깐 떠나 있는 것도 괜찮을 것 같은데.”

엘리자베스는 그 제안에 무척 기뻐하며 언니도 선뜻 동의할 거라고 확신했다.

“그나저나,” 가드너 부인이 말을 이었다. “제인이 그 남자를 생각해서 망설이는 일은 없어야 할 텐데. 같은 런던이라도 우리가 사는 지역은 전혀 다르고, 알고 지내는 사람들도 완전히 다르니까. 그리고 너도 알다시피 우리는 외출하는 일도 별로 없기 때문에 그 남자가 제인을 만나러 오지 않는 이상 두 사람이 마주칠 가능성은 아주 적어.”

“그리고 그건 사실상 불가능해요. 그는 현재 친구네 집에 머물고 있는데, 다아시 씨가 런던에서도 그곳까지 언니를 만나러 가게 내버려 두지 않을 테니까요. 아니, 외숙모는 어떻게 그런 생각을 할 수가 있어요? 다아시 씨라면 그레이스처치라는 거리의 이름은 들어 봤을지 몰라도, 그곳에 발을 들여놓을 경우 한 달 동안 목욕을 해도 더러움을 다 씻어 낼 수 없다고 생각할걸요. 빙리는 그가 함께 가지 않는다면 꼼짝도 안 할 테고요.”

“그럼 더 잘됐네. 내 생각에는 두 사람이 아예 안 만나는 게 좋을 것 같거든. 하지만 제인이 그의 누이와 편지를 주고받고 있잖아. 그렇다면 제인이 방문을 하지 않을 수 없을 텐데.”

“언니는 교제를 완전히 끊을 거예요.”

거의 확신하는 것처럼 이 말을 했고, 더구나 빙리가 주변의 방해 때문에 제인을 보지 못할 거라는 주장에 대해서도 그만큼 단정적으로 말하긴 했지만, 사실 엘리자베스는 반신반의하는 입장이었고, 곰곰이 따져 보니 전혀 가망이 없는 건 아니라는 생각도 들었다. 그의 애정이 되살아나고, 친구들의 방해 역시 제인의 매력이라는 훨씬 자연스러운 영향력으로 얼마든지 물리칠 가능성이 있을 것 같았다. 어떨 때는 거의 틀림없다는 생각까지 들었다.

제인은 외숙모의 초대를 기쁘게 받아들였다. 그리고 이 순간에는 캐럴라인이 오빠와 같은 집에 살고 있지 않기 때문에 그와 마주칠 염려 없이 어쩌다 아침 시간을 그녀와 함께 보낼 수도 있을 거라는 기대 말고는 빙리 남매에 대한 걱정도 들지 않았다.

가드너 부부는 롱본에 일주일 동안 머물렀는데, 필립스 집안, 루카스 집안, 그리고 장교들까지 어우러져서 하루도 모임이 없이 지나는 날이 없었다. 베넷 부인이 남동생 부부를 위해 연회를 베푸는 일에 너무 신경을 쓴 나머지 가족들끼리만 식사를 한 적은 한 번도 없었다. 집에서 자리를 만들었을 때는 언제나 장교 몇 명이 함께했고, 그중에서도 위컴 씨는 빠지지 않았다. 엘리자베스의 열띤 칭찬에 그들의 관계가 의심스러워진 가드너 부인은 그런 자리에 갈 때마다 두 사람을 유심히 관찰했다. 그렇게 지켜본 바에 따르면 아주 진지하게 사랑에 빠진 것 같지는 않았지만, 서로에게 호감을 느끼는 게 너무 분명해서 조금 걱정이 될 정도였다. 그녀는 하트퍼드셔를 떠나기 전에 엘리자베스와 이 얘기를 하면서 그런 식으로 애정을 키우는 게 얼마나 경솔한 처사인지 말해 줘야겠다고 결심했다.

그런데 위컴은 다양한 장점 외에 가드너 부인을 즐겁게 해 줄 또 한 가지 능력을 지니고 있었다. 십 년인가 십이 년쯤 전, 아직 결혼을 하지 않았을 때, 그녀는 위컴이 살던 더비셔의 바로 그 지역에서 꽤 오래 살았었다. 그렇기 때문에 두 사람은 함께 아는 사람이 많았고, 오 년 전에 다아시의 부친이 세상을 뜬 이후로 위컴은 그곳에 간 적이 거의 없지만 그래도 가드너 부인이 예전 친구들을 직접 수소문했던 것보다는 더 최근의 소식을 전해 줄 수 있었다.

가드너 부인은 펨벌리를 구경한 적이 있고, 돌아가신 다아시 씨의 인품에 대해서도 아주 잘 알고 있었다. 그러니 이야깃거리가 끊이지 않았다. 펨벌리에 대한 자신의 기억을 위컴이 들려주는 자세한 묘사와 비교하고 돌아가신 저택 주인의 인품도 칭찬하자니 말하는 사람도 즐거웠고 듣는 사람도 마찬가지였다. 지금의 다아시 씨가 위컴을 어떻게 대우했는지 알게 된 그녀는 어릴 적 다아시 씨의 성격에 대해 그런 행동과 맞아떨어질 만한 소문을 들은 게 없었는지 기억을 더듬었다. 그리고 마침내 피츠윌리엄 다아시 도련님이 아주 오만하고 심술궂은 소년이라는 얘기를 들었던 기억이 난다고 확신했다.

26

가드너 부인은 엘리자베스와 단둘이 이야기할 기회가 생기자마자 때를 놓치지 않고 다정한 말로 주의를 주었다. 자신의 생각을 솔직하게 털어놓은 그녀는 이렇게 말을 이었다.

"너는 그러지 말라는 주의를 들었다는 이유만으로 사랑에 빠질 만큼 분별력이 없는 아이는 아니니까 마음 편하게 얘기할게. 진지하게 하는 말인데, 정신을 단단히 차리는 게 좋겠다. 재산이 없으니 아주 경솔하다고 할 수밖에 없는 사랑에 빠져서는 안 되고, 상대방을 끌어들여서도 안 돼. 그 사람 자체는 반대할 게 없어. 아주 재미있는 젊은이니까. 만약 그가 받기로 되어 있었다는 재산만 갖고 있다면 더 좋은 상대가 없을 거라고 생각했을 거야. 하지만 상황이 상황인 만큼 일시적인 변덕에 휩쓸려서는 안 돼. 너는 분별력이 있는 아이이고, 다들 네가 그렇게 행동해 주길 기대하고 있잖니. 너희 아버지도 너의 판단력과 바른 행실을 굳게 믿으실 텐데 아버지에게 실망을 안겨 드리면 안 되지."

"외숙모, 정말 진지한 얘기네요."

"그래. 그러니까 너도 진지하게 들어 주길 바란다."

"뭐, 그런 문제라면 전혀 걱정하실 필요가 없어요. 제 일은 제가 잘 알아서 하고, 위컴 씨에 대해서도 주의할게요. 그가 저를 사랑하지 않도록 만들겠어요. 제가 그 걸 막을 수만 있다면 말이죠."

"엘리자베스, 진지하게 들으라니까."

"죄송해요. 그럼 다시 말씀드릴게요. 지금 당장은 위컴 씨를 사랑하고 있지 않아 요. 그건 확실해요. 하지만 그는 이제껏 만나 봤던 그 누구보다 호감이 가는 남자이 고, 그가 저를 진심으로 사랑하게 된다면…… 그러지 않는 게 더 낫다는 건 저도 알 아요. 그건 경솔한 짓이죠. 아유, 그 가증스러운 다아시! 아버지가 저를 믿어 주시 는 건 크나큰 영광이고, 그걸 잃게 된다면 정말 비참한 심정일 거예요. 하지만 아버 지는 위컴 씨를 좋아하세요. 아무튼, 저로 인해 우리 가족들이 불행해지는 건 정말 원치 않아요, 외숙모. 그렇지만 서로 사랑하는 젊은이들은 재산이 없다는 이유만으 로 약혼을 주저하지 않는 게 보통인데, 저라고 해서 그런 유혹에 처했을 때 다른 사 람들보다 더 현명하게 처신할 거라는 장담을 어떻게 할 수 있겠어요. 아니, 그런 유 혹에 저항하는 것이 과연 지혜로운 일인지 어떻게 알 수 있겠어요. 제가 약속할 수 있는 건 성급하게 굴지 않겠다는 것뿐이에요. 그가 처음으로 점찍은 상대가 저라고 섣부르게 믿지 않을게요. 그와 함께 있을 때에도 그걸 바라지 않을게요. 어쨌든 최 선을 다할게요."

"그 사람이 너희 집에 지금처럼 자주 오지 않도록 하는 것도 좋을 텐데. 최소한 어머니한테 그 사람을 초대하자고 일깨워 드리지는 말도록 하렴."

"지난번에 그랬던 것처럼 말이죠." 엘리자베스는 무슨 뜻인지 알겠다는 듯이 웃 으며 말했다. "지당한 말씀이에요. 그런 행동은 자제하는 게 현명하겠죠. 하지만 그 가 항상 우리 집에 그렇게 자주 온다고는 생각하지 마세요. 이번 주에 그를 그렇게 자주 초대한 건 외숙모 때문이었으니까. 어머니는 친지들이 오면 집에 손님이 끊이지 않아야 한다고 생각하신다는 걸 잘 아시잖아요. 아무튼 제 명예를 걸고 분명히 말씀드리지만 가장 현명하다고 생각하는 대로 행동할게요. 이제 마음이 놓이시죠?"

가드너 부인은 그렇다고 대답했다. 엘리자베스는 친절한 조언에 감사드린다고 말했고, 두 사람은 자리에서 일어났다. 이런 문제에 대해 충고를 하면서도 서로 마음이 상하지 않은 훌륭한 사례였다.

콜린스 씨는 가드너 부부와 제인이 떠나고 얼마 안 있어 다시 하트퍼드셔를 찾았다. 하지만 이번에는 루카스 저택에 여장을 풀었기 때문에 그가 왔다고 해서 베넷 부인이 크게 불편할 일은 없었다. 바야흐로 그의 결혼 날짜가 빠르게 다가오는 중이었고, 그녀는 마침내 어쩔 수 없는 일이라고 포기하고는 급기야 심술궂은 목소리로 "행복하게 살기를 바란다."라는 말을 반복했다. 결혼식은 목요일이었고, 수요일에 루카스 양이 작별 인사를 하러 들렀다. 그리고 그녀가 돌아가려고 일어났을 때, 마지못한 듯 탐탁잖게 인사를 건네는 어머니가 못내 부끄럽기도 하고 진심으로 아쉽기도 했던 엘리자베스가 그녀를 배웅하러 따라나섰다. 계단을 함께 내려갈 때 샬럿이 말했다.

"편지 자주 할 거지, 엘리자?"

"그건 걱정하지 마."

"부탁할 게 한 가지 더 있는데, 우리 집에도 와 줄래?"

"하트퍼드셔에서 자주 만날 수 있을 거야."

"한동안은 켄트를 떠나지 않을 것 같아. 그러니까 헌스퍼드로 오겠다고 약속해 줘."

엘리자베스는 그런 방문이 썩 즐거울 것 같지 않았지만, 차마 거절은 할 수 없었다.

"우리 아버지가 마리아랑 3월에 다니러 오실 거야." 샬럿이 덧붙여 말했다. "너도 그때 동행하면 좋을 것 같아. 정말이야, 엘리자. 우리 가족 못지않게 환영해 줄게."

결혼식이 거행되었다. 교회 문을 나선 신랑과 신부는 켄트로 떠났고, 남은 사람들은 여느 때처럼 결혼에 대해 이러쿵저러쿵 할 말도 많고 들을 말도 많았다. 엘리자베스는 머지않아 친구의 편지를 받았다. 두 사람은 예전처럼 규칙적이고 빈번하게 편지를 주고받았지만, 그때만큼 마음을 털어놓는 건 불가능했다. 엘리자베스는 편지를 쓸 때마다 허물없는 편안함은 이제 사라졌다고 느꼈다. 그렇다고 편지 쓰는 걸 소홀히 하지는 말자고 결심했지만, 그건 지금보다는 예전의 관계를 고려한 행동이었다. 처음에는 샬럿의 편지를 받으면 열심히 펼쳐 봤다. 새로운 집에 대해 어떻게 말할지, 캐서린 부인에 대해서는 어떻게 생각하는지, 얼마나 행복하다고 단언할지 같은 것들에 대한 호기심이 없을 수 없었다. 하지만 편지를 읽고 났을 때 엘리자베스는 샬럿의 글이 모든 점에서 자신의 예상을 한 치도 벗어나지 않는다고 느꼈다. 그녀의 말투는 명랑했고, 안락한 생활을 하고 있는 것처럼 보였으며, 온통 칭찬뿐이었다. 집과 가구, 이웃과 길마저도 전부 마음에 들었고, 캐서린 부인의 태도는 더없이 다정하고 친절했다. 콜린스 씨가 늘어놓았던 헌스퍼드와 로징스의 묘사를 조금 완화한 수준이었다. 엘리자베스는 편지에 담기지 않은 것들을 알기 위해서는 그곳에 직접 가 볼 때까지 기다려야 한다는 걸 깨달았다.

제인도 이미 동생에게 런던에 무사히 도착했다는 짧은 편지를 보내왔다. 엘리자베스는 언니가 다음 편지를 쓸 때쯤에는 빙리네 사람들에 대해 뭔가 할 말이 있기를 기대했다.

그래서 두 번째 편지를 초조한 마음으로 기다렸지만, 그런 기다림이 으레 그렇듯이 결과는 실망스러웠다. 제인이 런던에 간 지 일주일이 되도록 캐럴라인은 보지도 못하고 소식도 듣지 못했다는 것이었다. 하지만 제인은 그 이유를 롱본에서 친구에게 보낸 마지막 편지가 우연히 분실되어 그런 거라며 이해하려 했다.

외숙모가 다음 날 그쪽 지역에 갈 예정이라 기회가 되면 자신이 그로스브너 거리를 방문해 보려 한다고 그녀는 말을 이었다.

제인은 그곳을 방문해서 빙리 양을 만난 후에 다시 편지를 보내왔다.

캐럴라인은 기운이 없어 보이더라.

그녀는 이렇게 썼다.

하지만 나를 보고 무척 기뻐하면서 런던에 온다는 소식을 왜 알리지 않았냐며 나무라는 거야. 그러니까 마지막 편지가 도착하지 않은 것 같다는 내 짐작이 맞았던 거지. 물론 오빠의 안부를 물어봤어. 잘 지내기는 하는데, 대부분의 시간을 다아시 씨와 보내기 때문에 그들도 좀처럼 얼굴을 볼 수가 없대. 그날 저녁에는 다아시 양이 저녁을 먹으러 오는 것 같았어. 그녀를 볼 수 있으면 좋을 텐데. 캐럴라인과 허스트 부인이 외출을 해야 했기 때문에 오래 머물지는 않았어. 아마 조만간 여기로 나를 만나러 오겠지.

엘리자베스는 편지를 손에 든 채로 고개를 저었다. 그녀가 보기에는 우연이 아니고서는 언니가 런던에 있다는 걸 빙리 씨가 알게 될 가망은 없을 것 같았다.

4주가 흘렀지만, 제인은 그의 뒤통수조차 보지 못했다. 그녀는 그걸 안타까워하지 않으려고 애썼다. 하지만 빙리 양의 무관심에 대해서는 더 이상 모른 척할 수 없었다. 아침이면 집에서 기다리다가 저녁이 되면 무슨 이유가 있었을 거라고 새로운 변명거리를 만들어 내길 보름 동안 반복한 끝에 마침내 손님이 나타났다. 하지만 그녀는 금방 돌아갔을 뿐만 아니라 태도도 확연히 달라졌던 터라 제인도 더 이상은 스스로를 속일 수 없었다. 이 일에 대해 동생에게 쓴 편지에서는 그녀의 심정이 잘 나타났다.

사랑하는 리지,

너는 내가 그동안 나를 대하는 빙리 양의 태도를 완전히 잘못 판단했었다고 고백하더라도 나를 놀리면서 너의 판단이 옳았다고 우쭐댈 사람은 아닐 거라고 믿어. 하지만 사랑하는 내 동생, 이번 일로 네가 옳았음이 입증되긴 했지만, 여전히 그녀의 행동만 놓고 보면 나의 믿음 역시 너의 의심만큼이나 자연스러웠어. 이렇게 주장하더라도 나를 너무 고집불통이라고 생각하지는 마. 그녀가 왜 나와 친하게 지내려 했는지 그 이유를 전혀 이해할 수 없지만, 같은 상황에 처한다면 나는 또다시 잘못 판단할 게 분명해. 캐럴라인은 어제야 나를 찾아왔단다. 그동안은 안부를 단 한 줄도 보내지 않았어.

게다가 오기는 했지만 전혀 내키지 않는다는 태도인 거야. 방문이 늦은 것에 대해서는 대수롭지 않은 듯이 형식적인 사과라도 했지만, 다시 만나자는 뜻은 한마디도 내비치지 않았어. 모든 면에서 어찌나 딴사람 같던지, 그녀가 돌아갈 때쯤에는 교제를 더 이상 이어 가지 않겠다고 완전히 결심하기에 이르렀단다. 그녀를 비난하지 않을 순 없지만 그래도 안됐어. 그녀가 나를 특별히 대한 게 잘못이었지. 먼저 친하게 지내자고 다가온 게 그녀였다는 건 분명하게 말할 수 있으니까. 그런데도 그녀가 안됐다고 생각하는 이유는, 본인도 자신이 잘못했다고 느끼고 있을 게 분명하고, 오빠를 걱정하는 마음에서 그랬을 게 틀림없기 때문이야.

더 이상은 설명할 필요가 없을 것 같아. 그리고 우리는 이런 염려가 전혀 필요 없다는 걸 알고 있어. 그런데도 그녀가 그렇게 느낀다면 그걸로 그녀의 행동은 충분히 설명이 된다고 생각해. 그리고 누이가 오빠를 소중히 여기는 건 당연하니까, 오빠를 염려해서 하는 행동이라면 그게 어떤 것이든 자연스럽고 당연한 거겠지.

하지만 그녀가 지금까지도 나에 대해 그런 걱정을 한다는 것은 의아한 노
릇인데, 만약 그가 나를 좋아하는 마음이 조금이라도 있었다면 우리는 벌써
오래전에 만났어야 하거든. 그녀가 하는 말을 들어 보면 그는 내가 런던에
있다는 걸 알고 있는 게 틀림없어. 그런데도 그녀가 말하는 투는 오빠가 다
아시 양을 정말 좋아한다고 믿고 싶어 하는 것에 불과한 것 같아. 이해가 안
돼. 조금 심하게 말해도 된다면, 이 모든 것의 배후에 어떤 술책이 작용하는
것처럼 보인다고 말하고 싶을 정도야. 하지만 괴로운 생각들은 털어 내려고
노력하고, 나를 행복하게 해 주는 것들, 너의 사랑, 외삼촌과 외숙모의 변함
없는 다정함 같은 것들만 생각할래.

이걸 보자마자 답장해 줘. 빙리 양은 그가 네더필드로는 다시 돌아가지
않고 집도 내놓을 거라는 식으로 말하지만 확신은 없어 보였어. 이 얘기는
그만하는 게 좋겠다. 헌스퍼드의 친구에게서 그렇게 즐거운 편지를 받았다
니 정말 기뻐. 부디 윌리엄 경이랑 마리아와 같이 그곳에 가 보렴. 거기에서
아주 편하게 지낼 수 있을 거야.

그럼 이만.

이 편지를 읽은 엘리자베스는 마음이 조금 아팠다. 하지만 제인이 더 이상, 최소
한 그 누이에게는 속지 않을 거라는 생각에 기운이 났다. 그 오빠에 대한 기대는
이제 완전히 사라졌다. 그의 관심이 되살아나는 것조차 바라지 않았다. 그의 인품
은 따져 볼수록 실망스러웠다. 그래서 그가 벌을 받았으면 하는 마음도 들었다.
제인이 조금이라도 돋보일 거라는 생각에 그가 다아시 씨의 여동생과 정말로 결

혼했으면 좋겠다고도 진심으로 바랐다. 위컴이 말한 대로라면 그녀는 빙리가 어떤 기회를 날려 버렸는지 땅을 치며 후회하게 만들어 줄 사람 같았기 때문이다.

이 무렵에 가드너 부인은 엘리자베스에게 그 신사분과 관련한 약속을 상기시키며 소식을 물어 왔다. 그리고 엘리자베스는 자기 자신보다 외숙모가 더 좋아할 만한 소식을 전했다. 눈에 띄게 엘리자베스를 선호했던 그의 호감이 사그라졌고 그의 관심도 사라졌으며, 그가 다른 사람에게 구애를 하고 있다는 소식이었다. 엘리자베스는 이 모든 걸 파악할 만큼은 관심을 가지고 그를 주시했지만, 그걸 지켜보는 것이나 그것에 대해 쓸 때에도 크게 괴롭지 않았다. 마음의 고통은 사소했고, 재산이라는 조건만 충족됐다면 자신이 그의 유일한 선택이었을 거라는 믿음으로 그녀의 허영심은 충족되었다. 그가 현재 열을 올리고 있는 젊은 아가씨의 가장 두드러진 매력은 갑자기 받게 된 1만 파운드라는 돈이었다. 하지만 샬럿 때보다 분별력이 떨어진 건지, 엘리자베스는 위컴이 결혼을 통해 독립된 생활을 바라는 걸 나쁘다고 보지 않았다. 오히려 그것만큼 자연스러운 일도 없을 거라고 생각했다. 자신을 포기하기까지 적잖은 갈등이 있었을 거라고 짐작하면서도 그녀는 그것이 둘을 위해 현명하고 바람직한 결정이었다고 기꺼이 인정했고, 그의 행복을 진심으로 빌어 줄 수 있었다.

엘리자베스는 이런 얘기를 전부 가드너 부인에게 보내는 편지에 적었다. 상황을 설명한 후 그녀는 이렇게 말을 이었다. "외숙모, 이제 와서 생각해 보니 그렇게 깊은 사랑에 빠졌던 건 아닌 것 같아요. 정말 순수하고 고귀한 열정이었다면 지금쯤 그의 이름만 들어도 치를 떨며 그가 잘못되기만을 바랐을 테니까요. 그런데 그에 대한 제 감정은 온화할 뿐이고, 심지어 킹 양을 생각해도 아무렇지 않아요. 그녀를 미워한다거나, 하다못해 그녀를 아주 좋은 아가씨라고 인정하고 싶지 않은 마음조차 없거든요. 이런 마음을 어떻게 사랑이라고 할 수 있겠어요. 제가 조심했던 게 효과가 있었나 봐요. 제가 그와 미친 듯이 사랑에 빠졌다면 주변 사람들에게는 더 흥미로운 사건이 되었겠지만, 그만큼 주목을 받지 못해서 유감이라는 말은 할 수가 없네요. 주인공의 자리를 차지하려면 때론 값비싼 대가를 치러야 하죠. 키티와 리디아가 오히려 저보다 그의 변심에 더 상심하고 있어요. 세상 물정 모르는 어린애들이라 잘생긴 젊은 남자도 평범하게 생긴 남자만큼이나 먹고살려면 돈이 필요하다는 그 안타까운 현실을 아직 받아들이지 못하는 거죠."

27

　롱본 집안에는 더 이상 큰 사건이 일어나지 않았고, 가끔은 더럽고 또 가끔은 추운 산책로를 따라 메리턴에 다녀오는 것 말고는 딱히 신경 쓸 일도 없이 1월과 2월이 지나갔다. 3월에 엘리자베스는 헌스퍼드에 갈 예정이었다. 처음에는 그곳에 가는 걸 별로 대수롭지 않게 여겼다. 하지만 샬럿이 큰 기대를 걸고 있다는 사실을 곧 알게 되었고, 그러다 보니 그녀 자신도 차츰 여행을 기정사실화하며 더 즐겁게 생각하게 되었다. 오랫동안 만나지 못한 샬럿을 다시 만날 것도 기다려졌고, 콜린스 씨에 대한 혐오감도 줄어들었다. 참신한 계획이었던 데다, 어머니나 동생들과는 말도 잘 통하지 않는 상황에서 집이라고 늘 좋은 것만은 아니었기 때문에 약간의 변화는 그 자체만으로도 환영할 일이었다. 더구나 그 여행길에 제인도 잠깐 만날 수 있었다. 그런 까닭에 시간이 다가올수록 조금이라도 일정이 늦춰지면 무척 안타까워하는 정도가 되었다. 하지만 모든 게 순조롭게 진행되었고, 마침내 샬럿의 처음 계획대로 일정이 정해졌다. 엘리자베스는 윌리엄 경과 그 집의 둘째 딸과 동행하기로 했다. 런던에서 하룻밤을 보내자는 안이 때맞춰 추가되면서 더 이상 완벽할 수 없는 계획이 마련되었다.

다만 아버지를 두고 가려니 마음이 편치 않았다. 아버지는 그녀를 보고 싶어 할 게 틀림없었다. 출발할 날이 다가오자 그는 못내 아쉬운 나머지 딸에게 편지를 쓰라고 했고, 본인도 답장을 하겠다고 약속했다.

그녀와 위컴 씨는 더없이 다정하게 작별 인사를 나눴는데, 더 상냥한 쪽은 위컴 씨였다. 현재 다른 여자에게 구애하고 있기는 했지만 자신의 관심을 처음으로 불러일으켰던 사람이 엘리자베스였고 또 마땅히 그럴 만한 사람이었다는 사실을 잊을 수는 없었다. 그의 말을 들어 주며 안타까워했던 것도, 그가 애정을 표한 대상도 그녀가 처음이었다. 그래서 작별 인사와 함께 부디 즐겁게 다녀오라고 했고, 캐서린 드버그 부인이 어떤 사람인지 상기시키며 부인뿐만 아니라 모든 사람들에 대한 두 사람의 의견은 늘 일치할 거라고 확신하는 그의 태도에서는 깊은 배려가 느껴졌다. 그런 관심을 받으면서 그녀는 앞으로도 그에 대한 호감은 변함이 없을 거라는 느낌을 받았다. 그리고 그와 헤어지면서 그녀는 그가 결혼을 하든 독신으로 지내든 언제나 상냥하고 기분 좋은 남자의 본보기로 남을 거라고 확신했다.

다음 날 함께 여행을 떠난 그녀의 동행들도 위컴에 대한 호감을 줄여 줄 사람들은 아니었다. 윌리엄 루카스 경과 마음씨는 착하지만 머리는 아버지만큼이나 텅 빈 마리아는 들어 줄 만한 가치가 있는 이야기는 한마디도 하지 않았고, 아무리 들어봐야 마차가 덜컹거리는 소리만큼도 즐겁지 않았다. 엘리자베스는 시답잖은 소리도 즐겨 듣는 편이지만, 윌리엄 경과는 너무 오래 알고 지냈다. 알현이며 작위에 대한 그의 얘기는 새로울 게 전혀 없었고, 그걸 담아내는 표현들도 내용만큼이나 너무 낡았다.

40킬로미터가 채 안 되는 짧은 거리였고, 워낙 일찍 출발했던 터라 정오경에는 그레이스처치가에 도착할 수 있었다. 제인은 마차가 가드너 씨 댁의 문으로 다가갈 때 마침 응접실 창가에 서 있었다. 그녀는 마차가 도착하는 걸 지켜보다가 현관에서 일행을 맞았다. 언니의 얼굴을 꼼꼼히 살펴본 엘리자베스는 언니가 예전처럼 건강하고 아름답다는 사실에 마음이 놓였다. 계단에는 한 무리의 남자아이들과 여자아이들이 서 있었다. 아이들은 사촌을 얼른 만나고 싶은 마음에 응접실에서 얌전히 기다릴 수는 없었지만, 그러면서도 열두 달 만에 처음 보는 터라 왠지 수줍어했다. 그래서 계단에 서서 더 아래로는 내려오지 못하고 있었던 것이다. 모두가 즐거웠고 정이 넘쳤다. 그날은 아주 즐겁게 하루가 지났다. 낮에는 쇼핑을 하면서 정신없이 보냈고, 저녁에는 극장에 갔다.

극장에서 엘리자베스는 외숙모 옆자리에 앉았다. 두 사람의 첫 번째 화제는 그녀의 언니였다. 시시콜콜하게 물어보던 엘리자베스는 제인이 기운을 내려고 애쓰지만 이따금 우울해한다는 대답을 듣고 놀랍다기보다 가슴이 아팠다. 그저 그런 기간이 길지 않기를 바라는 수밖에 없었다. 가드너 부인은 엘리자베스에게 빙리 양이 그레이스처치가를 방문했을 때의 일을 자세히 들려주었고, 자신이 제인과 여러 번에 걸쳐 나눈 이야기도 전해 주었는데, 그걸 통해 제인이 진심으로 빙리 양과의 교제를 포기했음을 알 수 있었다.

그런 다음에야 가드너 부인은 위컴에게 차였냐고 조카를 놀리다가, 잘 견디고 있다면서 칭찬도 해 주었다.

"그나저나 엘리자베스," 그녀가 덧붙였다. "킹 양이라는 아가씨는 어떤 사람이니? 우리의 친구가 돈만 밝히는 사람이라면 조금 속상할 것 같은데."

"하지만 외숙모, 결혼하는 데 있어서 돈을 밝히는 것과 신중한 것의 차이는 뭔가요? 분별이 끝나고 탐욕이 시작되는 경계선이 어디죠? 지난 크리스마스에는 제가 그 사람이랑 결혼할까 봐 걱정하셨잖아요. 신중하지 않은 행동이라면서. 그런데 지금은 고작 1만 파운드의 재산을 가진 아가씨한테 접근한다고 그를 돈만 아는 사람이라고 생각하시다니."

"킹 양이 어떤 아가씨인지만 말해 주면 어떤 쪽으로 생각해야 할지 알 수 있을 것 같은데."

"아주 참한 아가씨라고 알고 있어요. 나쁜 소리는 들어 본 적이 없어요."

"하지만 할아버지가 돌아가시면서 그만한 재산을 물려받기 전까지는 위컴이 전혀 관심을 보이지 않았잖아."

"맞아요. 하지만 그게 뭐 어때서요? 나한테 돈이 없기 때문에 내 사랑을 얻어서는 안 되는 거라면, 좋아하지도 않는데 돈까지 없는 아가씨한테 구애할 까닭이 없잖아요?"

"하지만 그런 일이 있자마자 그 아가씨한테 관심을 갖는 건 좀 야비한 것 같아."

"곤궁한 상황에 처하면 다른 사람들처럼 우아한 예의범절 같은 걸 일일이 지킬 여유가 없는 거예요. 그녀가 개의치 않는다면 우리가 상관할 필요 있나요?"

"그녀가 개의치 않는다고 해서 그의 행동이 정당화되는 건 아니야. 그건 다만 그녀에게 분별력이나 감정 같은 게 부족하다는 걸 말해 줄 뿐이지."

"그렇다면," 엘리자베스가 목소리를 높였다. "외숙모 좋을 대로 생각하세요. 그는 돈만 밝히는 남자고 그녀는 바보 같은 여자라고."

"아니야, 리지. 나 좋을 대로 생각한다면 그렇게 생각하고 싶지 않지. 더비셔에 그렇게 오래 살았던 젊은이를 나쁘게 생각해야 한다는 게 안타까울 뿐인데."

"어머, 만약 그것뿐이라면 저는 지금 더비셔에 살고 있는 젊은 남자들을 아주 형편없게 생각하고, 하트퍼드셔에 사는 그들의 절친한 친구들에 대한 생각도 별로 나을 게 없어요. 그 사람들이라면 전부 넌더리가 나요. 아휴 세상에! 내일이면 호감이

가는 점이라곤 단 하나도 없는 남자를 만나게 되는데, 태도며 분별력까지 내세울 게 없는 사람이죠. 결국 알고 지낼 가치가 있는 건 멍청한 남자들뿐이네요."

"조심해라, 리지. 그런 말에서는 실연의 기운이 강하게 느껴지거든."

연극이 끝나서 일어나려는데, 가드너 부인은 이번 여름에 남편과 갈 예정인 여행에 같이 가겠냐고 엘리자베스를 초대해서 그녀에게 뜻밖의 행복을 안겨 주었다.

"얼마나 멀리 갈지는 아직 정하지 않았어." 가드너 부인이 말했다. "하지만 어쩌면 북서부의 호수 지방까지 갈 수도 있을 거야."

엘리자베스에게 이보다 더 기분 좋은 계획은 없었고, 그래서 아주 기꺼이 그리고 감사한 마음으로 초대를 받아들였다. "사랑하는 외숙모," 그녀는 기쁨에 들뜬 목소리로 외쳤다. "너무 기뻐요, 정말 행복해요! 외숙모 덕분에 새로운 활력과 생기를 얻었어요. 실망과 우울은 이제 안녕! 바위며 산에 비하면 남자들은 아무것도 아니죠. 아! 얼마나 멋진 시간을 보내게 될까! 그리고 돌아왔을 때 다른 여행자들처럼 뭐 하나 정확하게 설명하지 못하는 그런 일은 없을 거예요. 우리는 어디를 다녔는지 확실히 알 테고, 뭘 봤는지도 분명히 기억할 거예요. 호수와 산, 그리고 강이 머릿속에서 뒤죽박죽으로 뒤엉키지도 않고, 특정한 곳의 장면을 묘사하면서 뭐가 어디에 있었는지를 놓고 티격태격하는 일도 없을 거예요. 우리가 처음에 쏟아 내는 이야기도 다른 여행자들처럼 두루뭉술하지는 않겠죠."

다음 날 여정에서 엘리자베스의 눈에는 모든 것이 새롭고 흥미로워 보였다. 기분도 아주 즐거웠다. 언니가 잘 지내는 걸 본 터라 언니의 건강에 대한 걱정을 전부 털어 냈고, 북부 지방으로 떠날 여행에 대한 기대로 기쁨이 끝없이 샘솟았다.

큰길을 벗어나 헌스퍼드로 가는 좁은 길에 들어서자 모두들 목사관을 찾아 두리번거렸고, 모퉁이를 돌 때마다 목사관이 나오길 기대했다. 로징스 파크의 울타리가 한쪽으로 이어졌다. 엘리자베스는 그곳에 사는 사람들에 대해 들었던 이야기가 떠올라 슬며시 미소를 지었다.

마침내 목사관이 눈에 들어왔다. 길을 향해 경사진 정원, 정원에 서 있는 집, 녹색 말뚝과 월계수 산울타리까지, 모든 것이 목적지에 도착했음을 알려 주었고 콜린스 씨와 샬럿이 문 앞에 나타났다. 마차가 집으로 이어지는 짧은 자갈길을 지나 작은 문 앞에 멈춰 서자 모두들 고개를 끄덕이며 미소로 인사를 나눴다. 콜린스 부인은 더없이 기쁘게 친구를 환영했고, 엘리자베스는 자신을 다정하게 맞아 주는 친구를 보면서 오길 잘했다는 마음이 더 커졌다. 콜린스 씨의 태도는 결혼을 하고도 전혀 달라진 게 없다는 걸 즉시 알 수 있었다. 정중히 격식을 차리는 태도도 여전해서 그는 그녀를 몇 분이나 문 옆에 붙잡아 둔 채 가족의 안부를 한 명씩 묻고 대답을 들으며 만족해했다. 그런 뒤에는 그가 입구의 깔끔함을 언급할 때 지체됐을 뿐, 곧바로 집으로 들어갔다. 모두가 응접실에 들어서자마자 그는 기다렸다는 듯이 격식을 갖춰 누추한 집에 오신 것을 환영한다고 다시 한번 인사했고, 아내가 다과를 권할 때마다 그 말을 똑같이 되풀이했다.

엘리자베스는 그가 우쭐대는 모습을 보게 될 거라고 각오한 터였다. 그리고 어쩐지 그가 방의 적당한 균형, 구조와 가구 배치 등을 보여 주면서 유난히 자신을 의식하는 것 같은 느낌을 지울 수 없었는데, 마치 자신의 청혼을 거절함으로써 뭘 놓쳤는지를 깨닫게 해 주려는 것 같았다. 하지만 모든 것이 단정하고 안락해 보이기는 했어도, 회한의 한숨으로 그를 기쁘게 해 줄 수는 없었다. 오히려 친구가 그런 배우자와 살면서도 그렇게 명랑할 수 있다는 게 의아했다. 콜린스 씨가 부인이 민망해할 만한 얘기를 할 때면, 그런 일은 확실히 드물지 않았는데, 엘리자베스는 자신도 모르게 샬럿에게 눈길이 갔다. 한두 번인가는 샬럿이 희미하게 얼굴을 붉히는 듯도 했지만, 대부분의 경우에는 현명하게도 못 들은 척하고 넘어갔다. 벽장에서부터 벽난로의 불똥막이까지 방에 있는 모든 가구를 칭찬하고, 여행과 런던에서 일어났던 일까지 모든 이야기를 나눈 후에 콜린스 씨는 다 같이 나가서 정원을 산책하자고 제안했다. 넓고 배치가 뛰어난 그 정원은 콜린스 씨가 손수 가꾼 것이었다. 정원을 돌보는 건 그의 가장 고상한 취미 가운데 하나였고, 샬럿도 그런 활동이 건강에 좋으니 자주 하라고 권한다고 말했는데, 엘리자베스는 이런 말을 하는 샬럿의 침착한 태도에 감탄했다. 정원에서 콜린스 씨는 모든 산책로와 갈림길로 그들을 안내했고 보이는 것마다 가리키며 어찌나 세세하게 설명을 하는지, 정작 그들은 그가 요구하는 칭찬의 말을 해 줄 틈도 없었거니와 아름다움을 감상할 여유조차 없었다. 그는 사방에 있는 밭의 숫자를 일일이 지적했고, 멀리 떨어진 숲에 나무가 몇 그루인지까지 다 알고 있었다. 하지만 이 정원과 이 지역, 아니 이 나라가 자랑하는 그 어떤 풍경도 로징스의 경치에는 비교할 바가 못 된다고 말했다. 그의 집과 거의 맞은편에 있으며 장원을 둘러싼 나무들 틈으로 모습을 드러내는 로징스는 우뚝 솟은 언덕 위에 웅장하게 서 있는 멋진 현대식 건물이었다.

정원을 다 보여 준 콜린스 씨는 두 군데의 목초지로 손님들을 데려가려 했지만, 숙녀들은 서리가 하얗게 남아 있는 길을 걸어갈 만한 신발을 준비하지 못한 탓에 집을 향해 돌아섰다. 윌리엄 경은 그를 따라갔고, 동생과 친구를 집으로 데려간 샬

렷은 더없이 즐거운 표정이었다. 아무래도 남편의 도움 없이 집을 보여 줄 기회가 생겨서인 것 같았다. 집은 작은 편이었지만 튼튼하고 편리했다. 엘리자베스는 모든 것이 깔끔하고 조화롭게 정돈되어 있는 것은 전부 샬럿의 손이 닿았기 때문이라고 생각했다. 콜린스 씨의 존재를 잊을 수 있다면 전체적으로 아주 편안한 분위기였고, 그걸 즐기는 모습이 역력한 샬럿을 보면서 엘리자베스는 그녀가 남편을 자주 잊는 모양이라고 생각했다.

엘리자베스는 이미 캐서린 부인이 장원에 머무르고 있다는 얘기를 들어서 알고 있었는데, 저녁을 먹는 중에 그런 이야기가 나오자 콜린스 씨가 참견을 하며 그 사

실을 다시 일깨워 주었다.

"그렇습니다, 엘리자베스 양, 돌아오는 일요일에 교회에서 캐서린 드버그 부인을 뵐 수 있을 텐데, 무척 기쁜 만남이 되리라는 건 더 말할 필요가 없을 줄 압니다. 부인은 매우 다정하고 너그러운 분이기 때문에 예배가 끝나면 당신에게도 관심을 베풀어 주시리라 믿어 의심치 않습니다. 여러분이 이곳에 머무는 동안 부인께서 우리를 부르실 일이 있을 때면 당신과 마리아 처제도 함께 초대해 주실 거라고 주저 없이 말씀드릴 수 있습니다. 제 아내에게도 정말 다정하게 대해 주신답니다. 우리는 매주 두 번씩 로징스에서 정찬을 하는데, 그때마다 우리가 집까지 걸어가는 걸 허락하지 않으시지요. 번번이 당신의 마차를 불러 주시거든요. 물론 여러 마차들 가운데 한 대라고 해야겠죠. 부인께서는 마차를 여러 대 가지고 계시니까요."

"캐서린 부인은 정말 고상하고 현명한 분이야." 샬럿이 남편의 말을 이어 받았다. "그리고 이웃들도 얼마나 잘 살피시는지 몰라."

"맞아요, 여보. 내 말이 바로 그거예요. 아무리 존경해도 모자라는 그런 분이지."

그날 저녁은 주로 하트퍼드셔의 소식을 주고받고 이미 편지에서 했던 말을 되풀이하며 보냈다. 자리가 파했을 때 엘리자베스는 방에 혼자 앉아 샬럿이 얼마나 행복할지 곰곰이 생각해 보았다. 그녀는 샬럿이 집을 안내할 때 했던 말이나 남편을 대하는 차분한 태도를 떠올리면서 모든 게 아주 훌륭하게 이루어졌다는 걸 인정해야 했다. 또 이번 방문이 어떻게 지나갈지에 대해서도 짐작해 봤는데, 보통은 조용히 지내겠지만 한 번씩 콜린스 씨가 성가시게 끼어들 테고, 로징스 사람들과의 사교는 화려할 것 같았다. 엘리자베스는 상상력으로 모든 그림을 생생하게 그려 볼 수 있었다.

다음 날 정오경에 엘리자베스가 방에서 산책 나갈 준비를 하고 있는데, 아래층에서 갑자기 시끄러운 소리가 나더니 온 집 안이 어수선해졌다. 그래서 잠시 귀를 기울이고 있으려니까, 누군가 헐레벌떡 계단을 뛰어 올라오며 그녀의 이름을 크게 불렀다. 문을 열었더니 잔뜩 흥분한 마리아가 층계참에서 가쁜 숨을 몰아쉬며 이렇게 외쳤다.

"아유, 엘리자! 얼른 식당으로 내려가 봐. 아주 볼 만한 일이 벌어졌어! 그게 뭔지는 가서 봐야 해. 서둘러, 지금 당장."

엘리자베스가 뭐냐고 물어봐도 헛수고였다. 마리아는 더 이상 말을 하려 하지 않았고, 두 사람은 구경거리를 찾아 오솔길이 내다보이는 식당으로 달려 들어갔다. 정원 입구에 나지막한 사륜마차가 보이고 그 앞에 여자 두 명이 서 있었다.

"이게 다야?" 엘리자베스가 소리를 질렀다. "최소한 돼지 떼라도 정원에서 날뛰고 있을 줄 알았더니, 고작 캐서린 부인하고 그녀의 딸이잖아!"

"무슨 소리야." 마리아는 엘리자베스의 오해에 다소 놀란 듯이 말했다. "저분은 캐서린 부인이 아니야. 나이 든 쪽은 그 집에서 함께 사는 젠킨슨 부인이고, 또 한 분은 드버그 양이라고. 저것 좀 봐. 어쩜 저렇게 작을까. 그녀가 저렇게 작고 마른 사람일 거라고 누가 생각이나 했겠어."

"바람이 이렇게 부는데 샬럿을 밖에 세워 두다니 무례하기 짝이 없네. 왜 안 들어오는 거야?"

"아, 샬럿 언니 말로는 집에 들어오는 일은 거의 없대. 드버그 양이 들어오는 건 굉장한 호의를 베푸는 거라던데."

"외모는 마음에 드네." 무슨 생각을 했는지 엘리자베스는 이렇게 말했다. "병약하고 신경질적으로 보여. 그래, 그 사람이랑 아주 잘 어울리겠다. 그의 부인으로 아주 제격이라고."

콜린스 씨와 샬럿은 입구에 서서 숙녀들과 대화를 나누고 있었다. 그리고 윌리엄 경은 현관에 버티고 선 채 앞에 계신 고귀한 분을 열심히 바라보며 드버그 양이 눈길을 줄 때마다 연신 고개를 숙여서, 엘리자베스에게 재미있는 구경거리를 선사해 주었다.

마침내 더 이상 할 말이 없어진 숙녀들이 마차를 타고 떠나자, 남은 사람들은 집 안으로 들어왔다. 콜린스 씨는 엘리자베스와 마리아를 보자마자 정말 행운이라며 축하하기 시작했고, 샬럿은 다음 날 모두가 로징스의 정찬에 초대받았다고 설명해 주었다.

29

　이 초대로 콜린스 씨는 커다란 승리감에 취했다. 자신을 방문한 손님들에게 후견인의 위상을 자랑하고, 자기네 부부를 얼마나 배려하는지 보여 주는 것이야말로 그가 바랐던 일이었다. 그리고 그런 기회가 이렇게 빨리 왔다는 것은 그가 칭송해 마지않았던 캐서린 부인의 너그러움을 보여 주는 일례였다.

　"솔직히 말해서," 그가 입을 열었다. "부인께서 일요일 저녁 시간에 로징스에서 차나 마시자고 하셨어도 저는 전혀 놀라지 않았을 겁니다. 부인의 다정한 성품을 익히 알고 있는 저로서는 오히려 그러실 거라고 기대했죠. 하지만 이 정도까지 배려해 주실 줄이야 감히 예상이나 할 수 있었겠습니까? 여러분들이 도착하고 얼마 되지도 않았는데, 이렇게 그곳으로 우리를, 더구나 일행 모두를, 정찬에 초대해 주실 거라고 누가 상상이나 할 수 있었겠냐고요?"

　"나는 이번 일이 그렇게 놀랍지 않네." 윌리엄 경이 말을 받았다. "귀족들의 진정한 예법을 알고 있었기 때문인데, 그게 다 내 신분 덕분에 얻은 지식이지. 궁정에서는 그렇게 기품 있는 태도가 드물지 않다네."

　그날은 내내, 아니 다음 날 아침까지도 로징스를 방문하게 된 것 외에 다른 얘기

는 거의 오가지 않았다. 콜린스 씨는 손님들이 그곳의 으리으리한 방들과 수많은 하인, 화려한 식사에 완전히 압도당하지 않도록 그곳에서 접하게 될 것들을 상세히 일러 주었다.

　숙녀들이 옷을 갈아입으려고 자리에서 일어나려는데 그가 엘리자베스에게 말했다.

　"옷차림은 걱정하지 말아요, 엘리자베스. 캐서린 부인은 결코 당신이나 따님에게 어울릴 법한 그런 우아한 복장을 저희에게 요구하지 않으니까요. 그저 가지고 있

는 옷들 중에 가장 나은 걸 입으면 됩니다. 그 이상 더 차려입을 이유는 없어요. 캐
서린 부인은 수수하게 입었다고 해서 당신을 안 좋게 생각하지는 않으실 테니까요.
그분은 신분의 차이를 지키는 걸 좋아하시거든요."

　옷을 입는 동안에도 그는 두세 번쯤 이 방 저 방의 문을 두드리며 캐서린 부인은
식사 시간에 기다리는 걸 무척 싫어하시니 서두르라고 재촉했다. 캐서린 부인과 그
녀의 생활 방식에 대한 무시무시한 설명을 듣자 사교에 익숙하지 않은 마리아는
덜컥 겁을 먹었다. 로징스에서 인사해야 할 순간을 기다리는 그녀의 마음은 그녀의

아버지가 세인트 제임스 궁에서 알현식에 참석했을 때만큼이나 두근거렸다.

날씨가 좋았기 때문에 그들은 장원을 가로질러 800미터 정도의 거리를 즐겁게 걸어갔다. 장원은 어느 곳이든 그 나름의 아름다움과 경치를 지니고 있기 마련이다. 엘리자베스는 이곳의 경치가 꽤 마음에 들었지만 콜린스 씨가 기대하는 것만큼 황홀해하지는 않았고, 그가 저택 앞쪽의 창문을 일일이 세면서 처음에 그 유리를 전부 끼우는 데 루이스 드버그 경이 얼마나 많은 돈을 썼는지 얘기할 때도 별로 감탄하지 않았다.

현관을 향해 계단을 올라갈 때 마리아의 불안은 시시각각 커져 갔고, 심지어 윌리엄 경마저도 완전히 침착한 상태로는 보이지 않았다. 그러나 엘리자베스는 용기를 잃지 않았다. 캐서린 부인이 그녀에게 경외심을 불러일으킬 만큼 대단한 재능을 지녔거나 놀라운 미덕의 소유자라는 얘기는 들은 바 없었고, 단지 돈과 신분에서 나오는 위세라면 전혀 두려워할 일이 아니라고 생각했다.

콜린스 씨는 현관에서 황홀한 어조로 탁월한 균형과 섬세한 장식을 가리켰다. 그 얘기를 듣던 일행은 하인을 따라 대기실을 지나 캐서린 부인과 그녀의 딸, 그리고 젠킨스 부인이 앉아 있는 방으로 들어갔다. 캐서린 부인은 매우 너그럽게도 자리에서 일어나 그들을 맞았다. 남편과 미리 상의해서 손님들을 소개하기로 했던 콜린스 부인은 남편이라면 필요하다고 생각했을 양해나 감사의 말을 모두 생략한 채 적절하게 맡은 일을 수행했다.

세인트 제임스 궁에서 국왕을 알현한 적이 있는데도 윌리엄 경은 주변을 온통 둘러싸고 있는 위세에 완전히 짓눌린 나머지 간신히 용기를 내서 허리를 깊이 숙여 인사를 하고는 아무 말도 없이 자리에 앉아 버렸다. 정신이 나가 버릴 정도로 겁에 질린 그의 딸은 의자 끄트머리에 걸터앉아 눈을 어디에 둘지 몰라 허둥댔다. 엘리자베스에게는 그 상황이 감당하지 못할 정도가 아니었기 때문에 앞에 앉은 세 명의 숙녀를 차분하게 관찰할 수 있었다. 캐서린 부인은 키가 크고 풍채가 있었으며, 이목구비가 뚜렷해서 한때는 미인이었을 것 같았다. 자애로운 분위기는 아니었고, 손님들을 대하는 태도는 그들이 자신들의 낮은 신분을 잊지 못하게 만들었다. 말을 하지 않아도 위엄이 느껴지는 사람은 아니었지만, 무슨 말을 하더라도 권위적인 목소리에서 거만함이 묻어났다. 그 모습을 보는 순간 엘리자베스는 위컴에게서 들었던 말을 떠올렸다. 그날 관찰한 것들을 종합한 결과 엘리자베스는 캐서린 부인이 그가 묘사했던 그대로라고 확신했다.

용모나 행동이 다아시 씨와 비슷하다는 걸 금세 알 수 있었던 부인을 관찰한 다음에는 그녀의 딸에게로 눈을 돌렸는데, 너무 마르고 몹시 작은 모습을 보고는 거의 마리아만큼이나 놀랄 뻔했다. 모녀는 몸매나 얼굴에서 전혀 닮은 점을 찾아볼 수 없었다. 드버그 양은 창백하고 병약해 보였다. 그녀의 이목구비는 못생긴 건 아니지만 평범했다. 말은 거의 하지 않았고, 그나마 젠킨스 부인에게만 낮은 목소리로 속삭이는 게 전부였다. 젠킨스 부인의 외모는 이렇다 할 특징이 없었고, 그저 드버그 양이 하는 말에 열심히 귀를 기울이며 눈이 부시지 않도록 병풍을 적당한 방향으로 옮기는 데에만 열중했다.

잠시 앉아 있던 그들은 전망을 감상하라는 권유에 모두 창가로 갔다. 콜린스 씨는 그 옆에서 이곳의 아름다움을 일일이 지적했고, 캐서린 부인은 여름이면 훨씬 더 볼 만하다고 친절하게 알려 주었다.

정찬은 더할 나위 없이 훌륭했고, 하인이나 음식의 가짓수까지 모든 것이 콜린스 씨가 미리 일러 준 대로였다. 그리고 역시 콜린스 씨가 말했던 대로, 그는 캐서린 부인의 요청에 따라 식탁 끝의 주빈 자리에 앉았고, 살면서 이보다 더 좋은 일은

있을 수 없다는 표정이었다. 그는 즐거운 사람 특유의 경쾌한 동작으로 고기를 썰어 먹으며 칭찬을 연발했다. 요리가 나올 때마다 그가 먼저 칭찬을 하면, 사위가 하는 말을 고스란히 따라 할 만큼은 정신을 추스른 윌리엄 경이 그 말을 받았다. 엘리자베스는 캐서린 부인이 그 모습을 어떻게 참아 내는지 궁금했지만, 캐서린 부인은 그들의 과도한 찬사에 만족하는 것처럼 보였고, 식탁의 음식을 난생처음 보는 것 같은 반응이 나올 때마다 대단히 인자한 미소를 지어 보였다. 일행 사이에서는 많은 대화가 오가지 않았다. 엘리자베스는 기회만 있으면 대화에 끼어들 용의가 있었지만, 하필 샬럿과 드버그 양 사이에 앉게 되었다. 샬럿은 캐서린 부인이 하는 말을 듣느라 여념이 없었고, 드버그 양은 저녁 식사를 하는 내내 그녀에게 단 한마디도 건네지 않았다. 젠킨스 부인은 드버그 양이 식사를 통 못 하는 것에만 신경을 썼고 이것저것 먹어 보라고 권하며 그녀의 기분만 걱정했다. 마리아는 말을 한다는 걸 상상조차 할 수 없었고, 신사들은 음식을 먹고 찬사를 보내는 게 전부였다.

응접실로 돌아간 숙녀들은 캐서린 부인의 이야기를 듣는 것밖에는 달리 할 일이 없었다. 부인은 커피가 나올 때까지 쉴 새 없이 모든 주제에 대해 대단히 단호하게 자신의 의견을 얘기했는데, 자신의 판단에 대해 누가 반박하는 것에 익숙하지 않은 태도였다. 그녀는 샬럿의 집안 살림을 다 알고 있는 듯이 상세하게 물어보고는 이런저런 관리 방법에 대해 한바탕 조언을 해 주었다. 그렇게 작은 규모의 살림을 꾸려 가는 방법을 일일이 열거하며 소와 닭을 돌보는 법까지 가르쳐 주었다. 엘리자베스는 이 훌륭한 부인은 다른 사람에게 지시할 기회라면 어떤 주제이든 관심을 보일 것이라고 생각했다. 캐서린 부인은 콜린스 부인과 대화를 나누는 틈틈이 마리아와 엘리자베스에게 다양한 것들을 물었다. 특히 집안에 대해서는 전혀 아는 바가 없어도 콜린스 부인이 상당히 얌전하고 예쁘장한 아가씨라고 말한 엘리자베스에게 질문이 집중되었다. 부인은 여러 차례에 걸쳐 엘리자베스에게 자매는 몇 명인지, 그중에 손위는 몇이고 손아래는 몇인지, 또 그중에 조만간 결혼할 것 같은 사람이 있는지, 자매들은 예쁘게 생겼는지, 교육은 어디서 받았는지, 아버지가 갖고 있는 마차는 어떤 것인지, 어머니의 결혼 전 성은 무엇인지 등을 물었다. 엘리자베스는 이런 질문들이 전부 무례하다고 느꼈지만 그래도 차분하게 대답을 했다. 그러자 캐서린 부인이 이렇게 말했다.

"부친의 재산이 콜린스 씨에게 한정 상속된다지. 자네한테는," 여기서 그녀는 샬럿을 향해 고개를 돌렸다. "잘된 일이군. 하지만 그 점을 제외하면 나는 여자들에게 재산을 상속하지 않는 이유를 알 수가 없어. 루이스 드버그 집안에서는 그럴 필요를 느끼지 않았지. 피아노를 연주하고 노래도 하나, 베넷 양?"

"조금 합니다."

"그래! 그렇다면 언젠가 한번 들어 봤으면 좋겠군. 우리 집의 피아노는 대단한 거라네. 이걸 능가할 건 아마…… 언제 한번 연주해 보도록 하게. 자매들도 연주와 노래를 하나?"

"한 명은 합니다."

"왜 다들 배우지 않은 거지? 전부 배웠어야지. 웨브 씨네 딸들은 전부 연주를 하거든. 그 집 아버지의 수입이 아가씨네 아버지보다 적은데도 말이야. 그림은 그리나?"

"아뇨, 전혀 못 그립니다."

"뭐라고? 아무도?"

"아무도요."

"그것참 희한하군. 하지만 그럴 기회가 없었을 테지. 어머니가 봄마다 런던에 데

려가서 좋은 선생님의 지도를 받도록 해 줬어야 했는데."

"저희 어머니는 반대하지 않으셨을 테지만, 아버지가 런던을 싫어하셔서요."

"가정 교사는 그만뒀나?"

"가정 교사를 둔 적이 없어요."

"가정 교사를 두지 않았다고! 어떻게 그럴 수가 있지? 가정 교사도 없이 다섯 명의 딸을 집에서 가르쳤다니! 그런 얘기는 한 번도 들어 본 적이 없어. 어머니께서 딸들을 가르치느라 혹사를 당하셨겠군."

엘리자베스는 전혀 그렇지 않다고 말하면서 얼굴에 미소가 번지려는 걸 간신히 참았다.

"그렇다면 누구한테 배웠지? 누가 돌봐 주고? 가정 교사가 없었다면 그냥 방치했다는 말인데."

"어떤 집안에 비하면 그렇다고도 할 수 있죠. 하지만 누구든 배우고 싶은데 방법이 없어서 못 배운 적은 없어요. 늘 독서를 권하셨고, 필요하면 언제나 좋은 선생님을 구해 주셨죠. 게으르게 지내려고 들면 물론 그럴 수 있었겠지만요."

"아, 그야 물론이지. 바로 그런 걸 막아 주는 사람이 가정 교사야. 내가 아가씨의 어머니를 알았더라면 가정 교사를 두라고 아주 단단히 일렀을 텐데. 나는 예전부터 꾸준하고 규칙적인 가르침이 없이는 교육이 이뤄질 수 없다고 늘 말해 왔거든. 그런데 그걸 해 줄 수 있는 사람은 가정 교사뿐이야. 내가 얼마나 많은 집에 가정 교사를 구해 줬는지 몰라. 젊은 사람들에게 좋은 일자리를 구해 주는 건 늘 기쁜 일이지. 젠킨스 부인의 조카딸 네 명도 나를 통해 좋은 곳에 자리를 잡았지. 바로 며칠 전에도 어쩌다 우연히 누군가에게서 얘기를 듣고 또 다른 젊은이를 추천해 줬는데, 그 집에서 그녀를 아주 마음에 들어 하더라고. 콜린스 부인, 메트카프 부인이 어제 고맙다는 인사를 하러 찾아왔다는 얘기를 내가 했던가? 포프 양이 보물이라는 거야. '캐서린 부인, 제게 보물을 주셨어요.' 이렇게 말하더라니까. 동생들 중에 사교계에 진출한 사람이 있나, 베넷 양?"

"네, 부인. 전부 다 진출했어요."

"전부 다! 아니, 다섯 명이 한꺼번에? 거참 특이하네. 아가씨가 겨우 둘째인데, 언니가 결혼도 하기 전에 동생들이 사교계에 나갔다니! 동생들은 아주 어릴 텐데?"

"네, 막내는 아직 열여섯도 안 됐어요. 어쩌면 그 애는 아직 너무 어리다고도 할수 있겠죠. 하지만 부인, 언니가 일찍 결혼할 능력이나 의향이 없다는 이유만으로 동생들이 마땅히 누려야 할 사교계의 즐거움을 누리지 못한다면 그건 동생들에게 너무 가혹한 일이 아닐까요. 막내로 태어났어도 첫째만큼이나 청춘을 즐길 권리가 있으니까요. 단지 그런 이유 때문에 밀려나야 한다니! 그럴 경우 자매간의 우애나 서로를 배려하는 마음을 갖게 될 가능성이 매우 낮다고 생각해요."

"세상에." 캐서린 부인이 말했다. "젊은 사람이 아주 단호하게 의견을 밝히는군. 대체 몇 살인가?"

"다 큰 동생이 세 명이나 있는데," 엘리자베스가 미소를 지으며 대답했다. "설마 제가 그걸 밝힐 거라고 기대하시는 건 아니겠죠."

캐서린 부인은 바로 답변을 듣지 못하자 상당히 놀란 모습이었다. 그리고 엘리자베스는 이렇게 오만하고 무례한 질문을 농담으로 받아넘긴 사람은 자신이 처음일 거라고 짐작했다.

"스무 살은 넘지 않았을 것 같은데. 그렇다면 나이를 감출 필요가 없지."

"스물한 살은 아니에요."

신사들이 합류해서 차를 다 마시고 나자 카드 테이블이 차려졌다. 캐서린 부인과 윌리엄 경, 콜린스 부부가 카드리유 테이블에 자리를 잡았고, 드버그 양은 카지노를 선택했기 때문에 두 아가씨가 젠킨스 부인을 도와 한 팀을 꾸리는 영광을 얻었다. 그리고 그 테이블은 이루 말할 수 없이 따분했다. 어쩌다 젠킨스 부인만이 드버그 양이 너무 덥거나 춥지 않은지, 또 불빛이 너무 밝거나 어둡지 않은지 염려하는 말을 했을 뿐, 카드놀이와 관련이 없는 말은 한마디도 오가지 않았다. 다른 테이블에서는 훨씬 많은 얘기가 들려왔다. 주로 말을 하는 건 캐서린 부인이었는데, 다른 세 사람의 실수를 지적하거나 자신의 일화를 얘기했다. 콜린스 씨는 부인이 하는 말마다 맞장구를 치고 물고기를 딸 때마다 부인에게 감사를 표했으며 자신이 너무 많이 이겼다고 생각되면 사과를 했다. 윌리엄 경은 말을 많이 하지 않았다. 그는 부인이 들려주는 일화와 귀족의 이름들을 머릿속에 담는 것만으로도 너무 분주했다.

캐서린 부인과 그녀의 딸이 카드놀이를 할 만큼 했을 때 테이블이 치워졌고, 캐서린 부인이 권한 마차를 콜린스 부인이 감사히 받아들이자 즉시 마차를 준비하라는 지시가 내려졌다. 그런 다음에는 모두 벽난로 주변에 모여 캐서린 부인이 다음 날 날씨를 예견하는 소리를 들었다. 그러는 중에 마차가 도착했다는 소식이 왔고, 콜린스 씨가 장황하게 감사의 인사를 하고 윌리엄 경이 연신 허리를 숙여 절을 한 뒤 그들은 그곳을 떠났다. 그들이 탄 마차가 장원의 경계를 벗어나기 무섭게 콜린스 씨는 엘리자베스에게 로징스에서 본 모든 것들에 대한 의견을 물었고, 엘리자베스는 샬럿을 생각해서 실제보다 더 우호적으로 대답해 주었다. 하지만 그렇게 애써 대답한 그녀의 칭찬도 콜린스 씨의 성에는 차지 않았고, 그는 곧바로 캐서린 부인에 대한 칭찬을 직접 늘어놓기 시작했다.

윌리엄 경은 헌스퍼드에 일주일밖에 머무르지 않았지만 딸이 편안하게 자리를 잡았으며 보기 드문 남편과 이웃을 얻었다는 걸 확인하기에는 충분한 시간이었다. 윌리엄 경이 지내는 동안 콜린스 씨는 아침마다 장인을 이륜마차에 모시고 다니며 주변을 구경시켜 주었다. 그가 떠나자 온 가족이 일상으로 돌아갔고, 엘리자베스는 이런 변화로 인해 콜린스 씨를 더 많이 봐야 하는 건 아니라는 사실에 감사했다. 아침 식사를 마치면 그는 정찬 때까지 대부분의 시간을 정원에서 보내거나, 책을 읽고 글을 쓰거나, 아니면 길가를 마주한 자신의 서재에서 창밖을 내다보며 지냈기 때문이다. 숙녀들이 시간을 보내는 방은 뒤쪽에 있었다. 처음에 엘리자베스는 샬럿이 평소에 사용하는 공간으로 식당을 겸한 응접실을 택하지 않은 걸 의아하게 생각했었다. 그곳이 더 넓고 전망도 더 좋았다. 하지만 친구의 선택에 탁월한 이유가 있었다는 걸 곧 알게 되었는데, 콜린스 씨는 그들이 자신의 서재만큼이나 좋은 방에 있으면 서재에 머무는 시간을 훨씬 줄일 게 틀림없었다. 샬럿의 결정이 현명했다고 엘리자베스는 생각했다.

응접실에서는 집 앞으로 난 길이 잘 보이지 않았기 때문에 어떤 마차가 지나갔는지에 대한 소식은 콜린스 씨에게서 들을 수밖에 없었다. 특히 드버그 양이 사륜마차를 타고 몇 번이나 지나갔는지에 대해서는 거의 매일 빠짐없이 알려 주었다. 그녀가 목사관에서 마차를 세우고 샬럿과 잠깐 이야기를 나누는 일은 드물지 않았다. 하지만, 마차에서 내려 들어왔다 가라는 청에는 좀처럼 응하지 않았다.

콜린스 씨가 로징스에 가지 않고 지나는 날은 거의 없었고, 그의 아내도 비슷했다. 그 집안에서 나눠 줄 성직이 더 남아 있을지 모른다는 생각이 떠오르기 전까지 엘리자베스는 그들이 왜 이렇게 많은 시간을 로징스 방문에 쓰는지 이해할 수 없었다. 가끔은 영광스럽게도 부인의 방문을 받기도 했는데, 이렇게 방문했을 때 부인은 눈에 띄는 것을 하나도 놓치지 않았다. 그들의 일에 대해 묻고, 만든 것을 살펴보고, 기존에 하던 것과 다른 방법을 권하기도 했다. 가구 배치를 흠잡거나 가정부가 소홀히 한 일을 찾아내는 경우도 있었다. 어쩌다 가벼운 식사라도 하게 되면 그건 오로지 콜린스 부인이 살림에 걸맞지 않게 너무 큰 고기를 썼는지 알아보기 위해서인 것처럼 보였다.

엘리자베스는 곧 이 귀부인이 이 지역의 치안 유지를 위임받은 것은 아니어도 교구 안에서 가장 활동적인 치안 판사 노릇을 하며, 아주 사소한 문제까지 콜린스 씨로부터 전해 듣는다는 것을 알게 되었다. 마을 주민 중에 누군가 말썽을 부린다거나 불만을 갖고 있다거나 아니면 너무 가난할 경우에도 그녀가 기세등등하게 나섰다. 그렇게 분쟁을 조정하고 불평을 잠재우며 야단을 쳐서 서로 화합하며 배를 곯지 않게 했다.

로징스의 정찬은 일주일에 두 번쯤 반복되었다. 그리고 윌리엄 경이 빠지면서 저녁에 카드 테이블이 하나만 차려졌다는 사실을 제외하면 그 자리는 처음 갔을 때와 비슷했다. 다른 사람들과의 교제는 거의 없었다. 이웃의 전반적인 생활 수준을 콜린스 부부가 따라갈 수 없었기 때문이다. 하지만 엘리자베스에겐 전혀 아쉬울 게 없었고, 그녀는 대체로 편안한 시간을 보냈다. 이따금 샬럿과 반 시간 정도 기분 좋은 대화를 나눴고, 계절에 어울리지 않게 날씨가 아주 화창해서 종종 바깥으로 나가 즐거운 시간을 보냈다. 다른 사람들이 캐서린 부인을 방문하러 간 사이에 그녀가 즐겨 거닐었던 산책로는 장원의 한쪽 경계를 이루는 숲을 따라 난 길이었는데, 사람들의 눈에 잘 띄지 않는 호젓한 길이었다. 그녀 말고는 다들 이 오솔길을 대수롭지 않게 여기는 듯했고, 캐서린 부인의 호기심도 여기까지는 미치지 않는 것 같았다.

이렇듯 조용한 가운데 이곳에 온 지도 어느덧 2주가 지나갔다. 부활절이 다가오고 있었고, 부활절 전주에는 로징스에 가족이 한 사람 늘어날 예정이었는데, 워낙 가족이 적은 터라 그건 아주 중요한 사건이었다. 엘리자베스는 이곳에 오고 얼마 지나지 않았을 때 다아시 씨가 몇 주 내에 온다는 얘기를 들었고, 알고 지내는 사람 중에 이보다 더 달갑잖은 사람도 많지는 않았지만 어쨌든 그가 오면 로징스에 비교적 새로운 볼거리가 생길 테고, 사촌을 대하는 그의 태도를 보면서 빙리 양이 그에게 품고 있는 계획이 얼마나 가망이 없는지 확인하는 것도 재미있을 것 같았다. 그를 사위로 점찍어 둔 캐서린 부인은 그가 온다는 얘기를 하며 매우 뿌듯해했고, 그에게 온갖 찬사를 퍼부었으며, 루카스 양과 엘리자베스가 그를 이미 만난 적이 있다는 사실을 알고는 거의 화가 난 것처럼 보였다.

목사관에서는 그의 도착 사실을 금세 알게 되었는데, 콜린스 씨가 그 소식을 제일 먼저 알고 싶은 마음에 헌스퍼드 오솔길 쪽으로 오두막집들이 보이는 지점을 아침 내내 거닌 덕분이었다. 장원 안으로 돌아 들어가는 마차를 향해 절을 한 그는 이 엄청난 소식을 전하기 위해 서둘러 집으로 향했다. 다음 날 아침에는 문안 인사

를 드리고자 로징스로 발걸음을 재촉했다. 그의 인사를 받아야 할 캐서린 부인의 조카는 두 명이 었는데, 다아시 씨가 외가 어른의 차남인 피츠윌리엄 대령이라는 사촌을 데려왔기 때문이다. 콜린스 씨가 두 명의 신사를 대동하고 돌아오자 집에 있던 사람들은 모두 깜짝 놀랐다. 남편의 방에 있다가 그들이 길을 건너오는 걸 본 샬럿은 얼른 다른 방으로 달려가서 두 사람에게 이제 곧 벌어질 영광스러운 상황을 알렸다.

"이런 대우를 받게 된 건 엘리자 네 덕분인 것 같아. 나한테 인사를 하겠다고 다아시 씨가 이렇게 서둘러서 찾아왔을 리는 없으니까."

엘리자베스가 그런 칭찬을 받을 자격이 없다고 손사래를 칠 새도 없이 그들의 도착을 알리는 벨이 울렸고, 곧바로 세 명의 신사가 방으로 들어왔다. 앞장을 선 피츠윌리엄 대령은 서른쯤 되어 보였고, 미남은 아니지만 몸가짐이나 말하는 태도가 아주 신사다웠다. 다아시 씨는 하트퍼드셔에서 봤던 모습 그대로였고, 평소처럼 과묵하게 콜린스 부인에게 인사를 했다. 그리고 엘리자베스에 대한 그의 감정이 어떤 것이든, 그녀를 대하는 태도는 더없이 차분했다. 엘리자베스는 아무 말도 하지 않은 채 가볍게 인사만 했다.

피츠윌리엄 대령은 가정 교육을 잘 받은 사람답게 자연스럽고 편안한 태도로 곧장 대화를 시작하더니 매우 유쾌하게 이야기를 나눴다. 하지만 그의 사촌은 콜린스 부인에게 집과 정원에 대한 감상을 몇 마디 전하고는 어느 누구와도 말을 섞지 않고 한동안 앉아 있었다. 그러다가 예의를 갖춰야겠다는 생각이 들었는지 엘리자베스에게 가족의 안부를 물었다. 그녀는 의례적으로 대답하고는 잠시 쉬었다가 덧붙였다.

"언니가 세 달 전부터 런던에 머물고 있거든요. 혹시 거기서 보신 적이 있나요?"

그런 적이 없다는 걸 분명히 알고 있었지만, 빙리 남매와 제인 사이에 있었던 일에 대해 아는 티를 내지 않을까 하는 마음에서 던진 질문이었다. 실제로 그녀가 보기에는, 베넷 양을 만나는 행운을 누리지 못했노라고 대답할 때 그가 조금 당황하는 것 같았다. 그것에 대해서는 더 이상의 얘기가 오가지 않았고, 잠시 후에 신사들은 돌아갔다.

31

목사관에서는 피츠윌리엄 대령의 태도를 극구 칭찬했고, 숙녀들은 대령 덕분에 로징스에서의 모임이 훨씬 더 즐거워질 거라고 느꼈다. 하지만 그곳으로 초대를 받기까지는 며칠이 걸렸다. 집에 손님들이 있는 동안에는 그들이 필요하지 않았던 것이다. 신사들이 도착하고 거의 일주일이 지나 부활절이 되어서야 그들은 가까스로 관심을 받게 되었고, 그나마도 예배를 마치고 나오면서 저녁 식사를 함께하자는 요청을 받았다. 지난 일주일 동안 그들은 캐서린 부인이나 그분의 딸을 거의 보지 못했다. 피츠윌리엄 대령은 그 기간에 목사관을 한 번 이상 방문했지만, 다아시 씨는 교회에서 본 게 전부였다.

그들은 로징스에서 온 초대를 당연히 받아들였고, 적당한 시간에 캐서린 부인의 응접실에서 그곳에 있던 사람들과 만났다. 부인은 그들을 정중하게 맞았지만 아무도 없었을 때만큼 그들의 존재를 반기지는 않는 게 분명했다. 그녀는 실제로 조카들에게만 관심을 쏟고 말을 걸었으며, 특히 다른 누구도 아닌 다아시하고만 집중적으로 얘기를 나눴다.

피츠윌리엄 대령은 그들을 만난 게 진심으로 반가운 것처럼 보였다. 로징스에서 마주치는 모든 것을 즐겁게 받아들이는 듯했지만, 콜린스 부인의 어여쁜 친구는 특히 그의 관심을 사로잡았다. 그는 어느새 그녀의 옆자리에 앉아 켄트와 하트퍼드셔에 대해, 여행을 다니는 것과 집에 머무는 것에 대해, 새로운 책과 음악에 대해 너무나 유쾌하게 이야기했고, 엘리자베스로서는 그때까지 그 방에서 그것의 반만큼도 즐거웠던 적이 없었다. 두 사람이 어찌나 활기차고 자연스럽게 얘기를 나눴던지 캐서린 부인은 물론 다아시 씨마저 그들에게 관심을 갖게 되었다. 그는 곧 호기심 어린 눈길을 그들에게 보냈고, 빈번하게 그들을 쳐다봤다. 그리고 얼마 후에는 캐서린 부인이 똑같은 심정을 노골적으로 드러냈다. 그녀는 주저 없이 이렇게 외쳤다.

"무슨 얘기를 하고 있는 거니, 피츠윌리엄? 뭐에 대해 얘기를 하는 거야? 베넷 양한테 무슨 얘기를 해 주고 있어? 나도 좀 들어 보자."

"음악에 대해 얘기하고 있습니다, 이모님." 더 이상 대답을 피할 수 없게 되었을 때 그가 말했다.

"아, 음악! 그럼 큰 소리로 얘기하렴. 그건 내가 가장 좋아하는 화제니까. 음악에 대한 이야기라면 내가 빠질 수 없지. 잉글랜드에서 나보다 음악을 더 제대로 즐기거나 나보다 더 뛰어난 취향을 타고난 사람도 많지 않을걸. 제대로 배우기만 했다면 굉장한 전문가가 되었을 텐데. 그건 앤도 마찬가지야. 건강만 허락했다면 말이지. 앤은 틀림없이 멋진 연주를 할 수 있었을 거야. 조지애나의 실력은 늘었니, 다아시?"

다아시 씨는 애정 어린 목소리로 동생의 능숙한 실력을 칭찬했다.

"그 아이가 그렇게 좋은 평가를 듣는다니 정말 기쁘구나." 캐서린 부인은 말했다. "그리고 연습을 열심히 하지 않으면 훌륭한 연주를 기대할 수 없다고 내가 말하더라고 전해 주렴."

"그 애한테는 그런 충고의 말씀이 필요하지 않답니다." 그가 대답했다. "아주 꾸준히 연습을 하니까요."

"그거 다행이로구나. 연습은 많이 할수록 좋으니까. 그래도 다음에 그 애한테 편지를 쓸 때는 무슨 일이 있어도 연습을 게을리하면 안 된다고 한마디 해야겠다. 나는 아가씨들한테 꾸준한 연습 없이는 훌륭한 음악 실력을 갖출 수 없다고 종종 말해 준단다. 베넷 양에게도 여러 번 얘기했지. 더 연습을 하지 않으면 진짜 좋은 연주는 할 수 없을 거라고. 콜린스 부인, 자네에게는 피아노가 없지만 여러 번 얘기했듯이 매일 로징스에 와서 젠킨스 부인의 방에 있는 피아노로 연주해도 돼. 그곳에서는 누구에게도 방해가 되지 않으니까."

다아시 씨는 이모의 무례한 말이 조금 부끄러운 모양이었고, 아무 대답도 하지 않았다.

커피를 다 마셨을 때 피츠윌리엄 대령은 엘리자베스에게 연주를 해 주기로 약속했던 사실을 일깨웠고, 그녀는 곧바로 피아노 앞에 앉았다. 그는 의자를 끌어다가 그 옆에 앉았다. 캐서린 부인은 연주를 반쯤 듣다가 다른 조카와 하던 얘기를 계속했지만, 다아시는 잠시 후 그 자리를 떠나 평소처럼 조심스러운 태도로 피아노 앞으로 걸어갔고, 아름다운 연주자의 얼굴을 정면에서 바라볼 수 있는 곳에 자리를 잡았다. 엘리자베스는 그의 행동을 지켜봤고, 연주 중간에 쉬는 부분이 나오자 짓궂은 미소를 지으며 그에게 말했다.

"그렇게 엄숙한 모습으로 제 연주를 들으러 오신 건 저를 겁주시려는 거죠? 동생분이 그렇게 연주를 잘하신다고 해도 저는 의기소침하지 않을 거예요. 저는 고집이 있는 사람이라 누가 겁을 주려 한다고 해서 고분고분하게 겁을 집어먹지는 않거든요. 누가 위협하면 오히려 용기가 솟는답니다."

"오해하신 거라고 말하진 않겠습니다." 그가 대답했다. "제가 당신을 겁주려 했다고 진짜로 믿으실 리는 없으니까요. 그리고 우리가 알고 지낸 지도 이제 어느 정도 된 터라 당신이 실제로 믿지도 않는 말을 하면서 아주 즐거워할 때가 많다는 걸 알고 있거든요."

엘리자베스는 자신을 그렇게 묘사하는 말에 한바탕 웃고는 피츠윌리엄 대령에게 이렇게 말했다. "당신의 사촌께서는 저에 대해 상당히 좋게 얘기해 주시겠네요. 그러면서 제가 하는 말은 한마디도 믿지 말라고 하시겠죠. 다른 고장에 와서 그럭저럭 믿을 만한 사람인 것처럼 행세하려던 차에 제 본색을 이렇게 완벽하게 드러내 줄 사람을 만났으니, 저는 참 운도 없네요. 정말이지, 다아시 씨. 하트퍼셔에서 알게 되신 저의 약점을 그렇게 다 말씀하시는 건 너무 비열해요. 이렇게 말씀드려도 될지 모르겠지만 당신에게도 득이 될 건 없을걸요. 저의 복수심을 자극해서 친척분들이 들으면 깜짝 놀랄 말씀을 드릴 수도 있으니까요."

"두렵지 않습니다." 그는 미소를 지으며 말했다.

"다아시에 대해 힐난할 거리가 뭔지 어디 들어 봅시다." 피츠윌리엄 대령이 목소리를 높였다. "처음 만난 사람들 사이에서 다아시가 어떻게 행동하는지 알고 싶군요."

"그러면 말씀드릴게요. 하지만 아주 놀라운 얘기니까 단단히 각오하세요. 하트퍼셔에서 제가 다아시 씨를 처음 본 건 알다시피 무도회였는데, 그 무도회에서 저분이 어떻게 하셨게요? 춤을 네 번밖에 안 추셨답니다! 이렇게 어처구니없는 말씀을 드려서 죄송하지만 실제로 그랬어요. 신사분이 부족했는데도 겨우 네 번만 추셨다니까요. 그리고 제가 확실히 알기로는 파트너가 없어서 앉아 있어야 했던 아가씨

가 한두 명이 아니었답니다. 다아시 씨, 이런 사실을 부인하진 못하시겠죠?"

"당시에는 제 일행 말고는 그 자리에 계셨던 아가씨를 한 명도 알지 못했습니다."

"사실이에요. 그리고 무도회에서는 사람을 소개받을 수 없는 거겠죠. 자, 피츠윌리엄 대령님, 이제 무슨 곡을 연주할까요. 제 손가락이 대령님의 명령을 기다리고 있습니다."

"어쩌면," 다아시가 말했다. "소개를 부탁하는 편이 더 현명했을 겁니다. 하지만 저는 처음 만난 사람들과 친해지는 일에 소질이 없거든요."

"사촌분에게 그 이유를 물어볼까요?" 엘리자베스는 여전히 피츠윌리엄 대령에게 말을 걸었다. "그렇게 지성과 교양을 두루 갖추고 세상 경험도 풍부한 분이 처음 만난 사람들과 친해지는 데 소질이 없다는 이유가 뭔지?"

"그에게 묻지 않고도," 피츠윌리엄이 말했다. "그 질문에는 제가 대답을 할 수 있습니다. 그런 수고를 마다하기 때문이죠."

"어떤 사람들에게는 있는 재능이 제게는 없습니다." 다아시가 말했다. "한 번도 만난 적이 없는 사람들과 편안하게 대화를 나누는 그런 능력 말이죠. 다른 사람들이 흔히 그러는 것처럼 대화의 분위기를 맞추지도 못하고, 그들의 얘기에 관심이 있는 것처럼 꾸며 내지도 못합니다."

"제 손가락은," 엘리자베스가 말했다. "이 피아노 위에서 다른 많은 여자들이 그러는 것처럼 능숙하게 움직이지 못해요. 그만한 힘도 없고 그만큼 날렵하지도 않고 그렇게 잘 표현하지도 못한답니다. 하지만 저는 그걸 늘 제 탓으로 여겼어요. 왜냐하면 연습하는 수고를 기울이지 않았기 때문이죠. 제 손가락이 다른 여성들처럼 탁월하게 연주할 능력이 없다고 생각하는 건 아니에요."

다아시는 미소를 지으며 말했다. "전적으로 옳은 말씀입니다. 시간을 훨씬 유용하게 사용하셨군요. 당신의 연주를 듣는 특권을 누렸던 사람이라면 누구라도 연주에 부족함이 있다고 생각할 수 없을 겁니다. 우리는 둘 다 모르는 사람들 앞에서 연주를 하지 않는 셈이군요."

이때 캐서린 부인이 무슨 얘기를 하느냐고 물어서 대화가 중단되었다. 엘리자베스는 곧바로 다시 연주를 시작했다. 캐서린 부인이 다가왔고, 몇 분쯤 연주를 듣다가 다아시에게 말했다.

"베넷 양이 연습을 더 많이 하고 런던의 훌륭한 선생에게서 지도를 받을 수 있었다면 전혀 못 치는 실력은 아니었을 텐데. 소질은 앤만 못하지만 손가락의 움직임이 아주 좋아. 앤도 건강이 허락해서 더 배울 수만 있다면 탁월한 연주자가 되었을 텐데."

엘리자베스는 사촌에 대한 칭찬에 다아시가 얼마나 열렬하게 동의하는지 보려고 그를 쳐다봤지만, 그 순간은 물론이고 다른 상황에서도 애정의 징후는 전혀 찾아볼 수 없었다. 드버그 양을 대하는 그의 전반적인 태도에서 엘리자베스는 빙리 양에게 위로가 될 만한 결론에 도달했는데, 빙리 양이 그의 친척이었더라면 그녀와 결혼할 가능성도 드버그 양에 못지않았을 거라는 결론이었다.

캐서린 부인은 엘리자베스의 연주에 대해 이런저런 평을 계속하면서 연주법과 소질에 대한 갖가지 조언을 곁들였다. 엘리자베스는 예의 바르게 그 말들을 참아넘겼다. 그리고 일행을 집에 데려다줄 부인의 마차가 준비될 때까지 신사들의 요청에 따라 피아노 앞에 앉아 있었다.

다음 날 아침에 콜린스 부인과 마리아는 볼일이 있어서 마을에 가고 엘리자베스 혼자 앉아 제인에게 편지를 쓰고 있는데 뜻밖에 벨 소리가 들려왔다. 그건 틀림없이 손님이 찾아왔다는 신호였지만 그녀는 마차 소리를 듣지 못했던 터였다. 캐서린 부인이 아니라는 법이 없다고 생각한 엘리자베스는 온갖 무례한 질문을 피하기 위해 반쯤 쓰다 만 편지를 치우고 있었는데, 다아시 씨가, 그것도 혼자 방으로 들어서는 모습에 깜짝 놀랐다.

그도 그녀가 혼자 있는 것을 보고는 놀란 눈치였고, 숙녀분들이 모두 계시는 줄 알았다면서 불쑥 찾아와 죄송하다며 사과했다.

그런 다음 두 사람은 자리에 앉았고, 그녀가 로징스 사람들의 안부를 묻고 나자 완전한 침묵에 빠질 위기에 처한 듯했다. 그러니 뭐라도 할 말을 생각해 내는 것이 절실했고, 그런 상황에서 하트퍼드셔에서 그를 마지막으로 봤던 때를 기억해 내고는 그들의 일행이 그렇게 급하게 떠난 것에 대해 어떻게 말할지 궁금해진 엘리자베스가 이렇게 말했다.

"지난 11월에는 다들 네더필드를 왜 그렇게 갑자기 떠나신 건가요, 다아시 씨! 그

렇게 금방 여러분들을 만나게 됐으니 빙리 씨로서는 뜻밖의 반가운 일이었겠어요. 제 기억이 정확하다면 빙리 씨는 바로 전날 떠나셨으니까요. 빙리 씨와 누이분들은 런던에서 잘 지내고 계시겠죠."

"더할 나위 없이 잘 지냅니다. 감사합니다."

다른 대답이 더 나올 것 같지 않았고, 그래서 엘리자베스는 잠시 쉬었다가 말을 이었다.

"빙리 씨는 네더필드로 다시 돌아올 생각이 별로 없으신 것 같던데요."

"그렇게 말하는 걸 들은 적은 없습니다. 하지만 앞으로 그곳에서 많은 시간을 보낼 것 같지는 않습니다. 워낙 친구들이 많고, 지금 그의 나이는 친구와의 모임이 갈수록 늘어나는 시기니까요."

"네더필드에서 거의 머물지 않을 생각이라면 이웃들 입장에서는 그분이 그곳을 완전히 포기하는 편이 나을 텐데요. 그래야 다른 가족이 와서 자리를 잡을 수 있을 테니까요. 하지만 빙리 씨가 그 집을 얻은 건 이웃을 위해서가 아니라 본인을 위해서일 테니, 계속 유지하든 포기하든 그것도 본인에게 좋은 방향으로 결정하시겠죠."

"적당한 인수자가 나타나기만 하면," 다아시가 말했다. "곧바로 포기한다고 해도 놀랄 일은 아닐 겁니다."

엘리자베스는 아무 대답도 하지 않았다. 그의 친구에 대해 더 얘기하는 게 겁이 났고, 달리 할 말이 없었기 때문에 화제를 찾아내는 숙제를 그에게 넘기기로 결심했다.

다아시도 눈치를 챘는지 곧바로 말을 시작했다. "이 집은 매우 안락한 것 같군요. 콜린스 씨가 처음 헌스퍼드에 왔을 때 캐서린 이모님이 이 집에 신경을 많이 쓰신

걸로 알고 있습니다."

"그러셨을 거예요. 그리고 부인께서 베푸신 친절에 대해 콜린스 씨보다 더 감사하게 생각할 사람도 없을걸요."

"콜린스 씨는 부인을 아주 잘 만나신 것 같습니다."

"네, 그럼요. 콜린스 씨의 친구들이 무척 기뻐할 일이죠. 분별력이 있는 여자치고 그의 청혼을 수락할 사람은 드물고, 수락하더라도 그를 행복하게 해 줄 사람이 많지 않을 텐데 말이죠. 제 친구는 이해심이 아주 깊답니다. 비록 콜린스 씨와 결혼한 일이 아주 현명한 선택이었다고는 생각하지 않지만요. 그래도 본인이 더없이 행복해 보이고, 신중한 결정이라는 면에서 보면 그녀에게 아주 좋은 혼처였던 게 분명해요."

"친정 식구들이나 친구들이 쉽게 오갈 수 있는 거리인 것도 콜린스 부인에게는 매우 다행한 일이겠죠."

"쉽게 오갈 수 있는 거리라고요? 거의 80킬로미터나 되는데요."

"길이 좋은데 80킬로미터가 무슨 문제인가요? 반나절 남짓이면 올 수 있는데. 네, 저는 아주 쉽게 오갈 수 있는 거리라고 생각합니다."

"저는 거리가 이 결혼의 장점이라고는 생각하지 않겠어요." 엘리자베스가 큰 소리로 말했다. "콜린스 부인이 친정 근처에 살고 있다고는 말할 수 없어요."

"그건 당신이 하트퍼드셔에 대한 애착이 강하다는 증거죠. 롱본에서 아주 가까운 곳이 아니라면 어디든 멀어 보이지 않나요?"

그는 이렇게 말하면서 미소라고 할 만한 표정을 지었는데, 엘리자베스는 그 표정의 의미를 알 것 같았다. 제인과 네더필드를 염두에 두고 하는 말이라고 짐작하는 게 틀림없었다. 엘리자베스는 얼굴을 붉히며 대답했다.

"여자가 친정과 가까운 곳에 살수록 좋다는 뜻은 아니에요. 멀고 가까운 건 상대적이고, 여러 가지 다양한 사정에 따라 달라지니까요. 여행 경비 같은 것쯤은 대수롭지 않게 여길 만큼 재산이 넉넉하다면 거리는 걱정할 게 없죠. 하지만 샬럿의 경우는 다르거든요. 콜린스 부부의 수입은 충분하지만, 여행을 자주 할 수 있을 만큼은 아니에요. 그리고 제 친구는 지금의 절반도 안 되는 거리에 살더라도 친정이 가깝다고는 말하지 않을 거예요."

다아시 씨는 그녀 쪽으로 의자를 조금 당겨 앉으며 이렇게 말했다. "고향에 그렇게 강한 애착을 가지면 안 됩니다. 늘 롱본에서만 지냈던 것도 아닐 텐데."

엘리자베스는 놀란 표정을 지었다. 신사는 감정에 어떤 변화를 느꼈는지 의자를 다시 뒤로 빼더니 탁자에서 신문을 들어 훑어보고는 조금 냉담한 목소리로 말했다.

"켄트 지방은 마음에 드시나요?"

두 사람은 차분하고 간결하게 그 지역에 대해 짧은 대화를 나눴지만 볼일을 마친 샬럿 자매가 들어오면서 곧 끝이 났다. 자매는 둘이 마주 보고 있는 모습에 깜짝 놀랐다. 다아시 씨는 자신이 잘못 알고 찾아와 베넷 양을 방해했다고 말했고, 그 후로는 누구에게도 별말을 하지 않은 채 몇 분 정도 더 앉아 있다가 돌아갔다.

"이게 무슨 뜻이겠니!" 그가 떠나자마자 샬럿이 말했다. "어머, 엘리자. 저 사람이 너를 사랑하는 게 틀림없어. 그게 아니라면 이렇게 스스럼없이 우리를 방문할 리가 없다고."

하지만 엘리자베스는 다아시 씨가 입을 다물고 있었던 걸 얘기해 주었고, 그러자 샬럿의 바람과 달리 그럴 가능성은 매우 희박해 보였다. 이런저런 추측 끝에 그들은 마침내 그가 달리 아무것도 할 일이 없어서 찾아왔던 거라고 결론을 내렸는데, 계절을 생각하면 훨씬 설득력 있는 생각이었다. 야외 활동을 할 수 있는 시기는 지

낳고, 집에는 캐서린 부인과 책과 당구대가 있었지만 신사가 늘 실내에만 있을 수는 없는 노릇이었다. 그런데 목사관이 가까이 있었기 때문인지, 그곳으로 이어지는 산책로나 그곳에 사는 사람들이 유쾌했기 때문인지, 로징스의 두 사촌은 그때부터 거의 매일 목사관으로 산책을 가고 싶은 유혹을 느꼈다. 그들은 오전 중에 불쑥, 어떨 때는 따로, 또 어떨 때는 같이 찾아왔고, 가끔은 그들의 이모까지 동행할 때도 있었다. 피츠윌리엄 대령이 찾아오는 이유는 그곳 사람들과 어울리는 게 즐겁기 때문이라는 사실이 모두에게 분명해 보였고, 그런 생각은 그에 대한 호감을 더 키워 주었다. 그리고 그가 드러내는 명백한 관심뿐만 아니라 그와 함께 있을 때 느껴지는 만족스러운 기분 때문에 엘리자베스는 얼마 전에 마음을 주었던 조지 위컴을 떠올렸다. 비록 둘을 비교했을 때 사람을 사로잡는 부드러움에서는 피츠윌리엄 대령이 조금 뒤지지만 해박한 지식에서는 더 나을 거라고 생각했다.

하지만 다아시 씨가 목사관을 자주 찾는 이유는 이해하기 힘들었다. 사람들과 어울리고 싶어서 오는 것일 수는 없었는데, 무려 10분 동안이나 입 한 번 떼지 않고 앉아 있을 때도 많았기 때문이다. 그리고 어쩌다 말을 하더라도 하고 싶어서라기보다 어쩔 수 없어서 하는 것 같았다. 예의를 갖추기 위한 희생일 뿐, 정작 본인은 즐거워 보이지 않았다. 활기찬 모습을 보여 주는 경우도 거의 없었다. 콜린스 부인은 그를 어떻게 생각해야 할지 갈피를 잡지 못했다. 피츠윌리엄 대령이 가끔씩 멍하게 앉아 있다며 그를 놀리는 걸 보면 평소에는 그렇지 않다는 뜻이었지만, 그녀가 그에 대해 알고 있는 지식으로는 뭐라고 결론을 내릴 수가 없었다. 샬럿은 그런 변화가 사랑 때문이고, 그 사랑의 대상이 자신의 친구인 엘리자라고 믿고 싶었고, 그런 까닭에 그걸 알아내기 위해 본격적인 탐구에 나섰다. 그래서 로징스에 갈 때나 그가 헌스퍼드에 올 때마다 그를 주의 깊게 살펴봤으나 이렇다 할 성과는 없었다. 그가 그녀의 친구를 자주 쳐다보는 건 분명했지만 얼굴에 떠오른 표정은 확실치 않았다. 진지하게 시선을 고정하긴 했어도, 그 눈빛에 과연 애정이 담겨 있는지는 의심스러울 때가 많았고, 가끔은 그저 멍하니 쳐다보는 것 같기도 했다.

샬럿이 한두 번쯤 엘리자베스에게 다아시 씨가 마음을 주고 있을 가능성에 대해 넌지시 얘기해 봤지만, 엘리자베스는 늘 웃어넘겼다. 샬럿은 자꾸 기대감을 부풀려 봤자 실망으로 끝날지도 모른다는 우려에 이 얘기를 더 고집하는 건 옳지 않다고 생각했다. 그렇지만 샬럿이 보기에는 엘리자베스가 그의 마음을 자신이 좌우할 수 있다고 생각할 경우 그를 혐오하는 마음도 모두 사라질 게 틀림없어 보였다.

샬럿은 엘리자베스가 행복하길 바라는 마음에 이따금 그녀가 피츠윌리엄 대령과 결혼하면 좋겠다는 공상을 하기도 했다. 그는 더할 나위 없이 유쾌한 사람이었다. 그가 엘리자베스를 좋아하는 건 확실했고, 지위를 보더라도 최상의 조건이었다. 하지만 다아시 씨에게는 이 모든 걸 모두 상쇄할 힘이 있었는데, 그건 그의 사촌에게는 없는 성직 임명권을 상당히 많이 가지고 있다는 사실이었다.

33

엘리자베스는 장원을 거닐다가 뜻밖에 다시 씨와 마주친 적이 한두 번이 아니었다. 아무도 다니지 않던 길에 그가 나타난 것을 그녀는 운이 나쁜 것으로 여겼다. 그리고 두 번 다시 그런 일이 일어나지 않도록 자신이 가장 좋아하는 산책로라고 일부러 말해 주었다. 그러니 어떻게 같은 일이 또다시 일어날 수 있는 건지, 정말 희한한 노릇이었다! 그런데도 그런 일이 일어났고, 심지어 세 번이나 일어났다. 일부러 심술을 부리는 것이거나, 어쩌면 자발적인 고행인 것처럼 보였는데, 이렇게 마주칠 때마다 형식적인 안부 인사 몇 마디만 나누고 어색한 침묵을 지키다가 가 버렸을 뿐만 아니라 다른 길로 가도 될 것을 굳이 발길을 돌려서 그녀와 함께 걸었기 때문이다. 그는 말을 많이 하는 적이 없었고, 그녀도 말을 많이 하거나 들으려고 애쓰지 않았다. 하지만 세 번째로 마주쳤을 때는 어쩐지 그가 두서없는 질문을 한다는 생각이 들었는데, 이를테면 헌스퍼드에서 지내는 것이 즐거운지, 혼자서 산책하는 걸 좋아하는지, 콜린스 부부의 행복에 대해서는 어떻게 생각하는지 같은 것들을 물어 왔다. 그리고 로징스 이야기를 하면서 그녀가 그 저택을 제대로 알지 못한다고 말했을 때는, 그녀가 다시 켄트를 찾을 경우 마치 로징스에서도 머물기를 기

대하는 눈치였다. 그의 말에는 어쩐지 그런 의미가 담겨 있는 듯했다. 그건 혹시 피츠윌리엄 대령을 염두에 둔 말이었을까? 굳이 따지자면 피츠윌리엄 대령과의 관계에서 벌어질 가능성을 고려한 말이라고밖에는 볼 수 없었다. 이런 짐작은 그녀를 지치게 했고, 그래서 목사관 맞은편의 울타리 입구가 눈에 들어왔을 때 그녀는 무척 기뻤다.

하루는 얼마 전에 제인이 침울한 상태에서 보낸 편지의 몇몇 구절을 곰곰이 음미하며 산책을 하던 중이었는데, 이번에는 다아시 씨가 느닷없이 나타나는 대신 피츠윌리엄 대령이 다가왔다. 엘리자베스는 얼른 편지를 치우고 애써 웃음을 지으며 말했다.

"이쪽 길로 산책을 하시는 줄은 몰랐네요."

"장원을 돌아보고 있었습니다." 그가 대답했다. "해마다 하는 일이죠. 목사관을 방문하는 것으로 마무리를 지을 생각이었는데, 더 걸으실 건가요?"

"아니에요, 저도 막 돌아가려던 참이었어요."

그녀는 그러면서 발길을 돌렸고, 두 사람은 함께 목사관을 향해 걸어갔다.

"정말로 토요일에 켄트를 떠나시는 건가요?" 그녀가 물었다.

"네. 다아시가 또 미루지만 않는다면요. 하지만 저는 그의 의견을 따를 겁니다. 다아시는 이런 일정을 자기 내키는 대로 정하거든요."

"그렇다면 그분은 일정이 마음에 들지 않더라도 최소한 결정권을 지녔다는 것에 만족을 느끼겠군요. 마음 내키는 대로 하는 권한을 다아시 씨보다 더 즐기는 사람은 본 적이 없어요."

"그가 자기 마음대로 하는 걸 아주 좋아하기는 하죠." 피츠윌리엄 대령이 대답했다. "하지만 누구나 그렇지 않나요. 그는 다만 대부분의 사람들보다 그럴 능력이 더 많을 뿐이죠. 그는 부자고 다른 사람들은 가난하니까. 그냥 제가 느끼는 대로 말씀드리는 겁니다. 아시겠지만 장남이 아닌 경우에는 인내하고 의존하는 생활에 익숙해져야 하거든요."

"제 생각에는 백작의 차남이라면 그런 것에 대해 전혀 아는 바가 없을 것 같은데요. 아니, 솔직히 말해서, 대령님이 인내하고 의존하는 것에 대해 뭘 알고 계신가요? 돈이 없어서 가고 싶은 곳에 못 가 본 적이 있나요, 아니면 갖고 싶었는데 못 가져 본 게 있나요?"

"정곡을 찌르는 질문이군요. 그런 방면에서는 제가 어려움을 많이 겪었다고 말하지 않겠습니다. 하지만 더 중요한 문제에서는 돈이 없어서 힘들어질지도 모르죠. 장남이 아니면 원하는 사람과 결혼할 수 없으니까요."

"재산이 있는 여자를 좋아하면 되잖아요. 실제로 그런 경우가 많지 않나요?"

"소비 습관이 우리를 지나치게 의존적으로 만들죠. 저와 같은 처지의 사람들 중에는 돈에 구애를 받지 않고 결혼할 수 있는 사람이 많지 않습니다."

'혹시,' 엘리자베스는 속으로 생각했다. '이건 나를 두고 하는 말일까?' 그런 생각을 하자 얼굴이 달아올랐다. 하지만 마음을 가다듬은 그녀는 쾌활한 말투로 말했다. "그러면 말해 보세요. 백작의 차남은 보통 얼마죠? 장남이 아주 병약한 경우가 아니라면 5만 파운드 이상은 부르지 않을 것 같은데요."

그는 똑같이 농담처럼 대답했고, 그것으로 이 얘기는 끝이 났다. 침묵이 이어지면 행여 자신이 지금까지 했던 이야기 때문에 속이 상해서 그런다고 오해할까 봐 그녀는 곧바로 말을 이었다.

"사촌분이 대령님을 여기로 데려온 가장 큰 이유는 아무래도 자기 마음대로 할 사람이 필요해서가 아닐까 싶네요. 그분은 결혼도 그런 종류의 편리함을 확보할 마음에 하지 않을까요? 하지만 당장은 여동생만으로 충분할 테죠. 그리고 혼자서 동생을 돌보고 있으니 뭐든 자기 마음대로 할 테고요."

"아닙니다." 피츠윌리엄 대령이 말했다. "그 행운은 저와 반씩 나눠 가져야 하거든요. 제가 그와 함께 다아시 양의 후견을 맡고 있습니다."

"정말이요? 그렇다면 후견인으로서 어떤 역할을 하고 계신가요? 그 일 때문에 힘들지는 않으세요? 그 나이 또래의 아가씨는 종종 다루기가 조금 힘들 텐데, 다아시 가문의 기질을 물려받았다면 그녀도 제멋대로 하려고 들 수도 있고."

그녀는 이런 말을 할 때 대령이 자신을 뚫어지게 쳐다본다는 느낌을 받았다. 그러고는 대령이 즉각적으로 어째서 다아시 양이 자신들을 힘들게 할 거라고 생각하는지 그 이유를 물어보는 걸로 봐서 자신의 생각이 거의 들어맞았다고 확신했다. 그녀는 곧바로 대답했다.

"그렇게 놀라실 필요 없어요. 그녀에 대해 나쁜 얘기를 들은 건 아니니까요. 아마도 그녀는 세상에서 가장 온순한 분이겠지요. 제가 아는 어떤 숙녀분들이 다아시 양을 굉장히 아끼던걸요. 그 숙녀분들이란 바로 허스트 부인과 빙리 양이죠. 대령님도 그분들을 안다고 말씀하셨던 것 같은데요."

"조금 알고 있습니다. 오빠 되는 분이 유쾌하고 신사다운 사람이죠. 다아시의 절친한 친구이고요."

"아, 맞아요." 엘리자베스는 냉담하게 말했다. "다아시 씨는 빙리 씨에게는 유난히 다정하더군요. 이루 말할 수 없이 잘 보살펴 주고요."

"보살펴 준다! 맞습니다. 다아시는 그야말로 보살핌이 가장 필요한 부분에서 그를 챙겨 주는 것 같더군요. 여기로 오는 길에 다아시에게 들은 바로는 빙리가 그에게 상당히 큰 도움을 받았다고 생각할 만한 근거가 있습니다. 하지만 그 사람이 꼭 빙리였다고 단정할 수는 없으니까 자칫 실례가 되는 얘기일 수도 있습니다. 순전히 제 추측일 뿐이거든요."

"무슨 말씀이시죠?"

"다아시는 당연히 이 얘기가 널리 알려지는 걸 원치 않을 텐데, 숙녀분의 가족들 귀에라도 들어간다면 불쾌할 일이니까요."

"절대로 다른 사람에게는 말하지 않을게요."

"그리고 이게 빙리라고 단정할 이유가 없다는 것도 잊지 마세요. 다아시가 말해 준 건 이것뿐이니까요. 최근에 더없이 경솔한 결혼으로 곤경을 자초할 뻔한 친구를 구해 줘서 기쁘다는 얘기였어요. 관련된 사람들의 이름이나 자세한 내용 같은 건 전혀 언급하지 않았어요. 저는 단지 빙리가 그런 종류의 곤경에 빠질 만한 사람 같기도 하고, 지난여름 내내 둘이 함께 지냈다는 걸 알기 때문에 그게 빙리가 아닐까 짐작했던 것뿐이에요."

"다아시 씨가 왜 끼어들었는지, 그 이유는 말하지 않던가요?"

"아가씨 쪽에 아주 강력하게 반대할 만한 이유가 있었던 걸로 알고 있습니다."

"그렇다면 그 둘을 갈라놓기 위해 어떤 방법을 사용했을까요?"

"그 방법에 대해서는 말하지 않았어요." 피츠윌리엄은 미소를 지으며 말했다. "제가 지금 말씀드린 것 외에 다른 말은 없었습니다."

엘리자베스는 아무 대답도 하지 않고 계속 걸어갔지만, 가슴속에 화가 치밀어 올랐다. 그녀를 잠시 지켜보던 피츠윌리엄이 무슨 생각을 그렇게 골똘히 하느냐고 물었다.

"지금 하신 말씀에 대해 생각하고 있었어요." 그녀가 말했다. "사촌분의 행동이 좀 못마땅하게 느껴지네요. 대체 자기가 뭐라고 그런 판단을 하는 거죠?"

"그가 끼어든 것이 주제넘은 간섭이라고 생각하시는군요."

"다아시 씨가 무슨 권리로 친구의 감정이 옳은지 아닌지를 결정하고, 자신의 판단만으로 친구가 어떻게 해야 행복할지를 결정하고 지시하는지, 저로서는 이해할 수 없어요. 하지만," 그녀는 마음을 가라앉히고 말을 이었다. "자세한 내용을 전혀 모르는 상황에서 그를 비난하는 건 공정한 일이 아니겠죠. 그 친구의 애정이 깊지 않았던 거라고 봐야겠죠."

"그것도 말이 안 되는 가정은 아니지만," 피츠윌리엄이 말했다. "제 사촌이 자랑했던 승리를 너무 가혹하게 깎아내리는군요.”

농담처럼 말했지만, 엘리자베스에게는 다아시 씨의 모습을 그대로 그려 보이는 것 같아서 뭐라고 대답할 자신이 없어져 버렸다. 그래서 갑작스레 화제를 바꾸고는 목사관에 도착할 때까지 그저 대수롭지 않은 이야기만 나눴다. 그러고는 대령이 떠나자마자 방에 틀어박혀 누구의 방해도 없이 조금 전에 들은 이야기를 곱씹어 볼 수 있었다. 그 이야기의 주인공이 그녀가 모르는 다른 사람일 리는 없었다. 다아시 씨가 그렇게 무한한 영향력을 행사할 수 있는 사람이 세상에 두 명이나 존재할 수는 없었다. 그가 빙리와 제인을 떼어 놓는 일에 개입했으리라는 것을 엘리자베스는 한 번도 의심하지 않았다. 하지만 주도적으로 그 일을 계획하고 준비한 건 빙리 양이라고 생각했었다. 만약 그가 대령에게 허세를 부리면서 허풍을 떤 게 아니라면, 제인이 겪었고, 지금도 겪고 있는 모든 고통의 원인은 바로 그였다. 그의 오만과 변덕이 원인이었다. 바로 그가 세상에서 더없이 다정하고 너그러운 마음씨를 가진 사람에게서 모든 행복의 희망을 앗아 간 것이다. 그리고 그 해악이 얼마나 오래 지속될지는 아무도 알 수 없는 일이었다.

“아가씨 쪽에 아주 강력하게 반대할 이유가 있었던 것으로 알고 있습니다.” 피츠윌리엄 대령은 이렇게 말했다. 그리고 강력하게 반대할 이유라는 건 아마도 이모부는 시골 변호사이고, 외삼촌은 런던에서 장사를 한다는 사실이었을 것이다.

“언니만 보면,” 그녀의 목소리에 힘이 들어갔다. “반대할 이유가 있을 수 없지. 그렇게 사랑스럽고 착한데! 지성도 뛰어나고 교양도 풍부하고, 몸가짐은 또 얼마나 매력적이야. 아버지만 해도 그래. 괴팍하신 면이 있기는 하지만 반대할 게 없어. 다아시 씨라도 얕잡아 볼 수 없는 능력을 갖추셨고, 그가 따라잡을 수 없을 만큼 인격이 훌륭하시니까.” 그런데 어머니를 생각하자 자신감이 조금 떨어졌다. 그래도 다아시 씨가 그걸 중요하게 여겼을 리는 없다고 생각했다. 다아시라면 친구의 친인척이 될 사람들이 몰상식하다는 것보다는 지위가 떨어진다는 점에서 자존심이 더 상했을 것 같았다. 그래서 그녀는 마침내 다아시가 반대한 이유 가운데 일부는 그의 몹쓸 오만함 탓이고, 또 어느 정도는 자기 동생의 짝으로 빙리를 마음에 두고 있기 때문일 거라고 결론을 내렸다.

이런 생각을 하려니 분한 데다 눈물까지 나와서 머리가 지끈거렸다. 저녁 무렵에는 두통이 더 심해졌고, 다아시 씨를 보고 싶지 않은 마음까지 겹쳐서 콜린스 부부와 함께 로징스로 차를 마시러 가기로 한 약속을 지키지 않기로 했다. 엘리자베스가 정말로 몸이 안 좋은 것을 본 콜린스 부인은 더 이상 얘기하지 않았고, 남편이 강권하는 것도 최대한 막아 주었다. 하지만 콜린스 씨는 그녀가 집에 있으면서 오지 않았다고 하면 캐서린 부인의 심기가 불편할까 봐 노심초사했다.

34

그들이 떠나자 엘리자베스는 다아시 씨에 대해 마음껏 분통을 터트리려는 듯
이 켄트에 와서 받은 제인의 편지를 모두 꺼내 찬찬히 읽으며 시간을 보내기로 했
다. 편지에는 직접적인 불평의 말은 한마디도 담겨 있지 않았고, 과거에 있었던 일
을 다시 언급하거나 현재의 괴로움을 토로하는 말도 없었다. 하지만 전체적으로 거
의 모든 문장에서 언니의 특징인 쾌활함이 보이지 않았다. 차분하고 편안한 마음에
서 비롯되어 모든 사람을 다정하게 감싸 주고, 좀처럼 그늘진 곳이라곤 없던 특유
의 쾌활함이 사라지고 없었다. 처음 읽었을 때보다 더 꼼꼼히 읽다 보니 엘리자베
스는 모든 문장에 수심이 어려 있다는 걸 느낄 수 있었다. 자신이 초래한 고통을 자
랑처럼 말했다는 다아시 씨의 뻔뻔한 태도를 생각하니 언니의 고통이 더 절절하게
다가왔다. 그가 로징스에 머무는 시간이 내일모레면 끝난다는 게 그나마 위안이 되
었고, 보름 후면 언니를 만나 모든 애정을 쏟으며 언니의 기운을 되살려 줄 수 있을
거라는 생각은 더 큰 위안이 되었다.

다아시 씨가 켄트를 떠날 걸 생각하자 그의 사촌도 함께 간다고 했던 말이 기억
났다. 하지만 피츠윌리엄 대령은 그녀에게 청혼할 생각이 없음을 분명히 밝혔고,

상당히 괜찮은 사람이기는 해도 그 사람 때문에 불행해할 마음은 없었다.

이렇게 생각을 정리하고 있는데 갑자기 현관에서 벨이 울렸고, 피츠윌리엄 대령일지 모른다는 생각에 마음이 조금 설렜다. 그는 전에도 저녁 늦게 방문한 적이 있었고, 이번에도 그녀의 안부를 묻기 위해 온 것일지도 몰랐다. 하지만 이런 생각은 즉시 사라졌고, 설레던 기분도 완전히 달라졌는데, 방으로 들어선 사람은 놀랍게도 다아시 씨였기 때문이다. 그는 안절부절못하면서 그녀의 안부를 묻고는 그녀가 조금이라도 나아졌다는 소식을 들을까 싶어 찾아왔노라고 말했다. 그녀는 정중하면서도 차갑게 대답했다. 그는 잠시 앉아 있더니 일어나서 방을 거닐었다. 엘리자베스는 그 모습이 놀라웠지만 아무 말도 하지 않았다. 조금 더 침묵을 지키던 그는 다소 격앙된 태도로 다가오더니 이렇게 말했다.

"안간힘을 써 봤지만 허사였습니다. 그래 봐야 소용이 없을 것 같아요. 제 감정을 억누를 수가 없습니다. 당신을 얼마나 열렬히 사모하고 사랑하는지 말씀드리지 않을 수가 없습니다."

엘리자베스는 너무 놀라 말문이 막혔다. 그녀는 그를 멍하니 쳐다보며 얼굴을 붉혔고, 설마 하는 마음에 아무 말도 하지 않았다. 그는 엘리자베스가 자신을 진심으로 격려해 주고 있다고 생각했다. 그래서 자신의 마음이며 그 마음을 얼마나 오래 전부터 간직해 왔는지에 대해 고백하기 시작했다. 그의 말은 유려했지만, 그에게는 그런 마음 외에도 자세히 전해야 할 또 다른 감정들이 있었다. 그는 애정보다 자존심에 대해 이야기할 때 오히려 더 열변을 토했다. 자신에 비해 낮은 그녀의 신분, 그로 인해 자신이 받을 타격, 마음을 정하기까지 늘 걸림돌이 되어 왔던 그녀의 집안 등에 대해 흥분해서 늘어놓았다. 그가 감수해야 할 손해 때문이겠지만, 정작 청혼에는 그다지 도움이 될 것 같지 않았다.

그를 깊이 혐오하고 있었더라도 그 정도의 사람에게서 고백을 받는다는 것이 얼마나 큰 영광인지에 대해서는 엘리자베스도 잘 알고 있었다. 비록 거절하려는 뜻은 한순간도 변하지 않았지만 그가 받을 고통을 생각하니 처음에는 안쓰럽다는 마음도 들었다. 그러나 이어지는 그의 말에 울컥한 나머지, 치밀어 오른 분노가 그런 연민을 모두 삼켜 버리고 말았다. 그래도 그녀는 그의 말을 다 들은 후에 대답을 하자고 인내하며 기다렸다. 그는 그렇게 노력했음에도 억누를 수 없었으니 그 애정이 얼마나 강한 것이겠냐면서 자신의 손을 잡아 주는 것으로 그 사랑에 보답해 주길 기대한다는 말로 이야기를 마쳤다. 그는 이 말을 하면서 긍정적인 대답을 듣게 될 것을 전혀 의심하지 않는 눈치였다. 입으로는 우려와 불안을 운운했지만, 그의 표정에서는 확신이 엿보였다. 그 모습에 엘리자베스는 더 화가 났고, 그가 말을 마치자 상기된 얼굴로 이렇게 말했다.

"이런 경우에는 표현해 주신 감정에 맞는 답을 드리지 못하더라도 일단 감사를 표하는 것이 관례라고 알고 있습니다. 감사해야 마땅한 일이죠. 만약 제가 고마움을 느낄 수 있다면 당장 감사를 표할 거예요. 하지만 그럴 수가 없네요. 저는 당신의 호감을 바란 적이 한 번도 없고, 당신도 정말 마지못한 듯이 그걸 표현하셨죠. 누구에게든 제가 고통을 줬다면 미안한 일이에요. 하지만 제가 의도했던 바도 아니고, 그 고통이 오래가지 않기를 바랄 뿐입니다. 말씀하신 대로 저에 대한 감정을 인정하기까지 오래 걸렸다니, 이제 이런 설명을 들으시면 그걸 털어 내는 건 별로 어렵지 않으실 거예요."

벽난로에 몸을 기댄 채 그녀의 얼굴에 시선을 고정하고 있던 다아시 씨의 표정은 그녀의 말이 놀랍기도 하지만 그만큼 화가 나는 것 같았다. 그의 얼굴은 분노로 창백해졌고, 표정이 변할 때마다 마음의 동요가 여실히 드러났다. 평정심을 잃지 않기 위해 안간힘을 썼고, 냉정을 되찾았다고 확신할 수 있을 때까지는 입을 열지 않기로 작정한 것 같았다. 엘리자베스는 두려운 마음으로 기다렸다. 마침내 애써 침착하게 억누른 목소리로 그가 말했다.

"그러니까 이게 제가 영광스럽게 기대했던 대답이로군요! 그렇다면 어째서, 예의를 갖추려는 노력조차 기울이지 않은 채 그렇게 거절하시는지 그 이유를 좀 알 수 있을까요. 별로 중요하지는 않습니다만."

"저도 한 가지 여쭤보죠." 그녀가 대답했다. "저에게 불쾌감과 모욕을 안겨 줄 게 너무나 명백한데도, 당신은 어째서 의지를 꺾고 이성을 누르고 심지어 자신의 인품까지 거슬러 가면서 저를 좋아한다고 말씀하신 거죠? 제가 만약 무례했다면 이게 그 무례함에 조금이나마 변명이 되지 않을까요? 하지만 제가 화가 난 데는 다른 이유도 있어요. 제가 화가 났다는 건 당신도 아시겠죠. 당신에게 반감을 갖고 있지 않았더라도, 아무 느낌이 없었거나 심지어 호의적이었더라도, 제가 어떻게 사랑하는 언니의 행복을, 어쩌면 영원히 망쳐 버린 사람의 청혼을 받아들이겠어요? 그럴 수 있을 거라고 생각하세요?"

그녀가 이 말을 하자 다아시 씨의 안색이 변했지만, 그건 잠시였고, 그녀가 말을 계속하는 동안 중간에 끊으려 하지 않고 귀를 기울였다.

"저에게는 당신을 나쁘게 생각할 이유가 차고 넘쳐요. 어떤 동기로도 당신이 그 문제와 관련해서 취한 부당하고 비열한 행동은 변명이 될 수 없어요. 두 사람을 갈라놓고, 그래서 한 사람은 변덕스럽고 못 믿을 사람이라는 세상의 비난을 받게 만들고 또 한 사람은 실연당한 사람이라는 비웃음을 사게 만들어서 두 사람 모두에게 더없이 괴로운 불행을 안겨 줬으니까요. 그 일을 당신이 혼자 꾸미지는 않았더라도, 최소한 주도적인 역할을 했다는 건 차마 부정할 수 없겠죠."

그녀는 여기서 말을 멈추었는데, 그가 전혀 후회하는 기색 없이 차분하게 듣고 있는 모습에 적잖이 분노했다. 그는 심지어 믿을 수 없다는 듯이 미소까지 지으며 그녀를 바라보았다.

"당신이 그렇게 했다는 걸 부정할 수 있나요?" 그녀가 재차 물었다.

그러자 그는 짐짓 차분한 태도로 대답했다. "제 친구를 당신의 언니로부터 떼어 놓기 위해 제가 할 수 있는 모든 노력을 다했으며, 성공을 거둔 것에 기쁨을 느낀다는 사실을 부정할 마음은 전혀 없습니다. 그건 저보다 친구를 위하는 마음에서 한 행동이었습니다."

엘리자베스는 차분하게 지난 일을 회상하는 듯한 그의 모습마저 기분이 나빴지만, 거기에 담긴 의미는 놓치지 않았고 그 말에 마음이 누그러졌을 리도 없었다.

"하지만 이 일만이 아니에요." 그녀는 말을 이었다. "제가 당신을 싫어하는 이유는 또 있어요. 이 일이 있기 훨씬 전부터 당신에 대한 제 의견은 정해졌어요. 몇 달 전에 위컴 씨로부터 전해 들은 이야기로 당신이 어떤 인품의 사람인지 다 알게 됐죠. 이 문제에 대해서는 뭐라고 말씀하실 건가요? 이번에는 또 어떤 말도 안 되는 우정을 내세워서 변명을 하실 거죠? 아니면 이번에도 남에게 거짓말을 덮어씌우실 건가요?"

"그 신사분의 문제에 아주 관심이 많으시군요." 다아시의 목소리는 침착성을 조금 잃은 듯했고, 얼굴은 상기되었다.

"그분이 어떤 불운을 겪었는지 아는 사람이라면 어떻게 관심을 가지지 않을 수 있겠어요?"

"불운이라!" 다아시는 경멸하는 듯한 목소리로 되풀이했다. "맞습니다. 그는 대단한 불운을 겪었죠."

"그리고 그건 당신 탓이고요." 엘리자베스가 강한 어조로 힘주어 말했다. "그를 지금처럼 가난하게, 그러니까 상대적으로 가난하게 만든 사람은 당신이에요. 당신은 그가 받기로 되어 있다는 걸 뻔히 알면서도 그 혜택을 박탈한 장본인이죠. 인생의 절정기에, 그가 당연히 누렸어야 마땅한 재정적인 독립을 빼앗았다고요. 모두 당신이 한 짓이에요. 그런데도 그의 불운을 경멸하듯 조롱조로 말씀하시는군요."

"그래서 바로 이것이," 다아시는 빠른 걸음으로 방을 가로지르며 외쳤다. "나에 대한 당신의 의견이로군요. 이게 나에 대해 당신이 내린 평가예요. 이렇게 자세히 설명해 주시니 감사합니다. 당신의 말씀대로라면 제 잘못은 참으로 중대하군요! 하지만 어쩌면," 그가 걸음을 멈추더니 그녀를 향해 돌아서면서 덧붙였다. "이런 잘못은 눈감아 줄 수 있었을지도 모르겠군요. 진지하게 청혼하는 것을 오랫동안 망설여야 했던 고민들을 솔직하게 고백해서 당신의 자존심에 상처를 주지만 않았다면 말이죠. 제가 더 머리를 써서 제 번뇌를 감추고, 무조건적이고 순수한 애정에 이끌려 이성적으로 따지고 깊이 성찰한 끝에 청혼하는 거라고 사탕발림을 했더라면 이런 신랄한 비난을 피할 수 있었겠죠. 하지만 저는 어떤 종류의 가식도 혐오합니다. 제가 말씀드린 감정을 부끄럽게 생각하지도 않습니다. 그건 자연스럽고 솔직한 것이었습니다. 당신의 집안이 열등하다는 사실을 제가 기뻐했을 거라고 기대하실 수 있습니까? 저보다 확실히 지위가 떨어지는 사람들을 가족으로 맞게 되리라는 희망에 기뻐할 줄 아셨습니까?"

엘리자베스는 그의 얘기를 들으면 들을수록 점점 더 화가 더 치밀어 오르는 느낌이었지만, 최대한 침착하게 말하려고 안간힘을 썼다.

"다아시 씨, 당신이 청혼하는 방법은 그걸 거절할 때 들었을지도 모르는 미안한 마음을 덜어 줬다 뿐이지, 더 신사적인 태도를 보여 줬다고 해서 달리 어떤 영향을 미쳤을 거라고 생각하신다면 그건 착각이에요."

그는 이 말을 듣고 깜짝 놀랐지만 아무 말도 하지 않았고, 엘리자베스는 말을 이었다.

"어떤 식으로 청혼을 하셨더라도 저는 그걸 받아들일 마음이 들지 않았을 거예요."

이번에도 그의 놀라움은 명백했다. 그는 불신과 굴욕이 뒤섞인 표정으로 그녀를 쳐다봤다. 그녀는 계속했다.

"처음부터, 당신을 알게 된 바로 그 순간부터라고 말씀드려도 좋겠네요. 그때부터 당신의 태도를 보고 저는 당신이 오만하고 잘난 체하며 다른 사람의 감정은 무시하는 사람이라고 확신했어요. 이런 못마땅한 인상 위에 여러 가지 사건들이 뒤이어 더해지면서 흔들림 없는 혐오감이 세워진 거라고 할 수 있죠. 그래서 당신을 안 지 한 달도 지나지 않았을 때부터 저는 이런 사람과는 절대로 결혼할 수 없겠다는 생각을 갖게 되었어요."

"그만하면 충분합니다. 당신의 감정을 완벽하게 이해했고, 이제 제가 느꼈던 감정을 부끄러워할 일만 남았습니다. 시간을 너무 많이 뺏은 것을 용서해 주시고, 부디 건강하고 행복하십시오."

이렇게 말한 뒤 그는 서둘러 방을 떠났고, 곧이어 현관문을 열고 집을 나가는 소리가 들렸다.

엘리자베스가 느끼는 마음의 동요는 고통스러울 정도였다. 몸을 지탱할 수조차 없었고, 실제로 기운이 다 빠져서 의자에 앉아 반 시간이나 울었다. 방금 일어난 일들을 찬찬히 돌이켜 볼수록 놀라움은 점점 커졌다. 다아시 씨에게 청혼을 받다니! 그가 그렇게 여러 달 동안이나 자신을 사랑하고 있었다니! 친구가 자신의 언니와 결혼하는 걸 반대했던 그 모든 이유, 자신의 경우에도 최소한 똑같이 걸림돌이 되었을 그 많은 이유에도 결혼하고 싶을 정도로 자신을 사랑했다니! 도저히 믿을 수가 없었다. 자신도 모르는 사이에 그렇게 강한 애정을 불러일으켰다는 생각에 뿌듯하기는 했다. 하지만 그의 오만, 그의 그 가증스러운 오만, 제인에게 한 일을 아무렇지 않게 인정하는 뻔뻔함, 변명도 없이 그걸 시인하는 용서할 수 없는 당당함, 그리고 위컴 씨를 언급하면서 내보인 냉혹한 태도, 위컴 씨에게 잔인하게 굴었던 사실을 부인하려고도 하지 않은 점 등은 그의 애정이 순간적으로 불러일으킨 연민을 금세 압도해 버렸다.

엘리자베스가 이런 생각을 하며 몹시 심란해하고 있을 때 캐서린 부인의 마차 소리가 들렸고, 샬럿이 이상하게 볼지도 모른다는 생각에 그녀는 황급히 자신의 방으로 돌아갔다.

엘리자베스는 다음 날 아침에 일어나서도 잠들기 전까지 자신을 짓눌렀던 생각과 상념에서 벗어나지 못했다. 어제의 일이 안겨 준 놀라움이 좀처럼 가라앉지 않았다. 다른 일을 생각하는 건 불가능했고, 도무지 아무것도 할 수 없던 터라 아침 식사를 마치자마자 바깥 공기를 쐬며 산책이나 하자고 마음먹었다. 그녀는 곧장 즐겨 다니던 산책로로 향했지만, 다아시 씨가 이따금 그쪽으로 오던 것이 생각나 걸음을 멈췄다. 그러고는 장원으로 들어가는 대신, 큰길에서 더 멀리 떨어진 곳으로 이어지는 오솔길을 따라 걸었다. 장원의 울타리가 한쪽으로 경계를 이루었고, 그녀는 머지않아 장원으로 들어가는 입구 하나를 지나쳤다.

오솔길의 그 구간을 두세 번 오가고 나니 아침의 기운이 상쾌하게 느껴졌고, 그녀는 입구에서 걸음을 멈추고 장원 안쪽을 들여다봤다. 켄트에 와서 지낸 5주 사이에 주변의 모습도 많이 달라졌고, 때 이른 나무들의 푸른빛은 날이 갈수록 짙어졌다. 그녀가 산책을 계속하려는데, 장원의 가장자리를 이루는 덤불 안쪽으로 웬 신사의 모습이 얼핏 눈에 들어왔다. 혹시 다아시 씨일지도 모른다는 두려움에 그녀는 곧바로 발걸음을 돌렸다. 하지만 그녀를 향해 다가오던 그 사람은 이제 그녀를 알아볼 만큼 거리가 가까워졌고, 성큼성큼 걸어오며 그녀의 이름을 불렀다. 그녀는 돌아섰지만, 자신의 이름을 부르는 소리가 다아시 씨의 목소리라는 걸 알고는 다시 입구 쪽으로 향했다. 그때쯤에는 그도 입구에 도달해서 편지 한 통을 내밀었고, 그녀가 얼결에 그걸 받아들자 그는 고고하고 침착한 표정으로 이렇게 말했다. "당신을 만날 수 있을까 싶어서 숲속을 한참 거닐었습니다. 이 편지를 읽어 주시겠습니까?" 그러고는 가볍게 고개를 숙이고 다시 돌아서 숲으로 들어갔고 이내 시야에서 사라졌다.

즐거움을 기대하지는 않았지만 강한 호기심에 이끌려 편지를 열었더니 놀랍게도 매우 작은 글씨로 빽빽하게 써 내려간 편지지 여러 장이 들어 있고, 겉면에까지 글씨가 빼곡했다. 오솔길을 따라 걸으며 그녀는 편지를 읽기 시작했다. 편지를 쓴 장소와 시간은 로징스에서 아침 여덟 시라고 되어 있었고, 내용은 다음과 같았다.

이 편지를 받고 간밤에 당신을 그토록 불쾌하게 만들었던 그 감정을 되풀이하게 하거나 재차 청혼하는 게 아닐까 놀라지 마십시오. 두 사람의 행복을 위해 빨리 잊을수록 좋은 희망을 다시 한번 거론해서 당신께 고통을 주거나 저 자신을 비참하게 만들 의도는 전혀 없습니다. 그리고 제 성격상 꼭 필요하지 않았다면 수고스럽게 이 편지를 써서 당신께 드리지 않았을 겁니다. 그러므로 제멋대로 당신께 이런 요구를 하는 것을 용서해 주셔야겠습니다. 내키지 않으리라는 걸 알지만 당신의 공정함으로 부디 읽어 주시기를 부탁드립니다.

성격도 매우 다르고 중대함의 차원에서도 전혀 다른 두 가지 잘못에 대해 당신은 간밤에 저를 비난하셨습니다. 첫 번째 언급하신 것은 제가 두 사람의 감정을 무시한 채 빙리를 당신의 언니에게서 떼어 놓았다는 것이죠. 다른 하나는 여러 면에서 당연한 권리임에도 명예와 도리를 저버린 채 위컴 씨가 당장 누려야 마땅한 부를 빼앗고 그의 미래까지 망쳐 버렸다는 것이었습니다. 선친이 아꼈던 어린 시절의 친구이자, 우리의 후원 외에는 달리 의지할 데도 없고 그 후원을 기대하며 자란 젊은이를 의도적으로, 그리고 정당한 이유 없이 저버렸다면 엄청난 악행일 것입니다. 애정을 키운 기간이 겨우 2~3주에 불과한 젊은 연인들을 갈라놓은 것은 비교도 안 되겠지요. 하지만 이제부터 말씀드릴 제 행동과 동기에 대한 설명을 읽으신다면, 이 두 가지 일과 관련해서 간밤에 거침없이 저를 다그치셨던 그런 비난은 더 이상 하지 않으시리라 기대합니다. 아무래도 제 입장에서 설명을 드리다 보면 당신이 불쾌할 수도 있는 감정을 언급하게 될 텐데, 그것에 대해서는 죄송하다는 말씀밖에 드릴 수 없습니다. 그것은 어쩔 수 없는 것이니 더 이상 변명을 하는 것도 우스운 일일 겁니다.

하트퍼드셔에 가서 얼마 지나지 않았을 때, 저도 다른 사람들과 마찬가지로 빙리가 그 고장의 아가씨들 중에서 당시의 언니를 가장 좋아한다는 사실을 알게 되었습니다. 하지만 그의 마음이 진지한 사랑일지 모른다고 걱정하게 된 건 네더필드에서 무도회가 열린 저녁이었죠. 그가 사랑에 빠진 경우는 전에도 종종 본 적이 있었기 때문입니다. 그날 무도회에서, 당신과 춤을 추는 영광을 누리고 있을 때 윌리엄 루카스 경이 하시는 말씀을 듣고 당신

의 언니에 대한 빙리의 애정이 두 사람의 결혼에 대한 주변 사람들의 기대
로 이어질 정도라는 사실을 비로소 알게 되었습니다. 루카스 경은 그걸 기
정사실처럼, 날짜를 잡기만 하면 되는 일처럼 말씀하셨죠. 그때부터 저는 제
친구의 행동을 주의 깊게 관찰했습니다. 그리고 그제야 언니분에 대한 그
의 마음이 그때까지 제가 봤던 것 이상이라는 걸 깨달았습니다. 저는 당신
의 언니도 지켜봤습니다. 그녀의 모습이나 태도는 언제나처럼 솔직하고 밝
고 매력적이었지만 특별한 애정의 징후는 찾아볼 수 없었습니다. 그렇게 그
날 저녁에 자세히 관찰한 결과, 언니께서 그의 애정을 기쁘게 받아들이기는
했지만 어떤 감정을 가지고 그걸 부추기는 건 아니라는 확신을 굳히게 되었
습니다. 이 점과 관련해서 당신이 오해한 게 아니라면 제가 잘못 판단한 게
틀림없겠죠. 당신의 언니에 대해서는 아무래도 당신이 훨씬 잘 아실 테니까
후자일 가능성이 높을 겁니다. 만약 그렇다면, 제가 잘못된 판단으로 언니께
고통을 안겨 드렸으니 당신의 분노는 너무나 지당합니다. 그러나 제가 아무
거리낌도 없이 말씀드릴 수 있는 건, 언니의 표정과 태도가 너무 차분했기
때문에 아무리 예리한 관찰자라도 그녀가 성격은 다정하지만 마음은 쉽게
주는 사람이 아니라는 확신을 갖게 되었으리라는 겁니다. 그녀가 제 친구에
게 마음이 없다고 믿고 싶었던 건 분명합니다. 하지만 감히 말씀드리자면
저는 뭔가를 조사하거나 결정할 때 희망이나 두려움에 좌우되는 사람이 아
닙니다. 그녀가 제 친구에게 마음이 없다고 믿은 건 단지 그러길 바랐기 때
문이 아닙니다. 제게는 객관적인 확신이 있었고, 그것이 이성적이었기를 바
랄 뿐입니다. 제가 그 결혼에 반대한 이유는 간밤에 말씀드렸던 이유, 제 경

우에 떨쳐 내기 위해 더없이 강렬한 열정이 필요했다고 털어놓았던 그 이유 때문만은 아니었습니다. 집안이 보잘것없다는 사실은 저와 달리 제 친구의 경우에는 그렇게까지 치명적인 문제가 아닐 수도 있습니다. 하지만 그 결혼에 반감을 느낀 데에는 다른 이유들이 있었습니다. 여전히 존재하고, 제 친구 못지않게 제게도 해당이 되지만 저는 당면한 일이 아니기 때문에 애써 잊으려고 노력했던 이유들입니다. 그 이유들을 간략하게나마 말씀드려야 겠습니다. 외가의 지위는 비록 불만스럽지만 어머님이나 당신의 세 여동생, 그리고 죄송하지만 심지어 가끔은 당신의 아버님까지도 그토록 빈번히, 그리고 거의 한결같이 드러냈던 철저하게 교양 없는 모습에 비하면 아무것도 아닙니다. 당신의 기분을 상하게 만드는 것은 저도 괴롭습니다. 비록 가족들이 드러내는 이런 결점 때문에 속상하고 이런 얘기를 듣는 것도 기분 나쁘시겠지만, 오히려 두 분의 지성과 성품을 드높이는 일이라 생각하시고 위안을 삼으시기 바랍니다. 두 분만큼은 그런 식으로 흉잡힐 행동을 하지 않고 오히려 주변 사람들로부터 두루 칭찬을 받으시니까요. 그날 저녁에 있었던 일로 당신의 가족에 대한 제 견해는 확고해졌고, 더없이 불행한 관계가 될 것 같은 결혼으로부터 친구를 구해야겠다는 마음은 더 절실해졌습니다. 당신도 기억하실 게 분명하지만 그는 다음 날 네더필드를 떠나 런던으로 갔고, 곧 돌아올 예정이었습니다.

이제부터 제가 한 일을 말씀드리겠습니다. 그의 누이들도 저만큼이나 불편한 심정이었고, 우리는 생각이 일치한다는 걸 곧 알게 되었습니다. 그리고 그를 떼어 놓기 위해 지체할 시간이 없다는 것에 대해서도 같은 마음이

었던 터라 우리는 곧바로 런던에서 그와 합류하기로 결정했습니다. 그렇게

해서 우리는 런던으로 갔고, 그곳에서 저는 제 친구에게 그런 결혼은 명백

한 재앙을 불러올 거라고 지적하는 임무를 기꺼이 수행했습니다. 저는 열심

히 설명하고 강조했습니다. 그러나 이런 충고가 그의 결심을 흔들거나 늦출

수는 있었을지 모르지만, 당신의 언니가 그를 좋아하고 있지 않다고 주저

없이 장담하지 않았더라면 결국 결혼까지 막지는 못했을 거라고 생각합니

다. 그 전까지 빙리는 당신의 언니가 비록 자신만큼은 아니어도 진실한 애

정을 보여 줄 거라고 믿고 있었습니다. 하지만 빙리는 타고나길 온순한 성

품이라 자신의 생각보다 제 판단에 더 크게 의존합니다. 따라서 그가 잘못

생각했었다고 알아듣게 설득하는 건 그리 어렵지 않았습니다. 이런 확신을

주고 나자 하트퍼드셔로 돌아가지 않게 만드는 것은 금방이었습니다. 여기

까지는 제가 한 일이 크게 잘못되었다고 생각할 수 없습니다. 돌이켜 생각

했을 때 이 일 전체에서 한 가지 마음에 걸리는 건 언니께서 런던에 있다는

사실을 감추기 위해 이런저런 방법을 동원했던 것입니다. 언니가 와 계신다

는 소식이 빙리 양에게 알려지면서 저도 그걸 알게 되었지만 빙리는 지금

까지도 모르고 있습니다. 어쩌면 두 사람이 만났더라도 제 생각만큼 결과가

나쁘지 않았을 수도 있었겠죠. 하지만 제가 보기에는 베넷 양을 만나고도

위험하지 않을 만큼 그의 애정이 충분히 식은 것 같지 않았습니다. 어쩌면

그런 은폐, 이런 기만은 부끄러운 행동이었을 겁니다. 하지만 그렇게 했고,

그게 최선이라고 생각했습니다. 이것과 관련해서는 더 말씀드릴 것이 없고,

더 이상 사과드릴 것도 없습니다. 언니의 마음에 상처를 드렸다면 모르고

한 일입니다. 저를 움직인 동기가 당신에게는 당연히 충분치 않아 보이겠지만,

저로서는 그것이 비난받아야 하는 행동인지 아직까지 잘 모르겠습니다.

다른 문제, 더 심각한 비난, 위컴 씨에게 피해를 주었다는 그 비난을 반박하기

위해서는 그와 제 가족의 관계를 전부 밝힐 수밖에 없을 것 같습니다. 그가 특

별히 어떤 점에서 저를 비난했는지, 저는 모릅니다. 하지만 이제부터 제가 말씀

드릴 이야기가 진실이라는 것에 대해서는 신뢰할 만한 증인을 한 명 이상 불러

올 수 있습니다.

위컴 씨의 아버지는 매우 훌륭한 분으로 오랫동안 펨벌리의 재산을 관리하셨

습니다. 맡은 일을 충실하게 수행하셨기 때문에 제 아버님은 자연스럽게 그에게

도움을 주고 싶다는 마음을 갖게 되셨고, 당신의 대자였던 조지 위컴에게 후한

친절을 베푸셨습니다. 아버지는 그의 중등 교육에 이어 케임브리지의 학비도 지

원하셨습니다. 이건 아주 중요한 지원이었는데, 아내의 사치로 인해 늘 돈에 쪼

들렸던 그의 아버지는 아들에게 신사다운 교육을 시킬 형편이 못 되었기 때문입

니다. 제 부친께서는 늘 매력적인 태도를 보여 주었던 이 젊은이와 어울리는 걸

좋아하셨을 뿐만 아니라 그를 매우 높이 평가하셨고, 성직자가 되기를 기대하

시며 그에게 자리를 마련해 주실 생각이었습니다. 그와 관련해서 제가 전혀 다

른 생각을 갖기 시작한 것은 벌써 여러 해 전이었습니다. 그는 자신의 가장 좋

은 친구였던 제 아버지께는 불량스러운 기질이나 원칙 없는 태도를 들키지

않으려고 주의했지만, 거의 같은 또래이고 그가 방심한 순간을 지켜볼 기회

가 있었던 젊은이의 눈은 피할 수 없었으니까요. 여기서 저는 또다시 당신에

게 고통을 드리게 되겠군요. 하지만 위컴 씨가 당신에게 불러일으킨 감정이

어떤 것이든, 그 감정을 염려해서 그의 본색을 말씀드리는 걸 멈추지는 못하 겠습니다. 오히려 한 가지 동기가 더 추가된다고 봐야겠죠.

저의 훌륭하신 부친께서는 오 년쯤 전에 세상을 떠나셨습니다. 위컴 씨에 대한 아버님의 애정은 마지막까지 흔들림이 없었습니다. 유언으로 그가 선택하는 직업 내에서 최고의 지위에 오르도록 도와주고 만약 성직을 택한다면 상당한 수익이 보장되는 교구의 자리가 나는 즉시 그를 임명하라고 제게 특별히 당부하셨습니다. 따로 천 파운드의 유산도 남기셨죠. 그의 아버지도 저희 부친이 돌아가신 후 얼마 지나지 않아 세상을 떠나셨는데, 이런 일들을 치르고 6개월 후에 위컴 씨는 제게 편지를 보내 성직을 택하지 않기로 했으니 혜택을 보지 못하게 된 성직 우선권 대신 좀 더 직접적인 보상을 기대하는 것을 무리하다고 보지 말아 달라더군요. 그러면서 덧붙이길 법을 공부하고 싶은데, 천 파운드라는 돈의 이자로는 경비가 턱없이 부족하다는 것이었습니다. 저는 그 말을 믿었다기보다 사실이길 바랐다고 하는 편이 옳을 겁니다. 하지만 어느 쪽이건 그의 요구를 받아 줄 생각이었습니다. 위컴 씨가 성직자의 재목이 아니라는 걸 알고 있었기 때문이죠. 그래서 그 일은 곧 처리되었습니다. 그는 성직을 받을 수 있는 상황이 되더라도 모든 권리를 포기한다는 조건으로 3천 파운드를 대신 받았습니다. 우리 사이의 관계는 그것으로 끝난 것처럼 보였습니다. 저는 그를 워낙 탐탁하지 않게 여겼기 때문에 그를 펨벌리로 초대하지도 않았고, 런던에서 어울리지도 않았습니다. 그는 주로 런던에서 생활한 걸로 알고 있지만 법률 공부를 한다는 건 구실에 불과했죠. 모든 구속에서 벗어난 그의 생활은 나태하고 방탕해졌습니다. 삼

년 동안은 그에 대한 소식을 거의 듣지 못했습니다. 그런데 그가 물려받기로 했던 교회의 목사가 세상을 뜨자 그는 다시 제게 편지를 보내 추천을 부탁했습니다. 생활이 무척 어렵다고 했는데, 그건 믿기 어렵지 않았습니다. 법률을 공부해서는 큰돈을 벌 수 없다는 걸 깨달았고, 이제 성직을 받을 결심을 굳혔다는 것이었습니다. 물론 제가 그 자리에 그를 추천할 경우의 얘기였지만, 그것에 대해서는 전혀 의심하지 않는 눈치였습니다. 달리 임명할 사람도 없거니와 존경하는 부친의 유언을 잊었을 리 없다는 것이었습니다. 그의 이런 요청에 응하지 않았다고 해서, 반복된 부탁을 모두 거절했다고 해서 저를 비난하지는 않으시겠죠. 그의 원망은 생활이 어려울수록 커져 갔고, 저를 직접적으로 비난했듯이 다른 사람들 앞에서도 저에 대해 지독한 험담을 늘어놓았을 건 불 보듯 뻔합니다. 이때 이후로는 모든 교제가 끊어졌습니다. 그가 어떻게 살았는지 저는 모릅니다. 하지만 지난여름에 그는 다시 한번 매우 고통스러운 방법으로 제 주의를 끌었습니다.

이제부터 저는 스스로도 잊고 싶은 일을 언급해야 하는데, 지금과 같은 상황만 아니었다면 어느 누구에게도 털어놓지 않았을 얘기입니다. 이렇게까지 말씀드렸으니 비밀을 지켜 주시리라 믿어 의심치 않습니다. 제게는 열 살 넘게 터울이 지는 여동생이 있는데 어머님의 조카인 피츠윌리엄 대령과 제가 후견인을 맡고 있습니다. 일 년쯤 전에 동생은 학교를 그만두고 런던에서 생활하게 되었습니다. 작년 여름에는 살림을 맡아 주는 영 부인이라는 사람과 함께 램스게이트에 갔습니다. 위컴도 마침 그곳에 갔는데, 그건 계획적이었던 게 틀림없습니다. 그와 영 부인이 이미 알고 지냈던 것으로 밝혀졌기 때문인데, 영 부인의 인품에 대해서는 너무나 안타깝게도 저희가 속았던 것이죠. 그리고 부인의 묵인과 도움 속에 그는 조지애나에게 접근했는데, 동생의 다정한 마음에는 어린 시절에 받았던 그의 친절한 인상이 강하게 남아 있었고, 그는 그걸 사랑이라고 믿게 만들어서 같이 도망치자는 말에 동의를 얻어 냈습니다. 동생은 당시에 열다섯 살밖에 되지 않았으니 어리숙한 탓이었다고 해야겠죠. 동생의 경솔함에 대해 얘기했지만, 다행스러운 건 그걸 알게 된 것도 그 경솔함 덕분이었다는 겁니다. 도망치기로 계획한 날을 하루인가 이틀 앞두고 제가 예기치 않게 두 사람과 같은 자리에 있게 되었는데, 거의 아버지처럼 생각하는 오빠에게 슬픔과 고통을 안겨 준다는 생각을 참을 수 없었던 조지애나가 저에게 모든 걸 털어놓았습니다. 제가 어떤 기분이었고 어떤 행동을 취했을지는 상상하실 수 있을 겁니다. 제 여동생의 체면과 감정을 고려해서 공공연하게 폭로하지는 못했지만 즉시 그곳을 떠난 위컴 씨에게 편지를 썼고, 영 부인은 당연히 곧바로 해고했습니다. 위컴의 가장 큰 목적은 의심할 여지없이 3만 파운드에 달하는 제 여동생의 재산이었겠으나, 저에게 복수하려는 마음도 컸으리라는 의심을 지울 수 없습니다. 그의 복수는 정말이지 완벽할 뻔했습니다.

이것으로 우리가 함께 관련된 모든 사건에 대해 충실하게 말씀드렸습니다. 그리고 이 모든 것이 거짓이라고 완전히 부인하지만 않으신다면, 이제부터는 제가 위컴 씨에게 잔인하게 굴었다는 비난은 거둬 주시리라 기대합니다. 그가 어떤 방법으로, 어떤 거짓말로 당신을 속였는지는 알 수 없지만, 이런 일들을 당신이 전혀 몰랐던 만큼 그가 성공을 거둔 건 아마 놀랄 일이 아닐 겁니다. 거짓을 알아차릴 수도 없었을 테고, 의심하는 건 당신의 성격이 아니니까요.

아마 그렇다면 왜 이런 얘기들을 어젯밤에 하지 않았는지 의아해하실지도 모르겠네요. 하지만 당시에는 어디까지 말할 수 있는지, 또는 말해야 하는지 판단할 만큼 이성적이지 못했습니다. 지금까지 말씀드린 모든 내용의 진실 여부에 대해서는 누구보다 피츠윌리엄 대령의 증언을 들어 보시라고 권해 드릴 수 있습니다. 가까운 친척이자 꾸준히 친밀한 관계를 이어 왔고, 무엇보다 제 부친의 유언 집행자 가운데 한 사람으로서 그동안 있었던 모든 일을 상세히 알 수밖에 없기 때문입니다. 저에 대한 혐오감 때문에 제 말은 들을 가치도 없다고 여기시더라도 제 사촌과 허심탄회하게 이야기를 나누는 것까지 같은 이유로 마다하시지는 않겠죠. 그의 설명을 들을 시간이 있도록 이 편지가 오전 중에 당신의 손에 들어갈 기회를 찾아보겠습니다. 부디 당신에게 신의 가호가 있기를.

– 피츠윌리엄 다아시

36

　다아시가 편지를 건넸을 때 다시 청혼할 거라고는 기대하지 않았지만 설마 이런 내용일 줄은 상상도 못 했다. 그러나 이런 내용을 담고 있었던 만큼 그녀가 얼마나 열심히 읽어 내려갔을지, 그 내용이 얼마나 모순된 감정을 불러일으켰을지는 짐작하기 어렵지 않을 것이다. 편지를 읽는 동안 그녀는 뭐라 표현할 수 없는 감정을 느꼈다. 처음에는 그가 변명을 할 수 있다는 사실이 놀라웠다. 설명이라고 해 봐야 수치를 아는 사람이라면 입 밖에 낼 수도 없는 그런 내용일 거라고 믿어 의심치 않았다. 그가 할 법한 이야기에 대해 이미 완고한 편견을 품은 채 네더필드에서 있었던 일에 대한 설명을 읽기 시작했다. 너무 열심히 읽었는지 내용이 잘 이해되지 않았고, 다음 문장이 너무 궁금해서 지금 읽는 문장의 뜻을 파악할 수 없을 정도였다. 언니가 무심하다고 믿었다는 그의 말은 즉시 거짓말로 치부해 버렸고, 결혼을 반대한 진정한 이유, 가장 크다고 말한 이유를 읽고는 너무 화가 난 나머지 그를 제대로 이해해 보려는 마음마저 사라졌다. 자신이 한 일에 유감을 표한 것도 그녀에게는 전혀 흡족하지 않았다. 그의 문체에서는 잘못을 반성하는 기미를 찾아볼 수 없었고 오히려 거들먹거리는 느낌이었다. 오만과 무례 그 자체였다.

그러나 뒤이어 위컴 씨에 대한 부분이 나왔을 때는 어느 정도 명료한 정신으로 일련의 사건에 대한 설명을 읽었는데, 만약 사실이라면 위컴의 미덕에 대해 간직해 온 모든 판단을 뒤집기에 충분했다. 하지만 위컴 씨 본인에게서 들었던 내용과 놀랍도록 유사한 탓에 그녀의 마음은 더욱 고통스러웠고, 뭐라 표현할 수 없는 심정이 되었다. 놀라움과 걱정, 심지어 충격이 그녀의 마음을 짓눌렀다. 모든 걸 거짓이라 믿고 싶은 마음에 이런 말만 계속 외쳤다. "거짓말일 거야! 사실일 리가 없어. 터무니없는 거짓말이 틀림없어!" 편지를 다 읽었지만 마지막 한두 쪽은 무슨 내용인지 머릿속에 들어오지도 않았다. 그녀는 되는대로 편지를 밀어 놓고는 신경도 쓰지 않겠다고, 두 번 다시 펼쳐 보지도 않겠다고 다짐했다.

그녀는 도무지 생각을 다잡지 못한 채 이렇게 황망한 심정으로 서성거렸다. 하지만 소용이 없었다. 30초도 지나지 않아 다시 편지를 펼쳤다. 최대한 마음을 가라앉힌 다음 위컴 씨와 관련된 부분을 참담한 심정으로 다시 읽기 시작했고, 문장 하나하나의 뜻을 꼼꼼히 살펴볼 만큼 자제력을 발휘했다. 펨벌리 집안과의 관계에 대한 설명은 위컴 본인의 말과 정확하게 일치했다. 돌아가신 다아시 씨가 베푼 친절에 대한 부분도 그 전까지는 어느 정도인지 몰랐었지만 그가 했던 말과 다르지 않았다. 여기까지는 서로가 상대방의 말을 확인해 준 셈이었다. 하지만 유언장 부분에 이르자 차이가 확연해졌다. 위컴이 목사직에 대해 했던 이야기는 아직도 그녀의 기억에 생생했고, 그가 썼던 표현까지도 되뇔 수 있는 터라, 어느 한쪽이 엄청난 거짓말을 하고 있다고 느끼지 않을 수 없었다. 그리고 한동안은 자신의 판단이 틀리지 않았다고 마음을 놓았다. 하지만 곧바로 이어진 부분, 위컴이 목사직에 대한 권리를 포기하는 대신 3천 파운드라는 거금을 받았다는 그 부분을 주의 깊게 반복해서 읽고 나자 다시 한번 망설여졌다. 그녀는 편지를 내려놓고 최대한 공평하게 모든 상황을 가늠하고 모든 진술의 개연성을 따져 봤지만 효과는 별로 없었다. 양쪽 모두 자신의 주장만 하고 있을 뿐이었다. 그녀는 또다시 편지를 읽어 내려갔다. 그 동안은 다아시 씨의 행동을 파렴치하다고밖에 볼 수 없다고 생각했건만, 한 줄 한 줄 읽어 나갈수록 사건 전체를 종합해 봤을 때는 오히려 그는 전혀 비난받을 만한 일을 하지 않았다는 쪽으로 상황이 반전될 수 있다는 사실만 입증될 뿐이었다.

그가 위컴 씨를 무절제하고 방탕하다고 거침없이 비난한 부분에서 엘리자베스는 큰 충격을 받았다. 그 비난이 부당하다는 증거를 찾을 수 없는 터라 충격은 더욱 컸다. *** 부대에 들어오기 전까지 그가 어떻게 살았는지에 대해서는 들은 바가 없었다. 부대에 들어오게 된 것도 런던에서 우연히 만나 약간의 친분을 쌓은 어떤 젊은이의 설득에 따른 것이라고 했다. 그 이전의 생활에 대해서는 그가 직접 얘기한 것 말고는 하트퍼드셔에 알려진 내용이 전혀 없었다. 그의 진면목에 대해서는 설사 그걸 알아볼 여력이 있었더라도 그녀는 그걸 파헤쳐 볼 마음조차 품은 적이 없었다. 그의 용모와 목소리, 태도만 보고 그가 모든 미덕을 갖췄다고 섣부르게 믿어 버린 것이다. 그녀는 그를 다아시 씨의 비난으로부터 구해 줄 미덕, 정직하거나 관대한 행동의 뚜렷한 징표라고 할 만한 사례를 떠올려 보려고 노력했다. 최소한 덕망이 충분하다면 다아시 씨가 여러 해 동안 이어진 나태와 부도덕이라고 묘사했던 것도 한때의 과오로 눈감아 줄 수 있을 것 같았다. 하지만 그런 사례는 하나도 생각나지 않았다. 매력적인 언행을 선보이는 그의 모습이 눈앞에 바로 떠올랐지만, 주변 사람들의 일반적인 인정, 사교적인 능력으로 많은 사람들로부터 좋은 평가를 받았다는 것 외에 이렇다 할 미덕의 사례는 기억이 나지 않았다. 이 부분에서 한동안 생각에 잠겼던 그녀는 다시 편지를 읽기 시작했다. 하지만 맙소사! 다아시 양을 두고 계략을 꾸몄다는 그다음 대목은 바로 전날 아침에 피츠윌리엄 대령과 주고받은 대화와 일정 부분 일치했다. 그리고 마지막에는 편지의 진위를 바로 그 피츠윌리엄 대령에게 확인해 보라는 글이 적혀 있었다. 피츠윌리엄 대령이 사촌의 일에 전반적으로 깊이 관여하고 있다는 얘기는 이미 들은 바 있었고, 그의 인품에 대해서는 의심할 이유가 전혀 없었다. 엘리자베스는 순간적으로 그에게 물어보려고도 생각했지만 아무래도 어색할 것 같아 망설여졌고, 사촌이 자신을 두둔해 줄 거라고 확신하지 않았으면 다아시 씨가 감히 그렇게 제안하지 않았을 거라는 확신에 그런 생각을 접어 버렸다.

그녀는 필립스 이모부 댁에서 처음 만난 날 저녁에 위컴과 나눴던 대화를 하나도 빼놓지 않고 완벽하게 기억하고 있었다. 그가 했던 표현까지도 대부분 기억에 생생했다. 그녀는 이제야 처음 만난 사람에게 그런 얘기를 한다는 게 얼마나 부적절한지에 생각이 미쳤으며, 지금까지 그걸 깨닫지 못했다는 게 놀라웠다. 그렇게 자신을 내세우는 것은 올바른 행동이 아닌 데다, 말과 행동도 일치하지 않았다. 다아시 씨를 만나는 게 전혀 두렵지 않고 다아시 씨가 피하면 모를까 자신은 굳건히 자리를 지키겠다고 큰소리를 쳤던 것도 기억이 났다. 하지만 그는 바로 다음 주에 네더필드에서 열린 무도회를 피했다. 네더필드 사람들이 런던으로 떠나기 전까지는 이 얘기를 자신에게만 했었는데, 그들이 떠나고 나자 모든 사람들의 입에 오르내리도록 퍼트린 것도 그렇고, 돌아가신 어르신에 대한 존경심 때문에 아들의 잘못을 폭로할 수 없다고 단언해 놓고는 다아시 씨의 명예를 떨어뜨리는 데 조금도 망설이거나 주저하지 않았던 것도 떠올랐다.

그와 관련된 모든 일들이 이제 얼마나 다르게 보이던지! 킹 양에게 관심을 보인 것도 이제 와서 생각하니 순전히 가증스러운 돈 욕심 때문이었다. 그리고 변변찮은 그녀의 재산은 그가 욕심이 적은 사람이라는 증거가 아니라 뭐라도 잡아 보려는 안간힘이었다. 그가 자신에게 쏟은 관심의 동기도 용납할 수 없었다. 그녀의 재산에 대해 잘못 알았거나, 그녀가 너무나 경솔하게 보여 준 호감을 부채질해서 허영심을 만족시킨 것이었다. 그에게 유리하게 생각해 보려는 마음이 점점 희미해졌다. 다아시 씨의 말에 신빙성을 실어 주는 또 다른 기억도 떠올랐다. 벌써 오래전에 제인의 질문을 받은 빙리 씨가 그 사건에서 다아시 씨는 아무 잘못이 없다고 단언했다. 다아시 씨의 태도가 오만하고 불쾌하기는 했지만 그를 알고 지내는 동안, 특히 최근에 꽤 가까이에서 그의 태도를 자세히 관찰하면서도 그가 원칙이 없다거나 공정하지 못하다고 볼 만한 사례는 전혀 없었고, 종교적으로나 도덕적으로 옳지 않은 행동을 하는 것도 본 적이 없었다. 주변 사람들에게서 존경과 존중을 받았고, 위컴조차 오빠로서는 훌륭하다고 인정했으며, 여동생에 대해 다정하게 말하는 것을 그녀도 자주 들었던 걸 보면 그도 얼마든지 사랑이라는 감정을 가질 수 있는 사람이었다. 그의 행동이 위컴이 말했던 대로라면, 그렇게 지독하게 부당한 행동을 세상 사람들이 몰랐을 리 없다. 그리고 그런 짓을 할 수 있는 사람과 빙리 씨처럼 좋은 사람이 우정을 나눈다는 건 있을 수 없는 일이었다.

그녀는 뭐라 말할 수 없이 부끄러웠다. 다아시에 대해서도, 위컴에 대해서도 자신이 맹목적이었고 편파적이었으며 편견에 사로잡혀 어리석은 판단을 내렸다는 생각을 지울 수 없었다.

"내가 얼마나 비열했던 거야!" 그녀는 이렇게 외쳤다. "분별력이 있다고 자부하던 내가! 그런 능력을 자랑스럽게 생각했던 내가! 관대하고 솔직하다는 이유로 언니를 종종 비웃으면서 이유도 없이 사람을 불신하는 것으로 내 허영심을 만족시켰지. 이제야 그걸 깨달았으니 너무 창피해. 하지만 창피해야 마땅하지! 사랑에 빠졌다 해도 이보다 더 참담하게 눈이 멀 수는 없었을 거야. 하지만 내 잘못은 사랑이 아닌 허영심이었어. 처음 만났을 때 이 사람이 관심을 보여 주니까 기분이 좋고 저 사람은 무시를 하니까 기분이 상한 나머지 두 사람에 대해 선입견과 무지를 따르고 이성은 몰아낸 거였어. 지금 이 순간까지도 나는 나 자신을 너무 몰랐어."

자신에게서 제인에게로, 제인에게서 빙리에게로, 흘러가는 대로 생각을 이어 가다가 문득 이 부분에 대한 다아시 씨의 설명이 매우 불충분하다는 느낌이 들었고, 그래서 편지를 다시 읽어 봤다. 두 번째 정독의 결과는 처음과 확연히 달랐다. 편지의 한 부분은 옳다고 받아들일 수밖에 없으면서 다른 부분의 신뢰성을 부정할 수는 없는 일이었다. 그는 언니의 애정을 전혀 눈치채지 못했다고 단언했다. 엘리자베스는 여기서 샬럿이 평소에 말했던 의견을 떠올렸다. 제인에 대한 그의 묘사가 옳다는 것은 부인할 수 없었다. 제인의 감정이 열렬하기는 했지만 겉으로는 거의 드러나지 않았고, 그녀의 사근사근한 행동이나 태도는 상대방에 대한 호감도와 관계없이 언제나 한결같았다.

가족이 언급된 부분에 이르자 굴욕적이면서도 정당한 비판에 그녀의 수치심은 이루 말할 수 없었다. 그의 공격은 너무 정당해서 도저히 부인할 수 없었고, 그가 특별히 언급한 네더필드 무도회의 상황은 그가 처음부터 못마땅하게 생각했던 것들을 재차 확인해 주었다지만, 그녀도 그에 못지않게 심각하게 생각했던 문제였다.

자신과 언니에 대한 칭찬에서는 진심이 느껴졌고 마음이 조금 누그러졌지만, 다른 가족들이 자처한 경멸 때문에 받은 상처까지 위로해 줄 수는 없었다. 그리고 제인의 실연이 사실은 가장 가까운 가족들 탓이고, 그들의 부적절한 행동이 자신과 언니의 평판에 얼마나 큰 피해를 미치는지를 생각하자 그녀는 몹시 우울해졌다.

엘리자베스는 두 시간 동안 오솔길을 거닐면서 이런저런 생각에 잠겨 지금까지 있었던 일들을 다시 따져 보고 다양한 가능성들을 판단해 봤다. 너무나 갑작스럽고도 중요한 변화를 애써 받아들이려고 노력하다 보니 피곤하기도 했고, 또 너무 오래 자리를 비웠다는 생각에 그녀는 마침내 집으로 돌아갔다. 그러고는 평소처럼 쾌활해 보이기를 바라면서 사람들하고 대화라도 하려면 이런 생각은 눌러야 한다고 굳게 다짐하며 집 안으로 들어섰다.

집으로 들어오자마자 로징스의 두 신사가 제각기 찾아왔었다는 소식이 그녀를 기다리고 있었다. 다아시 씨는 작별 인사차 와서 몇 분 만에 돌아갔지만 피츠윌리엄 대령은 그녀가 돌아오길 기다리며 한 시간이나 앉아 있었고 만날 수 있을까 싶어 그녀를 찾아 나설 생각까지 했다는 것이었다. 엘리자베스는 그와 엇갈린 것이 아쉽다는 시늉만 할 수 있을 뿐이었지만, 실제로는 못 만나서 기쁠 따름이었다. 피츠윌리엄 대령은 더 이상 그녀의 관심사가 아니었다. 그녀의 머릿속엔 온통 편지 생각뿐이었다.

두 신사는 다음 날 아침에 로징스를 떠났다. 작별 인사를 올리고자 문지기의 오두막 근처에서 기다렸던 콜린스 씨는 그들이 매우 건강한 모습이었으며, 로징스에서 슬픈 이별 장면을 펼쳤을 텐데도 기분이 그럭저럭 좋아 보였다는 반가운 소식을 가지고 집에 돌아왔다. 그러고는 캐서린 부인과 그녀의 딸을 위로하기 위해 서둘러 로징스로 향했고, 돌아와서는 부인께서 몹시 무료한 나머지 그들 모두와 식사를 함께하고 싶어 한다는 이야기를 전하며 무척 흡족해했다.

캐서린 부인을 보면서 엘리자베스는 자신이 마음만 먹었다면 지금쯤 장래의 조카며느리 자격으로 인사를 드렸을 거라는 생각을 떠올리지 않을 수 없었다. 부인이 펄펄 뛰었을 걸 생각하니 웃음이 났다. '부인이 뭐라고 말했을까? 어떻게 나왔을까?' 이런 질문을 던지며 혼자 재미있어했다.

첫 번째 화제는 로징스의 식구가 줄었다는 것이었다. "정말 너무 적적해." 캐서린 부인이 말했다. "누가 다녀갔을 때 나처럼 그 빈자리를 크게 느끼는 사람도 없을 거야. 그 두 아이를 내가 특별히 아끼기는 하지. 물론 그 아이들도 나를 그만큼 아낀다는 것 역시 분명하고! 떠나면서도 어찌나 안타까워하던지! 하지만 늘 그랬어. 우리 대령은 마지막까지 그럭저럭 기운을 잃지 않았는데, 다아시는 떠나는 게 정말 싫은 것 같더라고. 작년보다 더 심하더라니까. 로징스에 대한 애착이 확실히 더 커졌나 봐."

콜린스 씨는 여기서 끼어들어 기분 좋은 말을 보탰고, 두 모녀는 친절한 미소로 답했다.

저녁 식사를 마친 후에 캐서린 부인은 베넷 양이 기운이 없어 보인다면서 너무 빨리 집에 돌아가는 게 싫어서 그런 모양이라고 멋대로 짐작하고는 이렇게 덧붙여 말했다.

"하지만 그게 이유라면 어머니께 편지를 써서 좀 더 머물러 있게 해 달라고 부탁해야지. 콜린스 부인은 아가씨와 함께 지내는 걸 아주 좋아할 테니까."

"부인의 친절한 초대에 깊이 감사드립니다." 엘리자베스가 대답했다. "하지만 아무래도 그럴 수는 없을 것 같습니다. 다음 주 토요일에는 런던에 가야 하거든요."

"아니, 그렇다면 여기서는 겨우 6주만 머무는 셈이로군. 두 달은 있을 거라고 기대했는데. 아가씨가 오기 전에 콜린스 부인에게도 그렇게 말했어요. 그렇게 빨리 가야 할 이유가 뭐지. 베넷 부인도 보름쯤 더 머무르는 것 정도는 허락하실 텐데."

"하지만 아버지는 그러실 수가 없어요. 지난주에도 서둘러 돌아오라고 편지를 보내셨답니다."

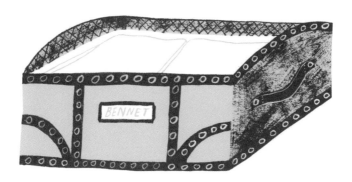

"어머나, 어머니가 허락하신다면 아버지는 당연히 해 주시겠지. 아버지한테 딸이 뭐 그렇게 소중한 존재라고. 그리고 만약 한 달을 더 채워서 머문다면 둘 중에 한 명은 내가 런던까지 데려다줄 수 있어. 6월 초에 거기로 가서 일주일 동안 머물 예정이거든. 그리고 도슨은 마부석에 앉아서 가면 되니까 한 명은 충분히 앉을 자리가 있지. 게다가 날씨가 선선하다면 두 명도 태워 줄 수 있어. 둘 다 몸집이 크지도 않으니까."

"정말 친절한 말씀이지만, 저희는 원래의 계획을 따라야 할 것 같아요."

캐서린 부인은 단념한 눈치였다.

"콜린스 부인, 두 사람한테 하인을 한 명 딸려 보내요. 내가 항상 마음속에 있는 말을 다 하는 사람이라는 걸 알고 있겠지만, 아가씨 두 명이 자기들끼리만 역마차 서양에서 철도가 나오기 전에 사용하던 대중교통 수단로 여행한다는 건 생각만 해도 참을 수가 없네. 아주 온당치 않아. 누군가를 딸려 보낼 방법을 강구해야만 해. 내가 세상에서 제일 싫어하는 일이야. 아가씨들은 늘 신분에 걸맞게 적절한 보호와 시중을 받아야지. 내 조카인 조지애나가 작년 여름에 램스게이트에 갔을 때도 남자 하인 두 명을 데려가라고 그랬거든. 돌아가신 펨벌리의 다아시 씨와 앤 부인의 딸인 다아시 양이라면 그래야 격이 맞지. 이 아가씨들한테도 존을 딸려 보내도록 해요, 콜린스 부인. 마침 생각이 나서 일러 줄 수 있어 다행이군. 두 사람만 보냈다면 자네의 체면이 깎일 뻔했으니까."

"저희 외삼촌이 하인을 보내 주시기로 했어요."

"아니, 아가씨의 외삼촌이! 하인을 데리고 있나 봐? 그런 생각을 할 줄 아는 사람이 주변에 있다니 정말 다행이로군. 말을 어디서 바꿀 생각이지? 아, 당연히 브럼리겠지. 벨 여관에서 내 이름을 말하면 잘 돌봐 줄 거예요."

캐서린 부인은 그 밖에도 그들의 여행에 대해 물어볼 것이 많았고, 모든 질문에 자문자답을 하는 건 아니어서 주의를 기울여야 했는데 엘리자베스로서는 오히려 다행스러운 일이었다. 생각이 너무 복잡한 나머지 자신이 어디에 있는지도 잊어버릴 판이었기 때문이다. 상념에 잠기는 건 혼자 있을 때를 위해 미뤄 두어야 했고, 혼자 있게 된 후에야 안도의 한숨을 내쉬며 생각에 빠져들곤 했다. 하루도 혼자 걷지 않는 날이 없었는데, 그럴 때면 비로소 유쾌하지 않은 회상에 잠기는 즐거움을 마음껏 누렸다.

다아시 씨의 편지는 어느새 외울 지경이 되었다. 문장을 한 줄 한 줄 찬찬히 뜯어봤는데, 편지를 쓴 사람에 대한 감정은 때때로 크게 요동쳤다. 그가 청혼했을 때의 말투를 떠올리면 아직도 화가 났다. 하지만 그를 얼마나 부당하게 비난하고 다그쳤는지를 생각하면 그 순간의 분노가 고스란히 자신에게 향했다. 낙담했을 그를 생각하면 안쓰럽기도 했다. 그의 애정에는 감사하고 전반적인 인품은 존경스러웠지만, 그를 받아들일 수는 없었다. 청혼을 거절한 것에 대해서는 한순간도 후회하지 않고, 두 번 다시 그를 만나고 싶은 마음도 들지 않았다. 자신의 행동이 끝없는 괴로움과 후회의 원천이 되었고, 가족들의 안타까운 단점은 더 묵직하게 마음을 짓눌렀다. 바로잡을 가망도 없었다. 아버지는 제멋대로 구는 동생들의 경솔한 행동을 말릴 생각은 없이 그저 비웃는 것에 만족했다. 어머니는 당신부터 올바른 처신과 거리가 멀었기 때문에 그게 잘못이라는 것도 몰랐다. 엘리자베스는 종종 제인과 함께 캐서린과 리디아의 경솔한 행동을 막아 보려고 노력해 봤다. 하지만 어머니가 오냐오냐하고 있으니 조금이라도 나아질 거라는 기대는 요원했다. 성격이 무르고 급한 데다가 리디아가 하자는 대로 따라 하는 캐서린은 언니들이 충고를 하면 발끈했다. 독선적이고 무신경한 리디아는 언니들의 말을 아예 듣지도 않았다. 둘은 무지하고 게으르고 허영심으로 똘똘 뭉쳐 있었다. 메리턴에 장교가 한 명이라도 있으면 그들은 그와 시시덕댈 테고, 메리턴이 롱본에서 걸어갈 수 있는 거리인 이상 언제까지라도 그곳을 드나들 것이다.

제인에 대한 걱정도 그녀의 마음에서 떠나지 않았는데, 다아시 씨의 해명으로 빙리를 다시 좋게 생각하게 되었기 때문에 제인이 잃어버린 기회에 대한 안타까움이 더 커졌다. 그의 애정이 진지했다는 것이 밝혀졌고, 친구에 대한 신뢰가 너무 맹목적이었다는 걸 비난하면 모를까, 그의 행동에도 달리 책잡힐 일은 없었다. 그런데 제인이 모든 면에서 너무나 바람직하고 순전히 장점뿐이며 행복의 가능성이 넘치는 결혼을 가족들의 어리석음과 무례함으로 놓쳤다고 생각하면 얼마나 가슴이 쓰라리던지!

이런 생각에 위컴의 본색까지 더해지면 늘 밝은 기운으로 좀처럼 울적해하는 일이 없었던 엘리자베스마저 적당히 쾌활한 척하기조차 거의 불가능하다고 느낄 지경이었다.

그곳에 머무는 마지막 주에는 처음 왔을 때만큼이나 로징스를 자주 방문했다. 떠나기 바로 전날도 그곳에서 저녁을 보냈는데, 캐서린 부인은 이번에도 두 사람의

여행에 대해 시시콜콜한 질문을 던지고 짐을 꾸리는 가장 좋은 방법을 일러 주었다. 특히 드레스를 싸는 올바른 방법은 하나뿐이라고 단호하게 주장해서, 마리아는 집에 오자마자 아침에 쌌던 짐을 다시 풀고 가방을 새로 꾸려야겠다고 생각했을 정도였다.

헤어질 때 캐서린 부인은 아주 너그러운 태도로 좋은 여행이 되길 바란다면서 내년에도 헌스퍼드에 다시 오라고 초대했다. 드버그 양도 기꺼이 허리를 숙이며 두 사람에게 손을 내밀어 주었다.

38

토요일 아침에 엘리자베스와 콜린스 씨는 다른 사람들이 오기 몇 분 전에 식당에서 마주쳤다. 그는 이때를 놓치지 않고 꼭 해야겠다고 생각했던 작별 인사를 건넸다.

"엘리자베스 양," 그가 말했다. "저희를 방문하는 친절을 베푸신 데 대해 아내가 이미 감사를 표했는지 모르겠네요. 하지만 떠나시기 전에는 틀림없이 아내로부터 감사 인사를 들으실 겁니다. 그동안 머물러 주신 것에 대해 진심으로 감사드립니다. 집이 누추하다 보니 손님을 모시기에 충분치 않다는 걸 잘 알고 있습니다. 생활은 검소하고 방은 작고 하인도 변변찮고 사교를 접하는 일도 거의 없으니 헌스퍼드가 당신 같은 젊은 숙녀분께는 무척 지루했을 겁니다. 하지만 여기까지 왕림하신 것에 감사드리며, 이곳에서 즐거운 시간을 보내실 수 있도록 저희 나름대로는 모든 노력을 기울였다는 걸 믿어 주시길 바랍니다."

엘리자베스도 열띤 목소리로 감사를 전하고 즐겁게 지냈노라고 힘주어 말했다. 지난 6주 동안 더없이 즐거웠으며, 샬럿과 함께 지낼 수 있어서 기뻤고, 친절한 배려에 오히려 자신이 감사해야 한다고 말했다. 흡족해진 콜린스 씨는 더욱 환한 미소를 지으며 진지하게 대답했다.

"여기서 지내신 시간이 불쾌하지 않으셨다니 제 마음이 무척 기쁩니다. 저희가 최선을 다한 건 틀림없는 사실입니다. 더욱 다행스럽게도 매우 귀한 분들께 당신을 소개시켜 드릴 수 있었고, 로징스와의 인연 덕분에 누추한 집을 자주 벗어날 수 있었지요. 그러니 헌스퍼드를 방문했던 시간이 전적으로 지루하지만은 않았으리라 생각해 봅니다. 캐서린 부인과의 인연은 실로 엄청난 장점이자 축복이며, 이런 혜택을 자랑할 수 있는 사람은 매우 드뭅니다. 우리의 관계가 어떤지 직접 확인하셨고, 왕래가 얼마나 꾸준히 이뤄지는지도 보셔서 아실 겁니다. 실제로 이렇게 누추한 목사관이 여러모로 불편하지만 로징스와 저희의 친분을 공유할 수 있다면 이곳에 머무는 것을 안타깝게 여길 일은 아닐 거라고 생각합니다."

그의 고조된 감정을 담아내기엔 어떤 말도 부족했다. 그래서 그는 엘리자베스가 몇 개의 짧은 문장으로 예의와 진실을 표현하려 애쓰는 동안 방을 이리저리 서성이지 않을 수 없었다.

"실제로 하트퍼드셔에 가서서 저희가 아주 잘 지내고 있다고 전해도 좋을 겁니다. 친애하는 엘리자베스 양, 그 정도는 얼마든지 하셔도 된다고 자부합니다. 캐서린 부인이 제 아내를 얼마나 각별히 여기시는지는 매일 확인하셨을 테고, 전체적으로 당신의 친구가 잘못된 선택을 했다고는 보이지 않을 거라고…… 하지만 이 점에 대해서는 더 이상 말을 하지 않는 게 좋겠죠. 그저 당신도 저희만큼 행복한 결혼 생활을 하게 되길 충심으로 바란다는 말씀만 드리겠습니다, 친애하는 엘리자베스 양. 사랑하는 샬럿과 저는 한마음 한뜻입니다. 우리의 성격과 생각은 거의 닮은꼴이라고 할 수 있습니다. 그야말로 하늘이 맺어 준 짝이지요."

엘리자베스는 그렇다면 대단히 행복한 일이라고 진심으로 말할 수 있었고, 역시 편안한 마음으로 그의 가정이 평온한 것을 확인해서 기쁘다고 덧붙였다. 콜린스 씨는 그 내용을 일일이 나열하려 했지만 평온함의 원천인 부인이 들어오는 바람에 말을 멈춰야 했고, 엘리자베스는 그의 말이 중단된 것이 전혀 안타깝지 않았다. 불쌍한 샬럿! 그런 사람들 속에 그녀를 두고 떠나려니 마음이 울적했다. 하지만 본인이 두 눈을 크게 뜨고 선택한 삶이었다. 샬럿은 손님들이 돌아가는 것을 섭섭해하는 건 분명했지만 동정을 바라는 것 같지는 않았다. 그녀의 집과 그녀의 살림, 교구와 양계장 돌보기, 그에 따른 여러 일들이 아직은 매력을 잃지 않았던 것이다.

마침내 마차가 도착했고, 여행 가방을 고정한 후 다른 짐을 안에 싣는 것으로 모든 준비가 끝났다. 친구들의 다정한 작별 인사가 끝나자 콜린스 씨는 엘리자베스를 마차까지 바래다주었고, 정원을 따라 내려가는 동안 그는 가족들에게 안부를 전해 달라면서 겨울에 롱본에서 받은 후의에 대한 감사도 잊지 말아 달라고 부탁했으며 비록 알지는 못하지만 가드너 부부에 대한 인사도 빼놓지 않았다. 그런 다음 그녀와 마리아가 마차에 탈 수 있도록 손을 잡아 주었고, 문을 막 닫으려는데 불현듯 황망한 표정으로 로징스의 숙녀분들께 안부 인사를 잊었다는 사실을 일깨워 주었다.

"하지만," 그가 덧붙였다. "당연히 여기서 지내시는 동안 로징스에서 베푸신 친절에 깊은 감사와 함께 경의의 뜻을 전해 주길 원하시겠죠."

엘리자베스는 특별히 반대하지 않았다. 그제야 문을 닫는 것이 허락되었고, 마차는 출발했다.

"어쩌면!" 잠시 아무 말이 없던 마리아가 외쳤다. "여기 온 지 겨우 하루나 이틀밖에 안 된 것 같아! 그런데 얼마나 많은 일들이 있었던지!"

"정말 많은 일들이 있었지." 마리아의 동행은 한숨까지 쉬며 말했다.

"로징스에서 저녁 식사를 아홉 번이나 했고, 그것 말고도 차를 두 번 마셨잖아!

할 이야기가 산더미 같아!"

엘리자베스는 속으로 덧붙였다. '그리고 나는 감춰야 할 게 산더미 같아.'

가는 길에는 많은 대화가 오가지 않았고, 특별히 걱정할 만한 일도 벌어지지 않았다. 헌스퍼드를 떠난 지 네 시간 만에 그들은 가드너 씨 댁에 도착했고, 두 사람은 며칠 동안 그곳에 머물 예정이었다.

제인은 건강해 보였고, 외숙모가 그들을 위해 일부러 마련해 놓은 다양한 사교 모임 때문에 엘리자베스는 언니의 기분을 따로 살필 기회가 많지 않았다. 하지만 제인은 그녀와 함께 집으로 돌아갈 계획이었고, 롱본에 가면 그걸 알아볼 시간은 충분했다.

롱본에 돌아갈 때까지 다아시 씨의 청혼 사실을 털어놓지 않고 참기란 여간 힘들지 않았다. 언니가 깜짝 놀랄 만한 소식인 데다가 아직까지는 굳이 버려야 할 이유를 찾을 수 없었던 허영심을 만족시켜 주는 일이기도 했던 터라 불쑥불쑥 말해 버리고 싶은 유혹을 느꼈다. 하지만 어디까지 얘기를 해야 할지 판단이 서지 않았고 그 얘기를 하다 보면 자연히 빙리에 대한 이야기로 이어져서 언니를 더 마음 아프게 할 거라는 염려 때문에 간신히 참아 낼 수 있었다.

39

　5월 둘째 주에 세 명의 젊은 아가씨는 그레이스처치가에서 하트퍼드셔의 ***읍으로 함께 길을 떠났다. 베넷 씨의 마차가 마중을 나오기로 되어 있는 여관이 가까워 오자 마부가 시간을 잘 지킨 덕분에 2층의 식당에서 밖을 내다보는 키티와 리디아의 모습이 눈에 들어왔다. 두 사람은 한 시간도 전에 그곳에 도착해서 건너편 모자 가게에도 들르고 근무 중인 초병도 구경하고 오이샐러드를 만들기도 하면서 즐거운 시간을 보냈다.

　언니들을 맞이한 두 사람은 여관의 식당에서 흔히 내놓는 식힌 고기 요리를 의기양양하게 가리키며 큰 소리로 말했다. "근사하지 않아? 어때, 깜짝 놀랐지?"

　"우리가 언니들한테 대접하는 거야." 리디아가 덧붙였다. "하지만 조금 전에 저기 저 가게에서 돈을 다 써 버렸기 때문에 언니들이 좀 빌려줘야겠어." 그러고는 자신이 산 물건을 보여 주었다. "이것 좀 봐. 지금 산 모자야. 아주 예쁘다고는 생각하지 않지만 그래도 사는 게 나을 것 같더라고. 집에 가자마자 바로 뜯어서 더 예쁘게 만들어 볼 거야."

　언니들이 보기 싫다고 했는데도 그녀는 아주 태연하게 이렇게 덧붙였다. "뭐, 하

지만 그 가게에는 이것보다 더 보기 싫은 것도 두세 개는 더 있었어. 좀 예쁜 색깔의 새틴 천을 사서 새로 장식하면 훨씬 그럴듯해질 거야. 게다가 *** 부대가 메리턴을 떠나는데, 이번 여름에 뭘 쓰고 다닌들 무슨 상관이야. 보름 후에 떠날 거래."

"정말?" 이렇게 묻는 엘리자베스의 마음은 이루 말할 수 없이 흡족했다.

"브라이턴 인근에 주둔할 거래. 아빠가 이번 여름에 우리를 다 데리고 거기에 가주면 얼마나 좋을까! 정말 구미가 당기는 계획이잖아. 비용도 얼마 들지 않을 거야. 엄마도 무척 가고 싶어 할 텐데. 그렇지 않으면 이번 여름이 얼마나 구질구질할지 생각해 봐."

'그래.' 엘리자베스는 생각했다. '퍽이나 신나는 계획이네. 우리 집에 아주 딱 맞겠어. 세상에, 브라이턴이라니. 일개 연대와 메리턴에서 한 달에 한 번 열리는 무도회만으로도 이 난리 법석인데, 군인들이 득실거리는 부대라니!'

"그리고 언니들한테 들려줄 소식이 있어." 모두가 테이블에 자리를 잡았을 때 리디아가 말했다. "뭘 것 같아? 엄청나게 중요하고, 우리 모두가 좋아하는 어떤 사람에 대한 소식이야."

제인과 엘리자베스는 눈빛을 교환하다가 웨이터에게 옆에 서 있지 않아도 된다고 말했다. 리디아는 웃더니 이렇게 말했다.

"아니, 뭘 그렇게 격식을 따지고 신경을 쓴담. 웨이터는 관심도 없는데 들을까 봐 걱정하는 거야? 지금 내가 하려는 얘기보다 더 심한 얘기도 자주 들을 텐데. 하지만 못생겼으니까 보내길 잘했어. 저렇게 턱이 긴 사람은 처음 봐. 아무튼, 내 얘기를 들어 봐. 친애하는 위컴과 관련된 소식이거든. 웨이터가 듣기에는 너무 아까운 얘기지? 위컴이 메리 킹하고 결혼할 걱정이 사라졌어. 어때 근사한 소식 아니야? 그녀는 리버풀에 있는 삼촌 댁으로 갔대. 아예 거기서 살 건가 봐. 위컴은 이제 안전해."

"그리고 메리 킹도 안전하지!" 엘리자베스가 덧붙였다. "재산과 관련해서 경솔한 혼사를 맺지 않게 됐으니."

"그를 좋아했다면 왜 바보같이 떠난 거지?"

"양쪽 모두 서로를 그렇게 좋아하지 않았던 게 아닐까." 제인이 말했다.

"그의 경우에는 그랬던 게 틀림없어. 눈곱만큼도 좋아하지 않았을 거야. 주근깨 투성이의 그런 심술궂은 여자를 누가 좋아하겠어?"

엘리자베스는 비록 그런 거친 표현을 쓰지는 못했지만, 감정이 거칠기로는 자신도 마찬가지였다는 생각에 움찔했다. 얼마 전까지 자신도 마음속에 그런 감정을 품고 되는대로 생각하지 않았던가!

식사를 마치고 언니들이 계산을 한 후 마차를 불렀다. 요란한 궁리 끝에 온갖 상자와 반짇고리, 각종 꾸러미, 키티와 리디아가 사들인 신통찮은 물건들까지 전부 싣고 모든 일행이 탈 수 있었다.

"기가 막히게 끼어 앉았네!" 리디아가 큰 소리로 말했다. "모자 상자를 하나 보태는 재미만으로도 내가 모자를 사길 잘했지! 이제 다들 편하게 자리를 잡고 집까지 재미난 얘기를 하면서 가자. 제일 먼저 집을 떠난 후로 어떻게 지냈는지, 언니들 얘기부터 들어 볼까. 괜찮은 남자들 좀 만났어? 연애는 안 했고? 돌아오기 전까지 두 언니 중 누구라도 남편감을 구해 오길 빌고 또 빌었는데. 제인 언니는 그러다가 순식간에 노처녀 되는 거야. 얼마 안 있으면 스물세 살이잖아! 세상에, 스물세 살 전에 결혼을 못 하면 얼마나 창피할까! 필립스 이모도 언니들이 남편을 얻기를 얼마나 바라는지 언니들은 짐작도 못 할 거야. 리지 언니더러 콜린스 씨의 청혼을 받아들였어야 했다고 그랬단 말이야. 하지만 그건 재미없었을 것 같아. 아이참, 내가 언니들보다 먼저 결혼하면 좋겠다. 그럼 내가 무도회에 언니들 보호자로 가 줄게. 아, 참! 지난번에 포스터 대령 댁에서는 정말 재미있었어! 키티랑 내가 낮에 가기로 되어 있었는데, 포스터 부인이 저녁에 약식으로 무도회를 열어 주겠다고 약속했거든. (그건 그렇고, 포스터 부인하고 나는 그 정도로 친해진 사이야!) 그러고는 해링턴네 두 딸한테도 오라고 했는데, 해리엇이 아픈 바람에 펜이 혼자 올 수밖에 없었어. 그래서 우리가 어떻게 했을 것 같아? 챔벌레인한테 여자 옷을 입혀서 숙녀 행세를 하게 만들었지 뭐야. 얼마나 재미있었을지 생각해 봐. 포스터 대령 부부하고 키티랑 나만 빼면 그걸 아무도 몰랐다니까. 아, 이모의 드레스를 빌리는 바람에 이모도 알게 됐지. 챔벌레인이 얼마나 그럴듯했는지는 상상도 못 할 거야! 데니와 위컴, 프렛, 그리고 남자 두세 명이 더 왔는데, 그를 전혀 알아보지 못하더라고. 세상에, 얼마나 웃었는지! 포스터 부인도 배꼽을 잡았어. 웃다가 죽는 줄 알았다니까. 그러는 바람에 남자들이 이상하게 생각했고, 금세 탄로가 나고 말았지.”

리디아는 이런 식으로 파티며 장난친 얘기들을 하며 롱본까지 가는 내내 일행들을 즐겁게 해 주려고 노력했고, 키티가 이따금 아는 척을 하거나 말을 보탰다. 엘리자베스는 대체로 흘려들었지만 빈번하게 언급되는 위컴의 이름은 그녀의 귀에 와서 박혔다.

집에서는 그들을 더없이 다정하게 맞았다. 베넷 부인은 제인의 아름다움이 여전하다며 기뻐했고, 저녁 식사를 하는 동안 베넷 씨는 엘리자베스에게 몇 번이나 이렇게 말했다.

“네가 돌아와서 기쁘구나, 리지야.”

마리아를 만나 소식을 듣기 위해 루카스네 식구들이 거의 대부분 건너왔기 때문에 식당에는 많은 사람들이 모였다. 화제는 다양했다. 루카스 부인은 식탁 건너편에 앉은 마리아에게 첫째 딸의 안부와 그녀가 키우는 닭이며 그런 것들에 대해 물었고, 베넷 부인은 한참 아래쪽에 앉은 제인으로부터 런던의 최신 유행에 대한 소식을 듣는 동시에 그걸 루카스네 어린 딸들에게 전하느라 두 배로 분주했다. 리디아는 누구보다 큰 목소리로 아무나 붙잡고 그날 아침에 있었던 여러 가지 즐거운 일들을 늘어놓았다.

"아휴, 메리 언니." 그녀가 말했다. "언니도 우리랑 같이 갔으면 좋았을걸. 정말 재미있었거든. 가는 길에 키티 언니랑 내가 글쎄 차양을 모두 내리고 마차에 아무도 타지 않은 것처럼 꾸몄지 뭐야. 키티 언니가 멀미만 하지 않았으면 아마 끝까지 그렇게 갔을 거야. 그리고 조지 여관에서도 정말 근사하게 처신했어. 세 사람한테 세상에서 제일 근사한 식힌 고기 요리를 대접했거든. 언니도 갔더라면 그렇게 대접해 줬을 텐데. 그다음에도 얼마나 재미있었다고! 마차에 다 타지 못하는 줄 알았지 뭐야. 웃다가 죽을 뻔했어. 그리고 집까지 오는 동안에도 엄청 즐거웠어! 큰 소리로 웃고 얘기해서 아마 그 소리가 10킬로미터 밖에서도 들렸을 거야!"

그러자 메리는 아주 진지하게 대답했다. "사랑하는 동생아, 내가 그런 즐거움을 얕잡아 보는 사람은 절대로 아니란다. 그런 즐거움이 일반적인 여성들의 기질과 잘 어우러진다는 건 틀림없으니까. 하지만 나한테는 아무 매력이 없다는 얘기를 해야겠어. 나는 책이 훨씬 더 좋거든."

하지만 리디아는 메리의 대답을 한마디도 듣지 않았다. 누구의 말이라도 30초 이상 듣는 경우가 드문 리디아지만, 메리의 말에는 아예 신경을 쓰지 않았다.

오후에 리디아는 메리턴에 가서 다들 어떻게 지내는지 알아보자고 다른 아가씨들을 채근했지만, 엘리자베스는 그 계획에 완강히 반대했다. 베넷 집안의 딸들이 집에 온 지 반나절도 지나지 않아 장교들 꽁무니를 쫓아다닌다는 소리를 들을 수는 없다는 것이었다. 그녀의 반대에는 다른 이유도 있었다. 그녀는 위컴을 다시 만나는 게 두려웠고, 할 수 있는 한 피해 다닐 작정이었다. 연대가 곧 이동한다는 사실이 그녀에게는 더할 나위 없는 위안이었다. 앞으로 보름만 있으면 그들은 떠날 예정이었고, 일단 떠나면 그와 관련해서 더 이상 속 끓일 일이 없기만을 바랐다.

그녀는 몇 시간 지나지 않아 리디아가 여관에서 얼핏 흘렸던 브라이턴 계획을 두고 어머니와 아버지가 빈번히 이야기를 나누고 있다는 사실을 알게 되었다. 엘리자베스는 아버지가 그걸 승낙할 의사가 조금도 없다는 걸 곧바로 알아차렸지만, 답변이 워낙 모호하고 어정쩡하다 보니 어머니는 낙담을 하면서도 끝내 뜻을 이룰 거라는 희망을 버리지 않았다.

엘리자베스는 제인에게 그동안 있었던 일을 알려 주고 싶은 조바심을 더 이상 억누를 수 없었다. 결국 언니와 관련된 부분들은 밀어 놓은 채, 다음 날 아침에 놀라지 말라고 주의를 준 후 다아시 씨와 있었던 일을 줄거리만 정리해서 들려주었다.

제인의 놀라움은 곧 진정되었는데, 동생을 아끼는 마음이 워낙 강하다 보니 엘리자베스가 누구에게 사랑을 받더라도 그저 자연스러운 일이라고 여겼기 때문이다. 여러 가지 면에서 놀라웠던 마음은 곧바로 이어진 다른 감정들에 묻혀 버렸는데, 다아시 씨가 그렇게 바람직하지 못한 방식으로 마음을 전한 것도 유감스러웠고, 동생의 거절로 인해 그가 느꼈을 불행은 더욱 안타까웠다.

"그렇게 성공을 확신했던 게 잘못이지." 그녀는 말했다. "그런 의중을 내비치면 안 되는 거였어. 하지만 그렇기 때문에 실망도 훨씬 더 컸을 거야."

"그러게." 엘리자베스가 대답했다. "나도 가슴이 아파. 하지만 다른 감정들 때문에 나에 대한 호감은 금세 사라질 거야. 아무튼 그의 청혼을 거절했다고 나를 탓하는 건 아니겠지?"

"탓하다니! 말도 안 돼."

"하지만 위컴에 대해 말할 때 너무 흥분했던 것에 대해서는 뭐라고 할 거잖아."

"아니. 그렇게 말한 게 뭐가 잘못이라는 건지 모르겠는걸."

"이제 알게 될 거야. 바로 다음 날 있었던 일을 얘기해 줄게."

그러고는 편지 얘기를 꺼냈고, 조지 위컴과 관련된 내용을 고스란히 들려주었다. 불쌍한 제인은 엄청난 충격을 받았다! 이 정도의 악행은 온 인류를 통틀어 존재한다고 해도 믿지 않았을 텐데, 그게 한 사람이 저지른 일이었으니. 다아시 씨가 오명을 벗은 건 기쁜 일이었지만 이런 사실을 알게 된 충격을 위로해 줄 정도는 아니었다. 제인은 착오였을 가능성을 입증해 보려고 무던히 노력하면서, 한쪽을 끌어들이지 않은 채 다른 쪽을 해명할 방법을 찾아보려 했다.

"소용없는 일이야." 엘리자베스가 말했다. "아무리 애써 봐야 두 사람을 모두 좋아 보이게 만들 수는 없을 거야. 한쪽을 선택하고, 한 사람으로 만족해야 해. 그 둘에게는 딱 그만큼, 그러니까 한 명만 좋은 사람으로 만들기에 충분한 만큼의 미덕밖에 없어. 얼마 전부터 그게 이리저리 마구 쏠렸거든. 나는 그 미덕이 전부 다아시 씨의 몫이라고 믿고 싶지만, 언니는 좋을 대로 선택해."

하지만 제인의 입가에 미소가 어린 것은 한참이 지나서였다.

"이렇게 충격을 받은 적은 없었던 것 같아." 그녀가 말했다. "위컴이 그렇게 나쁜 사람이라니! 도저히 믿기지 않아. 불쌍한 다아시 씨! 그가 얼마나 많은 고통을 겪었을지 생각해 봐. 얼마나 실망이 컸을까! 게다가 네가 자신을 나쁘게 생각한다는 것까지 알게 됐으니! 그런 바람에 여동생과 관련된 그런 일까지 털어놔야 했고! 너무 속상하다. 너도 같은 생각이겠지만."

"아니야. 언니의 마음이 슬픔과 연민으로 가득한 걸 보니 막상 내 감정은 모두 사라져 버리네. 언니가 그의 처지를 너그러이 이해하는 걸 보면서 나는 점점 더 냉담하고 무관심해지는걸. 언니가 넘치게 퍼 주니까 나는 아끼게 되는 건가 봐. 언니가 그를 안타까워할수록 내 마음은 깃털처럼 가벼워질 거야."

"위컴도 안됐어! 얼굴은 그렇게 선량한데! 태도는 또 얼마나 솔직하고 신사답니."

"그 두 사람은 교육이 크게 잘못됐던 게 확실해. 한 사람은 선량함을 모두 지녔고, 또 한 사람은 그런 외모만 잔뜩 갖췄으니 말이야."

"다아시 씨가 외모에서 그렇게 떨어진다는 생각은 안 해 봤는데."

"그런데 나는 아무 근거도 없이 아주 단호하게 그를 싫어하는 것으로 남보다 영리한 척을 하려고 했던 거야. 그런 종류의 미움은 천재성에 박차를 가하고 재치의 포문을 열어 주거든. 험담만 늘어놓으면서 정당한 말은 한마디도 안 해도 되지. 그런데 그렇게 비웃다 보면 어쩌다 한 번씩은 우연찮게 뭔가 재치 있는 말도 하게 되거든."

"리지야, 처음 편지를 읽었을 때는 너도 이 문제를 대하는 마음이 지금 같지는 않았을걸."

"맞아. 그럴 수가 없었어. 정말 불편했지. 아주 불편했어. 불행하다고 말할 수도 있을 정도였어. 내 마음을 어디에 털어놓을 데도 없고, 언니가 옆에 있어서 내가 그렇게 나약하고 허영심 많고 분별없는 사람은 아니었다고 위로해 준 것도 아니고 말이야. 아, 언니가 옆에 있기를 얼마나 바랐는지 몰라!"

"다아시 씨에게 위컴에 대해 말할 때 그렇게 강한 표현을 썼다는 게 너무 안타깝다. 이젠 그런 말들이 전혀 가당찮다는 게 분명해졌잖아."

"그러니까 말이야. 하지만 안타까워할 수도 없어. 내가 평소에 편견을 키웠던 탓이니까. 그에 따른 자연스러운 결과일 뿐이지. 그런데 언니의 조언을 듣고 싶은 게 한 가지 있어. 위컴의 본색을 주변 사람들에게 알려야 할까, 그러지 말아야 할까?"

잠시 곰곰이 생각하던 제인은 이렇게 대답했다. "그의 실체를 그렇게까지 참담하게 폭로할 필요는 없지 않을까. 네 생각은 어때?"

"그러지는 말아야겠지. 다아시 씨도 나한테 자신의 얘기를 공개해도 좋다고 허락하진 않았으니까. 오히려 여동생과 관련된 부분은 되도록 나만 알고 있으라고 했어. 그걸 빼고 나머지 행실에 대해서만 폭로한다면 누가 내 말을 믿겠어? 다들 다아시 씨에 대한 편견이 완고한데, 그런 사람을 좋게 말하려고 했다가는 메리턴 사람들의 반은 뒤로 넘어갈 거야. 나로서는 그걸 감당할 수 없을 것 같아. 이제 얼마 안 있으면 위컴은 떠날 테고, 그러면 그의 본색 같은 건 이곳 사람들에게 아무 의미가 없지 않을까. 언젠가는 모든 게 드러날 테고, 그때가 되면 우리는 일찌감치 그걸 알아차리지 못한 사람들의 어리석음을 비웃을 수 있겠지. 지금은 아무 말도 하지 않을래."

"네 말이 옳아. 그의 잘못을 공공연하게 밝히면 그를 영원히 파멸시킬 수도 있어. 그도 지금은 자신이 한 짓을 후회하고 새사람이 되려고 할지도 모르잖아. 그런 사람에게서 희망을 빼앗으면 안 돼."

제인과 대화를 나눈 덕분에 엘리자베스의 마음에 일던 소용돌이가 가라앉았다. 보름 동안 마음을 짓눌렀던 비밀 두 가지를 털어 버렸고, 언제라도 다시 얘기하고 싶어지면 들어 줄 제인이 있었기 때문이다. 하지만 마음속에는 여전히 신중함 때문에 털어놓지 못한 비밀 한 가지가 도사리고 있었다. 다아시 씨의 편지 가운데 나머지 반은 차마 얘기할 수 없었고, 언니가 다아시 씨의 친구에게 얼마나 소중한 존재였는지를 설명해 줄 수도 없었다. 이건 누구에게도 털어놓을 수 없었다. 마지막 남은 이 거북스러운 비밀을 털어놓는 건 당사자들 사이에 완벽한 이해가 이루어져야만 가능했다. '그때가 되면,' 그녀는 생각했다. '거의 기대하기 힘든 그 일이 일어난다면, 내가 굳이 말할 필요도 없겠지. 빙리가 훨씬 더 기분 좋게 말할 수 있을 테니까. 그렇다면 말할 필요가 없어질 때까지는 말할 자유가 없는 셈이야!'

집에 돌아오자 언니의 기분이 실제로 어떤지 관찰할 여유가 생겼다. 제인은 행복하지 않았다. 그녀는 여전히 빙리를 향한 매우 깊은 사랑을 간직하고 있었다. 그전에는 사랑에 빠졌다는 생각을 해 본 적도 없던 터라 그녀의 마음은 첫사랑의 뜨거움을 지녔고, 나이도 있고 성향도 그랬던 탓에 여느 첫사랑보다도 더 한결같았다. 더구나 그의 기억을 깊이 간직하고 어느 누구보다 그를 높이 평가하는 바람에, 회한에 빠져 본인의 건강을 해치고 주변 사람들에게 걱정을 끼치지 않기 위해서는 분별력과 동시에 주변 사람들의 기분을 배려하는 태도까지, 모든 걸 동원해야 했다.

"애, 리지야." 어느 날 베넷 부인이 말했다. "제인의 이 안타까운 사태에 대해 지금은 어떻게 생각하니? 나는 그 얘기를 그 누구에게도 두 번 다시 하지 않기로 결심했다. 필립스 이모한테도 저번에 그렇게 말했어. 하지만 제인이 런던에서 그의 발뒤꿈치라도 봤는지 모르겠다. 아니, 정말 형편없는 젊은이야. 이제 네 언니가 그 사람을 잡을 가능성은 실오라기만큼도 없는 것 같구나. 알 만한 사람한테는 다 물어봤는데 이번 여름에도 네더필드에 온다는 얘기가 없어."

"네더필드에서는 이제 더 살지 않을 것 같던데요."

"그래, 그렇지. 그거야 그 사람 마음이지. 이제 와 봐야 누가 반기겠어. 하지만 그가 내 딸을 완전히 우롱했다는 얘기는 두고두고 할 작정이다. 내가 제인이었다면 안 참았을 거야. 제인이 상심해서 죽기라도 하면 그 인간도 후회할 게 틀림없다는 것으로나 위안을 삼아야겠다."

하지만 엘리자베스는 어머니의 그런 기대가 전혀 위안이 되지 않았기 때문에 아무 대답도 하지 않았다.

"저기, 리지야." 그녀의 어머니는 곧 말을 이었다. "그래서 콜린스 내외는 아주 잘 지낸다고? 그래, 뭐, 계속 그렇게 살아야지. 식사는 어떻디? 샬럿의 살림 솜씨야 탁월하지. 자기 어머니의 반만큼이라도 똑똑하다면 돈을 제법 모을 거야. 아마 그 집은 낭비하는 게 하나도 없을걸."

"네, 전혀 없어요."

"살림을 잘하려면 마땅히 그래야지. 아무렴. 수입을 초과하지 않으려고 애쓸 거야. 돈 때문에 힘들어하는 일도 없을 게고. 그러면 두 사람한테는 아주 좋은 일이겠지! 그리고 내 생각이지만, 네 아버지가 죽으면 롱본이 자기네 차지라는 얘기를 자주 할걸. 그럴 때마다 이걸 아예 자기들 거라고 생각할 게 틀림없어."

"제 앞에서야 그런 얘기를 어떻게 하겠어요."

"암. 그랬다면 이상했겠지. 하지만 자기들끼리는 그런 얘기를 자주 할 게 틀림없어. 법적으로 자기 것도 아닌 재산을 그렇게 속 편하게 받아들일 수 있다니, 그렇게 타고난 것도 다행이지 뭐니. 나 같으면 고작 한정 상속으로 재산을 물려받으면 부끄러웠을 텐데 말이야."

제인 베넷

가슴이
무너져 죽다.

41

집에 돌아와서 일주일이 금세 지나가고 두 번째 주가 시작되었다. 연대가 메리턴에 주둔하는 마지막 주가 되고 보니 인근 아가씨들의 기분은 급격히 가라앉았다. 누구라 할 것도 없이 다들 실의에 빠졌다. 여전히 먹고 마시고 잠을 자고 일상을 유지하는 건 베넷 집안의 첫째와 둘째 딸뿐이었다. 그러다 보니 키티와 리디아에게서 무심하다는 비난을 자주 받는데, 슬픔이 극에 달한 이 두 사람은 자기 가족 중에 이렇게 무정한 사람이 있다는 걸 이해할 수 없었다.

"세상에! 이제 우리는 어쩌지? 어떻게 해야 하냐고!" 두 사람은 비통한 나머지 이렇게 외칠 때가 많았다. "리지 언니는 어떻게 그렇게 웃을 수 있어?"

정이 많은 어머니는 그들과 슬픔을 함께 나누었고, 비슷한 상황을 겪었던 이십 년 전의 기억을 떠올렸다.

"밀러 대령의 연대가 떠났을 때," 그녀는 말했다. "아마 이틀은 꼬박 울었을 거야. 가슴이 무너지는 것 같았지."

"내 가슴도 무너질 거야." 리디아가 말했다.

"브라이턴에 갈 수만 있다면." 베넷 부인이 말했다.

"맞아! 브라이턴에 갈 수만 있다면! 하지만 아빠가 좀처럼 허락을 안 하잖아."

"해수욕을 조금 하면 기운이 날 텐데."

"필립스 이모도 해수욕이 나한테 아주 좋을 거라고 했단 말이야." 키티가 덧붙였다.

롱본 집안에서는 이런 탄식이 끊이지 않았다. 엘리자베스는 그런 얘기를 들으며 기분을 바꿔 보려 했지만, 부끄러운 마음만 들 뿐 도무지 즐겁지 않았다. 다아시 씨의 반대가 정당했다는 것을 새삼 느꼈고, 그가 친구의 판단에 개입했던 것을 용서할 마음까지 솟아났다.

하지만 리디아의 기대에 드리웠던 먹구름은 얼마 지나지 않아 말끔히 걷혔다. 연대장인 포스터 대령의 부인이 브라이턴에 같이 가자고 초대한 것이다. 리디아에게 더 말할 수 없이 소중한 이 친구는 아주 젊은 여자였고, 결혼한 지도 얼마 되지 않았다. 싹싹하고 활발한 점이 비슷해서 금세 가까워진 두 사람은 알고 지낸 지 세 달 만에 절친한 사이가 되었다.

초대를 받은 리디아의 환희, 포스터 부인에 대한 열광, 베넷 부인의 기쁨, 그리고 키티의 절망은 말로 다 표현하기 힘들 정도였다. 키티의 기분에는 아랑곳없이 리디아는 흥분에 휩싸여 집 안을 돌아다니며 아무나 붙잡고 축하해 달라고 하면서, 평소보다도 더 호들갑스럽게 웃고 떠들어 댔다. 그런가 하면 그런 혜택을 누리지 못

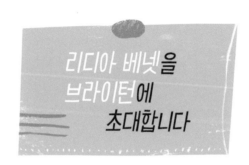

리디아 베넷을 브라이턴에 초대합니다

한 키티는 응접실에서 투정을 부리며 신세 한탄을 이어 갔다.

"포스터 부인은 왜 리디아만 초대하고 나는 안 부른 거야." 그녀가 말했다. "물론 내가 특별히 친한 친구는 아니지. 그래도 내가 두 살이나 더 많은데, 그렇다면 나한테도 리디아만큼, 아니 리디아보다 더 초대받을 권리가 있지 않냐고."

엘리자베스가 알아듣게 설명하고 제인이 단념하게 만들려고 노력했지만, 키티에게는 소용없었다. 엘리자베스는 이번 초대에 어머니나 리디아처럼 흥분하기는 커녕 이번 일로 리디아가 가지고 있을지도 모르는 상식마저 모두 사라져 버릴 거라고 생각했기 때문에, 자기가 한 짓이 알려지면 원망을 들을 걸 알면서도 아버지에게 리디아를 보내지 말라고 몰래 말씀드리지 않을 수 없었다. 엘리자베스는 아버지에게 평소 리디아의 행실이 바르지 못한 데다가 포스터 부인 같은 여자와 사귀어서 도움이 될 게 거의 없으며, 유혹에 빠질 일이 더 많을 게 분명한 브라이턴에 그런 친구와 함께 갈 경우 더 경솔하게 행동할 우려가 있다고 말했다. 아버지는 엘리자베스의 말을 귀 기울여 듣더니 이렇게 말했다.

"리디아는 그렇게 공공연한 자리에서 자신을 드러내지 않고는 못 배기는 아이다. 이번에는 비용도 들지 않고 가족들에게 불편도 끼치지 않는데 못 가게 하기가 쉽지 않을걸."

"이것도 생각하셔야죠." 엘리자베스가 말했다. "리디아가 제멋대로 경솔하게 구는 모습이 사람들 눈에 띄면 우리 모두가 입게 될 피해가 막심하다는 것을요. 아니, 벌써 피해를 입고 있어요. 이번 일에 대해 다른 판단을 내려 주실 거라고 믿어요."

"벌써 피해를 입었다고?" 베넷 씨는 그녀가 한 말을 되풀이했다. "아니, 네 애인이 리디아 때문에 놀라서 도망가기라도 한 거니? 불쌍한 우리 리지! 하지만 낙담하지 말거라. 집안에 어리석은 사람이 있다고 꽁무니를 빼는 그런 까다로운 청년이라면 아쉬워할 것도 없으니. 자, 어디 리디아 때문에 마음을 접었다는 하찮은 놈들의 명단이나 한번 보자."

"그런 얘기가 아니에요. 제가 그런 피해를 당한 적은 없어요. 지금 말씀드리는 건 어떤 구체적인 문제가 아니라 일반적인 해악에 대한 거예요. 제멋대로 날뛰고 뻔뻔한 데다가 절제는 무조건 우습게 보는 리디아의 행실이 우리 집안의 가치와 평판에 영향을 주지 않을 수 없으니까요. 죄송하지만 다 말씀드려야겠어요. 수고스럽더라도 아버지께서 리디아의 변덕스러운 기질을 다잡고, 지금 쫓아다니는 그 남자들이 인생을 보장해 주지 않는다는 걸 가르쳐 주지 않으시면 그 애는 머지않아 걷잡을 수 없는 상태가 될 거예요. 그런 성격이 그대로 굳어 버릴 테고 열여섯에 아주 작정하고 바람둥이가 되어 본인은 물론이고 가족들까지 웃음거리로 만들 거라고요. 바람둥이도 아주 천박하기 짝이 없는 최악의 바람둥이가 될 거예요. 어리고 외모가 볼 만하다는 것 말고는 아무 매력도 없으면서 사람들한테 봐 달라고 날뛰는 걸 다들 경멸할 텐데, 무식하고 텅 빈 머리로 그걸 어떻게 막아 내겠어요? 키티도 위험하긴 마찬가지예요. 키티는 리디아가 하자는 대로 뭐든 따라 한다고요. 허영심이 많고 무식하고 게으르고 제멋대로예요! 아버지, 그 애들이 어딜 가든 욕을 먹고 손가락질을 받지 않는 게, 그래서 언니인 우리들까지 종종 그런 불명예에 휩쓸리도록 만들지 않는 게, 그게 가능할 거라고 생각하세요?"

베넷 씨는 엘리자베스가 온통 이 문제에 몰두해 있다는 걸 알았고, 다정하게 딸의 손을 잡으면서 이렇게 대답했다.

"애야 마음 놓으렴. 너나 제인은 어딜 가든 인정받고 좋은 평가를 받을 거야. 멍청한 동생이 두 명, 아니 어쩌면 세 명쯤 있다고 해서 너희의 가치가 조금이라도 떨어져 보이지는 않을 게다. 리디아를 브라이턴에 보내지 않으면 롱본에는 평화가 없을 거야. 그러니 보내 주자꾸나. 포스터 대령은 지각이 있는 사람인데 심각한 문제에 빠지도록 내버려 두기야 하겠니. 그리고 다행히 누가 노리고 접근하기엔 가진 재산도 없고. 브라이턴에서는 여기서처럼 흔한 바람둥이 정도의 주목도 받지 못할 거야. 장교들도 관심을 가질 만한 여자들을 찾지 않겠니. 그러니까 그곳에서 자신이 얼마나 하잘것없는 존재인지 깨닫고 돌아올 거라고 기대하자꾸나. 어쨌거나 여기서 더 나빠진다면 그때는 평생 가둬 놓을 명분이 생기겠지.”

엘리자베스는 이 대답으로 만족해야 했지만 그녀의 생각은 여전했고, 실망스럽고 안타까운 심정으로 아버지의 서재를 나섰다. 하지만 그녀는 고민거리를 붙잡고 괴로워하는 성격이 아니었다. 자신이 할 만큼 했다는 사실에 만족했고, 피할 수 없는 문제를 놓고 초조해하거나 불안해하며 그걸 더 키우는 건 그녀의 기질이 아니었다.

그녀가 아버지와 나눈 대화의 내용을 리디아와 어머니가 알았다면 수다스러운 그 두 사람을 한데 모아 놓더라도 분노를 제대로 표현할 말을 찾지 못했을 것이다. 리디아의 상상 속에서 브라이턴에 간다는 건 지상의 모든 행복을 누리는 것이었다. 그녀는 장교들이 가득한 즐거운 해수욕장의 거리를 머릿속에 그렸고, 아직 알지도 못하는 수십 명의 장교들에게 주목받고 있는 자신의 모습을 떠올렸다. 부대의 찬란한 모습들을 상상했고, 아름다울 정도로 질서 정연하게 늘어선 막사와 눈부시게 붉은 군복 차림으로 그곳을 빼곡하게 채운 젊고 유쾌한 남자들을 그렸다. 그리고 어느 막사 아래에 앉아 최소한 여섯 명의 장교들과 동시에 유쾌하게 노닥거리는 자신의 모습으로 그녀의 그림은 완성되었다.

그러니 자신의 언니가 이런 전망과 이런 현실로부터 자신을 떼어 놓으려 한다는 걸 알았다면 그녀의 기분이 어땠을까? 그 기분을 이해할 수 있는 사람은 오직 어머니뿐이었다. 어머니도 거의 같은 마음이었고, 리디아가 브라이턴에 가는 건 남편에게 그곳에 갈 마음이 전혀 없다는 우울한 사실을 확인한 그녀의 마음을 달래 주는 유일한 위안거리였다.

그러나 그들은 어떤 일이 있었는지 전혀 몰랐고, 리디아가 집을 떠나는 바로 그날까지 이들의 황홀한 기분은 그칠 줄 모르고 계속되었다.

엘리자베스는 이제 위컴을 마지막으로 만나게 되었다. 돌아온 후로 여러 차례 그와 어울릴 기회가 있었기 때문에 마음의 동요는 제법 가라앉았고, 예전에 좋아했을 때의 감정은 완전히 사라졌다. 심지어 처음에는 기쁨을 주었던 그의 다정함조차 가식적이고 단조롭다는 걸 알고 나니 혐오감이 들고 진절머리가 났다. 더구나 그녀를 대하는 현재의 태도는 새로운 불쾌감을 자아냈는데, 처음 만났을 때처럼 관심을 되살려 보려는 그의 모습은 그때 이후로 많은 일을 겪은 그녀의 짜증만을 유발했다. 자신이 그렇게 하찮고 경박한 연애의 대상이었다는 사실을 알고 나니 그에 대한 모든 관심이 사라졌다. 그렇게 억지로 외면하려고 노력하기는 했지만, 그가 언제부터 왜 관심을 끊었는지는 알 수 없

어도 자신이 다시 관심을 주기만 하면 언제든 그녀의 허영심을 만족시켜서 사랑을 얻을 수 있다고 믿는 데에는 자신의 잘못도 있다고 자책하지 않을 수 없었다.

연대가 메리턴에 머무는 마지막 날, 그와 다른 장교 몇몇이 롱본에서 저녁 식사를 했다. 그와 좋은 기분으로 헤어질 마음이 별로 없었던 엘리자베스는 헌스퍼드에서 어떻게 지냈냐는 그의 질문에 피츠윌리엄 대령과 다아시 씨가 로징스에 3주간 머물렀다고 말하면서 대령을 아느냐고 그에게 물었다.

놀라고 불쾌하고 당황한 표정이 그의 얼굴에 떠올랐지만 그는 금세 마음을 추스르고는 미소를 지으며 예전에 자주 봤던 사이라고 대답했다. 대령이 매우 신사다운 사람이라고 말하더니, 그녀가 보기에는 어땠냐고 물었다. 엘리자베스는 대령을 극구 칭찬했다. 그는 무심한 척하다가 이내 덧붙였다. "그가 로징스에 얼마나 머물렀다고 하셨죠?"

"3주 가까이 계셨어요."

"자주 만나셨나요?"

"네, 거의 매일이요."

"그의 태도는 사촌과는 사뭇 다르죠."

"네, 아주 달라요. 하지만 다아시 씨도 알고 보니 점점 나아지던데요."

"그래요?" 위컴이 목소리를 높였는데, 그 순간의 표정을 그녀는 놓치지 않았다. "뭐 한 가지 여쭤봐도 될까요?" 그는 얼른 자제하면서 밝은 목소리로 덧붙였다. "말투가 나아졌다는 건가요? 평소의 말투에 예의를 조금 더했던가요? 저로서는 차마," 그는 목소리를 조금 낮춰서 진지하게 말을 이었다. "본질적인 면에서 나아졌으리라고는 기대를 못 하겠거든요."

"어머, 맞아요!" 엘리자베스가 말했다. "본질적인 면에서는 예전 그대로인 것 같아요."

그녀의 말을 들으면서도 위컴은 기뻐해야 하는 건지, 진의를 의심해야 하는 건지 갈피를 잡지 못하는 표정이었다. 그녀의 표정에는 그에게 두렵고 불안한 마음으로 귀를 기울이게 만드는 뭔가가 담겨 있었다. 그녀는 말을 이었다.

"알고 보니 나아졌다고 말한 건 그의 기질이나 태도에 개선의 여지가 있다는 뜻이 아니라, 그분을 더 잘 알게 되니 성격을 더 잘 이해하게 됐다는 얘기였어요."

위컴은 당혹감에 얼굴이 달아오르고 안절부절못하는 표정이었다. 몇 분 동안 아무 말 없이 곤혹스러움을 가라앉힌 그는 다시 그녀를 바라보며 더없이 부드러운 말투로 말했다.

"당신은 다아시 씨에 대한 제 감정을 잘 알고 계시는 만큼, 그가 현명하게도 겉으로나마 올바른 모습을 갖추려 한다는 것을 제가 얼마나 진심으로 기뻐할지 잘 아실 겁니다. 그렇게만 한다면 그의 오만함이 본인은 아니더라도 많은 사람에게 도움이 될 텐데, 제가 당한 것 같은 그런 부당한 행동을 차마 하지는 못할 테니까요. 다만 저는 당신이 말씀하신 것 같은 그런 종류의 조심성을 이모를 방문할 때만 취하는 게 아닌가 우려할 뿐인데, 이모의 의견과 판단을 그는 무척 두려워하거든요. 그는 예전부터 이모를 어려워했는데, 아무래도 마음에 두고 있는 것이 분명한 드버그 양과의 혼사를 추진하고픈 소망 탓이겠지요."

엘리자베스는 이 말에 웃음이 번지는 걸 참을 수 없었지만, 머리를 약간 기울이는 것으로 간신히 대답을 대신했다. 해묵은 불화를 화제에 올리고 싶어 한다는 게 빤히 보였지만, 엘리자베스는 그걸 받아 줄 기분이 아니었다. 남은 저녁 시간 내내 그는 겉으로는 평소처럼 쾌활하게 행동했지만, 더 이상 엘리자베스를 특별하게 대하지 않았고, 두 사람은 결국 서로 예절을 지키면서 헤어졌는데, 다시 만나고 싶지 않다는 마음은 아마 이심전심이었을 것이다.

　자리가 파하자 리디아는 포스터 부인과 함께 메리턴으로 갔고, 거기서 다음 날 아침 일찍 출발할 예정이었다. 그녀와 가족들의 이별은 애잔하다기보다 소란스러웠다. 눈물을 흘린 건 키티뿐이었지만, 그것도 속상하고 부러운 마음에 흘린 눈물이었다. 베넷 부인은 딸의 행복을 비는 말을 호들갑스럽게 늘어놓으며 즐길 기회를 놓치지 말라고 당부했다. 리디아가 그 조언을 충실히 따르리라고 믿을 만한 근거는 충분했다. 그리고 훨씬 부드러운 언니들의 인사는 행복에 겨워 떠들썩하게 작별을 고하는 리디아의 목소리에 묻혀 거의 들리지도 않았다.

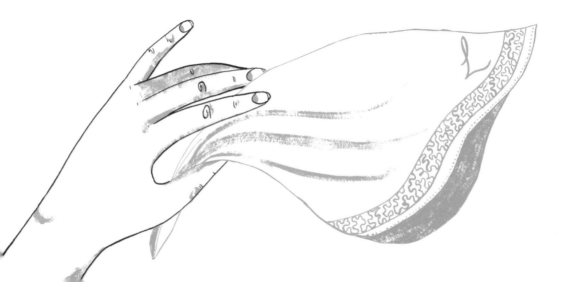

만약 자기 가족만을 기준으로 삼았다면 엘리자베스는 행복한 결혼이나 안락한 가정에 대해 별로 기분 좋은 그림을 갖지 못했을 것이다. 그녀의 아버지는 젊음과 미모에 반해서, 젊고 아름다우면 으레 심성도 좋아 보이는 터라, 한 여자와 결혼했지만 막상 살아 보니 이해력은 부족하고 마음까지 좁은 아내에 대한 애정을 일찌감치 접어 버렸다. 존경이나 존중, 신뢰는 영원히 사라졌고, 행복한 가정생활에 대한 기대도 모두 무너졌다. 하지만 베넷 씨는 자신이 경솔했던 탓에 갖게 된 실망감을 어리석거나 나쁜 짓을 저질러서 불행해진 사람들이 빠지는 쾌락으로 무마하려는 사람이 아니었다. 그는 자연과 책을 사랑했고, 그런 취향을 누리며 즐거움을 얻었다. 그녀의 무지와 어리석음이 이런 즐거움에 기여했다는 것만이 그가 아내에게서 얻은 전부였다. 일반적으로 남자들이 아내에게 바라는 행복과는 거리가 멀지만, 달리 즐거움을 누릴 형편이 아니라면 주어진 여건을 최대한 활용하는 것이 진정한 현자의 모습일 것이다.

하지만 엘리자베스는 아버지의 처신이 남편으로서 부적절하다는 것도 모르지 않았다. 그런 모습을 보면 그녀는 늘 마음이 아팠다. 하지만 아버지의 능력을 존경하고 자신을 다정하게 대해 주는 것에 감사했기 때문에, 아내가 자식들에게 무시당하도록 방치하는 아버지가 못마땅하면서도 간과할 수 없는 그 사실을 잊으려 노력했고, 결혼의 의무와 예절이 일상적으로 깨어지는 현실을 생각하지 않으려 했다. 하지만 서로 맞지 않는 결혼이 자녀들에게 미치는 악영향을 지금처럼 절실하게 느낀 적이 없었고, 재능의 방향을 잘못 잡은 데서 생기는 해악을 이렇게 또렷하게 인식한 적도 없었다. 아버지가 재능을 제대로 사용했다면 아내의 마음을 넓히지는 못했더라도 최소한 딸들의 평판을 높일 수는 있었을 것이다.

엘리자베스는 위컴이 떠났다는 사실이 기뻤지만, 그걸 제외하면 연대가 떠난 것에 대해서는 달리 만족할 만한 이유를 찾을 수 없었다. 밖에서의 파티는 예전만큼 다채롭지 않았고, 집에서는 어머니와 동생이 끊임없이 모든 게 지루하다고 투덜대는 통에 집 전체에 우울한 기운이 감돌았다. 그리고 키티는 마음을 어지럽히는 것들이 눈앞에서 사라졌으니 어느 정도 시간이 지나면 그럭저럭 분별심을 되찾을 것도 같았지만, 기질상 더 큰 실수를 저지를 우려가 높은 리디아는 해수욕장에다 군부대라는 이중의 위험 속에서 더 어리석고 뻔뻔해질 가능성이 높았다. 따라서 그녀는 전체적으로, 전에도 이따금 느꼈던 바이지만, 조바심치며 기대했던 일이 일어나더라도 생각했던 것만큼 만족스럽지 않다는 사실을 깨달았다. 그런 까닭에 다른 시기를 진정한 행복의 출발점으로 잡아야 했다. 소망과 희망의 초점을 다른 시기에 맞추고, 그걸 기대하는 즐거움을 누리면서 현재의 자신을 위로하고 또 다른 실망에 대비해야 했다. 그런 그녀에게 호수 지방으로의 여행은 가장 행복한 생각이었다. 어머니와 키티의 불만으로 감내해야 했던 불편한 시간에 그보다 나은 위안거리는 없었다. 제인이 포함되어 있지 않다는 것만이 그 계획의 유일한 단점이었다.

'하지만 뭔가 바랄 게 있다는 건 다행이야.' 그녀는 생각했다. '모든 게 완벽하게 정해졌다면 실망할 수밖에 없었을 테지. 하지만 지금은 언니가 같이 안 간다는 사실 때문에 아쉬운 마음이 끊이지 않는 덕분에 내가 기대하는 즐거움이 모두 실현될 거라고 보는 것도 무리한 희망은 아닐 거야. 모든 면에서 즐거움을 보장하는 계획은 결코 성사될 리가 없어. 전반적인 실망을 피하려면 뭔가 작고 구체적인 불만으로 막아 내는 수밖에 없지.'

리디아는 떠나면서 어머니와 키티에게 시시콜콜한 것까지 자세히 적은 편지를 자주 보내겠다고 약속했다. 하지만 그녀의 편지는 늘 오래 기다려야 했고, 늘 너무 짧았다. 어머니에게 쓴 편지도 지금 도서관에 다녀오는 길인데 이러저러한 장교들이 동행했으며 너무나 아름다운 장식물을 봐서 몹시 흥

분했다, 새 드레스와 새 파라솔을 샀는데 그것에 대해 자세히 설명하고 싶지만 포스터 부인이 부대에 가자고 부르고 있어서 편지를 급히 마무리해야 한다는 식이었다. 키티에게 보낸 편지에서는 전해 들을 말이 더 적었다. 길이는 더 길었지만 공개하지 말라며 줄을 쳐 놓은 부분이 너무 많았다.

리디아가 집을 떠나고 2~3주가 지나자 롱본은 다시 건강하고 활기차고 명랑해졌다. 런던에서 겨울을 지냈던 이웃들이 다시 돌아왔고, 여름의 옷차림과 모임에 대한 얘기들이 오갔다. 베넷 부인은 평소의 수다스러운 모습으로 평온을 되찾았고, 6월 중순이 되자 키티도 눈시울을 적시지 않고 메리턴에 갈 수 있을 만큼 진정되었다. 국방부가 악의적이고 심술궂게 또 다른 연대를 메리턴에 주둔시키지만 않는다면, 다가오는 크리스마스에는 장교의 이름을 하루에 한 번 넘게 언급하지 않을 정도로 이성을 되찾을지 모른다는 기대를 품게 하는 행복한 변화였다.

북쪽 지방으로 여행을 떠나기로 한 날이 빠르게 다가와 보름만을 남겨 놓았을 때 가드너 부인에게서 편지가 와서 출발을 연기해야 했고 일정도 단축되었다. 가드너 씨의 업무 때문에 7월 15일 이후에나 출발할 수 있었고, 한 달 내로 런던에 돌아와야 하는 상황이었다. 기간이 짧아진 탓에 먼 곳까지 가서 예정했던 대로 많은 것을 볼 수 없었고, 최소한 계획했던 것처럼 여유롭고 편하게 보기는 힘들어진 탓에 호수 지방은 포기하고 일정을 조정해야 했다. 현재의 계획대로라면 더비셔보다 더 북쪽으로는 갈 수 없었다. 그곳에도 볼거리가 충분해서 3주 정도는 훌쩍 지날 터였고, 가드너 부인은 특히 그곳에 마음이 끌렸다. 과거에 몇 년 정도 지냈던 곳이기도 했고, 이번에도 며칠 머물 예정인 그 도시가 그녀에게는 매틀록이나 채스워스, 도브데일, 또는 피크 같은 유명한 관광 도시 못지않은 호기심의 대상이었다.

호수 지방을 보고 싶었고 시간도 충분할 거라고 생각했던 엘리자베스는 크게 실망했다. 하지만 그녀의 입장에서는 만족해야 했고, 행복해하는 것이 그녀의 성격이었다. 그래서 곧 모든 것이 다시 괜찮아졌다.

더비셔라는 이름에서는 많은 것이 연상되었다. 그녀로서는 이 단어를 들으면서 펨벌리와 그곳의 주인을 떠올리지 않을 도리가 없었다. '그의 고장에 들어간다고 해서 벌을 받는 것도 아니고, 그 사람 몰래 돌덩이 몇 개 정도는 슬쩍할 수 있겠지.' 그녀는 생각했다.

기다리는 시간이 이제 두 배로 늘어났다. 외삼촌과 외숙모가 도착하려면 4주가 더 지나야 했다. 하지만 시간은 흘러갔고, 가드너 부부가 네 자녀를 데리고 마침내 롱본에 나타났다. 여섯 살과 여덟 살짜리 여자아이, 그리고 아래로 두 남자아이, 이렇게 네 명은 남아서 제인의 보살핌을 받기로 했다. 다들 제인을 제일 좋아했고, 늘 사려 깊고 다정한 제인은 아이들을 가르치거나 함께 놀아 주고 사랑해 주는 것까지 모든 면에서 아이들을 보살피기에는 적임자였다.

가드너 부부는 롱본에서 하룻밤만 묵었고, 다음 날 아침 엘리자베스와 함께 새로움과 즐거움을 찾아 길을 떠났다. 한 가지 즐거움은 확실했는데 여행의 동반자들끼리 마음이 맞는다는 것이었다. 이렇게 마음이 맞는다는 건 불편함을 감내하는 건강과 기질, 즐거움을 더해 주는 명랑한 성격, 여행길에 실망스러운 일이 있더라도 함께 견뎌 낼 수 있는 애정과 지혜를 포함하는 것이었다.

더비셔나 그곳으로 가는 길에 나오는 관광지를 설명하는 것은 이 이야기의 목적이 아니다. 옥스퍼드, 블레넘, 워릭, 케닐워스, 버밍엄 등은 이미 충분히 알려졌다. 지금 우리의 관심은 더비셔에서도 어느 작은 지역이다. 그 고장의 주요한 볼거리를 다 구경한 후에 그들은 가드너 부인이 예전에 살았고, 최근에 아직도 아는 사람들이 몇 명 살고 있다는 소식을 들은 램턴이라는 작은 읍으로 향했다. 엘리자베스는 외숙모로부터 펨벌리가 램턴에서 8킬로미터밖에 떨어져 있지 않다는 얘기를 들었다. 가는 길목에 있지는 않았지만 불과 2~3킬로미터 정도 되는 거리에 펨벌리가 있었다. 전날 밤에 행선지에 대한 얘기를 나누면서 가드너 부인은 그곳을 다시 보고 싶다는 소망을 밝혔다. 가드너 씨는 좋다면서 엘리자베스에게도 그러자고 했다.

"얘, 그렇게 많이 들었던 곳을 직접 보고 싶지 않니?" 외숙모가 물었다. "알고 있는 여러 사람과도 인연이 깊은 곳이잖아. 너도 알다시피 위컴이 여기서 어린 시절을 보냈고."

엘리자베스는 곤혹스러웠다. 펨벌리에는 아무 볼일이 없다고 느꼈고, 그래서 별로 내키지 않는 표정을 지어 보여야 했다. 훌륭한 저택들을 보는 것에 싫증이 났다고, 너무 여러 곳을 돌아다녔더니 멋진 양탄자나 새틴 커튼에도 관심이 없어졌다고 둘러댔다.

가드너 부인은 말도 안 되는 소리라며 꾸짖었다. "그런 곳들이 그저 비싼 물건들로 채워 놓은 화려한 집에 불과하다면," 그녀는 말했다. "나도 볼 마음이 없어. 그런데 장원이 얼마나 멋지다고. 이 고장에서 가장 근사한 숲이 거기 있단 말이야."

엘리자베스는 더 이상 아무 말도 하지 않았다. 하지만 도저히 동의할 수 없었다. 그곳을 구경하다가 다아시 씨를 만날지도 모른다는 가능성이 불현듯 떠올랐다. 얼마나 끔찍할까! 그녀는 생각만으로도 얼굴이 달아올랐고, 그런 위험을 자초하느니 외숙모에게 모든 것을 털어놓는 편이 나을 거라는 생각마저 들었다. 하지만 그것도 문제였다. 그래서 그 방법은 주인이 계신지 슬쩍 물어보고 만약 그렇다고 할 경우에 마지막 수단으로 남겨 놓기로 했다.

그에 따라, 밤이 되어 방으로 올라온 엘리자베스는 하녀에게 펨벌리가 정말 훌륭한 곳인지, 주인의 이름은 무엇인지, 그리고 적잖이 불안한 마음으로 가족들이 여름을 보내러 와 있는지 물었다. 마지막 질문에는 더없이 반갑게도 그렇지 않다는 대답이 돌아왔고, 불안을 씻어 낸 그녀는 마음의 여유가 생기면서 저택을 보고 싶은 호기심이 일었다. 그리고 다음 날 아침에 이 얘기가 다시 나오고 외삼촌 내외가 다시 한번 자신의 의향을 묻자, 그녀는 아무렇지 않게 실은 그 계획에 특별히 반대하지는 않는다고 무심하게 대답했다.

그래서 그들은 펨벌리에 가기로 했다.

43

마차를 타고 가면서 펨벌리 숲이 눈에 들어오길 기다리는 엘리자베스의 마음은 요동쳤다. 그리고 마침내 문지기의 집을 지나자 그녀는 기분이 몹시 설렜다.

장원은 무척 넓었으며 다채로운 모습을 담고 있었다. 그들은 가장 낮은 지역으로 들어섰고, 아름다운 숲을 한참 달려가자 너른 벌판이 나왔다.

마음이 벅차 대화를 나눌 수도 없었던 엘리자베스는 눈길을 끄는 곳들과 경치를 빼놓지 않고 감상하며 또 감탄했다. 그들은 800미터 정도의 완만한 오르막을 올라 꽤 높은 언덕의 정상에 이르렀는데, 그곳에서 숲이 끊어지면서 계곡 건너편에 있는 펨벌리 저택이 곧바로 눈에 들어왔다. 길은 그 계곡을 향해 급하게 휘어졌다. 저택은 크고 당당한 석조 건물로 나무들이 울창한 구릉을 등지고 오르막에 보기 좋게 서 있었다. 앞쪽으로는 원래 있던 개울을 조금 넓혀 놓았지만 인위적인 느낌은 전혀 들지 않았다. 양쪽의 기슭은 틀에 박히지도 가식적으로 꾸며지지도 않았다. 엘리자베스는 기뻤다. 자연의 아름다움이 서툰 취향으로 훼손되지 않고 이렇게 잘 살아 있는 곳은 일찍이 본 적이 없었다. 모두들 칭찬을 아끼지 않았다. 엘리자베스는 문득 펨벌리의 안주인이 되는 게 대단한 일일지도 모른다는 느낌이 들었다!

그들은 언덕을 내려와서 다리를 건너 입구로 향했는데, 저택을 가까이에서 보게 되자 그곳의 주인과 마주칠지 모른다는 두려움이 되살아났다. 객실의 하녀가 잘못 알았으면 어쩌나 걱정이 되었다. 그들은 집을 구경하고 싶다고 청했고, 안내를 받아 현관 안으로 들어갔다. 하녀장을 기다리는 사이에 여유를 되찾은 엘리자베스는 자신이 이곳에 와 있다는 사실이 신기하기만 했다.

하녀장은 기품 있어 보이는 중년 부인이었고, 예상만큼 세련되지는 않았지만 더 정중했다. 그들은 그녀를 따라 식당 겸 응접실로 들어갔다. 그곳은 넓고 균형이 잘 잡혀 있었으며 멋지게 꾸며져 있었다. 엘리자베스는 그곳을 훑어본 다음 창가로 가서 경치를 즐겼다. 그들이 내려온 언덕 위쪽은, 숲이 울창하고 멀리서 보니 더 가파른 것이 그야말로 하나의 아름다운 예술품이었다. 다채로운 모습의 부지는 모든 곳이 훌륭했다. 강과 기슭에 드문드문 서 있는 나무들, 구불구불한 계곡까지 전체적인 풍경을 눈이 닿는 곳까지 바라보는 그녀의 마음은 환희로 가득 찼다. 다른 방에서는 이런 풍경들이 새롭게 자리를 옮겨 앉았지만, 어느 창문에서나 아름다운 경치를 감상할 수 있었다. 고상하고 품격 있는 방들과 주인의 재력에 걸맞으면서도 요란하지 않고 지나치게 세련되지도 않은 가구를 보며 엘리자베스는 그의 안목에 감탄했다. 로징스의 가구보다 화려함은 덜하지만 진정한 우아함이 느껴졌다.

'그리고 어쩌면,' 그녀는 생각했다. '내가 이곳의 안주인이 될 수도 있었지! 지금쯤이면 이런 방들이 얼마나 익숙해졌을까! 손님으로 와서 구경하는 게 아니라 내 것으로 즐기면서 외삼촌과 외숙모를 맞이했을 텐데. 하지만, 아니야.' 그녀는 문득 정신을 차렸다. '그런 일은 절대 있을 수 없었을 거야. 외삼촌과 외숙모는 나한테 없는 사람이 됐을 테지. 초대하고 싶어도 허락받지 못했을 거야.'

다행히 이런 생각이 든 덕분에 후회에 빠지는 걸 막을 수 있었다.

그녀는 하녀장에게 주인이 정말 안 계시냐고 물어보고 싶었지만, 용기가 나지 않았다. 그런데 마침 외삼촌이 그걸 물어봤고, 그녀가 괜스레 떨리는 마음에 고개를 돌렸을 때 레이놀즈 부인이 그렇다고 대답하고는 이렇게 덧붙였다. "하지만 내일 여러 친구분들과 함께 돌아오실 예정입니다." 엘리자베스는 어떤 사정에 의해서든 자신들의 여행이 하루 더 미뤄지지 않았다는 사실에 깊이 감사했다.

이때 외숙모가 어떤 그림을 보라며 그녀를 불렀다. 다가갔더니 벽난로 위에 걸린 여러 점의 초상화들 속에 위컴 씨와 닮은 모습이 보였다. 외숙모는 웃으며 그녀에게 이 그림을 어떻게 생각하느냐고 물었다. 그때 하녀장이 나서며 돌아가신 주인 밑에서 집사를 지냈던 사람의 아들인데, 선대 주인이 학비를 대 주면서 가르쳤던 젊은 신사분이라고 말했다. "지금은 군대에 들어갔고 아주 방탕한 생활을 하는 것 같더군요."

가드너 부인은 웃으며 조카를 바라봤지만, 엘리자베스는 마주 보며 웃어 줄 수가 없었다.

"그리고 저 그림이," 레이놀즈 부인이 다른 초상화를 가리켰다. "저희 주인이신데, 아주 닮았어요. 다른 그림과 비슷한 시기에, 그러니까 팔 년쯤 전에 그렸답니다."

"주인께서 훌륭한 분이라는 얘기는 많이 들었습니다." 가드너 부인이 그림을 보며 말했다. "아주 잘생기셨네요. 하지만 리지, 너는 실물과 닮았는지 안 닮았는지 말해 줄 수 있겠구나."

레이놀즈 부인은 엘리자베스가 자기 주인을 안다는 소리에 그녀에 대한 존경심이 커진 눈치였다.

"아가씨께서 다아시 씨를 아시나요?"

엘리자베스는 얼굴을 붉히며 말했다. "조금이요."

"그렇다면 굉장히 잘생긴 신사라고 생각하지 않으세요, 아가씨?"

"네, 굉장히 잘생기셨어요."

"제가 아는 사람 중에 제일 잘생긴 분이죠. 위층 화랑에서는 이보다 더 크고 세밀한 그림을 보실 수 있답니다. 이 방은 돌아가신 선대 주인께서 즐겨 지내셨던 방이라 그림들도 그 당시 그대로 걸어 둔 거예요. 주인께서 아주 좋아하셨거든요."

그제야 엘리자베스는 위컴 씨의 그림이 아직 걸려 있는 이유가 이해되었다.

이번에는 레이놀즈 부인이 다아시 양의 그림을 가리켜 보였는데, 겨우 여덟 살 때의 그림이었다.

"다아시 양도 오빠만큼이나 인물이 출중한가요?" 가드너 씨가 물었다.

"아유, 그럼요. 세상에서 가장 아름다운 숙녀분이죠. 또 얼마나 교양 넘치시는데요! 하루 종일 연주하고 노래하신답니다. 옆방에는 아가씨를 위해 얼마 전에 새로 들여온 악기가 있어요. 주인께서 선물하신 거죠. 아가씨도 내일 주인 나리와 함께 오실 거예요."

성격이 여유롭고 유쾌한 가드너 씨는 이것저것 묻기도 하고 한마디씩 거들면서 부인과 이야기를 이어 갔다. 자부심 때문인지, 아니면 애정 때문인지, 레이놀즈 부인은 주인과 그의 누이동생에 대해 말하는 걸 무척 즐거워하는 눈치였다.

"주인께서는 일 년 중에 펨벌리에 계시는 날이 많은가요?"

"제가 바라는 만큼 오래 계시지는 않아요. 하지만 일 년에 절반 정도는 여기서 보내신다고 봐야죠. 다아시 양은 여름에는 늘 이곳에 내려오십니다."

램스게이트를 갈 때를 제외하고, 라고 엘리자베스는 생각했다.

"주인께서 결혼하시면 여기에 더 오래 머무르실지도 모르겠네요."

"그렇죠. 하지만 그날이 언제일지는 모르겠어요. 그분께 어울릴 만큼 훌륭한 짝이 있을지도 모르겠고요."

가드너 부부는 미소를 지었다. 엘리자베스는 참지 못하고 이렇게 말했다. "부인께서 그렇게 생각하실 정도면 정말 훌륭한 분이라는 얘기네요."

"저는 사실을 말할 뿐이고, 그분을 아는 사람이라면 누구나 그렇게 말할 거예요." 부인이 대답했다. 엘리자베스는 그건 조금 지나친 말이라고 생각했는데, 하녀장이 이렇게 덧붙였을 때는 더욱 놀라웠다. "그분을 네 살 때부터 쭉 모셨지만 지금까지 싫은 소리 한번 들어 본 적이 없답니다."

이건 다른 찬사들보다 더 의외였고, 그녀의 생각과는 정반대였다. 그가 온화한 성격의 사람이 아니라는 건 그녀의 확고한 의견이었다. 관심이 고조되어 더 많은 얘기를 듣고 싶던 차에 외삼촌이 고맙게도 이렇게 말했다.

"그런 말을 들을 수 있는 사람은 드물 겁니다. 그런 주인을 모시는 건 행운이죠."

"네, 저도 잘 알고 있답니다. 온 세상을 돌아다닌다 해도 더 나은 분을 만날 수는 없을 거예요. 그리고 이건 제가 늘 생각해 왔던 건데, 어려서 성품이 좋은 사람이 커서도 좋아요. 주인께서는 세상에서 제일 다정하고 너그러운 소년이었답니다."

엘리자베스는 부인을 빤히 쳐다보지 않을 수 없었다. '다아시 씨가 설마!' 그녀는 생각했다.

"돌아가신 아버님께서도 훌륭한 분이셨죠." 가드너 부인이 말했다.

"네, 정말 그러셨어요. 그리고 아드님도 그러실 거예요. 가난한 사람들에게 친절한 것도 똑같으시고."

엘리자베스는 들을수록 놀랍고 의심스러워서, 더 듣고 싶은 마음에 안달이 날 정도였다. 레이놀즈 부인의 다른 이야기에는 아무 흥미도 없었다. 부인은 초상화의 주인공이나 방의 크기, 가구의 가격에 대해서도 말했지만 엘리자베스의 흥미를 끌수 없었다. 자신이 모시는 분을 지나치게 칭찬하는 것이 가족에 대한 편애 같은 것이라고 생각해서 무척 흥미로웠는지 가드너 씨는 곧 다시 그쪽으로 이야기를 끌고 갔다. 그러자 부인은 넓은 계단을 다 함께 올라가면서 주인의 수많은 장점을 열띤 목소리로 늘어놓았다.

"그분은 최고의 지주이자 최고의 주인이세요." 그녀는 말했다. "방탕하게 살면서 자기 자신밖에 모르는 요즘의 젊은 사람들과는 달라요. 소작농이나 하인들 중에 그분을 나쁘게 말하는 사람은 아무도 없답니다. 간혹 그분더러 오만하다고 말하는 사람도 있지만, 저는 그런 모습을 한 번도 본 적이 없어요. 제 생각에, 그건 단지 그분이 다른 젊은이들처럼 말을 많이 하지 않아서 그런 것 같아요."

'저 말만 들으면 아주 상냥한 사람 같네!' 엘리자베스는 생각했다.

"이렇게 근사한 얘기는," 외숙모는 걸어가면서 엘리자베스에게 속삭였다. "우리의 가여운 친구에게 저지른 행동과는 전혀 어울리지 않는데."

"우리가 잘못 안 걸지도 모르죠."

"그럴 리는 없어. 그러기엔 너무 확실한 사람한테서 들었잖니."

그들은 위층의 널찍한 복도를 지나 대단히 아름다운 거실로 안내되었는데, 최근에 아래층보다 더 우아하고 밝게 꾸민 곳이라고 했다. 다아시 양이 지난번에 펨벌리에 왔을 때 이 방을 마음에 들어 하자 그녀를 기쁘게 해 주려고 얼마 전에 새 단장을 했다는 것이었다.

"그는 정말 좋은 오빠로군요." 엘리자베스는 창가로 걸어가며 말했다.

레이놀즈 부인은 다아시 양이 이 방을 보면 기뻐할 거라고 했다.

"주인께서는 늘 그러세요." 그녀는 이렇게 덧붙였다. "아가씨가 좋아할 일이라면 지체하는 법이 없어요. 아가씨를 위해서라면 어떤 일도 마다하지 않으실 거예요."

이제 구경할 곳은 화랑과 두세 개의 침실 정도만 남아 있었다. 화랑에는 좋은 그림들이 많았지만, 엘리자베스는 그림에 대해 아는 바가 없었다. 그리고 이미 아래층에서 볼 만큼 봤던 터라 다아시 양이 크레용으로 그린 그림에 더 관심이 쏠렸는데, 오히려 그 그림의 주제가 더 흥미롭고 알아보기도 쉬웠다.

화랑에는 집안사람들의 초상화가 많았지만, 손님이 관심을 가질 만한 건 아니었다. 아는 얼굴이 나올까 싶어 계속 걸어가던 엘리자베스는 마침내 그걸 찾아냈다. 다아시 씨를 쏙 닮게 그려 놓은 그림이었고, 기억상 자신을 볼 때 몇 번쯤 지었던 그런 미소를 머금은 얼굴이었다. 그녀는 한참을 그 앞에 서서 가만히 들여다보았고, 화랑을 나서기 전에도 다시 한번 그 그림 앞으로 향했다. 레이놀즈 부인은 선대주인 생전에 그렸던 그림이라고 알려 주었다.

그 순간 엘리자베스의 마음에는 이 그림의 주인공에 대해, 그를 알고 지냈을 때 느꼈던 것보다 훨씬 부드러운 감정이 일었다. 레이놀즈 부인이 그에 대해 늘어놓은 찬사는 결코 입에 발린 소리가 아니었다. 영리한 하인의 찬사보다 더 가치 있는 칭찬이 어디 있을까? 오빠로서, 지주이자 주인으로서, 얼마나 많은 사람들의 행복이 그의 손에 달려 있는지! 그가 베풀거나 가할 수 있는 기쁨과 고통은 또 얼마나 큰지! 하녀장의 말은 한마디 한마디가 그의 인품을 높여 주었고, 그의 모습을 담은 화폭 앞에 서서 그 눈빛을 받고 있자니 그의 호의가 전에 없이 감사하게 느껴졌다. 그의 열렬했던 감정이 떠올랐고, 부적절한 표현에 대해서도 마음이 누그러졌다.

외부인에게 공개되는 부분을 모두 구경한 그들은 아래층으로 다시 내려왔고, 하녀장에게 인사한 다음에는 현관에서 기다리던 정원사의 안내를 받았다.

강으로 이어지는 잔디밭을 가로지를 때 엘리자베스는 저택을 다시 한번 보고 싶은 마음에 뒤로 돌아섰다. 외삼촌과 외숙모도 걸음을 멈췄고, 엘리자베스가 건물이 지어진 때를 짐작해 보려는데 다름 아닌 그 저택의 주인이 뒤쪽 마구간으로 이어지는 길에서 느닷없이 모습을 드러냈다.

두 사람의 거리는 20미터도 채 되지 않았고, 너무 갑작스러운 등장에 몸을 숨기는 것도 불가능했다. 두 사람은 이내 눈이 마주쳤고, 얼굴은 똑같이 빨갛게 달아올랐다. 그는 너무 놀란 나머지 순간적으로 몸이 굳어 버린 것 같았지만, 금세 정신을 차리고 일행에게 다가왔다. 그리고 완벽하게 차분하다고는 할 수 없어도 아무튼 아주 정중한 태도로 엘리자베스에게 말을 걸었다.

그녀는 본능적으로 고개를 돌렸지만 그가 다가오자 동작을 멈추고 당혹감에 어쩔 줄 몰라 하며 그의 인사를 받았다. 다른 두 사람은 그가 불쑥 나타난 데다 방금 보고 나온 그림과 닮았다는 것만으로는 자신들이 보고 있는 사람이 다아시 씨라고 확신하기에 충분하지 않았더라도, 정원사가 주인을 보고 놀라는 표정에 곧바로 알 수 있었을 것이다. 두 사람은 그가 조카와 말을 하는 동안 조금 떨어진 곳에 서 있었는데, 엘리자베스는 놀라고 당황한 나머지 차마 그와 눈도 마주치지 못했고 가족의 안부를 묻는 그의 정중한 인사에도 제대로 대답을 하지 못했다. 마지막으로 본 이후 달라진 그의 태도가 놀라워서 그의 말이 길어질수록 그녀의 당혹스러움은 점점 커져만 갔다. 자신이 그곳에 있다는 사실이 너무 부적절하다는 생각에, 함께 서 있는 그

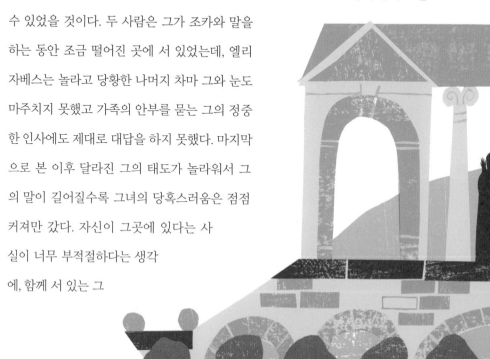

몇 분이 그녀의 일생에서 가장 불편한 시간이었다. 그도 아주 편해 보이지는 않았다. 억양에서는 평소의 침착함을 찾아볼 수 없었고, 롱본을 언제 떠났는지 더비셔에서는 얼마 동안 머물 것인지 같은 질문을 몇 번이나 허둥지둥 되묻는 모습에서 그도 머릿속이 혼란스럽다는 사실을 알 수 있었다.

그는 마침내 아무 생각도 나지 않는지 아무 말 없이 한동안 서 있다가 문득 정신을 차리고는 작별 인사를 했다.

다른 두 사람은 그제야 그녀에게 다가와 그의 외모를 칭찬했지만, 엘리자베스의 귀에는 한마디도 들어오지 않았다. 그녀는 자신만의 감정에 휩싸인 채 말없이 두 사람을 따라갔다. 부끄럽기도 하고 속상하기도 했다. 그곳에 왔다는 건 너무나 한심스러운 일생일대의 실수였다! 그가 보기에 얼마나 이상했을까! 그렇게 자만심이 강한 사람에게 얼마나 굴욕적으로 비쳤을까! 일부러 그의 앞에 나타난 것처럼 보일지도 몰라! 아, 내가 대체 왜 왔을까? 그는 또 왜 예정보다 하루 앞당겨 온 걸까? 10분만 빨리 움직였다면 그의 눈에 띄는 일이 없었을 텐데. 그는 그때 막 도착했고, 말이나 마차에서 바로 내린 게 분명했으니까. 그녀는 얄궂은 이 만남에 얼굴을 붉히고 또 붉혔다. 그런데 너무나도 달라진 그의 태도는 또 무슨 의미일까? 그가 말을 걸었다는 것 자체가 놀라웠다. 게다가 그토록 정중하게 가족의 안부를 묻다니! 엘리자베스는 지금껏 그가 그렇게 격의 없이 행동하는 걸 본 적이 없었고, 전혀 뜻밖이었던 이런 만남에서 그렇게 다정하게 말을 하리라고는 상상도 하지 못했다. 그가 자신의 손에 편지를 쥐여 주었던 로 징스의 장원에서 마지막으로 얘기를 했을 때와는 사뭇 달랐다. 그녀는 이걸 어떻게 생각해야 할지, 아니 어떻게 이해해야 할지 알 수 없었다.

그들은 강변을 따라가는 아름다운 산책로에 접어들었다. 걸음을 옮길 때마다 더 멋진 비탈이 나타나고 더 근사한 숲이 펼쳐졌다. 하지만 엘리자베스는 한동안 그 런 것들을 전혀 의식하지 못했다. 외삼촌과 외숙모의 반복된 질문에 기계적으로 대 답하고 두 사람이 가리키는 곳으로 시선을 돌리기는 했지만, 풍경은 눈에 들어오 지 않았다. 그녀의 생각은 펨벌리의 어느 지점, 정확하게 어딘지는 몰라도 지금 다 아시 씨가 있을 그 지점에 고정되어 있었다. 그녀는 지금 그가 어떤 생각을 하고 있 을지 알고 싶었다. 자신을 어떻게 생각하고 있는지, 많은 일들이 있었음에도 여전 히 자신을 소중하게 생각하는지도 궁금했다. 어쩌면 이제 마음의 평정을 찾았기 때 문에 그렇게 정중할 수 있었던 건지도 몰랐다. 하지만 그의 목소리에서는 뭔가 편 치 않은 기운이 느껴졌다. 그녀를 만나서 괴로웠는지, 아니면 기뻤는지, 어느 쪽 의 감정이 더 컸는지 그녀로서는 알 수 없었지만, 그녀를 보는 마음이 평온하지 않 았던 것만은 분명했다.

마침내 왜 그렇게 넋을 놓고 있냐는 동행들의 말에 정신을 차린 그녀는 평소처럼 행동해야겠다고 생각했다.

그들은 숲으로 들어섰고, 강의 모습은 잠시 뒤로한 채 더 높은 곳으로 올라갔다. 그곳에서는 나무들 사이로 계곡의 매력적인 경치와 숲이 넓게 펼쳐진 건너편의 언 덕들이 보이고 강줄기도 이따금 눈에 들어왔다. 가드너 씨는 장원 전체를 돌아보 고 싶어 했지만 걷기에는 무리가 아닐지 걱정했다. 정원사는 자랑스럽게 웃으며 둘 레가 16킬로미터 정도라고 말했다. 그것으로 그 문제는 결정이 났고, 그들은 산책로를 따라 걸었다. 그렇게 얼마 동안 걸어가자 우거진 숲 사이로 난 내리막길이 물가로 이어졌는데, 마침 강폭이 가장 좁은 부분이었다. 그들은 주변의 경치와 잘 어울리는 소박한 다리로 강을 건넜다. 지금까지 지나온 곳들 중에서 가장 꾸밈없었고, 계곡도 이 부분에서는 폭이 좁아졌다. 가장자리를 따라 우거진 숲과 개울 사이로는 좁은 산책로만이 나 있었다. 엘리자베스는 굽이진 개울을 따라가 보고 싶었지만, 다리를 건너자 저택에서 한참 멀어졌다는 사실을 깨달았고, 걷는 게 불편해서 더 이상 갈 수 없었던 가드너 부인은 최대한 빨리 마차로 돌아가고 싶은 생각뿐이었다. 조카는 그 뜻에 따르지 않을 수 없었고, 가장 빠른 길을 택해 강 건너편에 있는 저택을 향해 걷기 시작했다. 하지만 진행 속도는 느렸는데, 취미를 즐길 기회는 거의 없어도 낚시를 무척 좋아하는 가드너 씨가 이따금 보이는 송어의 모습에 빠져 정원사와 얘기를 나누느라 좀처럼 앞으로 나가지 않은 탓이었다. 이렇게 한가롭게 걸어가고 있는데 멀지 않은 곳에서 다아시 씨가 다가오는 모습에 일행은 다시 한번 깜짝 놀랐고, 엘리자베스의 충격은 처음 마주쳤을 때에 못지않았다. 이쪽의 산책로는 맞은편보다 덜 가려져 있어서 마주치기 전에 먼저 그를 볼 수 있었다. 엘리자베스는 놀라기는 했지만 최소한 아까보다는 마음의 준비를 할 수 있었고, 그가 정말 자신들을 만나러 오는 것이라면 침착하게 얘기를 나누자고 결심했다. 사실 한동안은 그가 다른 길로 접어들 거라고 생각하기도 했다. 길이 꺾이면서 그의 모습이 잠시 보이지 않는 동안은 그런 생각이 힘을 얻었지만, 모퉁이를 지나자 그가 곧바로 눈앞에 나타났다. 엘리자베스는 한눈에도 그가 조금 전의 정중함을 전혀 잃지 않았다는 걸 알 수 있었다. 그리고 그의 공손함을 흉내 내서, 만나자마자 그곳의 아름다움을 칭찬하기 시작했다. 하지만 멋있고 매력적이라는 말을 하는 순간, 안타까운 옛 기억이 떠오르면서 펨벌리를 칭찬하는 자신의 말이 진심과 다르게 해석될 수 있다는 데 생각이 미쳤다. 그녀는 안색이 변했고 곧바로 입을 다물었다.

　가드너 부인이 조금 뒤에 서 있었고, 엘리자베스가 말을 멈추자 그는 그녀에게 동행을 소개시켜 달라고 부탁했다. 전혀 예상치 못했던 정중함의 일격이었다. 그가 교제를 청하는 그 사람들이 자신에게 청혼하면서 오만함 때문에 거부감을 느꼈던 바로 그들이라는 사실에 그녀는 실소를 참을 수 없었다. '이분들이 누군지 알면 얼마나 놀랄까?' 그녀는 생각했다. '설마 상류 사회 사람들이라고 생각하는 걸까?'

　하지만 곧 두 사람을 소개했고, 자신과의 관계를 밝히면서 그가 어떤 반응을 보이는지 슬그머니 살펴봤다. 어쩌면 격이 떨어지는 이런 사람들로부터 최대한 빨리 도망치려 할지도 모른다고 생각했다. 놀란 건 틀림없었지만 그는 의연하게 견뎌 냈고, 가 버리기는커녕 가던 걸음을 돌려 그들과 함께 걸으며 가드너 씨와 대화를 나누기 시작했다. 엘리자베스는 기쁘고 뿌듯했다. 자신에게도 얼굴을 붉힐 필요가 없는 친척이 있다는 걸 그가 알게 되었다는 사실이 위로가 되었다. 그녀는 두 사람이 주고받는 말에 귀를 쫑긋 세웠고, 지성과 안목과 예절을 드러내는 외삼촌의 모든 표현과 문장에 자랑스러움을 느꼈다.

　화제는 곧 낚시로 옮겨 갔고, 다아시 씨가 매우 정중하게 인근에 머무는 동안 언제든 낚시를 하라면서 낚시 도구를 빌려주겠다고 제안하고 평소에 고기가 가장 잘 잡히는 지점을 가리키기도 하는 소리가 들렸다. 엘리자베스의 팔짱을 끼고 걷던 가드너 부인은 놀라운 표정으로 그녀를 쳐다봤다. 엘리자베스는 아무 말도 하지 않았지만, 속으로는 이루 말할 수 없이 뿌듯했다. 그런 호의의 원인이 자신인 게 틀림없었기 때문이다. 하지만 놀라움도 그만큼 컸고, 그녀는 속으로 이런 말을 되풀이했다. '왜 저렇게 달라진 걸까? 무슨 연유일까? 나 때문일 리는 없어. 그의 태도가 저렇게 부드러

워진 이유가 나일 리는 없어. 내가 헌스퍼드에서 비난했다고 이런 변화를 이끌어 냈을 수는 없지. 그가 지금도 나를 사랑한다는 건 불가능해.'

두 숙녀가 앞장을 서고 신사들이 뒤를 따르는 식으로 한동안 걸었지만, 신기해 보이는 물풀을 자세히 보기 위해 강둑으로 내려갔다가 다시 올라오면서 위치에 약간의 변화가 생겼다. 무리한 산책으로 지친 가드너 부인이 엘리자베스의 팔에만 의존해서 걷기에는 힘들다고 느끼고 남편의 팔짱을 끼기로 하면서 그렇게 된 것이다. 다아시 씨가 그녀를 대신해서 조카의 옆자리를 차지했고, 그들은 함께 걷게 되었다. 잠시 침묵이 흐르다가 숙녀 쪽에서 먼저 입을 열었다. 자신은 그가 부재중이라는 사실을 알고 왔다는 걸 분명히 밝히고 싶은 마음에, 그가 올 줄 전혀 몰랐다는 말로 얘기를 시작했다. "하녀장도 당신이 내일에나 올 거라고 분명히 말했거든요." 그녀는 말을 이었다. "실제로 우리가 베이크웰을 떠나기 전까지는 당신이 당분간 이 고장에 오지 않을 거라고 생각했어요." 그는 그녀의 말이 모두 옳다고 인정했다. 그러면서 집사와 처리할 일이 있어서 함께 여행하던 일행보다 한발 앞서 도착하게 되었다고 말했다. "다른 사람들은 내일 일찍 도착할 겁니다." 그가 말을 이었다. "그 중에는 당신도 아는 사람들이 몇 명 있어요. 빙리 씨와 그의 누이들이죠."

엘리자베스는 고개를 가볍게 숙이는 것으로 대답을 대신했다. 그녀의 생각은 두 사람 사이에서 빙리 씨의 이름이 마지막으로 언급됐던 때로 순식간에 돌아갔고, 안색으로 짐작하건대 그의 생각도 크게 다르지 않은 것 같았다.

"그리고 일행 중에 당신과 친해지길 유난히 바라는 또 한 사람이 있습니다." 그는 잠시 쉬었다가 덧붙였다. "램턴에 머

무시는 동안 제 동생을 소개시켜 드려도 될까요? 혹시 무리한 부탁일까요?"

이 말이 자아낸 놀라움은 실로 대단했다. 너무 놀란 나머지 어떤 반응을 보여야 할지 알 수 없을 정도였다. 그녀는 곧 다아시 양이 자신을 알고 싶어 한다는 건 오빠가 그런 마음을 갖게 만들었기 때문이라는 걸 깨달았고, 그건 더 생각할 것도 없이 만족스러운 일이었다. 화가 난 나머지 그녀를 나쁘게 생각하지 않는다는 걸 안 것만으로도 그녀는 흡족했다.

그때부터 두 사람은 각자 깊은 생각에 빠져 말없이 걷기만 했다. 엘리자베스는 마음이 편치 않았다. 하지만 우쭐한 마음이 들고 기쁘기도 했다. 동생을 소개시켜 주겠다는 말은 최고의 찬사였다. 그들은 곧 다른 두 사람을 앞질렀고, 그들이 마차에 도착했을 때 가드너 부인은 200미터나 뒤처져 있었다.

그러자 그는 그녀에게 집으로 들어가자고 청했지만, 그녀가 피곤하지 않다고 해서 두 사람은 잔디밭에 함께 서 있었다. 많은 말들이 오갈 수도 있는 이런 순간에 흐르는 침묵은 몹시 어색했다. 그녀는 말을 하고 싶었지만, 모든 화제가 금지된 것 같은 기분이었다. 마침내 자신이 여행 중이라는 사실을 떠올리고는 매틀록과 도브데일에 대해서만 줄기차게 이야기를 주고받았다. 하지만 시간도 외숙모도 느리기만 했고, 인내심도 생각도 거의 바닥이 나고서야 둘만의 대면이 간신히 끝났다. 가드너 부부가 다가오자 그는 다 함께 안으로 들어가서 다과를 들자고 간곡히 권했지만, 일행은 사양했고 더없이 정중하게 작별 인사를 나눴다. 다아시 씨는 여자들이 마차에 오르는 걸 도와주었고, 마차가 떠나자 천천히 집으로 걸어가는 모습이 엘리자베스의 눈에 들어왔다.

곧바로 외삼촌과 외숙모의 품평이 시작되었다. 두 사람은 그가 기대했던 것 이상으로 너무 훌륭하다고 입을 모았다. "행동에 흠잡을 데라곤 없고, 예의도 바르고 겸손하더구나." 외삼촌이 말했다.

"위엄 있게 굴려는 건 틀림없더라." 외숙모가 말을 이어 갔다. "하지만 분위기가 그렇다는 얘기고, 그게 잘 어울리는 것 같기도 해. 이제는 나도 하녀장처럼 말할 수 있겠어. 그를 보고 오만하다고 말하는 사람들도 있지만 내 눈에는 전혀 그렇게 보이지 않더라고."

"우리한테 보이는 행동은 너무 놀랍던걸. 정중한 것 이상으로 배려해 주더구나. 그렇게까지 신경 쓸 필요는 없었는데. 엘리자베스와 안다지만 그렇게 대단한 사이도 아닐 텐데."

"아닌 게 아니라, 리지야." 그녀의 외숙모가 말했다. "위컴만큼 잘생기지는 않았더라. 위컴만 한 외모는 아니라고 해야 하나. 그래도 이목구비에는 흠잡을 데가 없어. 그런데 너는 어째서 그 사람더러 그렇게 기분 나쁜 인간이라고 했던 거니?"

엘리자베스는 자신도 켄트에서 만났을 때는 그전보다 더 좋아 보였고, 오늘은 더구나 전에 없이 상냥한 모습이었다고 해명했다.

"하긴 정중한 것도 때에 따라 변덕을 부리는 걸지도 모르지." 외삼촌이 말을 받았다. "지체 높은 사람들은 종종 그렇잖아. 낚시에 대해 한 말도 진지하게 듣지 않으련다. 다음번에는 마음이 변해서 쫓아낼지도 모르는 일이니까."

엘리자베스는 두 사람이 그의 성격을 완전히 오해하고 있다고 느꼈지만, 뭐라고 말은 하지 않았다.

"아무튼 우리가 본 바로는," 가드너 부인이 말을 이었다. "불쌍한 위컴에게 했다는 그런 지독한 짓을 어느 누구에게라도 할 사람 같지는 않던데. 인상이 고약해 보이지 않았어. 오히려 말할 때의 입매는 어딘가 상냥해 보이던걸. 그리고 용모에 기품이 있어서 마음이 악할 것 같지 않아. 그래도 우리에게 집을 구경시켜 준 그 부인의 말은 좀 과장이었던 게 틀림없어! 가끔은 웃음이 터질 뻔했다니까. 그래도 너그러운 주인인 것 같기는 하더라. 하인이 보기에는 모든 미덕이 거기에 담겨 있겠지."

엘리자베스는 이쯤에서 위컴에 대한 다아시의 행동을 변호하기 위해 무슨 말이라도 해야 할 것 같았다. 그래서 최대한 조심스럽게, 자신이 켄트에서 그의 친척으로부터 들은 바에 따르면 그의 행동을 전혀 다른 방식으로 해석할 여지가 있으며, 하트퍼드셔에서 사람들이 생각하는 것만큼 그의 성격이 그렇게 못된 것도 아니고 위컴의 성격이 그렇게 상냥한 것도 아니라고 알아듣게 얘기했다. 자신의 말을 입증하기 위해 그녀는 누구인지 밝힐 수는 없지만 믿을 만한 사람에게서 들었다면서 그들 사이에 오간 금전적인 거래에 대해서도 자세히 말해 주었다.

가드너 부인은 놀랍고 걱정스러워 보였지만, 예전에 즐겁게 지냈던 곳이 가까워 오자 다른 생각은 모두 잊은 채 옛 추억에 잠겼다. 주변의 흥미로운 장소들을 남편에게 일일이 가리키느라 다른 건 생각할 겨를이 없었다. 하루 종일 걸어 다녀서 피곤했지만, 저녁 식사를 마치자마자 그녀는 옛날 친구들을 만나러 외출했고, 여러 해 동안 끊겼던 소식과 정을 나누며 만족스러운 저녁 시간을 보냈다.

엘리자베스는 그날 있었던 일들이 너무 흥미진진해서 새로 만난 사람들에게 관심을 기울일 여유가 없었다. 오로지 다아시 씨의 친절한 행동, 그리고 무엇보다 여동생을 소개시켜 주고 싶다는 그의 바람만을 생각하고 또 생각하며 의아해하는 것밖에는 아무것도 할 수가 없었다.

44

　엘리자베스는 다아시 씨가 누이동생이 펨벌리에 도착하면 그다음 날 자신을 찾아올 거라고 짐작했고, 그래서 그날 오전에는 여관 근처를 벗어나지 말아야겠다고 결심했다. 하지만 그녀의 예상은 빗나갔는데, 친구들이 램턴에 도착한 바로 그날 두 사람이 찾아왔기 때문이다. 엘리자베스 일행이 새로운 친구들과 함께 주변을 둘러본 뒤 함께 저녁 식사를 하기 전에 옷을 갈아입으려고 여관에 막 돌아왔을 때, 마차 소리가 들려서 창가로 가 봤더니 신사 한 명과 숙녀 한 명이 이륜마차를 타고 올라오는 게 보였다. 하인의 복장을 알아본 엘리자베스는 순식간에 상황을 파악했고, 깜짝 놀란 채 이제 곧 펼쳐질 영광스러운 사태를 외삼촌과 외숙모에게 알렸다. 두 사람 역시 놀라울 따름이었다. 그 상황도 상황이지만, 그 얘기를 전하며 당혹스러워하는 엘리자베스의 태도, 그리고 전날 있었던 여러 가지 일을 종합한 두 사람은 이 일을 새로운 눈으로 보게 되었다. 이전까지는 전혀 생각도 못 했지만, 이런 상황까지 접하고 보니 그런 지위의 사람이 보여 주는 이 정도의 배려는 조카에 대한 특별한 감정이 아니고서는 설명할 길이 없었다. 새롭게 떠오른 이런 생각이 그들의 머릿속을 스치는 동안 엘리자베스가 느끼는 감정의 동요는 갈수록 커졌다. 자신의 뒤숭숭한 마음은 스스로 생각하기에도 놀라웠다. 오빠인 다아시 씨가 애정 때문에 동생에게 자신을 너무 좋게 말했을까 봐 두려웠고, 손님들을 기쁘게 만들겠다는 마음이 앞서 오히려 일을 그르칠까 봐 걱정되었다.

그녀는 자신의 모습이 보일지 모른다는 생각에 얼른 창가에서 물러났고, 마음을 가라앉히기 위해 방 안을 서성이다가 놀라움과 궁금증으로 가득한 외삼촌과 외숙모의 표정을 보고는 마음이 더 혼란스러워졌다.

다아시 양과 그녀의 오빠가 나타났고, 두려워하던 소개가 이루어졌다. 엘리자베스는 소개를 받는 상대도 자신만큼이나 당황해한다는 걸 알고는 적잖이 놀랐다. 램턴에 온 후로 다아시 양이 아주 오만하다는 얘기를 들었는데, 잠깐 지켜본 바로는 그저 수줍음이 많을 뿐이라는 걸 확실히 알 수 있었다. 그녀에게서는 한마디 이상의 대답을 끌어내는 것조차 힘들었다.

다아시 양은 키가 크고 엘리자베스보다 몸집도 컸다. 이제 겨우 열여섯 살을 넘겼지만, 몸은 이미 성숙해서 여자다운 티가 나고 우아해 보였다. 오빠보다는 인물이 떨어졌어도 지적이고 상냥해 보였으며, 태도 역시 너무나 겸손하고 다정했다. 자신이 봐 왔던 다아시 씨만큼이나 동생도 날카롭고 냉정할 거라고 예상했던 엘리자베스는 전혀 다른 이런 모습에 적잖이 마음이 놓였다.

다아시는 도착하고 얼마 지나지 않아 빙리도 곧 그녀를 방문할 거라고 말했는데, 그녀가 기쁜 마음으로 손님을 맞을 준비를 할 새도 없이 계단을 서둘러 올라오는 빙리의 발소리가 들리고 곧이어 그가 방에 들어섰다. 그에 대한 엘리자베스의 분노는 이미 오래전에 사라지고 없었다. 혹시 묵은 감정이 남았더라도 그녀를 다시 만나자마자 꾸밈없이 진실한 인사를 건네는 빙리에게 그런 마음을 유지하기란 힘들었을 것이다. 그는 일상적이면서도 다정한 태도로 가족의 안부를 물었고, 표정이나 말투는 늘 그랬던 것처럼 사근사근하고 편안해 보였다.

가드너 부부도 그녀 못지않게 그에 대한 관심이 지대했다. 그들은 오래전부터 그를 보고 싶어 했다. 실제로 앞에 있는 모든 사람들이 그들에게는 관심의 대상이었다. 다아시 씨와 조카의 관계에 의심을 품게 된 그들은 두 사람을 조심스럽지만 주의 깊게 관찰했다. 그리고 머지않아 그런 관찰을 통해 최소한 그중 한 명은 진정한 사랑을 알고 있다고 굳게 확신했다. 숙녀의 감정에는 의문의 여지가 있었지만, 신사의 마음이 애정으로 가득하다는 건 너무나 명백했다.

엘리자베스도 나름대로 몹시 바빴다. 손님들 모두의 마음을 확인하고 싶었고, 동요하지 않은 채 모두를 기분 좋게 해 주고 싶었다. 실패할까 봐 가장 두려웠던 두 번째 바람에서는 오히려 성공을 확신했는데, 그녀가 기분 좋게 해 주고 싶었던 그 사람들은 모두 그녀에게 호감이 있었기 때문이다. 빙리는 언제라도 즐거워할 준비가 되어 있었고, 조지애나도 그러길 간절히 원했으며, 다아시는 그럴 작정을 하고 있었다.

빙리를 보자 엘리자베스의 생각은 자연스럽게 언니에게로 날아갔다. 그리고 그의 생각도 같은 곳을 향하고 있는지 너무나 궁금했다! 어쩐지 전에 비해 말수가 준

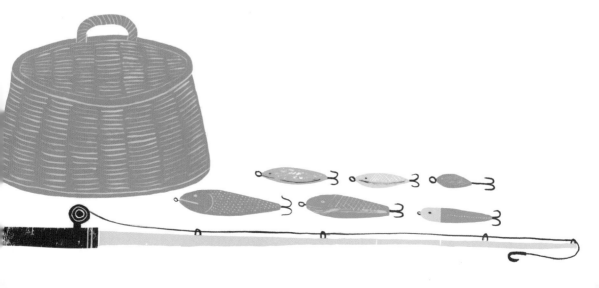

것 같기도 했고, 한두 번인가는 그가 자신을 바라보며 자신과 닮은 누군가의 흔적을 찾으려 한다는 생각에 혼자 흐뭇해하기도 했다. 비록 이건 상상이었을지 몰라도, 제인의 경쟁자라던 다아시 양을 대하는 그의 태도에는 오해의 여지가 없었다. 두 사람의 표정에서는 특별한 호감을 찾아볼 수 없었다. 빙리 양의 희망을 뒷받침해 줄 만한 어떤 일도 일어나지 않았다. 이 점에 대해 그녀는 곧 안심했다. 그리고 조심스러운 해석이긴 하지만, 그들이 떠나기 전까지 제인을 떠올리는 태도에서 애정의 기미가 엿보이거나 제인의 이름이 언급될 수 있는 얘기를 더 나누고 싶어 하는 듯한 상황이 두세 번쯤 벌어졌다. 그는 다른 사람들이 자기들끼리 얘기하는 틈을 타서 진심 어린 회한이 느껴지는 목소리로 "그녀를 만나는 기쁨을 누린 것도 벌써 오래전"이라고 말했고, 엘리자베스가 뭐라고 대답할 틈도 없이 이렇게 덧붙였다. "8개월이 넘었네요. 다 함께 네더필드에서 춤을 췄던 11월 26일 이후로 만나지 못했으니까요."

그가 그 정도로 정확하게 기억하고 있다는 사실에 엘리자베스는 기뻤다. 그는 이후에도 다른 사람들이 관심을 기울이지 않을 때 자매들이 모두 롱본에 있느냐고 물었다. 이 질문도 그렇고 앞서 했던 말도 특별할 게 없었지만, 표정이나 태도가 그의 말에 의미를 부여했다.

다아시 씨를 자주 쳐다볼 수는 없었지만, 어쩌다 한 번씩 보면 대체로 온화한 표정이었고 말투도 같이 있는 사람들을 무시하거나 경멸하는 투와는 거리가 멀었다. 어제 목격한 그의 태도가 설령 잠깐 변한 모습으로 밝혀지더라도 최소한 만 하루는 넘겼다는 걸 확인할 수 있었다. 그가 몇 달 전까지만 해도 인척 관계가 되는 것을 수치스럽게 여겼던 사람들과 이렇게 먼저 사귀려고 하면서 그들에게 잘 보이기 위해 애쓰는 걸 보고, 자신뿐만 아니라 드러내 놓고 무시했던 자신의 친척들에게까지도 정중하게 대하는 걸 보고 있자니, 그리고 헌스퍼드 목사관에서 격한 말다툼 끝에 헤어졌던 걸 떠올리려니, 그 차이며 변화가 너무 컸다. 그에 따른 충격도 너무 강력해서 그녀는 놀라운 심정을 감추기 어려웠다. 네더필드의 친한 친구들과 같이 어울릴 때나 로징스의 고귀한 친척들과 함께 있을 때에도, 그가 지금처럼 사람들의 환심을 사려 들고 자존심이나 완고한 격식을 전부 벗어 버린 모습은 본 적이 없다. 더구나 여기서 그런 노력으로 성공을 거둬 봐야 중요할 것도 없고, 관심을 기울이는 사람들과 사귄다 한들 네더필드나 로징스의 숙녀들로부터 조롱과 비난을 받을 뿐이었다.

손님들이 반 시간 남짓 앉아 있다가 자리에서 일어났을 때, 다아시 씨는 가드너 씨 부부와 엘리자베스 양이 이 고장을 떠나기 전에 펨벌리 정찬에 함께 초대하자고 동생에게 말했다. 다아시 양은 초대하는 일이 익숙하지 않은 것처럼 조금 망설였지만, 흔쾌히 오빠의 뜻에 따랐다. 가드너 부인은 이 초대의 중심이라고 할 수 있는 조카의 생각이 궁금해서 그녀를 쳐다봤으나 엘리자베스는 고개를 돌려 버렸다. 하지만 피하는 것 같은 그런 행동이 사실은 그 제안이 싫어서라기보다 순간적으로 당황한 탓이라고 이해했다. 사교를 좋아하는 남편도 기꺼이 초대를 받아들이려는 낌새인 걸 보고는 가드너 부인이 선뜻 참석하겠다고 대답했고, 이틀 후로 날짜가 정해졌다.

빙리는 엘리자베스에게 아직 할 얘기가 많고 하트퍼드셔의 친구들에 대해서도 물어볼 게 많다면서 엘리자베스를 다시 만날 수 있게 된 것에 크게 기뻐했다. 이 모든 것을 언니에 대한 이야기를 듣고 싶다는 뜻으로 해석한 엘리자베스도 기분이 좋았다. 다른 이유도 있었지만 이것 때문에라도 그녀는 손님들이 돌아간 후, 정작 그들이 있는 동안에는 거의 즐기지 못했던 지난 30분을 만족스럽게 돌아볼 수 있

347

었다. 혼자 있고 싶기도 했고, 외삼촌과 외숙모의 질문과 억측이 부담스럽기도 했던 터라 그녀는 빙리에 대한 칭찬을 들을 때까지만 앉아 있다가 옷을 갈아입겠다며 서둘러 자리를 피했다.

하지만 그녀는 가드너 씨 부부의 호기심을 두려워할 이유가 없었다. 두 사람은 그녀에게 억지로 말을 시킬 생각이 없었다. 자신들이 생각했던 것보다 조카가 다아시 씨를 훨씬 잘 알고 있는 것은 분명했다. 그가 조카를 무척 사랑하는 것도 분명했다. 이런저런 것들을 보고 나니 궁금한 건 많았지만, 그렇다고 대놓고 물어보기에는 애매했다.

다아시 씨에 대해서는 이제 나쁘게 생각할 수가 없었다. 지금까지 본 바로는 흠잡을 데가 없었다. 그의 정중한 태도에도 감탄할 수밖에 없었다. 다른 데서 들었던 이야기들은 전부 무시하고 하인의 평가와 자신들의 느낌만으로 그의 인품을 묘사한다면, 하트퍼드셔에서 그를 알았던 사람들은 그게 다아시 씨라는 걸 알아차리지 못할 정도였다. 이제는 하녀장의 말에 믿음이 갔다. 네 살 때부터 그를 알았다는 점잖은 하인이 확신에 차서 한 말은 섣불리 부정할 대상이 아니라고 깨달은 것이다. 램턴에 사는 친구들의 말을 들어 봐도 그 얘기를 뒤집을 만한 내용은 없었다. 오만하다는 것 말고는 그를 비난하는 사람이 없었는데, 그가 오만하다는 건 아마 사실일 테고, 설사 그렇지 않더라도 틀림없이 그의 가족들과 교류할 일이 없는 조그만 마을의 주민들이 그런 소리를 했을 것이다. 하지만 그가 너그러운 사람이며 가난한 사람들에게 많은 선행을 베푼다는 건 모두가 인정했다.

위컴과 관련해서는 오히려 그의 평판이 별로 좋지 않다는 사실을 일행들도 곧 알게 되었다. 후원자의 아들과 관련된 문제는 완전하게 파악하지 못했지만, 더비셔를 떠날 때 그가 많은 빚을 남겼으며 다아시 씨가 나중에 그걸 갚아 주었다는 건 널리 알려진 사실이었다.

엘리자베스의 생각은 전날보다도 더 펨벌리를 향했다. 시간은 더디게 흐르는 것 같았지만, 그 저택에 있는 어느 한 사람에 대한 감정을 결정하기에는 모자랐다. 그녀는 꼬박 두 시간을 뜬눈으로 누운 채 생각을 정리해 보려고 애썼다. 그를 싫어하지 않는 건 분명했다. 그렇다. 미움은 오래전에 사라졌고, 그에게 혐오감이라고 부를 만한 감정을 느꼈다는 사실 자체를 부끄러워한 지도 오래되었다. 고귀한 장점들을 확인하면서 갖게 된 존경심을 처음에는 마지못해 인정했다. 그런데 어느새인가 거부감이 사라졌고, 어제는 다른 사람들이 그를 높이 평가하며 아주 상냥한 사람이라고 얘기하는 소리를 들으면서 친밀감까지 느꼈다. 그러나 무엇보다, 존경과 존중을 뛰어넘어, 그녀의 마음속에서 호감의 동기로 작용한 것은 바로 감사의 마음이었다. 한때 자신을 사랑했다는 이유만이 아니라, 청혼을 거절할 때의 그 모질고 불쾌한 태도를 용서할 만큼 자신을 여전히 사랑하고 있는 것에 대한 감사였다. 자신을 거의 원수 보듯 피할 줄 알았던 사람인데, 이 우연한 만남에서 친분을 유지하려고 온갖 노력을 기울였다. 두 사람만의 일을 조심성 없이 드러내거나 유난스레 행동하지 않은 채 자기 친지들의 호감을 사려고 들고 여동생을 소개시켜 주려 했다. 그렇게 자존심이 강한 사람이 이렇게 달라졌다는 사실은 놀라움뿐만 아니라 감사의 마음까지 자아냈다. 그 힘은 사랑, 열렬한 사랑인 게 틀림없었다. 그것이 그녀에게 안겨 준 인상은 어딘가 고무적인 느낌이었고, 뭐라고 구체적으로 정의할 수는 없어도 불쾌한 기분은 전혀 들지 않았다. 그녀는 그를 존경하고, 존중하고, 그에게 감사했으며, 진정으로 그가 행복하길 바랐다. 그녀가 알고 싶은 것은 다만 그의 행복이 자신에게 달려 있기를 자기가 얼마나 원하는가였다. 또한 스스로 생각하기에는 그가 다시 청혼을 하게 만들 힘이 아직 자신에게 있는 것 같기는 한데, 과연 그 힘을 발

휘하는 것이 두 사람의 행복에 얼마나 도움이
될 것인가 하는 것들이었다.

그날 저녁에 외숙모와 조카는 다 아시 양이
펨벌리에 도착한 당일에 자신들을 찾아와 준
그런 엄청난 성의에는 못 미치겠지만, 그래도
나름대로 공손한 예우를 갖춰 그에 버금가는
노력을 기울여야 하며, 따라서 다음 날 아침에
펨벌리로 그녀를 방문하는 것이 마땅하다고
합의를 봤다. 그래서 그들은 그렇게 하기로 했
다. 엘리자베스는 기뻤다. 비록 그 이유를 스스
로에게 물어봤을 때는 뭐라고 대답할 말을 찾
을 수 없었지만, 아무튼 기뻤다.

가드너 씨는 아침 식사를 하자마자 밖으로
나갔다. 전날 낚시 계획을 다시 세웠고, 정오까
지 펨벌리의 신사 몇 명과 만나기로 약속을 한
터였다.

45

엘리자베스는 이제 빙리 양이 자신을 싫어한 이유가 질투였다는 걸 확실히 알게 됐기 때문에 자신이 펨벌리에 나타나면 그녀가 매우 달가워하지 않으리라는 걸 모를 수 없었지만, 다시 교제를 이어 가게 됐을 때 그녀가 얼마나 예의를 갖출지도 궁금했다.

저택에 도착한 두 사람은 현관을 지나 응접실로 안내받았다. 그곳은 북향이어서 여름에 지내기 좋았다. 정원 쪽 창문으로는 저택 뒤편으로 나무가 울창한 높은 산과 중앙 잔디밭에 듬성듬성 서 있는 아름다운 참나무와 스페인 밤나무가 어우러지는 더없이 청량한 풍경이 눈에 들어왔다.

이 방에서 다아시 양이 두 사람을 맞았는데, 그 옆에는 허스트 부인과 빙리 양, 그리고 런던에서 그녀와 함께 생활한다는 부인이 함께 있었다. 조지애나는 매우 정중한 태도로 그들을 맞이했지만 아주 당혹스러워하기도 했다. 비록 실수할까 봐 두렵고 수줍기 때문이라고는 해도 자격지심이 있는 사람에게는 오만하고 차갑다는 오해를 심어 줄 만했다. 하지만 가드너 부인과 엘리자베스는 그녀를 오해하지 않았고, 오히려 안쓰러워했다.

허스트 부인과 빙리 양은 무릎을 살짝 굽히는 정도로만 인사했다. 두 사람이 자리에 앉자 잠시 침묵이 흘렀고, 그런 침묵이 늘 그렇듯 분위기는 어색했다. 침묵을 먼저 깬 것은 앤즐리 부인이었는데, 그녀는 점잖고 호감 가는 인상인 데다 무슨 얘기라도 해 보려고 노력하는 모습에서 다른 두 사람보다 더 교양 있는 사람이라는 걸 알 수 있었다. 그녀와 가드너 부인이 대화를 나누고 엘리자베스는 가끔씩 거들었다. 다아시 양은 끼어들 용기가 있었으면 좋겠다는 표정이었고, 이따금 다른 사람들 귀에 들릴 위험이 없을 때면 짧은 말을 한 번씩 내뱉기도 했다.

엘리자베스는 곧 빙리 양이 자신을 꼼꼼히 지켜보면서, 자신이 무슨 말만 하면, 특히 다아시 양에게 한마디라도 하려고 들면 귀를 쫑긋 세운다는 걸 알게 되었다. 이렇게 주목을 끌었다고 해도 다아시 양과 얘기하기에 불편하지 않은 거리였다면 얼마든지 그녀에게 말을 걸었을 것이다. 하지만 말을 많이 할 필요가 없었던 것이 안타깝지는 않았다. 엘리자베스는 자신의 생각만으로도 분주했다. 금방이라도 신사들 몇 명이 그 방에 들어올 것 같았다. 그녀는 저택의 주인이 그중 한 명이길 바라는 동시에 그럴까 봐 두렵기도 했는데, 이 두 가지 감정 중에 어느 쪽이 본심인지는 자신도 알 수 없었다. 이런 상태인 탓에 빙리 양의 목소리를 듣지도 못한 채 15분 정도 앉아 있었는데, 차가운 목소리로 가족의 안부를 묻는 그녀의 질문을 받고서야 정신이 들었다. 엘리자베스도 그만큼 무심하고 간결하게 대답했고, 그러자 빙리 양은 더 이상 말이 없었다.

하인들이 식힌 고기 요리와 케이크, 신선한 과일을 다양하게 내오면서 그곳에 약간의 변화가 일어났다. 하지만 이것도 앤즐리 부인이 다아시 양에게 몇 번이나 의미심장한 시선과 미소를 보내서 그녀의 역할을 일깨워 준 후에야 이루어졌다. 이제 모두에게 할 일이 생겼다. 모두가 한꺼번에 얘기할 수는 없어도 모두 다 함께 먹을 수는 있었기 때문이다. 포도와 백도, 황도, 천도복숭아를 피라미드처럼 아름답게 쌓아 올린 테이블 주변으로 다들 곧 모여들었다.

이렇게 과일을 먹고 있는데 다아시 씨가 방에 들어와서, 바야흐로 엘리자베스는 자신이 그의 등장을 바라고 있었는지 두려워하고 있었는지 알게 되었다. 얼마 전까지는 오기를 바라는 마음이 크다고 믿었지만, 이제는 그가 오지 않았으면 좋았을 거라는 생각이 들기 시작했다.

저택에 와 있던 두세 명의 신사들과 함께 강가에서 낚시를 하는 가드너 씨와 잠시 같이 있었던 그는 부인과 조카가 그날 오전에 조지애나를 방문할 계획이라는 말을 듣고서야 그곳을 떠났다. 그가 나타나자마자 엘리자베스는 느긋한 마음으로 당황하지 말자고 다짐했다. 반드시 필요하고 또 현명한 다짐이었지만 그곳에 있는 모든 사람이 둘에게 의혹의 시선을 보내고 있는 데다 다아시가 처음 방에 들어설 때부터 다들 그를 눈여겨본다는 걸 알고 있었기에 지키기 쉬운 다짐은 아니었다. 가장 예리하게 호기심을 번득이는 사람은 단연코 빙리 양이었는데, 그러면서도 그 호기심의 대상 중 한 명에게 말을 걸 때면 늘 환하게 미소를 지어 보였다. 아직은 질투 때문에 필사적이 될 정도는 아니었고, 다아시 씨에 대한 관심도 끝난 게 아니었기 때문이다. 다아시 양은 오빠가 들어오자 말을 더 많이 하려고 노력했다. 그리고 엘리자베스도 그가 동생과 자신이 친해지길 바라며, 양쪽이 서로 대화하게 만들려고 온갖 노력을 기울인다는 걸 알아차렸다. 빙리 양도 상황을 파악했고, 화가 난 나머지 말할 기회를 잡자마자 경솔하게도 짐짓 정중한 척하며 냉소적으로 말했다.

"저, 엘리자 양, *** 부대가 메리턴을 떠났다죠? 가족들이 몹시 서운해했겠어요."

다아시 앞이라 차마 위컴의 이름까지는 언급하지 못했지만, 엘리자베스는 그를 염두에 둔 말이라는 걸 즉시 알아차렸다. 그러자 그와 관련된 여러 기억이 떠오르

며 순간적으로 마음이 무거웠지만, 심술궂은 공격 앞에서 기운을 차리고는 곧바로 아주 무심하게 대답했다. 그러면서 얼핏 다아시에게 시선을 던졌더니 상기된 표정으로 자신을 뚫어져라 쳐다보고 있었고, 그의 동생은 당황한 나머지 눈도 못 들고 있었다. 사랑하는 친구에게 자신이 어떤 고통을 주고 있는지 알았다면 빙리 양도 이렇게 떠보는 말을 했을 리 없겠지만, 그녀는 단지 엘리자베스가 좋아했다고 믿는 남자의 이야기를 꺼내서 그녀의 마음을 흔들어 놓을 속셈이었다. 다아시의 눈에 안 좋게 보일 만한 감정을 드러내게 만들고, 또 어쩌면 엘리자베스의 가족 가운데 몇몇이 그 부대와 관련해서 저지른 어리석고 터무니없는 행동을 다아시에게 일깨워 주려 했던 것이다. 다아시 양이 그와 함께 도망치려 했다는 걸 빙리 양은 까맣게 모르고 있었다. 다아시가 엘리자베스를 제외하고는, 말하지 않아도 되는 사람에게는 전혀 밝히지 않았던 것이다. 그리고 빙리네에는 이 사실을 숨기기 위해 각별히 신경을 썼는데, 그건 엘리자베스가 오래전부터 의심했듯이 빙리의 가족이 언젠가는 동생의 가족이 되기를 바랐기 때문이다. 그에게는 틀림없이 이런 계획이 있었다. 그것 때문에 자신의 친구와 베넷 양을 갈라놓으려는 뜻까지는 없었더라도, 친구의 행복을 진심으로 걱정하는 마음은 그만큼 컸을지도 모른다.

하지만 엘리자베스의 침착한 태도에 그의 마음도 곧 진정이 되었다. 그리고 분하고 실망한 빙리 양이 차마 위컴의 이름까지는 들먹이지 못했기 때문에, 조지애나도 다시 이야기할 정도는 아니었지만 시간이 흐르면서 괜찮아졌다. 그녀가 눈을 마주치는 것도 두려워하는 그녀의 오빠는 동생이 관련되었다는 사실을 떠올리지도 않았다. 빙리 양은 그의 생각을 엘리자베스에게서 돌려놓을 요량이었건만, 그의 마음은 오히려 그녀에게 더욱더 즐겁게 사로잡히게 된 것처럼 보였다.

위의 질문과 대답이 오가고 얼마 안 있어 그들의 방문은 끝이 났고, 다아시 씨가 두 사람을 마차까지 배웅하는 동안 빙리 양은 엘리자베스의 몸매와 행동, 그리고 옷차림 등을 헐뜯으며 분을 삭였다. 하지만 조지애나는 맞장구를 치지 않았다. 오빠가 소개했다는 것만으로도 그녀를 좋게 생각할 이유는 충분했다. 오빠의 판단은 틀릴 리가 없었고, 오빠에게서 들은 얘기로 판단하는 조지애나로서는 엘리자베스를 사랑스럽고 상냥하다고 볼 수밖에 없었다. 다아시가 응접실로 돌아오자 빙리 양은 결국 참지 못하고 그의 여동생에게 하고 있었던 말 가운데 일부를 되풀이했다.

"엘리자 베넷 양이 오늘 아침에는 안색이 너무 안 좋던데요, 다아시 씨." 그녀는 목소리를 높였다. "지금껏 살면서 겨우내 그렇게 많이 변한 사람은 처음 봐요. 어찌나 거무스름하고 거칠어졌던지! 루이자 언니도 저랑 똑같은 생각이에요. 차라리 다시 만나지 않는 편이 나았을 거라고요."

다아시 씨는 그녀의 말이 못마땅했지만, 자신은 햇볕에 조금 그을린 것 말고는 달라진 점을 모르겠고, 그야 여름에 여행을 하다 보면 흔히 있는 일이 아니냐고 차갑게 되받아치는 것으로 만족했다.

"제 경우에는," 그녀가 대꾸했다. "이런 말을 하면 좀 그렇지만, 그녀에게서 아름다운 점을 전혀 발견할 수가 없어요. 얼굴은 너무 말랐고, 안색에도 생기가 없잖아요. 이목구비도 전혀 예쁜 구석이 없고요. 코는 개성이 없고, 콧날에도 특징이 없어요. 치아는 볼 만하지만 평범한 수준이죠. 그리고 이따금 예쁘다는 말을 듣기도 하는 그녀의 눈도 저는 특별한 점을 전혀 모르겠더라고요. 날카롭고 심술궂은 눈매가 정말 마음에 안 들어요. 전반적인 몸가짐에도 기품이라고는 없이 잘난 척하는 것 같아서 참아 줄 수가 없어요."

다아시가 엘리자베스를 좋아한다고 생각하는 빙리 양의 입장에서 이건 자신을 내세우는 최선의 방법이 아니었다. 하지만 화가 났을 때 지혜롭기란 쉽지 않은 일이다. 그리고 마침내 그가 조금 발끈한 기색을 보이자 바라던 성공을 거뒀다고 생각했다. 하지만 그는 고집스럽게 입을 다물었고, 그에게서 무슨 말이라도 끄집어내겠다고 결심한 빙리 양은 말을 계속했다.

"하트퍼드셔에서 그녀를 처음 알게 되었을 때 미인이라고 소문난 여자라는 소리를 듣고 다들 놀랐던 기억이 나네요. 어느 날 밤인가, 그 사람들이 네더필드에서 저녁 식사를 한 후에 당신이 이런 말을 했던 건 특히 기억에 남아 있어요. '저 여자가 미인이라고! 조금 있으면 저 여자 어머니를 현자라고 부르겠군.' 그런데 그 이후로 그녀를 점점 좋게 보신 모양이에요. 한번은 제법 예쁘다고 생각하시기도 했죠."

"맞습니다." 더 이상 가만히 있을 수 없었던 다아시가 대답했다. "하지만 그건 그녀를 처음 알았을 때뿐입니다. 그녀를 제가 아는 사람들 중에 가장 아름다운 여자로 손꼽을 수 있다고 생각하기 시작한 게 벌써 몇 개월 전이니까요."

그는 이렇게 말하고는 나가 버렸고, 빙리 양은 다른 누구도 아닌 자신에게만 고통을 안겨 준 말을 어쨌든 하게 만들었다는 사실에 만족해야 했다.

돌아오는 길에 가드너 부인과 엘리자베스는 방문 중에 있었던 일들에 대해 이런저런 이야기를 나눴지만, 두 사람 모두 특히 관심을 가졌던 한 가지만큼은 아무도 언급하지 않았다. 그곳에서 만난 모든 사람의 표정과 행동에 대해 얘기를 하면서도 그들의 관심을 가장 사로잡은 사람은 빼놓았다. 그의 누이, 그의 친구들, 그의 저택, 그가 내놓은 과일, 모든 것을 얘기하면서도 정작 그 사람에 대해서는 얘기를 하지 않은 것이다. 하지만 엘리자베스는 가드너 부인이 그를 어떻게 생각하는지 몹시 궁금했고, 가드너 부인도 조카가 그 주제를 먼저 꺼냈더라면 무척 기뻐했을 것이다.

46

엘리자베스는 램턴에 처음 도착했을 때 제인의 편지가 와 있지 않은 것에 적잖이 실망했고, 이 실망은 그곳에서 아침을 맞을 때마다 새롭게 되풀이되었다. 하지만 세 번째 날 그녀의 불평은 끝났고 언니에 대한 오해도 씻었다. 편지 두 통을 한꺼번에 받은 것인데, 한 통에는 다른 곳으로 잘못 배달됐었다는 표시가 있었다. 제인이 주소를 완전히 잘못 쓴 것을 본 엘리자베스는 놀랄 일이 아니라고 생각했다.

막 산책을 나서려는데 편지가 도착했고, 외삼촌과 외숙모는 조용히 편지를 읽으라면서 둘이서만 외출했다. 잘못 배달되었던 편지부터 먼저 읽어야 했다. 닷새 전에 쓴 편지였다. 서두에는 소소한 파티와 모임, 마을에서 있을 법한 그런 소식들이 적혀 있었다. 하지만 그다음 날의 날짜가 적힌 후반부에는 몹시 동요하는 느낌과 함께 더 중요한 소식이 담겨 있었다. 이런 내용이었다.

사랑하는 리지야, 위의 글을 쓰고 나서 전혀 예상하지 못했던 심각한 일이 일어났어. 하지만 걱정할 필요는 없어. 우리는 모두 잘 지내고 있으니까. 내가 얘기하려는 건 가여운 리디아와 관련된 일이야. 어젯밤 자정에 다들 잠자리에 들자마자 포스터 대령에게서 속달이 도착했단다. 리디아가 부하 장교, 그러니까 위컴이랑 스코틀랜드로 도망갔다는 소식을 알리는 편지였어. 우리가 얼마나 놀랐을지 생각해 봐. 하지만 키티한테는 완전히 뜻밖의 일은 아니었던 것 같더라고. 정말 너무 속상해. 두 사람 모두에게 얼마나 경솔한 결혼이니! 그래도 나는 좋게 생각하려고 해. 그의 인품에 대해서는 우리가 오해했기를 바라야지. 생각이 짧고 신중하지 못한 건 물론이지만, 이런 일을 벌였다고 해서 심성이 나쁘다고는 할 수 없잖니. (그걸로 위안을 삼자꾸나.) 최소한 사심을 가지고 선택한 건 아니잖아. 우리 아버지가 리디아에게 한 푼도 줄 수 없다는 건 그도 알 테니까 말이야. 불쌍한 어머니는 몹시 슬퍼하고 계셔. 아버지는 잘 견디시지만. 그에 대한 안 좋은 얘기들을 부모님께 털어놓지 않은 것이 얼마나 다행인지 몰라. 우리도 그걸 잊어버려야 해. 둘은 토요일 밤 열두 시경에 출발한 걸로 추정되지만, 어제 아침 여덟 시까지 아무도 눈치채지 못했나 봐. 그리고 곧바로 속달을 보낸 거야. 사랑하는 리지야, 둘은 여기서 16킬로미터도 떨어지지 않은 곳을 지나갔을 거야. 포스터 대령은 조만간 여기로 올 모양인가 봐. 리디아가 대령의 부인에게 자신들의 계획을 알리는 편지를 몇 줄 남겼다는구나. 이제 그만 써야겠다. 가여운 어머니를 혼자 오래 둘 수 없으니 말이야. 너도 어찌 된 영문인지 모를 테지만, 나도 내가 무슨 말을 썼는지 하나도 모르겠어.

엘리자베스는 편지를 다 읽자마자 천천히 생각하거나 감정을 따져 볼 겨를도 없이 곧바로 다음 편지를 집어 들고 허겁지겁 봉투를 뜯었다. 첫 번째 편지를 보내고 그다음 날 쓴 것이었다.

사랑하는 동생아, 지금쯤이면 급하게 써서 보낸 편지를 받아 봤겠지. 이번 편지는 조금 더 알아듣기 쉬우면 좋으련만, 시간의 제약이 있는 것도 아닌데 머릿속이 엉망진창이라 조리 있게 쓸 수 있을지 모르겠다. 사랑하는 리지, 뭘 써야 할지 하나도 모르겠지만 그래도 안 쓸 수가 없어. 나쁜 소식이고, 지체할 수가 없어. 위컴 씨와 우리 가여운 리디아의 결혼이 경솔한 것이기는 해도 이제 우리는 두 사람이 실제로 결혼했기를 간절히 바라는 입장이란다. 두 사람이 스코틀랜드에 가지 않았다고 볼 만한 이유들이 너무 많거든. 포스터 대령이 그제 브라이턴을 출발해서 속달 우편이 도착하고 몇 시간 지나지 않아 어제 여기 오셨어. 리디아가 포스터 부인에게 남긴 짧은 편지를 보면 둘이 그레트나그린에 간 걸로 보이지만, 데니 말로는 위컴이 그곳에 갈 마음도, 리디아랑 결혼할 생각도 없는 것 같다고 했다는 거야. 포스터 대령은 그 말을 듣고 깜짝 놀라 두 사람을 쫓아가기 위해 바로 브라이턴을 출발했대. 클래펌까지는 쉽게 추적할 수 있었는데, 그 후로는 행방을 알 수 없었대. 두 사람이 그곳에 도착해서 임대 마차로 갈아타고, 엡섬에서부터 타고 온 마차를 돌려보냈기 때문이라는구나. 그다음에 알아낸 거라곤 런던으로 가는 길에서 두 사람이 눈에 띄었다는 것뿐이야. 이걸 어떻게 봐야 하는 거니. 포스터 대령은 런던의 그 주변을 전부 탐문하고서 하트퍼드셔로 온 건데, 통행세 받는 곳들을 다 뒤지고 바넷과 햇필드의 여관도 수소문했지만 소용이 없었다는 거야. 그런 사람들이 지나는 걸 본 적이 없다는 말뿐이었다니까. 대령은 걱정스러운 마음에 친절하게도 롱본에 오셨고, 진심으로 걱정하시는 것 같았어. 포스터 대령과 그의 부인을 생각하면 정말 마음이 아파. 하지만 누가 그들을 탓할 수 있겠니. 사랑하는 리지야, 우리의 비통함은 이루 말할 수 없단다. 아버지와 어머니는 최악의 사태를 생각하고 있지만 나는 그를 그렇게까지 나쁘게 생각할 수 없어. 여러 가지 상황 때문에 원래의 계획을 취소하고 런던에 가서 자기들끼리 결혼하는 게 더 낫다고 판단했을지도 모르잖아. 그리고 그럴 리는 없겠지만, 그가 실제로 리디아 같은 양갓집 아가씨를 상대로 계략을 꾸몄다고 한들 리디아가 그렇게 감쪽같이 속았겠어? 그럴 리는 없어! 하지만 포스터 대령이 두 사람이 결혼했을 거라고 믿지 않는다는 건 정말 속상해. 대령은 내 바람을 듣고는 고개를 저으며 위컴은 믿을 만한 사람이 아니라고 하시더구나. 가여운 어머니는 몸져누우시고는 방 밖으로 나오지도 않으셔. 기운을 내시면 좋으련만 그럴 것 같지 않아. 그리고 지금까지 아버지가 이렇게 힘이 빠진 모습은 본 적이 없어. 키티는 가엽게도 두 사람의 애정 행각을 숨겼다고 혼이 났지만, 비밀이었다니 어쩌겠니. 사랑하는 리지야, 네가 이런 비통한 장면을 접하지 않아서 정말 기뻐. 그래도 처음의 충격이 가라앉았으니, 네가 돌아오길 바라도 될까? 하지만 그럴 형편이 아니라면 나만 생각해서 조르지는 않을게. 안녕! 다시 펜을 들은 이유는, 방금 그러지 않겠다고 말했지만, 사정이 사정이니만큼, 모든 일행이 빨리 이곳으로 와 주길 간곡히 부탁하지 않을 수가 없어서야. 외삼촌과 외숙모를 잘 알기에 이런 부탁을 거리낌 없이 드릴 수 있고, 외삼촌께는 부탁드릴 게 한 가지 더 있어. 아버지께서 곧 포스터 대령과 런던에 가서 리디아의 행방을 수소문하실 예정이거든. 어떻게 하실지는 나야 모르지만 극심한 슬픔에 빠져 있다 보니 가장 안전한 최선의 방법을 강구하지 못하실 테고, 포스터 대령은 내일 저녁까지 브라이턴으로 복귀해야 한대. 이런 위급한 상황에서 외삼촌의 조언과 조력은 큰 힘이 될 거야. 외삼촌은 내 마음을 바로 이해하실 테고, 틀림없이 도와주실 거야.

"아, 외삼촌. 외삼촌은 어디 계시지?" 엘리자베스는 편지를 읽자마자 자리에서 벌떡 일어나며 곧바로 외삼촌을 찾아 나서려 했다. 하지만 문 앞에 다다랐을 때 하인이 문을 열었고, 다아시 씨가 들어왔다. 그녀의 창백한 얼굴과 어쩔 줄 모르는 태도에 그는 흠칫 놀랐고, 그가 마음을 가라앉히고 무슨 말을 할 새도 없이 리디아의 상황으로 다른 생각은 할 겨를이 없는 엘리자베스가 급히 외쳤다. "죄송해요, 하지만 나가 봐야겠어요. 너무 급해서요."

"맙소사! 대체 무슨 일인가요?" 예절을 차리기엔 감정이 앞선 나머지 그도 목소리가 높아졌다. 그러더니 마음을 가라앉히고 다시 말했다. "당신을 붙잡아 두려는 건 아니지만, 가드너 씨 내외를 찾는 일은 저나 하인에게 맡기십시오. 지금 상태가 좋지 않아 보이는데, 직접 나가는 건 무리입니다."

엘리자베스는 망설였지만, 무릎이 후들거렸고, 직접 나가 봐야 별 소득이 없을 것 같았다. 그래서 다시 하인을 불러 숨이 가쁜 나머지 잘 알아들을 수도 없는 목소리로 즉시 주인 내외를 모셔 오라고 시켰다.

하인이 방을 나가자 엘리자베스는 몸을 주체하지 못한 채 의자에 앉았다. 다아시는 가련할 만큼 안색이 좋지 않은 그녀를 두고 떠날 수가 없었고, 다정하고 부드러운 말투로 이렇게 말했다. "하녀를 불러 드릴까요. 뭘 좀 드시면 기운이 나지 않겠어요? 포도주라도 한 잔 가져다 드릴까요? 몸이 굉장히 안 좋아 보입니다."

"아니, 됐어요." 그녀는 정신을 차리려고 안간힘을 쓰며 대답했다. "저한테는 아무 문제도 없어요. 저는 정말 괜찮아요. 방금 롱본에서 끔찍한 소식이 와서 마음이 괴로운 것뿐이에요."

그녀는 이렇게 말하다가 와락 눈물을 쏟았고, 몇 분 동안이나 아무 말도 하지 못했다. 다아시는 어쩔 줄을 몰라 하며 걱정스러운 말이나 몇 마디 웅얼거리고는 안타까운 마음으로 말없이 그녀를 지켜봤다. 마침내 그녀가 다시 입을 열었다. "조금 전에 언니한테서 편지가 왔는데, 너무 끔찍한 소식이에요. 이제 감출 수도 없어요. 막냇동생이 친지들을 내버리고 도망을 쳤는데, 그러니까 그게, 위컴 씨한테 자신을 내던졌다네요. 둘이 같이 브라이턴을 떠났대요. 당신은 그 사람을 너무 잘 아시니까 이게 어떻게 된 일인지도 짐작하시겠죠. 동생은 재산도 없고, 내세울 친척도 없고, 그의 마음을 끌 만한 건 아무것도 없거든요. 이제 그 애의 인생은 완전히 끝났어요."

다아시는 충격을 받은 나머지 몸이 굳어 버린 듯했다. 엘리자베스는 더 격앙된 목소리로 덧붙였다. "제가 이런 일을 막을 수 있었다고 생각하면! 그가 어떤 사람인지 저는 알았으니까요. 그중 일부만이라도, 내가 알게 된 사실의 일부만이라도 우리 가족에게 설명해 줬더라면! 그의 됨됨이가 알려졌더라면 이런 일은 일어나지 않았을 텐데. 하지만 이제 다, 모든 게 다 너무 늦어 버렸어요."

"정말 안타깝네요." 다아시의 목소리가 높아졌다. "안타깝고, 놀랍습니다. 하지만 확실한가요? 정말 확실해요?"

"네! 일요일 밤에 둘이 같이 브라이턴을 떠났고, 런던 근처까지 간 건 확인됐는데, 그 이후로는 행방을 알 수 없대요. 스코틀랜드에 가지 않은 건 분명해요."

"그러면 동생을 찾기 위해 어떤 조치를 취했습니까? 무슨 시도를 했죠?"

"아버지가 런던에 가셨고, 언니가 편지에서 외삼촌께 즉시 도움을 청하라고 했기 때문에 가능하면 30분 내로 떠나려고요. 하지만 방법이 없어요. 방법이 있을 수가 없어요. 그런 사람에게 무슨 수를 쓸 수 있겠어요? 둘을 찾아낼 수나 있을까요? 실낱같은 희망조차 가질 수가 없어요. 너무 무서워요!"

다아시는 같은 생각이라는 듯이 말없이 고개를 저었다.

"그의 본색을 알게 되었을 때. 아! 그때 내가 해야 마땅한 일, 과감하게 해야 할 일이 뭔지 알았더라면! 그런데 그걸 몰랐어요. 너무 지나친 게 아닐까 두려웠어요. 지독하고 비참한 실수였죠!"

다아시는 아무 대꾸도 하지 않았다. 그녀의 말은 거의 듣지 않는 듯했고, 뭔가를 골똘히 생각하며 방을 서성였다. 눈살을 찌푸린 그의 표정에는 그늘이 드리웠다. 잠시 후 그 모습을 본 엘리자베스는 그 의미를 곧바로 알아차렸다. 다아시 안에 있던 그녀의 영향력이 빠져나가고 있는 것이었다. 이렇듯 가족의 엄청난 치욕이 드러난 상황에서는 그 어떤 영향력도 사라지지 않을 도리가 없었다. 놀랄 일도 아니었고, 그를 비난할 수도 없었다. 그가 스스로를 자제하고 있다는 믿음도 그녀에게는 위안이 되지 못했고, 괴로운 마음을 달래 주지 못했다. 오히려 자신이 뭘 원하는지 알게 해 주었다. 모든 사랑이 물거품이 된 지금처럼, 이보다 더 솔직한 심정으로 자신이 그를 사랑할 수도 있을 거라고 느껴 본 적이 없었다.

하지만 이런 생각이 불쑥 떠오르긴 했어도 거기에 몰두할 때가 아니었다. 리디아가 온 가족에게 불러온 모욕과 불행이 모든 사사로운 걱정을 이내 삼켜 버렸다. 손수건으로 얼굴을 가린 채 다른 일을 모두 잊어버렸던 엘리자베스는 잠시 후 옆에 있는 사람의 목소리를 듣고서야 겨우 정신을 차렸다. 다아시는 연민이 가득하면서도 절제된 목소리로 이렇게 말했다. "아까부터 제가 돌아가 주길 바라시는 게 아닌가 싶고, 비록 소용없더라도 진심으로 걱정한다는 것 외에는 제가 여기 있을 명분도 없군요. 이렇게 비통한 상황에서 어떤 말이나 행동으로든 위안을 드릴 수 있다면 얼마나 좋겠습니까. 그렇지만 공치사나 듣자는 것처럼 보일 쓸데없는 말들로 당신을 괴롭히지는 않겠습니다. 이 안타까운 일로 인해 오늘 제 누이는 펨벌리에서 당신을 뵙지 못하겠군요."

"아, 맞아요. 부디 다아시 양에게 저희를 대신해서 미안하다는 말을 전해 주세요. 급한 일이 생겨서 곧바로 집에 가게 됐다고요. 안타까운 사실은 할 수 있는 한 숨겨 주세요. 오래가지는 못하겠지만."

그는 흔쾌히 비밀을 약속했고, 그녀의 비통한 심정에 다시 한번 안타까움을 표한 후 지금의 상황에서 기대할 수 있는 것보다 더 다행한 결말로 이어지길 바란다고 말했다. 그러고서 친지들에게 안부의 인사를 전하더니 진지한 이별의 눈빛을 딱 한 번 던지고는 가 버렸다.

그가 방에서 나가자 엘리자베스는 더비셔에서 있었던 여러 번의 만남처럼 앞으로도 그렇게 다정하게 그와 재회하기란 어려울 거라고 느꼈다. 그녀는 모순이 가득하고 변화무쌍했던 그동안의 만남을 돌이켜 보다가, 예전에는 끝나서 기뻐해 놓고 지금은 계속되기를 바라는 감정의 변덕에 한숨을 내쉬었다.

감사와 존경이 애정의 굳건한 토대라면 엘리자베스가 느낀 감정의 변화는 있을 수 없는 일도 아니고, 탓할 일도 아니었다. 하지만 그렇지 않다면, 만약 감사와 존경에서 우러난 호감이 처음 만나 서로 두 마디도 주고받기 전에 일어난다고 묘사되곤 하는 감정에 비해 불합리하거나 부자연스럽다면 어떨까. 엘리자베스가 위컴을 좋아하는 마음에 시도한 방법이 성공을 거두지 못하자 흥미가 떨어지는 다른 방식의 애정을 찾아 나서게 되었다는 것 외에는 달리 그녀를 변호해 줄 말이 없을 것이다. 아무튼 그녀는 회한에 찬 심정으로 그를 바라봤다. 리디아가 일으킨 추문의 영향력을 벌써부터 이렇게 겪고 보니, 그 끔찍한 일을 돌이켜 보는 심정이 더 괴로웠다. 제인의 두 번째 편지를 읽고 나서는 위컴이 리디아와 결혼할 마음이 있을 거라는 희망을 단 한순간도 품지 않았다. 그런 기대로 마음의 위안을 삼을 수 있는 사람은 제인밖에 없을 거라고 그녀는 생각했다. 상황이 이런 식으로 돌아가는 걸 보고 있으려니 수만 가지 감정이 들었지만, 놀랍지는 않았다. 첫 번째 편지를 읽을 때만 해도 온통 놀랍기만 했었다. 위컴이 돈 때문이라면 선택할 수 없었을 여자와 결혼한다는 것도 놀라웠고, 리디아가 어떻게 그의 마음을 사로잡았는지도 이해할 수 없었다. 하지만 이제는 모든 게 너무나 당연했다. 이런 종류의 애정이라면 리디아에게도 매력이 충분할 수 있었고, 리디아가 결혼할 생각도 없이 계획적으로 도피 행각을 벌였으리라고는 생각하지 않았지만 도덕관념이나 이해력의 부족으로 손쉬운 먹잇감이 되었을 거라고 생각하기란 어렵지 않았다.

엘리자베스는 연대가 하트퍼드셔에 주둔하고 있는 동안에는 리디아가 위컴을 좋아한다는 걸 전혀 눈치채지 못했지만, 리디아는 상대가 관심만 보이면 누구라도 좋아할 수 있는 아이였다. 자신을 향한 관심에 따라 점수를 주기 때문에 어떤 때는 이 장교를 제일 좋아하고, 또 어떤 때는 저 장교를 제일 좋아했다. 애정은 계속 옮겨 다녔어도, 애정의 대상이 없던 적은 없었다. 그런 아이를 방치한 채 생각 없이 응석을 받아 준 게 잘못이었다. 아! 그녀는 이제야 그걸 통감했다.

그녀는 얼른 집에 가고 싶어 조바심이 났다. 직접 듣고 직접 보고, 그 혼란 속에서 혼자 모든 걸 처리하고 있을 언니와 짐을 나눠 지고 싶었다. 아버지는 안 계시고, 어머니는 힘을 내기는커녕 보살핌을 받아야 했다. 리디아 문제에 무슨 뾰족한 수가 있을까 싶으면서도 외삼촌의 개입이 무척 중요할 것 같아 외삼촌이 오기를 기다리는 엘리자베스의 마음은 이루 말할 수 없이 초조하고 괴로웠다. 하인의 연락을 받은 가드너 씨 부부는 조카가 탈이라도 났나 싶어 걱정스러운 마음에 허둥지둥 돌아왔다. 엘리자베스는 그런 건 아니라고 얼른 두 사람을 안심시킨 다음 편지를 읽어 주었다. 특히 두 번째 편지의 추신 부분을 떨리는 목소리로 또박또박 읽으며 두 사람을 부른 이유를 열심히 설명했다. 리디아를 특별히 예뻐하지 않았던 가드너 부부였어도 이건 이만저만한 충격이 아니었다. 이 일은 리디아 하나만이 아닌 모두가 관련된 일이었다. 놀랍고 어이가 없어서 탄식을 내뱉던 가드너 씨는 자신이 할 수 있는 일은 뭐든지 하겠다고 흔쾌히 약속했다. 엘리자베스는 당연히 그럴 거라고 예상을 했으면서도 기뻐서 눈물까지 흘리며 고마워했다. 세 사람은 한마음 한뜻으로 일정과 관련된 모든 것을 빠르게 처리한 후 한시라도 빨리 떠나기로 했다. "그런데 펨벌리는 어쩌지?" 가드너 부인이 외쳤다. "존이 우리를 부르러 나올 때 다아시 씨가 여기 있었다고 하던데, 정말이니?"

"네. 그리고 약속을 못 지키게 됐다고 말씀드렸어요. 그 문제는 모두 정리됐어요."

"모두 정리됐다고?" 외숙모는 떠날 준비를 위해 서둘러 방으로 걸어가며 조카의 말을 되뇌었다. "그렇다면 이런 일까지 사실대로 털어놓을 수 있는 사이라는 얘기잖아! 아휴, 진짜로 어떤 관계인지 알았으면 좋겠네!"

하지만 그건 부질없는 바람이었거나, 기껏해야 그 뒤에 이어진 다급하고 혼란스러운 몇 시간 동안 기분 전환 삼아 생각해 보는 것에 그쳤다. 엘리자베스도 한가한 상념에 잠길 여유가 없었다. 그렇게 비참한 마음으로는 어떤 일도 할 수 없다고 생각하기에는, 그녀도 외숙모도 해야 할 일이 너무 많았다. 그중에는 갑작스럽게 떠나게 된 것에 대해 램턴의 친구들에게 거짓으로 둘러대는 일도 있었다. 그래도 한 시간 만에 모든 일을 마무리 지었고, 가드너 씨가 그사이에 여관비를 치르자 이제는 출발하는 일만 남았다. 오전 내내 괴로운 심정이었던 엘리자베스는 예상보다 빨리 마차에 올라 롱본으로 떠나게 되었다.

47

"내가 곰곰이 다시 생각해 봤는데 말이다, 엘리자베스." 마차가 마을을 벗어날 때쯤 외삼촌이 말했다. "아닌 게 아니라 진지하게 생각해 보니, 네 언니가 이 문제를 제대로 판단하는 게 아닌가 싶다. 아니, 보호자나 친지가 없는 것도 아닌데 심지어 윗사람의 집에 머물고 있는 아가씨를 상대로 그런 음모를 꾸밀 남자가 어디 있겠니. 도무지 있을 수가 없는 일이다 보니, 나는 좋은 쪽으로 생각하고 싶구나. 여자의 가족들이 나서리라는 걸 그 친구가 몰랐겠니? 포스터 대령한테 그런 모욕을 안겨 주고도 다시 부대에 들어갈 거라고 기대했겠어? 아무리 유혹을 느꼈더라도 이 정도의 위험을 감수할 수는 없어."

"정말 그럴까요?" 엘리자베스는 순식간에 마음이 밝아졌다.

"그럼, 물론이지." 가드너 부인이 말했다. "나도 네 외삼촌이랑 같은 생각이 들어. 그런 죄를 저지르면 체면과 명예, 자신의 이익이 걸린 부분까지, 너무나 많은 걸 잃게 되잖아. 나는 위컴이 그렇게까지 나쁜 사람이라고는 생각하지 않는데, 네가 보기엔 어떠니? 그런 짓을 저지를 수 있을 만큼 나쁜 사람이라고 생각하니?"

"자신의 이익까지 무시하지는 않겠죠. 하지만 다른 것에 대해서는 얼마든지 그럴 수 있는 사람이라고 봐요. 말씀하신 대로라면 얼마나 좋을까요? 그래도 저는 차마 그런 기대는 못 하겠어요. 정말 그렇다면 왜 스코틀랜드로 가지 않은 거죠?"

"일단," 가드너 씨가 대답했다. "그 둘이 스코틀랜드로 가지 않았다는 확실한 증거는 없어."

"그렇죠! 하지만 이륜마차를 보내고 다른 마차로 갈아탄 걸 보면 그렇지 않겠어요? 게다가 바넷으로 가는 길에서도 둘의 흔적을 찾을 수 없었다잖아요."

"그래. 그럼 그 애들이 런던에 있다고 가정해 보자. 그럴 수도 있겠지. 몸을 숨기려고 한다면. 그것 외에는 달리 특별한 목적이 없으니까. 둘 다 풍족한 처지가 아니다 보니 스코틀랜드보다는 런던에서 결혼하는 게 빠르지는 않더라도 더 경제적이라고 생각했을지도 모르지."

"그렇다면 왜 몰래 하려는 거죠? 들킬까 봐 두려워하는 이유가 뭐냐고요? 둘이서만 결혼을 해야 하는 이유가 있나요? 아! 아니, 아니에요. 그럴 리가 없어요. 제인 언니의 편지에서 보셨지만 그의 아주 친한 친구가 그랬다고 하잖아요. 그는 리디아와 결혼할 생각이 없다고. 위컴은 재산이 어느 정도 있는 여자가 아니고서는 결혼할 사람이 아니에요. 경제적으로 그럴 형편이 못 돼요. 그런데 어리고 건강하고 명랑하다는 것 말고 리디아한테 뭐가 있어요? 좋은 조건으로 결혼해서 한몫 챙길 기회까지 포기하게 만들 만한 매력이 있냐고요? 군인으로서 체면이 있기 때문에 리디아와 불명예스럽게 도망치지 못할 거라는 말씀에 대해서는 잘 모르겠어요. 그런 행동에 어떤 결과가 따르는지 전혀 모르니까요. 하지만 외삼촌의 다른 지적들은 별로 맞지 않은 것 같아요. 리디아한테는 나서 줄 남자 형제가 없잖아요. 그리고 그도 우리 아버지를 봤으니까 집안일에 무심하고 무신경한 걸로 미루어 아버지도 이런 일에 거의 손을 쓰지 않고 대수롭지 않게 여길 거라고 생각했을지도 모르죠."

"하지만 너는 리디아가 그 사람에 대한 사랑 때문에 다른 모든 것에 무감각해졌다고 생각할 수 있니? 결혼도 안 하고 살겠다고 할 정도로?"

"아무래도 그런 것 같아요." 엘리자베스는 눈물을 글썽이며 대답했다. "이런 상황에서 여동생의 체면과 도덕성을 의심해야 한다는 게 너무 속상해요. 하지만 정말이지, 뭐라고 말씀드려야 할지 모르겠어요. 어쩌면 제가 그 애를 잘못 알고 있는 걸지도 모르죠. 하지만 리디아는 너무 어리고, 진지하게 생각할 줄을 몰라요. 그리고 쾌락과 허영에 빠진 채로 지난 반년, 아니 일 년 열두 달을 보냈어요. 생각 없이 제멋대로 시간을 보내면서 자기 좋을 대로만 살았던 거예요. *** 부대가 메리턴에 머무른 후로 그 애의 머릿속에는 온통 연애하며 노닥거리는 것과 장교들 생각뿐이었어요. 오로지 이런 것들만 생각하고 떠들어 댔으니, 안 그래도 감정적이었던 아이가 더 감정에 휩쓸리게 됐다고나 할까요. 위컴의 매력이나 언변이 여자를 사로잡기에 충분하다는 건 모르는 바 아니고요."

"하지만 제인은 위컴을 그렇게까지 나쁘게 생각하지 않잖아." 외숙모가 말했다.

"언니가 누구는 나쁘게 생각하는 사람인가요? 언니라면 과거의 소행이 어쨌든, 그 실체가 만천하에 드러나기 전까지는 누구라도 그런 짓을 할 수 있다고는 믿지 않을 거예요. 언니도 위컴이 어떤 사람인지는 저만큼 잘 알아요. 그가 그야말로 방탕한 사람이라는 건 우리 둘 다 알고 있어요. 책임감도 없고 명예도 모르고, 남의 환심은 곧잘 사지만, 거짓말만 늘어놓는 사기꾼이라는 걸요."

"아니, 제대로 알고 하는 소리니?" 가드너 부인은 엘리자베스가 이런 것들을 다 어떻게 알게 되었는지 궁금해서 물었다.

"네, 맞아요." 엘리자베스는 얼굴을 붉히며 대답했다. "전에 그가 다아시 씨에게 저지른 뻔뻔한 행동에 대해 말씀드렸잖아요. 그런데도 자신에게 그렇게 참을성 있고 너그럽게 대해 준 사람에 대해 어떻게 말하는지는 외숙모도 롱본에서 직접 들으셨고요. 여기에 제가 함부로 말할 수 없는 또 다른 일도 있어요……. 하긴, 말할 가치도 없는 일이지만. 아무튼 펨벌리 가문 전체에 대해 그가 떠벌린 거짓말은 끝이 없어요. 그에게서 다아시 양에 대해 들었을 때는 아주 거만하고 까다로운 여자일 거라고 생각했거든요. 그런데 그는 알면서도 정반대로 말한 거예요. 우리가 봤듯이 그녀가 상냥하고 겸손한 사람이라는 걸 그가 몰랐을 리 없으니까요."

"그런데 리디아는 이걸 모른다는 거야? 너랑 제인은 다 알고 있는 사실을 리디아는 전혀 몰랐다는 게 말이 되니?"

"그러게 말이에요. 그리고 그게 가장 큰 문제예요. 저도 켄트에서 다아시 씨와 그분의 사촌인 피츠윌리엄 대령을 자주 만나고 나서야 진실을 알게 됐거든요. 그러고 집에 갔더니 한두 주만 지나면 *** 부대가 메리턴을 떠난다잖아요. 그렇다 보니 저도 그렇고 저한테 들어서 사실을 알게 된 언니도 그렇고, 이걸 공공연하게 알릴 필요가 없다고 판단했어요. 다들 그 사람한테 호의적인데 이제 와서 그걸 뒤집어 봐야 누구한테 득이 되겠냐 싶었죠. 리디아가 포스터 부인과 함께 떠나기로 했을 때조차 그의 본색을 알려야겠다는 생각을 못 했어요. 그 애가 이런 일에 휘말려 위험해질 줄은 상상도 못 했으니까요. 이런 사태가 벌어지리라고는 꿈에도 생각하지 못했다는 걸 믿어 주세요."

"그렇다면 부대가 브라이턴으로 떠날 때만 해도 위컴과 리디아가 서로 좋아할 거라고 믿을 만한 근거가 없었다는 거니?"

"티끌만큼도요. 제가 기억하기론 어느 쪽에서도 좋아하는 기색을 찾아볼 수 없었어요. 그런 낌새가 조금이라도 보였다면, 우리 집이 어떤 집인데, 그걸 놓쳤을 리가 없잖아요. 그가 처음 입대했을 때는 리디아도 위컴을 좋아했지만, 누구는 안 그랬나요. 처음 두 달 정도는 메리턴은 물론이고 그 주변 일대에 사는 여자들까지 전부 정신을 못 차렸잖아요. 하지만 그는 그녀에게 특별한 호감을 표시하지 않았고, 정신없이 열광하던 시기가 지나자 어느 정도 시들해진 리디아도 자기를 더 특별하게 대우해 주는 다른 장교들을 좋아하게 된 거예요."

계속 얘기해 본들 기존의 두려움이나 희망, 또는 추측에 새로이 보탤 수 있는 것은 거의 없었지만, 여행을 하는 내내 다른 얘기를 하다가도 금세 이 주제로 되돌아갈 수밖에 없었으리라는 것 역시 짐작이 가고도 남는 일이다. 엘리자베스의 머릿속에서는 이 생각이 떠나지 않았다. 깊은 번민과 자책에 사로잡힌 탓에 한시도 마음을 놓을 수 없었고, 이 문제를 잊어버릴 수도 없었다.

그들은 가능한 빨리 움직였다. 하룻밤을 마차에서 잔 끝에 다음 날 저녁 식사 무렵에는 롱본에 도착했다. 언니를 너무 오래 기다리게 하지 않았다는 것이 엘리자베스에게는 위안이었다.

마차가 울타리 안으로 들어오는 걸 본 가드너 씨네 아이들은 계단에 나와 서 있다가 마차가 멈춰 서자 반갑고 놀란 마음에 표정이 환해졌다. 아이들은 깡충깡충 뛰며 온몸으로 기쁨을 표현했는데, 세 사람이 집으로 돌아와서 처음으로 받은 열렬한 환영이었다.

마차에서 훌쩍 뛰어내린 엘리자베스는 아이들에게 차례대로 입을 맞춘 후 서둘러 현관으로 들어가다가 위층의 어머니 방에서 달려 내려오던 제인과 마주쳤다.

엘리자베스는 눈물을 글썽이며 다정하게 언니를 포옹하고는 곧바로 도망간 사람들에 대한 소식을 물었다.

"아직 없어." 제인이 대답했다. "하지만 이제 외삼촌이 오셨으니 다 잘되겠지."

"아버지는 런던에 계시는 거야?"

"응. 편지에 썼던 것처럼 화요일에 가셨어."

"이따금 편지는 보내시고?"

"딱 한 번 받았어. 수요일에 무사히 도착하셨다고 몇 자 보내시면서 계신 곳의 주소를 알려 주셨어. 내가 간곡히 부탁드렸거든. 그러면서 중요하게 전할 말이 있을 때까지는 편지를 하지 않겠다고 하시더라."

"어머니는? 어머니는 어떠셔? 다들 어떻게 지내고 있는 거야?"

"어머니는 기력은 없지만 어지간하신 것 같아. 2층에 계시는데 다들 온 걸 보면 무척 반가워하실 거야. 여전히 침실 밖으로는 나오지 않으셔. 다행히 메리랑 키티는 아주 좋아."

"그럼 언니는? 언니는 어때?" 엘리자베스의 목소리가 높아졌다. "안색이 창백하네. 얼마나 힘들었을까."

하지만 제인은 아주 건강하다고 동생을 안심시켰고, 가드너 부부가 아이들의 안부를 묻는 동안 나눴던 두 사람의 이야기는 모두가 다가오면서 중단되었다. 제인은 얼른 외삼촌과 외숙모에게 달려가 웃음과 울음이 뒤섞인 목소리로 고맙다고 인사하며 두 사람을 맞았다.

다들 거실로 들어간 후에 두 사람은 엘리자베스가 이미 물어봤던 질문들을 되풀이했지만, 제인도 딱히 들려줄 말이 없다는 걸 곧 알게 되었다. 그래도 제인은 관대한 마음에서 우러나는 낙관적인 희망을 버리지 않았다. 그녀는 여전히 모든 게 잘 마무리될 거라고 기대했고, 아침마다 리디아에게서든 아버지에게서든 일의 진행 상황, 어쩌면 결혼 소식을 알려 주는 편지가 올 거라고 믿었다.

몇 분 정도 대화를 나눈 그들은 다 함께 베넷 부인의 방으로 올라갔고, 그곳에서는 예상했던 그대로의 광경이 펼쳐졌다. 베넷 부인은 회한의 눈물을 흘리며 한탄했고, 위컴의 야비한 행동에는 독설을 퍼부었으며, 다들 자기만 괴롭히면서 못살게 군다고 불평했다. 딸을 응석받이로 키워서 이런 실수를 초래한 장본인은 빼놓고 다른 사람들만 비난했다.

"그러니까," 그녀는 말했다. "가족끼리 다 함께 브라이턴에 가자는 내 말을 들었다면 이런 일도 없었을 거 아냐. 가여운 우리 리디아를 돌봐 주는 사람이 없었던 거지. 포스터 부부는 대체 애를 왜 내버려 둔 거라니? 아이한테 너무 소홀했던 게 틀림없어. 돌봐 주는 사람만 있으면 그런 짓을 할 아이가 아닌데. 처음부터 나는 그 사람들한테 리디아를 맡기는 게 내키지 않았어. 그런데 이 집에서 내 의견은 늘 뒷전이지. 아이고, 불쌍한 리디아! 남편이 쫓아갔지만 위컴을 만나면 결투를 할 테고 그러다간 죽고 말 테지. 그럼 우리는 어떻게 되겠니? 남편의 몸이 무덤에서 식기도 전에 콜린스가 우리를 쫓아내겠지. 너마저 우릴 불쌍히 여기지 않으면 우리는 어떻게 될지 몰라."

다들 그런 끔찍한 생각은 하지도 말라고 입을 모았다. 가드너 씨는 누님과 누님의 가족에 대한 애정을 충분히 밝힌 다음, 내일 당장 런던으로 가서 베넷 씨를 도와 최선을 다해 리디아를 찾아보겠다고 말했다.

"쓸데없는 걱정은 하지 말아요." 그가 덧붙였다. "물론 최악의 사태에 대비하는 건 옳은 일이지만, 그렇게 단정 지을 필요는 없어요. 두 사람이 브라이턴을 떠난 게 채 일주일도 지나지 않았고, 조만간 무슨 소식이 있을 겁니다. 그들이 결혼을 하지 않았고 그럴 계획도 없다는 게 사실로 드러나기 전까지는 가망이 없다고 생각하지 마세요. 런던에 가는 즉시 매형을 찾아 그레이스처치가에 있는 집으로 모시고 가서 어떻게 할지 의논해 볼게요."

"아유, 그래라." 베넷 부인이 대답했다. "내가 바로 그걸 원했던 거야. 그리고 런던에 가면 어디에 있건 부디 둘을 찾아내도록 해. 그리고 아직 결혼을 안 했거든 결혼을 시켜. 결혼 예복 같은 것 때문에 기다리게 만들지 말고, 리디아한테는 일단 결혼만 하면 뭐든지 살 돈을 주겠다고 해. 그리고 무엇보다 네 매형이 결투를 못 하게 막아야 한다. 내가 지금 얼마나 비참한 지경인지 말씀드려. 놀라서 정신이 없고, 온몸이 후들거리다가 급기야 옆구리에 경련이 일고, 머리는 쑤시는데 가슴까지 두근거리니 밤이고 낮이고 한시도 편할 날이 없다고. 그리고 우리 리디아한테는 나를 만나기 전까지는 옷을 주문하지 말라고 해. 어디가 제일 좋은 옷 가게인지 걔는 모르거든. 아유, 네가 있어서 정말 다행이구나. 네가 무슨 수를 내줄 거라고 믿는다."

하지만 가드너 씨는 최선을 다하겠다고 거듭 약속하면서도, 희망이든 걱정이든 너무 지나치면 안 된다고 한마디 조언을 덧붙였다. 정찬이 준비될 때까지 이런 얘기들을 나누다가, 딸들이 없을 때 베넷 부인을 보살펴 주는 가정부에게 감정을 쏟아붓도록 그녀를 놔둔 채 나머지 사람들은 밖으로 나왔다.

동생 부부는 누님이 그렇게 가족들과 떨어져 은둔 생활을 할 필요는 없다고 생각했지만 나서서 반대하지는 않았다. 식사 시중을 드는 하인들 앞에서 말을 조심할 만큼의 분별력이 없는 사람이라는 걸 알고 있었고, 가족들이 가장 신뢰하는 가정부 혼자서 그녀의 걱정과 근심을 받아 주는 게 낫겠다고 판단했기 때문이다.

각자의 방에서 뭔가에 열중하느라 보이지 않았던 메리와 키티도 식당에 나왔는데, 한 명은 책을 보고 있었고 또 한 명은 화장을 하느라 바빴다. 그래도 두 사람의 얼굴은 제법 평온해 보였고, 가장 아끼는 동생을 잃었기 때문인지 이번 일로 화가 났기 때문인지 키티의 목소리가 평소보다 짜증스럽다는 것만 제외하면 크게 달라진 점은 없었다. 메리는 어른이라도 된 것처럼 모두가 테이블에 앉자마자 중요한 생각에 잠긴 표정으로 엘리자베스에게 이렇게 속삭였다.

"정말 안타까운 일이야. 얼마나 말들이 많겠어. 하지만 우리는 악의적인 물결을 막아 내고, 서로의 상처 입은 가슴에 자매만이 줄 수 있는 위로의 향유를 부어 줘야 해."

그래 놓고 엘리자베스가 대꾸할 마음이 없다는 걸 알자 또 이렇게 덧붙였다. "리디아에게는 불행한 일이 분명하지만, 우리는 여기서 유용한 교훈을 이끌어 낼 수 있어. 여자가 정조를 잃으면 돌이킬 수 없다는 것, 한 걸음만 잘못 디뎌도 영원한 파멸에 빠진다는 것, 여자의 명예는 아름다운 만큼 부서지기 쉽다는 것, 그렇기 때문에 그럴 만한 가치가 없는 남자에 대해서는 아무리 몸가짐을 조심해도 지나치지 않다는 것."

엘리자베스는 놀라서 눈을 치켜떴지만 너무 어이가 없어서 말도 나오지 않았다. 하지만 메리는 가족에게 닥친 불행에서 이런 식으로 계속 도덕적인 교훈을 찾아내며 만족을 얻었다.

오후가 되자 위의 두 딸은 30분 정도 둘만의 시간을 가질 수 있었다. 엘리자베스는 그 기회를 놓치지 않고 이런저런 질문을 던졌고, 제인도 열심히 대답해 주었다. 이 사태의 두려운 결말을 엘리자베스는 확신했고 제인도 완전히 부정할 수는 없는 탓에 함께 탄식하다가 엘리자베스가 이렇게 말하면서 얘기를 이어 갔다. "하지만 알고 있는 대로 다 말해 줘. 내가 이미 들은 것 말고. 좀 더 자세하게 말해 봐. 포스터 대령은 뭐라고 하셔? 도망가기 전에 어떤 눈치가 보이지는 않았대? 늘 같이 붙어 있는 걸 봤을 거 아냐."

"포스터 대령도 리디아 쪽에서 특히 더 좋아하는 것 같다는 생각은 자주 했지만 걱정할 정도는 아니었대. 그분한테는 죄송한 일이지. 그분의 처신은 사려 깊고 아주 친절했어. 이 문제에 얼마나 관심을 기울이고 있는지 알려 주려고 여기로 오던 중이었는데, 두 사람이 스코틀랜드에 가지 않았을지도 모른다는 우려가 커지니까 길을 더 재촉하셨다는 거야."

"그런데 데니는 위컴이 결혼하지 않을 거라고 확신한다며? 그는 두 사람이 도망칠 계획이라는 걸 알았대? 포스터 대령은 데니를 직접 만나 보셨대?"

"응. 하지만 대령이 물으니까 데니는 그들의 계획에 대해서는 아무것도 몰랐다고 잡아떼면서 자기 생각을 말하려고 하지 않더라는 거야. 둘이 결혼하지 않을 거라는 말을 되풀이하지는 않은 거지. 그걸 보면 그 사람이 오해를 한 게 아닌가 싶기도 해."

"그러니까 포스터 대령이 오기 전까지는 둘이 정말로 결혼한 게 아닐 거라는 의심을 아무도 안 했던 거야?"

"우리가 어떻게 그런 생각을 할 수 있겠니! 내 동생이 그 사람과 결혼해서 행복할지 조금 걱정도 되고 마음이 불편하긴 했지. 행실이 항상 올바른 사람은 아니었다는 걸 나는 알았으니까. 아버지와 어머니는 그걸 모르셨으니 이 결혼을 경솔하다고만 생각하셨어. 그때 키티가 다른 가족들보다 많이 알고 있다는 사실에 우쭐해하면서 입을 열었는데, 리디아가 마지막 편지에서 이런 계획을 암시했다는 거야. 키티는 벌써 몇 주 전부터 둘이 사랑한다는 걸 알았나 봐."

"하지만 브라이턴으로 가기 전부터는 아니잖아?"

"응. 그건 아닐 거야."

"포스터 대령도 위컴을 안 좋게 생각하시는 것 같아? 대령도 그의 본색을 알고 있어?"

"예전만큼 위컴을 좋게 말하지는 않으시더라고. 경솔하고 씀씀이가 헤픈 사람이라고 생각하시더라. 이번의 이 안타까운 사태가 벌어진 후에 그가 메리턴에 엄청난 빚을 지고 떠났다는 얘기가 나왔어. 사실이 아니길 바라지만."

"아아, 언니. 우리가 너무 숨기려고만 들지 말고 아는 대로 말했더라면 이런 일이 일어나지 않았을 수도 있었는데!"

"아마도 그러는 편이 더 나았을 수도 있었겠지." 제인이 대답했다. "그래도 그의 현재 마음을 알지 못한 채 지난 과오를 폭로하는 건 옳지 않은 것처럼 보였잖아. 우리는 최대한 좋은 뜻으로 행동했던 거야."

"리디아가 부인한테 남긴 편지는? 포스터 대령이 그 내용도 말씀하셨어?"

"우리한테 보여 주려고 가져오셨더라."

그러더니 제인이 그걸 수첩에서 꺼내 엘리자베스에게 건네주었다. 거기에는 이런 내용이 적혀 있었다.

친애하는 해리엇 언니,

내가 어딜 갔는지 알면 언니는 웃을 테고, 내일 아침에 내가 사라진 걸 알고 놀랄 언니를 생각하면 나도 웃음을 참을 수가 없어요. 나는 그레타그린으로 가고 있는데, 누구랑 가는지 짐작하지 못한다면 언니를 바보라고 생각할 거예요. 왜냐하면 내가 사랑하는 사람은 세상에 단 한 명뿐이고, 그는 천사니까요. 그 사람이 없으면 나는 행복할 수 없고, 그래서 도망치는 걸 나쁘다고 생각하지 않아요. 언니가 원치 않으면 내가 떠났다는 사실을 롱본에 알리실 필요는 없어요. 내가 리디아 위컴이라고 서명을 해서 직접 편지를 보내면 더 놀랄 테니까. 얼마나 재미있을까! 웃느라 편지를 쓸 수가 없네요. 프랫한테는 오늘 밤 같이 춤추기로 한 약속을 못 지켜서 미안하다고 전해 주세요. 모든 걸 알게 되면 나를 이해해 줄 거라고, 다음에 무도회에서 만나면 얼마든지 춤을 추겠다고 말해 주세요. 롱본에 가면 옷을 가지러 보낼게요. 하지만 샐리한테 말해서 옷을 싸기 전에 자수 모슬린 드레스의 터진 부분을 기워 달라고 해 주세요. 안녕. 포스터 대령님에게도 안부 전해 주시고, 우리의 행복한 여행을 위해 축배를 들어 줘요.

　　언니의 다정한 친구,

리디아 베넷

"아니, 철이 없어도 이렇게 없을 수가!" 편지를 다 읽은 엘리자베스는 목소리를 높였다. "그런 상황에서 이런 편지를 쓰다니! 그래도 최소한 걔가 여행의 목적을 제대로 알고 있었다는 건 확실하네. 나중에 리디아를 어떻게 설득했는지는 몰라도 리디아 쪽에서는 수치스런 음모를 꾸민 게 아니었어. 불쌍한 아버지! 이걸 보는 심정이 어떠셨을까!"

"그렇게 충격을 받은 사람은 어디서도 본 적이 없어. 꼬박 10분 동안이나 한 말씀도 못하셨으니까. 어머니는 당장 드러누우셨고 온 가족이 싱숭생숭했단다!"

"아! 언니." 엘리자베스가 외쳤다. "그날 하루가 다 가기 전까지 이 모든 이야기를 모르는 하인은 한 명도 없었겠지?"

"모르겠어. 한 명이라도 몰랐으면 좋으련만, 그 와중에 말이 새 나가지 않도록 단속하기가 여간 어려워야지. 어머니는 어찌나 흥분하셨는지, 내 나름대로 한다고는 했는데 제대로 돌봐 드리지 못한 것 같아 안타까워. 하지만 나도 앞으로 벌어질지 모를 일에 대한 걱정이 앞서서 기운이 빠졌던 것 같아."

"어머니를 보살피느라 너무 애를 써서 그래. 언니도 안색이 좋지 않아. 아! 내가 같이 있어야 했는데! 간호에 걱정까지 언니 혼자 도맡아 했으니."

"메리와 키티도 아주 다정했고, 틀림없이 무슨 일이든 같이하려고 들었을 거야. 하지만 그 애들한테 그런 일이 맞지 않아 보였어. 키티는 몸이 가냘픈 데다 약하고, 메리는 공부를 그렇게 열심히 하는데 쉬는 시간까지 빼앗으면 안 되잖아. 아버지가 떠나신 후에 필립스 이모가 화요일에 롱본에 오셨고 고맙게도 목요일까지 있다가 가셨어. 이모가 모두에게 얼마나 큰 힘과 위로가 됐는지 몰라. 루카스 부인도 매우 친절하셨어. 수요일 아침에 여기까지 오셔서 우리를 위로했고, 도울 일이 있으면 당신이든 딸들이든 누구라도 돕겠다고 하셨거든."

"그분은 그냥 집에 계시는 편이 더 나았을 텐데." 엘리자베스가 소리쳤다. "물론 좋은 뜻으로 하신 말씀이겠지만 이런 불행을 겪는 이웃은 모르는 척해 주는 게 최선이거든. 돕는 건 불가능하고 위로는 견디기 힘드니까. 차라리 멀리서 우리의 처지를 보며 승리감을 만끽할 것이지."

그러고는 아버지는 런던에 가서 어떤 방법으로 리디아를 찾으려 하시는 거냐고 물었다.

"내 생각에는 아버지가," 제인이 대답했다. "둘이 마지막으로 마차를 바꿔 탄 엡섬이라는 곳에 가서 마부들한테 알아보시려는 것 같아. 클래펌에서 두 사람이 탄 마차의 번호를 알아내는 게 가장 먼저겠지. 런던에서 손님을 태우고 온 마차인 데다가 웬 남녀가 이 마차에서 저 마차로 갈아타려는 게 눈길을 끌었을 거라는 생각으로 클래펌에서 알아보시려는 거야. 어찌어찌 그 마부가 어디에 손님을 내려 줬는지 알아내기만 하면 그곳에 가서 물어보고 마차의 차고와 번호를 알아내는 게 불가능하지만은 않을 거라고 기대하시는 것 같아. 그것 말고 다른 계획이 있으셨는지는 모르겠다. 워낙 서둘러 떠나셨고 평정심도 잃으셨던 상황이라 이만큼 알아내는 것도 힘들었어."

48

다음 날 아침에 모두들 베넷 씨의 편지를 기다렸건만 우체부는 단 한 줄의 소식도 전해 주지 않았다. 평소 편지 쓰는 일에 소홀하고 늘 꾸물거리는 사람이라는 건 가족들도 알고 있었지만, 이런 상황에서는 뭔가 다른 노력을 기울여 주길 바랐던 것이다. 좋은 소식이 없는 모양이라고 결론을 내리면서도 가족들은 그것이라도 확인하고 싶은 마음이었다. 편지를 기다리던 가드너 씨는 런던으로 출발했다.

가족들은 이제 가드너 씨가 런던으로 가면 최소한 돌아가는 사정에 대해 지속적으로 들을 수는 있을 거라고 기대했고, 매형을 최대한 빨리 롱본으로 돌려보내겠다는 말에 그의 누나는 한시름 놓았다. 베넷 부인은 남편이 결투에서 목숨을 잃지 않을 방법은 그것뿐이라고 생각했기 때문이다.

가드너 부인은 조카들에게 도움이 될까 싶은 마음에 아이들을 데리고 하트퍼드셔에 며칠 더 머물기로 했다. 그녀는 조카들과 돌아가며 베넷 부인을 보살폈고, 조카들이 한가할 때는 커다란 위안을 주었다. 이모도 그들을 자주 찾아왔는데, 말로는 조카들의 기운을 북돋아 주기 위해서라고 했지만, 올 때마다 위컴의 낭비벽이나 그릇된 행실과 관련된 새로운 소식을 전해 주는 통에 이모만 왔다 가면 두 사람은 더 기운이 빠지곤 했다.

불과 세 달 전까지만 해도 거의 빛의 천사였던 사람을 이제 온 메리턴이 앞다퉈 헐뜯는 것 같았다. 떠도는 얘기를 들으면 그에게 빚을 주지 않은 상점이 없었고, 그의 술책은 유혹이라는 미명하에 모든 상인의 가족에게 마수를 뻗었다. 이제는 다들 그가 세상에서 가장 사악한 젊은이라고 입을 모았고, 선해 보이는 겉모습을 처음부터 믿지 않았노라고 단언했다. 엘리자베스는 그렇게 떠도는 소리를 절반도 믿지 않았지만, 동생이 신세를 망쳤다는 판단을 굳히기엔 그것만으로도 충분했다. 세간의 말을 그만큼도 믿지 않은 제인마저 거의 포기하는 심정이 되었는데, 지금까지는 두 사람이 스코틀랜드에 갔다는 걸 전혀 의심하지 않았건만 그랬다면 지금쯤은 무슨 소식이라도 왔어야 한다는 생각에 더 절망적인 심정이 되었다.

가드너 씨는 일요일에 롱본을 떠났고 화요일에 그의 부인 앞으로 편지가 도착했다. 편지에는 런던에 가자마자 매형을 찾아 그레이스처치가의 집으로 모셨다고 적혀 있었다. 자신이 도착하기 전에 매형이 엡섬과 클래펌에 가 봤지만 흡족한 소식은 전혀 없었으며, 이제는 런던의 주요 호텔들을 돌아볼 작정이라고 했다. 런던에 처음 도착해서 거처를 구하기 전까지 호텔에 묵었을지도 모른다는 게 베넷 씨의 판단인데, 자신이 보기에는 별 성과가 없을 것 같지만 매형이 워낙 열의를 보이고 있으니 같이 알아볼 생각이라고 밝혔다. 지금으로서는 베넷 씨가 런던을 떠날 의향이 전혀 없는 것 같다면서 곧 다시 편지를 쓰겠다고 약속했다. 그리고 이런 내용의 추신을 덧붙였다.

포스터 대령에게 편지를 보내서 연대에 있는 위컴의 친구들한테 그가 런던에서 몸을 맡길 만한 친지나 친척이 있는지 알아봐 달라고 부탁했어요. 뭐든 단서를 지녔을 만한 사람이 나타난다면 중요한 수확이 될 수 있겠지요. 포스터 대령도 우리를 돕기 위해 최선을 다할 거예요. 하지만 다시 생각해 보니, 다른 누구보다 리지가 그의 친척 중 살아 있는 사람이 누구인지 말해 줄 수 있지 않을까 싶군요.

엘리자베스도 자신이 이런 소식통으로 취급받게 된 연유를 모르는 바 아니었지만, 그런 찬사에 맞는 만족스러운 정보를 제공할 능력이 없었다. 그녀는 위컴에게 오래전에 돌아가신 아버지와 어머니를 제외하고는 친척이 있다는 얘기를 듣지 못했다. 하지만 *** 부대에 있는 동료들이라면 더 많은 정보를 줄 수 있을지도 몰랐고, 크게 낙관하지는 않더라도 기다려 볼 만한 일이라고 생각했다.

롱본에서는 매일 초조한 날들이 이어졌다. 하루 중에 가장 조바심이 나는 때는 우체부가 오는 시간이었다. 아침마다 그렇게 조바심치며 편지를 기다리는 게 가장 큰일이었다. 좋은 소식이든 나쁜 소식이든 편지를 통해서만 알 수 있었고, 내일이면 중요한 소식이 올 거라는 생각으로 하루하루를 보냈다.

그런데 가드너 씨에게서 다시 소식이 오기 전에 다른 곳에서 아버지 앞으로 편지가 도착했다. 콜린스 씨가 보낸 편지였다. 부재중에 온 편지를 모두 열어 보라는 지시를 받았던 제인이 편지를 읽었다. 그의 편지가 얼마나 희한한지 알고 있었던 엘리자베스는 어깨 너머로 같이 읽었다. 이런 내용이었다.

삼가 올립니다.
어제 하트퍼드셔에서 온 편지로 알게 된 바, 지금 처하신 비통한 슬픔에 위로를 드리는 것이 저희의 관계로나 도리상으로도 마땅한 일인 듯합니다.

시간이 지나도 해결되지 않을 일이어서 더 모진 작금의 슬픔에 대해, 저와 제 처는 어르신과 가족분들께 진심으로 동정을 표합니다. 이토록 통렬한 불행을 다소나마 누그러뜨릴 수 있다면, 또 누구보다 부모의 마음에 뼈아픈 상처를 가하는 이런 상황에서 어르신을 위로할 수 있다면, 저는 어떤 말도 아끼지 않을 것입니다. 이에 비하면 차라리 따님이 죽는 편이 더 다행이었을 겁니다. 그리고 처의 말을 듣자니, 따님을 지나치게 응석받이로 키운 것이 이런 방종한 행동으로 이어졌다고 볼 만한 이유가 있어 더욱 통탄할 노릇입니다. 하지만 어르신과 베넷 부인께 위안이 될까 싶어 말씀드리자면, 저는 따님의 성정이 원래부터 나빴다고 생각합니다. 그렇지 않고서야 그 어린 나이에 어떻게 이런 엄청난 잘못을 저지를 수 있겠습니까. 아무튼 어르신께는 심심한 동정의 말씀을 드리는 바, 이에 대해서는 저와 제 처뿐만 아니라 제게서 일의 전말을 전해 들으신 캐서린 부인과 따님도 같은 생각이십니다. 두 분은 딸 한 명이 이렇게 그릇된 길로 접어들 경우 다른 딸들의 앞길에도 해가 될 거라는 저의 우려에 동의하셨는데, 캐서린 부인께서는 누가 그런 집안과 연을 맺으려 하겠느냐는 말씀까지 하셨습니다. 그렇다 보니 저는 지난 11월에 있었던 어떤 일을 더욱 만족스러운 마음으로 돌이켜 보게 되었습니다. 만약 일이 달리 진행됐더라면 어르신이 느끼시는 슬픔과 치욕에 저도 휘말렸을 것이 분명하기 때문입니다. 어르신께서는 부디 스스로를 위로하시고, 무가치한 자녀에 대해서는 애정을 영원히 거두시어 자신이 뿌린 가증스러운 잘못의 과실은 직접 거두도록 내버려 두시길 삼가 권합니다. 이만 총총.

가드너 씨는 포스터 대령으로부터 답장을 받고서야 편지를 보내왔지만, 반가운 소식은 전혀 담겨 있지 않았다. 위컴이 연락을 주고받는 친척이 있는지에 대해서는 전혀 알려진 바가 없었고, 생존한 근친이 없다는 건 분명했다. 예전에는 알고 지내는 사람들이 많았지만, 입대한 이후로는 누구와도 특별한 친분을 유지하는 것 같지 않았다. 그러니 그에 대해 이렇다 할 소식을 전해 줄 만한 사람이 없는 상황이었다. 그리고 리디아의 가족들 눈에 띄지 말아야 한다는 것 외에, 그에게는 몸을 숨겨야 할 아주 강력한 동기가 있었으니, 파산에 이른 그의 재정 상태였다. 그는 상당한 액수의 노름빚을 진 것으로 드러났고, 포스터 대령은 그가 브라이턴에서 진 빚을 다 갚으려면 1천 파운드 이상이 필요할 거라고 추산했다. 상인들에게 진 빚도 많았지만, 노름빚은 더 엄청나다는 것이었다. 가드너 씨는 이런 사정을 롱본의 가족들에게 굳이 숨기지 않았다. 제인은 기겁했다. "노름꾼이라니!" 그녀는 소리를 질렀다. "이럴 줄은 몰랐네. 정말 꿈에도 생각하지 못했어."

가드너 씨는 편지에서 아버지가 다음 날인 토요일에는 집에 도착하실 거라고 알려 주었다. 모든 노력이 수포로 돌아가자 낙담한 베넷 씨는 두 사람을 계속 추적한다거나 다른 일에 대해서는 자신이 알아서 할 테니 그만 집으로 돌아가라는 처남의 권유를 받아들였다. 이 얘기를 전해 들은 베넷 부인은 지금까지 남편의 목숨을 걱정해 온 사람치고는 딸들이 예상했던 것만큼 기뻐하지 않았다.

"뭐라고? 집에 온다고? 불쌍한 리디아는 데려오지도 않고!" 부인은 소리를 쳤다. "그 애들을 찾기 전까지는 런던을 떠나면 안 되지. 아니 아버지가 없으면 누가 위컴이랑 결투를 해서 리디아랑 결혼시킬 거라니?"

가드너 부인은 이제 집에 돌아가고 싶어 했고, 베넷 씨가 런던에서 떠나는 시간에 가드너 부인도 아이들을 데리고 런던으로 출발하기로 했다. 그래서 그들을 첫 번째 역까지 데려다준 마차는 거기서 주인을 태우고 롱본으로 돌아왔다.

가드너 부인은 엘리자베스와 더비셔에 사는 그녀의 친구에 대해 그곳에서부터 쭉 품어 왔던 의혹을 풀지 못한 채로 떠났다. 엘리자베스는 두 사람이 함께 있을 때 그의 이름을 한 번도 언급하지 않았고, 혹시 그에게서 편지가 오지 않을까 기다렸던 가드너 부인의 바람도 이루어지지 않았다. 엘리자베스가 돌아온 후로 펨벌리에서는 단 한 통의 편지도 오지 않은 것이다.

집안이 불행에 처해 있었던 터라 엘리자베스는 기분이 가라앉은 이유를 따로 설명할 필요가 없었고, 그것만으로는 가드너 부인이 아무것도 짐작할 수 없었다. 하지만 엘리자베스도 이제 자신의 감정을 어느 정도 알게 된 터라 다아시라는 사람을 몰랐다면 수치스러운 리디아 사태를 조금은 더 잘 견딜 수 있었을 거라고 확신했다. 불면의 밤이 반으로 줄었을 거라고, 그녀는 생각했다.

집에 도착한 베넷 씨는 평소처럼 차분하고 침착해 보였다. 과묵한 것도 그대로여서 집을 떠났던 일에 대해서는 아무 언급이 없었다. 딸들은 한참이 지나서야 용기를 내서 그 얘기를 꺼냈다.

오후가 되어 함께 차를 마시게 되었을 때 엘리자베스가 그 문제를 입에 올렸다. 아버지의 노고를 생각하면 마음이 아프다고 짧은 위로를 전하자 그는 이렇게 대답했다. "그런 말은 하지 마라. 그럼 누가 그 고생을 하겠니? 내가 저지른 일인데 내가 감당해야지."

"너무 자책하시지 마세요." 엘리자베스가 말했다.

"그러지 말라고 주의를 줄 수도 있겠지. 자책에 빠지기 쉬운 게 인간의 본성이니까! 하지만 리지야, 나도 살면서 한 번쯤은 내 잘못이 얼마나 큰지 느껴 보게 내버려 다오. 그런 느낌에 짓눌리는 것쯤은 두렵지 않다. 금방 사라질 테니."

"두 사람이 런던에 있을까요?"

"응. 거기가 아니라면 어디에 그렇게 꽁꽁 숨을 수 있겠니?"

"그리고 리디아는 늘 런던에 가고 싶어 했었어." 키티가 끼어들었다.

"그렇다면 아주 행복하겠구나." 아버지의 말투는 차가웠다. "아무래도 거기에 오래 머물 것 같으니까."

그러고는 잠시 침묵이 흐른 후에 그가 다시 입을 열었다. "리지야, 지난 5월에 네가 해 준 충고가 딱 맞아떨어진 것에 대해서는 전혀 언짢게 생각하지 않는다. 이번 일로 미루어 보니 그건 너의 생각이 깊다는 증거였어."

두 사람의 대화는 제인이 어머니의 차를 가지러 들어오면서 중단되었다.

"아주 볼 만하구나." 그가 목소리를 높였다. "불행한 와중에도 어찌나 우아하신지. 나도 한번 그렇게 해 볼까. 네 어머니의 가운을 입고 수면용 모자를 쓰고 서재에 앉아 사람들을 귀찮게 하는 거지. 아니, 키티가 도망칠 때까지는 참아야 할까."

"나는 도망 안 가요, 아빠." 키티가 발끈해서 말했다. "나는 브라이턴에 가더라도 리디아보다는 처신을 잘할 거예요."

"네가 브라이턴에 간다고. 거기는커녕 이스트본에 간다고 해도 믿고 보낼 수가 없는데! 50파운드를 준대도 어림없다. 안 된다. 키티야, 나는 마침내 조심해야 한다는 걸 배웠고, 너는 그 효과를 느끼게 될 거야. 장교는 이제 두 번 다시 우리 집 출입을 할 수 없고, 마을을 지나가는 것도 안 돼. 언니들이랑 춤을 춘다면 모를까, 무도회도 절대 금지야. 하루에 10분 이상 제정신으로 살았다는 걸 입증하기 전까지는 문 밖 출입도 못 할 줄 알아라."

아버지의 위협을 곧이곧대로 받아들인 키티가 울음을 터트렸다.

"아니, 아니. 너무 슬퍼할 건 없다." 아버지는 말했다. "앞으로 십 년만 착실하게 굴면 열병식 정렬한 군대 앞을 지나며 검열하는 의식에 데려가 주마."

49

베넷 씨가 돌아오고 이틀이 지났을 때, 집 뒤의 관목 숲을 걷고 있던 제인과 엘리자베스는 가정부가 다가오는 걸 보고 어머니가 부르시는 모양이라고 생각해 얼른 다가갔다. 그런데 예상과는 달리 가정부는 제인에게 이렇게 말했다.

"아가씨, 방해해서 죄송합니다만, 런던에서 반가운 소식을 들으신 것 같아 실례를 무릅쓰고 여쭈러 왔습니다."

"무슨 얘기예요, 힐? 런던에서는 아무 소식도 듣지 못했는데."

"어머, 아가씨!" 힐 부인은 깜짝 놀라 소리쳤다. "가드너 씨께서 주인님께 속달 우편을 보내셨는데, 모르셨어요? 30분 전에 우체부가 왔다 갔고 주인님이 편지를 받으셨어요."

두 사람은 정신없이 뛰어가느라 이야기를 나눌 새도 없었다. 현관을 지나 식당으로, 거기서 다시 서재로 달려갔지만, 어디에도 아버지는 보이지 않았다. 어머니와 함께 계신가 싶어 2층으로 올라가려다가 집사와 마주쳤고, 그에게서 이런 얘기를 들었다.

"주인님을 찾으시는 거라면, 작은 숲 쪽으로 걸어가셨습니다."

이 말을 들은 두 사람은 곧바로 다시 한번 복도를 지나 아버지를 뒤쫓아 가기 위해 잔디밭을 가로질렀는데, 아버지는 방목장 한쪽의 작은 숲을 향해 유유히 걸어가는 중이었다.

동생만큼 몸이 날렵하지 않고 뛰는 것에도 익숙하지 않은 제인은 이내 뒤로 처졌지만, 숨을 헐떡이며 아버지를 따라잡은 엘리자는 열띤 목소리로 외쳤다. "아버지, 무슨 소식이에요? 무슨 소식이냐고요? 외삼촌한테서 편지가 왔어요?"

"그래, 속달 우편을 보냈더구나."

"뭐예요? 무슨 소식이던가요? 좋은 거예요, 나쁜 거예요?"

"무슨 좋은 소식을 기대하겠니?" 그는 이렇게 말하면서 주머니에 있던 편지를 꺼냈다. "그래도 읽어 보고 싶겠지." 엘리자베스는 조바심을 내며 편지를 받아 들었고, 그때 제인이 다가왔다. "큰 소리로 읽어 보렴." 아버지가 말했다. "나도 무슨 소리인지 잘 모르겠으니까."

그레이스처치가 8월 2일, 월요일

존경하는 매형께,

이제야 조카에 대해 얼마간의 소식을 전할 수 있게 되었습니다. 전체적으로 만족하실 만한 소식으로 여겨집니다. 형님께서 토요일에 출발하신 직후에 저는 요행히 두 사람이 런던의 어느 지역에 있는지 알게 되었습니다. 자세한 소식은 만나 뵙고 말씀드리겠습니다. 지금은 그 둘을 찾아냈다는 것만 알고 계십시오. 제가 그 둘을 만났는데……

"그렇다면 내가 바랐던 대로 결혼을 했나 봐." 제인이 소리쳤다.

엘리자베스는 편지를 계속 읽었다.

　　제가 그 둘을 만났는데, 결혼하지는 않았고 그럴 의사도 없는 것 같았습니다. 제가 형님을 대신해서 맺은 약속을 이행할 의사가 있으시다면 조만간 결혼할 거라고 기대합니다. 형님이 하셔야 할 일은, 형님과 누님이 돌아가신 후에 자녀들 몫으로 남겨진 5천 파운드에서 동등한 지분을 리디아에게 증여 재산으로 분배하겠다고 보증하시고, 그에 더해 형님 생전에는 매년 100파운드를 주겠다고 약속하시는 겁니다. 이상이 조건인데, 모든 것을 고려한 끝에 제게 그럴 만한 권한이 있다고 생각하여 제가 형님을 대신해서 주저 없이 수락했습니다. 형님의 대답을 빨리 들을 수 있도록 이 편지를 속달로 보내겠습니다. 이런 사실들로 미루어 위컴 씨의 상황이 세간에 떠도는 얘기처럼 그렇게 절망적이지 않다는 걸 쉽게 아실 수 있을 겁니다. 그건 사람들이 잘못 알고 있었던 겁니다. 그리고 빚을 다 청산하더라도 조카의 재산에 보탤 돈이 조금 남는다는 말씀을 드릴 수 있게 되어 기쁩니다. 당연히 그러시리라 믿지만, 형님의 이름으로 제게 모든 권한을 위임해 주신다면 곧바로 해거스턴에게 적절한 증여 절차를 밟도록 지시하겠습니다. 형님이 다시 런던에 오실 일은 전혀 없을 테니, 제가 부지런히 잘 처리할 것을 믿고 롱본에 편히 계십시오. 조속히 답장을 주시고, 의사가 분명히 전달되도록 유의해서 써 주십시오. 저희는 조카가 저희 집에 머물면서 결혼하는 것이 최선이라고 판단했고, 형님께서도 동의해 주시리라 기대합니다. 리디아는 오늘 저희 집에 올 겁니다. 일이 더 진척되면 곧바로 편지 올리겠습니다. 그럼 이만.

"이게 가능해?" 편지를 다 읽은 엘리자베스가 소리쳤다. "그 사람이 리디아랑 결혼하는 게 가능하냐고?"

"그렇다면 위컴이 우리가 생각했던 것만큼 형편없는 사람은 아니라는 거지." 그녀의 언니가 말했다. "아버지, 잘됐네요."

"그래서 답장은 하셨어요?" 엘리자베스가 물었다.

"아니. 하지만 빨리해야겠지."

그러자 엘리자베스는 아주 간절하게 지체 없이 편지를 쓰시라고 애원했다.

"아버지, 얼른 들어가서 편지를 쓰세요." 엘리자베스는 목소리를 높였다. "한시가 급한 상황이잖아요."

"편지 쓰는 게 싫으시면 제가 대신 써 드릴게요." 제인이 말했다.

"이루 말할 수 없이 싫기는 하지만, 그래도 써야지." 그가 대답했다.

그는 이렇게 말하고는 가던 걸음을 돌려서 다 함께 집으로 걸어갔다.

"뭐 하나 여쭤봐도 돼요?" 엘리자베스가 물었다. "아무래도 그 조건에는 응해야겠죠?"

"응한다고! 그렇게 조금 요구하는 게 부끄러울 뿐이다."

"그리고 결혼은 해야죠! 그가 아무리 그런 사람이라도."

"그럼, 그럼. 결혼해야지. 다른 수가 없으니까. 하지만 내가 몹시 궁금한 게 두 가지가 있는데, 하나는 네 외삼촌이 이 일을 성사시키기 위해 얼마나 많은 돈을 썼는가 하는 것이고, 또 하나는 내가 그 돈을 어떻게 갚는가 하는 거란다."

"돈이라고요! 외삼촌께서!" 제인의 목소리가 높아졌다. "그게 무슨 말씀이세요,

아버지?”

"정신이 제대로 박힌 사람이라면 내 생전에 연 100, 죽은 후에는 50이라는 하찮은 조건으로 리디아와 결혼하지 않을 거라는 말이다.”

"정말 그러네요.” 엘리자베스가 말했다. "지금까지는 그런 생각을 못 했어요. 그가 빚을 갚고도 돈이 조금 남는다니! 아! 외삼촌이 손을 쓰신 게 틀림없어요! 너그럽고 훌륭하셔라. 우리 때문에 외삼촌이 힘들어지는 건 아닌지 모르겠네요. 어지간한 액수로는 어림도 없었을 텐데.”

"그렇다마다.” 그녀의 아버지가 말했다. "1만 파운드에서 한 푼이라도 모자라는 돈으로 리디아를 데려간다면 위컴은 바보지. 우리 가족이 되려는 마당에 그를 이렇게 헐뜯어서 유감이다만.”

"1만 파운드라고요! 세상에, 맙소사! 그 돈의 반만이라도 갚을 수 있을까요?”

베넷 씨는 아무 대답도 하지 않았고, 다들 생각에 잠긴 채 집에 닿을 때까지 묵묵히 걷기만 했다. 아버지는 편지를 쓰러 서재로 들어갔고, 딸들은 식당으로 갔다.

"정말 결혼을 하는구나!” 둘만 남게 되자 엘리자베스가 외쳤다. "기가 막히네! 그런데 우리는 이걸 감사해야 하니. 행복할 가능성이 거의 없는데도 결혼은 해야 하고, 인성이 개차반인 남자인데도 우리는 즐거워해야 하니! 아, 리디아!”

"나는 이렇게 생각하면서 위안을 삼을래.” 제인이 말을 받았다. "리디아를 정말 좋아하지 않는다면 그 사람이 그 애와 결혼할 리가 없다고. 고마우신 외삼촌이 그의 빚을 갚아 주려고 손을 쓰신 모양이지만, 1만 파운드, 아니 그 비슷한 액수를 대셨다고는 믿을 수 없어. 아이들도 있고, 앞으로 더 태어날지도 모르는데, 1만 파운드의 반이라도 어떻게 댈 수 있겠니?”

"위컴의 빚이 얼마였는지 알 수만 있다면,” 엘리자베스가 말했다. "그리고 우리

동생 쪽에서 그걸 얼마나 청산해 줬는지 알 수 있다면, 외삼촌이 두 사람을 위해 어떤 일을 하셨는지 정확하게 알 수 있을 텐데. 위컴한테는 단돈 6펜스도 없었으니까. 외삼촌과 외숙모의 은혜를 어떻게 다 갚을까. 리디아를 집으로 데려가서 보호하고 돌봐 주시는 건 두고두고 갚아도 모자란 희생이야. 지금쯤이면 리디아가 외삼촌 댁에 있겠네! 이런 친절을 받으면서도 자기가 잘못한 걸 모른다면 그 애는 행복할 자격도 없어! 외숙모를 처음 봤을 때 리디아는 대체 어떤 심정이었을까!"

"우리도 두 사람에게 있었던 일은 잊으려고 노력해야 해." 제인이 말했다. "그래도 나는 두 사람이 행복하길 바라고, 그럴 수 있을 거라고 믿어. 그 사람이 리디아와의 결혼을 받아들인 걸 정신을 차렸다는 증거라고 생각할 거야. 서로에 대한 사랑으로 안정을 찾아 갈 테지. 조용히 자리를 잡고 올바르게 살면 머지않아 경솔했던 과거는 잊힐 거라고 생각해."

"두 사람의 행동은," 엘리자베스가 대꾸했다. "언니도 나도, 그 누구라도 결코 잊지 못할 그런 행동이야. 그런 얘기는 해 봐야 아무 소용도 없어."

그제야 두 사람은 어머니가 이 일을 전혀 모르고 계실 거라는 데 생각이 미쳤다. 그래서 그들은 서재로 가서 아버지에게 이 일을 어머니께 말씀드리고 싶지 않은지 물어봤고, 편지를 쓰고 있던 그는 고개도 들지 않은 채 차갑게 대답했다.

"너희들 마음대로 하렴."

"외삼촌의 편지를 가져가서 읽어 드려도 돼요?"

"뭐든 가지고 가도 좋으니, 나가거라."

엘리자베스는 책상에서 편지를 챙겼고, 둘은 함께 위층으로 올라갔다. 메리와 키티까지 다 함께 있었기 때문에 모두에게 한꺼번에 소식을 전할 수 있었다. 희소식이라는 걸 간단히 알린 다음 제인이 큰 소리로 편지를 읽었다. 베넷 부인은 흥분을

감추지 못했다. 리디아가 곧 결혼할 거라고 기대한다는 가드너 씨의 문장을 읽어
주자 부인의 기쁨은 폭발했고, 문장이 이어질 때마다 감격은 커져만 갔다. 불안하
고 걱정스러운 마음에 안절부절못했을 때만큼이나 지금은 기쁨에 겨워 어쩔 줄 몰
랐다. 자신의 딸이 곧 결혼한다는 사실을 안 것만으로 충분했다. 그녀는 딸이 결혼
해서 행복할지 걱정하며 마음을 졸이지도 않았고, 잘못된 행실에 대한 기억으로 민
망해하지도 않았다.

"아이고, 내 딸 리디아!" 그녀는 소리를 질렀다. "정말 기쁘구나. 그 애가 결혼을
한다니. 이제 내 딸을 다시 만난다니! 열여섯에 결혼을 하게 되었어. 착하고 친절한
내 동생! 내 이럴 줄 알았지. 내 동생이 모든 걸 다 처리해 줄 줄 알았다니까. 내 딸
을 얼른 보고 싶구나. 우리 위컴도! 하지만 의상, 결혼 의상은 어쩌지! 올케한테 직
접 편지를 써서 그 얘기를 해야겠다. 애, 리지야, 얼른 아버지한테 달려가서 리디아
한테 얼마를 주실 건지 여쭤봐라. 아니, 됐다, 내가 직접 가마. 키티야, 벨을 울려서
힐을 불러 줄래. 얼른 옷을 입어야겠어. 아유, 내 딸 리디아! 이제 다시 만나면 얼마
나 즐거울까!"

그녀의 첫째 딸은 가드너 씨에게 얼마나 큰 신세를 졌는지를 다시 일깨우면서 어
머니의 격한 감정을 조금이나마 가라앉히려고 노력했다.

"이렇게 다행스러운 결과는 모두," 그녀가 덧붙였다. "친절하신 외삼촌 덕분이거
든요. 아무래도 돈을 써서 위컴을 도와주신 것 같아요."

"그래," 그녀의 어머니가 목소리를 높였다. "정말 잘한 일이지. 외삼촌이 아니면
누가 그렇게 하겠니? 그 애한테 자기 가족이 없었으면 그 돈이 모두 나랑 내 아이
들 차지가 되었을 텐데. 그리고 선물 몇 번 한 것 말고 네 외삼촌이 우리한테 뭔가
를 해 준 건 이번이 처음이야. 아무튼, 너무 행복하구나. 이제 곧 딸 하나를 시집보

내게 되었어. 위컴 부인이라니! 너무 근사해. 지난 6월에야 열여섯 살이 되었는데. 제인아, 가슴이 너무 두근거려서 편지를 못 쓰겠구나. 내가 불러 줄 테니 받아 적으렴. 돈에 대해서는 나중에 아버지랑 정하기로 하고 일단 물건부터 주문해야겠다."

그러고는 캘리코, 모슬린, 캠브릭 같은 물건들을 줄줄이 읊어 댔고, 제인이 아버지가 한가해질 때를 기다려서 상의를 드리자고 간신히 설득하지 않았다면 얼마 가지 않아 주문 목록은 상당히 길어졌을 것이다. 하루쯤 늦춰도 큰일은 없을 거라고 제인은 말했고, 그녀도 너무 행복한 나머지 평소처럼 고집을 부리지 않았다. 게다가 다른 계획들도 떠올랐다.

"메리턴에 가야겠다." 그녀는 말했다. "옷을 입는 대로 출발하겠어. 필립스 이모한테 이 좋은 소식을 전해 줘야지. 그리고 돌아오면 루카스 부인과 롱 부인을 방문해야겠다. 키티야, 얼른 내려가서 마차를 준비시켜라. 바람을 쐬는 것도 아주 좋을 거야. 얘들아, 메리턴에서 뭘 좀 사다 줄까? 아! 저기 힐이 오는구나. 힐, 좋은 소식 들었어? 리디아 아가씨가 결혼을 하게 되었어. 결혼식 때는 자네들도 펀치 한 잔씩 마시면서 즐기도록 해."

힐 부인은 곧바로 기쁨을 표했다. 그 틈에서 그녀의 축하를 받던 엘리자베스는 어리석은 짓거리에 신물이 나기도 하고, 혼자 자유롭게 생각을 하기 위해 자신의 방으로 몸을 피했다.

불쌍한 리디아의 처지는 아무리 좋게 보려고 해도 이미 충분히 나빴지만, 그래도 더 나쁘지 않은 것에 감사해야 했다. 그녀는 그렇게 느꼈다. 그리고 비록 앞날을 생각할 때 정상적인 행복이나 세속적인 번영을 기대할 수 없겠지만, 불과 두 시간 전까지 자신들이 무엇을 걱정했는지 돌이켜 보면 이나마도 너무 다행스러운 기분이었다.

50

베넷 씨는 예전에도 부인이 자신보다 오래 살 경우를 대비해 남은 가족들을 위해 수입을 다 쓰지 않고 매년 일정액을 따로 저축했으면 좋았을 거라는 생각을 자주 했다. 그리고 지금은 그 생각이 더욱 절실했다. 그 점에서 자신의 의무를 다했다면 어떤 명예나 신용이라도 사 줄 수 있었을 테니, 리디아가 외삼촌에게 빚을 질 필요는 없었을 것이다. 그랬다면 영국에서 제일 하잘것없는 젊은이를 설득해서 딸아이의 남편으로 데려오는 만족감을 제대로 맛보았을지도 모른다.

그는 별로 이득도 없는 그런 일을 온통 처남의 힘만으로 처리했다는 것이 너무 부담스러웠고, 가능하면 그가 도와준 액수를 알아내서 최대한 빠른 기간 안에 빚을 갚아야겠다고 결심했다.

처음에 베넷 씨가 결혼했을 때는 경제적인 문제를 전혀 걱정하지 않았는데, 당연히 아들을 낳을 거라고 생각했기 때문이다. 아들이 성년이 되면 한정 상속 문제가 해결될 테고, 그것으로 아내와 딸들의 생활을 부양할 수 있을 터였다. 그런데 딸만 잇달아 다섯을 낳았고, 아들은 태어나지 않았다. 베넷 부인은 리디아를 낳고도 몇 해가 지나도록 아들을 얻을 수 있을 거라고 확신했다. 결국에는 그 희망을 포기했지만, 그땐 이미 저축을 하기엔 너무 늦어 버렸다. 베넷 부인은 절약에 소질이 없었다. 소비가 수입을 초과하는 걸 피할 수 있었던 것은 순전히 남에게 손을 벌리길 꺼려 하는 남편의 강한 독립심 덕분이었다.

결혼 서약서에는 5천 파운드가 베넷 부인과 자녀들 앞으로 분배되도록 적혀 있었다. 하지만 자녀들에게 재산을 분배하는 비율은 부모의 유언으로 결정되는 것이었다. 그런데 바로 이걸, 최소한 리디아와 관련해서는, 지금 정해야 했고, 베넷 씨로서는 그 제안 앞에서 수락을 망설일 수 없었다. 간결하게나마 처남의 친절에 감사를 표한 후, 지금까지의 모든 조치를 전적으로 승인하고 자신을 대신하여 체결한 모든 약속을 이행하겠다고 적었다. 그는 위컴을 설득해서 자신의 딸과 결혼하게 만들 수 있다고 해도 지금처럼 이렇게 적은 비용으로 그게 가능할 거라고는 전혀 생각하지 못했다. 백 파운드를 지불하더라도 그의 일 년 지출에서 고작 10파운드 정도가 더 나가는 셈인데, 리디아를 먹이고 재우는 데 들어가는 비용과 용돈, 게다가 엄마에게서 받아 가는 돈까지 포함하면 리디아가 쓰는 돈이 거의 그 수준이었기 때문이다.

자신은 노력한 것도 거의 없는데 일이 이렇게 처리되었으니 베넷 씨로서는 놀랍고 반가울 따름이었다. 지금 그의 가장 큰 바람은 이 일로 인해 귀찮아지는 상황을 최대한 피하는 것이었다. 처음에 딸을 찾아 나서게 만들었던 화가 잦아들자, 그는 당연하다는 듯이 본래의 게으른 태도로 돌아왔다. 그의 편지는 즉시 발송되었다. 일을 시작할 때는 꾸물거려도 처리는 빨랐다. 처남에게는 자신이 얼마나 빚을 졌는지 자세히 알려 달라고 간청했지만, 리디아에게는 너무 화가 난 나머지 안부 한마디 남기지 않았다.

희소식은 순식간에 온 집안에 퍼졌고 비슷한 속도로 이웃에도 전해졌다. 이웃들이 이 소식을 받아들이는 태도는 상당히 차분했다. 리디아 베넷이 런던시에 수용되었다면 솔깃한 이야깃거리가 되었을 테고, 어디 외딴 농가에 숨어 있었다고 했다면 더 행복할 수 없었을 것이다. 하지만 그녀의 결혼에 대해서도 할 말은 많았다. 이렇게 상황이 변했어도 메리턴의 심술궂은 노부인들이 리디아의 행복을 비는 덕담은 전혀 줄지 않았는데, 그런 남편이라면 리디아가 불행해질 건 거의 확실하다고 여겼기 때문이다.

보름이나 아래층으로 내려오지 않았던 베넷 부인도 이렇게 행복한 날을 맞아 다시 식탁의 상석에 앉았고, 활기찬 기운은 하늘을 찔렀다. 기세등등한 그녀의 모습에서 부끄러움이라고는 찾아볼 수 없었다. 제인이 열여섯 살이 되던 해부터 그녀의 첫 번째 바람이었던 딸의 결혼이 성사되기 직전이었고, 생각도 말도 오로지 우아한

결혼식의 하객들, 최고급 보슬린, 새로 산 마차와 하인들 같은 내용들뿐이었다. 그녀는 동네를 바삐 돌아다니며 딸이 지내기에 적당한 곳을 알아봤고, 두 사람의 수입이 어느 정도인지는 알려고 하지도 않고 생각도 하지 않은 채 집이 좁다느니 위상이 떨어진다느니 하며 퇴짜를 놓기 일쑤였다.

"헤이파크도 괜찮을 텐데," 그녀가 말했다. "굴딩네가 이사를 간다면 말이야. 스토크의 저택도 좋지만 거긴 응접실이 좁아서 틀렸어. 하지만 애시워스는 너무 멀어! 16킬로미터 이상 떨어져서 살면 안 돼. 퍼비스 로지의 경우에는 다락방이 형편없고."

그녀의 남편은 하인들이 있는 동안에는 부인의 말을 끊지 않고 내버려 뒀지만, 하인들이 물러가자 이렇게 말했다. "여보, 당신이 사위와 딸에게 그 집들 가운데 하나든 전부든 얻어 주기 전에 이건 분명히 해 둡시다. 이 근방의 집에는 어디에도 그 애들을 들이지 않을 거요. 그 애들을 롱본에 들여서 더 뻔뻔하게 만들어 줄 생각은 없으니."

베넷 씨의 선언으로 언쟁이 길게 이어졌지만 그는 뜻을 굽히지 않았다. 그건 곧 또 다른 다툼으로 이어졌는데, 베넷 부인은 남편이 딸의 옷을 구입할 돈을 한 푼도 내놓지 않을 거라는 사실을 알고 놀라움과 경악을 금치 못했다. 그는 어떤 식으로든 리디아에게 애정 표시를 하는 일은 결코 없을 거라고 딱 잘라 말했다. 베넷 부인으로서는 도무지 이해할 수 없는 노릇이었다. 결혼하는 딸이 당연히 누려야 마땅하고, 그게 없이는 결혼을 제대로 했다고 말할 수 없는 특권을 거절할 만큼 남편이 화가 났다는 사실을 그녀는 이해할 수 없었다. 그녀는 딸이 결혼도 하기 전에 위컴과 도망쳐서 보름 동안이나 함께 동거한 것에 대한 수치심보다 딸이 결혼식에 입을 새 옷이 없어서 망신을 당하는 게 더 신경이 쓰였다.

이제 엘리자베스는 순간적인 괴로움에 빠져 동생으로 인한 집안의 걱정을 다아시 씨에게 말했던 것을 깊이 후회했다. 동생이 결혼하게 된 것으로 그녀의 도피 행각도 조만간 적절하게 마무리될 것이므로, 그 현장에 있지 않았던 사람에게는 바람직하지 않은 이 일의 발단을 숨길 수도 있었을 것이었기 때문이다.

그를 통해 이 얘기가 더 널리 퍼질 거라는 걱정은 하지 않았다. 다아시만큼 비밀을 확실히 보장해 줄 사람도 없었지만, 동생의 약점을 들킨 것이 그보다 더 속상한 사람도 없었다. 어쨌거나 이제 둘 사이에는 건널 수 없는 심연이 가로놓인 것처럼 보였기 때문에 개인적으로 어떤 불이익을 당할까 봐 걱정한 건 아니었다. 리디아의 결혼이 더없이 명예롭게 마무리되더라도, 다아시 씨가 원래 있던 모든 걸림돌도 모자라 경멸해 마지않는 위컴과 가장 가까운 인척이 되는 집안하고 인연을 맺을 거라고는 생각할 수 없었다.

그런 관계의 가능성 앞에서 그가 움츠러든다고 해도 그녀는 놀랄 수 없었다. 그녀는 더비셔에서 그의 감정을 확인했다고 생각했지만 그녀의 사랑을 얻으려는 소망이 이 정도의 충격을 당하고도 살아남으리라고 기대하는 것은 온당치 않았다. 그녀는 초라하고 비통한 심정이었으며, 뭔지 모르게 후회가 되었다. 그의 호의를 더 이상 기대할 수 없게 된 이제야 그의 호의가 아쉬웠고, 그의 소식을 들을 가망이 없어진 지금에야 그의 소식을 듣고 싶었다. 그와 함께 행복할 수 있었을 거라는 확신이 들었지만, 이제 둘이 만날 일은 없었다.

자신이 네 달 전에 오만하게 퇴짜 놓았던 청혼을 지금은 기쁘고 감사하게 받아들일 거라는 사실을 그가 안다면 얼마나 의기양양해할지, 그녀는 이따금 생각했다. 그가 남자 중에서는 가장 도량이 넓은 사람이라는 걸 의심하지 않지만, 그도 사람이니만큼 우쭐댈 것은 틀림없었다.

그녀는 이제 성품으로나 능력으로나 그가 자신에게 가장 잘 맞는 짝이라는 사실을 받아들이기 시작했다. 그의 지성과 성품은, 비록 자신과는 달랐지만, 그녀의 모든 바람에 부합했을 것이다. 두 사람 모두에게 보탬이 되었을 것이 분명한 결합이었다. 그녀의 느긋함과 생기 넘치는 태도로 인해 그의 마음이 부드러워지고 그의 태도는 개선되었을 것이며, 그의 판단력과 지식, 넓은 견문은 그녀에게 대단히 소중한 이익이 되었을 것이다.

하지만 그런 행복한 결혼을 통해 주변 사람들에게 진정한 결혼 생활의 행복을 가르쳐 주는 일은 이제 불가능해졌다. 전혀 다른 성격의 결합이 이 결혼의 가능성을 밀어내며 이들의 집안에서 곧 이루어질 예정이었다.

위컴과 리디아가 얼마나 자립적으로 생계를 이어 갈 수 있을지 엘리자베스는 상상할 수 없었지만, 열정이 미덕보다 강하다는 이유만으로 결합한 부부에게 영원한 행복이 얼마나 어려운지는 쉽게 짐작할 수 있었다.

가드너 씨는 곧바로 매형에게 답장을 보냈다. 고맙다는 베넷 씨의 인사말에는 한 가족으로서 모두의 행복을 위해서라면 얼마든지 할 수 있는 일이라고 간단히 대답한 후 그 문제는 더 이상 언급하지 말아 달라는 간청으로 끝을 맺었다. 편지를 보낸 주된 목적은 위컴 씨가 민병대를 떠나기로 했다는 소식을 전하기 위해서였다. 가드너 씨는 이렇게 덧붙였다.

결혼이 확정되는 대로 그렇게 해야 한다는 것이 저의 뜻이었습니다. 그 부대에서 나오는 것이 그를 위해서나 조카를 위해서나 매우 바람직하다는 생각에는 형님도 동의하시리라 생각합니다. 위컴은 정규군에 들어가고 싶어 하는데, 옛날 친구들 중에 육군에서 그를 도와줄 능력과 용의가 있는 사람이 아직도 조금 있는 모양입니다. 그는 현재 북부에 주둔하고 있는 *** 장군 연대에서 기수직을 약속받았답니다. 이 지역에서 멀리 떨어진 곳으로 간다는 것도 다행한 일입니다. 그는 흔쾌히 약속했고, 다른 사람들 사이에서 체면을 유지해야 할 테니 그러다 보면 둘 다 조금 더 신중해지지 않을까 하는 것이 저의 바람입니다. 포스터 대령에게는 편지를 보내 우리가 합의한 내용을 알렸습니다. 동시에 그분께 위컴이 곧 빚을 갚을 것이니 브라이턴 안팎의 여러 채권자 빚을 받아 낼 권리가 있는 사람들을 안심시켜 달라고 부탁했습니다. 지불에 대해서는 제가 보증했지요. 그러니 형님께서도 귀찮으시겠지만 메리턴의 채권자들에게 비슷한 언약을 해 주시겠습니까? 채권자 명단은 그에게 물어본 후 덧붙여 보내겠습니다. 그는 모든 채무 건수를 밝혔는데, 최소한 우리를 속이지 않기를 바랍니다. 해거스턴에게 지시를 해 뒀으니 일주일이면 모든 처리가 끝날 겁니다. 그러면 롱본에서 먼저 불러 주지 않을 경우 두 사람은 연대에 합류할 겁니다. 제 처가 말하기로는, 조카가 남부를 떠나기 전에 가족들을 몹시 보고 싶어 한다는군요. 리디아는 잘 지내고 있고, 형님과 누님께 안부를 전해 달라고 합니다. 그럼 이만.

– 에드워드 가드너

베넷 씨와 딸들은 위컴이 *** 부대에서 나오는 것이 전적으로 낫다는 것을 가드너 씨만큼이나 분명하게 이해할 수 있었다. 하지만 베넷 부인은 별로 기뻐하지 않았다. 가까이에 둘 수 있을 거라는 기대감으로 몹시 즐겁고 자랑스럽던 차에 리디아가 북쪽에 정착한다니 이만저만 실망스러운 게 아니었다. 게다가 리디아가 모르는 사람이 없고 좋아하는 사람도 많은 연대와 멀어진다는 것도 속상했다.

"포스터 부인을 얼마나 좋아하는데." 그녀가 말했다. "그 애를 멀리 보내려니 얼마나 충격일까! 그 애가 무척 좋아하는 청년도 여러 명 있는데. *** 장군의 연대에서는 장교들이 별로 재미없을지도 몰라."

베넷 씨는 북쪽으로 출발하기 전에 가족들을 다시 만나고 싶다는 딸의 요청을 (그걸 요청이라고 볼 수 있다면) 처음에는 단호하게 거절했다. 하지만 제인과 엘리자베스는 동생의 감정과 앞으로의 관계를 생각해서 부모님께 결혼 인사를 드리게 해야 한다는 데 의견을 모았다. 결혼하는 즉시 리디아와 그녀의 남편을 롱본에 받아들여야 한다며 둘이 너무나 간절하게, 그러면서도 대단히 합리적이고 부드럽게 조르는 바람에 그도 딸들의 의견에 동의했고, 딸들이 하자는 대로 하기로 했다. 그리고 어머니는 딸이 멀리 북부로 떠나기 전에 이웃 사람들에게 결혼한 딸을 보여줄 수 있게 되었다는 사실을 알고 만족했다. 그래서 베넷 씨는 처남에게 다시 편지를 써서 두 사람이 오는 걸 허락한다고 밝혔다. 식이 끝나는 대로 두 사람은 롱본을 향해 떠나기로 정해졌다. 하지만 엘리자베스는 위컴이 그 계획에 동의했다는 것이 놀라웠다. 그녀로서는 자신의 기분대로 할 수만 있다면 그와 만나는 것만큼 싫은 일도 없었다.

51

리디아의 결혼식 날이 되었다. 제인과 엘리자베스는 감회가 컸는데, 어쩌면 리디아 본인보다 더 컸을지도 몰랐다. 두 사람을 맞으러 마차가 ***으로 갔고, 정찬 시간 전까지는 돌아오기로 되어 있었다. 그들의 도착을 기다리는 손위 두 언니의 마음은 조마조마했는데, 제인은 특히 더 그랬다. 자신이 그런 일을 저질렀다면 품었을 법한 감정을 리디아에게 투영하고는 동생이 견뎌야 할 어려움을 생각하며 괴로워했다.

두 사람이 도착했다. 온 가족이 그들을 맞이하기 위해 응접실에 모였다. 마차가 문 앞에 당도하자 베넷 부인의 얼굴에는 미소가 번졌고, 그녀의 남편은 속을 알 수 없이 근엄한 표정이었다. 딸들은 놀라고 불안하고 불편했다.

리디아의 목소리가 현관에서 들려왔다. 문이 왈칵 열리고 그녀가 안으로 달려 들어왔다. 어머니는 앞으로 나가 딸을 끌어안고 기뻐하며 환영했고, 아내를 따라 들어온 위컴에게는 손을 내밀며 애정 어린 미소를 보냈다. 그러면서 두 사람 모두에게 주저 없이 축하를 건네는 모습은 그들의 행복을 믿어 의심하지 않는다는 태도였다.

두 사람은 그런 다음에 베넷 씨에게로 몸을 돌렸지만, 그다지 따뜻한 환대를 받지 못했다. 그의 표정은 엄해졌고 말은 거의 한마디도 하지 않았다. 무슨 일이 있었냐는 듯이 행동하는 젊은 부부의 모습은 그의 화를 돋우기에 충분했다. 엘리자베스는 정나미가 떨어졌고, 제인마저도 충격을 받았다. 리디아는 여전히 리디아였다. 천방지축 부끄러운 줄 모르고 제멋대로인 데다 시끄럽고 겁이 없었다. 그녀는 언니들을 한 명씩 붙들고 축하해 달라고 졸랐으며, 마침내 모두가 자리에 앉자 방 안을 이리저리 두리번거리더니 약간 변한 것을 알아차리고는 소리 내어 웃으며 여기도 참 오랜만이라고 말했다.

당혹스러운 태도를 찾아볼 수 없기로는 위컴도 리디아와 마찬가지였지만, 언제나처럼 흔쾌한 태도 때문에 만약 그의 성격이나 결혼에 흠잡을 데가 없었다면 이제 친척 사이가 된 그의 미소와 편안한 태도는 모두를 기쁘게 해 주었을 것이었다. 엘리자베스는 그가 이렇게까지 뻔뻔스러운 사람일 줄은 미처 몰랐다. 그러나 그녀는 자리에 앉은 채로 앞으로는 파렴치한 인간이 얼마나 파렴치해질 수 있는지에 대해서는 한계를 두지 말아야겠다고 속으로 다짐했다. 그녀는 얼굴을 붉혔고, 제인의 얼굴도 달아올랐다. 하지만 정작 이런 혼란을 일으킨 두 사람의 안색에는 전혀 변화가 없었다.

화제는 떨어질 줄 몰랐다. 신부와 그녀의 어머니는 더 이상 말을 빨리할 수 없을 정도였고, 우연찮게 엘리자베스 가까이에 앉게 된 위컴은 사근사근하고 느긋한 말투로 이웃에 사는 지인들의 안부를 묻기 시작했지만, 엘리자베스로서는 도저히 똑같은 태도로 대답을 해 줄 수가 없었다. 그들은 세상에서 가장 행복한 기억만을 갖고 있는 것처럼 보였다. 지난 일을 떠올리면서도 괴로워하는 빛을 찾아볼 수 없었고, 리디아는 심지어 언니들이라면 무슨 일이 있어도 입에 올리지 않을 화제를 스스로 꺼내기까지 했다.

"생각해 봐." 그녀는 큰 소리로 말했다. "내가 떠난 게 벌써 세 달이나 됐다는 걸. 보름밖에 안 된 것 같은데 말이야. 그런데 그동안에 정말 많은 일이 있었잖아. 맙소사! 집을 떠날 때만 해도 다시 돌아왔을 때 결혼했으리라고는 생각도 못 했는데. 그렇게 되면 정말 재미있겠다는 생각은 했지만."

그녀의 아버지가 눈을 치켜떴고, 제인은 당황했으며, 엘리자베스는 의미심장한 눈초리로 리디아를 쏘아봤다. 그러나 모른 척하기로 한 것은 들으려고도 보려고도 하지 않는 리디아는 명랑하게 말을 이었다. "참, 엄마! 여기 사람들은 내가 오늘 결혼한 거 알아? 모르면 어쩌나 했거든. 우리가 탄 마차가 윌리엄 굴딩 씨의 이륜마차를 앞질렀을 때 그걸 알려 줘야겠다 싶어서 그쪽 창문을 내린 다음에 장갑을 벗고 반지를 볼 수 있도록 손을 창틀에 올려놨지 뭐야. 그러곤 인사를 하면서 활짝 웃어 줬어."

엘리자베스는 더 이상 참을 수가 없었다. 그녀는 일어나서 밖으로 나와 버렸다. 그리고는 모두가 복도를 지나 식당으로 가는 소리를 듣고서야 다시 돌아왔다. 그런데 다시 합류하자마자 리디아가 보란 듯이 어머니의 오른쪽을 차지하고는 큰언니에게 이렇게 말하는 소리를 들어야 했다. "아유, 제인 언니. 이제 이 자리는 내 거니까 언니는 아래로 내려가야 해. 나는 이제 결혼한 여자거든."

애초에 민망함이라고는 몰랐던 리디아가 시간이 흐른다고 해서 그걸 알게 될 것 같지는 않았다. 느긋한 태도나 활기찬 기운은 오히려 더 심해졌다. 그녀는 필립스 부인과 루카스 씨네, 다른 이웃들까지 모두 보고 싶어 했고, 자신을 "위컴 부인"이라고 부르는 소리를 듣고 싶어 했다. 그리고 우선은 저녁 식사를 마친 후에 힐 부인과 하녀 두 명에게 반지를 보여 주며 결혼 사실을 자랑했다.

"있잖아요, 엄마." 모두가 응접실로 돌아왔을 때 그녀가 말했다. "내 남편 어때? 매력적이지 않아? 언니들은 다들 나를 부러워할걸. 언니들한테 내 반만큼이라도 운이 따랐으면 좋겠어. 언니들도 전부 브라이턴에 가야 해. 좋은 남편감을 얻기에 거기만 한 데가 없거든. 다 같이 가지 않은 게 정말 유감이야, 엄마."

"누가 아니라니. 내 말을 들었다면 다 같이 갔을 텐데. 그런데, 리디아. 엄마는 네가 그렇게 멀리 가는 게 정말 싫구나. 꼭 그래야 하는 거니?"

"아유, 그럼. 그게 뭐가 큰일이라고. 나는 정말 좋을 것 같은데. 엄마랑 아빠, 언니들 모두 우리를 보러 와. 우리는 겨우내 뉴캐슬에 있을 건데 아마 무도회도 많이 열릴 거야. 언니들한테 모두 멋진 파트너를 구해 줄게."

"그러면 정말 좋겠구나!" 그녀의 어머니가 말했다.

"그리고 엄마는 가더라도 언니들은 한두 명쯤 두고 가요. 겨울이 끝나기 전까지 남편감을 구해 줄 테니까."

"나까지 배려해 주다니 고맙지만," 엘리자베스가 말했다. "나는 너 같은 방식으로 남편을 구하는 건 내키지 않아."

두 사람의 방문 기간은 열흘이 넘지 않았다. 런던을 떠나기 전에 임명을 받은 위컴 씨가 보름 안에 연대에 들어가야 했기 때문이다.

그들이 머무는 기간이 짧다며 아쉬워한 사람은 베넷 부인 말고는 아무도 없었다.

부인은 딸을 데리고 이웃을 방문하고 집에서 빈번하게 파티를 여는 것으로 이 시간을 최대한 활용했다. 파티에는 모두가 만족했다. 가족들끼리만 있는 시간을 피하는 건 생각이 없는 사람들보다는 생각을 하는 사람들에게 훨씬 더 바람직했다.

리디아에 대한 위컴의 애정은 엘리자베스가 예상했던 대로였다. 리디아가 그에게 쏟는 애정에 견줄 바가 못 됐다. 그런 상황으로 미루어 그들의 도피 행각이 위컴이 아닌 리디아의 사랑 때문이었다는 건 구태여 다시 확인할 필요조차 없었다. 만약 그가 곤궁한 재정 상태 때문에 어차피 도망칠 수밖에 없었다는 사실을 몰랐더라면 열렬히 사랑하지도 않으면서 왜 리디아와 도망을 쳤는지 의아했을 것이다. 그리고 그는 그런 형편에 처할 경우 동행을 얻을 기회를 마다할 젊은이가 아니었다.

리디아는 그가 좋아서 어쩔 줄을 몰랐다. 그는 그녀의 "사랑하는 위컴"이었고, 그에게 비길 만한 사람은 아무도 없었다. 그는 뭐든지 세상에서 제일 잘했고, 9월 1일에 수렵이 개시되면 이 지방의 누구보다 새를 더 많이 잡을 거라고 확신했다.

그들이 도착하고 얼마 지나지 않은 어느 날 아침, 맨 위의 두 언니와 함께 있던 리디아가 엘리자베스에게 말했다.

"리지 언니, 내가 언니한테는 결혼식 얘기 안 해 줬지? 엄마랑 다른 언니들한테 전부 얘기해 줬는데, 그때 언니는 없었으니까. 어땠는지 궁금하지 않아?"

"아니, 전혀." 엘리자베스는 대꾸했다. "그것에 대해서는 얘기를 하지 않을수록 좋다고 생각해."

"어머나! 언니는 정말 이상하다! 그래도 나는 얘기해야겠어. 언니도 알겠지만 우리는 세인트 클레멘트 교회에서 결혼했거든. 위컴의 숙소가 그 교구에 있었으니까. 모두 열한 시에 거기서 만나기로 되어 있었어. 외삼촌이랑 외숙모랑 나는 함께 가고, 다른 사람들은 교회에서 만나기로 한 거야. 아무튼 드디어 월요일 아침이 됐고,

나는 행여 무슨 일이라도 생겨서 결혼이 연기되지나 않을까 걱정이 돼서 안달이 났지. 만약 그랬다면 나는 정신이 나가 버렸을 거야. 그리고 외숙모는 내가 옷을 입는 내내 무슨 설교문이라도 읽는 것처럼 일장 연설을 하셨지만 내 귀에는 열 마디 중에 한 마디 정도밖에 안 들어왔는데 왜 아니겠어? 나는 사랑하는 위컴을 생각하고 있었으니까. 그가 푸른색 제복을 입고 예식을 올릴지 궁금해서 견딜 수가 없어야지.

아무튼, 우리는 평소처럼 열 시에 아침을 먹었어. 이게 도대체 끝이 날까 싶더라고. 왜냐면, 언니들도 이해하겠지만, 외삼촌 댁에 머무는 동안 두 분이 얼마나 끔찍했는지 말도 못 해. 거짓말이 아니라 문 밖으로 한 걸음도 나가지 못했다니까. 보름이나 있었는데. 파티고, 외출이고, 아무것도 없었어. 런던이 다소 한산한 건 사실이었지만, 그래도 소극장은 열려 있었는데 말이야. 아무튼 그래서 마차가 문 앞에 도착했는데, 그 꼴 보기 싫은 스톤 씨가 일이 있다며 외삼촌을 부르는 거야. 그러고는 글쎄, 그렇게 마주 앉더니 끝을 낼 줄 모르는 거 있지. 아니, 정말 기가 막히더라니까. 외삼촌이 나를 신랑한테 넘겨줘야 하는데, 그 시간을 넘기면 그날 중에는 결혼을 못 하게 되는 거잖아. 하지만 다행히 외삼촌이 10분 만에 돌아오셔서 우리는 모두 출발했어. 그런데 나중에 생각해 보니 외삼촌이 못 가셨더라도 결혼식을 연기할 필요는 없었을 거야. 다아시 씨가 해 줬어도 됐을 테니까."

"다아시 씨가!" 엘리자베스는 깜짝 놀라서 리디아의 말을 따라 했다.

"응, 그래! 그분이 위컴 씨랑 교회에 오기로 되어 있었거든. 하지만, 아이코! 깜빡했네! 이건 절대로 말하면 안 되는 일이었는데. 그렇게 단단히 약속해 놓고! 위컴이 뭐라고 할까? 정말 비밀인데!"

"그게 비밀이라면," 제인이 말했다. "그것에 대해서는 더 이상 말하지 마. 우리도 더는 묻지 않을게.”

“응! 물론이지.” 엘리자베스는 호기심에 얼굴이 달아올랐지만 말은 이렇게 했다. “우리는 아무것도 물어보지 않을 거야.”

“고마워.” 리디아가 말했다. “언니들이 물어보면 나는 다 말해 버릴 테고, 그러면 위컴이 불같이 화를 낼 테니까.”

이렇게 대놓고 물어보라는 부추김까지 받고 보니 그걸 물어보지 않으려면 엘리자베스는 그 자리를 피하는 수밖에 없었다.

하지만 이런 문제를 모르는 채 살아간다는 건 불가능했다. 아무튼 적어도 그걸 알아보려는 시도조차 하지 않는 건 불가능했다. 다아시 씨가 동생의 결혼식에 왔었다니. 분명히 아무 볼일도 없는 사람들이고, 갈 마음도 전혀 없었을 텐데. 이에 대한 추측들이 맹렬하고 빠르게 그녀의 머릿속에 떠올랐지만, 만족스러운 건 하나도 없었다. 그의 행동을 아주 고결하게 해석한 것이 가장 마음에 들었지만, 그거야말로 가장 있을 법하지 않았다. 그녀는 이런 어중간한 상태를 참을 수 없었고, 부랴부랴 종이 한 장을 꺼내 외숙모에게 짧은 편지를 써서 애초에 비밀을 지키기로 한 약속에 위배되지 않는 범위에서 리디아가 발설한 이야기에 대한 설명을 부탁했다. 그리고 이렇게 덧붙였다.

우리와 아무 관계도 없는 사람이, 그리고 (상대적으로 말했을 때) 우리 가족을 전혀 모르는 사람이, 어째서 그런 자리에 함께 있게 되었는가를 제가 얼마나 궁금해할지 외숙모는 충분히 이해하시리라 믿어요. 그러니 바로 답장을 보내서 저에게 알려 주세요. 리디아가 생각하는 것처럼 비밀로 남겨야 하는 아주 타당한 이유가 있지 않다면 말이에요. 만약 그렇다면 저도 모르는 채 지내는 것에 만족하도록 노력해야겠지요.

'하지만 그럴 수는 없지.' 그녀는 이렇게 생각하며 편지를 맺었다.

'친애하는 외숙모, 만약 외숙모가 적절한 방법으로 알려 주시지 않으면 어떤 계략과 술수를 써서라도 알아낼 거예요.'

제인은 명예를 존중하는 사람이라 리디아가 무심코 흘린 말을 놓고 엘리자베스와 따로 얘기하는 걸 용납할 수 없었다. 엘리자베스로서는 그게 기뻤다. 자신이 보낸 편지에 만족스러운 답장을 받을 때까지는 비밀을 털어놓을 사람이 없는 게 더 나았다.

엘리자베스는 만족스럽게도 아주 빠른 답장을 받았다. 편지를 손에 쥐자마자 그녀는 방해받을 걱정을 별로 하지 않아도 되는 작은 숲으로 달려가서 벤치에 앉아 행복을 누릴 마음의 준비를 했다. 편지의 길이로 볼 때 거절이 아니라는 확신이 들었기 때문이다.

그레이스처치가 9월 6일

사랑하는 조카에게.

방금 네 편지를 받고 오전 시간은 답장을 쓰는 데 모두 쓰기로 했단다. 짧은 편지로는 해야 할 말을 다 전할 수가 없을 테니까. 솔직히 네가 물어봐서 무척 놀랐단다. 네가 그럴 줄은 몰랐거든. 하지만 내가 언짢아한다고는 생각하지 마. 내 말은, 네 쪽에서 그걸 물어볼 필요가 있을 거라고는 상상도 하지 않았다는 뜻이니까. 내 말을 이해하지 못하겠거든 주제넘게 넘겨짚은 걸 용서해 다오. 네 외삼촌도 나만큼 놀라셨단다. 외삼촌은 순전히 네가 그 일에 관여했다고 믿었기 때문에 그렇게 행동하신 거였거든. 하지만 네가 정말로 순수하게 아무것도 모른다면 내가 더 분명하게 말해 줘야겠지.

내가 롱본에서 돌아오던 바로 그날 너무나 뜻밖의 손님이 외삼촌을 찾아왔단다. 다아시 씨가 찾아와서 단둘이 서너 시간 동안 말씀을 나누셨대. 내가 도착했을 때는 얘기가 다 끝난 후였기 때문에 내 궁금증은 네가 그런 것처럼 지독한 고통에 시달리지는 않았다고 할 수 있지. 그는 자신이 네 동생과 위컴 씨가 어디 있는지 찾아냈고, 두 사람을 이미 만나 얘기도 해 봤다는 사실을 외삼촌에게 알려주러 왔던 거야. 위컴하고는 여러 번, 리디아는 한 번을 만났다는구나. 내가 알게 된 바에 의하면, 그는 우리가 떠난 다음 날로 더비셔를 떠났고, 두 사람을 찾을 작정으로 런던에 갔대. 표면상의 이유는, 위컴의 방탕함을 널리 알려서 양갓집 규수가 그를 사랑하거나 믿지 않도록 만들지 못한 잘못이 자신에게 있다고 생각해서 그랬다는 거야. 그는 넓은 도량으로 그 모든 것을 자신의 잘못된 오만 탓으로 돌렸는데, 위컴의 사사로운 행동을 세상에 알리는 게 자신의 체면에 맞지 않는 일이라고 생각했노라고 털어놓았어. 그런 인성은 저절로 드러날 거라고 생각했던 거지. 그러니 이제라도 나서서 자신이 초래한 잘못을 바로잡으려고 노력하는 게 자신의 의무라고 했어. 그에게 다른 동기가 있었더라도 그의 명예를 떨어뜨릴 만한 건 아니라고 나는 확신해. 그는 런던에 간 지 며칠 만에야 둘을 찾아낼 수 있었지만, 그래도 우리와는 달리 그들을 수소문할 단서가 있었나 봐. 그것도 우리를 따라나서겠다고 결심한 또 다른 이유였던 거지.

오래전에 영 부인이라는 사람이 다아시 양의 가정 교사를 지냈는데, 뭔가 좋지 않은 이유로 해고됐었나 봐. 무슨 이유인지는 말하지 않더라. 그런데 그 여자가 에드워드가에 큰 저택을 구해서 하숙을 치는 것으로 생계를 삼고 있었다는구나. 이 영 부인이 위컴과 아주 친밀한 사이라는 걸 그는 알았던 거지. 그래서 런던에 도착하자마자 그 여자한테 위컴의 행방을 물었지만 원하는 정보를 얻기까지는 이삼 일이 걸렸나 봐. 그녀는 믿음을 저버릴 수 없다고 했다지만, 내 생각엔 뇌물이라도 쥐여 준 모양이야. 그녀는 실제로 자신의 친구를 어디서 찾을 수 있는지 알고 있었으니까. 위컴은 실제로 런던에 도착한 당일로 이 여자를 찾아갔고, 그녀가 그들을 집에 받아 줄 여건만 됐더라면 그 집을 거처로 삼았을 거야. 하지만 결국 우리의 친절한 친구는 어디를 찾아가야 할지 알게 되었어. 그들은 ***가에 있었어. 그는 위컴을 만났고, 그런 다음에 리디아도 만나야겠다고 요구했대. 처음에는 그 애를 설득해서 지금의 수치스러운 상황을 벗어나 가족들의 품으로 돌아가라고 설득하려는 목적이었다는구나. 물론 가족들이 받아 줄 마음이 생기면 그렇게 하라는 뜻이었지만, 그 점과 관련해서는 자신도 최대한 돕겠다고 했대. 하지만 그곳에 그냥 머물러 있겠다는 리디아의 마음이 확고하다는 걸 알게 된 거지. 그 애는 가족들은 전혀 안중에 없었고, 그의 도움도 바라지 않았으며, 위컴을 떠나라는 말은 들으려고도 하지 않더래. 조만간 결혼할 거라고 철석같이 믿었고, 그렇다면 시기는 중요한 문제가 아니라고 하더라는 거야. 리디아의 마음이 그렇다 보니 남은 방법은 결혼을 하되 그것도 하루빨리 서두르는 것뿐이었지만, 위컴과 처음 얘기를 해 봤을 때부터 그는 그럴 계획이 아니라는 걸 금세 알 수 있었던 거지. 자신이 연대를 떠난 것도 빚 독촉이 너무 심했기 때문이라고 털어놨나 봐. 리디아의 도피에 따른 후환은 전적으로 본인의 어리석음 탓이라는 말을 서슴지 않더래. 그는 당장 장교직을 내려놓을 작정이었지만, 앞으로의 계획에 대해서는 추측조차 하지 못하는 형편이었다는구나. 어디로든 가기는 해야 하는데 어디로 가야 할지 몰랐고, 생계의 대책이 전혀 없다는 건 본인도 알고 있더래.

다아시 씨는 그에게 왜 네 동생과 곧바로 결혼하지 않았는지 물어봤대. 베넷 씨가 큰 부자는 아니지만 뭔가는 해 주실 수 있을 테고, 결혼을 하면 상황이 지금보다는 좋아질 게 분명하지 않느냐고. 하지만 이 질문에 대한 답을 듣고는 위컴이 여전히 어딘가 다른 지방에 가서 결혼으로 한밑천을 잡겠다는 희망을 품고 있다는 걸 알게 된 거야. 하지만 상황이 그렇다 보니 그도 즉각적으로 구제받을 수 있다는 유혹을 완전히 떨치지는 못한 것 같아.

의논할 게 많다 보니 두 사람은 여러 번 만났어. 물론 위컴이 무리한 요구를 했지만, 결국에는 적당한 수준으로 물러섰나 봐.

둘 사이에 얘기가 마무리되자, 다아시 씨가 다음으로 한 일은 너희 외삼촌에게 이 사실을 알리는 것이었고, 내가 집에 도착하기 전날 저녁에 그레이스처치가를 처음 방문했던 거야. 그런데 외삼촌은 만나지 못했고, 그 대신 너희 아버지가 아직 외삼촌과 같이 계시지만 다음 날 아침이면 런던을 떠나신다는 걸 알게 되었어. 다아시 씨는 너희 아버지하고는 외삼촌만큼 편하게 의논할 수 없을 거라고 판단했고, 그 자리에서 아버지가 떠난 후에 외삼촌을 뵙기로 일정을 미룬 거지. 이름도 남기지 않았기 때문에 다음 날까지도 어떤 신사분이 사업차 방문한 줄로만 알았어.

그는 토요일에 다시 왔어. 너희 아버지는 떠나셨고, 외삼촌은 집에 계셨고, 앞에서도 말했지만, 두 분은 함께 많은 얘기를 나눴어.

두 사람은 일요일에 다시 만났고, 그때는 나도 그를 봤어. 월요일에야 모든 것이 결정이 났고, 그 즉시 롱본으로 속달을 보낸 거란다. 하지만 우리의 손님은 무척 고집이 세더구나. 그 고집스러움이 결국 그가 가진 성격의 진정한 결함이 아닐까 싶어, 리지야. 그는 때때로 여러 가지 허물로 비난받았지만 이거야말로 진정한 결함인 것 같아. 자신이 직접 나서지 않으면 아무 일도 할 수 없다는 식이었으니까. 하지만 네 외삼촌은 (공치사를 받으려는 말이 아니니까 그런 소리는 하지 마) 모든 일을 너끈히 처리했을 거야.

두 사람은 오랜 시간을 서로의 주장을 펼치며 싸웠는데 이 일에 관련된 남자나 여자를 생각해 보면 과분한 노릇이었지. 하지만 결국 네 외삼촌이 양보할 수밖에 없었고, 당신 조카에게 도움이 될 기회를 얻지 못한 채 공만 취해야 하는 게 외삼촌으로서는 못내 거슬리고 못마땅했지. 그러니 오늘 아침에 너의 편지를 받고 외삼촌은 정말 기뻤을 거야. 그동안은 남이 한 일로 생색을 내는 기분이었는데 이렇게 설명을 하면 칭찬을 들어 마땅한 사람에게 공을 돌릴 수 있으니까. 하지만 리지야, 이건 너만 알고 있어야 해. 혹시 제인까지라면 몰라도 그 이상은 안 된다.

그 젊은이를 위해서 해 준 일이 뭔지는 잘 알 거야. 빚을 갚아 줬는데, 내가 알기로는 천 파운드를 훌쩍 넘는 것 같아. 게다가 리디아가 받을 몫에 천 파운드를 더 얹어 주고, 그의 장교직까지 사 준 거란다. 왜 이 모든 일을 그가 혼자 떠맡았는지, 그 이유는 앞서 말한 대로야. 위컴의 본색이 잘못 알려져서 지금처럼 인정받고 주목받게 된 게 자기 탓이라는 거지. 자신이 말을 하지 않고 적절한 조치를 취하지 않았기 때문이라는 거야. 어쩌면 이 말에도 일말의 진실이 있을지 모르지만, 그가, 또는 그 누구라도, 말을 하지 않았다는 것에 이 사태의 책임을 물을 수 있을지는 의문이 든다. 사랑하는 리지야, 하지만 이 모든 유려한 해명에도 너는 확신해도 좋을 것이, 이 문제에서 우리가 그에게 다른 차원의 이익을 안겨 준다고 생각하지 않았다면 네 외삼촌은 결코 양보하지 않았으리라는 거야.

모든 게 결정되자 그는 그때까지도 여전히 펨벌리에 머물고 있던 친구들에게 돌아갔지만, 결혼식이 열릴 때 다시 런던에 와서 금전적인 문제를 마무리하기로 합의했단다.

자, 이 정도면 다 얘기한 것 같다. 굉장히 놀라운 얘기지. 적어도 네가 불쾌하지는 않았으면 좋겠구나. 리디아는 우리 집으로 왔고, 위컴도 수시로 드나들 수 있게 허락했어. 그는 내가 하트퍼드셔에서 알았던 그대로더구나. 우리 집에 머물 때 리디아의 처신이 얼마나 못마땅했는지는 말하지 않으려 했다만, 지난 수요일에 받은 제인의 편지를 보고 집에 돌아가서도 판박이처럼 굴었다는 걸 알고 네가 새삼스럽게 괴로울 일도 없겠다는 생각이 들었다. 나는 리디아를 붙잡고 아주 진지하게 그 애가 저지른 일이 얼마나 나쁜지, 가족들을 얼마나 불행하게 만들었는지 몇 번이고 얘기했단다. 그 애가 내 말을 들었다면 그건 뜻밖의 행운이었을 거야. 도무지 귀를 기울이지 않으니까. 가끔은 울화통이 터졌지만, 그럴 때마다 내가 아끼는 엘리자베스와 제인을 떠올리고, 너희를 봐서 참아 줬단다.

다아시 씨는 약속대로 다시 돌아왔고, 네가 리디아에게서 들은 대로 결혼식에 참석했어. 다음 날 우리와 저녁을 먹었는데 수요일인가 목요일에 런던을 떠난다고 하더라. 사랑하는 리지야, 이왕 말이 나온 김에 그 사람이 너무 마음에 들더라고 얘기하면 (전에는 차마 엄두도 못 냈던 일인데) 네가 나한테 몹시 화를 낼까? 그가 우리를 대하는 태도는 모든 면에서 더비셔에 있었을 때만큼이나 호의적이었어. 그의 판단력과 견해도 전부 마음에 들고. 조금만 더 활기가 있다면 부족한 게 하나도 없는 사람인데, 신중하게 짝을 선택한다면 그런 것들은 부인에게서 배울 수도 있겠지. 그런데 그는 아주 음흉한 것 같더라. 네 이름은 거의 입에 올리질 않더라니까. 하지만 음흉한 게 요즘 유행인가 봐.

내가 너무 주제넘었더라도 부디 이해해 주고, 나를 P에서 추방하는 벌만은 내리지 말아 다오. 장원을 다 돌아봐야 성이 찰 것 같으니까. 작은 망아지 한 쌍이 끄는 나지막한 사륜마차를 탄다면 더 좋겠지.

하지만 이제 그만 써야겠다. 아이들이 벌써 30분 전부터 나를 찾고 있단다.

– 사랑하는 외숙모가

편지를 읽고 난 엘리자베스는 마음이 두근거렸지만, 그런 마음의 가장 큰 몫을 차지하는 것이 기쁨인지 괴로움인지는 단정하기 어려웠다. 다아시 씨가 동생의 결혼을 성사시키기 위해 무슨 일을 했을 것 같기는 했다. 하지만 그건 너무 지나치게 친절한 행동이라 차마 그렇다고 생각하기 두려웠다. 그게 사실일 경우 신세를 지게 될 것도 걱정이었는데, 막연하고 혼란스러운 의심이 전부 사실로 드러난 것이다! 생각했던 것 이상으로! 그는 그들을 따라 일부러 런던까지 갔고, 두 사람을 찾기 위해 온갖 수고와 굴욕을 마다하지 않았다. 그 과정에서 그가 혐오하고 경멸하는 여자에게 부탁을 해야 했다. 무슨 일이 있어도 피하고 싶었고 그 이름을 입에 올리는 것조차 형벌 같았던 남자를 만나서 알아듣게 얘기하고 설득하고 급기야 뇌물까지 주어야 했다. 사랑할 수도 존경할 수도 없는 한 여자를 위해 이 모든 일을 한 것이다. 엘리자베스의 마음은 그가 자신을 위해 이 모든 일을 했다고 속삭였다. 하지만 또 다른 생각이 떠오르면서 이 희망에는 곧바로 제동이 걸렸는데, 아무리 허영심을 부려도 충분하지 않았다. 자신에 대한 사랑, 심지어 이미 그의 청혼을 거절했던 여자에 대한 사랑은 위컴과 인척이 된다는 것이 불러일으키는 혐오감을 이겨 낼 수는 없다는 게 너무 분명했던 것이다. 위컴과 동서가 되다니! 그의 모든 자존심이 반기를 들고 일어날 게 틀림없었다. 그는 확실히 대단한 일을 했다. 너무 많은 일을 해서 그걸 생각하면 엘리자베스는 낯이 뜨거웠다. 하지만 그는 자신이 개입한 이유를 밝혔고, 그걸 딱히 믿지 못할 까닭은 없었다. 그로서는 자신이 잘못했다고 느끼는 것이 당연했고, 관대한 데다 아량을 베풀 여력도 있었다. 엘리자베스는 자신이 그의 주된 동기라고 생각할 마음은 없었지만, 그녀에게 마음의 평화를 안겨 줄 수 있는 일에 그가 그렇게 힘을 쏟은 데에는 그녀에게 남아 있는 애정이 일조했을지도 모른다는 생각 정도는 할 수 있었다. 보답을 할 수 없는 누군가에게 이렇게 신세를 지게 되었다는 게 괴로웠다. 너무나 괴로웠다. 리디아를 다시 데려오고, 그 애의 명예를 되찾은 건 모두 그의 덕분이었다. 아! 엘리자베스는 지금껏 품었던 일체의 무례한 감정과 그에게 내뱉은 일체의 건방진 말들을 마음 깊이 뉘우쳤다. 자신은 보잘것없어졌지만, 그래도 그가 자랑스러웠다. 연민과 명예를 위해 스스로를 절제할 수 있었던 그에 대한 자랑스러움이었다. 그녀는 외숙모의 편지에서 그를 칭찬하는 구절을 읽고 또 읽었다. 그것만으로는 흡족하지 않았지만, 그래도 기뻤다. 심지어 외숙모와 외삼촌이 다아시 씨와 자기 사이에 애정과 신뢰가 존재한다고 굳게 믿는 것 같은 대목에서는 후회와 함께 약간의 기쁨을 느끼기도 했다.

그때 누군가 다가오는 기척에 그녀는 앉아 있던 자리에서 벌떡 일어나며 상념에서도 벗어났다. 하지만 다른 길로 접어들기 전에 위컴이 그녀를 따라잡았다.

"혼자서 산책을 즐기시는데 방해를 한 건 아닌가요, 처형?" 그는 함께 걸어가며 말했다.

"맞아요." 그녀는 미소를 지으며 대답했다. "하지만 방해를 받아서 꼭 싫다는 얘기는 아니에요."

"그랬다면 정말 죄송합니다. 우리는 늘 좋은 친구였고, 이제는 그 이상이 되었죠."

"그래요. 다른 사람들도 나오나요?"

"모르겠습니다. 장모님과 리디아는 마차를 타고 메리턴에 가는 모양이에요. 그런데 처형, 외삼촌 내외분의 말을 들으니 펨벌리에 가셨다고요."

그녀는 그렇다고 대답했다.

"정말 부럽네요. 하지만 내게는 과분한 일입니다. 그렇지 않다면 나도 뉴캐슬로 가는 길에 들러 볼 수 있을 텐데요. 나이 지긋한 하녀장도 만났겠죠? 불쌍한 레이놀즈. 나를 굉장히 아껴 주었는데. 하지만 물론 내 이름을 언급하지는 않았겠죠."

"아니요, 하셨어요."

"뭐라고 하던가요?"

"당신이 군대에 들어갔는데 그렇게 잘된 것 같지 않다고요. 거리가 그 정도로 떨어져 있다 보면 희한한 소문도 돌기 마련이죠."

"그럼요." 그는 입술을 지그시 깨물며 대답했다. 엘리자베스는 그 정도면 입을 다물겠지 싶었지만, 그는 잠시 후에 또 이렇게 말했다.

"지난달에 런던에서 다아시를 보고 놀랐습니다. 여러 번 마주쳤죠. 런던에는 대체 무슨 일인지 모르겠어요."

"아마 드버그 양과 결혼을 준비하는 모양이죠." 엘리자베스가 말했다. "이 시기에 그곳에 가는 데에는 뭔가 특별한 이유가 있지 않겠어요?"

"틀림없이 그럴 겁니다. 램턴에 계시는 동안 그를 만나셨나요? 외삼촌 내외분에게 듣기로는 그러셨다는데."

"네. 여동생을 소개시켜 주시던데요."

"그래, 마음에 드시던가요?"

"무척 마음에 들었어요."

"지난 일이 년 사이에 아주 좋아졌다는 얘기는 나도 들었어요. 내가 마지막으로 봤을 때만 해도 별로 기대될 게 없었는데, 그녀가 마음에 드셨다니 정말 기쁩니다. 저도 그녀가 잘되었으면 좋겠어요."

"아마 그럴 거예요. 제일 힘든 나이는 지났으니까요."

"킴프턴이라는 마을을 지나가셨나요?"

"그런 기억은 나지 않네요."

"그 마을 이야기를 하는 이유는 내가 목사직을 받기로 했던 곳이기 때문이에요. 아주 근사한 곳이죠! 목사관도 훌륭하고! 모든 면에서 나한테 맞았을 텐데."

"설교하는 것을 좋아하셨을까요?"

"말할 수 없이 좋아하죠. 내 의무로 생각했을 테니 그런 것쯤은 머지않아 대수롭지 않게 여겼을 겁니다. 불평을 해서는 안 되겠지만 확실히 나한테는 딱 맞는 곳이었을 거예요! 그렇게 조용하고 여유로운 생활이야말로 제가 생각하는 행복이죠! 하지만 그렇게 되지 않았어요. 켄트에 계시는 동안 다아시가 그런 얘기를 하지 않던가요?"

"누구 못지않게 믿을 만한 분에게서 들었는데, 그건 단지 조건부였고 지금의 후원자 뜻에 달렸던 일이라고 하던데요."

"들으셨군요. 네, 거기에 그런 내용도 있었죠. 기억하실지 모르지만 저도 처음부터 그렇게 말씀드렸잖아요."

"또 설교하는 일을 지금처럼 입맛에 맞지 않아 하셨던 때가 있었다는 얘기도 들었어요. 실제로 성직을 맡지 않겠다는 결심을 밝히셔서 그에 따라 타협점을 찾으셨다고요."

"그러셨군요! 전혀 근거가 없는 말은 아닙니다. 우리가 처음 그 얘기를 했을 때 제가 그 점에 대해 드린 말씀을 기억하실지 모르겠지만."

그들은 어느새 집 앞에 가까워졌는데, 그녀가 그를 떼어 놓기 위해 걸음을 재촉한 탓이었다. 하지만 동생을 생각해서 그의 기분을 상하게 하고 싶지 않았던 엘리자베스는 기분 좋게 웃으며 이렇게만 대답하고 말았다.

"자, 위컴 씨. 이제 우리는 가족이잖아요. 지난 일을 놓고 다투지 말기로 해요. 앞으로는 늘 한마음으로 지냈으면 좋겠네요."

그녀는 손을 내밀었고, 그는 어떤 표정을 지어야 할지 애매한 기분으로 그 손에 정중하게 입을 맞췄다. 그리고 두 사람은 집으로 들어갔다.

위컴 씨는 이 대화가 몹시 만족스러웠기 때문에 두 번 다시 그 얘기를 꺼내 자신을 괴롭히거나 처형인 엘리자베스를 자극하지 않았다. 그리고 그녀도 그 정도로 그의 입을 막았다는 사실에 만족했다.

그와 리디아가 떠나는 날이 곧 다가왔고, 베넷 부인은 모두 다 함께 뉴캐슬에 가자는 계획을 남편이 들으려고도 하지 않는 탓에 최소한 열두 달은 지속될 것 같은 이별을 받아들여야만 했다.

"아유, 우리 리디아." 그녀는 울먹이며 말했다. "이제 또 언제 만난다니?"

"아이참, 나도 모르지. 이삼 년 동안은 아마 못 보지 않을까."

"편지 좀 자주 보내라."

"되는대로 자주 쓸게. 하지만 결혼한 여자한테 편지를 쓰고 있을 시간이 많지 않다는 건 엄마도 알잖아. 언니들이 나한테 편지를 쓰면 되겠네. 달리 할 일도 없을 테니까."

위컴 씨의 작별 인사는 아내보다 훨씬 다정했다. 잘생긴 얼굴에 미소를 지어 보이며 듣기 좋은 말들을 읊어 댔다.

"멋진 친구야." 베넷 씨는 두 사람이 집 밖으로 나가자마자 이렇게 말했다. "저런 사람은 본 적이 없다. 마음에도 없이 능글맞게 웃으면서 누구한테나 알랑방귀를 뀌는군. 기가 막힐 정도로 자랑스러워. 윌리엄 루카스 경도 이보다 더 값진 사위는 구하지 못할 게다."

딸을 떠나보낸 베넷 부인은 며칠이 지나도록 무척 울적해했다.

"요즘 부쩍 이런 생각이 드네." 그녀가 말했다. "친구와 헤어지는 것보다 더 나쁜 건 없다고. 친구가 있다가 없어지면 너무 쓸쓸한 것 같아."

"딸을 시집보내는 게 그런 거예요, 어머니." 엘리자베스가 말했다. "그러면 나머지 넷은 독신이니 더 흡족하시겠어요."

"그런 얘기가 아니잖니. 리디아는 결혼을 했기 때문에 멀리 떠나간 게 아니야. 남편의 부대가 멀다 보니 그렇게 됐을 뿐이지. 부대가 가까이 있었다면 이렇게 빨리 떠나지는 않았을 거 아니니."

하지만 이로 인해 가라앉았던 부인의 기운은 머지않아 회복되었고, 때마침 돌기 시작한 새로운 소식으로 그녀의 마음은 다시 희망에 부풀었다. 네더필드의 가정부가 주인의 도착에 맞춰 준비하라는 연락을 받았는데, 그가 하루 이틀 내로 내려와서 사냥을 하며 몇 주를 보낼 거라는 내용이었다. 베넷 부인은 가만히 있지를 못했다. 제인을 바라보고 미소를 지었다가 고개를 젓기를 반복했다.

"아니, 아니, 그래서 빙리 씨가 내려온다는 거잖아, 동생." (필립스 부인이 이 소식을 처음 전했기 때문에.) "아니, 그것참 잘됐네. 물론 나야 신경 쓰지 않지. 우리랑은 아무 상관도 없는 사람이니까. 그리고 나는 그 사람을 다시 보고 싶지도 않아. 그래도 그 사람이 좋다면 네더필드에 오는 거야 대환영이지 뭐. 사람 일이란 모르는 거니까. 그래도 우리랑은 상관없어. 있잖니, 애, 우리는 오래전부터 그 얘기는 하지 않기로 했단다. 그러니까, 그 사람이 오는 건 확실한 거지?"

"믿어도 된다니까." 필립스 부인이 대답했다. "니콜스 부인이 어제저녁에 메리턴에 왔거든. 그녀가 지나가는 걸 보고 사실을 확인할 마음에 내가 일부러 나가 물어봤는데 확실한 사실이라고 그랬단 말이야. 늦어도 목요일에는 내려오고, 수요일에 올 가능성이 높다더라고. 그러면서 수요일에 맞춰 고기를 주문하러 푸줏간에 가는 길인데 잡기에 딱 좋은 오리 여섯 마리를 구했다잖아."

제인은 빙리가 온다는 얘기를 듣자 안색이 변했다. 엘리자베스에게 그의 이름을 언급하지 않은 것도 벌써 몇 달이 지났지만, 단둘이 있게 되자 그녀는 이렇게 말했다.

"리지야, 아까 이모가 이 소식을 전해 줄 때 나를 쳐다보더구나. 그래, 당황한 모습이었을 거야. 나도 알아. 하지만 바보 같은 생각 때문에 그런 거라고 넘겨짚지는 마. 사람들이 나를 볼 거라고 생각하니까 순간적으로 당혹스러웠을 뿐이야. 분명히 말하는데, 그 소식을 들었다고 해서 즐거울 일도 없고, 그렇다고 힘들지도 않아. 한 가지, 그가 혼자 온다는 거, 그건 반가운 소식이야. 그를 만날 일이 그만큼 줄어들 테니까. 나 자신이 두렵다는 게 아니라 사람들이 이러쿵저러쿵하는 게 싫은 거야."

엘리자베스는 이걸 어떻게 해석해야 할지 알 수 없었다. 더비셔에서 그를 만나지 않았더라면 사람들이 알고 있는 바로 그 목적 때문에 올 수도 있다고 생각했을지 모른다. 하지만 엘리자베스는 그가 여전히 제인을 마음에 두고 있다고 생각했고, 다만 그가 친구의 허락을 받고 내려오는 것인지, 아니면 허락도 없이 대담하게 오는 것인지 어느 쪽의 가능성이 더 높은지 갈피를 잡을 수 없었다.

"그래도 그건 너무해." 그녀는 이따금 생각했다. "합법적으로 빌린 자기 집에 오는 건데 이렇게 온갖 억측에 시달려야 한다면 너무 불쌍하잖아! 나라도 그냥 내버려 둬야지."

제인은 아무렇지 않다고 단언했고 스스로 자신의 감정이 그렇다고 정말 믿고 있었음에도, 그의 도착을 앞두고 마음이 흔들리는 게 엘리자베스의 눈에는 확연히 보였다. 제인의 기분은 평소에 보던 것보다 훨씬 더 흔들리고 불안정했다.

약 열두 달 전에 베넷 부부가 아주 열띤 토론을 벌였던 주제가 또다시 제기되었다.

"여보, 빙리 씨가 오면," 베넷 부인이 말했다. "당연히 곧 방문할 거죠."

"아니, 천만에. 작년에도 억지로 찾아가게 하면서 내가 그를 방문하기만 하면 우리 딸들 중에 한 명이랑 결혼할 거라고 장담했었잖소. 하지만 허탕만 치고 말았으니, 그런 바보 같은 짓거리는 두 번 다시 하지 않겠소."

그의 부인은 빙리가 네더필드에 돌아오면 이웃의 남자들이 그 정도의 예의는 차려야 마땅하다고 주장했다.

"그런 겉치레를 나는 경멸해요." 그가 말했다. "사람들을 사귀고 싶다면 그가 알아서 할 노릇이지. 우리가 사는 곳을 모르는 것도 아니고. 이웃들이 떠났다가 다시 돌아올 때마다 쫓아다니면서 내 시간을 허비할 생각은 없어요."

"아무튼 내가 아는 건, 당신이 그를 방문하지 않는 게 굉장한 결례라는 것뿐이에요. 하지만 그렇다고 그를 우리 집 저녁 식사에 초대하지 못할 건 없지. 나는 결심했어요. 롱 부인과 굴딩네를 곧 불러야 하는데, 그러면 우리까지 열세 명이 되니까 식탁에 그가 앉을 자리가 딱 남네요."

이런 결론에 만족한 그녀는 남편의 무례를 더 잘 견딜 수 있었다. 하지만 그로 인해 이웃들이 자신들보다 빙리 씨를 더 먼저 만날 걸 생각하면 몹시 속이 상했다. 그가 도착할 날이 다가오자 제인이 동생에게 말했다. "그가 오는 게 유감이라는 생각이 들기 시작해. 아무 일도 아닐 테고 나도 아주 무심하게 그를 볼 수 있지만, 그 사람 얘기가 계속해서 나오는 건 정말 못 참겠어. 어머니야 좋은 뜻으로 그러신다지만 당신이 하는 말 때문에 내가 얼마나 괴로운지는 모르실 거야. 그걸 누가 알겠니. 그가 네더필드에서 이사를 가 버리면 정말 기쁘겠어!"

"언니를 위로해 줄 말이 있으면 좋으련만." 엘리자베스가 대답했다. "아무래도 내 능력 밖이네. 그건 언니도 알겠지. 보통은 그렇잖아도 힘들어하는 사람한테 인내심을 가지라고 설교하지만, 나는 그러기 싫어. 언니는 이미 너무 많이 참고 있으니까."

빙리 씨가 도착했다. 베넷 부인은 하인들의 도움으로 가장 먼저 그 소식을 들었지만, 초조하고 불안한 기간만 그만큼 늘어날 뿐이었다. 그녀는 설마 그 전에 그를 보리라고는 생각하지 못한 채, 얼마나 더 기다렸다가 초대장을 보내면 좋을지 헤아려 봤다. 하지만 그가 하트퍼드셔에 도착하고 사흘째 되던 날 아침에 부인은 옷방 창문을 통해 그가 말을 몰고 목장으로 들어서서 집을 향해 다가오는 모습을 봤다.

부인은 얼른 딸들을 불러 이 기쁜 소식을 전했다. 제인은 탁자에 앉은 채 꼼짝도 하지 않았지만, 엘리자베스는 어머니의 기분을 맞춰 주기 위해 창가로 갔다. 그러다가 다아시 씨가 함께 있는 걸 보고는 다시 언니 옆자리로 와서 앉았다.

"엄마, 빙리 씨 옆에 다른 남자가 있는데," 키티가 말했다. "대체 누굴까요?"

"아는 사람이거나 그렇겠지. 나도 모르겠구나."

"저것 좀 봐!" 키티가 대답했다. "전에 빙리 씨랑 같이 다녔던 그 사람 같은데. 이름이 뭐더라, 키가 크고 오만한 사람 말이야."

"어머나, 세상에! 다아시 씨. 그러네. 뭐, 빙리 씨의 친구라면 누구든 언제나 환영이지. 그렇지만 않다면 꼴도 보기 싫은 사람이지만."

놀란 제인은 걱정스러운 눈빛으로 엘리자베스를 쳐다봤다. 그녀는 두 사람이 더비셔에서 만났던 것에 대해서도 조금밖에 알지 못했기 때문에, 그의 장황한 편지를 받고 거의 처음 만나는 상황에서 동생이 어색해할 것을 염려했던 것이다. 자매는 둘 다 이루 말할 수 없이 마음이 불편했다. 서로를 걱정했고, 물론 자기 자신도 걱정이었다. 그러는 와중에 다시 씨를 싫어하지만 순전히 빙리 씨의 친구이기 때문에 예우해 줄 거라는 어머니의 말은 자매의 귀에 한마디도 들어오지 않았다. 엘리자베스가 불편한 이유는 제인으로서는 생각조차 할 수 없는 내용이었는데, 제인에게 외숙모의 편지를 보여 주거나 그에 대해 달라진 마음을 털어놓을 용기가 없었던 탓이었다. 제인에게 다시는 그저 동생이 청혼을 거절했으며 동생이 별로 높이 평가하지 않는 남자일 뿐이었지만, 더 많은 것을 알고 있는 엘리자베스에게는 온 가족이 큰 은혜를 입은 사람이었고, 제인이 빙리에게 느끼는 것만큼 다정하지는 않더라도 최소한 합당하고 마땅한 관심을 두고 있는 사람이었다. 그가 온 것, 네더필드에 오고 또 롱본으로 와서, 자발적으로 자신을 다시 찾아온 것에 대한 그녀의 놀라움은 더비셔에서 그의 달라진 태도를 처음 목격했을 때와 거의 비슷했다.

그녀의 안색에서 사라졌던 핏기는 30초 만에 다시 돌아와 얼굴에 빛을 더했고, 그사이에 그의 애정과 소망이 여전히 흔들리지 않은 게 틀림없다는 생각이 들면서 기쁨의 미소와 함께 눈이 반짝였다. 하지만 그녀는 이제 확실하다는 생각은 하지 않으려고 했다.

"일단 그가 어떻게 행동하는지 살펴보자." 그녀가 말했다. "기대는 그때 가서 해도 충분할 거야."

그녀는 자리에 앉은 채로 침착해지려고 노력하면서 바느질에 열중했고, 차마 눈을 들지도 못하다가 하인이 문으로 다가가고 있을 때 호기심을 참지 못하고 언니를 쳐다봤다. 제인은 평소보다 조금 창백해 보였지만, 엘리자베스가 예상했던 것보다 차분했다. 남자들이 나타나자 얼굴이 붉어지기는 했어도 싫어하는 내색을 하거나 필요 이상 공손하게 굴지도 않은 채 상당히 편안하게 그들을 맞았다.

엘리자베스는 무례하지 않은 수준에서 최대한 말을 아꼈고, 다시 앉아 전에 없이 열심히 바느질을 했다. 그녀는 딱 한 번 대담하게 다아시를 쳐다봤다. 그는 평소처럼 진지한 표정이었다. 펨벌리보다는 하트퍼드셔에서 봤을 때와 더 비슷하다고 그녀는 생각했다. 하지만 아무래도 어머니 앞이라서 외삼촌과 외숙모 앞에서처럼 행동할 수는 없을 것 같았다. 괴롭기는 하지만 터무니없지는 않은 추측이었다.

그녀는 빙리도 그렇게 살짝 쳐다봤는데, 짧은 순간이었지만 그가 즐거우면서도 난처해 보인다는 걸 알 수 있었다. 베넷 부인이 그를 어찌나 떠받드는지 두 딸이 창피할 지경이었는데, 그의 친구를 대하는 쌀쌀맞고 형식적인 인사와 대비되어 특히 더 그랬다.

자신의 어머니가 제일 아끼는 딸을 씻을 수 없는 불명예로부터 구해 준 은혜를 베푼 사람이 다아시라는 걸 알고 있는 엘리자베스로서는 더구나 이렇게 잘못된 차별 대우에 너무 괴로울 정도로 마음이 아프고 속이 상했다.

다아시는 엘리자베스에게 가드너 부부의 안부를 물었고 그녀는 허둥지둥 간신히 답변했다. 아무튼 다아시는 이 질문 이후로는 거의 아무 말도 하지 않았다. 그는 그녀의 옆자리에 앉지 않았는데, 어쩌면 이것이 그가 침묵을 지킨 이유일지도 몰랐다. 하지만 더비셔에서는 그렇지 않았었다. 거기서는 그녀에게 말을 걸 수 없더라도 친지들과 얘기를 나눴었는데, 지금은 몇 분이 흐르도록 그의 목소리가 들려오지 않았다. 어쩌다 호기심을 이기지 못하고 눈을 들어 그의 얼굴을 쳐다보면 그는 제인이나 자신을 보고 있었으며, 그렇지 않으면 그저 멍하니 바닥만 바라보고 있을 때도 많았다. 마지막으로 만났을 때보다 생각에 더 잠겨 있고, 상대의 기분을 맞춰 주려는 노력은 줄어든 것 같았다. 그녀는 실망했고, 그런 자기 자신에게 화가 났다.

'다를 거라고 기대했다니!' 그녀는 생각했다. '하지만 대체 왜 온 거지?'

그녀는 다아시 말고는 어느 누구와도 대화를 나눌 기분이 아니었다. 하지만 그에게 말을 걸 용기는 없었다.

그녀는 여동생의 안부를 물어보고는 더 이상 아무 말도 할 수 없었다.

"떠나신 후로 시간이 많이 흘렀어요, 빙리 씨." 베넷 부인이 말했다.

그는 곧바로 그렇다고 대답했다.

"다시는 안 돌아오시는 게 아닐까 걱정이 되던 차였답니다. 사람들이 말하기로는, 성 미카엘 축일에 여기를 완전히 떠나실 예정이라던데, 헛소문이었으면 좋겠어요. 안 계시는 동안 이 동네에는 많은 변화가 있었답니다. 루카스 양은 결혼해서 가정을 꾸렸고, 제 딸아이 하나도 결혼을 했어요. 아마 들으셨을 거예요. 아니, 신문에서 보셨을 수도 있겠네요. 〈타임스〉와 〈쿠리어〉에 났으니까요. 하지만 제대로 나질 않았어요. 그냥 '최근 조지 위컴 님과 리디아 베넷 양 결혼'이라고만 나왔고, 아버지가 누구고 사는 데가 어디인지 같은 건 한마디도 실리지 않았어요. 제 동생인 가드너가 쓴 건데, 어쩌자고 일을 그렇게 했는지 모르겠어요. 혹시 보셨나요?"

빙리는 봤다고 대답한 후 축하 인사를 전했다. 엘리자베스는 차마 눈을 들지도 못했다. 그래서 다아시 씨가 어떤 표정인지는 알 길이 없었다.

"딸을 좋은 데로 시집보내는 건 확실히 기쁜 일이에요." 그녀의 어머니는 말을 이었다. "하지만 그러면서도 딸과 떨어져 사는 건 너무 힘드네요. 그 애들은 뉴캐슬로 갔는데 상당히 북쪽에 있는 것 같고, 거기서 머물 거라지만 얼마나 오래 있을지는 모르겠어요. 사위의 부대가 거기 있거든요. 사위가 *** 부대를 떠나 정규군에 들어

갔다는 얘기는 들으셨겠죠. 얼마나 다행인지! 친구들이 조금 있는 모양이지만 우리 사위 정도면 그보다 더 많아야겠죠."

이게 다아시 씨를 겨냥한 말이라는 걸 안 엘리자베스는 비참할 정도로 창피해서 앉아 있는 것조차 힘이 들 지경이었다. 하지만 그 덕분에 말할 힘이 생겼는데, 그때까지는 어떤 것도 그런 효과를 발휘하지 못했었다. 그녀는 빙리에게 당분간은 이 지방에 머물 생각인지 물었다. 몇 주쯤 있을 것 같다고 그는 대답했다.

"빙리 씨, 그쪽에서 새를 모두 잡으시거든," 그녀의 어머니가 말했다. "이쪽으로 오세요. 우리 장원에서 마음대로 사냥하세요. 남편도 호의를 베풀 수 있어 무척 좋아할 테고, 당신을 위해 가장 좋은 새들을 남겨 놓을 거예요."

그렇게 불필요하고 오지랖 넓은 배려에 엘리자베스의 비참함은 더 커졌다. 일 년 전에 그들의 마음을 흔들어 놓았던 것과 같은 희망적인 기대가 생겨나더라도 똑같이 속상한 결말로 이어질 것 같았다. 그 순간, 제인이나 자신이 겪은 이 고통스럽고 혼란스러운 시간은 몇 년에 걸친 행복으로도 치유될 수 없을 거라는 생각이 들었다.

'내가 가장 바라는 건,' 그녀는 속으로 생각했다. '저 두 사람 중 어느 쪽과도 더 이상 어울리지 않는 거야. 저들과 교제해 봐야 이런 비참함을 보상해 줄 즐거움을 누릴 수 없을 테니까. 이 사람이든 저 사람이든 두 번 다시 보지 않았으면!'

하지만 몇 년 동안의 행복으로도 보상이 되지 않을 거라던 그 비참함이 머지않아 실질적인 위안을 얻게 되었는데, 언니의 아름다움이 옛 연인의 마음에 다시 불을 붙이는 걸 본 것이다. 그는 처음 들어왔을 때는 언니에게 거의 말을 걸지 않았지만 그의 관심은 5분마다 점점 커지는 것 같았다. 그는 그녀가 작년만큼이나 아름답고, 말은 그때보다 줄었어도 여전히 상냥하며 꾸밈이 없다는 걸 알게 되었다. 제인은 달라진 점을 전혀 드러내지 않으려고 노력했고, 스스로는 평소만큼 말을 한다고 믿었다. 하지만 워낙 마음이 복잡했던 탓에 자신이 입을 다물고 있다는 걸 늘 인식하지는 못했다.

신사들이 가려고 일어나자, 베넷 부인은 염두에 두고 있었던 대로 며칠 안에 롱본에서 저녁 식사를 하자고 초대했고 약속도 받았다.

"빙리 씨는 저한테 방문 한 번을 빚졌어요." 그녀가 덧붙였다. "지난겨울에 런던에 가셨을 때 돌아오는 대로 저희 가족과 저녁을 먹기로 했잖아요. 보시다시피 저는 잊지 않고 있었답니다. 돌아와서 약속을 지키지 않아 무척 실망했었어요."

빙리는 잘 기억이 나지 않는 듯한 표정이었지만, 일 때문에 어쩔 수 없었다면서 사과했다. 그리고 두 사람은 돌아갔다.

베넷 부인의 마음 같아서는 그날 당장이라도 두 사람을 붙들어서 같이 식사를 하고 싶었지만, 아무리 늘 식탁을 풍성하게 차린다고 해도 두 코스밖에 안 되는 식사로는 딴 속셈을 품고 있는 사람을 대접하기에도, 연 수입이 1만 파운드에 달하는 사람의 오만한 입맛을 충족시키기에도 부족하다는 생각이 들었다.

54

두 사람이 돌아가자마자 엘리자베스는 기운을 차리기 위해 밖으로 산책을 나갔다. 어쩌면 기운을 더 가라앉힐 게 분명한 주제를 아무런 방해도 없이 차분히 생각해 보기 위해 나갔다고 해야 옳을지도 모른다. 다아시의 행동은 그녀에게 놀라움을 안겨 준 동시에 초조하게 만들었다.

'아니, 말도 없이 근엄한 표정으로 무뚝뚝하게 앉아 있으려면,' 그녀는 생각했다. '대체 왜 온 거야?'

아무리 생각해 봐도 마음에 흡족할 만한 설명을 찾을 수 없었다.

'런던에서 외삼촌이랑 외숙모에게는 그렇게 상냥하고 유쾌하게 굴었다는데 왜 나한테는 그러지 않는 걸까? 나를 꺼린다면 오기는 왜 왔어? 나를 더 이상 좋아하지 않는다면 입을 다물고 있을 건 뭐야? 사람 참 애타게 하네! 이제 더 이상 그 사람 생각은 하지도 말아야지.'

그녀의 다짐은 언니가 다가와서 본의 아니게 잠시 중단되었다. 밝은 표정으로 보아 언니는 엘리자베스보다 그들의 방문에 더 만족하는 눈치였다.

"이제," 그녀는 말했다. "첫 만남이 끝나서 나는 아주 마음이 편해. 내가 강하다는 걸 알게 되었고, 다시는 그가 오더라도 당황하는 일이 없을 거야. 화요일에 그가 우리 집에서 식사를 한다니 기뻐. 그때는 우리 둘 다 아무 일도 없는 평범한 사이라는 걸 다들 알게 될 테지.”

“응. 전혀 아무 일도 없는 사이지.” 엘리자베스는 웃으면서 말했다. “하지만 언니! 조심해.”

“사랑하는 리지야, 이제 와서 또 위험에 빠질 만큼 나를 나약한 사람이라고 생각하면 안 돼.”

“나는 언니가 지난번만큼이나 그를 사랑에 빠트릴 위험이 아주 크다고 생각하는데.”

그들은 화요일에야 신사들을 다시 만났다. 그때까지 베넷 부인은 지난 반 시간의 방문 때 빙리가 보여 준 명랑함과 예절이 되살려 준 행복한 기대에 빠져 지냈다.

화요일에는 롱본에 많은 사람들이 모였다. 그리고 그중에서도 가장 기대를 모은 두 사람은 사냥꾼답게 시간을 지켜서 정확하게 도착했다. 그들이 식당에 들어가자 엘리자베스는 빙리가 예전의 파티에서 앉았던 자리, 그러니까 언니의 옆자리로 갈지를 눈여겨봤다. 빈틈없는 그녀의 어머니도 같은 생각을 하며 그를 자기 옆에 앉히려는 마음을 억눌렀다. 방에 들어온 그는 주저하는 것처럼 보였지만, 마침 주변을 둘러보던 제인이 우연찮게 그를 보며 미소를 지었고, 그것으로 상황은 결정되었다. 그는 제인의 옆에 앉았다.

엘리자베스는 의기양양한 기분이 되어 그의 친구 쪽을 바라봤다. 그는 고고하고 무심한 표정이었고, 빙리의 눈도 반쯤 웃으며 놀랍다는 듯이 다아시를 향하는 걸 보지 않았다면 엘리자베스는 빙리가 행복해도 좋다는 친구의 허락을 받았다고 생각했을 것이다.

식사를 하는 동안 언니를 대하는 그의 태도는 예전에 비해 조금 더 조심스럽기는 해도 그녀를 사랑하는 마음이 너무 확연해서, 일을 전적으로 그에게만 맡겨 놓는다면 제인의 행복과 그의 행복은 빠르게 확보될 거라는 생각이 들었다. 결과를 장담할 수는 없었지만 그의 태도를 지켜보는 것은 즐거웠다. 엘리자베스 본인은 유쾌한 기분이 아니었기 때문에 그 모습에서 활력을 얻었다. 다아시 씨는 식탁에서 그녀와 가장 멀리 떨어진 곳에 앉았다. 그의 자리는 어머니 옆이었다. 그녀는 이런 배치가 어느 쪽에도 즐거움을 주지 않고, 어느 쪽에도 이익이 되지 않는다는 걸 알고 있었다. 두 사람의 대화가 들릴 만큼 가깝지는 않았지만 서로에게 거의 말을 건네지 않고 어쩌다 말을 하더라도 얼마나 형식적이고 차가운지 모를 수는 없었다. 온 가족이 그에게 얼마나 많은 빚을 지고 있는지 알고 있는 엘리자베스로서는 어머니의 무례한 태도 때문에 마음이 더 괴로웠다. 이따금 그의 친절을 온 가족이 전혀 모르거나 고마워하지 않는 건 아니라는 사실을 말해 줄 수만 있다면 뭐든 못 할 게 없겠다는 생각이 들기도 했다.

그녀는 저녁이 되면 단둘이 만날 기회가 올지도 모른다고 기대했다. 그가 들어왔을 때 간신히 형식적인 인사를 주고받은 것 말고 뭔가 더 제대로 된 대화를 나누지 못한 채 방문이 끝나 버릴 리는 없었다. 그녀의 마음은 불안하고 초조했고, 신사들이 들어오기 전에 응접실에 앉아 있는 심정은 지루하고 따분해서 견딜 수 없을 정도였다. 그녀는 마치 거기에 그날 저녁의 모든 즐거움이 달려 있는 것처럼 그들이 들어오기만을 기다렸다.

'그가 나한테 다가오지 않는다면 그때는,' 그녀는 이렇게 혼잣말을 했다. '그를 영원히 포기할 거야.'

신사들이 들어왔고, 그는 그녀의 희망에 응답할 것처럼 보였다. 하지만 이럴 수가! 제인이 차를 만들고 엘리자베스가 커피를 따르던 탁자 주변에 숙녀들이 무슨 음모라도 꾸미는 것처럼 우르르 몰려든 탓에 의자 하나를 더 가져다 놓을 공간조차 찾을 수 없었다. 그리고 신사들이 다가오자 그 아가씨들 가운데 한 명이 엘리자베스에게 더 바짝 다가앉으며 이렇게 속삭였다.

"남자들이 와서 우리를 갈라놓지 못하게 할 테야. 우리한테는 저 사람들이 필요 없잖아. 안 그래?"

다아시는 방의 다른 쪽으로 걸어가 버렸다. 그녀는 눈으로 그를 좇으며 그가 말을 거는 사람들을 부러워했고, 누군가에게 커피를 따라 주는 것마저도 참을 수 없는 지경이었다. 그러다가 이렇게 멍청한 자기 자신에게 화가 치밀었다.

'한 번 거절당한 사람인데! 그의 사랑이 되살아나길 기대하다니 이런 바보 같은 생각이 어디 있담? 남자들 중에 같은 여자에게 두 번이나 청혼하는 걸 덜떨어진 짓이라고 생각하지 않을 사람이 있을까? 남자들 입장에서는 도저히 용납할 수 없는 모욕이겠지!'

하지만 그가 자신의 커피 잔을 직접 들고 오자 조금 기운이 났고, 그 기회를 놓치지 않고 말을 걸었다.

"누이동생분은 아직 펨벌리에 계신가요?"

"네, 크리스마스까지 거기 있을 겁니다."

"혼자서요? 친구들은 전부 돌아갔는데?"

"앤즐리 부인이 함께 있어요. 다른 사람들은 3주 전에 스카보로에 갔거든요."

그다음에는 달리 할 말이 더 생각나지 않았다. 그래도 그가 원했다면 충분히 대화를 이어 갈 수 있었을 것이다. 그런데도 그는 몇 분 동안 아무 말도 없이 그녀의 옆에 서 있다가 그 아가씨가 또다시 엘리자베스에게 뭐라고 속삭이자 결국 다른 곳으로 가 버렸다.

찻잔을 치우고 카드 테이블을 설치하는 바람에 숙녀들이 전부 일어났고, 엘리자베스는 이제 곧 그가 가까이 오겠구나 생각했지만 휘스트 테이블의 머릿수를 채우려는 어머니의 욕심에 붙들려 거기 섞여 앉는 걸 보고는 그 예상마저 물거품이 되고 말았다. 그녀는 이제 즐거움에 대한 기대를 완전히 버렸다. 두 사람은 저녁 내내 서로 다른 테이블에 앉아 있어야 했고, 그의 눈길이 빈번하게 자기 쪽으로 향해서 그 역시 자신만큼이나 카드놀이에서 재미를 못 보는 것 같다는 걸 제외하면 그녀로서는 이제 기대할 게 아무것도 없었다.

베넷 부인은 네더필드의 두 신사를 저녁 식사 때까지 붙들고 있을 계획이었지만, 안타깝게도 그들의 마차가 제일 먼저 오는 바람에 그럴 기회를 잃고 말았다.

"자, 얘들아." 가족들만 남게 되자 부인은 이렇게 말했다. "오늘 어땠니? 내가 보기엔 모든 게 이례적일 만큼 좋았던 것 같은데. 정찬도 내가 본 중에 제일 잘 차려졌어. 사슴 고기도 적당하게 구워졌고, 다들 그렇게 두툼한 뒷다리 살은 처음이라더구나. 수프도 지난주에 루카스네에서 먹은 것보다 쉰 배는 더 좋았고, 심지어 다아시 씨마저도 메추라기 요리가 기가 막히다고 인정했다니까. 그 댁에는 프랑스 요리사가 최소한 두세 명은 될 텐데. 그리고 제인, 너는 오늘처럼 예쁜 적이 없었단다. 내가 그렇지 않냐고 물었더니 롱 부인도 그렇다고 했어. 그리고 또 뭐라고 했는지 아니? '아유, 베넷 부인. 마침내 따님을 네더필드에서 보겠네요!' 정말 그랬다니까. 롱 부인만큼 좋은 사람도 없어. 그 집 조카들은 또 얼마나 얌전한지. 물론 미모는 떨어지지만 나는 그 애들이 참 좋더라."

한마디로 베넷 부인은 기분이 너무 좋았다. 제인을 대하는 빙리의 태도에서 이번에야말로 그를 사로잡을 수 있겠다고 확신했는데, 이런 행복에 취한 나머지 자기 가족에게 유리한 쪽으로 예상하는 게 너무 지나쳐서 그가 바로 다음 날 청혼을 하러 오지 않자 매우 낙담했을 정도였다.

"아주 기분 좋은 날이었어." 제인이 엘리자베스에게 말했다. "사람들도 잘 골라서 초대했고, 다들 잘 어우러졌지. 이렇게 자주 만났으면 좋겠어."

엘리자베스는 미소를 지었다.

"리지, 그러지 마. 나를 의심하면 안 돼. 그러면 나는 억울해. 내가 분명히 말하는데, 이제 나는 그와의 대화를 유쾌하고 분별력 있는 젊은이의 얘기로 즐기는 법을 배웠고, 그 이상의 바람은 갖고 있지 않아. 그분의 태도에 내 마음을 얻으려고 애쓰는 모습이 전혀 없는 것에도 완전히 만족해. 그는 그저 다른 남자보다 말투가 훨씬 다정하고 모든 사람에게 호감을 사려는 마음이 더 강할 뿐이야."

"너무 잔인한걸." 그녀의 동생이 말했다. "나보고 웃지 말라고 하고는 계속해서 웃음이 나오게 만들고 있잖아."

"가끔은 믿어 달라고 하기가 너무 힘들어."

"어떨 때는 아예 불가능하고!"

"하지만 너는 어째서 내가 인정하는 것 이상의 감정을 느낀다고 설득하려는 거니?"

"그 질문에는 나도 뭐라고 대답해야 할지 모르겠어. 사람들은 다들 가르치려고 들잖아. 고작해야 알 가치가 없는 것밖에 가르치지 못하면서. 용서해 줘. 그리고 그렇게 무심하다고 고집을 피우려면 나한테 마음을 털어놓지 마."

55

이 방문이 있고 며칠 후에 빙리 씨는 다시 방문했는데, 이번에는 혼자였다. 그의 친구는 그날 아침에 런던으로 떠났고, 열흘 후에 돌아온다고 했다. 그는 한 시간 넘게 그들과 앉아 있었고 기분이 무척 좋았다. 베넷 부인이 같이 식사를 하자고 청했지만, 거듭 유감을 표하며 다른 곳에 약속이 있다고 말했다.

"다음에 오실 때에는," 부인이 말했다. "우리에게 기회가 주어졌으면 좋겠네요."

그는 언제라도 기쁘게 응하겠다는 식의 얘기를 늘어놓았고, 허락만 해 주신다면 빠른 시일 안에 방문하겠다고 말했다.

"내일은 어떠세요?"

"네, 내일은 아무 약속이 없어요." 그가 말했고, 선뜻 초대를 받아들였다.

그래서 그가 왔는데, 어찌나 일찍 왔는지 숙녀들이 아직 아무도 옷을 차려입지 못한 상태였다. 베넷 부인은 화장용 가운을 입은 채로 머리 손질을 하다 말고 딸의 방으로 뛰어 들어가 이렇게 소리쳤다.

"애, 제인. 빨리하고 얼른 내려가. 그가 왔어. 빙리 씨가 왔단 말이야. 정말 왔어. 서둘러, 서두르라고. 자, 새라. 당장 베넷 아가씨한테 가서 옷 입는 걸 도와드려라.

리지 아가씨 머리는 신경 쓰지 말고."

"준비되는 대로 내려갈게요." 제인이 말했다. "하지만 아무래도 키티가 우리 둘보다 빠를 거예요. 벌써 30분 전에 2층으로 올라갔으니까."

"아유, 키티라니! 걔가 무슨 상관이니. 얼른 서둘러. 빨리! 허리띠는 어디 있니?"

하지만 어머니가 나가자 제인은 동생들 중에 한 명이라도 같이 가지 않으면 아래층으로 내려가지 않으려 했다.

저녁에도 두 사람끼리만 있게 하려는 부인의 열망이 눈에 보였다. 차를 마신 후에 베넷 씨는 여느 때처럼 서재로 물러났고, 메리는 피아노가 있는 위층으로 올라갔다. 다섯 개의 장애물 가운데 이런 식으로 두 개가 제거되자 베넷 부인은 한참 동안 엘리자베스와 캐서린을 바라보며 눈을 찡긋거렸는데 두 사람에게는 아무 효과가 없었다. 엘리자베스는 못 본 척했고, 마침내 키티는 그걸 봤지만 순진하게도 이렇게 말했다. "왜 그래요, 엄마? 왜 자꾸 나한테 눈을 찡긋거리는 건데? 나더러 어쩌라는 거야?"

"아무것도 아니란다, 얘야. 아무것도 아니야. 누가 눈을 찡긋거렸다고 그러니." 그러고는 5분을 더 앉아 있다가 이 소중한 기회를 허비할 수 없었는지 불쑥 일어나서 키티에게 말했다.

"따라오너라. 너한테 할 말이 있어." 그러면서 키티를 데리고 나가 버렸다. 제인은 순간적으로 엘리자베스를 쳐다봤고, 그녀의 눈빛에는 이런 식으로 미리 짜 맞춘 상황이 난처하며 너는 제발 거기에 넘어가지 말아 달라는 간청이 담겨 있었다. 몇 분이 지나자 베넷 부인이 문을 반쯤 열고 말했다.

"리지야, 엄마랑 얘기 좀 하자."

엘리자베스는 가지 않을 수 없었다.

"둘만 남겨 두는 게 좋잖아." 엘리자베스가 복도로 나가자마자 어머니는 말했다. "키티랑 나는 위층으로 올라가서 내 옷방에 앉아 있을 거야."

엘리자베스는 어머니에게 별말은 하지 않았지만, 어머니가 키티를 데리고 올라갈 때까지 복도에 가만히 남아 있다가 두 사람이 사라지자 다시 거실로 돌아갔다.

이날 베넷 부인의 계획은 기대한 효과를 거두지 못했다. 빙리는 모든 면에서 매력적이었지만, 딸의 공식 연인은 되지 않았다. 그는 편안하고 명랑한 태도로 저녁 모임을 더욱 유쾌하게 만들었다. 어머니의 쓸데없는 참견을 잘 참고, 얼토당토않은 소리도 얼굴색 하나 변하지 않고 들어 주는 그가 제인은 여간 고맙지 않았다.

그에게는 저녁 식사까지 하고 가라고 청할 필요조차 없었다. 또 돌아가기 전, 빙리 씨 본인과 베넷 부인의 주도로 내일 아침에 베넷 씨와 사냥을 하기로 약속했다.

이날 이후로 제인은 무심하다는 말은 더 이상 하지 않았다. 두 자매 사이에 빙리와 관련한 얘기는 한마디도 오가지 않았지만, 엘리자베스는 다아시 씨가 돌아오기로 한 날짜보다 먼저 오지만 않는다면 모든 게 빠르게 결정될 거라는 행복한 믿음으로 잠자리에 들었다. 하지만 진심을 말하자면 그녀는 이 모든 것이 그의 동의하에 일어나고 있는 게 아닌가 하는 의구심이 들었다.

빙리는 시간을 정확히 지켰고, 그와 베넷 씨는 약속했던 대로 아침나절을 함께 보냈다. 베넷 씨는 빙리가 예상했던 것보다 훨씬 서글서글한 사람이었다. 빙리는 주제넘거나 어리석은 짓을 하지 않았기 때문에 그의 비웃음을 자아내지 않았고, 싫증이 나서 아예 입을 다물게 만들지도 않았다. 그래서 그는 그때까지 빙리가 봤던 것보다 훨씬 말을 많이 했고, 괴팍하게 굴지도 않았다. 빙리는 당연히 그와 함께 정찬 시간에 맞춰 돌아왔다. 저녁이 되자 그와 제인만을 남겨 놓고 다른 사람은 모두 치워 버리려는 베넷 부인의 묘책이 다시 작동했다. 써야 할 편지가 있었던 엘리자

베스는 차를 마시자마자 조찬실로 갔다. 다른 사람들은 모두 카드놀이를 하려고 둘러앉았기 때문에 그녀 혼자 어머니의 계획을 저지할 수는 없었다.

하지만 편지를 다 쓰고 응접실로 돌아왔더니, 너무나 놀랍게도 어머니의 천재성은 도저히 따라갈 수 없다고 고개를 내저을 만한 상황이 펼쳐졌다. 문을 열었더니 언니와 빙리가 벽난로 앞에 함께 서서 진지한 대화를 나누는 것 같은 모습이 보였다. 이것만으로는 굳이 의심을 품지 않았더라도, 황급히 돌아서서 반대쪽으로 향하는 두 사람의 얼굴이 모든 것을 말해 주었다. 그들의 태도는 어색하기 짝이 없었다. 하지만 엘리자베스가 생각하기에는 자신의 상황이 더 난처했다. 아무도 입을 열지 않았고, 엘리자베스가 다시 나가려는데, 언니와 마찬가지로 자리를 잡고 앉았던 빙리가 갑자기 일어나더니 언니에게 뭐라고 속삭이고는 방에서 후다닥 나가 버렸다.

털어놓아서 즐거울 일이면 엘리자베스에게 감추질 못하는 제인은 곧바로 그녀를 끌어안고 무척이나 기뻐하며 자신이 세상에서 가장 행복한 사람이라고 말했다.

"가슴이 너무 벅차." 그녀는 덧붙였다. "감당이 안 될 정도야. 내게 이걸 누릴 자격이 있을까. 아! 어째서 모두가 이만큼 행복할 수 없는 걸까!"

엘리자베스는 말로는 이루 표현할 수 없이 기쁘고 따뜻하고 진실한 축하의 말을 건넸다. 그 다정한 말 한마디 한마디가 제인에게는 새로운 행복감을 불러일으켰다. 하지만 지금 그녀는 동생과 함께 앉아 있을 여유도, 해야 할 수많은 말들의 절반만이라도 들려줄 여유도 없었다.

"지금 당장 어머니에게 가 봐야 해." 그녀가 소리쳤다. "어머니가 그렇게 애정 어린 걱정을 해 주셨는데 무슨 일이 있어도 그걸 소홀히 여길 수는 없지. 이 얘기를 다른 사람의 입을 통해 들으시게 할 수는 없어. 그 사람은 벌써 아버지를 뵈러 갔어. 아, 리지! 내가 전하게 된 이 일이 온 가족에게 이런 기쁨을 안겨 줄 수 있다니!

이 행복을 어떻게 다 감당하지!"

그러고는 서둘러 어머니에게 갔는데, 어머니는 일부러 카드 테이블을 걷어치우고 위층에서 키티와 앉아 있었다.

혼자 남은 엘리자베스는 지금껏 여러 달 동안 그들을 애태우며 힘들게 했던 일이 이렇게 빠르고 쉽게 마무리된 것을 생각하며 미소를 지었다.

"결국 이렇게 끝나는구나." 그녀는 혼자 중얼거렸다. "그의 친구가 신중을 기하며 걱정했던 일, 그의 여동생은 거짓말을 하며 온갖 계략을 세웠던 일이! 가장 행복하고 현명하고 너무나 당연한 결과로 끝났어!"

몇 분 후, 아버지와 간단히 요점만을 이야기하며 면담을 끝낸 빙리가 돌아왔다.

"언니는 어디 있나요?" 그가 문을 열며 다급하게 물었다.

"어머니와 위층에 있어요. 아마 곧 내려올 거예요."

그러자 그는 문을 닫고 엘리자베스에게 다가와 처제로서 축하해 달라고 했다. 엘리자베스는 진심을 다해 이렇게 가족이 되어 기쁘다고 말했다. 두 사람은 다정하게 악수를 나눴고, 그는 제인이 내려올 때까지 자신이 얼마나 행복하며 언니가 얼마나 완벽한 여자인지에 대해 쏟아 냈다. 엘리자베스는 행복한 결혼 생활에 대한 그의 기대가 대단히 합리적이라고 생각했다. 이 결합이 제인의 탁월한 이해와 더욱 탁월한 제인의 성품, 그리고 전반적으로 비슷한 두 사람의 감정과 취향에 토대를 두고 있었기 때문이다.

모두에게 유난히 기쁜 저녁 시간이었다. 제인은 마음이 흡족한 탓에 얼굴에 달콤하고 활기찬 홍조가 돌아 평소보다도 더 아름다워 보였다. 키티는 생글생글 웃으며 자신의 차례도 곧 오기를 희망했다. 베넷 부인은 어떤 말로 승낙을 하고 허락을 해도 성에 차지 않았지만, 그래도 30분 동안이나 빙리를 붙잡고 그 얘기만 해 댔다.

저녁 식탁에 앉은 베넷 씨의 목소리와 행동에서도 정말 행복하다는 티가 많이 났다. 하지만 밤이 되어 손님이 떠날 때까지 그런 얘기는 한마디도 입에 올리지 않았다. 그러다가 손님이 떠나자마자 딸을 보며 말했다.

"제인아, 축하한다. 너는 정말 행복한 아내가 될 거야."

제인은 곧바로 아버지에게 다가가 입을 맞추며 감사하다고 인사했다.

"너는 착한 아이다." 아버지는 말을 이었다. "그리고 네가 그렇게 행복한 가정을 꾸릴 거라고 생각하니 정말 기쁘구나. 아버지는 너희들이 잘 살 거라고 믿어 의심치 않아. 기질도 다른 점이 전혀 없잖아. 똑같이 성격이 물러서 결정되는 건 하나도 없을 테고, 하인들한테 속아 넘어가기도 쉽겠지. 마음이 넓어서 늘 들어오는 것보다 나가는 게 많을 테고."

"안 그럴 거예요. 금전 문제에서 무분별하거나 부주의한 건 제가 용납할 수 없을 테니까요."

"들어오는 것보다 나가는 게 많다니! 아니, 여보." 그의 아내가 목소리를 높였다. "지금 무슨 말씀을 하는 거예요. 그 사람은 연 수입이 4천인가 5천이고, 더 많을 게 분명한데." 그러고는 딸을 보며 말을 이었다. "아유, 우리 제인. 엄마는 너무 행복하구나! 오늘 밤에는 잠을 한숨도 못 잘 것 같아. 나는 이렇게 될 줄 알고 있었어. 결국에는 이렇게 될 거라고 내가 늘 말했잖니. 예쁘게 태어난 보람이 있을 줄 알았어! 그 사람이 작년에 하트퍼드셔에 처음 왔을 때, 그를 보자마자 너희 둘이 잘 어울릴 거라고 생각했던 기억이 난다. 아유! 어쩜 그렇게 잘생겼는지."

위컴과 리디아는 까맣게 잊고 말았다. 이제 그녀에게는 제인이 둘도 없는 최고의 딸이었다. 이 순간만큼은 다른 누구에게도 관심이 없었다. 아래의 동생들은 앞으로 언니가 나눠 줄 수 있는 혜택을 염두에 두고 아양을 떨기 시작했다.

메리는 네더필드의 서재를 이용하게 해 달라고 부탁했고, 키티는 겨울마다 무도회를 자주 열어 달라고 열심히 졸랐다.

이 시간 이후로 빙리가 롱본을 매일 찾아온 건 당연한 일이었다. 조찬 전에 오는 일도 잦았고, 아무리 싫어해도 시원찮을 막돼먹은 이웃이 정찬에 그를 초대해서 꼭 가야만 하는 경우를 제외하면 늘 저녁을 먹고 늦게까지 머물렀다.

이제 엘리자베스는 언니와 얘기를 나눌 시간이 별로 없었다. 그가 와 있을 때 제인은 다른 누구에게도 관심을 기울이지 않았다. 하지만 이따금 어쩔 수 없이 둘이 떨어져 있어야 할 때면 엘리자베스는 자신이 그 두 사람에게 매우 쓸모가 있다는 걸 알게 되었다. 제인이 없으면 빙리는 엘리자베스를 붙잡고 얘기를 했고, 빙리가 돌아가면 제인도 늘 같은 방법으로 위안을 얻었다.

"그의 말을 듣고 너무 행복했어." 하루는 저녁에 제인이 이렇게 말했다. "글쎄 지난봄에 내가 런던에 있었던 걸 전혀 몰랐대. 그럴 거라고는 생각도 못 했는데."

"나는 그럴 거라고 의심했었어." 엘리자베스가 말을 받았다. "그런데 왜 몰랐대?"

"누이들 때문이겠지. 그이가 나랑 사귀는 게 달가웠을 리 없으니까. 왜 아니겠니. 많은 점에서 더 형편이 좋은 사람을 택할 수도 있었을 테니. 하지만 자기네 오빠가 나랑 행복하게 사는 걸 보면, 그건 틀림없이 그럴 테니까, 그들도 만족할 것이고, 우리 사이도 다시 좋아질 거야. 비록 예전 같은 관계는 될 수 없겠지만 말이야."

"아주 가혹한데." 엘리자베스가 말했다. "언니가 그런 말을 하는 건 처음 들어. 멋있다! 언니가 빙리 양의 거짓 애정에 다시 속아 넘어간다면 정말 속상할 거야."

"리지, 그이가 작년 11월에 런던에 갔을 때 나를 정말 사랑했는데, 순전히 내가 무심하다고 생각했기 때문에 다시 내려오지 않은 거라는 사실을 믿을 수 있니?"

"그분의 실수였네. 하지만 그만큼 겸손하다는 뜻이기도 하겠지."

그러자 제인은 기다렸다는 듯이 그가 조심스럽다느니, 본인의 훌륭한 장점을 너무 가볍게 여긴다느니, 이런저런 찬사를 늘어놓았다.

엘리자베스는 빙리가 친구의 개입 사실을 털어놓지 않은 걸 다행으로 여겼는데, 아무리 제인이 세상에서 가장 너그럽고 이해심이 넓은 사람이라도 그런 얘기를 들었다면 다아시에 대해 편견을 갖지 않을 수 없었을 것이기 때문이다.

"나는 이 세상에서 가장 운이 좋은 사람인 게 분명해!" 제인이 외쳤다. "아, 리지! 우리 가족들 중에서 왜 나만 이런 축복을 누리는 걸까! 너도 나처럼 행복한 걸 보고 싶은데! 너도 그런 남자를 만나야 하는데!"

"언니가 그런 남자를 마흔 명쯤 데려다준다고 해도 나는 언니만큼 행복할 수 없을 거야. 언니의 성품과 그런 선량함을 지니기 전까지는 절대로 언니처럼 행복할 수 없어. 아무렴, 안 될 말이지. 나는 내가 알아서 할게. 운이 아주 좋으면 제2의 콜린스 씨를 만나게 될지도 모르잖아."

롱본의 경사는 그리 오래 비밀로 남아 있을 수 없었다. 베넷 부인은 그 얘기를 필립스 부인의 귀에 속삭여 주었고, 그녀는 누가 허락도 하지 않았건만 메리턴의 모든 이웃들에게 그 소식을 퍼트렸다.

리디아가 처음 도피 행각을 벌였던 몇 주 전까지만 해도 불운의 낙인이 찍혔다는 소리를 들었건만, 이제 베넷 집안은 순식간에 세상에서 가장 운 좋은 집이 되었다.

56

빙리가 제인과 결혼을 약속하고 일주일쯤 지난 어느 날 아침, 그가 이 집안의 여자들과 함께 정찬실에 앉아 있는데 창밖에서 마차 소리가 들려 모두의 관심을 끌었다. 내다보니 네 필의 말이 끄는 마차가 잔디밭을 달려오고 있었다. 손님이 찾아오기에는 너무 이른 시간이었을 뿐만 아니라 마차 역시 이웃 누구의 것과도 달랐다. 말은 역마였고 마차도, 그걸 모는 하인의 복장도 익숙하지 않았다. 하지만 누군가 오고 있는 건 분명했고, 그러자 빙리는 제인에게 갑작스레 들이닥친 손님에게 붙들려 있지 말고 같이 관목 숲을 산책하자고 했다. 두 사람은 나가고, 남은 세 사람은 이런저런 추측을 계속했지만 아무 소득이 없다가 문이 열리고 들어온 손님을 보니 캐서린 드버그 부인이었다.

당연히 모두들 놀랄 준비를 하고는 있었어도 이들의 놀라움은 예상을 뛰어넘었다. 캐서린 부인을 전혀 몰랐던 베넷 부인과 키티도 놀라기는 했지만, 엘리자베스에게는 비할 바가 못 됐다.

부인은 평소보다 더 무례한 태도로 방에 들어섰고, 엘리자베스가 인사를 하는데도 고개만 끄덕이고는 아무 말도 없이 자리에 앉았다. 소개를 부탁하는 요청은 없었지만, 부인이 들어설 때 엘리자베스는 그녀의 이름을 어머니에게 알려 주었다.

베넷 부인은 그렇게 지체 높은 손님을 맞은 것이 기쁘면서도 너무 놀란 나머지 더없이 공손하게 그녀를 맞았다. 한동안 아무 말 없이 앉아 있던 부인은 몹시 딱딱한 말투로 엘리자베스에게 이렇게 말했다.

"별고 없었겠죠, 베넷 양. 저분은 어머니이신가?"

엘리자베스는 그렇다고 아주 짧게 대답했다.

"그리고 저기는 동생이겠군."

"네, 부인." 캐서린 부인과 얘기를 하게 되어 기쁜 베넷 부인이 대답했다. "끝에서 둘째 아이랍니다. 막내는 얼마 전에 결혼했고, 큰애는 지금 곧 한식구가 될 사람과 정원 어딘가에서 산책 중이랍니다."

"여기는 정원이 아주 작군." 캐서린 부인은 잠깐 묵묵히 있다가 말했다.

"로징스에는 비할 바가 못 되겠죠. 하지만 윌리엄 루카스 댁의 정원보다는 훨씬 넓답니다."

"여름 저녁을 보내기에는 아주 불편한 거실이군. 창문이 정서향이니까."

베넷 부인은 정찬 후에는 이곳에 앉아 있는 일이 없다고 힘주어 말하고는 이렇게 덧붙였다.

"부인께서 떠나오실 때 콜린스 내외는 잘 지내고 있었는지 여쭤봐도 될까요?"

"그래요. 아주 잘 지내고 있어요. 그저께 밤에 봤지."

엘리자베스는 부인이 이제 샬럿이 자신에게 보낸 편지를 꺼낼 거라고 예상했다. 그것 말고는 부인이 찾아온 이유가 없을 것 같았다. 하지만 편지는 없었고, 엘리자베스로서는 도통 갈피를 잡을 수가 없었다.

베넷 부인은 아주 공손하게 다과를 권했지만, 캐서린 부인은 매우 단호하면서도 별로 공손하지 않게 그 어떤 것도 먹기를 거부했다. 그러고는 자리에서 일어나며 엘리자베스에게 말했다.

"베넷 양, 댁의 정원 한쪽으로 예쁘장하니 아담한 야생림 같은 게 있는 듯한데, 동행을 허락해 준다면 그곳을 돌아보고 싶군."

"얘, 다녀오너라." 그녀의 어머니가 큰 소리로 말했다. "부인께 이런저런 산책로를 안내해 드려. 호젓한 정자를 보시면 좋아하실 테니."

엘리자베스는 시키는 대로 얼른 방으로 달려가 양산을 가져와서 아래층에서 기다리는 귀한 손님을 모시러 갔다. 캐서린 부인은 복도를 지나면서 정찬실과 거실로 통하는 문들을 열어서 얼핏 살펴보더니 그럭저럭 괜찮아 보인다고 말하고는 계속 걸어갔다.

부인의 마차는 문 앞에 있었고, 시녀가 안에 타고 있는 게 보였다. 두 사람은 작은 숲으로 이어진 자갈길을 따라 말없이 걸어갔다. 엘리자베스는 평소보다 더 오만하고 불쾌하게 구는 여자와 굳이 대화를 시도하지 않겠다고 작정했다.

'나는 어떻게 이런 여자를 자기 조카와 닮았다고 생각했을까?' 엘리자베스는 부인의 얼굴을 쳐다보며 속으로 생각했다.

숲길로 들어서자 캐서린 부인이 드디어 입을 열었다.

"내가 여기까지 온 이유를 곧바로 알았을 테지, 베넷 양. 본인의 심장, 본인의 양심이 내가 온 이유를 말해 줬을 테니까."

엘리자베스는 진심으로 놀란 표정을 지었다.

"아니요, 잘못 아셨습니다, 부인. 부인을 여기서 뵙게 된 연유를 저로서는 전혀 알 수가 없습니다."

"베넷 양." 부인은 화가 난 말투로 대답했다. "나는 우습게 볼 수 있는 사람이 아

니라는 걸 알아야 해요. 아가씨가 그렇게 위선적으로 나오더라도 나는 그렇게 호락호락한 사람이 아니라는 걸 알게 될 거야. 나는 진실하고 솔직한 성격으로 평판이 두루 나 있고, 지금처럼 중요한 상황에서도 그런 성격을 버릴 생각이 없어. 이틀 전에 무척 놀라운 소식이 내 귀에 들어왔는데, 아가씨의 언니가 매우 경사스러운 혼인을 앞뒀을 뿐만 아니라, 엘리자베스 베넷 양 본인도 마찬가지로 곧 내 조카, 다름 아닌 다아시와 맺어질 예정이라는 얘기를 듣게 되었지. 비록 나야 그게 중상모략에 가까운 헛소문일 게 틀림없다는 걸 알지만, 가능성을 의심하는 것만으로도 조카에게 모욕이 된다는 걸 알기에도 직접 여기에 와서 내 기분이 어떤지 아가씨에게 알려 주는 게 좋겠다고 결심했지."

"그게 사실일 리 없다고 믿으셨다면," 엘리자베스는 놀라움과 모멸감에 얼굴을 붉히며 말했다. "왜 이렇게 멀리까지 오시는 수고를 감수하셨는지 모르겠네요. 무슨 의도로 그렇게 하신 건가요?"

"당장 그 소문이 말도 안 된다는 걸 널리 알리려는 것이지."

"롱본으로 저와 저희 가족을 보러 오셨다는 게 오히려," 엘리자베스는 차갑게 대꾸했다. "소문을 사실로 확인시켜 줄 텐데요. 만약에 그런 소문이 실제로 존재한다면 말이죠."

"만약에! 그러면 그 소문을 모른다고 잡아떼는 건가? 당신들이 일부러 퍼트린

게 아니란 말이야? 그런 소문이 사방에 퍼졌다는 걸 모른다고?"

"그런 얘기는 전혀 들어 본 적이 없습니다."

"그렇다면 전혀 근거 없는 얘기라고 단언할 수 있다는 건가?"

"제 성격이 부인처럼 그렇게 솔직하다고는 말씀드리지 않겠습니다. 부인께서 제게 뭐든 물어보실 수는 있지만, 질문에 대답을 드릴지는 제가 선택할 일이죠."

"참고 봐줄 수가 없군. 베넷 양, 나는 알아야겠어. 그 애가, 그러니까 내 조카가 청혼을 했나?"

"부인께서는 그게 불가능한 일이라고 말씀하셨잖아요."

"아무렴 그래야지. 그 애가 정신이 온전한 이상 그래야 하고말고. 하지만 아가씨가 온갖 재주를 써서 유혹하는 바람에 순간적으로 얼이 빠져 자신과 가문에 대한 의무를 망각했을지도 모르지. 아가씨가 그 애를 꾀었을지도 모른다고."

"만약 그랬더라도 제가 그걸 자백할 리는 없잖아요."

"베넷 양, 내가 누군지 알고 하는 소리인가? 누구 앞이라고 그런 식으로 말을 하는 거지? 나는 이 세상에서 그 애의 가장 가까운 친척이고, 그 애와 관련된 중요한 일은 뭐든 알 자격이 있어."

"하지만 제 일까지 알 자격은 없으시죠. 게다가 그런 태도로는 저에게서 어떤 말도 끌어내실 수 없을 거예요."

"내가 알아듣게 얘기해 주지. 이 결혼, 아가씨가 주제넘게 넘보고 있는 이 결혼은 절대 이뤄질 수 없어. 절대로 안 돼. 다아시는 내 딸하고 약혼한 사이니까. 더 할 말이 있나?"

"한 말씀만 드릴게요. 만약 그게 사실이라면 그분이 제게 청혼할 거라고 생각하실 이유가 없을 텐데요."

캐서린 부인은 잠시 주춤하더니 이렇게 대답했다.

"둘의 약혼은 좀 특이한 경우야. 어려서부터 짝을 지어 주기로 했거든. 내 소망인 동시에 그 애 어머니의 소망이기도 했어. 요람에 있을 때부터 우리는 둘을 짝지어 줄 계획을 세웠지. 그리고 이제 우리 자매의 소망이 결혼으로 실현되려는 순간에, 태생도 천하고 지위도 낮고 우리 가문과 아무 관계도 없는 웬 여자가 그걸 가로막고 나서다니. 아가씨는 다아시 친지들의 소망은 전혀 신경 쓰지 않는 건가? 드버그 양과의 묵인된 약혼도? 세상의 법도나 품위 같은 건 다 내버린 거야? 그 애가 태어나자마자 사촌과 인연을 맺기로 되어 있었다는 내 말, 못 들었어?"

"네, 조금 전에 들었어요. 하지만 그게 저랑 무슨 상관이죠? 제가 조카분과 결혼하는 데 다른 문제가 없다면 그분의 어머니와 이모가 드버그 양과 맺어 주기를 원했다고 해서 물러나지는 않을 거예요. 결혼을 계획하는 걸로 두 분은 하실 만큼 했어요. 결혼의 성사는 다른 사람들의 몫이에요. 다아시 씨가 명예나 애정 때문에 사촌에게 매여 있지 않다면 다른 선택을 하지 못할 이유가 뭐죠? 그리고 그분이 선택한 사람이 저라면 제가 그걸 받아들이지 않을 이유가 있나요?"

"왜냐하면 명예, 예법, 분별, 아니지, 이해관계가 허락하지 않기 때문이야. 그래요, 베넷 양, 이해관계. 그렇게 제멋대로 행동하며 모두의 뜻을 거스른다면 그의 가족이나 친지에게 인정받을 기대는 하지 말아야 하니까. 그 애와 관련된 모든 사람들이 아가씨를 비난하고 무시하고 업신여길 거야. 아가씨의 편을 들어 주는 건 수치가 되고, 아가씨의 이름을 아무도 입에 올리지 않을 거라고."

"엄청난 불행이군요." 엘리자베스가 대답했다. "하지만 다아시 씨의 부인이라면 그 자리에 필연적으로 따르는 특별한 행복이 있을 테니, 전체적으로 후회할 이유가 없을 것 같은데요."

"아니, 이렇게 고집스럽고 말귀를 못 알아듣다니! 내가 다 부끄럽군. 이게 지난봄에 내가 베풀어 준 친절에 대한 보답인가? 그것에 대해 전혀 고마운 줄 모르는 거야? 어디 좀 앉지. 이걸 알아야 돼요, 베넷 양. 내가 목적을 이루겠다는 굳은 다짐을 하고 여기에 왔다는 걸. 그걸 단념할 마음도 없고. 나는 남의 변덕에 따라 뜻을 바꾸는 사람이 아니야. 실망을 참고 견디는 일은 해 본 적이 없다고."

"그렇다면 이제 부인의 입장은 더 딱해지겠네요. 하지만 제가 상관할 일은 아닙니다."

"어디서 말을 끊는 건가. 잠자코 들어요. 내 딸과 내 조카는 천생연분이야. 둘 다 외가 쪽으로는 귀족 가문이고, 친가는 작위는 없지만 지체 높고 명예롭고 유서 깊은 집안이지. 양가 모두 재산은 더할 나위가 없어. 양쪽 집안의 모든 사람들이 한목소리로 인연이라는 두 사람을 누가 갈라놓는다는 거지? 어디서 갑자기 툭 튀어나온, 집안도 친척도 재산도 변변찮은 건방진 여자가? 될 법이나 한 소리야! 어림도 없지, 안 될 말이라고! 아가씨도 자신에게 뭐가 득이 되는지 잘 안다면, 자신이 자란 세계를 버리길 원치 않을 텐데."

"조카분과 결혼한다고 해서 제가 그 세계를 버리는 거라고는 생각하지 않습니다. 그는 신사이고, 저는 신사의 딸이니까, 그 점에서 우리는 동등합니다."

"맞아. 아가씨는 신사의 딸이지. 하지만 어머니는 어떻지? 외삼촌이나 외숙모는? 내가 그 사람들의 신분을 모른다고 생각하지 말아요."

"제 친척들이 어떤 일을 하든," 엘리자베스가 말했다. "조카분이 그걸 문제 삼지 않으신다면 부인께서 상관하실 일이 아니죠."

"더 말할 것 없이, 그 애와 약혼한 건가?"

캐서린 부인의 궁금증을 풀어 준다는 이유뿐이었다면 이 질문에 대답을 하지 않앉겠지만, 엘리자베스는 잠시 고민한 끝에 이렇게 말하지 않을 수 없었다.

"안 했습니다."

캐서린 부인은 기쁜 표정이었다.

"그러면 앞으로도 그런 약혼은 안 하겠다고 약속하겠나?"

"그런 약속은 하지 않겠습니다."

"베넷 양, 참으로 놀랍고 어이가 없군. 훨씬 더 지각 있는 아가씨인 줄 알았는데. 그렇다고 내가 물러설 거라고 착각하지 말아요. 내가 요구하는 확답을 듣기 전까지는 절대 돌아가지 않을 거니까."

"그리고 분명히 말씀드리지만 저는 결코 그런 확답을 드리지 않을 겁니다. 저는 누가 위협한다고 해서 전혀 이치에 닿지 않는 일을 하는 사람이 아니에요. 부인께서는 다아시 씨가 따님과 결혼하길 원하시지만, 바라시는 약속을 제가 해 드리면 두 사람이 결혼할 가능성이 더 높아지는 건가요? 그분이 저를 사랑한다면 제가 청혼을 거절한다고 해서 따님에게 구혼을 하고 싶어질까요? 감히 말씀드리는데, 캐서린 부인, 이런 터무니없는 요청은 무분별하고, 그걸 뒷받침하는 논리도 경박합니다. 제가 이 정도의 설득으로 넘어갈 거라고 생각하셨다면 저를 너무나 잘못 보신 거예요. 부인이 그의 일에 끼어드는 걸 조카분이 어떻게 볼지는 모르겠지만, 제 일에 관여하실 권리가 없는 건 분명합니다. 그러니 이 문제로 저를 더는 괴롭히지 말아 주세요."

"그렇게 서둘러서 얘기를 끝내지 말아요. 나는 아직 할 말이 남았으니까. 지금까지 내가 얘기했던 모든 반대 이유에 보탤 것이 하나 더 있거든. 막냇동생의 치욕스러운 도피 행각을 나는 속속들이 알고 있어. 전부 다. 그 젊은이를 동생과 결혼시킨 건 아가씨의 아버지와 외삼촌이 돈을 써서 얼버무린 미봉책눈가림만 하는 일시적인 계획

463

이었지. 그런 여자가 내 조카의 처제가 된다고? 그 여자의 남편, 작고한 부친의 집사 아들하고 동서가 된다고? 맙소사! 대체 무슨 생각을 하는 거야? 펨벌리의 영혼들이 그런 식으로 더럽혀져야겠어?"

"이제 더 하실 말씀이 없으시겠죠." 엘리자베스는 발끈해서 대답했다. "온갖 방법으로 저를 모욕하셨으니. 이제 부디 집으로 돌아가게 해 주시겠습니까?"

그녀는 이렇게 말하면서 자리에서 일어났다. 캐서린 부인도 일어났고, 두 사람은 갔던 길을 되돌아왔다. 부인은 몹시 격앙되어 있었다.

"그렇다면 아가씨는 내 조카의 명예와 신용 따윈 개의치 않는다는 건가! 모질고 이기적인 여자 같으니! 자신의 친척들 때문에 모든 사람들의 눈에 그 애의 명예가 떨어질 거라는 생각은 안 해?"

"캐서린 부인, 저는 더 이상 드릴 말씀이 없습니다. 제 생각은 이미 알고 계시잖아요."

"그렇다면 그 애를 차지하기로 작정했다는 건가?"

"그런 말씀은 드린 적이 없습니다. 저는 다만 스스로 판단하기에 제가 행복해지는 방향으로 행동할 생각이고, 부인이든 누구든 저와 아무 관계가 없는 사람의 의견에 좌우되지 않을 겁니다."

"알겠네. 그렇다면 내 말을 듣지 않겠다는 얘기로군. 본분과 명예를 따르지도 내가 베푼 것에 감사해하지도 않겠다는 거야. 그 애가 친구들에게 망신당하고, 세상에서 모욕당하도록 만들겠다고 작정했어."

"본분이나 명예, 감사 같은 것들은," 엘리자베스가 대꾸했다. "이 상황에서 저에게 어떤 호소력도 발휘할 수 없어요. 제가 다아시 씨와 결혼한다고 해서 그런 원칙들이 깨지는 것도 아니고요. 가족이 화를 내고 세상이 분노한다는 것도요. 설사 그가 저와 결혼해서 가족이 발끈하더라도 저는 눈도 깜짝하지 않을 거예요. 그리고 세상 사람들은 대체로 분별력이 있으니까 그런 냉대에 동참하지 않을 거예요."

"그러니까 이게 아가씨의 본심이로군! 이게 궁극적인 결심이야! 아주 좋아. 이제 어떻게 해야 할지 알겠군. 아가씨의 야심이 충족될 거라고는 생각하지 말아요, 베넷 양. 나는 아가씨를 시험해 보러 왔던 거니까. 사리 분별을 할 줄 아는 사람이길 바랐는데. 하지만 분명히 알아 둬요. 나는 내 뜻을 이루고야 말 테니."

캐서린 부인은 이런 식으로 얘기를 계속하다가 마차의 문 앞에서 황급히 몸을 돌리며 덧붙였다.

"작별 인사는 그만두겠어요, 베넷 양. 어머니께 안부도 묻지 않겠어. 그런 대접을 받을 가치도 없으니까. 몹시 불쾌해."

엘리자베스는 아무 대답도 하지 않았다. 부인에게 집으로 들어가자고 청할 생각도 없이 혼자 조용히 집으로 들어갔다. 층계를 올라갈 때 마차가 떠나는 소리가 들렸다. 그녀의 어머니는 옷방 앞에서 조바심치며 왜 캐서린 부인이 다시 들어와서 쉬었다 가시지 않았냐고 물었다.

"내켜 하지 않으셨어요." 그녀의 딸이 대답했다. "그냥 가시겠다고 하더군요."

"정말 고운 분이더구나! 여기까지 찾아 주시다니 얼마나 고마운 일이니! 콜린스 내외가 잘 지낸다는 얘기를 해 주려고 들르신 거잖아. 아마 어딘가로 가시던 길인 모양인데, 메리턴을 지나다 너를 만날 요량으로 들르신 거지. 너한테 뭐 특별한 말씀은 없으셨니, 리지?"

엘리자베스는 여기서 약간의 거짓말을 할 수밖에 없었다. 두 사람 사이에서 오간 대화의 내용을 그대로 털어놓는 건 불가능했기 때문이다.

57

    엘리자베스는 이 뜻밖의 방문에 따른 심란한 마음을 쉽게 털어 낼 수 없었고, 몇 시간이고 줄곧 그 생각에만 빠져 있었다. 캐서린 부인은 자신과 다아시가 약혼을 했을 거라는 생각에 순전히 그걸 깨겠다는 목적으로 로징스에서 여기까지 오는 수고를 감수한 것처럼 보였다. 그건 그럴 만도 했다! 하지만 두 사람이 약혼했다는 소문이 어디서 나왔는지, 엘리자베스는 도저히 감을 잡을 수 없었다. 그러다가 한 건의 혼사를 앞둘 경우 또 다른 혼사를 기대하게 되는 때이다 보니 그는 빙리의 절친한 친구이고 자신은 제인의 동생이라는 사실만으로도 그런 생각을 하기에 충분하겠다는 걸 깨달았다. 그녀 자신도 언니의 결혼으로 두 사람이 더 자주 만나게 될 거라고 느꼈던 걸 떠올렸다. 그러니 루카스 저택의 이웃들도 (그들과 콜린스 내외가 주고받은 편지를 통해 그 소식이 캐서린 부인의 귀에 들어가게 됐을 거라고 엘리자베스는 결론을 내렸는데) 그녀가 앞으로 언젠가 가능할 거라고 내다봤던 일을 거의 확정적이고 임박한 것으로 단정 지은 게 틀림없었다.

    하지만 캐서린 부인이 했던 말들을 찬찬히 돌이켜 보던 엘리자베스는 부인이 수수방관하지 않겠다고 고집부릴 경우 일어날 수 있는 결과를 생각하며 약간 불안해졌다. 두 사람의 결혼을 막겠다고 결심했다는 것으로 보아 자신의 조카에게도 얘기할 게 틀림없다는 생각이 들었고, 자신의 친척들이 미칠 해악에 대해 비슷한 소리를 듣는다면 그가 어떻게 받아들일지 그녀는 차마 생각도 할 수 없었다. 그가 이모에게 어느 정도의 애정을 느끼는지, 그녀의 판단력에 얼마나 의존하는지 정확히는 알 수 없었지만, 자신이 생각하는 것보다는 부인을 더 높이 평가한다고 추측하는 것이 당연했다. 그리고 가까운 친척들의 신분이 자신의 집안과는 비교도 안 되게 떨어지는 사람과 결혼했을 때 감당해야 할 불행을 일일이 열거하는 건 그의 가장 취약한 급소를 찌르는 것이나 다름없었다. 품위를 높이 생각하는 사람이니만큼 엘리자베스가 허술하고 우스꽝스러워 보인다고 생각했던 논리를 그는 합리적이고 타당하다고 느낄 수도 있었다.

그는 이미 뭘 어떻게 해야 하는지에 대해 흔들리고 있을지도 모른다. 실제로 그렇게 보일 때가 많았다. 그렇다면 가까운 친척의 충고와 간청으로 자신의 모든 의문을 잠재우고, 품위에 먹칠하지 않는 쪽이 행복하다는 입장으로 당장 돌아설지도 모를 일이었다. 만약 그렇다면 그는 다시 돌아오지 않을 것이다. 캐서린 부인은 런던을 지나는 길에 그를 만날지도 모른다. 그러면 네더필드로 돌아오겠다고 빙리에게 한 약속은 지켜지지 않을 게 틀림없었다.

'그러니까, 만약 수일 내에 약속을 지키지 못하게 됐다는 변명을 친구에게 알려 온다면,' 그녀는 혼잣말로 중얼거렸다. '일이 어떻게 된 건지 알게 되겠지. 그때는 모든 기대를, 그가 한결같은 마음일 거라는 바람을 전부 포기할 거야. 나의 애정을 얻고 승낙을 받을 수 있게 된 순간에 그저 아쉬운 여자였다는 생각으로 그가 물러난다면, 나도 모든 미련을 버려야겠지.'

손님이 누구였는지 알게 된 가족들의 놀라움은 무척 컸다. 하지만 베넷 부인의 호기심을 잠재워 준 것과 똑같은 추측을 하며 만족했다. 그 문제로 엘리자베스를 더 귀찮게 구는 일은 없었다.

다음 날 아침에 아래층으로 내려간 엘리자베스는 편지 한 통을 손에 들고 서재에서 나오던 아버지와 마주쳤다.

"리지야, 마침 너를 찾으러 가는 길이었단다. 내 방으로 들어오너라."

그녀는 아버지를 따라 들어갔다. 아버지가 하실 말씀이 손에 들고 있는 편지와 어떤 식으로든 관계가 있을 거라는 생각에 그녀의 궁금증은 더욱 커졌다. 그러다가 문득 그게 캐서린 부인의 편지일지도 모른다는 생각이 들었고, 구구절절 설명할 걸 생각하니 당혹스러웠다.

그녀는 아버지를 따라 벽난로 앞으로 갔고, 두 사람이 모두 자리를 잡고 앉았을 때 그가 말했다.

"오늘 아침에 편지 한 통을 받고 무척 놀랐다. 주로 너와 관련된 내용이니 네가 알아야겠지. 딸이 둘이나 결혼을 앞두고 있는 줄은 미처 몰랐다. 아주 대단한 사람의 마음을 얻었더구나. 축하한다."

순간적으로 이모가 아닌 조카에게서 온 편지라는 확신에 엘리자베스의 뺨이 와락 붉어졌다. 그가 모든 것을 직접 설명하고 나선 것에 기뻐해야 할지, 아니면 자신에게 편지를 쓰지 않은 것을 기분 나빠해야 할지 갈피를 못 잡고 있을 때, 아버지가 말을 이었다.

"알고 있는 눈치로구나. 이런 문제에는 젊은 여자들의 통찰력이 대단하다니까. 하지만 네가 아무리 총명해도 너를 흠모하는 사람의 이름은 못 맞힐걸. 이 편지는 콜린스 씨가 보낸 거란다."

"콜린스 씨라고요! 그분이 무슨 할 말이 있어서?"

"할 말이야 당연히 많지. 일단 얼마 남지 않은 우리 큰딸의 결혼을 축하하는 말부터 시작했는데, 속없이 남의 말을 하기 좋아하는 루카스네 누군가한테서 들은 모양이더구나. 그것에 대해 그가 뭐라고 썼는지 읽어 주는 것으로 너의 인내심을 시험할 마음은 없다. 너와 관련된 부분만 읽어 주마.

이렇게 댁의 경사를 맞아 저희 부부의 심심한 축하 말씀을 드렸으니, 또 다른 문제와 관련해서도 넌지시 알려 드릴까 합니다. 이 또한 같은 곳에서 들은 얘기입니다. 따님이신 엘리자베스 양도 언니의 뒤를 이어 머지않아 베넷이라는 성을 버리게 될 것으로 추정되며, 따님이 선택하신 운명의 짝은 이 나라에서도 가장 저명한 인물로 존경받아 마땅한 분입니다.

누굴 말하는 건지 짐작할 수 있겠니, 리지?

이 젊은 신사분은 인간의 마음이 바라 마지않는 모든 것, 막대한 재산과 고매

한 친척, 광범위한 성직 추천권 같은 아주 특별한 축복을 타고나셨습니다. 이런 이익을 당장 누리고 싶은 것이 인지상정이겠지요. 저는 엘리자베스 양과 어르신께 이 신사분의 청혼을 성급하게 받아들일 경우 초래될 재앙에 대해 경고드리는 바입니다.

이 신사가 누군지 감이 잡히니, 리지? 하지만 곧 나온단다.

어르신께 주의의 말씀을 드리게 된 동기는 다음과 같습니다. 그분의 이모이신 캐서린 드버그 부인께서 이 혼사를 우호적인 시선으로 보지 않는다고 믿을 만한 이유가 있기 때문입니다.

이제 알겠니, 다아시 씨가 바로 그 사람이란다! 자, 리지, 분명히 놀랐을 테지. 콜린스건 루카스네건 우리가 아는 사람들 중에 이름만 듣고도 자신들의 얘기가 거짓이라는 걸 이보다 더 효과적으로 드러낼 사람을 댈 수 있을까? 다아시 씨라니. 어떤 여자를 봐도 흠을 찾아내고, 지금껏 너한테 제대로 눈길 한번 주지 않았을 사람인데! 대단하지 않니!"

엘리자베스는 아버지의 농담에 장단을 맞추려 했지만, 억지웃음만 간신히 지을 수 있었다. 아버지의 재치가 이렇게 유쾌하지 않았던 적은 없었다.

"재미없니?"

"아니에요. 재미있어요. 계속 읽어 주세요."

"간밤에 부인께 이 결혼의 가능성을 여쭸더니 부인께서는 송구하게도 여느 때처럼 이 일에 대해 느끼시는 바를 즉시 말씀해 주셨습니다. 제 친척 쪽의 일부 가족들과 관련해서 반대할 점들 때문에 너무나 수치스러운 혼사라고 하시며 절대 승낙하지 않으실 뜻을 분명히 하셨습니다. 그래서 이 사실을 엘리자베스 양에게 빠르게 알려서 그녀와 고귀한 숭배자가 어떤 상황을 앞두고 있는지 인지하고 정당하게 승인받지 못하는 결혼을 성급히 추진하는 일이 없도록 하는 것이 저의 의무라고 생각했습니다.' 콜린스는 또 이런 말도 했다. '리디아 양의 안타까운 사태가 원만히 봉합된 것을 무척 기쁘게 생각하며, 다만 두 사람이 결혼 전에 동거했다는 사실이 널리 알려지지 않을까 우려될 뿐입니다. 그러나 성직자로서의 의무를 저버릴 수 없는 바, 두 사람이 결혼하자마자 그 젊은 부부를 집에 들이셨다는 얘기를 듣고 놀라움을 금치 못했습니다. 그것은 악덕을 장려하는 것입니다. 제가 롱본의 교구 목사였다면 그것을 한사코 반대했을 것입니다. 기독교인으로서 그들을 용서하는 것이 옳지만, 그들을 눈에 띄게 하거나 그들의 이름이 귀에 들어오게 해서도 안 될 것입니다.' 이게 그가 생각하는 기독교의 용서관이로군! 나머지 내용은 샬럿이 임신 중이고 자신이 곧 아이 아버지가 될 거라는 얘기뿐이다. 하지만 리지야, 너는 재미가 없는 표정이구나. 새침하게 얌전 떨면서 허황된 소문에 기분이 상한 것처럼 굴지 말거라. 이웃들의 놀림감이 되어 주고, 또 그러다가 우리도 그들을 비웃어 주는 게 사는 재미 아니겠니?"

"아!" 엘리자베스가 목소리를 높였다. "너무 재미있어요. 하지만 정말 이상하네요!"

"그래. 그러니까 즐거운 거지. 다른 남자를 댔다면 무슨 의미가 있었겠니. 하지만 그는 너에게 철저히 무관심하고 너는 드러내 놓고 그를 싫어한다는 점이 이걸 재미있고 황당한 얘기로 만들어 주는 거지! 편지라면 질색이다만, 콜린스 씨와는 무슨 일이 있어도 편지 왕래를 그만두지 않으련다. 천만에. 그의 편지를 읽고 있으면

이 사람이 위컴보다 더 좋아지는걸. 내 사위의 파렴치함과 위선도 높게 평가하지만 말이다. 그런데 리지야, 캐서린 부인은 이 소문에 대해 뭐라고 하디? 승낙하지 않겠다고 방문했던 거니?"

　이 질문에 그의 딸은 그저 웃음으로 대답했다. 그리고 추호의 의심도 담겨 있지 않은 질문이었기 때문에 아버지가 다시 한번 물었어도 그녀는 당황하지 않았다. 엘리자베스는 마음속과 다른 감정을 드러내는 게 이렇게 난처한 적이 없었다. 울고 싶은 마당에 웃어야 했다. 아버지는 다아시 씨의 무심함을 운운하며 잔인하게도 딸에게 모욕감을 안겨 주었다. 엘리자베스는 아버지가 어쩌면 이렇게 보는 눈이 없는지 의아하다가도 어쩌면 아버지가 전혀 못 보는 게 아니라 자신의 상상력이 너무 지나친 것이었을지 모른다는 생각이 들었다.

58

　엘리자베스는 빙리 씨가 친구로부터 오지 못한다는 변명의 편지를 받을 거라고 반쯤 예상했지만, 캐서린 부인이 다녀가고 며칠 지나지 않아 그는 다아시를 데리고 롱본에 올 수 있었다. 신사들은 일찍 도착했다. 베넷 부인이 다아시 씨에게 그의 이모를 뵈었다고 얘기할 틈도 없이 제인과 단둘이 있고 싶었던 빙리가 다 함께 산책을 나가자고 제안했고, 어머니가 얘기를 꺼낼까 봐 일분일초가 불안했던 엘리자베스까지 모두가 동의했다. 베넷 부인은 산책하는 걸 좋아하지 않고 메리는 시간을 낼 수 없어서 남은 다섯 명만이 밖으로 나갔다. 하지만 빙리와 제인은 곧 다른 사람들을 앞서 보내고 뒤에 처졌기 때문에 엘리자베스와 키티, 다아시, 이렇게 세 명이 함께 걸어가게 되었다. 어느 누구도 말을 거의 하지 않았는데, 키티는 다아시가 너무 어려워서 말을 꺼내지 못했고, 엘리자베스는 남몰래 중요한 결심을 하고 있었으며, 어쩌면 그도 똑같았을 것이다.

　키티가 마리아를 보고 싶다고 해서 그들은 루카스네를 향해 걸었다. 엘리자베스는 다 같이 마리아를 만날 일은 아니라고 생각했고, 키티가 떠나자 대담하게도 그와 단둘이 계속 걸어갔다. 이제 결심을 실행에 옮길 때가 되었고, 용기가 난 김에 그녀는 곧바로 말을 꺼냈다.

"다아시 씨, 저는 굉장히 이기적인 사람이에요. 제 마음을 달랠 수 있으면 당신의 마음이 상하는 건 개의치 않거든요. 제 가여운 여동생을 위해 비할 바 없는 친절을 베풀어 주신 것에 감사드리고 싶은 마음을 더 이상 참을 수가 없네요. 그 사실을 알고부터 얼마나 감사한지 말씀드리고 싶어 조바심이 날 정도였어요. 다른 가족들도 알았다면 저만 감사를 표하는 데 그치지 않겠지만요."

"유감입니다. 정말 유감이로군요." 다아시는 놀랍고 감격스러운 목소리로 대답했다. "잘못 받아들일 경우 불편해질 수도 있는 사실을 알게 되셨으니. 가드너 부인이 그렇게 못 믿을 분이라고는 생각하지 않았는데요."

"외숙모를 탓하시면 안 돼요. 처음에 경솔하게도 당신이 이 일에 관련됐다는 사실을 무심코 발설한 건 리디아니까요. 그리고 자세한 내막을 알게 될 때까지 제 마음이 편치 않았던 건 물론이고요. 두 사람을 찾아내기 위해 너무나 많은 수고를 마다하지 않고 갖은 굴욕을 감수하시다니, 이번 일에 보여 주신 너그러운 동정심에 저희 가족을 대신해서 거듭 감사드려요."

"정 감사하시려거든," 그가 대답했다. "당신을 위해서만 감사하세요. 그 일을 한데에는 다른 동기도 있습니다만, 당신을 행복하게 해 주고 싶은 바람이 힘을 보탰다는 건 부인하지 않겠습니다. 하지만 가족분들은 제게 아무것도 빚진 것이 없습니다. 그분들을 무척 존경하지만, 제가 생각한 건 오직 당신뿐이었으니까요."

엘리자베스는 너무 당황해서 한마디도 할 수 없었다. 잠시 침묵이 흐른 끝에 그녀의 동행은 이렇게 덧붙였다. "당신은 너그러우시니 제가 이런 말을 해도 탓하시지 않겠죠. 당신의 감정이 지난 4월 그대로라면 지금 당장 그렇게 말해 주세요. 저의 애정과 소망은 변함이 없습니다. 하지만 당신이 그렇다고 한마디만 하시면 이 문제에 대해서는 영원히 입을 다물겠습니다."

그가 평소보다 더 어색하고 초조해하는 것을 느낀 엘리자베스는 억지로라도 말을 하지 않을 수 없었다. 그래서 곧바로, 비록 아주 유려하지는 않았지만, 그가 언급한 그때 이후로 자신의 감정에 큰 변화가 있었고 지금 그가 한 말을 기쁘고 감사하게 받아들일 수 있게 되었다는 뜻으로 이야기했다. 이 대답이 안겨 준 행복은 그가 일찍이 느껴 보지 못한 것이었고, 그는 열렬한 사랑에 빠진 남자들이 하는 식으로 이성적이면서도 열정적으로 이 상황에 대한 자신의 심정을 토로했다. 엘리자베스가 그의 눈을 바라볼 수 있었다면 마음에서 우러나온 기쁨이 얼굴에 가득한 그가 얼마나 멋있는지 알 수 있었을 것이다. 하지만 비록 볼 수는 없어도 들을 수는 있었다. 그는 자신의 감정을 고백하며 그녀가 자신에게 얼마나 중요한 사람인지 입증했고, 그의 애정은 시간이 흐를수록 더욱 소중해졌다.

그들은 어디로 가는지도 모른 채 계속 걸어갔다. 생각하고 느끼고 말할 것이 너무도 많아 다른 것들은 안중에도 없었다. 엘리자베스는 곧 그들이 이렇게 서로를 깊이 이해하게 된 것은 그의 이모 덕분이라는 사실을 알게 되었다. 그녀는 실제로 가는 길에 런던에 들러 그를 만났고, 롱본에 다녀온 일이며 방문의 동기, 엘리자베스와 나눈 대화의 내용까지 모두 말했던 것이다. 특히 부인이 생각하기에 엘리자베스의 외고집과 뻔뻔함이 두드러지는 표현들을 시시콜콜 늘어놓았는데, 그렇게 얘기하면 엘리자베스가 단호히 거절한 약속을 조카에게서 받아 내는 데 도움이 될 거라고 여겼다. 하지만 부인에게는 안타깝게도 그건 정반대의 효과를 내고 말았다.

"희망을 가져도 된다는 걸 알았습니다." 그가 말했다. "전에는 차마 희망을 가져 볼 마음도 내지 못했는데요. 당신의 성품을 알기에, 돌이킬 수 없이 철저하게 저를 거부하기로 결심했다면 이모님께 그 결심을 솔직히 드러냈을 거라고 확신했죠."

엘리자베스는 상기된 얼굴로 웃으면서 대답했다. "네, 당신은 제가 그럴 수 있을 정도로 솔직한 사람이라는 걸 아시니까요. 당신의 면전에 대고도 그렇게 지독하게 욕을 했는데 친척들 앞에서도 얼마든지 당신 욕을 할 수 있죠."

"제게 하신 말씀 중에 뭐 하나 지나친 게 있었나요? 비록 당신의 비난이 근거 없고 잘못된 전제에 따른 것이었다고 해도 그때 당신에게 보여 드린 저의 행동은 아무리 심한 질책을 들어도 마땅하죠. 용서할 수 없는 행동이었습니다. 지금도 그 생각만 하면 몸서리가 쳐집니다."

"그날 저녁의 잘잘못은 더 이상 따지지 말기로 해요." 엘리자베스가 말했다. "엄밀히 말하면 우리 둘 다 비난을 면할 수 없으니까요. 하지만 그때 이후로 우리 둘 다 예절을 더 잘 알게 된 것 같아요."

"저는 그렇게 순순하게 저를 용서할 수 없습니다. 그때 제가 했던 말, 저의 행동과 태도, 제가 썼던 표현들은 몇 달이 지난 지금까지도 제게 이루 말할 수 없는 고통을 안겨 줍니다. 너무나 적절했던 당신의 질책을 저는 결코 잊을 수가 없습니다. '좀 더 신사적인 태도를 보여 줬다면.' 이렇게 말씀하셨죠. 그 말이 저를 얼마나 괴롭혔는지 당신은 상상도 못 할 겁니다. 고백하건대, 그 말이 옳다는 걸 깨달을 만큼 이성을 되찾기까지는 시간이 한참 걸렸답니다."

"그 말이 그렇게 강한 인상을 줬을 줄은 정말 몰랐네요. 그걸 그런 식으로 받아들이실 거라고는 생각도 못 했어요."

"그러셨을 겁니다. 그때 당신은 저를 제대로 된 감정이라곤 느끼지 못하는 사람으로 보셨죠. 틀림없습니다. 어떤 식으로 말했어도 당신이 저를 받아들이게 만들지 못했을 거라고 말하실 때의 그 표정을 저는 결코 잊을 수 없을 겁니다."

"아! 그때 제가 했던 말은 다시 입에 올리지 마세요. 다시 생각해 봐야 좋을 게 하나도 없어요. 분명히 말씀드리지만 그때 일을 진심으로 부끄럽게 생각한 지 오래되었답니다."

다아시는 자신이 보냈던 편지를 언급했다. "혹시," 그가 말했다. "그걸 읽자마자 곧바로 저를 조금은 더 괜찮은 사람으로 보시게 된 건가요? 그걸 읽었을 때, 내용에 조금이라도 신뢰가 가던가요?"

그녀는 그 편지가 자신에게 어떤 효과를 발휘했는지, 그러면서 그때까지 가지고 있던 편견들이 어떻게 차츰차츰 사라졌는지 설명했다.

"제 편지가," 그는 말했다. "당신에게 고통을 안겨 주리라는 걸 알았지만 어쩔 수 없었습니다. 그 편지를 없애 버렸기를 바랍니다. 한 부분, 특히 첫머리는 당신이 다시 읽을까 봐 두렵습니다. 당신이 저를 미워한다고 해도 할 말이 없을 몇몇 표현들은 지금도 기억하고 있습니다."

"저의 애정을 유지하기 위해 꼭 그래야만 한다고 생각하신다면 그 편지는 마땅히 태워 버려야겠죠. 우리는 둘 다 제 생각이 영원하지는 않을 거라는 건 잘 알고 있어요. 하지만 바라건대 그렇게 쉽게 변하지는 않을 거라는 걸 알아 주세요."

"그 편지를 쓸 때는," 다아시가 말을 받았다. "제가 완벽하게 차분하고 냉정한 상태라고 믿었지만 사실은 몹시 기분이 상한 상태에서 썼다는 걸 그 후에 알았습니다."

"시작은 그렇게 기분이 상한 상태에서 했는지 몰라도 끝은 그렇지 않았어요. 작별의 인사는 자애롭기 그지없었는걸요. 하지만 이제 편지에 대해서는 그만 생각하기로 해요. 그걸 쓴 사람이나 받은 사람의 감정이 이제 그때와는 사뭇 달라졌기 때문에 그것과 관련된 모든 불쾌한 상황들은 잊어버려야 해요. 당신은 제 소신을 몇 가지 배우셔야 하는데, 기억했을 때 즐거운 과거만을 생각하라는 것도 그중 하나예요."

"그런 소신이라면 저는 인정할 수 없겠는데요. 당신은 뒤를 돌아봐도 비난받을 일이 전혀 없으니 그에 따른 행복이란 소신이 아니라 오히려 무지에서 나오는 거라고 봐야겠죠. 하지만 제 경우에는 그렇지가 않습니다. 고통스러운 기억들이 끼어드는데, 그건 물리칠 수도 없고 그래서도 안 되는 기억들입니다. 저는 평생 이기적인 사람이었습니다. 비록 원칙적으로는 그렇지 않았어도 실제로는 그랬죠. 어려서 무엇이 옳은지는 배웠지만 성격을 바로잡는 법은 배우지 못했습니다. 올바른 원칙들을 지녔으나, 오만과 허세를 가지고 그런 원칙들을 따랐죠. 안타깝게도 아들이 하나뿐이었던 탓에 (오랫동안 외동이기도 했고) 응석받이로 자랐는데, 부모님은 좋은 분이셨지만 (특히 아버님은 너무나 자애롭고 온화한 분이셨죠.) 이기적이고 거만한 태도를 방치하고 부추기셨을 뿐만 아니라 심지어 그런 태도를 가르쳐 주셔서, 제 가족 말고는 거들떠보지 않고 세상을 전부 하찮게 여기도록, 적어도 저에 비해 세상 사람들의 생각과 가치가 하찮다고 여기게 만드셨죠. 여덟 살부터 스물여덟 살까지 그렇게 살았습니다. 그리고 너무나 사랑스러운 엘리자베스 당신이 아니었다면 지금도 여전히 그랬을 겁니다! 당신의 덕이 아닌 게 뭐가 있을까요! 당신이 제게 가르쳐 준 교훈은 처음에는 정말이지 가혹했지만, 너무나 유익한 것이었습니다. 당신 덕분에 저는 겸손을 배웠습니다. 당신에게 청혼을 하러 갔을 때 저는 승낙을 추호도 의심하지 않았죠. 사랑받을 가치가 있는 여성을 기쁘게 해 줄 수 있다고 믿었는데, 당신은 그런 겉치레가 얼마나 쓸데없는지를 깨닫게 해 주었습니다."

"그때 제가 승낙할 거라고 생각하셨던 거예요?"

"정말로 그랬습니다. 저를 허세덩어리라고 생각하시겠죠? 저의 청혼을 원하고, 또 기대하고 있을 거라고 믿었답니다."

"저의 태도에도 잘못은 있었어요. 하지만 의도적인 건 아니었어요. 당신을 속일 생각은 결코 없었지만, 기분 내키는 대로 행동하다 보면 잘못된 행동을 할 때도 많아요. 그날 저녁 이후로 저를 얼마나 미워하셨을까요!"

"미워하다뇨! 처음에는 분명히 화가 났겠지만, 저의 분노는 즉시 제대로 방향을 잡기 시작했어요."

"펨벌리에서 만났을 때 저를 어떻게 생각하셨는지는 물어보기가 두려울 정도예요. 그곳에 간 저를 욕하셨을 테죠?"

"천만에요. 그저 놀랐을 뿐입니다."

"아무리 놀라셨다고 해도 당신의 눈에 띄었을 때 제가 느낀 놀라움보다 클 수는 없었을 거예요. 저도 양심이 있는지라 특별한 대접을 받을 자격이 없다는 걸 알았고, 솔직히 말해서 받아 마땅한 대우 이상으로는 기대하지 않았어요."

"그 당시에 제 목적은," 다아시가 대답했다. "최대한 예를 갖춰서 제가 과거에 있었던 일로 속 좁게 구는 사람이 아니라는 걸 보여 드리는 것이었습니다. 당신이 질책했던 점들을 바로잡았다는 걸 보여 드림으로써 당신의 용서를 구하고, 잘못된 오해도 풀고 싶었죠. 다른 소망들이 얼마나 빨리 솟아났는지는 저도 알 수 없지만, 당신을 보고 대략 30분쯤 지났을 때였을 것 같습니다."

그러고는 조지애나가 그녀를 알게 되어 기뻐했으며, 갑작스럽게 교제가 중단되어 무척 실망했다는 얘기를 했다. 그러자 이야기는 자연스럽게 중단의 원인으로 이어졌다. 그녀는 머지않아 그가 리디아를 찾기 위해 더비셔에서부터 자신을 따라오기로 마음먹은 것이 여관을 떠나기도 전이었으며, 그때 그렇게 엄숙한 표정으로 생각에 잠겨 있었던 것도 다른 이유가 아니라 그런 결심에 뒤따르는 문제들을 따져 보느라 그랬다는 것을 알게 되었다. 그녀는 다시 한번 고마움을 표했지만, 그 얘기는 서로에게 너무 괴로웠던 터라 더 이상 자세히 말하지 않기로 했다.

두 사람은 여유롭게 몇 킬로미터를 걸었지만 이야기에 빠져 얼마나 걸어왔는지도 몰랐다가 마침내 시계를 보고서야 집에 있어야 할 시간이라는 걸 알게 되었다.

"빙리 씨와 제인 언니는 어떻게 됐을까!" 이걸 궁금해하다가 그들의 이야기로 이어졌다. 다아시는 둘의 약혼을 기뻐했다. 친구에게서 제일 먼저 그 소식을 들은 터였다.

"놀라셨나요? 그걸 안 물어볼 수 없겠는데요." 엘리자베스가 말했다.

"전혀요. 여길 떠나면서 곧 그렇게 될 거라고 느꼈습니다."

"그렇다면 그건 당신이 허락을 하셨다는 얘기로군요. 저도 그렇게 짐작했어요." 그는 허락이라는 표현에 몹시 난감해했지만 그녀는 실제로 그렇게 된 일이라는 걸 알았다.

"런던으로 떠나기 전날 저녁에," 그가 말했다. "그 친구에게 다 털어놨습니다. 전부터 그래야겠다고 생각하고 있었죠. 내 딴에는 걱정스러워서 한 일이지만 그의 일에 끼어들었던 건 터무니없고 주제넘었다고 말했습니다. 그는 대단히 놀라더군요. 그런 줄은 전혀 모르고 있었으니까요. 당신의 언니가 그에게 무심하다고 생각했던 건 내가 잘못 본 것이라고도 얘기했습니다. 언니에 대한 그의 애정이 조금도 식지 않았다는 걸 쉽게 알 수 있었기 때문에 두 사람이 함께한다면 행복할 거라고 확신했죠."

엘리자베스는 친구를 손쉽게 다루는 그의 모습에 저절로 미소가 지어졌다. "저희 언니가 그분을 사랑한다고 말하신 건 본인의 관찰에서 나온 건가요, 아니면 제가 지난봄에 그렇게 말씀드렸기 때문인가요?"

"전자입니다. 최근에 이곳을 두 차례 방문했을 때 언니를 자세히 관찰하면서 언니의 애정을 확신했습니다."

"그리고 당신이 그걸 보증하니까 친구분도 곧바로 확신하게 되었고요."

"맞습니다. 빙리처럼 꾸밈없고 겸손한 친구는 없습니다. 워낙 소심하다 보니 이런 중요한 문제에는 자신의 판단에 따르기를 주저합니다. 그런데 제 판단에 의존하면 모든 게 편하거든요. 고백할 것이 한 가지 더 있었는데, 그것 때문에 그는 한동안 기분이 상해 있었고, 그건 당연한 일이었습니다. 언니가 지난겨울에 세 달 동안 런던에 있었고, 제가 그 사실을 알면서도 일부러 그에게 말하지 않았다는 사실을 숨길 수 없었습니다. 그는 화를 내더군요. 하지만 언니의 감정에 대한 의구심이 사라지면서 화도 풀린 것 같았습니다. 지금은 진심으로 저를 용서했고요."

엘리자베스는 빙리가 아주 기분 좋은 친구이며, 그렇게 쉽게 조종할 수 있으니 더욱 소중한 친구라고 말하고 싶었지만 참았다. 다아시는 남의 놀림감이 되는

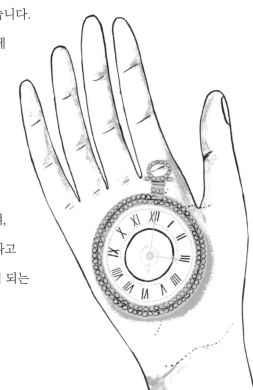

것에 익숙하지 않았고, 그걸 가르쳐 주기엔 아직 너무 이르다는 걸 기억했다. 자신보다는 당연히 덜하겠지만 빙리도 충분히 행복할 거라고 예상하면서 그는 집에 도착할 때까지 얘기를 계속했고, 복도에서 두 사람은 헤어졌다.

59

"리지, 대체 어디까지 걸어갔던 거니?" 엘리자베스가 방에 들어서자마자 제인이 물었고, 그들이 식탁에 앉자 다들 똑같은 질문을 했다. 그녀는 그냥 거닐다 보니 모르는 사이에 멀리까지 가게 됐다고만 대답했다. 그렇게 말하면서 얼굴을 붉혔지만, 그러거나 말거나 뭔가 있는 것 같다는 낌새를 알아차린 사람은 아무도 없었다.

그날 저녁은 조용히 지나갔고 별다른 일은 없었다. 공식적으로 인정된 연인들은 이야기를 나누며 웃었고, 그렇지 않은 이들은 말이 없었다. 다아시는 행복에 겨워 어쩔 줄 모르는 성격이 아니었고, 엘리자베스는 들뜨고 혼란스러워서 머리로는 행복하다는 걸 알았지만, 마음으로는 제대로 느끼지 못했다. 게다가 지금의 이런 당혹스러움 외에도 다른 난관이 기다리고 있었다. 자신의 상황이 알려지면 가족들이 어떻게 나올지는 빤했다. 제인 말고는 그를 좋아하는 사람이 아무도 없었고, 심지어 그의 재산이나 지위로도 씻어 낼 수 없을 만큼 그를 싫어하는 게 아닌가 걱정이 되었다.

밤에 그녀는 제인에게 자신의 마음을 털어놓았다. 어지간해서는 의심하는 성격이 아닌 제인이지만 이것만큼은 도무지 믿으려 들지 않았다.

"농담하는 거지, 리지. 말이 안 되잖아. 다아시 씨하고 결혼을 한다니! 아니야, 난 안 속을 거야. 있을 수 없는 일이라는 걸 알거든."

"시작부터 너무 비참한걸! 나는 언니만 믿었는데. 언니마저 나를 믿어 주지 않는 다면 누가 믿겠어. 하지만 나는 정말 진지해. 이건 틀림없는 사실이야. 그는 여전히 나를 사랑하고 우리는 결혼을 약속했어."

제인은 의심스러운 눈초리로 그녀를 쳐다봤다. "아, 리지! 그럴 리가 없어. 네가 그 사람을 얼마나 싫어하는지 다 아는데."

"언니는 아무것도 몰라. 그건 다 옛날 일이야. 늘 지금처럼 그를 사랑했던 건 아 니겠지만, 이런 상황에서는 기억력이 뛰어나다는 게 좋은 게 아니야. 나도 지금 이 후로는 그걸 잊어버릴 거야."

제인은 여전히 어리둥절한 표정이었다. 엘리자베스는 다시 한번, 더 진지하게, 모두 사실이라고 말해 주었다.

"맙소사! 정말 그럴 수 있다니! 하지만 이제는 네 말을 믿어야겠지." 제인이 외쳤 다. "내 사랑하는 동생 리지야, 축하하고 싶…… 아니 축하해. 하지만 확신이 있어? 이렇게 물어봐서 미안하지만, 그 사람이랑 행복할 수 있다고 정말 확신하는 거야?"

"의심의 여지가 없어. 우리 사이에서는 이미 얘기가 끝났어. 우리가 세상에서 가 장 행복한 부부가 될 거라고. 하지만 언니도 기쁘지? 동생의 남편감으로 마음에 들 어?"

"너무 좋지. 빙리나 나한테 이보다 더 기쁜 일이 어디 있겠니. 우리끼리도 생각해 보고 얘기해 봤지만 불가능하다고 봤거든. 그러니까 그분을 정말 그렇게 사랑하는 거 맞지? 아, 리지! 애정 없는 결혼은 절대로 안 돼. 그만큼의 감정을 느끼고 있는 게 확실해?"

"물론이지! 내 얘기를 다 듣고 나면 그만큼의 감정 이상이라는 걸 알게 될 거야."

"무슨 말이야?"

"이런, 고백을 해야겠네. 내가 빙리보다 그를 더 사랑한다고 말이야. 언니가 화를 내겠지만."

"얘! 농담하지 말고 진지하게 좀 얘기해. 얼른 내가 알아야 할 걸 다 말해 봐. 언제부터 그를 사랑했던 건데?"

"너무 서서히 벌어진 일이라 언제 시작했는지는 나도 잘 모르겠어. 하지만 펨벌리에서 그의 아름다운 영지를 처음 봤을 때였던 것 같아."

다시 한번 농담하지 말라는 간청이 이번에는 효과가 있었고, 엘리자베스는 곧 진지하게 자신의 애정을 확신함으로써 제인을 안심시켰다. 그 부분을 확인하고 나자 제인은 더 이상 바랄 게 없었다.

"이제 나는 너무 행복해." 그녀가 말했다. "너도 나만큼 행복할 테니까. 나는 처음부터 그를 높이 평가했었어. 다른 건 아무것도 없이 그가 너를 사랑한다는 이유만으로도 그랬을 거야. 그런데 이제는 빙리의 친구이자 네 남편이니, 나한테 그분보다 더 소중한 사람은 빙리하고 너뿐이야. 하지만 리지, 그런 얘기를 한마디도 안 하다니 어쩜 그렇게 앙큼할 수가 있니. 펨벌리와 램턴에서 있었던 얘기를 왜 안 해 줬던 거야! 아는 것들도 그나마 네가 아닌 다른 사람들을 통해 들은 거잖아."

엘리자베스는 비밀로 할 수밖에 없었던 이유를 말해 주었다. 빙리의 이름을 언급하고 싶지 않았고, 자신의 감정이 완전하게 정리되지 않은 터라 그의 친구 이름 역시 피하고 싶었노라고 말했다. 하지만 이제는 리디아가 결혼하기까지 그가 했던 일을 제인에게 감출 이유가 없어졌다. 엘리자베스는 모든 걸 털어놓았고, 밤이 깊도록 두 사람의 얘기는 계속되었다.

"맙소사!" 다음 날 아침에 창가에 서 있던 베넷 부인이 외쳤다. "저 기분 나쁜 다아시 씨가 또 우리 빙리를 따라오네! 지겹게 계속 오는 이유가 뭐야? 사냥을 가거나 다른 뭐라도 할 것이지, 왜 빙리를 따라와서 우리를 괴롭히는 건지 통 알 수가 없네. 저 사람을 어쩌면 좋아? 리지, 네가 이번에도 저 사람이랑 산책을 좀 해 줘야겠다. 빙리한테 거치적거리지 않게."

엘리자베스는 그토록 마침맞은 제안에 웃음을 참기 힘들었다. 하지만 어머니가 그에게 계속해서 그런 꼬리표를 붙이는 건 정말 속상한 일이었다.

두 사람이 들어오자마자 빙리는 그녀를 의미심장하게 쳐다보며 너무나 열렬하게 악수를 해서 자신이 다 알고 있다는 티를 있는 대로 드러냈다. 그러고는 곧이어 큰 소리로 말했다. "베넷 씨, 오늘 또 리지가 길을 잃을 만한 오솔길이 더 없나요?"

"다아시 씨와 리지, 그리고 키티는," 베넷 부인이 말했다. "오늘 아침에 오컴 언덕길을 걷는 게 좋겠네요. 한산해서 오래 걸을 수 있는 길이죠. 다아시 씨는 그쪽 경치는 보신 적이 없을 테니까."

"다른 사람들한테는 좋겠지만," 빙리 씨가 말을 받았다. "키티한테는 너무 무리일 것 같네요. 그렇지 않아, 키티?"

키티는 차라리 집에 있겠다고 말했다. 다아시는 언덕에서 어떤 풍경이 펼쳐질지 무척 궁금하다고 했고, 엘리자베스는 잠자코 동의했다. 그녀가 나갈 준비를 하러 위층에 올라갈 때 베넷 부인이 그녀의 뒤를 따라오며 이렇게 말했다.

"정말 미안하다, 리지. 저렇게 꼴 보기 싫은 사람을 너한테 떠넘겨서. 하지만 너는 개의치 않겠지. 다 제인을 위한 일이니까. 저 사람한테는 이따금 한두 마디만 하면 따로 얘기할 일도 없을 거야. 그러니 너무 신경 쓰지 마."

두 사람은 산책을 하면서 그날 저녁에 베넷 씨의 승낙을 얻자고 합의했다. 어머니의 동의를 구하는 일은 엘리자베스가 맡기로 했다. 어머니가 어떤 반응을 보일지는 그녀도 알 수 없었다. 가끔은 그의 재산과 지위로도 그 사람에 대한 어머니의 반감을 뒤집을 수 있을지 의구심이 들었다. 하지만 어머니가 두 사람의 혼사를 맹렬히 반대하든, 아니면 맹렬히 반기든, 어느 쪽이든 양식 있는 사람의 태도가 아닐 것만은 틀림없었다. 그녀는 어머니가 그 얘기를 듣자마자 좋아서 날뛰는 소리도 이 혼사는 안 된다며 펄펄 뛰는 것만큼이나 다아시 씨가 듣게 되는 상황을 견딜 수 없었다.

그녀는 저녁에 베넷 씨가 서재로 물러가자마자 다아시 씨가 따라 일어나는 걸 봤고, 그걸 보려니 마음이 이만저만 초조한 게 아니었다. 아버지가 반대하실 걸 걱정한다기보다 아버지가 불행해하실 게 염려되었다. 자신의 선택으로 인해, 가장 아끼는 딸인 자신을 시집보내는 게 속상하고 딸을 여의게 되어 걱정과 회한으로 가득 찰 아버지를 봐야 한다는 것도 괴로웠다. 그래서 속상한 마음으로 앉아 있는데 다아시 씨가 다시 들어왔고, 그가 미소를 짓는 걸 보니 조금 마음이 놓였다. 잠시 후에 그녀가 키티와 앉아 있던 테이블로 다가온 그는 키티의 솜씨를 칭찬하는 척하다가 조그맣게 속삭였다. "아버님께 가 봐요. 서재에서 기다리십니다." 그녀는 곧바로 서재로 갔다.

아버지는 방을 서성이고 있었는데, 근엄하고 근심스러운 표정이었다. "리지," 그가 말했다. "이게 무슨 일이냐? 이 사람의 청혼을 받아들이다니 제정신이야? 너는 처음부터 그 사람을 싫어하지 않았었니?"

그 순간 엘리자베스는 애초에 더 사리에 맞게 판단하고 더 적절한 표현을 썼더라면 좋았을 거라고 진심으로 바랐다! 그렇더라면 이렇게 어색한 설명과 고백은 필요 없었을 것이었다. 하지만 이제 그게 필요한 순간이 되었고, 엘리자베스는 조금 당혹스러워하며 아버지에게 다아시 씨를 사랑한다고 분명히 말씀드렸다.

"다시 말해서 그를 붙잡기로 결정했다는 거로구나. 그가 부자인 건 분명하니까. 너는 제인보다 더 근사한 옷과 근사한 마차를 갖게 되겠지. 하지만 그런다고 행복할 수 있을까?"

"제가 그 사람을 좋아하지 않는다고 생각하시는 것 말고는," 엘리자베스가 말했다. "다른 반대는 없으신 거예요?"

"전혀 없지. 그가 오만하고 불쾌한 사람이라는 건 모르는 사람이 없지만, 네가 그를 정말로 좋아한다면 그게 무슨 문제겠니."

"좋아해요, 그를 정말 좋아해요." 그녀는 눈물까지 글썽이며 대답했다. "저는 그를 사랑해요. 사실은 그가 터무니없이 오만한 것도 아니에요. 그는 정말 좋은 사람이에요. 아버지는 그가 실제로 어떤 사람인지 모르세요. 그러니 부디 그런 식으로 말씀하셔서 저를 힘들게 하지 말아 주세요."

"리지야." 그녀의 아버지가 말했다. "그에게 허락했다. 그는 직접 청하면 차마 어떤 것도 거절할 수 없는 그런 사람이더구나. 그리고 네가 그를 선택하기로 결심했다면 너에게도 허락을 하마. 하지만 잘 생각해 보라고 충고하고 싶다. 아버지가 리지 너의 기질을 잘 아는데, 너는 남편 되는 사람을 진심으로 존경하지 않으면 행복할 수도, 어엿하게 살 수도 없는 사람이야. 너는 넘치는 재주를 가졌기 때문에 안 어울리는 결혼을 했다간 여간 위험하지 않을 게다. 망신과 불행을 피할 수 없을 거라고. 얘야, 인생의 반려자를 존경하지 못하는 모습을 보여서 이 아버지를 슬프게 만들지 말아 다오. 네가 뭘 하려는지 제대로 알고 있는 거니?"

엘리자베스는 더욱 괴로운 마음에 진지하고 엄숙하게 대답했다. 그리고 마침내 다아시 씨가 정말 자신이 선택한 사람이라는 것을 재차 확인하고, 그에 대한 생각이 차츰 변했다는 것을 설명하면서 그의 애정이 하루아침에 생겨난 것이 아니며 여러 달 동안 혼자 전전긍긍하면서도 간직해 온 것이라는 사실과 그의 모든 장점을 힘주어 일일이 얘기한 끝에, 그녀는 아버지가 불신을 털어 내고 딸의 결혼을 받아들이게 만들었다.

"그러면, 얘야." 엘리자베스가 말을 마쳤을 때 그가 말했다. "더 이상 할 말이 없다. 만약 그렇다면 그는 네 짝이 될 자격이 있구나. 그에 못 미치는 사람이라면 우리 리지를 보낼 수 없지."

우호적인 인상을 더 확실하게 다지기 위해 그녀는 다아시 씨가 리디아를 위해 자발적으로 했던 일들을 아버지에게 말씀드렸다. 그는 딸의 이야기를 듣고 깜짝 놀랐다.

"정말이지 놀라운 밤이로구나! 그러니까 다아시가 그 모든 일을 했단 말이지. 결혼을 성사시키고 돈을 주고 그 녀석의 빚을 갚아 주고 장교까지 만들어 줬어! 그렇다면 더 잘됐구나. 내 수고를 덜어 주고 돈까지 아껴 주었으니. 그게 네 외삼촌이 한 일이었다면 돈을 갚아야 하고, 또 당연히 그랬을 테지만, 열렬하게 사랑하는 연인들이 제멋대로 한 일이라면야. 내일 그 사람에게 돈을 갚겠다고 말해 보겠다. 그러면 그는 너를 사랑해서 한 일이라며 열변을 토할 테고, 그걸로 그 일은 마무리가 되는 거야."

그러고는 며칠 전에 콜린스 씨에게서 온 편지를 읽어 줬을 때 그녀가 당황하던 걸 떠올리고는 한참을 웃다가 가 보라고 했고, 그녀가 서재를 나서려고 할 때 이렇게 덧붙였다. "메리나 키티를 달라면서 젊은 남자들이 찾아오면 들여보내라. 지금 아주 한가하니까."

이제 엘리자베스는 마음에서 아주 무거운 짐을 내려놓은 기분이었다. 그리고 자기 방에서 30분쯤 조용히 생각에 잠기고 나서야 어느 정도 차분하게 다른 사람들과 어울릴 수 있는 상태가 되었다. 모든 것이 이제 막 벌어진 터라 기뻐할 새도 없었지만, 그날 저녁은 조용한 가운데 흘러갔다. 이제 심각하게 걱정할 일은 없어졌고, 느긋하고 익숙한 편안함은 시간이 지나면 오게 될 것이었다.

밤에 어머니가 윗방에 올라갈 때 그녀는 따라가서 중대한 소식을 전했다. 그 효과는 이루 말할 수 없이 특별했다. 처음 그 말을 들은 베넷 부인은 가만히 앉아서 입도 뻥긋하지 못했다. 가족에게 이로운 일이나 딸들의 연인이라는 형태로 나타나는 행운을 알아차리는 데 둔한 편이 아니었음에도 무슨 얘기를 들었는지 이해하기까지는 한참이 걸렸다. 그러다 마침내 기운을 차리고 의자에 앉았다 일어났다 몸을 들썩이며 놀라워하고, 신의 가호를 빌었다.

"어머나! 하느님 감사합니다! 생각해 봐! 아이고 세상에! 다아시 씨라니! 누가 생각이나 했겠어! 그런데 정말이냐? 어머! 우리 예쁜 리지! 이제 아주 부잣집 마나님이 되겠구나! 용돈에 보석에 마차에! 그에 비하면 제인은 아무것도 아니지. 아니고 말고. 너무 기쁘고, 너무 행복하구나. 그렇게 매력적인 남자가! 생기기는 얼마나 잘생겼고 키는 또 얼마나 훤칠하니! 아유, 우리 리지! 전에 그 사람을 그렇게 싫어한 건 부디 용서해 다오. 그 사람도 눈감아 주겠지. 리지야, 우리 리지야. 런던에 집도 있고! 멋있는 건 죄다 가지고 있지! 딸 셋을 시집보낸다니! 일 년에 1만 파운드! 아이고, 하느님. 이러다 내가 어떻게 될 것 같아. 정신을 차릴 수가 없구나."

이 정도면 그녀의 승낙은 의심할 필요가 없다는 게 충분히 입증되었다. 그리고 엘리자베스는 어머니의 격한 반응을 자기 혼자 들은 것에 흡족해하며 얼른 밖으로 나왔다. 하지만 자기의 방으로 가서 채 3분도 앉아 있기 전에 어머니가 따라 들어왔다.

"우리 딸." 그녀는 큰 목소리로 말했다. "도무지 다른 생각을 할 수가 없어! 연 수입 1만 파운드인데 그것도 전부가 아닐 테니까! 왕이 부럽겠니! 특별 허가. 너는 특별 허가를 받아서 결혼해야 하고, 또 그렇게 하게 될 거야. 아무튼, 우리 예쁜 딸. 다아시 씨가 특별히 좋아하는 음식이 뭔지 말해 줄래? 내일 준비하려고."

이건 그 신사에게 어머니가 어떻게 행동할지를 말해 주는 슬픈 전조였다. 그리고 엘리자베스는 그의 뜨거운 사랑을 얻고 양친의 허락도 받았지만, 아직도 바랄 게 남았다는 걸 깨달았다. 하지만 그다음 날은 그녀가 예상했던 것보다 훨씬 수월하게 지나갔다. 다행스럽게도 베넷 부인이 장래의 사위를 무척 어려워하는 바람에 함부로 말을 걸지 못했고, 그저 관심을 표한다거나 그의 의견에 찬사를 보내는 게 고작이었다.

엘리자베스는 아버지가 그와 친해지려고 애쓰는 모습을 보며 흡족했다. 베넷 씨는 곧 그녀에게 그가 볼수록 훌륭한 사람이라고 힘주어 말했다.

"세 명의 사위가 다 대단한 것 같다." 그가 말했다. "그래도 제일 좋아하는 사위는 위컴이겠지만, 네 남편도 제인의 남편만큼이나 마음에 들 것 같구나."

60

엘리자베스의 기분은 곧 다시 명랑해졌고, 다아시 씨에게 어쩌다가 자신을 사랑하게 되었는지 말해 달라고 했다. "어떻게 시작된 거죠?" 그녀가 말했다. "당신이 일단 시작하면 계속 멋지게 하는 사람이라는 건 알겠는데, 처음에 어떻게 시작하게 된 거냐고요?"

"그 마음의 토대가 된 정확한 시간이나 장소, 또는 표정이나 말을 구체적으로 집어낼 수는 없어요. 너무 오래전의 일이거든요. 시작됐다는 걸 알았을 때는 이미 한참 지난 후였죠."

"제 미모에는 처음부터 아랑곳하지 않았고, 제 태도, 당신에 대한 제 태도는 줄잡아 말하더라도 거의 무례한 수준이었죠. 당신에게 말을 할 때면 늘 고통을 주려고 했고요. 그러니까 솔직히 말해 보세요. 제가 건방져서 좋아진 건가요?"

"발랄한 마음이 좋았습니다."

"그냥 건방지다고 해도 괜찮아요. 별로 차이도 없었으니까. 사실 당신은 예의범절이나 경의, 오지랖 같은 관심에 신물이 났던 거예요. 당신에게 말을 걸고 쳐다보면서 당신이 인정해 주길 바라는 여자들이 지겨우셨죠. 그런데 나는 그런 여자들과는 전혀 달랐기 때문에 신선하고 관심이 생겼던 거예요. 당신이 정말로 상냥한 사람이 아니었다면 그런 점 때문에 저를 싫어했을 테지만, 애써 감추려고 노력했음에도 당신의 마음은 늘 고귀하고 공정했어요. 그리고 마음속으로는 기를 쓰고 당신에게 잘 보이려는 사람들을 철저하게 경멸했던 거예요. 자, 당신이 설명해야 하는 수고를 제가 덜어 드렸어요. 그리고 모든 걸 떠올려 볼 때 완벽하게 합리적인 설명이라는 생각이 드네요. 당신은 저의 실질적인 장점이 뭔지 몰랐던 게 확실하지만, 사랑에 빠진 사람들은 아무도 그런 생각을 하지 않죠."

"제인이 네더필드에서 병이 났을 때, 언니에게 보여 준 당신의 애정 어린 행동에도 좋은 점이 있지 않았을까요?"

"사랑하는 제인! 누군들 언니한테 그만큼 하지 않겠어요? 하지만 그건 얼마든지 미덕으로 생각해도 좋아요. 저의 장점은 당신의 관할하에 있으니, 원하는 대로 마음껏 부풀리세요. 그러면 저는 그 보답으로 최대한 자주 당신을 놀리고 다툴 거리를 찾아낼게요. 지금 바로 시작할까요? 마침내 마음을 털어놓기까지 그렇게 주저한 이유는 뭐죠? 처음 여기 오셨을 때, 그리고 나중에 식사를 하실 때에도 왜 그렇게 저를 피하셨죠? 무엇보다 방문했을 때 저에게 아예 관심 없는 것처럼 굴었던 이유가 뭐예요?"

"당신이 무거운 표정으로 말도 하지 않고 저에게 전혀 용기를 주지 않았기 때문입니다."

"하지만 저는 민망해서 그랬던 거예요."

"저도 그랬습니다."

"정찬을 드시러 왔을 때에는 저에게 더 말을 걸 수도 있었는데."

"감정이 없는 사람이라면 그랬을 테죠."

"당신은 이치에 맞는 대답만 하시고, 저는 또 이치에 맞도록 그걸 인정해야 하니 안타깝네요! 하지만 당신을 혼자 내버려 뒀으면 언제까지 그러고 계셨을지 궁금해요. 제가 물어보지 않았더라면 대체 언제 말을 꺼냈을까요! 리디아에게 베푼 친절에 대해 감사를 드려야겠다고 결심했던 게 효과가 컸죠. 지나칠 만큼 컸어요. 그 얘기를 꺼내지 말았어야 했는데, 약속을 어겼기 때문에 우리가 이렇게 편안해졌으니 이제 도덕은 어떻게 되는 건가요? 이래선 안 되겠어요."

"괴로워할 필요 없어요. 도덕에는 아무런 문제도 없을 테니까. 캐서린 이모님이 부당하게 우리를 갈라놓으려 한 것이 제 의심을 모두 없애 주었어요. 제가 지금 느끼는 이 행복은 감사를 표하려는 당신의 열렬한 소망 때문이 아니었어요. 나는 당신이 그런 말을 해 주길 기다릴 마음조차 갖지 못했죠. 그런데 이모님이 전한 말씀이 희망을 주었고, 당장 모든 걸 알아야겠다고 결심한 겁니다."

"그렇게 무한한 도움이 되었으니 캐서린 부인은 행복하시겠어요. 그분은 남에게 도움을 주는 걸 좋아하시니까. 하지만 말해 보세요. 네더필드에는 왜 오신 거죠? 롱본으로 말을 타고 와서 당황한 모습을 보여 주려고? 아니면 좀 더 중요한 일을 꾀하셨던 건가요?"

"저의 진짜 목적은 당신을 보고, 만약 가능하다면, 당신의 사랑을 바랄 수 있는지 판단해 보려는 것이었죠. 표면적인 목적, 아무튼 저 자신에게 내세웠던 목적은 당신의 언니가 여전히 빙리에게 마음이 있는지 알아보자는 것이었고, 만약 그렇다면 친구에게 솔직히 털어놓으려는 것이었어요. 그래서 그렇게 했고요."

"무슨 일이 벌어졌는지 캐서린 부인께 알려 드릴 용기가 있으신가요?"

"저한테 필요한 건 용기보다는 시간일 겁니다, 엘리자베스. 하지만 결국 해야 할 일이고, 제게 종이를 한 장 주신다면 곧바로 하겠습니다."

"저에게도 써야 할 편지가 없었다면 당신 옆에 앉아 언젠가 어떤 숙녀분이 그랬던 것처럼 고른 글씨체에 감탄을 했을 텐데요. 하지만 제게도 외숙모가 계시고, 알려 드리는 걸 더 이상 늦출 수 없네요."

엘리자베스는 자신과 다아시 씨와의 친분이 얼마나 과장된 것인지 인정하기가 싫어서 가드너 부인의 긴 편지에 아직까지 답장을 쓰지 않았다. 하지만 이제는 크게 환영받을 것이 분명한 소식이 생겼기 때문에 외삼촌과 외숙모가 이미 사흘이나 행복해할 시간을 허비했다는 사실에 거의 미안한 마음까지 들어서 곧바로 이렇게 편지를 썼다.

사랑하는 외숙모, 모든 걸 자세하게 설명해 주신 길고 친절한 편지에 더 일찍 감사를 드렸어야 하지만, 솔직히 말씀드리면 편지를 드리는 게 내키지 않았어요. 외숙모께서 실제보다 더 부풀려서 생각하셨거든요. 하지만 이제 마음대로 생각하셔도 돼요. 공상의 나래를 펼치고 그 주제와 관련해서 외숙모의 상상이 이끄는 대로 어디로든 날아가셔도 됩니다. 이미 결혼했다는 것만 아니라면 크게 틀릴 일은 없어요. 곧바로 답장하셔서 지난번 편지보다 그이를 더 많이 칭찬하셔야 해요. 호수 지방으로 가지 않은 것에 대해 거듭 감사드려요. 그곳에 가고 싶어 했다니, 저도 참 어리석었죠! 망아지에 대한 생각은 마음에 들어요. 매일 장원을 돌아다니기로 해요. 저는 세상에서 제일 행복한 사람이에요. 다른 사람들이 벌써 했던 말이겠지만, 저처럼 한 치의 거짓도 없이 그 표현에 들어맞는 사람은 없을 거예요. 저는 제인보다도 더 행복해요. 언니는 미소만 지을 뿐이지만 저는 소리 내어 웃으니까요. 다아시 씨가 세상의 모든 사랑을 전해 달라네요. 저에게서 떼어 갈 수 있을 만큼이지만요. 두 분 다 크리스마스에 펨벌리에 오세요. 이만 줄일게요.

캐서린 부인에게 보내는 다아시 씨의 편지는 분위기가 달랐고, 지난번에 콜린스 씨가 보낸 편지에 대한 베넷 씨의 답장은 두 사람의 것과 또 달랐다.

친애하는 콜린스 씨,

한 번 더 축하를 받는 폐를 끼치게 되었소이다. 엘리자베스가 곧 다아시 씨의 부인이 될 예정이라오. 캐서린 부인을 최대한 위로해 주시오. 하지만 나라면 조카의 편을 들겠소이다. 그가 더 베풀 것이 많으니까.

그럼 이만.

결혼을 앞둔 오빠에게 빙리 양이 보낸 축하는 매우 다정하지만 성의가 없었다. 그녀는 같은 용건으로 제인에게도 편지를 썼는데, 기쁘다는 말과 함께 예전처럼 온갖 친애의 말을 되풀이했다. 제인은 그런 말에 속아 넘어가지는 않았지만 그래도 마음이 흔들렸고, 비록 믿을 만하다는 생각은 들지 않았어도 그녀가 받아 마땅한 수준 이상으로 훨씬 다정한 답장을 보내지 않을 수 없었다.

비슷한 소식을 듣고 다아시 양이 표현한 기쁨은 그걸 전한 오빠만큼이나 진심이었다. 그녀가 느낀 모든 기쁨과 새언니에게 사랑받고 싶은 열렬한 소망을 담아내기엔 앞뒤로 편지지 두 장을 빼곡히 채우고도 부족할 지경이었다.

콜린스 씨에게서 답장이 오기 전에, 또는 그의 부인이 엘리자베스에게 축하의 인사를 보내기도 전에, 롱본의 가족들은 콜린스 씨 내외가 루카스 저택에 왔다는 소식을 들었다. 그들이 이렇게 갑작스럽게 오게 된 이유는 곧 밝혀졌다. 조카의 편지를 보고 캐서린 부인이 격노하는 바람에 이 결혼을 정말 기뻐한 샬럿이 폭풍이 지나갈 때까지 피해 있고 싶어 했기 때문이다. 이런 때에 친구가 와서 엘리자베스는 진정으로 기뻤다. 하지만 친구를 만나자 다아시 씨가 친구 남편의 온갖 자랑과 비굴한 예의를 감내해야 하는 모습에 그 즐거움의 대가가 비싸다는 생각을 하지 않을 수 없었다. 그래도 그는 감탄스러울 만큼 차분하게 그 상황을 견뎌 냈다. 그는 심지어 이 마을에서 가장 빛나는 보석을 가져간다는 칭찬과 굉장히 점잖을 빼면서 세인트 제임스 궁에서 자주 만나길 희망한다는 윌리엄 루카스 경의 말에도 귀를 기울여 주었다. 비록 어깨를 움찔하기는 했지만, 그건 윌리엄 경이 시야에서 사라진 후였다.

필립스 부인의 예의 없는 태도는 그가 감내해야 했던 또 하나의, 어쩌면 가장 커다란 시련이었다. 필립스 부인도 자신의 언니처럼 그를 너무 어려워한 나머지 사근사근한 빙리에게 하는 것처럼 친하게 말을 걸지는 못했지만, 그래도 일단 말을 걸었다 하면 너무 저속했다. 그에 대한 존경심이 그녀를 조금 조용하게 만들기는 했을지언정 더 우아하게 만들어 주지는 못했다. 엘리자베스는 그가 두 사람의 눈에 자주 띄는 걸 막으려고 최선을 다했고, 되도록 자신과 같이 있거나 가족들 중에 그가 굴욕감을 느끼지 않고 대화를 나눌 수 있는 사람과 함께 있게 하려고 노력했다. 이런 일들로 인한 불편한 감정이 약혼 기간의 즐거움을 크게 앗아 갔지만, 미래에 대한 희망은 더해 주었다. 그리고 그녀는 두 사람 모두에게 별로 달갑지 않은 사람들을 벗어나 편안하고 우아한 펨벌리의 가족 모임으로 옮겨 가게 될 날을 즐거운 마음으로 기다렸다.

61

가장 든든한 두 딸을 시집보내는 날 베넷 부인은 어머니로서 마냥 행복했다. 나중에 그녀가 얼마나 기쁘고 뿌듯한 마음으로 빙리 부인을 방문했고 다시 부인에 대해 얘기했는지는 충분히 짐작할 수 있을 것이다. 자녀들을 좋은 곳으로 시집보내고 싶었던 열렬한 소망을 이루었으니 그녀가 남은 생은 더 분별 있고, 상냥하고, 교양 있는 여성으로 살아가는 행복한 변화가 일어났다고 말할 수 있었으면, 그녀의 가족들을 위해서라도, 얼마나 좋을까. 하지만 그녀의 남편은 그렇게 색다른 방식으로는 가정의 행복을 누리지 못했을 테니, 부인이 변함없이 어리석고 이따금 신경증이 도지는 편이 다행이었을지도 모른다.

베넷 씨는 둘째 딸이 몹시 그리웠다. 좀처럼 집을 나서지 않는 그였지만 엘리자베스를 사랑하는 마음 때문에 종종 집을 떠났다. 그는 펨벌리에 가는 걸 좋아했고, 전혀 예상치 못할 때 가는 걸 특히 즐겼다.

빙리 씨와 제인은 열두 달만 네더필드에 머물렀다. 어머니와 메리턴의 친척들과 너무 가까이에서 사는 건 그의 순한 성품이나 그녀의 상냥한 마음씨로도 견디기 힘들었다. 그래서 그의 누이들의 소망대로 더비셔가 가까운 마을에 저택을 구입했고, 제인과 엘리자베스는 다른 많은 행복의 원천에 서로 50킬로미터도 안 되는 거리에서 사는 즐거움까지 더하게 되었다.

키티는 두 언니와 대부분의 시간을 보내며 매우 실질적인 이익을 누렸다. 그 전까지 알고 지내던 이들보다 훨씬 월등한 사람들과 사귀면서 그녀는 굉장한 발전을 보였다. 키티는 리디아처럼 통제할 수 없는 기질이 아니었고, 리디아의 영향권에서 벗어나 적절한 관심과 통제를 받게 되자 조급함도 줄어들고 훨씬 총명해졌으며 더 세련돼졌다. 리디아와 어울리면서 더 이상 물들지 않도록 거리를 두게 하는 건 물론이었다. 위컴 부인이 무도회와 젊은 남자들을 운운하며 와서 지내다 가라고 키티를 자꾸 불러 댔지만 그녀의 아버지는 절대로 허락하지 않았다.

메리는 집에 남아 있는 유일한 딸이 되었다. 그녀는 혼자 앉아 있지 못하는 베넷 부인 때문에 공부에 방해를 받을 수밖에 없었다. 그런 탓에 메리는 사람들과 더 많이 어울려야 했지만, 아침에 손님이 방문할 때마다 도덕적인 훈계를 늘어놓을 수 있었다. 그리고 이제 언니들의 미모와 비교되는 굴욕을 느낄 필요가 없게 되면서 아버지가 보기에는 그녀가 큰 거부감 없이 변화에 순응하는 것 같았다.

위컴과 리디아로 말할 것 같으면, 그들의 성품은 언니들의 결혼으로도 별로 크게 달라지지 않았다. 위컴은 엘리자베스가 자신의 배은망덕한 행동이나 거짓말을 전에는 몰랐더라도 이제 알게 되었을 거라고 확신했지만 체념하고 넘어갔다. 그리고 그 모든 일에도 다아시를 구워삶아서 한몫 챙길 수 있을 거라는 희망을 완전히 포기하지 않았다. 엘리자베스의 결혼을 맞아 리디아가 보내온 축하 편지는, 위컴 본인은 아니더라도 최소한 그의 부인은 그런 희망을 품고 있다는 것을 알려 주었다. 그 편지의 내용은 다음과 같았다.

사랑하는 리지 언니,

결혼 축하해. 언니가 다아시 씨를 내가 우리 위컴을 사랑하는 마음의 반만큼이라도 사랑한다면 언니는 틀림없이 무척 행복할 거야. 언니가 그렇게 부자가 되었다니 얼마나 흐뭇한지 몰라. 그리고 달리 할 일이 없으면 부디 우리를 생각해 줘. 위컴이 궁정에 자리를 얻고 싶어 하고, 우리는 누군가의 도움이 없이는 생활을 꾸려 나가기가 빠듯할 것 같아. 일 년에 3~4백 파운드 정도면 어떤 자리라도 괜찮지만, 내키지 않으면 다아시 씨한테는 얘기하지 마.

그럼 이만.

마침 엘리자베스도 썩 내키지 않았던 터라 그녀는 답장에서 이런 종류의 청탁이나 기대를 더 이상 하지 않게 만들려고 노력했다. 그래도 개인적인 지출을 아끼고 줄여서 자기의 힘으로 해 줄 수 있는 만큼은 그들에게 자주 돈을 보태 주었다. 씀씀이가 그렇게 헤프고 장래는 통 생각하지 않는 두 사람이 관리를 하는 한 그 정도의 수입으로는 생활하기에 무척 부족할 게 틀림없다는 걸 그녀는 처음부터 분명하게 느끼고 있었다. 그들은 거처를 옮길 때마다 제인이나 그녀에게 밀린 돈을 낼 수 있게 도와 달라고 부탁하곤 했다. 그들의 생활 방식은 평화가 찾아와서 제대한 이후에도 매우 불안정했다. 그들은 늘 저렴한 곳을 찾아 전전했고, 분수에 넘치는 소비를 했다. 리디아를 향한 그의 애정은 곧 무관심으로 변했고, 그녀의 사랑도 조금 더 지속되는 데 그쳤다. 그녀는 나이가 어리고 처신이 바르지 못한 편이었어도, 결혼한 사람으로서 지녀야 할 평판은 지키려고 노력했다.

다아시는 그를 펨벌리로 받아들일 수 없었지만, 그래도 엘리자베스를 위해 그가 일자리를 얻도록 더 힘써 주었다. 리디아는 남편이 혼자 런던이나 바스로 놀러 가면 가끔씩 펨벌리를 방문했다. 빙리네에서는 두 사람 다 너무 오래 머무르는 일이 잦은 나머지 상냥한 빙리조차 참지 못하고 이제 그만 가 줬으면 좋겠다는 뜻의 얘기를 은근하게 내비치기도 했다.

빙리 양은 다아시의 결혼에 몹시 원통해했지만, 펨벌리를 방문할 권리를 잃는 건 현명하지 않겠다는 생각에 그런 원한을 모두 버렸다. 조지애나를 예전보다 더 좋아했고, 다아시에게도 지금까지와 거의 마찬가지로 친절했으며, 엘리자베스에게는 그전에 못 했던 것까지 더해서 예의를 갖추었다.

펨벌리는 이제 조지애나의 집이 되었다. 그리고 다아시가 바랐던 그대로 올케와 시누이는 서로를 아꼈다. 처음부터 그럴 마음을 먹고 있기도 했지만, 둘은 실제로도 서로를 사랑할 수 있었다. 비록 처음에는 오빠에게 명랑하고 장난스러운 말투로 얘기하는 것을 듣고는 거의 경악할 정도로 놀랐지만, 조지애나는 엘리자베스를 대단히 높이 평가했다. 자신의 애정을 억누를 만큼 존경심을 불러일으켰던 오빠가 이제는 대놓고 농담을 걸 수 있는 대상이 되는 것을 보았다. 조지애나는 전에는 차마 생각조차 할 수 없었던 것들을 알게 되었다. 엘리자베스가 가르쳐 준 덕분에 그녀는 열 살 이상 터울이 지는 오빠라면 항상 허용하지 않을 농담이라도 남편과는 자유롭게 얘기할 수 있다는 걸 이해하기 시작했다.

캐서린 부인은 조카의 결혼에 이루 말할 수 없이 분노했고, 결혼을 알리는 편지를 받고 답장을 쓰면서 자신의 특징인 진솔함과 솔직함을 모두 발휘하여 매우 모욕적인 말들을 사용했다. 특히 엘리자베스에 대해서 그런 욕을 쏟아 냈기 때문에 한동안은 모든 교류가 중단되었다. 하지만 결국 엘리자베스의 설득으로 다아시는 기분 나빴던 일을 눈감아 주면서 화해를 시도했다. 이모 쪽에서도 약간 더 고집을 피우다가, 조카에 대한 애정에서든 조카며느리가 어떻게 처신하는지에 대한 호기심에서든 화를 풀었다. 그래서 그런 여주인뿐만 아니라 그녀의 외삼촌 내외까지 런던에서 내려와서 그곳의 숲이 오염되었어도 아랑곳하지 않고 몸소 펨벌리로 그들을 방문했다.

가드너 내외와는 늘 가장 가까운 관계를 유지했다. 엘리자베스뿐만 아니라 다아시도 그들을 진심으로 사랑했다. 그리고 두 사람 모두 그녀를 더비셔로 데려와서 그들을 맺어 주는 역할을 한 장본인들에게 더없이 감사한 마음을 간직했다.

****** 제인 오스틴 연표 ***********

1775년 ※ 12월 16일 영국 햄프셔주에서 목사의 딸로 태어남.
        (8남매 중 일곱째이자 둘째 딸)

1783년 ※ 언니 카산드라와 함께 기숙 학교에 다니기 시작함.
        아버지로부터 폭넓은 독서 교육을 받기도 함.

1787년 ※ 습작 생활 시작.

1795년 ※ 〈레이디 수전〉 완성. 본격적으로 소설을 쓰기 시작.
        첫 장편 소설 《엘리너와 메리앤》 완성.

1795~6년 ※ 이웃의 조카였던 톰 리프로이를 만나 사랑에 빠짐.
          톰 리프로이와 결혼 직전까지 갔다가, 남자 쪽 집안의 반대로 깨짐.

1797년 ※ 톰 리프로이와의 일을 바탕으로 쓴 《첫인상》 완성.
        아버지가 런던의 한 출판사에 원고를 보냈으나 출간을 거절당함.

1798년 ※ 《엘리너와 메리앤》을 고쳐 쓴 《이성과 감성》 완성.

1799년 ※ 《수전》 완성.

1801년 ※ 아버지 은퇴 후 어머니, 언니와 함께 서머싯주의 도시 바스로 이사.

1802년 ※ 넓은 토지를 상속받을 예정인 해리스 비그위더의 청혼을 받음.

청혼을 수락했다가 다음 날 아침에 거절.
그 후 언니 카산드라와 함께 평생 결혼하지 않고 살았음.

1805년 ✼ 1월 아버지의 죽음으로 경제적인 어려움을 겪게 됨.
4월 셋방살이 시작.

1806~9년 ✼ 바스를 떠나 형제, 친척, 친구 집을 떠돌아다님.

1809년 ✼ 나이트 집안의 상속자인 에드워드 오빠가 마련해 준 작은
집으로 이사. 고향에서 가까운 햄프셔주의 초턴에 있었음.

1811년 ✼ 《이성과 감성》 출판.
《첫인상》을 《오만과 편견》으로 고쳐 쓰기 시작.

1813년 ✼ 《오만과 편견》 출판.

1814년 ✼ 《맨스필드 파크》 출판.

1815년 ✼ 《에마》 출판.

1816년 ✼ 《설득》 완성. 건강이 나빠지기 시작함.

1817년 ✼ 《샌디턴》을 쓰다가 병으로 중단함.
7월 18일 새벽 4시 30분경 세상을 떠남.
12월 《수전》을 《노생거 사원》으로 제목을 바꾸어 출판.
《설득》 출판.

1999년 ✼ 영국 방송사 BBC의 '지난 천년간 최고의 문학가' 조사에서 셰익
스피어의 뒤를 이어 2위를 차지함.

아르볼 N클래식

오만과 편견
PRIDE AND PREJUDICE

1판 1쇄 인쇄 2020년 4월 20일 | **1판 1쇄 발행** 2020년 4월 30일

글 제인 오스틴 | **그림** 앨리스 패툴로 | **옮김** 강수정
펴낸이 권준구 | **펴낸곳** (주)지학사
본부장 황홍규 | **편집장** 박미영 | **팀장** 김은영 | **편집** 김솔지 문지연 | **디자인** 이혜리
제작 김현정 이진형 강석준 방연주 | **마케팅** 송성만 손정빈 윤술옥 이예헌
등록 2010년 1월 29일(제313-2010-24호) | **주소** 서울시 마포구 신촌로6길 5
전화 02.330.5297 | **팩스** 02.3141.4488 | **이메일** arbolbooks@naver.com
ISBN 979-11-6204-086-7 03840
잘못된 책은 구입하신 곳에서 바꿔 드립니다.

이 도서의 국립중앙도서관 출판예정도서목록(CIP)은 서지정보유통지원시스템 홈페이지(http://seoji.nl.go.kr)와
국가자료종합목록 구축시스템(http://kolis-net.nl.go.kr)에서 이용하실 수 있습니다. (CIP제어번호 : CIP2020015520)

PRIDE & PREJUDICE (CLASSICS REIMAGINED)
Copyright © 2015 by Rockport Publishers
All rights reserved
Korean translation copyright © 2020 by Jihaksa Publishing Co., Ltd.
Korean translation rights arranged with Quarto Publishing Plc
through EYA(Eric Yang Agency).

이 책의 한국어판 저작권은 EYA(Eric Yang Agency)를 통한 Quarto Publishing Plc와의 독점계약으로 (주)지학사가 소유합니다.
저작권법에 의해 한국 내에서 보호를 받는 저작물이므로 무단전재 및 복제를 금합니다.

 제조국 대한민국 **사용연령** 10세 이상
KC마크는 이 제품이 공통안전기준에 적합하였음을 의미합니다.

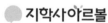 아르볼은 '나무'를 뜻하는 스페인어. 어린이들의 마음에
담긴 씨앗을 알찬 열매로 맺게 하는 나무가 되겠습니다.

 **홈페이지** www.jihak.co.kr/arb/book | **포스트** post.naver.com/arbolbooks